Zu diesem Buch

Die historischen Romane von Johannes Tralow setzen die große Tradition des Genres von Scott bis Feuchtwanger fort. Mit dem 1942 vollendeten Werk «Roxelane, Roman einer Kaiserin», das in Deutschland als ‹unerwünscht› galt und 1944 in Zürich erschienen ist, eröffnete Tralow die ‹Osmanische Tetralogie›, die er mit den Bänden «Irene von Trapezunt» (1947), «Malchatun» (1952) und «Der Eunuch» (1956) fortsetzte.

In packenden Schilderungen der intrigenreichen und blutigen Kämpfe um die Macht, die eindrucksvoll mit dem landläufigen Bild vom ‹märchenhaften› Orient kontrastieren, gestaltet Tralow in diesem Zyklus den Aufstieg eines türkischen Hirtenstammes zur Weltmacht und ihren beginnenden Zerfall vom dreizehnten bis zum achtzehnten Jahrhundert. In einer barbarischen Männerwelt verkörpern Tralows Frauengestalten Toleranz, Gerechtigkeit und Menschenwürde. Lion Feuchtwangers Forderung an den historischen Roman, der «für die Vernunft» und «gegen Dummheit und Gewalt» einzutreten habe, wird von Tralow beispielhaft eingelöst.

Unter Sultan Soliman II., der von 1520 bis 1566 regiert, erlebt das osmanische Reich einen Höhepunkt. Als der Herrscher durch einen Zufall in seinem Harem auf Roxelane aufmerksam wird, ein unbändiges Mädchen, das bei den Kosaken am Dnjepr aufgewachsen ist, von Tataren geraubt und als Sklavin verkauft wurde, entbrennen beide in heftiger Liebe füreinander, die jedoch einer ständigen Gefahr ausgesetzt ist: die kaiserlichen Prinzen haben das Recht, ihre Brüder und Halbbrüder nach der eigenen Thronerhebung erdrosseln zu lassen, um so Diadochenkämpfe zu verhindern. Daher stellt Mustafa, Solimans erstgeborener Sohn, eine Bedrohung für Roxelanes künftige Söhne dar. Es gibt nur einen Ausweg, und der setzt das Unwahrscheinliche voraus.

Rowohlt Jahrhundert

Herausgegeben von Bernd Jentzsch

Band 9

Johannes Tralow

ROXELANE

Roman

Rowohlt

Veröffentlicht im Rowohlt Taschenbuch Verlag GmbH,
Reinbek bei Hamburg, Juni 1987

Umschlaggestaltung Peter Wippermann
(Foto des Autors: Keystone Pressedienst)
Satz Garamond (Linotron 202)
Gesamtherstellung Clausen & Bosse, Leck
Printed in Germany
1980-ISBN 3 499 40009 x

DENN GROSS WAR DIE ZAHL der Mädchen, die alljährlich an den Hof geschickt wurden, aber nur wenige gelangten in den kaiserlichen Harem, so wählerisch war man.

Erstes Buch

I

Die Katze nieste. – Von abenteuernden Fruchtpollen war die Luft auch geradezu wie erfüllt. Denn einen langen Frühling und Frühsommer hindurch hatte die unabsehbare Steppe immer wieder von neuem geblüht, immer war etwas bei ihr in Blüte und etwas in Frucht gewesen, bis dann der Sommer das ganze bunte Märchen verbrannt hatte. Jetzt aber war es, als habe sich aus der Steppe, weit zahlreicher als der Sand aller Meere, ein eroberungssüchtiges Heer erhoben, so dicht stäubte der Ostwind den Samen der Weite über den Strom. Alles durchdrang dieser Samen, sogar rosige Tiernüstern.

Und so kam es, daß die kleine Katze auf der Kosakeninsel Chortiza im Dnjepr mitten in die große Sonne hineinniesen mußte.

Mehr aus Wähligkeit als aus Unbehagen nieste sie. Unbehaglich war ihr durchaus nicht. Dazu war sie durch einen fetten Weißfisch viel zu angenehm gesättigt.

Selbstverständlich machte sie sich auch nichts daraus, daß Rosska den Fisch ausnahmsweise einmal nicht gestohlen hatte. Die Katze bekam ihre Fische von der Rosska. Um etwas anderes bekümmerte sie sich nicht. Aber auch Rosska war nicht immer sehr bedenklich.

Wenn sich nachts kein Fisch an ihre Angelschnüre verloren hatte, dann stahl sie sich einen oder zwei. Und das konnte sie sehr leicht, weil sie der Katze in manchem so ähnlich war.

Zwar ließen sich Rosskas Hemd und ihr Röckchen, durch dessen Löcher man das blanke Fleisch sehen konnte, keineswegs mit dem herrlichen Seidenfell des Kätzchens vergleichen. Dafür jedoch war Rosskas Zeug schnell abzustreifen, wenn sie unter Wasser zu den Netzen hinüberschwimmen wollte. Selten kehrte sie dann ohne Beute wieder zurück und immer mit einem Gewissen, das nicht viel schwerer wog als das des Kätzchens.

Rosska dachte nämlich, daß alles, was man aus Liebe tue, nicht so ganz schlimm sein könne.

Zu ihrer Katze aber hegte Rosska eine große Liebe, und wenn Rosska liebte, tat sie viel, und überhaupt hatte es Vater Serafim, der Pope, manchmal recht schwer mit ihr.

Doch das alles änderte nichts daran, daß sie und die Katze nun einmal zusammengehörten.

Beide standen in ihrem Frühling, und beide waren sie überzeugt, daß diese seltsame Welt eigens für sie erschaffen sei.

Und wie das Tier eben nur die Katze war, so war das Mädchen auch nur Rosska, was bei den Kosaken soviel wie «die Russin» heißen sollte und mehr ein Schimpf als ein Name war. Denn einen eigentlichen Namen, der niemand sonst gehörte, hatten weder das Tier noch das Mädchen.

Mädchen und Tier hätten auch nichts damit anzufangen gewußt.

Die Katze schon darum nicht, weil sie vom Schnäuzchen bis zur Schwanzspitze völlig nur von sich selbst durchdrungen war. Mochte sie auch eine hochbeinige kleine Tatarin sein, so lebten in ihrem Blut doch immer noch versprengte Erinnerungen an Katzentempel im alten Ägypten und an vergötterte Ahnen, die einst in erregenden Baldrianwolken überirdisch dahingeschwebt waren. Die Katze hätte sich also niemals so weit herabgelassen, auf einen Rufnamen zu hören!

Das Mädchen freilich hatte weniger Grund, hochmütig zu sein. Aber auch sie behalf sich auf ihre Weise.

Wenn sie hörte, daß die Leute von «Denko Seiner» sprachen, wobei sie mit «Denko» den Ataman Kurenoi meinten, dann drückte sich Rosska so schnell wie möglich, denn dann wußte sie, daß von ihr die Rede war, und das hatte in keinem Fall etwas Gutes zu bedeuten. Und wenn die Jungen Häßliches über «Rosskas gelbe Teufelskatze» riefen und dem Tierchen Schmach antaten, dann streckte sie den blöden Bengeln nur die Zunge heraus.

So war es sonst immer gewesen, und die kleine Gelbe hatte sich derart an Rosskas Dienste gewöhnt, daß sie sich genauso in Sicherheit wähnte wie ihre Ahnen im Tempel.

Sie war es aber keineswegs. Denn wie sie jetzt in die Sonne nieste und dabei die heranschleichenden Jungen bemerkte, war weit und breit keine Rosska zu sehen.

Die legte nämlich gerade ihre Fangschnüre neu aus, was in aller Heimlichkeit geschehen mußte, wenn sie nicht wollte, daß ein anderer an ihrer Stelle die Beute erntete. Und das wollte Rosska durchaus nicht! Dazu hatte sie sich alles erst mit zu großen Mühen verschaffen müssen.

Selbst hatte sie sich ihre Schnüre aus dem Flachs geseilert, der die einzige Nutzpflanze der Kosaken war. Netze, Schiffstaue und Seile waren denn auch neben gedörrtem Fisch alles, was die Männer den Dnjepr hinab zu den Städten des Schwarzen Meeres verfrachteten, zu den Wundern aus Stein, die Rosska auch einmal sehen wollte, wenn sie erst groß sein würde.

Rosskas Fangschnüre hatten demnach ihren Wert. Die Angelhaken zu beschaffen war geradezu gefährlich gewesen; denn ohne kleine Eigentumsverletzungen war es dabei nicht abgegangen. Sogar die Regenwürmer hatten Schwierigkeiten gemacht. In dieser Dürre waren sie zu seltenen Tieren geworden, und so mußten Fischabfälle und Larven von Schmeißfliegen sie zum größten Teil ersetzen.

Rosska hatte also viel zu tun und zu denken, während ihre kleine, unerfahrene Katze sich in der größten Not ihres jungen Lebens befand.

Völlig allein war das arme Tier mit den grinsenden Jungen, die Rosskas Abwesenheit wahrnehmen wollten.

Trotzdem vergab die Katze sich nichts.

Fauchend und mit krummem Buckel gab sie sich das Aussehen eines gefährlichen Raubtiers, und dabei blieb sie, bis der erste Stein sie traf. Beim zweiten freilich hing sie auch schon an der Schilfwand der nächsten Hütte. Nur noch ein kleines, und sie wäre gerettet gewesen. Aber… der zweite Wurf zerbrach ihr den linken Hinterlauf. So fiel sie herunter, und so wurde die Jagd eine Steinigung und ein Morden.

Mit einem Schlag war Lärm überall.

Die Knaben johlten, einige Schweine, die sich mit Ausdauer ihre Kuhlen in den rissigen Boden gesielt hatten, wurden jäh aus ihrer Beschaulichkeit geschreckt und stoben quietschend davon. Die kläffenden Dorfköter aber wurden nur durch den Steinhagel davon abgehalten, der Katze das Genick zu zermalmen.

Doch in diesem Augenblick vieler Tode bäumten sich in der Gemarterten letzter Haß und letzte Verachtung und ließen sie nicht zum Sterben kommen.

Und da geschah es.

Gerade als der krummbeinige Pjotr «Aufgepaßt!» rief und einen dicken Stein aufheben wollte, der der letzte sein sollte, um das Werk abzuschließen und eine eben noch atmende Katze, ein lebendiges kleines Wunder gleichsam, in eine unschöne und besudelte Tierleiche zu verwandeln – gerade in diesem Augenblick zwang ein hoher, gellender Schrei den Jungen, sich seitlich zu wenden.

Rosska stürmte heran.

«Hundesöhne!» schrie sie, wie sie es von den Großen gelernt hatte. «Dreckige, feige Schweine!»

Ihre roten Haare flammten im Lauf, die graublauen Augen funkelten vor Kampflust und Zorn. An einem Tauende schwang sie als Schleuder einen durchlochten Stein.

Es war der einfache Warpanker, den sie sich für ihre Angelschnüre zurechtgemacht hatte. Und jetzt, nach einer weit ausholenden kreisenden Bewegung ihres Armes, entließ sie aus ihrer sich öffnenden Hand den Strick und den Stein und mit beiden das Schicksal.

Aber noch während das Geschoß seine unverrückbare Bahn durchmaß, fühlte Rosska die Schwere des Augenblicks. Gern hätte sie die Waffe zurückholen mögen, doch leer und ohne Macht war ihre Hand.

Dann wieder wußte sie nicht, ob sie das Geschehene auch wirklich ungeschehen machen würde, wenn sie das noch gekonnt hätte, um sich ganz zuletzt einen zweiten Stein, eine Unmasse von Steinen zu wünschen. Mit allen, aber auch allen wollte sie diese Meute von junger Menschenbrut unbarmherzig treffen und vernichten und wieder treffen!

Denn nun sah sie das Blut ihrer Katze, hörte sie ein hauchdünnes, wehes Miau. – Keinen Augenblick besann sich Rosska.

Sofort lag sie neben der Sterbenswunden und wischte ihr mit einem Rockzipfel das Blut vom Kopf, vom Rumpf und vom zerschmetterten Bein.

Schwere Tränen tropften dabei auf das gelbe, blutüberströmte Fell, während aus Rosskas aufgerissenem Mund hemmungslos ein urgründiges Schluchzen hervorbrach. Die Freundin starb, das Tier, das sie liebte, weil es ihrer so sehr bedurfte.

Rosskas Schmerz war darum nicht geringer, weil sie ihn mit noch unerschlossener Seele litt.

Sie hätte so gern die Katze mit ihrem Leib gedeckt; aber sie war zu spät gekommen.

Und jetzt flogen keine Steine mehr, kein Johlen drang an ihr Ohr. Eine schreckliche Stille war um Rosska, eine Stille, die nicht aus ihr selbst kam.

Von diesem lastenden Schweigen bezwungen, hob sie endlich ihre Augen, und da sah sie …

Fast schüchtern standen die Knaben da, und sie hatten doch eben noch das Bedürfnis gehabt, sich an den Qualen eines schwachen Tieres zu künftig unerschrockenen Seemännern, Steppenreitern und Piraten abzuhärten.

Doch nun steckten sie ihre Köpfe zusammen.

Daß die Schmach eines Backenstreichs oder Stockhiebs vom freien Kosaken nur mit Blut abgewaschen werden konnte, das wußten die Jungen, und das wußte Rosska.

Alle kannten aber auch die Nagaika, die Tochter der Nagaischen Steppe, jene kunstvoll geflochtene lange Lederpeitsche mit hartem Griff. Sie zu erleiden machte zwar nicht ehrlos, aber selbst für die stärksten Männer war sie nicht selten tödlich.

Was anders aber als eine Auspeitschung mit der Nagaika konnte Rosska widerfahren, nachdem Pjotr mit klaffender Stirnwunde regungslos in der Sonne lag?

Jedem der Jungen war das klar, und jeder sah in Rosska nur noch das gezeichnete Opfer einer unbestechlichen Gerechtigkeit, das einem härteren Zugriff aufgespart werden müsse, als kleine Jungen ihn an ihr hätten verüben können.

Auch das Mädchen las das von den drohenden und zugleich rachsüchtigen Gesichtern der Knaben. Dennoch erhob sie sich mit größter Gleichgültigkeit gegen jedes Drohen.

Was man ihr angetan hatte, wirkte zu tief in ihr, als daß ihr trotziges kleines Herz noch Raum für Furcht gehabt hätte. Nicht einmal Haß empfand sie, einzig Genugtuung und Verwunderung.

Das Blut, das dem Pjotr aus der Schläfe sickerte, bewegte sich nicht. Sie fühlte das der Katze warm über ihre eigenen nackten Arme laufen, und so war es gut und richtig, daß auch das Blut des Mörders verströmte. Aber daß ein Toter so aussah, darüber verwunderte sie sich. Diese nach oben gedrehten offenen Augen! Fast nur noch das Weiße war zu sehen.

Und nun kamen die Großen hinzu, auch Männer darunter; denn Chortiza war ausnahmsweise voll von Männern, weil man noch in der Nacht nach dem Süden aufbrechen wollte, um dort den Lachs zu erwarten.

Jedes Jahr kamen die Männer zu diesem Zweck nach Chortiza. Aus der Steppe kamen sie, von der Awratynischen Höhe kamen sie und von weit her. Chortiza war aber der Sammelpunkt. Hier wurde am Abend vor der Ausfahrt der Kotschewoi, der Befehlshaber, gewählt, der über die mehr als hundert Schiffe und einige tausend Pferde des Zuges zu gebieten hatte. Denn so ein Lachsfang war immer wie ein Heereszug, diesmal mehr als je, weil die Tataren Fehde angesagt hatten und daher äußerste Vorsicht geboten war.

Viele von diesen Männern standen jetzt da herum.

Die Weiber aber bejammerten den Pjotr, und alles machte der Marinka Platz, die sich kreischend über ihren Jungen warf und niemand sonst hinzuließ.

Das rothaarige Russenmädel habe ihr das Kind umgebracht, schrie sie, wegen einer elenden Katze habe es die Rosska getan, sie, die selbst eine Katze sei und in einen Sack genäht und ersäuft gehöre!

Doch wie man auch auf das Mädchen eindrang, Rosska blieb reglos und stumm, auch dann noch, als der Haufe der zeternden Weiber kraftvoll auseinander geschmissen wurde: Denko war erschienen.

Außer Rosska wich alles vor dem gefürchteten Ataman Kurenoi.

Und dazu hatte man viele Gründe.

Denn Denko, den man auch den Grauwolf nannte, war nicht immer nur Dorfältester auf Chortiza gewesen. Mehr als einmal hatte er als Kotschewoi die Boulawa, den Kommandostab, auf einem Raubzug zur See oder einem Heeresritt in der Steppe getragen, wenn es eine Baranta, einen Tatarenüberfall, zu rächen gab oder wenn man auch nur Lust auf die Pferde und Weiber der Ungläubigen gehabt hatte wie auf das Geld und die Waren der Seestädte.

Das alles lag noch gar nicht so lange zurück.

Aber kurz nachdem der Botschafter des Großfürsten von Moskau bei den Porogen, den Stromschnellen des Dnjepr nämlich, erschlagen worden war, hatte sich viel mit Denko geändert.

Man sagte, Denko habe es nicht leiden mögen, daß der Russe die freien Kosaken von den Polen ab- und zu Moskau habe hinüberziehen wollen, was aber nur zum Lachen war; denn die Kosaken unterhalb der Porogen, eben die Saporoger Kosaken, dienten nicht den Polen und überhaupt niemand als sich selbst. Die Saporoger waren nicht wie die Kosaken vom Orel im Vorfeld der Ukraine! Die vom Orel waren keine freien Männer mehr. Die hatten sich gegen ein bißchen Acker und Boden verkauft und ließen sich jetzt vom Polenkönig in Polke einteilen und Offiziere setzen. Die Saporoger dagegen zerrissen alle Briefe, die ins Land kamen, mochten sie vom Polenkönig oder vom Türkensultan in Konstantinopel sein. Und der Denko war immer einer der ersten, die dafür stimmten.

Und dann hatte Denko auch stets den Dolch und den Säbel geführt, und vieler Männer Leben war in seiner Hand gewesen, manches dabei erloschen.

Was kümmerte ihn also das Leben eines Mannes im Zobelpelz wie das des Bojaren?

Aber man sagte auch, ein Weib und ein Kind seien dabeigewesen, als der Russenfürst mit allen seinen Leuten an den Porogen sein Leben hatte lassen müssen, und das sei es, was den Denko so verändert habe.

Man sagte viel, wenn Denko es nicht hörte.

Und nun stand Rosska ganz allein vor dem grimmigen alten Mann, mit dem sie dies eine verband, daß sie sich immer wieder an seinem Herdfeuer einfand. Jetzt jedoch sah er gar nicht nach Herdfeuer und Frieden aus. Von seiner Nagaika trennte Denko sich zwar nie, aber daß sie ihm auch jetzt wieder vom Gütel hing, wäre besser unterblieben.

Kein Wunder, daß den Weibern schauderte. Denn mochte Rosska auch das Schlimmste verdient haben – sie war noch ein Kind. Und die Frauen waren Mütter.

Jetzt jedoch war es so weit, daß der Alte sie beim Genick packen mußte, wie der Wolf, der er war, das Lamm packt, und er von ihr nichts übriglassen würde als nur einen blutigen Fetzen.

So dachten alle.

Es ergab sich aber, daß Rosska den Alten ansah.

Recht wie ein Herrenmädel, sagte man noch viel später, habe die Russin oder die Rote, was auf dasselbe hinauslaufe, habe eben die Rosska den Denko angesehen, wie eine Tochter der litauischen Großen im fetten Oberland, wie eine Patriziertochter aus Kiew. Und wie ein Zauber sei es gewesen, daß sich alle bekreuzigt haben.

Denn Denko... Was tat Denko?

Er senkte den Blick.

Beim heiligen Patriarchen in Konstantinopel beschworen es die Leute, der Denko habe sich nicht einmal getraut, die Rotznase auch nur anzusehen!

Denko fragte nur.

«Hast du ihn erschlagen?» fragte er fast leise.

«Er hat meine Katze mit Steinen geworfen!» schrie Rosska und schluchzte nicht mehr. «Töte die Jungen, töte alle, die meine Katze mit Steinen geworfen haben!»

Ein Murren entstand.

Denko aber schmiß nur einen wilden Blick hinter sich, und dabei sah er wieder wie einst aus, als er zuerst von allen aus seiner kleinen Tschaik einen achtmal stärkeren türkischen Kauffahrer geentert hatte.

Unter diesem Blick verstummte das Murren hinter ihm, und er konnte sich wieder der Rosska zuwenden.

«Wenn er tot ist, wirst du dich verantworten müssen», sagte er; aber er sagte es, wie ein Diener zu seiner Herrin spricht.

Rosska jedoch antwortete ihm nicht einmal.

«Meine Katze», klagte sie, und jetzt hatte sie wieder Tränen, «meine liebe Katze.»

Und damit legte sie das todwunde Tier überaus zart in ihr durchlöchertes Röckchen und wendete sich zum Fluß hin. Die sinkende Sonne aber, die gerade den Strom küßte, umarmte sie mit ihrem mütterlichen Licht.

Niemand außer Marinka versuchte Rosska zu halten.

Chortiza war eine Insel, und wenn der Strom einen Flüchtling nicht verschlang, tat es die Steppe. Flucht war Rosska nicht möglich.

Marinka aber war voll von Haß, und so schrie sie nach Rosska wie nach einer Sache, die ihr gehöre. Sie hatte es nicht für möglich gehalten, daß die Mörderin frei ausgehen könne, doch nach dem, was sie vom Denko gesehen hatte, fürchtete sie es, und das machte sie wild. Sie rief ihren Mann.

«Chanenko!» rief sie. «Steh nicht da hinten herum! Siehst du nicht, was man deinem Sohn getan hat?! Und hörtest du nicht, wie der Kurenoi mit ihr sprach, als wenn sie eine Heilige sei, die Rote, die Mörderin?! Sieh ihn doch an, den Denko, wie er sich über unsern Pjotr beugt, als könne er ihn wieder lebendig machen. Ich will mein Kind wiederhaben! Hörst du, Denko?! Ich will meinen Sohn! Oder ich will sehen, wie die Russin gepeitscht wird, bis nichts mehr von ihr übrig ist als nur ihr Gerippe. Du hörst nicht?! Du willst nicht?! Komm her, Chanenko! Sag du es ihm! So geh doch, Fauler, Feiger!» Da Chanenko trotz allem nichts sagte, weil es ihm nicht gegeben war, das Kreischen seines Weibes zu übertönen, unterbrach Denko die Tobende.

«Halt's Maul!» gebot er der Marinka, um dann noch zu Chanenko hinzuzufügen: «Laß uns in deine Hütte gehen, Chanenko. Und sieh auf dein Weib.»

Und dann nahm Denko den reglosen Pjotr weit weniger liebevoll auf seine Arme, als Rosska es vorhin mit der Katze getan, und schritt mit dem Knaben voran.

2

VATER SERAFIM ÖFFNETE DIE TÜR SEINES HOLZHAUSES, das man ihm hatte aufdrängen müssen, weil er es abgelehnt hatte, besser zu wohnen, als die meisten seiner Beichtkinder in diesem holzarmen Land wohnen konnten. Und er sei Christi niedrigster Knecht, war seine Rede gewesen, und wolle ihm in Demut dienen und nicht in Wohlleben und Hoffart.

Dem Vater Serafim war es immer Ernst mit dem, was er sprach, und das hatte es wohl auch mit sich gebracht, daß man «Vater» zu ihm sagte, obwohl er eigentlich noch ein junger Mann war. Aus dem gleichen Grund ließ man ihn auch Seelsorge und alles das ausüben, was ein Pope sonst noch bei den Kosaken zu tun hatte, den Waffensegen und – vor einem Raubzug! – das Gebet um fette Beute keineswegs ausgenommen. Und da Vater Serafim das alles mit kindlichem Gemüt versah und weder den Polen noch den Russen, sondern einzig und allein so fernen Gewalten wie Gott und dem ökumenischen Patriarchen in Konstantinopel anhing, so hielt man ihn denn auch in allen Stücken, wie man den anerkannten Geistlichen von Chortiza zu halten hatte.

Nach seinen Weihen fragte dabei kein Mensch. Es genügte, daß Vater Serafim die Messe las, so hatte er die Weihen.

An priesterlich Geweihten war überdies so wenig ein Mangel bei den Saporogern, daß man sich aus ihnen schon gar nichts mehr machte. «Kosaken», Ziegenbauern – so hatte man als erste die Saporoger genannt, und diesen Schimpfnamen, der durch sie zu Ehren gebracht worden war, hatten ihnen die Leute auf der fetten schwarzen Erde im Oberland gegeben, die ukrainischen Großbauern, die es allerdings für eine Schande hielten, neben ihre dummen Kühe auch nur eine einzige Ziege noch in ihren Stall zu stellen.

Das eine war freilich wahr: die Steppe war arm.

Aber ebenso wahr auch das andere: sie machte frei!

Und wem die starren Ordnungen des reichen Nordlandes zu drückend wurden, wer dort nicht Knecht sein wollte, und wem es doch zum Herrn nicht langte – der ging in die Steppe und wurde Kosak. Viele brachten so die Stromschnellen hinter sich und löschten damit ihre Vergangenheit aus.

Denn bei den Grenzern galt nur die Gegenwart.

Leibeigene und Edelleute handelten so, aber auch Bürger und Geistliche. Und so hatte denn auch schon mancher entlaufene Mönch versucht, mit Vater Serafim auf Chortiza in Wettbewerb zu treten.

Aber noch war jedem bedeutet worden, daß er sich als Mann und tapferer Kämpfer zu bewähren oder sonst sich zum Teufel zu scheren habe. Seine Weihen und Gelübde, auch das Mönchsgelübde der Ehelosigkeit, sehe man ihm dagegen gern nach, in allem übrigen könne er tun, worauf er Lust habe, auch ein Weib könne er sich nehmen, wenn er sich eins erkriege – nur das Gottesamt nicht, das könne er nicht nehmen und nicht bekommen, das sei ausschließlich Vater Serafim vorbehalten.

Dieser gelobte Mann öffnete nun einem längst erwarteten Gast seine Tür.

Die dunklen Haare, die ihm nach Art der griechischen Mönche ungeflochten und frei auf die Schultern fielen, flatterten im Luftzug. Mit der langfingrigen Linken schützte er das Licht in seiner Rechten, und ein heller Schein beglänzte auf diese Weise sein schmales dünnbebartetes Gesicht.

Spannung und Sorge lagen auf dem Gesicht und in der vornübergebeugten Haltung der schlanken Gestalt, die ein faltenreiches schwarzes Gewand bis auf die Füße verhüllte.

Doch nun löste sich die Spannung. Die großen braunen Augen leuchteten auf, und mit einer Bewegung von großer Anmut forderte er zum Eintreten auf. Der erwartete Gast war gekommen.

Rosska stand mit ihrer Katze auf der Türschwelle.

Es war die einzige Schwelle in Chortiza, auf der sie den Umständen nach stehen konnte, und das hatte der alte Denko

Grechnoy auch bedacht, als er vor Stunden bereits zu Serafim gekommen war, um lange bei ihm zu verweilen.

Jetzt aber lächelte Vater Serafim.

Es war ein Lächeln der Befreiung, doch zugleich auch eins der Heiterkeit, und es kam ihm aus der Tiefe.

In diesem Fall lächelte der Vater über Rosskas Röckchen.

Es war noch kürzer geworden. Sogar sehr kurz war es geworden. Denn sein größter Teil hatte herhalten müssen, um des Kätzchens Wunden zu waschen und in dicken Polstern die Heilkräuter darauf festzuhalten, was aber alles nur hatte geschehen können, weil das Tierchen zu schwach gewesen war, um sich gesund zu lecken, wie es das sonst wohl getan hätte.

Serafim jedoch mußte mit einemmal daran denken, was er dem Denko auf dessen Selbstanklage bedeutet hatte.

«Bruder», hatte Serafim gesagt, «es handelt sich nicht um das Gewand, das du ihr reichst – das kannst du bessern –, es handelt sich um ihre unsterbliche Seele!»

Ja, darum handelte es sich, und so wurde Serafim wieder ernst.

Er wußte, daß ihm Schweres bevorstand.

Als er mit Rosska dann den einzigen vom Herd abgesonderten Raum seines Hauses, den Betraum, betrat, errötete er über eine Nachlässigkeit.

Ein Schimmern drang aus dem Dunkeln, und eilfertig schlug er den Vorhang über das Bild herunter, vor dem er noch soeben in inbrünstigem Gebet gelegen hatte.

Das Bild war eine wertvolle Ikone in Gold, farbig mit Edelsteinen ausgelegt. Christus in seiner Verklärung stellte die Ikone dar und die Anbetung der Jünger.

Prunkstücke wie dieses waren nun wohl keine Seltenheit in den sonst so armen Kosakenhütten. Als geraubtes Gut ging viel durch Chortiza und die anderen Dörfer. Aber immer war solch Geschmeide dann byzantinischer oder wohl auch einmal italienischer Herkunft. Denn aus ihrer genuesischen und venezianischen Zeit waren den Küstenstädten der Krim auch italienische Kunstwerke geblieben.

Serafims Ikone kam jedoch unzweifelhaft aus dem Norden.

Sie war russische Arbeit, und alles deutete auf das Großfürstentum Moskau als Ursprungsland. Ein Geschenk des beutereichen Denko Grechnoy war diese Ikone, und Serafim hatte sie genommen, weil er des Glaubens war, daß eine Ikone eine Ikone sei und daß allein die rechte Anbetung sie heilige.

Nur Rosska ließ er niemals einen Blick auf das Bildwerk werfen.

Außer Denko war Serafim auch wohl der einzige auf Chortiza, dem Rosskas Herkunft bekannt war; denn es war nicht anzunehmen, daß Denko dem Priester das Geheimnis in der Beichte verschwiegen habe. Aber das Siegel ebendieser Beichte verschloß Serafim den Mund, und er hätte schon gefürchtet, es zu verletzen, wenn er dem Mädchen nicht den Namen gegeben hätte, den alle ihr gaben, nämlich Rosska. Daß sie mit dem erschlagenen Bojaren zusammenhänge, sahen die Leute auf Chortiza fast als gewiß an. Aber ob Rosska nun ein Fürstenkind oder die Tochter einer Leibeigenen sei – das kümmerte sie wenig, und von Vater Serafim erfuhren sie es nie.

Ihm galt alles Irdische nichts gegen Rosskas Seele, die er von Christus noch so weit entfernt wußte. Ihm lag es fern, Vergessenes in ihr zu wecken, das im Erwachen vielleicht unchristlichen Haß in ihr junges, leidenschaftliches Herz geworfen hätte.

So verhüllte er denn auch jetzt die Ikone mit Hast.

Und dann begann er.

Nach langem Ringen mit Rosska sah Serafim aber voll Kummer, daß er mit seinen Befürchtungen recht gehabt hatte.

Es kam weder zur Beichte noch zur Sündenvergebung. Denn wie konnte Serafim, der Priester, vergeben, was gar nicht bereut wurde?

«Gut», sagte Rosska, «ich habe ihn getötet.»

Sie hatte sich schon so oft dazu bekannt, daß in ihrem Geständnis allmählich eine kleine Herausforderung mit unterlief.

«Gar nicht gut, Schwesterchen», ereiferte sich daher Serafim, «oh, wenn du es doch einsehen würdest!»

«Er hat nach meiner Katze geworfen», beharrte sie dagegen, «ich mußte es tun!»

Stunden des Umherirrens hatten Rosskas Trotz so wenig zermürben können wie die Vorstellungen Serafims. Immer noch klagte sie an, wo sie sich nach seiner Meinung demütigen sollte.

Dabei lag ihm alles an ihrer Reue, und so sehr liebte er sie, daß er den Unfall kaum noch bedauert hätte, wenn Rosska dadurch zur Einkehr bewogen worden wäre. Könne sie sonst doch so gut sein, dachte er, und von einer Heiterkeit, die ihm so vertraut sei, und nur wenn man solchen Wesen zu nahetrete, die sie liebe, höchst irdischen Wesen übrigens wie etwa ihm, Vater Serafim, oder der Katze – dann verhärte sie sich in Trotz. Was aber könne dieses Kind noch erweichen, wenn nicht einmal der Gedanke es vermöge, den Tod eines Menschen verschuldet zu haben?

«Die Katze ist nur ein Tier», sagte er jetzt.

«Die Katze lebt!» rief Rosska aber und glühte. «Und wenn man nach der Katze mit Steinen wirft, tut es ihr weh, und wenn sie stirbt, ist sie tot. Aber sie soll nicht sterben», fuhr sie fort, um nach und nach kleinlauter zu werden. «Ich habe sie gewaschen und ihr alles aufgelegt, was man den Leuten auflegen muß, wenn sie ein Loch im Leib haben. Alles habe ich getan, wie du es mir immer gesagt hast. Kann sie nun doch noch sterben, Serafim?» Voll Angst sah sie von der Katze in ihren Armen zu ihm empor.

Serafim aber drängte sich ein lästerlicher Vergleich mit der Madonna auf. Wie eine kleine Mutter sehe sie aus, mußte er denken. «Viel zu sehr wirst du deine Kinder einst lieben», seufzte er vor sich hin.

Aber sie hatte es doch gehört.

«Ist es böse, seine Kinder liebzuhaben?» fragte sie, um ihre

Gedanken sogleich zu berichtigen: «Ich meine nicht, daß ich den Pjotr lieb hätte, wenn ich die Marinka wäre ...»

«Man sollte sie weniger lieben als Gott», unterbrach der Pope die Rosska jedoch schnell, um sie nur nicht erst zu hören, und auch das noch sprach er über sie hin; denn er wußte wohl, daß sie ihn nicht verstehen würde. «Gott will, daß man seine Feinde liebe», fuhr er um so strenger fort, «du weißt es!»

«Auch Pjotr soll ich lieben?»

«Auch ihn.»

Rosska ließ Serafim vieles hingehen. Dieses aber war ihr zu viel!

«Gott will also», ging sie ihn unbarmherzig an, «daß man eine kleine Katze totquälen lassen soll, wenn die Feinde es wollen?»

Und was Rosskas Absicht gewesen war, geschah auch.

Serafim schwieg.

Er betete. Sie sei eine schwere Prüfung für seine Unzulänglichkeit, betete er in sich hinein.

«Mein Kind», hob er dann mit einem neuen Entschluß an, «vielleicht, nein, ganz gewiß schickte Gott dir dies Unglück nur ...» Doch plötzlich durchstieß ein Gedanke sein Herz, und fast flehend forschte er: «Denn es war doch ein Unglück, meine Rosska?!»

Wenn aber Rosska auch sonst recht gut mit einer heilsamen Lüge umzugehen wußte – das eine war es, was sie so mit Serafim verband, daß sie noch nie vor ihm gelogen hatte.

«Ich weiß es nicht», sagte sie nur.

«Mein Seelchen», bettelte Serafim, «besinn dich! So schwer wolltest du den Pjotr doch gar nicht treffen?!»

Seine beschwörenden Augen bedrängten sie schmerzlich. Aber dennoch hielt sie ihnen stand.

«Ich weiß es nicht.»

Serafim war jung, und alles, was seine Jugend an Feuer besaß, kam angesichts dieser Verschlossenheit als Verzweiflung über ihn. Von ihm werde Gott diese Seele fordern, ängstigte er sich. Und so beugte er seine Knie stürmisch vor Gott.

Doch vor der, die sich nicht beugen konnte und die er dennoch lieben mußte, fiel er nieder.

«Rosska!» rief er. «Vergiß nicht! Christus ist für alle gestorben, allen verzeiht er, die wahrhaft bereuen. Bete mit mir, Rosska, daß Gott dir die wahre Reue gewähre!»

Doch Rosska schüttelte den Kopf.

«Ich kann nicht», sagte sie.

«Was kannst du nicht?»

«Es hilft nichts, Serafim. Ich kann nicht bereuen.»

Serafims Glut erlosch in einem einsamen Schweigen.

Unterdes machte sich Rosska mit ihrem Schützling zu schaffen und störte den Popen nicht.

Als Serafim sich dann aber erhob, war er gar nicht mehr so jung, wie er nach seinen Jahren hätte sein können.

«Verzeih mir», bat er leise, «ich war zu heftig.»

«Bist du mir böse?» fragte sie ihn, den sie so hart hatte kränken müssen, voll Mitleid. «Komm ich nun nicht in den Himmel?»

Sogar ein kleines, verlegenes Lächeln legte sich jetzt um seinen längst wieder geduldigen Mund, als er mit der Rechten ihren Scheitel berührte.

«Armes Seelchen», sagte er. «Was meinst du, wollen wir warten? Wollen wir zusammen warten?»

«Ich will ja gern in den Himmel kommen», erklärte Rosska, um ihn zu beruhigen. «Es ist dort gewiß wie in der heiligen Stadt, nur viel, viel schöner.»

«Vielleicht...» erklärte Serafim mit der Unbekümmertheit eines, der nie in einer heiligen Stadt gewesen war.

«Bestimmt!» behauptete Rosska mit größtem Entgegenkommen.

Und nun begann ein großes kindliches Raten um die heilige Stadt, von der beide nur ganz verklärte Gesichter hatten. Sie träumten den Traum der Saporoger Kosaken.

Wohin sollten sich die Saporoger mit ihren Träumen auch wenden? Im Süden die ungläubigen Tataren, die nicht einmal Ketzer waren, sondern Allah anriefen. Im Norden der unvermeidliche Zusammenprall mit den römisch-katholischen Polen, die in der Ukraine die Herren waren. So standen die Saporoger in der Brandung der Völker- und Glaubenswogen allein.

Einen Vater aber mußten sie über sich wissen, der wenigstens für sie betete. Denn was sonst zu tun war, besorgten sie selbst. Nur mit dem Beten wurden sie allein nicht immer so recht fertig, bei welcher Sache ihnen denn auch der heilige Patriarch ein rechtes Labsal und ein Hort war.

Und außerdem war er auch fern!

Denn viele Tage stromabwärts kam erst das weite Haff, und nach dem Haff kam das wilde Meer, das Meer der Handels- und Raubzüge, das Schwarze Meer.

So wußte es jeder, und es gab keinen Mann auf Chortiza, der das Schwarze Meer nicht befahren hätte. Aber kaum einer hatte seine Unendlichkeit durchmessen und war an das andere Ufer gestiegen. Erst jenseits aber lag inmitten der Meere die Stadt Kaiser Konstantins, die heilige Stadt Konstantinopel.

Der Sitz großer Kaiser war sie freilich gewesen. Seit die ungläubigen Türken sie erstürmt und die Hagia Sophia zur Moschee gemacht hatten, gab es keine griechischen Kaiser mehr.

Immer aber stand noch, allen Rechtgläubigen ein Mittelpunkt, der Patriarchenthron in Konstantinopel.

Trotz Türkensultan und Janitscharen blieb daher den Saporogern wie allen griechisch-katholischen Christen die Stätte heilig, wie Jerusalem, das ein gleiches Schicksal gehabt hatte, heilig geblieben war.

So redeten denn auch Rosska und Serafim nicht zum erstenmal von der heiligen Stadt, die für sie nur das Märchen war, an dem der Mönch mit immer gleicher Begeisterung dichtete.

Seine Augen leuchteten auch jetzt, während er sprach.

Rosska aber sah zu ihm auf, und ihre Vorstellungen vom Antlitz Christi verschmolzen mit seinem gotterfüllten zu einem einzigen.

«Warst du wirklich nie in der heiligen Stadt, Serafim?» fragte sie ihn. Da erwachte er und erschrak.

«Wie sollte ich, ein ungelehrter Mönch?» wehrte er ab. «Keiner von uns wird sie sehen», fuhr er dann fort, «ich nicht, und du auch nicht. Sie ist zu fern und viel zu hoch für uns. Aber um deine Seele handelt es sich, Rossuschka. Und so wahr die heilige Stadt schöner ist als alle anderen Städte und der Himmel weit herrlicher ist als sie, so ist es Gottes Wille, daß deine Seele nicht verlorengeht. Siehe, ich gedachte, es gut zu machen und deine Seele zu bezwingen. Aber ich machte es schlecht. Denn eine Heimlichkeit ist wie eine Lüge, und ich hatte eine Heimlichkeit vor dir.»

Rosska runzelte die Brauen. «Kamen sie, mich zu suchen?» erkundigte sie sich und sah sich nach einem Versteck um.

«Denko war bei mir», gestand Serafim.

«Sie sollen mich nicht schlagen! Du mußt mich verstecken. Hörst du, Serafim, du mußt!»

«Kein Mensch wird dich schlagen», beschwichtigte sie Serafim. «Und wenn Denko auch nicht die rechte Art zu einem kleinen Mädchen hat, wie du es bist – geschlagen hat er dich nie. Nein, Rossuschka, mein Täubchen, von ihm droht dir nichts. Und er wird auch nicht zugeben, daß die anderen dir etwas tun. Keiner wird es wagen. Denko ist noch am Abend für die Lachsfahrt zum Ataman Kotschewoi gewählt worden. Er trägt wieder die Boulawa und ist so mächtig wie einst.»

«Was wollte er denn, wenn er mich nicht bei dir verklagte?» mißtraute sie trotzdem. «Von welchen Heimlichkeiten sprichst du, und wie willst du es machen, daß ich doch in den Himmel komme?»

«Das ist es, meine kleine Schwester: du wirst in den Himmel kommen, wenn du bereuen wirst!» triumphierte Serafim.

Doch bei dem ersten Wort von Reue unterbrach ihn Rosska sofort. «Ich möchte ja so gern», sagte sie, «das kannst du mir glauben, sehr gern möchte ich in den Himmel kommen, schon darum, weil dir soviel daran liegt. Aber wie sollte das zugehen? Ich kann doch nun einmal nicht bereuen!»

«Du wirst!» beteuerte der Mönch. «Weil Gott so sichtbar seine Hand über dir hielt, wird er dir auch das gewähren. Ja, er hat es schon getan! Denn jetzt werde ich dir etwas sagen, was dich glücklich machen wird, und dann wirst du bereuen!»

Rosska machte sehnsüchtige Augen. «Sag, was mich glücklich machen wird. Es ist so schön, glücklich zu sein.»

«Du wirst es sein, Rossuschka; denn denk dir nur... faß es, meine Rossuschka, was ich dir jetzt sage: Pjotr ist gar nicht tot!»

Serafims Worte schlugen ein.

Rosskas Gedanken verwirrten sich, und sie verstummte.

«Nicht tot...?» hauchte sie dann aus ihrer großen Verwunderung heraus.

Also das war es? In Wirklichkeit war Rosska nur erstaunt und keineswegs glücklich. Sie wunderte sich selbst darüber und wartete auf die große Freude, die nun eigentlich hätte kommen müssen. Aber die Freude... kam nicht.

Doch auch Serafim hatte einen neuen, jähen Glanz auf ihrem Gesicht erhofft und war nun ebenso enttäuscht wie sie.

«Pjotr ist nicht tot», wiederholte er, wie um eine Leere zu füllen, «er wird wieder umhergehen wie immer, nicht morgen, doch bald.»

Für Rosska war das ein Wunder.

Sie hatte den krummbeinigen Pjotr mit eigenen Augen liegen sehen, und nun hatte Gott ein Wunder getan, und nichts war geschehen. Aber Rosska fand im Grunde, daß der liebe Gott sich viel zuviel aus dem krummbeinigen Pjotr machte. Sie für ihre Person machte sich nichts aus ihm. Und darum konnte sie auch weder glücklich sein noch bereuen.

«Nun...?» fragte Serafim voller Erwartung.

Und jetzt kam Rosska zu einem Entschluß.

«Ich will den heiligen Patriarchen fragen», antwortete Rosska.

«Was willst du...?!» – Serafim begriff gar nichts.

Doch Rosska fand ihr Vorhaben durchaus nicht so schwierig.

Wenn Gott ihretwegen ein Wunder tue, würde er sie wohl auch dahin gelangen lassen, wo über sie entschieden werden könne. Ohne Reue keine Sündenvergebung und ohne Sündenvergebung kein Himmel? «Kann der heilige Vater mir meine Sünden vergeben, auch wenn ich nicht bereue?» fragte sie.

«Der heilige Vater kann alles», versicherte Serafim, «aber er würde es nicht tun. Ohne Reue würde er dir deine Sünden nicht vergeben.»

«Wo Pjotr doch gar nicht tot ist?» versuchte sie ihn listig.

Aber Serafim blieb stark. «Deine Sünde bleibt dieselbe.»

«Vielleicht...» meinte Rosska nachdenklich, um dann noch etwas hinzuzufügen: «Aber ich sehe schon, Genaues weißt du auch nicht.» Es war spät in der Nacht.

«Morgen wird alles anders sein», tröstete Serafim sie und sich selbst. «Jetzt ist es dir noch zu neu.»

Und damit zog er ein Kreuz aus seiner Kutte.

Es war ein schlecht versilbertes Kreuzchen, und an manchen Stellen schimmerte es bereits rot. Aber es hatte den Vorzug, nicht gestohlen zu sein. Denn gestohlenes Gut zu heiligen – dazu schien ihm Rosska nicht ganz die rechte Mittlerin.

Dies Kreuzchen hing Serafim der kleinen Sünderin um den Hals und bekreuzigte sich unter Verbeugungen rechtgläubig von rechts nach links, von Schulter zu Schulter und nicht wie die Römischen nur die Brust und von links nach rechts. Ohne viel Aufhebens tat er das alles, auch als er sie dann segnete.

«Behalt es», sagte er und meinte das Kreuzchen. «Und wenn du willst, kannst du am Herd schlafen.»

Doch Rosska eilte es auf einmal sehr.

Dafür aber hatte auch sie ein Vermächtnis für ihn.

Es war ihre Katze.

Behutsam legte sie ihm das schlafende Tier in den Arm.

Es war ein unendliches Vertrauen, das sie ihm damit bezeigte, und eine große Dankbarkeit. Das wußte er.

«Wecke sie nicht auf», bat sie, «und bewahre sie mir, bis ich wiederkomme.»

«Bis morgen?» fragte er.

«Bis ich sie hole», sagte sie mit Augen, in denen Tränen standen. Serafim dachte, es sei wegen der Katze; aber ein wenig war es auch wegen ihm. Denn Rosska hatte eine lange Reise vor.

Sie wollte selbst sehen, welche Bewandtnis es mit der heiligen Stadt und dem Patriarchen habe.

Sie wollte nach Konstantinopel.

3

Ein dröhnendes Gelächter empfing Rosska. Kimre lachte. Hadsko lachte. Igor lachte.

Alle Männer und Burschen auf der guten Tschaik «Kalka» lachten, als Rosska vor dem Schiffsvolk in ihrem neuen Glanz erschien.

Nur Rosska grollte.

Schließlich war sie die Tochter, die Verwandte, das Mündel des Ataman Kotschewoi. Was sie eigentlich war, das wußte sie selbst nicht: Aber das eine wußte sie, daß sie die einzige war, die dem Ataman in die Augen sehen konnte, wenn er einen Zornanfall bekam.

Jedenfalls hatte sie in den letzten Wochen, nämlich seit sie als blinder Passagier entdeckt worden war, ausreichend davon Gebrauch machen müssen.

Und nun lachten dieselben Kerle, die sich bei jedem Stirnrunzeln Denkos vor ihm duckten, über sie, die Rosska?

Vielleicht weil der Ataman nicht auf der «Kalka» und überhaupt nicht bei der Flotte war, lachten die Männer. Weil sie sich die faule Zeit vor Anker mit Branntwein und Würfeln vertrieben, lachten sie.

Denn ganz gegen die Gewohnheit der Kosaken, die sonst ihre Tschaiken abends auf Land zogen, ankerte die ganze Flotte gegenüber der Ingulez-Mündung linksseitig im offenen Strom.

Mit ihren wendigen Einmastern machten die Kosaken eben alles. Sie ruderten mit ihnen, segelten mit ihnen, und wenn die Not es verlangte, schafften sie ganze Flotten davon weit über Land.

Nur war im Augenblick das Land unsicherer als das Wasser, und daraus erklärte sich, daß so vieles gegen alles Herkommen geschah und daß auch der Ataman nicht an Bord war.

Zum Lachsfang brach man immer außer mit der Flotte zugleich auch mit einer berittenen Truppe auf.

Schon um die Schiffe nach dem Fang wieder stromauf treideln zu können, brauchte man für jede Tschaik, besonders bei angeschwollenem Dnjepr, je zwei Reiter mit zusammen sechs Handpferden. Und dann war es auch sehr oft nötig, die Schiffsleute auf den leeren Handpferden ebenfalls beritten zu machen, dann nämlich, wenn die Lager, in denen der gefangene Fisch marktfähig aufbereitet wurde, nach bewaffnetem Schutz verlangten.

Die Tataren hatten nichts gegen Fisch, den sie nicht selbst zu fangen brauchten, und die Steppe bedeutete immer ein wenig Krieg.

Das war das Gewöhnliche, und so war es sonst.

Jetzt aber hatten die Tataren förmlich Fehde angesagt, und diesmal waren über tausend Reiter und insgesamt viertausend Pferde aufgeboten worden.

Verlieren freilich durfte man sich bei erklärtem Krieg trotzdem weniger als je. Immer mußten die Pferde auf gleicher Höhe mit der Flotte am Ufer entlanggetrieben werden, damit die Männer und Burschen auf den Tschaiken bei einer gefahrdrohenden Meldung sofort an Land setzen und in die hohen Bocksättel der Handpferde springen konnten. Mit viertausend berittenen Kriegern war man dann auch in der Nagaischen Steppe eine Macht. Nur durften die Flotte und die berittene Begleittruppe sich niemals aus den Augen verlieren.

Gerade das aber war geschehen.

Eine finstere Nacht und ein dicker Morgennebel, der erst gegen Mittag zerteilt worden war, hatten tausend Reiter und viertausend Pferde spurlos verschluckt.

Viel konnte geschehen sein, besonders im Nebel, der ebenso jeden Laut erstickte wie jede Sicht. Hinter diesem Vorhang konnten die Tataren ganz unbemerkt die Vermißten erledigt und ihre Pferde fortgetrieben haben. Und als sich nun nach drei Tagen vergeblichen Wartens weder ein Pferdeschwanz noch der allerkleinste Teil eines Kosaken hatte blicken lassen, war Denko Grechnoy vor eine schwere Entscheidung gestellt worden.

Leicht war es ihm nicht geworden, die Flotte zu verlassen; aber schließlich hatte er geglaubt, den gefährlichsten Teil der vorliegenden Aufgabe selbst übernehmen zu müssen. So hatte er sich denn mit einigen bewährten Pfadfindern aufgemacht, um die Verlorenen wieder herbeizuschaffen oder doch wenigstens Kunde von ihrem Ende zu erlangen.

Aber er kannte seine jungen Burschen zu gut, um außer von ihrer Rauflust viel von ihnen zu erwarten, und so war er nicht gegangen, ohne vorher strenge Verhaltungsbefehle zu erlassen.

Darum ankerte denn auch die Flotte, statt auf Land gezogen zu sein, im offenen Gangwasser, was freilich das einzige war, was von Denkos Befehlen beachtet wurde. Im übrigen aber hatte seine Abwesenheit alle Bande wohltätiger Gesetze und Gewohnheiten aufgelöst.

Wer konnte tapferen Kosaken mitten im Strom wohl etwas anhaben? Wozu also diese lästige Wachsamkeit und Postensteherei, die der alte Griesgram, der Denko, so eingeschärft hatte? Tataren gingen ja nie aufs Wasser – darüber gab es kein Streiten! Nach der Meinung der Jungen war demnach kein Grund vorhanden, sich nicht jedem erreichbaren Vergnügen hinzugeben.

Augenblicklich aber war es eine Lust, die Rosska brav auszulachen und sich an dem Zorn der kleinen Kröte zu weiden.

Und zornig war sie denn auch!

An die lachende Grausamkeit von Kindern war sie gewöhnt, aber ausgewachsene Männer hatte sie bisher grundsätzlich für harmlos gehalten. Man müsse sie nur nicht erst aufkommen und sich wichtig machen lassen, war sie auch jetzt noch überzeugt, denn dann würden sie unerträglich.

Und nun waren sie unerträglich! Der Kimre, der Hadsko, der Igor und alle die andern. – Nach Rosskas Meinung lag aber nicht der geringste Grund dazu vor.

Es stimmte wohl, daß bis jetzt auf ihre Kleidung wenig verwendet worden war. Aber weder ihr noch den andern hatte das Kummer bereitet, den Männern an Bord schon gar nicht!

Nur den Igor hatte sie mal sagen hören, der Denko Grechnoy sei reich genug und brauche sein Mädel nicht so herumlaufen zu lassen.

Er hatte offenbar nicht daran gedacht, der Igor, daß Denko es vielleicht hören könne. Aber der hatte es gehört! Und gemeint hatte der Ataman, daß bei der Art, wie Rosska an Bord gekommen sei, keine Vorbereitungen zu ihrem Empfang hätten getroffen werden können. Wenn sie jedoch erst glücklich wieder in Chortiza sei, was Gott geben möge, und was er, der Denko, bei Rosskas Gabe, überall dort zu sein, wo sie auf keinen Fall hingehöre, für außergewöhnlich wünschenswert halte, so könne sie Denkos wegen wie eine Tatarenprinzessin von Bagdscheserai ausstaffiert werden – ihm, dem Denko, sei das völlig gleichgültig, denn aus Geld mache er sich längst nichts mehr, und der Igor werde dann wohl künftig seine ungewaschene Schnauze halten. Das alles hatte Rosska nicht zu ihrer reinsten Freude mit anhören müssen.

Warum sie aber bei der betrübenden Aussicht, wieder nach Chortiza geschleppt zu werden, bis dahin mit ihrem Aufputz warten solle, das war ihr nicht recht verständlich gewesen. Was sie hatte, das hatte sie, und etwas wollte sie von ihrem Ausflug haben.

Um nichts und wieder nichts hatte sie sich nicht gleich nach ihrem Abschied von Serafim noch nachts ans Ufer geschlichen, wo die schwarzen Tschaiken auf Land lagen, hatte nicht ihr Grauen vor den grell bemalten Ankerklüsen überwunden, die im halben Mond wie drohende Drachenaugen starrten, hatte nicht vier Tage in ihrem Versteck an Bord ausgehalten, bis sie schließlich vom Hunger herausgetrieben worden war, um dann alles über sich ergehen zu lassen, was in einem solchen Fall über eine unerwünschte und eigenmächtige Mitfahrerin hereinbrechen mußte. Nur um sich jetzt wieder nach Chortiza abschieben zu lassen, hatte sie das alles nicht getan!

Sie wollte ja gar nicht nach Chortiza, sie wollte nach Konstantinopel! Als sie daher unter Denkos zurückgelassenen Sachen das Prachtgewand einer Bojarin gefunden hatte, war sie zur Tat geschritten. Das Kleid passe auch ziemlich gut, hatte sie zu sich gemeint, nur hier und da sei es ein bißchen zu lang, ein Übelstand, dem sie dann mit einem ebenfalls «gefundenen» Dolch schnell, zackig und gründlich abgeholfen hatte.

Und nun steckte ihr außer dem Dolch auch noch eine Nagaika im Gürtel, einem Gürtel freilich, der in Verkennung eigentlicher Zwecke aus einem mit Steinen bestickten Diadem bestand.

Aus solchen Kleinigkeiten machte Rosska sich nichts, und sie konnte auch auf keine Weise begreifen, worüber die Männer bei solcher Prachtentfaltung so albern zu lachen hatten. Der Igor allen voran!

«Heda, ihr!» rief sie ihm und den anderen zu. «Wohl mal 'n bißchen verrückt geworden, he?!»

Kimre hielt sich noch immer den Bauch und konnte nicht sprechen.

Hadsko johlte: «Die Rote! Die Rosska! Seht doch die!»

«Keine Rosska», stöhnte Kimre, weil er vor Atemnot keuchte, «ein Tatarenmädel, eine Tatarinska!»

An ein Aufhören war überhaupt nicht zu denken, und Rosska glühte vor Zorn.

Zeigen wollte sie es diesen, zeigen!

Dabei kamen ihr die Würfel gelegen. Auf einem Faß lagen sie mit einer Zwei, einer Drei und einer Sechs nach oben. Die Sechs lag in der Mitte.

«Paßt auf die Sechs auf!» rief Rosska.

Und dann schoß durch eine Bewegung ihres Handgelenks vom kurzen Griff ihrer Nagaika die Peitschenschnur so blitzschnell zwei Meter hervor, daß die Sechs in die Luft flog. Gerade mit der Schmitze hatte Rosska die Sechs, und nur die Sechs, getroffen!

«Würfeln an Bord ist verboten!» triumphierte sie dabei.

Sie hatte auch keine Mühe gescheut, sich dies Kunststück mit der Peitsche anzueignen, und unter den Fliegen von Chortiza, an denen sie es geübt hatte, war auf diese Weise eine erfreuliche Sterblichkeit ausgebrochen.

Nun aber brachte ihr heimlicher Fleiß sie zu hohen Ehren. Stürmischer Beifall trug er ihr ein, und so war sie auch wieder nicht, daß ihr der Beifall der Männer gleichgültig gewesen wäre.

Im Gegenteil! Ganz berauscht war sie von ihm.

«Seht euch lieber nach den Tataren um!» rief sie daher. «Und Schnapssaufen soll auch nicht gesund sein!» schmetterte sie hinterher, wobei sie zugleich dem Igor den ledernen Schnapsbecher aus der Hand feuerte.

Dem Igor aber war das gar nicht recht. Ganz rot lief er an. Denn nun galt das Gelächter ihm.

Er hatte seinen Ruf wiederherzustellen; aber wenn er nicht so schnell zugepackt hätte, wäre ihm Rosska doch noch entwischt. Der Igor war jedoch nicht weniger gewandt und dazu noch ein kräftiger Mann.

Bis jetzt hatte Rosska ihn auch ganz gut leiden können, doch wie er sie jetzt fest an sich preßte und alles Sträuben und Kratzen ihr nichts half – da haßte sie ihn. Wegen seiner körperlichen Überlegenheit haßte sie ihn.

Dagegen machte sie sich nicht das geringste aus dem Spott der anderen. Denn daß sie mit ihren roten Haaren, mit ihren Teufelshaaren also, gar nicht gut anzuschauen sei – davon war sie selbst viel zu gläubig überzeugt, und damit hatte sie sich längst abgefunden.

Jetzt jedoch erstarrte sie über den Igor, über sich selbst und darüber, daß alle die anderen mit ansahen und hörten, was der Igor sagte und tat.

Eigentlich war zwar alles wie sonst. Dennoch geschah etwas ganz Unerwartetes und beunruhigend Neues, etwas, von dessen Möglichkeit sie nie auch nur eine Ahnung gehabt hatte.

«Möchte wissen, wo ihr eure Augen habt, Männer», rief nämlich der Igor. «Seht euch die Rosska doch nur mal genau an!»

«Dürr wie 'n Stecken! Das Sattelzeug kann man ihr an die Knochen hängen!» höhnte es zurück.

«Wißt ihr nicht», übertrumpfte Igor aber die anderen, «daß die magersten Fohlen die besten Renner geben? Laßt die nur mal erst richtig zu Fleisch kommen, in ein, zwei Jahren, dann ist es soweit, dann sprech ich mit Denko. Die Rosska hol ich mir noch einmal. Was, Schätzchen», wandte er sich dann an die zappelnde Rosska, «wir beide werden noch mal ein Paar?»

Es war im Scherz gesagt. Doch das war es, daß es eben nicht nur ein Scherz war! Darum hielt Rosska es für Ernst, und der erste Mann, der ihr Furcht einflößte, war Igor.

So unergründliche Angst brach aus ihren Augen, daß die Männer über den Igor zu murren anfingen.

Schließlich war die Rosska noch ein Kind, ein häßliches Kind obendrein, und des Igors Tätscheln und Scherzen war gegen Gott, der nicht wollte, daß man im Kind die Frau aufscheuche, wenn sie noch gar nicht erwacht war. So ganz genau konnten es die Männer nicht denken; aber Igors Tun war ihnen so, als wenn jemand ein Tier im Mutterleib töte. Gerade so erschien es ihnen!

Igor fühlte es selbst, und verlegen ließ er das Mädchen los. Rosska aber nahm sofort die Gelegenheit wahr.

Mit einem unterdrückten, glucksenden Laut stürzte sie geduckt und wie geschlagen davon.

Nur ihre Nagaika lag noch auf den Planken.

Sie selbst wurde nicht mehr gesehen.

Erst als es schon dunkel war, stahl sie sich aus ihrem Versteck in der Pupp zum Spill hin. Dort blieb sie nun über der gespannten Ankerkette in guter Deckung hocken.

Annähernd hundert Tschaiken ankerten so, und bald erklangen von Bord zu Bord Gesang und das Klirren der Balalaiken. Immer länger wurden die Töne, immer trauriger wurden die Lieder, und immer betrunkener wurden die Männer.

Viele Tränen flossen, viele Küsse wurden unter den Männern getauscht, und das Geschluchze drang genauso zu Rosska wie die Musik und das Gestampfe der Tänzer.

Rosska begriff die Folgen, die Denkos Abwesenheit hatte. Trotz allem Getanze und Gesinge war Rosska unter Denkos strenger Führung im Grunde alles viel heiterer erschienen.

Die Männer hatten sich auf die Lachse gefreut und auf das Lagern, ja, selbst das voraussichtliche Geraufe mit den Tataren hatte durch die damit verbundene Aussicht auf ein Beutepferd keinerlei Kummer verbreiten können. Und wie lustig war es erst gewesen, wenn von den Schiffen zum Ufer und von den Reitern zur Flotte die Nachrichten durch bunte Wimpel hinüber- und herübergeflogen waren! So mancher Spaß war dabei unterlaufen, wie denn auch Rosskas Auftauchen an Bord sofort ans Ufer hinübergewinkt worden war, was ebenso schnell eine Reihe derb-lustiger Gegensignale über die Art ihrer Behandlung zur Folge gehabt hatte. Zum Teil waren das freilich etwas kränkende Vorschläge gewesen. Aber immerhin hatte sie sich nicht halb so darüber geärgert wie heute über den schrecklichen Igor.

Die Wimpel aber waren ihr genau wie den Vorgängern der jetzigen Kosaken anfangs wie eine Art Zauber vorgekommen. Auch die hatten sie erst den Tataren ablernen müssen, und die alten Leute erzählten noch davon, welches Grauen es in Vorzeiten erregt habe, daß die Fremden alles immer früher gewußt hätten, bis auch die Kosaken endlich dahintergekommen seien, daß bunte Zeugfetzen sprechen können.

Tag für Tag war das so mit Winken und Frohsinn gegangen, bis dann die Reiter verschwunden waren.

In dieser Nacht aber wurde es auch Rosska klar, daß es um das Unternehmen nicht zum besten stand, klarer als vielen der Männer. Dennoch verfolgte sie über ihre eigenen Sorgen diesen Gedanken nicht weiter.

Denn da war vor allem Denko mit seinem ewigen: «Rosska muß so schnell wie möglich wieder nach Chortiza.»

Nun war es ja keineswegs Rosskas Absicht, für alle Zeiten auf der «Kalka» zu bleiben, und daß die Tschaiken sich nicht vor Konstantinopel blicken lassen durften, wußte sie auch. Ja, falls sie wieder zurück müßte, würde es sogar seine Reize haben, im hohen Sattel durch die Steppe zu reiten, womöglich mit Handpferden, die man mit der Nagaika in Ordnung halten konnte, und als Bestes natürlich das Stromauftreideln einer Tschaik! Das alles mußte herrlich sein.

Doch ein Zurück hieß für sie immer nur: Zurück nach Chortiza. Sie aber kannte Chortiza nun. Was also sollte sie da?

Ihr Kätzchen hatte sie dem Vater Serafim gegeben, doch nur, um fortreisen zu können, hatte sie das getan. Und den Vater Serafim hatte sie wohl sehr lieb; aber sie hatte schließlich noch so vieles zu fragen!

Früher einmal hatte sie geglaubt, Serafim wisse alles. Das freilich war schon sehr, sehr lange her. Vergangenen Frühling hatte sie das zum letztenmal geglaubt. Gerade da aber hatte er so vieles von dem, was sie bedrängte, nicht sagen können, und auf diese Weise war sie dann dahintergekommen, daß er es nicht wisse.

Vater Serafim konnte ihr in Chortiza nicht mehr viel helfen. Dagegen würde sie ihm, wenn sie erst wiedergekommen sein würde, alles erklären, worauf er nicht hatte antworten können. Denn nichts würde es geben, was sie dann nicht wüßte. Und er sollte alles erfahren, er vor allen!

Denn immerhin war Serafim gut. Er wußte zwar nicht alles, aber nie würde er ihr oder der Katze Schlechtes antun.

Beim Denko war sie dessen nicht ganz sicher. Der wollte immer seinen Willen durchsetzen und verstand deswegen vielleicht doch nicht mehr als Serafim.

Schon jetzt zweifelte Rosska sehr, ob das, was Denko Köstliches mit ihr vorhabe, ein Segen sei. Denn wie es ausging, wenn man angetan war wie eine Tatarenprinzessin aus Bagdscheserai – das hatte sie ja nun gesehen.

Außerdem würde es dann auch mit jeder Gemütlichkeit aus sein.

Bis jetzt war sie gekommen und gegangen, wie es ihr paßte. Kein Mensch hatte sich darum gekümmert, auch Denko nicht. Ob ihr Platz hinterm Herd leer gewesen war oder nicht, hatte ihm keine Kopfschmerzen gemacht.

Aber wenn er ihr erst die feinen Kleider geben würde, wäre das natürlich vorbei! Mit solchen Kleidern konnte man nicht gut hinterm Herd liegen, und überhaupt war dann auf Chortiza kein Platz mehr für sie.

Wenn sie aber nicht meerwärts und stromab sollte, wogegen Denko offenbar etwas hatte, dann blieb nur noch übrig, sie nordwärts stromauf und über die Porogen hinüber ins Oberland zu schaffen, vielleicht gar nach dem furchtbar großen Kiew. Schöne Kleider konnte sie dann wohl brauchen, denn mächtig reich waren die Leute da. Ob aber in diesem Fall eine Tatarenprinzessin gerade das Richtige sei, wußte Rosska noch lange nicht! Die in Kiew hatten doch viel zuviel Zank miteinander, als daß sie sich um eine Tatarenprinzessin groß kümmern würden. Dazu wäre mindestens eine Heilige vonnöten, die ja, wenn man Vater Serafim so erzählen hörte, auch manchmal ganz hübsch angezogen gewesen sein mußten.

Die Dinge lagen nun einmal so, daß die Römisch-Katholischen sich mit den Rechtgläubigen zankten! Die Polen, das wußte Rosska, waren römisch und spielten in der Ukraine die Herren. Die Leute der schwarzen Erde selbst aber waren rechtgläubig wie die Saporoger. Was aber Rosska nicht wußte und was ihr auch Serafim nicht hatte klarmachen können, war, warum sich die Leute so zankten, und Rosska fürchtete sehr, daß die in Kiew es auch nicht wußten und es ihr ebensowenig sagen konnten wie Sarafim. Denn daß die einen es mit dem Papst in Rom und die anderen mit dem ökumenischen Patriarchen hielten, konnte nach Rosskas Meinung unmöglich der wahre Grund sein!

Tatsächlich hatte Rosska vor Kiew beinahe ebensoviel Angst wie vor Chortiza. Denn vor Chortiza hatte sie plötzlich Angst bekommen, und zwar an diesem Nachmittag, als der Igor sie an seine nackte Brust gepreßt hatte.

Wenn der sie holen käme, dachte sie, das wäre schrecklich.

Denn Rosska wußte Bescheid! Erst waren da Mädchen und dann kamen da Männer und holten sie, und auf einmal waren es gar keine Mädchen mehr, sondern sie benahmen sich unsagbar albern wie die Marinka mit ihrem krummbeinigen Pjotr, von dem sie immer sagte, der würde mal der beste Reiter werden, weil er den richtigen Schenkelschluß habe!

Rosska aber hatte ihre Katze und Serafim, zu denen sie ja auch auf alle Fälle zurückkehren würde, und brauchte keine krummbeinigen Pjotrs und keine Igors, die schlecht rochen, wenn sie betrunken waren. Und es sei gräßlich, fand sie, so angefaßt zu werden, wie Igor sie angefaßt habe.

Rosska wollte dies ganze Chortiza nicht mehr!

Nun hatte sie ja gehört, wie Denko den Igor hart angefahren hatte, und das war auch gut so. Aber Männer waren nach ihrer jungen Erfahrung oft recht haltlos, und dann taten sie ganz anders, als sie sprachen.

Und Igor war nicht der erste beste!

Er war der berühmteste Pferdedieb der ganzen Kosakei. Natürlich stahl er niemals Kosakenpferde. Das würde ihm schlechter als schlecht bekommen sein und hätte ihn verächtlich gemacht. Aber Tatarenpferde, die stahl er in Haufen! Und dafür wurde er belobt, und so erfreute er sich bei den Grenzern eines hohen Ansehens.

Rosska seufzte tief auf, als sie an Igors steppenweiten Ruhm und an seine Absichten auf ihre Person dachte. Wie leicht könne Denko da schwach werden!

Sie aber wollte nicht wieder stromauf.

Stromab wollte sie, meerwärts und über das Meer hin zur heiligen Stadt, wo ein Vater wohnte, der alle ihre Fragen beantworten konnte, auch die, ob sie nun in den Himmel komme oder draußen bleiben müsse. Denn sie hatte wirklich nichts gegen den Himmel, schon deswegen nicht, weil Serafim so große Stücke darauf hielt und furchtbar traurig sein würde, wenn sie dermaleinst dort nicht anzutreffen wäre. Und während nun alles um Rosska stromab floß, kam sie selbst weder hinauf noch hinab. Sie saß einfach hier fest.

Das Wasser gurgelte unaufhörlich um Bug und Kette, und was auf dem Wasser schwamm, mußte folgen. Gestern war ein Pferdekadaver vorbeigetrieben. War Rosska schlechter als ein Pferdekadaver?

Jeder abgerissene Schilfhalm trieb stromab, jedes Bündel. Ganze Inseln von Schilf trieben so, gerade jetzt. Vielleicht war etwas auf dem Ingulez los gewesen, daß so große Packen Schilf herunterkamen. Aber was nur? Hochwasser gewiß nicht. Die Steppe war ja strohtrocken und braun.

Da kam Rosska plötzlich ein neuer Gedanke!

Sie hatte einmal einen Hasen auf treibendem Schilf hocken sehen. So viel mehr aber als ein Hase wog sie selbst wohl auch nicht, und vielleicht trug so eine Insel auch sie?

Dann käme sie hier fort, käme sie zum Meer, käme sie zur heiligen Stadt.

Ganz aufgeregt starrte Rosska voraus.

Pfeilgerade auf sie zu glitt so eine Insel heran.

Eigentlich mußte die Strömung das Treibgut auf der Backbordseite vorüberführen. Aber es war, als wenn diese Insel etwas Lebendiges sei, als wenn sie Rosskas Sehnsucht vernommen habe und ihr willfahren wolle. Immer näher trieb die Insel.

Rosska hangelte schon an der Ankerkette hinunter.

Sie wollte es wagen!

Wenn die Insel sie trug, wollte sie auf ihr den Dnjepr hinab.

Vor den Tataren fürchtete sie sich dabei nicht im geringsten. Die Tataren kamen ja nie aufs Wasser.

Und jetzt war es soweit, jetzt kitzelten die ersten Schilfhalme ihren nackten Fuß.

Eines freilich hatte Rosska nicht bedacht: Wenn die Tataren ein Gewässer überschreiten wollten, bliesen sie in vernähte Tierfelle Luft, und über diese Luftsäcke legten sie ein Schilfgeflecht, und solche Flöße trugen dann mit Leichtigkeit ganze Familien und Herden.

Diese Flöße konnten aber auch Krieger tragen.

Die Insel, auf die Rosska im Begriff war den Fuß zu setzen, trug jedenfalls einen ganzen Haufen davon. Hinter Schilfwänden lagen sie versteckt, und während das Floß sich zwischen Bug und Ankerkette staute, fühlte Rosska sich plötzlich gepackt.

«Ich muß doch», schrie sie, «ich muß doch nach...»

Nach Konstantinopel! wollte sie schreien.

Aber da schloß ihr bereits eine sehnige Tatarenhand den vorlauten Mund.

4

Am 27. Mai 1522 krachten die Kanonen über Konstantinopel. Diese Schüsse waren das Zeichen des Krieges. Denn wiederum nahm der junge Kaiser Abschied von der Hauptstadt seines Reiches und den Seinen, um sich unter die Fahnen seines Heeres und ins Feld zu begeben.

Im Vorjahr hatte es Ungarn gegolten. Jetzt kehrte der Padischah seine siegreichen Waffen gegen den Inselstaat Rhodos.

Dreimal schon waren die Salven über die sieben Hügel der Stadt hinweg bis hinüber ans asiatische Ufer gerollt, wo vom Mädchenturm die Antwort gekommen war, und eben wurden die Geschütze zum viertenmal gelöst.

Das erste Mal hatte es sich ereignet, als Sultan Soliman vom Neuen Serail aufgebrochen, das zweite Mal, als er bei der Grabmoschee seines Vaters angelangt war.

In zwei Jahren war die Moschee Sultan Selims von dem großen Baumeister Sinan vollendet worden, und nun hatte Selims Sohn am Grab des Besiegers von Persien und Eroberers von Ägypten, das Heiligtum einweihend, gebetet und zugleich seinen väterlichen Kummer an den Gräbern seiner jüngst vorzeitig verstorbenen Kinder ausgeweint.

Beim Aufbruch des Herrschers von den Gräbern waren die Batterien zum dritten- und bei dem vom Alten Serail, dem Sitz der Sultana Walide, waren sie zum viertenmal abgefeuert worden. Er hatte den Toten und der Lebenden gehuldigt, hatte gebetet und der Sultana Walide, seiner noch immer schönen Mutter Hafsa Chatun, ehrerbietig die Hand geküßt, und nun ging der kaiserliche Zug wieder zum Sitz der Herrschaft, zum Neuen Serail.

Soweit die engen Gassen den Aufzug sahen, waren es die Straßen mit den roten und gelben Häusern frommer Türken und nicht die der Griechen und Armenier, denen dunkelgraue und hellgraue Hausanstriche geboten waren. Denn wenn der Großherr auch keine Abneigung gegen die Christen empfand, so standen sie der gereinigten Lehre der Moslems und den Gebeten dieses Tages doch zu fern. Niemals aber wäre der Hufschlag des kaiserlichen Pferdes in den dunklen Gassen mit den violetten Häusern der Juden erklungen. Zu wenig angenehm waren sie den Augen des Herrn.

Auch die Häuser der Türken waren freilich steil und schmal. Nur wenige Fenster gingen zur Straße, doch aus den wenigen hingen die kostbaren Gewebe aus Kerat und

Smyrna, Teppiche aus Teheran und Samarkand. Und hinter den Kostbarkeiten drängten sich wie in den Torbögen die Menschen. Denn die laubbestreuten Gassen selbst mußten frei bleiben. Dafür sorgten die Stäbe der Bostandschi, die rotgelb mit ihren lang vom Kopf herabhängenden Baretas dem feierlichen Geleit voranschritten.

Schon hörte man aus der Ferne ein Brausen, durch das wie erste Sturmböen hohe Trompetenstöße pfiffen.

Und dann kamen sie.

Hinter den Bostandschi stampfte der harte Tritt genagelter Stiefel. Blauröckig und mit geschulterten Flinten marschierten einige Odas von Janitscharen auf, Kompanien des besten Fußvolks der ganzen Welt.

Ihre halbmeterhohen, randlosen weißen Filzzylinder, von denen es ihnen hinten weit und weiß auf die Schultern herabwallte, ließen die wettergebräunten bärtigen Gesichter noch dunkler und drohender erscheinen, als sie es schon waren. Golden blitzten die Kugelknöpfe ihrer blauen Röcke, golden die gekreuzten Löffel an der Stirnseite ihrer Hauben. Die Kukas, die Federhelme ihrer berittenen Offiziere, waren vergoldet wie die Trompeten und der chinesische Schellenbaum ihrer Musik. Hörner, Pfeifen, Trommeln und Pauken rauschten auf, und so zogen die Odas in langsamem Schritt vorüber, der einzig und allein der kaiserlichen Würde entsprach.

Hinter den gelb-rot gestreiften Fahnen der Janitscharen und ihrem in Brokat gekleideten Aga, dem auf der Stange zwei Roßschweife vorangetragen wurden, kamen wieder Bostandschi höherer Grade und die inneren Leibwachen mit den goldenen Uskufs auf den Köpfen.

Immer prächtiger wurde der Zug.

Gold, Scharlach und Zobel kamen, juwelenbesetzte Geschirre und die edelsten Rosse Arabiens.

Hohe Staatsbeamte kamen, auf dem Haupt die Mudschewese, den hohen Turban, der nur die Spitze der Kappe freigab.

Die Würde des Gesetzes und der Schulen kamen, die

Ulema mit der Chorasani, dem runden, alles verdeckenden Wulst auf dem Kopf, unter ihnen die Nachkommen des Propheten, die Seids, dann die Kadiaskere von Anatoli und Rum, die Heeresrichter von Europa und Asien, zuletzt aber der hochwürdigste Mufti selbst auf einem silbrigen, hochbeinigen Esel mit pechschwarzen Nüstern, einem Esel aus dem erlauchtesten Blut von Maskat. Kunstreiche Ornamente waren dem Tier ins Fell geschoren, auf dem der ehrwürdige Greis wie eine weiße Wolke thronte, in die nur die Zobelplatten seines Gewandes leichtes Dunkel tupften.

Die Ulema waren die eine Säule des Großreichs, die Wesire die andere.

Das Korps der Muteferrika, der Hof- und Staatsfouriere, alles Männer, die sich um das Reich verdient gemacht hatten, kündigte die Wesire an.

Die Kalewi trugen die hohen Herren, den golddurchzogenen Turbanbund. Jeder der vier Minister ritt in einem Gewimmel von Pagen einher, jeder unter Vortrag seiner drei Roßschweife, und zum Schluß kam der alte Herr, der als Träger des kaiserlichen Siegels und Großwesir fünf Roßschweife zu beanspruchen hatte: Piri Mustafa Pascha.

Sipahis folgten. Lehensreiterei vom Dienst, und darauf die ebenfalls berittenen Silihdare, die nicht minder prächtigen geworbenen Schwertträger.

Rechts gelbe, links rote Standarten, rechts eine rote, links eine weiße Großfahne – so begann der Auftritt des eigentlichen kaiserlichen Hauses mit den hohen und höchsten Hofwürden, und von nun an war auch nur einer im Zug noch beritten: der Herr.

Statt der Pferde seines Geleits wurden 32 reich aufgezäumte kaiserliche Rosse von Stallmeistern vorangeführt, darunter zwölf mit silbernen, juwelenübersäten Schilden, ein Symbol, daß wahrlich kein Mangel, sondern nur die Ehrfurcht vor der kaiserlichen Nähe das hohe Gefolge zum Gebrauch der eigenen Füße zwang, die Kämmerer und Hofmeister, die Herren der inneren und äußeren Kammern des

Serails und als letzten und höchsten den Kapu Aga, den Obersthofmeister und Vorstand der weißen Eunuchen.

Zwar mißbilligte der Prophet im Gegensatz zur Bibel die Entmannung – hierin jedoch wie in anderem waren die Osmanen Erben des heiligen christlichen Reiches von Byzanz, und hier wie dort spielten die Unmänner die größten Rollen. So waren denn wohl alle Herren des Hofstaats als gute Moslems beschnitten; die meisten aber nach der Vorschrift ihrer Ämter auch obendrein noch verschnitten.

Nun erst erschienen die Tschausche, die Staatsboten und Botschafter des Reiches, und wie es dem Koran als unziemlich galt, durch einen anderen Laut als den der menschlichen Stimme zum Gebet zu rufen, für ebenso vermessen wurde es erachtet, den Großherrn auf andere Weise anzukündigen.

Ohne Anfang und Ende priesen die stattlichen Herren unter ihrem Tschauschbashi in dreifach verschlungenem Chor Sultan Soliman Khan, den Kaiser und Herrn, den Beschützer der heiligen Städte von Mekka und Medina, den Herrn zweier Meere und Weltteile, den Vollender der vollkommenen Zehnzahl. Alai! Alai!! Alai!!

Ohne Aufhören rankte sich das hallende Alai durch die verschlungenen Worte und kündigte Ihn an, den Einen.

Und dann kam er selbst.

Hinter sieben Roßschweifen kam er.

Seit nach der Legende einst ein Türkenkhan in der Schlacht seinem Pferd den Schweif abgehauen hatte, um sein Heer nach Verlust aller Fahnen unter diesem Zeichen zu sammeln, war der Roßschweif der sichtbare Ausdruck jeder osmanischen Befehlsgewalt, wie er es im China der Tang-Dynastie gewesen war, wo Türken als Prätorianer gedient hatten.

Hinter sieben Roßschweifen kam Soliman.

Von den Helmen der Hartschiere war er umblitzt, von den Reiherbüschen der goldgepanzerten Solaks umschattet. Seinen linken Steigbügel hielt der Oberststallmeister, den rechten der Oberstkämmerer, den linken Zügel der zweite Stallmeister, den rechten der Träger der heiligen Fahne, während die noch übrigen Herren des kaiserlichen Steigbügels, darunter Ibrahim der Epirote, der Oberstfalkenmeister und Freund des Sultans, die Hufe des kaiserlichen Rosses umringten und der Schatzmeister des Serails Geld auswarf. So ritt Soliman auf einem Falben durch sein begeistertes Volk.

Die Jusufi schmückte sein Haupt, der hohe, mit drei funkelnden Reiherbüschen bekrönte Turban.

Über das grünseidene Gewand floß ihm von den Schultern goldener Brokat, der bei jeder Bewegung des Reitens im Aufschlagen das Futter aus Hermelin zeigte. Sein gebogener Säbel aber war ein einziger Glanz. Das kaiserliche Schwert vertrat Reichsapfel, Zepter und Krone. Kein Fürst aus dem Haus der Osmanen war Kaiser, ehe er nicht inmitten seiner Truppen mit dem Schwert umgürtet worden war.

Achtundzwanzig Jahre war Soliman alt.

Schlank, hoch und dunkel saß er im Sattel.

Auf langem Hals ruhte mit allen Erbzeichen einer natürlichen Zuchtwahl ein schmaler Kopf.

Zwar trugen die türkischen Kaiser unter vielen Namen auch den des «Sohnes der Sklavin». Doch in den kaiserlichen Harem kam immer nur das Erlesenste an Frauen, sei es als Beute oder als Geschenk oder als Tribut. Und ob in Konstantinopel jetzt statt des Kreuzes auch der Halbmond herrschte – in einem hatte sich nichts geändert: Weibliche Schönheit galt immer noch als Adelsbrief und konnte bei großem Glück bis an die Stufen des Throns führen.

So hatte Soliman seine herrscherliche Haltung von beiden Eltern geerbt, auch von Hafsa Chatun, seiner Mutter. Gerade von ihr! Unter seinen weit auseinanderstehenden großen braunen, ein wenig traurigen Augen bog sich schmalrückig die Nase. Über die dünnen Lippen hing ihm der Schnurrbart leicht nach unten. Das Kinn trug er bei seiner Jugend noch nackt.

Nur seine Augen schweiften über Menschen und Dinge.

Den begeisterten Alai-Rufen sich dankend zu neigen verbot diesem edlen und rassigen Kopf das Zeremonial.

Das tat der Großmeister des Turbans für ihn, der zugleich Ausbreiter des Gebetsteppichs und Zweiter Innerer Aga war.

Dieser hohe Beamte ging mit einem zweiten kaiserlichen Kopfschmuck dicht vor der Majestät einher und neigte diesen Turban nach links und rechts dem begeisterten Volk freigebig dankend zu.

«Alai unserm Padischah, Sultan Soliman Khan Alai! Dem König der Könige, dem Herrn der Welt! Alai! Alai! Alai!»

Der Ruf der Tschausche verklang im Brausen, das den kaiserlichen Zug empfing und ihm folgte.

«Alai, Alai ...!»

Das letzte Flimmern eines gewaltigen Glanzes erlosch, und endlich donnerten dann ein fünftes Mal die Kanonen.

Da hatte der Kaiser durch das Spalier seiner Truppen und seines Gefolges mit den wenigen den zweiten Hof des Serails erreicht. Die Herren des kaiserlichen Steigbügels waren zurückgetreten, und der Obersthofmeister und der Oberststallmeister hatten mit Beistand der übrigen sechs Herren der Achseln dem Großherrn unter die Arme gegriffen und ihn vom Pferd gehoben.

Nun durften die Wesire und hohen Ulema dem Herrscher noch die Hand küssen, und dann schritt er mit den allerwenigsten davon.

Mit jedem Winken seiner Hand blieben einige Herren seiner Begleitung zurück, immer mehr, bis er vor den vier Toren der Glückseligkeit anlangte.

Kein anderer als der Padischah durfte diese Tore durchschreiten.

Sie führten in den kaiserlichen Harem. In ein Haus der Frauen?

Nicht in ein Haus, sondern in eine Stadt und eine Landschaft, die den Frauen gehörte, führten diese vier Tore.

Hier endete das Reich des Kapu Aga, des Obersthofmeisters und Vorstehers der weißen Eunuchen. Bei den Frauen versahen die schwarzen Verschnittenen den Dienst. Abessinier zumeist; denn Neger zu verschneiden verbot das Gesetz.

Nachdem der Kapu Aga also die feierlichen Schläge getan, trat er ab. Selbst ein so großer Herr wie er wurde hier überflüssig; denn es gebührte sich, daß der Herrscher allein stand, wenn die Tore der Frauen sich vor ihm öffneten.

Die Osmanensultane waren Sunniten. Mit puritanischer Strenge hielten sie nicht nur zum Koran des Propheten, sondern auch zur Sunna, der Richtschnur der Gläubigen.

Keine anstößigen Darstellungen von Mensch oder Tier beleidigten daher Solimans Augen. Nur zarte Schmucklinien umliefen die Tür von Erz, die sich in hohen, schweren Flügeln vor ihm auftat.

Nach wenigen Schritten war die zweite Tür aus Zedernholz mit gebuckelten Messingbeschlägen erreicht und ebensobald die dritte aus Silber mit Türkisen vom Sinai.

Wenn beim Öffnen der Türen menschliche Hände im Spiel waren, so blieben sie doch unsichtbar, während der Herrscher hindurchschritt. Vor der vierten Tür aber grüßten die Wächter den Herrn. Aus edelster golddurchzogener Bronze war die Tür, und sie schmückte sich zu allen Zeiten des Tages und der Nacht mit dem Licht, wie es der Himmel herabsandte.

Jetzt war es hinter der Durchbrochenen Tag, und schräge Strahlen ließen den Teppich von Kandahar aufleuchten, den der Kislar Aga, das Haupt der schwarzen Eunuchen des Harems, mit seinen Räten in dreifachem Salaam mit der Stirn berührte.

Als Lokman Aga, der Kislar, sich dann erhob, legte er nur zwei Finger der Rechten an die Tore, die sich, wie durch diesen sanften Druck bezwungen, sogleich feierlich öffneten.

Wie eine lichtumflossene Säule stand Lokman nun in seinem marderbesetzten weiß-gelben Ornat vor dem Horizont. Denn die Tore lagen auf dem Serailhügel erhöht über den paradiesischen Gärten, die sich von hier zum Meer hin senkten.

Lokman hatte nichts von der Unförmigkeit mancher anderer Verschnittener wie etwa von der des großen Feldherrn und Eunuchen Suleiman, des Paschas von Damaskus, dem vier Männer aufhelfen mußten, wenn er sich vom Sitz erheben wollte. Lokman war hager und groß. Was von seinen Haaren unter der Kürbishaube der Eunuchen hervorkam, war weiß. Hände und Gesicht des Abessiniers waren im Lichten das einzige Dunkle.

Wie den Wesiren standen ihm drei Roßschweife zu; denn der Kislar Aga war nicht nur ein Mädchenhüter, sondern er war auch zugleich Kurator aller kaiserlichen Moscheen und Universitäten sowie der heiligen Städte Mekka und Medina. Und wenn Lokman auch selbst kein Dichter war, so beschützte er Dichtkunst und Gelehrsamkeit doch so freigebig, daß man in Basaren und Bädern, wo die öffentliche Meinung gemacht wurde, Seine Exzellenz als den Gönner pries, der, ob auch der Docht seiner Männlichkeit erloschen sei, das Licht des Geistes dafür zu um so höherer Flamme entfache.

Eine kaum merkliche Gebärde Solimans, und der Kislar trat beiseite.

Ungehindert schweiften die Blicke des Kaisers nun über die Weltstadt hin, auf deren gestuften Hügeln neben- und übereinander zypressenumstandene Moscheen und Paläste prunkten, über das barkenwimmelnde Goldene Horn und den Bosporus schweiften sie zu den freundlich-heiteren Dörfern am asiatischen Ufer und wieder zur Serailspitze zurück, an der sich schäumend die Flut brach.

Das waren die Stadt, der Meerstrom, der Hafen.

Das Serail selbst war eine Welt für sich.

Ein weißes Gebäude von verschwenderischen Ausmaßen, über und über mit Türmchen und vergoldeten kleinen Pyramiden besät, glich es mit seiner Fülle von riesigen Höfen mehr einer Stadt als einem Haus, und als habe es in unbezähmbarem Ausdehnungsdrang immer wieder Kinder gezeugt, so lagen noch zahllose Einzelpaläste, die Konaks, in den Alleen und Labyrinthen der Gärten versteckt, zahlreicher die kleineren Köschke, die Pavillons aus lasierten Kacheln oder aus dem Marmor, den die Tempel Griechenlands oder der Marmorbelag ägyptischer Pyramiden ihnen wie den anderen Gebäuden hatten liefern müssen.

Ein Drittel der Türkenstadt bedeckte dieses Serail, und wer seine Gärten durchwanderte, dem hätten sich in Blumen und Parks, Bosketten und Wiesen, Irrgärten, Wasserkünsten und Gewässern immer neue und überraschende Reiche erschlossen.

Aber es waren verbotene Gärten.

Kein Mann betrat sie außer einem.

Als einziger Mann betrat Soliman dies Reich von über dreihundert Frauen, die alle nur ihm gehörten.

Dreihundert Damen mit Eunuchen, Hofmeisterinnen, Gouvernanten und Mägden lebten dort in Kinderstuben und Boudoirs, in Konzertsälen, Reitbahnen und Hallen, in einer Stadt, für die hundert Köche, fünfhundert Konditoren und mehr als zweitausend Palastgärtner arbeiteten. Scheinbar nur dem Augenblick lebten sie, da die Majestät geruhen würde, eine von diesen Damen zu bemerken. Jetzt aber wollte Soliman allein sein, und er war es.

Er war von Anfang an ein zärtlicher Vater gewesen, und der Tod seiner Kinder bedrückte ihn tief.

Sogar junger Ruhm konnte seine Schwermut nicht lindern. Und doch hatte er bereits im ersten Jahr seiner Regierung dieselbe Stadt erobert, die der Eroberer Konstantinopels selbst, Mohammed der Zweite, vergeblich bestürmt hatte. Belgrad an der Donau war sein, und der junge Ungarnkönig mußte sich nun entscheiden, ob er den Weg mit der Türkei oder gegen sie gehen wolle.

Diese Wahl ließ Soliman dem greisen Großmeister der Johanniter nicht. Wie ein Pfahl im Fleisch lag die Ordensinsel Rhodos Kleinasien feindlich vorgelagert und störte die Verbindung mit Ägypten. Auch Rhodos hatte den Vorfahren widerstanden, aber ihm, Soliman, sollte es fallen wie Belgrad.

Alles war vorbereitet, nur noch wenige Tage trennten ihn vom Aufbruch mit dem Heer. Von seiner Mutter und seiner ganzen Familie hatte er sich verabschiedet, und eigentlich war er gewillt gewesen, diesen letzten Abend in Konstantinopel mit seinem Freund Ibrahim zu verbringen. Aber die Walide hatte ihn an die schöne Saffieje erinnert, und ein Wunsch der Mutter war für jeden ehrerbietigen Sohn so gut wie ein Befehl. Für Soliman war er es.

Die Sultana Walide hatte viel für die junge Sultana übrig: denn Saffieje war aus dem gleichen cirkassischen Stamm wie sie selbst. Und dann war Saffieje Sultana die Mutter des Prinzen Mustafa, auf dem jetzt alle Hoffnung ruhte.

Soliman mußte lächeln, als er an seinen sechsjährigen Jungen dachte, seinen einzigen nun, dessen Hautfarbe ebenso weiß wie seine eigene dunkel war, an das kluge und schöne Kind. – Auch ohne das Erinnern seiner Mutter würde er sich jetzt freuen, den Knaben zu sehen, und natürlich auch Saffieje, die Reine, wie der Name besagte, die aber ebensogut auch die Stolze hätte heißen können. Und daß Mustafa nunmehr der einzige war, mochte schmerzlich, aber für den Sohn dennoch das beste sein. So war von ihm genommen, was zu tun und zu leiden gleich schwer war. «Wer von meinen erlauchten Söhnen und Enkeln zur höchsten Macht gelangt», lautete der Kanun des Eroberers, «der darf seine Brüder sterben lassen für die Ruhe der Welt.» – Dieses Dürfen war ein Muß; denn das Gesetz war hart, aber berechtigt.

Manches Mal schon war das Reich durch Prinzenkriege erschüttert worden. Noch Solimans Großvater Bajesid hatte mit seinem Bruder Dschem um die Herrschaft kämpfen müssen, bis der Prinz schließlich im fremden Italien dem Gift des Papstes Alexander, des Borgia, erlegen war. Und Solimans Vater war es nicht viel anders als Bajesid ergangen. Auch er hatte mit seinem Bruder gekämpft.

Trotzdem fühlte sich Soliman weniger durch die Erinnerung an offene Feldschlachten bedrängt als durch den Gedanken an die Erdrosselungen junger Osmanenfürsten, die fast jeden Thronwechsel einleiteten.

Ihm selbst hatte die blutige Hand seines Vaters es erspart, den Kanun anwenden zu müssen. Bereits als mutmaßlicher

Thronerbe war er ohne Brüder gewesen, und vielleicht verdankte er nur diesem Umstand sein Leben. Sein Vater, der selbst seinen eigenen Vater entthront hatte, war auch Solimans grimmigster Feind gewesen.

Mochte also der kleine Mustafa der einzige bleiben! Besser war es, als wenn er dereinst erst durch Brüdermord die Herrschaft erlangen würde.

Unwillkürlich beschleunigte Soliman seine Schritte auf dem farbigen Kies, seine Züge entspannten sich und wurden, ohne den Ernst zu verlieren, menschlich.

Es trieb ihn zu seinem Sohn und Saffieje.

Überall standen Pferde für den Padischah.

Ein kurzer Ritt brachte Soliman zu den eleganten Bogengängen am Meer, wo ein Konzert von Lautensängerinnen angesagt war.

Heiter eröffneten die Arkaden einen Ausblick zum Bosporus, und zugleich umschlossen sie klösterlich einen inneren Hof mit Fontänen, wie denn dieser kaiserliche Harem so gut wie ein Kloster war, das die Damen mit Ausnahme von wenigen zur Jungfräulichkeit verpflichtete.

Alleen von Zypressen lösten die Architektur auf, und Beete von persischen Rosen, von Tulpen und Ranunkeln schufen farbig bewegte Übergänge zum Park.

Soliman liebte es nicht, sich wie bei einer Truppenrevue gedrängten Massen von Frauen gegenüberzusehen, und so sorgten die Hofmeisterinnen dafür, daß die Wünsche des Herrn befolgt wurden. Trotzdem also alles bei seiner Ankunft fieberte, gab sich die ganze Damenwelt mit größter Einfachheit, und selbst der geringste Anschein eines Aufhebens wurde vermieden.

Auch die Sängerinnen unterbrachen sich nicht. Sie sangen, von der Hofkapelle der Eunuchen begleitet, ein Scherzlied des Persers Hafis vom Wein.

Soliman wunderte sich belustigt, auf welche Weise die Mädchen wohl dahintergekommen seien, daß er dem verbotenen Genuß des Weins ebensowenig abhold war wie sein

Freund Ibrahim und daß es bei seinen Zusammenkünften mit ihm nicht am Cyprer zu fehlen pflegte? Aber dann verfolgte er den Gedanken nicht weiter. Für das Serail blieb eben nichts ein Geheimnis.

Eine Gruppe von Guedlicki kreuzte seinen Weg mit ihrer «Oda», wie man scherzweise die Gouvernante von je acht jungen Mädchen nannte, die sie zu beaufsichtigen hatte und mit denen sie auch den Schlafsaal teilte.

Alle hatten die Fingernägel mit Henna rotpoliert und mit Kohol Wimpern und Brauen nachgezogen. Sorgsam waren auch die Farben ihrer langen Hosen gewählt, die der Hemden und der ärmellosen halblangen Mäntel, und auf dem Kopf trugen die Mädchen flache Käppchen mit herabhängenden Quasten. Aus Seide waren die Gewänder oder aus Geweben von Mossul, die Schals aber kamen aus Kaschmir.

Bis in den Boden versanken die Damen, und Soliman grüßte. Hier band ihn kein Zeremonial, und stets war er höflich gegen Frauen, was ihm mehr als nur ein Gebot des Korans war und ihm aus dem Herzen kam.

Aber er sprach mit niemandem, und der Kiajai Harem, der Obersthofmeisterin, die ihm aus dem ersten Bogengang entgegeneilte, gab er nur auf, ihn bei den kaiserlichen Prinzessinnen, seinen Schwestern und Tanten, die zu Besuch gekommen waren, zu entschuldigen und den Hoheiten seine Grüße zu übermitteln.

Er kam von Gräbern und hatte kein Verlangen nach Unterhaltung. Jetzt wurde ein Liebeslied gesungen, und je näher er der Musik kam, um so zahlreicher wurden die Frauen, die ihr zu lauschen schienen. Denn wenn es auch verboten war, dem Herrn ungerufen zu nahen, so war es doch schwer, den Blicken zu verwehren, ihn zu bedrängen.

Soliman war Padischah, und wenn an seiner Stelle der gichtbrüchige Selim gekommen wäre, so hätten die Blicke auch den bedrängt. Ja, viele von den Damen hatten noch den alternden, grimmigen Vater so an sich vorüberschreiten sehen wie jetzt den Sohn, und selbst damals hatte ihr Drängen neben dem Herrscher auch dem Mann gegolten, dem einzigen, der ihnen erreichbar war. Nun freilich galt es in weit höherem Maße dem gutaussehenden, interessanten jungen Mann, dem Erfolgreichen, dem Sieger.

Lebenshungrige junge Nonnen blickten so mit dem Gebet um selige Erlösung nach ihm, der ihr Gott war.

Viele von ihnen taten es ohne Hoffnung, alle mit Sehnsucht. Wie jedoch Selbstverständliches kaum noch empfunden wird, so sah Soliman wohl die Augen, doch eben nur die Augen, nicht mehr.

Ungewöhnliches mußte geschehen, wenn er es bemerken sollte. Aber das Ungewöhnliche geschah.

Als er voranschritt, huschte eine Gestalt wie erschreckt hinter einen Pfeiler, offenbar um sich zu verbergen.

Die diensttuende Hofmeisterin fror vor Entsetzen, als sie das bemerkte; denn der Kaiser blieb stehen.

Und dann sah er: Die Arme über die Brust gekreuzt und in die Knie gesunken, verharrte vor ihm ein Mädchen.

Eine von den jüngeren Damen mußte es sein; denn dem Anschein nach zählte sie kaum achtzehn Jahre – eher weniger.

Das Alter allein wollte allerdings nichts an einem Ort besagen, wo Mädchen aus Arabien und Indien, weißhäutige Perserinnen und die schönen Frauen der kaukasischen Völker, wo Mädchen aus Spanien, Italien, Ungarn, Slawonien und Kärnten mit allem zusammentrafen, was das Weltreich vom Indischen Ozean bis zum Atlantik, von der Donau bis zur Sahara an Schönheit hervorbrachte.

In Schlachten waren diese Mädchen gewonnen, von fremden Fürsten geschenkt, von Korsaren geraubt, von den Paschen pflichtschuldigst übersandt worden. Alter besagte hier nichts.

In der Familie des Propheten selbst hatte es dafür bereits vor achthundert und einigen Jahren ein Beispiel gegeben: die kleine Aïcha war zehn Jahre alt gewesen, als Mohammed sie zur Frau genommen und zu der berühmten streitbaren «Mutter der Gläubigen» gemacht hatte.

Doch das Mädchen vor Soliman war unverkennbar nördlicher Herkunft.

Gar nicht hübsch war das Mädchen.

Die Backenknochen waren überbetont, der rote Mund war keineswegs klein, die Zähne waren wohl weiß, aber auch groß und kräftig, mehr gefährliches Gebiß als Zähne, und die Augen spielten vom Blaugrün ins Grüne, in ein Grün freilich, dem lange dunkle Wimpern einen sternigen Glanz verliehen.

Nur die Haare konnten vielleicht erklären, was sonst kaum zu verstehen war. Denn groß war die Zahl der Mädchen, die alljährlich an den Hof geschickt wurden, aber nur wenige gelangten in den kaiserlichen Harem, so wählerisch war man, und ohne des Mädchens Haare wäre ihr Hiersein völlig unverständlich gewesen. Dicht quollen sie ihr in zwei kräftigen Zöpfen aus der gestickten Kappe bis an die Knie.

Doch selbst diese seidigen Haare rechtfertigten im Grunde nichts: denn zum Unglück hatten sie die Farbe der Hölle. Sie waren rot.

Oder vielmehr wie Kupfer waren sie, mit einem schwelenden Goldglanz darüber.

Wo hatte Soliman diese Haare und dieses Gesicht schon gesehen?

Denn daß er es nicht zum erstenmal sah, das wußte er.

Und dann kam ihm die Herrschertugend eines guten Gedächtnissses für Gesichter zu Hilfe.

Jetzt wußte er es!

Er kannte sogar ihren Namen.

Das Mädchen hieß Roxelane.

5

Das Mädchen selbst hatte sich allerdings Rosska genannt; was den empfindlichen Ohren der schönen Mutter Solimans jedoch zu anstößig war, als daß sie den Namen nicht sogleich in die gebildeteren Laute «Roxelane» verwandelt hätte.

Soliman erinnerte sich jetzt nur zu genau: Es handelte sich hier um jenes Tatarenmädchen, jene Ursache einer unerfreulichen Verwicklung.

Dabei war Soliman der Rosska nur ein einziges Mal begegnet, und zwar eben bei seiner Mutter. Wie er sie nun aber zum zweitenmal sah, war es ihm geradezu unbegreiflich, daß er ihr jemals eine Anteilnahme habe bekunden können.

Dennoch hatte er es unleugbar getan. Ja, er war sogar so weit gegangen, sich Rosska von der Mutter als Geschenk ausbitten zu lassen!

Frau Hafsa Chatun war jedoch ebenso schönheitsdurstig wie schön, und so war ihr die Aussicht keineswegs gleichgültig gewesen, etwaige Kinder Rosskas als Enkel umarmen zu sollen. Daher hatte sie durch ihren Lala, ihren Oberhofmeister, dem Kislar Aga ihres Sohnes eröffnen lassen, daß die Guedlicki Roxelane keine würdige Gabe für Seine kaiserliche Majestät sei und daß sich die Hoheit der Sultana Walide daher erlaube, Höchstihrem erhabenen Sohn eine Sklavin aus bewährtem georgischem Stamm zu übersenden, der schon seit langem die Ehre gehabt habe, den kaiserlichen Harem zu bedienen.

Die hohe Dame hatte es gut gemeint und den Sohn auf eine so sänftliche Art von seiner vorübergehenden Sinnesverwirrung zu heilen versucht. Tatsächlich sollte denn auch das Mädchen, das der mütterlichen Botschaft beigegeben worden war, von außergewöhnlicher Schönheit gewesen sein – nur hatte sich Soliman zu einer Besichtigung nicht entschließen können. In einer jähen Aufwallung hatte er durch die Übersendung einer anderen als der erbetenen Sklavin seinen kaiserlichen Willen mißachtet geglaubt und darum allen Bedenklichkeiten seines Kislars zum Trotz etwas so Unerhörtes begangen, wie es das war, seine Mutter ein zweites Mal um etwas zu bitten, was sie ihm schon einmal verweigert hatte. Diese zweite Bitte war dafür auch einem Befehl gleichzuachten gewesen, dem sich selbst Sultana Walide im Interesse des kaiserlichen Ansehens nicht länger hatte verschließen können.

Das alles hatte sich erst vor kurzem begeben, und Lokman, der Kislar Aga, der seit vielen Jahren der Hafsa Sultana in unwandelbarer Treue ergeben war, aber auch der Kapu Aga, dem die formale Erledigung aller äußeren Angelegenheiten des Serails oblag, hatten schlimme Tage gehabt, bis es den beiden alten Herren gelungen war die Harmonie zwischen dem Alten und dem Neuen Serail wiederherzustellen.

Soliman hatte seinen Jähzornanfall als unkaiserliche Haltung inzwischen innerlich oft bedauert. Aber für die eigene Unzulänglichkeit nun die unschuldige Ursache verantwortlich zu machen, das wäre ihm noch weniger angemessen erschienen. Er hatte es nur verschmäht, das Mädchen Roxelane wiederzusehen, weil sie seit jenem Vorfall für ihn eine unangenehme Erinnerung gewesen war, der er auch weiterhin gern aus dem Wege gegangen wäre.

Doch nun stand sie vor ihm.

Aber auch das konnte man ihr nicht zur Last legen. Denn es war zu klar, daß die Guedlicki Roxelane keineswegs beabsichtigt hatte, bemerkt zu werden, sondern eher bemüht gewesen war, sich zu verbergen. Dagegen kam dem Kaiser auf Grund der Anschauungen, zu denen man ihn erzogen hatte, der höchst unangenehme Gedanke, daß dieser Roxelane bereits durch sein Verschmähen ein Unrecht zugefügt worden sei und er sich an ihr – allerdings ohne Absicht – wenig fürstlich gerächt habe.

Zwar hatte sie erreicht, wonach es Hunderte verlangte: Sie war dem Großherrn aufgefallen. Aber weiter hatte sich nichts ereignet, und das war weniger als nichts. Es war noch schlimmer. Es war eine Niederlage für sie.

Bei dem ganzen Handel war es nun nicht zu vermeiden gewesen, daß Soliman etwas von der Herkunft des Mädchens erfahren hatte. Auch der Einzelheiten erinnerte er sich jetzt und – mußte lächeln. Denn Roxelane war ein Geschenk seiner Tante Nur Banu, und Geschenke an Sklavinnen von seiten dieser Prinzessin waren in Konstantinopel gefürchtet.

Nur Banu, die lichte Frau, war Solimans Vaterschwester, und mit ihrer Hand war nach dem Tod ihres ersten Gemahls dessen Bruder Mohammed Girai, der Khan der Krimtataren, beehrt worden, eine Ehre höchst zweifelhafter Natur, besonders wenn es sich um einen Fürsten und Herrn wie Mohammed Girai handelte, der als Feldherr, Dichter, Politiker und Weltmann einen unantastbaren Ruf genoß. Denn auch für ihn war die Folge der Heirat mit einer kaiserlichen Prinzessin gewesen, daß er von da ab in seinem eigenen Palast in Bagdscheserai nichts mehr zu sagen gehabt hatte.

Zwar sprachen die Tatarenkhane, der Khan der Krim, der von Astrachan und der Zar des Khanats von Kasan, die Oberherrlichkeit über das ganze weite russische Land an; aber die Herrschaft über eine richtige kaiserliche osmanische Prinzessin aus Konstantinopel hätte sich keiner von ihnen jemals angemaßt. Im Gegenteil! Vor einer kaiserlichen Prinzessin konnten sich die verbürgtesten Männerrechte nicht behaupten, vor allem nicht das, außer der Hoheit noch irgendeine andere Frau zu umarmen.

Und Frau Nur Banu war auf ihren verführerischen Mohammed, der inzwischen auch bereits in die Fünfziger gekommen war, noch immer so eifersüchtig, wie nur eine Frau auf ihren Mann sein konnte.

Solimans Lächeln galt also der Erwägung, wie der Hof seiner Frau Tante wohl aussehen möge, wenn schon das Mädchen Roxelane als zu betörend habe entfernt werden müssen.

Denn so ein Geschenk bedeutete immer eine Verbannung aus Bagdscheserai.

Das wußte Soliman, wie der ganze Hof es wußte, und so konnte er sich selbst sagen, daß der Kislar Aga seinerzeit nicht zu Unrecht gerade auf diese Seite der Angelegenheit ehrfurchtsvoll hingewiesen habe.

Die schönsten Frauen der Welt standen dem Padischah zur Verfügung, und er, Soliman, war ausgerechnet, wenn auch nur für einen Augenblick, auf ein Mädchen verfallen, das seiner Tante unschön genug erschienen war, um sie ihrer berüchtigten Sammlung von weiblichen Reizlosigkeiten einzuverleiben.

Wie leicht konnte dieser Vorgang einem Dichter Stoff zu einem Ghasel geben, dem es bei der Spottlust der hauptstädtischen Bevölkerung niemals an Verbreitung fehlen würde!

Der Padischah war allmächtig: auf seinen guten Ruf aber mußte er mehr als jeder andere achten, und ein schlechter Geschmack konnte den kaiserlichen Ruf ernstlich gefährden.

Die Sultana Walide war die erste Dame des Reichs und nicht der geringste Teil seiner Regierung. Frau Hafsa Chatun jedenfalls kannte ihre Verpflichtung, die darin bestand, die kaiserliche Familie zusammenzuhalten, wie diese wieder das Weltreich zusammenhielt. Und die Sultana Walide spielte deswegen eine so große Rolle, weil die regierende Familie Osman nach einem unabänderlichen Gesetz immer fast nur aus Frauen bestand.

Wenn man von den geflüchteten Nachkommen des Prinzen Dschem absah, die bei den Johannitern auf Rhodos als gefährliche Privatleute lebten, so waren die einzigen männlichen Familienmitglieder zur Zeit Soliman selbst und sein sechsjähriger Sohn.

Das konnte auch gar nicht anders sein, weil bei einem Thronwechsel stets nur der Padischah und gerade noch dessen Söhne am Leben blieben, während die anderen Männer und Knaben der Familie Osman dem Kanun des Eroberers geopfert wurden.

Die Prinzessinnen aber hatten nichts von der seidenen Schnur der Henker zu fürchten. Sie alle blieben in ihrer ganzen großen Zahl am Leben und vermehrten die Macht des regierenden Familienoberhaupts, der wieder ihrer aller Sachwalter war.

Eines freilich durften die Prinzessinnen nicht. Ihre Söhne, die ja dem Herrscher als Thronnebenbuhler hätten gefährlich werden können, durften sie nicht behalten. Und obgleich kein Kanun es vorschrieb, ließ man den männlichen Sproß einer Prinzessin, wenn diese nicht gerade an einen ausländischen Fürsten verheiratet war, gleich nach der Geburt mit unabgebundener Nabelschnur verbluten.

Dieses Opfer mußten die Prinzessinnen bringen.

Dafür waren sie aber auch unumschränkte Herrscherinnen in den Häusern ihrer Männer und sehr oft weit darüber hinaus.

Für sie gab es keine Vorschriften und keine schwarzen Eunuchen als Wächter, dagegen war schon mancher Gewalthaber um seinen Kopf gekürzt worden, nur weil er der Hoheit seiner Frau mißfallen hatte.

In solchen Fällen wurden einzig und allein die Männer der Prinzessinnen bewacht, und die das besorgten, waren die fürstlichen Frauen selbst.

Keiner der großen Statthalter des Reichs, die in Mesopotamien oder Bosnien, in Ägypten, Serbien oder sonstwo in oft riesigen Entfernungen von der Hauptstadt große Königreiche regierten, kein Wesir oder tributpflichtiger Fürst konnte, wenn er mit dem Sultan verschwägert war, an Auflehnung oder Selbständigkeit auch nur denken. Ein solches Verbrechen wäre, nur gedacht, auch schon von seiner Prinzessin-Gattin gemeldet worden. Viel zu tief unter sich empfand eine Sultanin ihren Mann, und viel zu hoch stellte sie ihre eigene Zugehörigkeit zur kaiserlichen Familie, als daß sie sich bei der Wahl zwischen der Selbständigkeit ihres Mannes und der Alleinherrschaft des Padischah nicht immer für die Familie und deren Oberhaupt entschieden hätte.

Aber nicht nur den Prinzessinnen, auch den übrigen Damen des Serails war dies eine Selbstverständlichkeit, und sie waren ihrer Aufgabe durchaus nicht weniger gewachsen als die Hoheiten. Denn wenn die Töchter der Sultane und Prinzen ihre Stellung dem Zufall der Geburt verdankten, so waren die anderen Mädchen meist noch als Kinder ihrer persönlichen Eigenschaften wegen gewählt worden, die sie vor vielen anderen auszeichneten.

Es verstand sich von selbst, daß ein Mädchen, das der Ehre des kaiserlichen Harems würdig erachtet werden sollte, in irgendeiner Art schön sein mußte. Doch das war noch keineswegs genug. Zur Schönheit mußte eine vielseitige Begabung treten, die dann aber auch in sorgfältiger Erziehung entwickelt wurde.

Sprache und Lektüre der gebildeten Türken beiderlei Geschlechts waren vornehmlich arabisch, und wenn sie sich herbeiließen, türkisch zu sprechen, so spickten sie ihre Rede doch derart mit arabischen und auch persischen Wendungen, daß sie von den Nichtgebildeten kaum noch verstanden wurden.

Bei der strengen Auslese nun, die der Aufstieg einer dienenden Sklavin zur Dame bedeutete, war außer dem Beherrschen des Türkischen die Kenntnis nicht allein des Arabischen und Persischen, sondern auch der arabischen und persischen Literaturen einfach unerläßlich. Daneben lernten die Guedlicki dann meist noch das Italienische als die Sprache der gebildeten Franken, die auch Soliman verstand, so daß Dante im Serail nicht weniger bekannt war als in Florenz. Erwünscht waren auch noch musikalische oder gar dichterische Anlagen, die ebenso gepflegt wurden wie die für den Tanz. Denn in irgendeiner Kunst oder in der Gelehrsamkeit mußte ein Mädchen sich bewährt haben, ehe es in die Welt des Hofes eingelassen wurde.

Eine Sklavin, die diesen Ansprüchen nicht genügte, blieb trotz aller Schönheit zeitlebens eine Magd.

Dafür galt eine Dame des Palastes aber auch als der Gipfel aller Vornehmheit, und mit der Hand eines so vollkommenen Wesens beglückt zu werden war der Traum aller erfolgreichen

Staatsdiener. Wie christliche Monarchen eine goldene Kette oder einen Orden verliehen, so vergab der Padischah die Hand eines Mädchens seines Serails als Auszeichnung für hervorragende Dienste. Auf diese Weise überwachte das Serail dann die gesamte Staatsverwaltung.

Denn die Damen, die einen hohen Beamten zum Gatten erhielten, weil sie bis in ihr Alter von zwanzig und einigen Jahren von der Majestät nicht begehrt worden waren, diese Damen fanden den Weg in die Hofluft, an die sie nun einmal gewöhnt waren, immer wieder zurück, selten rissen ihre Verbindungen mit dieser oder jener hohen Persönlichkeit ganz ab, und so waren sie, genau wie die Prinzessinnen, die beste Gewähr für die Treue und den Diensteifer ihrer Männer.

Durch den Harem und die Pagenkammern erhob sich das Serail in Wahrheit zu einer Wiege des Reichs, und so war der Harem keineswegs nur ein Garten Eden oder ein Haus der Glückseligkeit, wie ihn die Dichter besangen, sondern eine Staatseinrichtung von höchster Bedeutung.

Auch Roxelane hatte es nur der Familienpolitik der Sultana Walide zu danken, daß sie in diese heiligen Bezirke aufgenommen worden war. Denn wenn die Sultanin-Mutter sich auch für die Nachkommenschaft ihres regierenden Sohnes verantwortlich fühlte und eine Verbindung, die ihr unangemessen erschienen war, zu durchkreuzen versucht hatte, wäre es ihr doch niemals eingefallen, ihre Schwägerin Nur Banu dadurch zu kränken, daß sie Roxelane, einem Geschenk Ihrer Hoheit, eine nur dienende Stellung angewiesen hätte.

Roxelane war daher eine Ausnahme, und als solche empfand sie Soliman. Irgendwie fühlte er durch sie die Ordnung verletzt, nach der es seinen ernsten Sinn verlangte, und so schien es ihm das beste, diesen Stein des Anstoßes aus der Gesetzmäßigkeit eines Harems zu entfernen. Auf eine ehrenvolle Weise natürlich. Auf eine sehr ehrenvolle sogar!

Ein Tschausch oder selbst eine obere Hofcharge sei mit ihr zu begaben, war seine Meinung, noch besser der Schatzmeister einer entfernteren Provinz. Auf diese Weise werde er allen gerecht werden, der Mutter, seiner Frau Tante und auch dem Mädchen, das unter keinen Umständen geschmälert werden solle.

Soliman hatte den besten Vorsatz, als er Roxelane jetzt gnädig zuwinkte, sich zu erheben. Ganz Gnade war er, denn er wollte zu Saffieje und seinem Sohn, und das warme Gefühl, das er für den Knaben und dessen Mutter hegte, schmolz jede Härte in ihm fort. Roxelane erhob sich.

Aber sie tat es weniger infolge des kaiserlichen Winks als aus einem Erschrecken heraus, das sie auch vor Soliman nicht verbergen konnte. Unwillkürlich folgte er ihrem Blick, und da sah er ... Saffieje.

Niemals sahen die Damen es gern, wenn der Padischah, wie Soliman dies vorhatte, sich persönlich ins Feld begab, und besonders einer Gebieterin des Harems wie Saffieje Sultana konnte es nicht gleichgültig sein, daß der Großherr für lange ihrem weiblichen Einfluß entzogen werden sollte.

Wenigstens einen privaten Besuch Solimans hatte sie vor seiner Abreise noch erhofft und voll Ungeduld auf die Ankündigung gewartet. Leider vergeblich. Vergeblich hatte sie auch mit ihren Damen Zerstreuung im Bad gesucht, um dann der Meeresfrische den Vorzug zu geben.

Saffieje war dem Prinzen Mustafa eine gute Mutter und liebte Soliman aufrichtig; aber sie war auch von unbändigem Stolz und von einer Heftigkeit, die aus den Männern ihres Stammes wilde, todverachtende Krieger machte.

Sie kam ans Meer und sah den Vater ihres Knaben im Gespräch mit jenem Mädchen, das schon einmal als Eindringling ihren Zorn erregt hatte. Mit dem Mädchen sprach er, doch sie, die Chasseki Sultana, die innigst begünstigte Sultana, hatte nicht einmal eine Ahnung, daß der Gebieter überhaupt im Harem war. Offenbar habe er nicht die geringsten Anstalten getroffen, sie aufzusuchen, erzürnte sie sich.

Während also ihre Damen vor dem Großherrn versanken, tat Saffieje nichts, was dem ähnlich gewesen wäre. Lodernd stand sie da. Ihre schwarzen Flechten umzitterten sie, denn ihr Atem ging rasch, und ihre Augen funkelten wie ihre Juwelen.

Noch im Zorn war sie schön.

Es wäre ihr aber besser gewesen, Soliman hätte sie nicht überraschen wollen und ihr seinen Besuch ankündigen lassen, so hätte sie weniger Eifersucht empfunden. Und da sie nun einmal eifersüchtig war, wäre ihr zum andernmal besser gewesen, sie hätte in diesem Augenblick weder das Aufleuchten in den Augen des Gatten noch seinen Gruß übersehen. Denn von diesem Augenblick konnte viel für sie abhängen. Wußte sie denn, wann sie Soliman wiedersehen würde? Aber sie übersah alles außer dem Barbarenmädchen, für dessen Herkunft aus der sagenhaften skythischen Steppe sie die tiefste Verachtung zu hegen vorgab, und die sie doch... fürchtete. Immer schon hatte Saffieje Roxelane gehaßt.

So verschleierte sie sich mit einer Gebärde des Abscheus, warf sich mit einem Ruck auf ihren hohen Hacken herum und zeigte der Verhaßten im Davoneilen nichts als den herrischen Rücken.

Leider zeigte sie ihn damit auch dem Gebieter, und das noch dazu in einer Stunde, die nach aller Voraussicht für viele Monate die letzte war, in der sie ihn sehen konnte.

Angstvoll und zweifelnd verharrten ihre Damen, bis Soliman sie mit unwirschem Wink ihrer Sultanin nachsandte.

Denn...

Unverzeihliches war geschehen. Nicht leicht verletzte Soliman etwas so sehr wie der Bruch aller Formen.

Die Obersthofmeisterin aber dachte an Demission. Dabei hätte sie mit ihrem Posten alles aufgegeben, was ihr das Leben lebenswert machte, war sie doch neben dem Großwesir und dem Chaßoda Baschi, dem Ankleider des Sultans, die dritte Person im Reich, die das kaiserliche Siegel tragen durfte, sie, die Kiajai, die Obersthofmeisterin des Harems! Doch aller Glanz verblaßte vor dem Schrecklichen, das ihre Augen gesehen hatten, und jetzt wäre sie zufrieden gewesen, einsam und verbannt in einem Landhaus am Marmarameer ihre Tage beschließen zu dürfen: eine Chasseki, eine innigst Begünstigte, hatte dem Großherrn den Rücken zugekehrt!

Es war nicht alles.

Denn Seine Majestät waren nicht gegangen, ohne noch vorher etwas zu sagen.

Was so lange verhütet worden war, hatte sich nunmehr ereignet.

Die Empfängerin der kaiserlichen Worte war nämlich die Guedlicki Roxelane gewesen.

«Wir sprechen uns noch, Dame», hatte Soliman gesagt.

Und dann war er gegangen.

6

Zu allen Zeiten wäre der Umstand, dass der Kaiser geruht hatte, eine Guedlicki zu sich zu befehlen, für den Harem ein großes Ereignis gewesen.

In diesem Fall aber erregten sich die Frauen und Eunuchen weniger über Roxelanes Erhebung als über die Ungeheuerlichkeit, die ihr vorangegangen war. Denn darüber konnte man nicht streiten, daß der Kaiser, den Saffieje herausgefordert, ja gedemütigt hatte, kaum anders hätte handeln können und daß somit Roxelane lediglich die Nutznießerin von Saffiejes eifersüchtigem Zorn geworden war.

So viele Feinde der Saffieje Stolz ihr jedoch auch gemacht haben mochte, so verriet sich dennoch keiner. Jeder Dame und jedem Eunuchen wäre es voreilig, ja tollkühn erschienen, ihr gegenüber das Gesicht zu verlieren.

Denn Saffieje hatte nicht nur den Rang einer Königin, sie war auch die Mutter des kleinen Mustafa, und solange sich

Soliman nicht geäußert hatte, schien ihre Sache noch keineswegs verloren zu sein. Jetzt freilich zerbiß sie mit der ihr eigenen Hemmungslosigkeit und ohne jede Rücksicht auf die Gegenwart der Obersthofmeisterin die Sofakissen in einem ihrer inneren Gemächer. Sie hatte soeben von dem Eingreifen ihrer Schwiegermutter zu ihren Gunsten und von Solimans guten Absichten gehört, leider sehr verspätet. Und nun wurde sie von einem Vielerlei ganz entgegengesetzter Gefühle geschüttelt. Ein klein wenig Reue war dabei, die sie über ihr eigenes Verhalten empfand, und eine sehr große Angst vor dem Verlust des Padischah, den sie obendrein liebte, und schließlich eine über alles gewaltige Wut auf Roxelane.

«Der Zwischenfall mit diesem Mädchen wird nicht dauern, Hoheit», tröstete die Obersthofmeisterin sie und dachte an den starken Rückhalt, den Saffieje an der Sultana Walide hatte.

Dann allerdings mußte die Trösterin sich mit dringlichen Geschäften entschuldigen, deren Art sie jedoch taktvoll verschwieg. Immerhin vermochte diese Bitte so viel über Saffieje, daß sie sich aufrichtete und mit zusammengepreßten Lippen Gewährung nickte. Kannte sie doch den Dienst der Obersthofmeisterin ganz genau! Dieser Dame lag wie dem Kislar Aga die Oberaufsicht über die Herrichtung des vom Sultan beehrten Mädchens ob.

Außerdem wollte die Frau Obersthofmeisterin sich auch noch schnell nach irgendeinem Schmuck umsehen, den sie Roxelane ungeachtet der kaiserlichen Zuwendungen von sich aus zu schenken gedachte. Mochte die Exzellenz der Frau Obersthofmeisterin auch nicht an die Dauer von Roxelanes Begünstigung glauben, so wäre es doch unschicklich oder vielleicht sogar gefährlich gewesen, einen geheiligten Brauch zu vernachlässigen. Schon die Ehrerbietung vor dem Willen des Padischah verlangte diese Höflichkeit.

Aber auch die Prinzessinnen, der Kislar Aga, die Kammervorstände und manche Dame, die auf diese Weise ihren Eifer zu bezeigen wünschte, wußten, was sie zu tun hatten. Immer wieder trafen Dienerinnen und junge Eunuchen mit Glückwünschen und Geschenken ein. Der Schlaf- und Wohnsaal, der bis jetzt Roxelanes eigentliche Heimstätte gewesen war, glich bald einem Meer von Blumen, und die sieben Guedlicki, die ihn mit ihr geteilt hatten, bezeichneten sich mit einem Schlage als die sieben besten Freundinnen der Gefeierten.

Mit glühendem Neid und ebenso heißem Entzücken sahen sie die seidenen Asmacks, diese Gesichtsschleier mit gold- oder silberverbrämten Kanten, die mannigfachen Talpotsche, reizende Kopftellerchen, von denen entweder schwere Quasten herunterhingen oder stolze Reiherfedern keck in die Höhe strebten. Der Kislar Aga hatte gar Stelzensandalen fürs Bad gespendet, deren hohe Stöckel vergoldet, deren Kreuzbänder mit Saphiren benäht waren; denn der erfahrene Frauenkenner wußte, daß solche Sandalen von um so größerer Kostbarkeit sein mußten, als sie im Gebrauchsfall die einzige Kleidung der Dame darstellten, die sie trug.

Und immer noch kamen neue Geschenke.

Perlen leuchteten in ihrem matten Schein, Diamanten funkelten, Smaragde und Rubine glühten. Ketten für den Hals, Ringe für die Finger, Gehänge für die Ohren, Bänder für die Arme und die herrlichen Tschepraste, Kopf- und Gewandspangen, dann die Knöchelreifen, um jeden Schritt der Herrin zärtlich zu umklirren, juwelenbestickte Gürtel und Hemden aus Kaschmir – alles, alles war da, und jede der sieben Mädchen hätte die Hälfte ihres Lebens dafür gegeben, diese Schätze besitzen zu dürfen.

Denn wenn sie die Schönheit ihrer Schlafkameradin auch gering einschätzten und ihre Erhebung als ein nicht einmal gutes Scherzspiel ansahen, zweierlei würde man ihr dennoch nie mehr nehmen können: den Titel und den Rang einer Hanum, einer Herrin und Dame, und diese reichen Geschenke!

Fast alle dachten so. Nur die Gouvernante der Mädchen, die vor weniger als zwei Stunden auch Roxelanes Vorgesetzte noch gewesen war, dachte gänzlich anders.

Die ehrenwerte Frau Dede Semid betrachtete diesen Tag als weit verheißungsvoller, sowohl für Roxelane als auch für sich selbst.

Bis jetzt freilich hatte das Glück nichts für Frau Dede Semid getan, obwohl niemand verkennen konnte, daß die Dame einmal eine schöne Frau gewesen sein mußte. Den Eintritt in den kaiserlichen Harem hatte sie mit dem Verlust ihrer Familie bezahlen müssen. Mit 25 Jahren war sie als immer noch unbegehrt verheiratet worden, und zwar an einen Imrachor, einen kaiserlichen Stallmeister, der aber noch unter Selim in Ungnade gefallen war und mit seinem Vermögen auch seinen Kopf verloren hatte. Unter diesen Umständen war es ihr als die Rettung erschienen, daß der Padischah ihre Söhne ins Pagenkorps gesteckt und ihr selbst den Wiedereintritt in den Harem als Gouvernante von acht jungen Mädchen ermöglicht hatte.

Die Hoffnung auf einen weiteren Aufstieg jedoch war von ihr im Laufe der Jahre fast schon begraben gewesen, bis dann Roxelane erschienen war! Und heute nahmen diese Hoffnungen endlich Gestalt an. Natürlich war für Frau Dede Semid höfische Vorsicht fast schon zur körperlichen Eigenschaft geworden, und so hatte sie denn auch niemanden, nicht einmal ihre Mädchen und schon gar nicht die Bedienerinnen, jemals etwas merken lassen. Aber heute konnte sie ihren Stolz kaum noch verbergen. Sie war stolz auf Roxelane, und würdig wie nur die Hofmeisterin einer Sultana nahm sie namens der jungen Dame Glückwünsche und Geschenke mit gemessenem Dank wie einen schuldigen Tribut entgegen.

Denn Hofmeisterin wollte sie ja werden, eine Frau von Einfluß wollte sie werden, die ihren Söhnen die höchsten Ämter erschließen konnte. Die Hofmeisterin einer Sultana wollte sie werden.

Vorerst wußte niemand außer ihr von dieser heimlichen Sultana. Sie aber war überzeugt, die jetzt noch Verhüllte zu kennen.

Frau Dede Semid, der selbst kein Stern geleuchtet hatte,

war wohl die einzige im ganzen Harem, die fest an Roxelanes Stern glaubte. Die Sultana, deren Hofmeisterin sie werden wollte, hieß... Roxelane Sultana.

Von allem hörte und sah Roxelane selbst am wenigsten.

Sie war die allerletzte gewesen, die sich Solimans Worte zu deuten gewußt hatte. Sie hatte sich an das Märchen von dem zugeworfenen Taschentuch geklammert, und da kein Schnupftuch durch die Luft geflogen war, hatte sie sich in völlige Sicherheit gewiegt und sich gegen alles, womit man sie über ihr Glück hatte bestürmen wollen, wie gegen törichte Spöttereien und zuletzt nicht ganz ohne Zorn gewehrt.

Doch dann war der Kislar Aga in eigener Person bei ihr erschienen. Geradeso war ihr dabei gewesen wie auf Chortiza, wenn sie etwas angestellt hatte, nur daß in diesem großen, großen Harem eines jungen Kaisers auch nicht das kleinste Schlupfloch zu erspähen gewesen war, durch das sie hätte ins Freie entkommen können.

In dieser recht unköniglichen Seelenhaltung war sie durch die Mitteilung erschreckt worden, die der Kislar Aga ihr persönlich zu überbringen verpflichtet war. Trotzdem hatten seine schönen Badestelzen sie weit mehr als seine blumigen Worte von dem gnädigen Geruhen Seiner Majestät überzeugt.

Auf den kleinen Aufschrei, der ihr bei dieser Erkenntnis entschlüpft war, hatte allerdings kein Mensch mehr achtgegeben.

Dagegen war auf einmal ein ganzer Schwarm offenbar sehr tüchtiger Amtspersonen dagewesen, die sich sofort ihrer jungen Person mit höchster Beflissenheit versichert hatten.

Wohin man sie bringen würde, hatte sie sich zuerst freilich gar nicht vorstellen können. Kein Mensch hatte es ihr gesagt, weil niemand auf den Gedanken gekommen war, sie könne es nicht wissen. Und gesehen hatte sie überhaupt nichts mehr, weil sie von dem großen Zug von Mägden und Schönheitskünstlern des weiblichen und sächlichen Geschlechts völlig umringt gewesen war. – Erst jetzt, da sich die Wolke der Eifrigen etwas zerteilte, erblickte sie mehr. Sie befand sich in einem ihr völlig fremden Raum.

Er war von so ansehnlicher Größe, daß alle, die ihr Amt an ihr auszuüben gedachten, darin hinreichend Bewegungsfreiheit behielten.

Wie das vertiefte, geräumige Badebecken war auch der Boden aus weißem Marmor. In die Wände aber waren Platten aus chinesischem Porzellan eingelassen, und die Fensterhölzer und Türen waren zierlich vergoldet. Ein feiner, duftender Dampf erfüllte den Raum. Er stieg vom Becken auf, in das eintönig plätschernd kaltes und heißes Wasser aus blitzenden Hähnen floß.

Bademädchen knieten um das Becken und warteten ebenso auf ihre Gelegenheit wie die Kneter mit ihrem Oberknetmeister und die Duft-, Haut-, Haar- und Schminkkünstler mit ihren Tiegeln, Flaschen und Phiolen.

Die Auskleiderinnen brauchten dagegen nicht zu warten. Sie hatten zu beginnen. Und da Roxelane einsah, daß sie nunmehr eine öffentliche Persönlichkeit sei, fügte sie sich auch. Mit einem schweren Seufzer fügte sie sich.

Denn seit ihrem Kindererlebnis mit dem Kosaken Igor widerstrebte ihr jede körperliche Vertraulichkeit. Und wenn sie sich auch trotzdem an vieles hatte gewöhnen müssen, wie auch daran, mit ihren Kameradinnen Schlafsaal und Bad zu teilen, so kam sie sich doch jetzt, wie alles so erwartungsvoll um sie herumstand, wieder vor wie einst, nachdem man sie gefangengenommen und auf den Sklavenmarkt zu Perekop geschickt hatte.

Auch dort hatte sie sich neugierigen und abschätzigen Blicken nackt zeigen müssen, und das mehr als einmal, weil kein Mensch sie hatte kaufen mögen und sie sich auf dem besten Wege befunden hatte, sich zu einem Ladenhüter auszuwachsen. Aber damals, bei den Krimtataren, war sie noch ein Kind gewesen.

Und dann waren endlich auch die Eunuchen der hohen Frau Nur Banu erschienen, der Roxelanes ausnehmende

Häßlichkeit gerühmt worden war. Die Verschnittenen hatten sie auch lange hin und her gewendet, um dann zu einer Bestätigung der Glückskunde zu gelangen, daß dieses Mädchen in der Tat nie ein Gefäß der Wollust und somit auch niemals eine Gefahr für den regierenden Khan Mohammed Girai werden könne.

Gerade wie damals war Roxelane heute zumute.

Wohl war sie nun eine Hanum, die man bediente, dennoch fühlte sie dieselbe Scham wie einst und war ebensowenig imstande, sich zu wehren.

Man nahm ihr den Talpotsch vom Kopf, die Schuhe von den Füßen. Kaftan und Unterkleid nahm man ihr wie das Hemd. Auch ihre Hose, die sie nach türkischer Art auf dem bloßen Leib trug, ließ sie sich abstreifen.

Und wie sie jetzt, nur noch mit ihrer Haut bekleidet, dastand, erschien auf einmal die Voraussage von Nur Banus Eunuchen widerlegt durch das leuchtende Weiß, das Allah allen Leibern verlieh, denen der Teufel als sein Handzeichen rötliche Haare erweckte. Auch die edlen Linien, die der Allerbarmer in seiner Gnade gerade Roxelanes Körper noch hinzugefügt hatte, ziehen die Fachmänner von Perekop und Bagdscheserai der Oberflächlichkeit.

Doch das war Roxelane vollkommen gleichgültig. Etwas ganz anderes bewegte sie. Bis jetzt hatte sie alles geduldig mit sich geschehen lassen. Als die Auskleiderinnen ihr nun aber an den Hals faßten und sich an ihrem Medaillon vergreifen wollten, da lehnte sie sich mit Heftigkeit auf.

Mit beiden Händen umklammerte sie die Kapsel, und trotz aller berufsmäßigen Tyrannei von Badern, Haarkünstlern und Masseuren lächelte man sich in diesem Fall verständnisvoll zu.

Wie hätte die Hanum sich auch von ihrem Amulett trennen sollen, das ihr offenbar doch soviel Glück gebracht hatte! Ein Amulett war ein Amulett, und mochte man nun an Allah glauben oder an Christos, von einem Amulett trennte man sich nicht. Zumal nicht eine Dame.

Es gab wohl im ganzen Harem kaum ein weibliches Wesen, das nicht sein Amulett gehabt hätte, sowenig wie außerhalb des Harems. Selbst Barbarinnen umgaben sich mit Pfändern des Glücks. Die Misses am Hof des jungen Heinrich von England, des achten seines Namens, ließen es ebensowenig daran fehlen wie die Donnas und Fräulein Kaiser Karls des Fünften oder die Demoiselles an der Hofhaltung des oft verliebten Franz von Frankreich.

Das war einmal so, und so sah denn auch niemand in dieser einen von vielen Badestuben des Serails ein, warum sich etwa Roxelane Hanum anders hätte verhalten sollen als alle anderen Damen der ganzen übrigen Welt. Da gab es Steine und Federn, Fingernägel und abgeschnittene Haare, das getrocknete Auge eines Wiedehopfs oder ein Stück Knochen. Und was sonst nicht alles!

Roxelane aber trug ein Medaillon von nicht erheblichem Wert, das einzige Geschenk Mohammed Girai Khans, und noch dazu eines, das ihr die Verbannung aus Bagdscheserai eingetragen hatte. Was freilich nicht viel besagen wollte. Denn in ganz Konstantinopel wäre es keinem Menschen eingefallen, freiwillig zu den Tataren zu gehen. Auch trug Roxelane den Schmuck weder zum Andenken an Bagdscheserai noch dem galanten Khan zu Ehren.

Nicht das Medaillon, aber der Inhalt war ihr kostbar. Es enthielt nämlich etwas, was Roxelane auf dem Sklavenmarkt und auch später bei mangelhafter Bekleidung immer in die Mundhöhle hatte stecken müssen. Nur deswegen, weil es jetzt so wohlverwahrt in der Kapsel liegen konnte, hatte sie das Medaillon begehrt, und das Seltsame war, daß es sich bei dem Inhalt nur um ein rötlich schimmerndes schäbiges Stück Blech handelte.

Doch niemals hätte sich Roxelane von Vater Serafims Kreuzchen getrennt, und so verteidigte sie es auch jetzt. Was aber nicht heißen sollte, daß Roxelane nun eine heimliche Christin geblieben sei.

Wenn sie auch ihren Gottglauben von Serafim hatte, so war

ihr doch das Dogma von der Dreieinigkeit und vieles andere unverständlich geblieben. Den Koran dagegen hatte sie vom ersten Augenblick an begriffen, und so hatte man sie zum Islam gar nicht erst zu bekehren brauchen. Schon daß der Prophet nichts weiter als ein Reformator hatte sein wollen und ein Mensch, das machte ihn ihr vertraut. Und daß er einstmals den Ärmel seines Mantels abgeschnitten hatte, nur um eine darauf schlafende Katze nicht wecken zu müssen, erfüllte sie mit den freundschaftlichsten Gefühlen für ihn, der so viele Jahrhunderte tot war. Dazu kamen dann noch seine vernünftige Lebensauffassung und seine Duldsamkeit.

«Siehe, sie, die da glauben, die Christen und Johanneschristen, und wer immer an Allah glaubt und an den Jüngsten Tag und das Rechte tut, die haben ihren Lohn beim Herrn, und Furcht kommt nicht über sie, und nicht werden sie traurig sein.»

Dieser 54. Vers der zweiten Sure des Korans hatte Roxelane zusammen mit Mohammeds Katze zur Bekennerin gemacht. Doch nie hätte sie Serafims Gott preisgegeben. Sie konnte es gar nicht, gab es doch nur Einen, und dieser eine Gott war ihr die Gewißheit. Am Dnjepr hatte er Christos geheißen, hier hieß er Allah, der Allerbarmende, Barmherzige. Aber es war immer derselbe Gott und dasselbe Gesicht. Für Roxelane war es das Gesicht Serafims.

Roxelane schloß erschauernd ihre Augen. Sie stellte sich vor, daß die Mägde ja nur Frauen und daß die Männer, die sie umstanden, gar keine Männer, sondern nur Hämlinge seien. Es half ihr freilich wenig, und so war es gut, daß ihr keine Wahl blieb. Sie mußte sich den eifrigen Händen übergeben, die ihr höflich unter die Achsel griffen, um sie so die Stufen ins duftende Bad hinunterzugeleiten. Doch während Roxelane nun fremde Hände an ihrem Körper spürte, verkroch sie sich voll Abwehr vor dem, was ihr bevorstand, in sich selbst.

Und ihr stand bevor, einem Mann und ihrer Bestimmung entgegengeführt zu werden.

Dabei war sie eigentlich Männern gegenüber nicht gerade

schüchtern, ja es war nicht einmal zu leugnen, daß sie an ihrer Verbannung aus Bagdscheserai durchaus nicht unschuldig gewesen war.

Oft genug hatte sie bei Frau Nur Banu gedacht, daß es seine Vorteile habe, die Sklavin einer großen Dame zu sein, weil man auf diese Weise eine Reihe gebildeter Männer zu Gesicht bekomme, nämlich die ganze Leiter der männlichen Verwandten der Herrin bis zu den Neffen hinunter, vor denen allen ihr Gesicht zu zeigen einer gläubigen Frau erlaubt war.

Und im Hause Girai gab es keinen Kanun wie für die Familie Osman. Bei den Girais wimmelte es stets von Brüdern und Neffen und anderen männlichen Verwandten des Khans. Sogar sehr erwünscht waren sie; allerdings vornehmlich bei der Hohen Pforte in Konstantinopel, wo man die vielen tatarischen Prinzen so gern sah, um sie gelegentlich einen gegen den anderen ausspielen zu können.

Das alles nun verkehrte im Harem von Bagdscheserai.

Als nettester aber von all diesen jüngeren und älteren Männern war Roxelane der regierende Khan erschienen.

Daß Mohammed Khan aus dem Geschlecht des großen Dschingis Khan war – daraus hatte sie sich freilich nichts gemacht. Seine Verwandten waren ebenfalls Girais aus dem Blut des Welteroberers, und trotzdem war der eine ein Lump und der andere ein Trottel.

Mohammed, der geschmeidige Fünfziger, war jedoch ein geistvoller Mann.

Zuerst hatte Roxelane ihn bewundert, dann hatte es ihr geschmeichelt, wenn sie der Ehre seines Gesprächs gewürdigt worden war, und schließlich hatte sie einen riesigen Spaß bei der Beobachtung gehabt, daß sie diesen gebietenden Volksfürsten und Mann durch einen Blick oder eine bestimmte Bewegung jederzeit in einen Zustand hatte versetzen können, der ihr überaus seltsam und sehr unterhaltend erschienen war.

Doch nicht aus Eitelkeit hatte sie das getan oder aus einer unverdeckten Lust ihres Körpers, sondern … aus Neugier. Vor allem aus Neugier. Und mit derselben fanatischen Neugier hätte sie die Reflexbewegungen eines anderen Lebewesens betrachtet, eines Käfers etwa, wenn der ihre Aufmerksamkeit erregt hätte, oder, noch besser, eines gefährlichen Tiers.

Männer aber waren für sie halb possierliche, halb gefährliche Tiere, die ein Mädchen zu zähmen und in Schach zu halten habe.

Seit dem scheinbar so winzigen Erlebnis mit dem kosakischen Pferdedieb fühlte sie so. Immer wieder mußte sie an das Grauen denken, das ihr Igors behaarte Brust eingeflößt hatte, und vor dem Gedanken, sich von einem solchen tierhaften Wesen durchdringen zu lassen, empfand sie einen urgründigen Abscheu.

Auch das, was sie jetzt in dem festlichen Badezimmer erfüllte, war zumindest Abwehr.

Trotzdem bäumte sich ihr Inneres noch weniger gegen das Zupacken der Kneter als gegen den geschniegelten Duftmeister auf, der hinterher mit aufreizender Umständlichkeit in ihre geöffneten Hautporen Wohlgerüche und Salben einzuklopfen begann, wobei die unbestechlichen Blicke der Umstehenden auch noch darüber wachten, daß nicht der kleinste Teil ihres Leibes seinen glättenden Händen entgehe. Alles für den Padischah.

Nein! Das konnte nicht ihre Bestimmung sein! Sie so für einen Mann herrichten, hieß ihr außer den Kleidern auch noch stückweise die letzte Scham abstreifen!

Dabei wußte sie nur zu genau, wie lächerlich es gewesen wäre, sich etwa zu sträuben. Doch wenn sich ihr Körper auch der Umwelt fügte, um so fieberhafter suchte ihr rebellisches Hirn nach einem Entkommen.

Sie wollte einfach nicht! Sie wollte keinen Mann, auch nicht den Kaiser.

Die anderen Mädchen sprachen oft von Männern; aber sie, wenn sie sich einmal Gedanken darüber gemacht hatte, war sie immer ganz zufrieden gewesen, eines fernen Tages mit irgendeinem Mann verheiratet zu werden. Das war etwas ganz Unwirkliches gewesen, so war es gewesen, als wenn Junge ans Alter denken oder Alte an den Tod. Das alles kam einmal, aber es war nichts Wirkliches. Auch hatte sie sich stets getröstet, daß man sie vielleicht einem ganz alten Mann geben würde, und wenn es kein alter sein sollte, dann hatte sie sich wenigstens zugetraut, auch mit einem anderen fertig zu werden, wie sie noch immer mit Männern fertig geworden war. Denn es würde ja kein Kaiser sein.

Einen Kaiser wollte sie nicht. Und sie wollte keine Söhne von ihm. Mit ihren siebzehn Jahren wußte sie nichts von des Weibes schwerster Not, doch das wußte sie, daß sie nicht die Mutter kaiserlicher Knaben werden wollte, die nur heranwachsen würden, um einmal erwürgt zu werden.

Dennoch konnte auch Roxelane die Stunde nicht abschütteln, in der sie lebte.

Ihre Zubereitung war beendet. Jetzt war sie allen Anforderungen des Serails gemäß.

Der Duftmeister hatte getan, was nur getan werden konnte. Sein Gehilfe war ihr dann noch mit dem Finger in den Mund gefahren, hatte ihr weißes Raubtiergebiß geputzt und die Kronen ihrer Backenzähne, um ihren Atem zu versüßen, mit dazu geeigneter, festhaftender Paste gefüllt. Der Schminkmeister hatte ihre Wimpern gewachst, die Brauen zu einem schön geschwungenen Bogen zurechtgezupft und Wimpern und Brauen gedunkelt, hatte in Augenwinkel und Nüstern Rot gegeben, einen Hauch davon den Ohrläppchen verliehen, ihr die Lippen und Brustwarzen geschminkt; aber sonst an ihrem Gesicht, das Farbe nur verderben konnte, wenig Arbeit gefunden. Die Nägel ihrer Finger und Zehen waren rot und auf Hochglanz poliert, und auch ihre Haare hatte man bereits geglänzt und ihre Haupthaare außerdem noch geflochten.

Und nun kamen die Kleider.

Im Nebenzimmer lagen sie, auf Rosa, Weiß und Gold abgestimmt, ganz, wie es einer Braut geziemte. Und dort, wohin man sie in einem Überwurf führte, harrten auch schon die

Hofchargen und Ankleiderinnen, die jetzt an der Reihe waren, ihren Dienst zu verrichten.

Zuerst nahmen sie ihr den Umhang wieder ab, und dann zogen sie ihr die weiten, seitlich geknöpften Hosen von blaßrotem Damast an, die bis auf die Hacken fielen, um ihr darauf die goldgestickten Schuhe aus weißem Marokkoleder überzustreifen. Über die Hosen ließen sie ein Hemd aus ebenfalls weißem Seidenschleier fließen, das im Zierat der weiten Halbärmel und an seiner unteren Kante das Goldmotiv wieder aufnahm, am Hals aber mit einem diamantenen Tscheprasten verschlossen wurde. Weiß war auch das Unterkleid von durchbrochener Arbeit.

Und dann kam der Kaftan.

Wie die Hosen war er von einem matten Rot. Er schnitt eng in die Hüften und reichte bis auf die Füße. Seine weiten, in den Nähten mit Perlen bestickten Ärmel fielen offen von den Schultern herab. Kaftan und Unterkleid ließen oben das Hemd frei, das die Formen und selbst die helle Tönung der jugendlichen Brust mehr hob als verbarg. Der vier Finger breite perlendurchwundene weißseidene Gürtel wurde vorn durch eine Diamant-Agraffe zusammengehalten. Schräg zum linken Ohr setzte man ihr zuletzt den Talpotsch aus Goldbrokat auf, und nun hing ihr vom Deckel des Käppchens eine dicke Perlenquaste bis auf die Schulter herunter.

Nachdem die Schmückerinnen ihr dann noch Reifen an Armen und Fußknöcheln befestigt, Ohrgehänge angeheftet und fünf kostbare Ringe an die Finger gesteckt hatten, trat die Obersthofmeisterin selbst vor die Hanum.

Die Verneigung der Exzellenz galt freilich mehr dem kaiserlichen Geschenk, das sie unter einem Seidentuch barg, als der Beschenkten.

Nachdem das Tuch aber gefallen war, erblaßte sogar Frau Dede Semid. Eine solche Kette von fast nußgroßen indischen Rosenperlen besaß selbst Saffieje Sultana nicht. Ein unvergänglicher Reichtum schien das der Gouvernante! Und zitternd hielt sie den Atem an, als die Obersthofmeisterin, der dies Vorrecht zustand, jetzt die Gabe des Sultans sechsmal um den gebeugten Nacken von Frau Dede Semids bisherigem Schützling wand. Dem Schmuck folgten die Hüllen.

Mit einer weiten Feredescha in der grünen Farbe des kaiserlichen Hauses richtete sich die Obersthofmeisterin nunmehr an Roxelane.

«Wenn es Ihnen beliebt, Dame», sagte sie und barg das Mädchen völlig im Mantel, um nach dem Beispiel des Propheten und nach dem Recht der Kalifen, seiner Nachfolger, durch diesen feierlichen Akt Roxelane für die Zeit ihres Lebens von allem, was Mann war, zu scheiden, außer von Soliman Khan. Der Kislar jedoch legte ihr den Asmack, den Gesichtsschleier, vor, und dann erst bildete sich streng nach der Regel der Zug.

Ein Harfenlied, von den Sopranen weißer Verschnittener gesungen, wehte zart über ihn hin. Blumen wurden gestreut, und über dem Haupt der Braut hielten ihre früheren Gefährtinnen einen Schleierbaldachin. Die höchsten Würden schritten ihr zur Seite, zur Rechten die Obersthofmeisterin, zur Linken der Kislar Aga, beide Wächter über des Kaisers Eigentum. Denn es war die Stunde.

Roxelane aber lächelte.

Ganz zuversichtlich lächelte sie. Ihr war zumute wie einem Menschen, der eine böse Nacht hinter sich hat und nun bei Tageslicht sieht, daß alles gar nicht so schlimm sei.

Kühl an ihrer Haut spürte sie die Perlen, und die hatten sie zu sich gebracht. Sofort war ihr der Anlaß für Solimans Wahl gerade ihrer Person wieder gegenwärtig gewesen, und nun sagte sie sich, daß ihre Furcht vor ihm nichts als törichte Eitelkeit gewesen sei. Denn der denke ja gar nicht an sie wie an eine Frau! Er habe nur nicht anders gekonnt und müsse jetzt obendrein noch der Form genügen. Und wenn er sie, die Unschöne, scheinbar der schönen Saffieje vorziehe, so sei das wirklich auch Strafe genug für den Stolz seiner Sultana, und sie, Roxelane, sei neugierig, wer von den beiden wohl nachgeben werde, Saffieje oder Soliman.

Dies alles schien ihr die Kette zu bestätigen.

Denn die sei selbst für ein kaiserliches Hochzeitsgeschenk zu kostbar, und so sei sie mehr als ein Geschenk, sie sei eine vorweggenommene Abfindung für die ihr bevorstehende «Enttäuschung».

Es belustigte Roxelane, daß die Männer so seien und daß kaum jemals einem einfalle, ein Mädchen könne ihn vielleicht gar nicht wollen.

«Conge gulsum timar in yok...» trillerten die Sänger:

«Du bist eine Rose, die sich keinem erschloß...»

Das aber war gerade der Augenblick, in dem Roxelane am liebsten laut aufgelacht hätte, was freilich auf keine Weise zu verantworten gewesen wäre. Doch sie vergnügte sich gerade an der Vorstellung, wie unbehaglich sich Soliman jetzt wohl fühlen möge.

Daß ein Kaiser auch nur ein Mann sei, dachte Roxelanes rebellisches Mädchengehirn.

7

Westlich von Serailspitze und Sommerharem, mit dem Blick über die Hafenausfahrt hin zu den Vorstädten Galata und Topchane, lag das Köschk der Hebetullah. Es war unmittelbar an die hohe Haremsmauer gebaut, an die sich die unteren Stockwerke anlehnten, während die oberen sie weiß und zierlich bekrönten. Wie ein Schaum, wie ein verwehter Schleierzipfel lugte das Filigran der Säulen und Spitzbogen, der Türmchen und Knäufe über die Mauer hinweg und verlockte die Gedanken der Männer und Frauen zu Träumen.

Hebetullah hieß das Köschk nach der verstorbenen

Schwester Solimans, und des Köschks Erbauung war mit einer Geschichte verknüpft, die seine ungewöhnliche Pracht erklärte.

Ein früherer Defterdar, ein Reichsschatzmeister, hatte von Solimans Vater den Bauauftrag erhalten, sich aber wegen der verschwenderischen Ausführung vom haushälterischen Selim wenig Dank verdient. Ein anderer Ausgang wäre auch kaum zu erwarten gewesen. Wenn die Pracht nicht getadelt worden wäre, hätte das kaiserliche Mißfallen vermutlich erst recht allzu große Kargheit getroffen. Aufträge dieser Art wurden darum auch von allen Großwürdenträgern als sehr gefährliche Ehrungen angesehen. Sie waren mehr gefürchtet als begehrt.

Dennoch war in diesem Fall der Schatzmeister Sieger geblieben.

Gegen Geschenke hatte nämlich der blutige Selim nichts gehabt, und als ihm erst bedeutet worden war, daß der Bau und die kostbare Einrichtung ihm von einem treuergebenen Untertan ehrerbietigst zu Füßen gelegt worden seien, hatte er in erster Freude über den wohlfeilen Besitz gern die Belehnung mit ein paar Quadratmeilen wüsten und ertraglosen Landes bewilligt. Das war nämlich die einzige Gegengabe gewesen, die sich der bescheidene Spender erbeten hatte.

Das gesamte Vermögen des Defterdars steckte im Köschk, und Selim verlachte ihn wegen seiner Wüstenei. Aber bald darauf waren dem angeblichen Narren allein aus dem Holzschlag in seinem neuen Lehen Millionen von Aspern zugeflossen, und seine Erben gehörten noch jetzt zu den reichsten Leuten von Konstantinopel.

Dieses Köschk nun, das den kaiserlichen Schatz nichts oder sehr viel gekostet hatte, war von Soliman für sein Beilager mit dem Tatarenmädchen ausersehen worden, und nichts zeigte mehr als diese Wahl, wie gram er Saffieje Sultana sein mußte. Denn gerade Saffieje hatte sich das Palais, das Soliman sonst nie betrat, schon längst zur eigenen Residenz gewünscht.

Doch Soliman zürnte seiner Chasseki.

Er hätte bei weitem vorgezogen, die letzte Nacht mit ihr zu verbringen, die ihm so vertraut war, und statt dessen mußte er das Abenteuer mit dieser Roxelane bestehen, in das Saffieje ihn gestürzt hatte! Von den Reizen der Überraschung, die ihm die Begegnung mit einer Unbekannten bescheren konnte, hielt Soliman nämlich gar nichts. Dafür erinnerte er sich viel zu gut seines gelegentlichen Versagens, das gerade seinen Körper nicht verschont hatte, weil er, ohne seelisch berührt zu sein, niemals der Mann einer Frau hatte werden können.

Diesen Umstand, der ihn einer Frau von Persönlichkeit nur liebenswert machen konnte, empfand er selbst als beschämende Schwäche, und darum war die Zahl seiner Verbindungen mit dem anderen Geschlecht bis jetzt auch erstaunlich gering geblieben, um so geringer, als er, selbst mit alttürkischer Strenge erzogen, an jedermann und auch an Frauen die höchsten Ansprüche stellte.

Zusammen mit den Serailpagen war er in derselben Zucht aufgewachsen, die darum keineswegs gelinder war, weil sie ausschließlich von weißen Eunuchen als Lehrern und Erziehern ausgeübt wurde. Mit sechzehn Jahren hatte er dann alles gewußt, was ein wohlerzogener Muselman zu wissen hatte, war er allen körperlichen Übungen gewachsen und im kraftverlangenden Bogenschießen sogar ein Vorbild für andere gewesen.

In diesem Alter hatte er mit seiner Ernennung zum Statthalter von Haifa seinen eigenen Hofstaat und damit seine erste Frau bekommen, die als Mutter der unlängst an der Seuche verstorbenen Prinzen Murad und Mahmud mit Solimans Thronbesteigung auch sofort zur Sultana ernannt worden war.

Eine syrische Hanum war dagegen schon bei der Geburt einer Prinzessin gestorben, derselben, die Soliman dann ebenfalls neben ihren Brüdern hatte bestatten müssen.

Saffieje aber war die dritte und letzte.

Die Sultana Walide hatte diese Verbindung zustande gebracht, als Soliman zwanzig Jahre als gewesen war, und wenn Soliman seiner ersten Frau, Kira Sultana, auch immer mit der Rücksicht begegnete, die sein Herz und der Koran ihm geboten, so hatte sich Saffieje doch bald gegen jedes Herkommen zur ersten Damen seines Serails aufgeschwungen, was zuletzt in der Verleihung des Chasseki-Titels auch nach außen seinen Ausdruck gefunden hatte.

Niemals aber hätte Saffieje eifersüchtig zu sein brauchen, schon deswegen nicht, weil Soliman so gar nicht neugierig auf Frauen war. Er wußte es ja nicht anders, als daß eine Frau eine Frau sei und daß jede, auf der er seinen Blick ruhen lasse, ihm gehöre. Allerdings hatte er sonst seine Blicke immer zu beherrschen gewußt, eben weil er nach dem Ungewissen und nach allen oft ärgerlichen Möglichkeiten von Damen, die er nicht kannte, durchaus kein Verlangen trug.

Und nun war ihm von Saffieje, die er vor Kira, seiner älteren und früheren Frau, so ausgezeichnet hatte, Unrecht geschehen!

Saffieje war schuld, daß er sich jetzt in einem Zustand befand, der es den ankleidenden Eunuchen fast unmöglich machte, die Wünsche eines sonst so gerechten Herrn zu befriedigen.

Solimans Ungeduld entsprang dabei jedoch keineswegs Mängeln, die etwa zutage getreten wären. Was der Kaiser nur irgendwie gebrauchte, war auch vorhanden, und das grenzte fast an Zauberei, weil das Köschk Hebetullah jahrelang vergeblich seines Herrn geharrt hatte.

Doch für die Hofverwaltung war es das gleiche gewesen, als ob der Herr das Palais bewohnt hätte.

Durch Jahre war es Tag für Tag wie so viele andere instand gehalten worden, immer hatte man alles für den unwahrscheinlichen Fall vorgesehen, daß die Majestät vielleicht doch einmal geruhen würde, sich ihres Hauses zu bedienen.

Die Majestät hatte geruht, und nun fehlte nichts.

Darin war keiner der zuständigen Behörden ein Vorwurf zu machen, nur... daß der Herr noch ziemlich unbekleidet dastand, als sich der Brautzug bereits durch seine Gesänge ankündigte.

Die ersten Würdenträger des persönlichen Dienstes waren ratlos.

Nein, keinen Staatsturban! Welch ein Unsinn! Ob er einen Diwan abhalten oder einen Botschafter empfangen solle? grollte Soliman. Ein Dülbend solle es tun, ein einfacher Kopfbund oder noch besser ein schwarzes Seidentuch, und wenn das zu sehr nach Trauer aussehe, eines in Rot, wie er es bei seinen Zusammenkünften mit Ibrahim Bey, dem Oberstfalkonier, trage, ganz einfach und gerade so viel, um dem Anstand zu genügen! – Und was der Tschokadar hier herumstehe? Heute gebe es keinen Mantel zu tragen. Der Erste Kämmerling und Mantelträger möge gefälligst die Hanum empfangen und ihr das allerhöchste Erscheinen in Aussicht stellen! – Und Trauer hin, Trauer her, er wolle doch ein schwarzes Kopftuch, nichts als ein schwarzes!

Soliman hielt sehr auf gute Kleidung und nicht nur darauf, daß sie reich, sondern auch darauf, daß sie geschmackvoll und der Gelegenheit angemessen sei.

Aber diesmal dauerte es besonders lange, bis er sich endlich herbeiließ, dem Chaßoda Baschi, dem Ersten Ankleider und Präfekten der Inneren Kammer, zu befehlen, ihm einen leichten, mit Zobel ausgeschlagenen Hauspelz von grüner Seide anzulegen. Wann er jedoch geschmückt sein und die Börse mit Goldstücken in den Gürtel stecken würde, das war überhaupt noch nicht abzusehen! Denn das war stets der Beschluß. Und die Börse mußte am nächsten Morgen den Pagen der Nachtwache zufallen. Alles seufzte in sich hinein und gedachte mit Unwillen der Verderberin Saffieje.

«Uulugorum tez ghel...» näherte sich inzwischen der Gesang: «Komm schnell; denn ich sterbe...»

Soliman aber, der das Turbanwinden in der Pagenkammer gelernt hatte, vertiefte sich gerade in die Aufgabe, das rubinenbeschwerte Ende seines schwarzen Kopftuchs so weit aus der Windung zu lassen, daß der Überhang gerade noch seinen rechten Schläfenansatz berühre. Dennoch wartete auf ihn ein Saal, in dem das Wachs der Kerzen duftete und ihr Licht die gedämpften Farben der Teppiche erglühen ließ. Nichts war nackt in diesem Raum. Die kostbaren Gewebe verhüllten jeden Zoll des Bodens und der hohen Wände, um sich dann nach oben an eine Decke zu verlieren, die man im fernen Glimmern ihres gedunkelten Holzschnittes nur noch erahnte.

Es war ein Saal der Geheimnisse, der auf ihn wartete, ein Raum ohne Grenzen und doch zugleich eng. Selbst die Lichter umhüllten mehr, als daß sie erhellten.

Es war das verschwiegene Gemach, das Roxelane ruhelos durchmaß. Wie das Zimmer ihren Blicken, so verschwammen ihrem Erinnern auch die Umrisse von allem, was mit ihr zuletzt noch geschehen war. Die Auflösung des Zuges, die Wünsche von Fruchtbarkeit, Gesundheit und langem Leben waren bereits ferne Bilder für sie, selbst das Verneigen des Tschokadars ging in dem vielen unter, dessen Bedeutung immer dieselbe gewesen war: daß die Tage ihres Mädchentums nun vergangen sein sollten.

Aber auch dieser Gedanke erlosch wie der Klang ihrer Tritte im Teppich. Schritt für Schritt setzte sie ihre Füße willenlos voreinander, immer in dem verdeckten Bewußtsein, sich nicht setzen zu dürfen. Schritt für Schritt glitt sie mehr durch den Saal, als daß sie ging, bis sie dann an den niedrigen Tisch stieß, von dem venezianisches Kristall sie anblitzte.

Erst war ihr das Rot der Karaffe nur ein etwas tieferes Leuchten – dann begriff sie, daß dort Wein stand.

Sie erinnerte sich, daß Soliman Wein trank. Jedenfalls erzählte man es sich von ihm. Aber schon allein die Vorstellung des Trinkens zog ihren Körper herab, ließ sie ihre Hände ausstrecken.

Mannigfache Weine standen da. Ohne zu wählen, ergriff sie einen aus Chios. Und dann trank sie. Wasser oder Wein, gleichviel, wenn es nur etwas war, was feucht und kalt in den Körper rann. Wie ausgedörrt fühlte sie sich.

Denn an alles hatte man gedacht, anscheinend nur an das Nächstliegende nicht: daß nämlich die Anstrengungen des stundenlangen Bades und der Massagen selbst einem so zähen Mädchen wie Roxelane Müdigkeit und Durst verursachen könnten. Oder es war nur zu sehr bedacht gewesen, und etwaige Gönner oder Gönnerinnen der Saffieje mochten an der allzu großen Süßigkeit des Sorbets, den man Roxelane gereicht hatte, nicht ganz unschuldig gewesen sein.

Jetzt aber fühlte sie sich gestärkt.

Sie erschrak wohl selbst ein wenig über den Verstoß, den sie begangen hatte, empfand dann aber doch eine große und heitere Genugtuung, als sie das Glas wieder hinsetzte. Auch die Bewegtheit der seelischen Vorgänge dieses Tages verstärkten nur noch die Wirkung des Weins. Noch ein letztes Mal spannte sie der Sturz in etwas so Neues und Unerwartetes, wie sie es heute erlebt hatte.

Mit aller Stärke drängte es sie nun aus ihren kreisenden Gedanken heraus zum Wort und zur befreienden Tat. Doch als sie sich nach ihrem Gegner umsah... war sie allein. Immer noch allein.

Wie ein Fechten gegen Watte war das. Und alles kam für sie darauf an, nicht müde zu werden und daß sich ihre Kraft, derer sie noch bedürfen würde, im Warten nicht sinnlos verbrauche.

Darum zwang sie ihre Aufmerksamkeit auf ein Tun, das ihrer Lage so entgegengesetzt wie nur möglich war. Jeden einzelnen Teppich leuchtete sie an, um herauszufinden, woher er wohl stamme.

Ganz von selbst kam sie dabei in das nächste Zimmer, in dessen Brokat mattblaue Blumen auf silbernem Grund blühten.

Es war bald durchforscht.

Doch als sie den Vorhang zum übernächsten raffte, erstarrte sie.

Auf rotem Teppich stand ein riesiges Bett. Die Matratze war rot, rot waren die Laken. Die weißen Kissen aber waren breit mit dem heiligen Grün des Propheten und des Kalifenhauses gerändert.

Wie ein feindlicher Zwang wirkte das leere Bett auf sie, wie eine griffbereite Drohung, vor der ihre Gedanken, daß alles nur ein Spiel sei, zerstoben. Denn ein Schreckliches stand zu Häupten des Bettes.

Wie leblose Statuen hielten zwei Pagen fackeltragend Nachtwache für Soliman Khan. Die Pagen waren verschnitten, und – an den gelben Röcken sah es Roxelane – es waren zwei Stumme! Zwei der Stummen des Serails. Sie waren es, die die Brüder und Neffen eines neuen Padischah zu erdrosseln hatten. Zwei der Henker waren es, die man der Zungen beraubte, damit sie nichts vom ersten Entsetzen, von der Todesangst nichts und nichts vom letzten Verröcheln erlauchter Prinzen erzählen konnten.

Mit einem Aufschrei ließ Roxelane den Vorhang fallen und floh.

Sie lief, wie sie vor Denko nie gelaufen wäre und vor niemand sonst. Sie lief, um dem Schrecklichen zu entgehen, das die ungeborene Frucht ihres Schoßes bedrohte. Nichts war sie mehr als wieder das kleine Mädchen in durchlöchertem Röckchen, das zu Serafim wollte und zu ihrer Katze. Die taten ihr nichts! Nichts wollte sie von Brokat mehr und Pracht. Eine Schilfhütte wollte sie, einen Platz hinterm Herd, zurück nach Chortiza wollte sie. Und da, wo sie hingestürzt war, lag sie nun, und von Grauen geschüttelt, vergrub sie wild ihr Gesicht in dem Teppichgewebe aus Meraasch.

8

WAS IST IHNEN, DAME?» FRAGTE EINE STIMME. Fast klang sie wie die Stimme Serafims, nur daß Serafims Stimme froh war.

Eine Hand berührte Roxelane.

Ehe sie emporsah, vergewisserte sie sich aber erst ihres Schleiers.

Und wieder war es fast das Gesicht Serafims, das sie erblickte, blaß und schmal, und um die Schläfen floß es ihm schwarz. Beinahe hätte sie Vertrauen zu dem Gesicht gefaßt. Doch wie Blutstropfen hing es ihm an den Schläfen.

Serafim aber trug kein Zeichen vergossenen Blutes.

So sah sie denn, daß es der Kaiser war.

Bis ins erste Zimmer war sie zurückgeflüchtet, dorthin, wo Soliman sie hatte finden sollen, und dort hatte er sie gefunden.

Jetzt sah sie in zwei traurige Augen, die des Kaisers waren. Und als der Kaiser ihr winkte, erhob sie sich.

Ein wenig wich ihre Angst, als sie stand.

Denn nun war sie nicht mehr allein.

Soliman aber fand, daß heute alles gegen die Regel sei, und die Dame habe ihn mit gekreuzten Armen begrüßen müssen. Dennoch erzürnte ihn das Gebaren dieses Mädchens aus der Steppe keineswegs so, wie Saffiejes Heftigkeit es getan hatte.

«Ich ließ Sie warten, Dame», sagte er nur, «und Sie haben geträumt.»

«War es... war es ein Traum?»

«Was?» fragte Soliman.

Roxelane machte eine scheue Gebärde, die Soliman rührte und die er verstand.

«Die Dame war neugierig?» lächelte er. «Und die Wache am Bett hat die Dame erschreckt? Aber sie ist eine Vorschrift, von der wir absehen wollen», fügte er noch hinzu.

«Waren es... Stumme?» Roxelane graute es noch jetzt.

«Es war ein Traum», sagte Soliman und kam sich dabei so männlich und überlegen vor, daß er ihr günstiger gesinnt wurde als vorher. Darum beugte er sich denn auch entschlossen vor, um ihr den Asmack vom Gesicht zu nehmen.

Sie aber wehrte ihm mit ihren Händen.

«Ich bin häßlich!» rief sie, und auf einmal hatte ihre Zunge wieder die alte Geläufigkeit wie einst bei den Wortkämpfen in Chortiza: «Eure Majestät wissen es und sollten Ihre Augen nicht so erniedrigen, mich auch nur anzusehen! Schon auf dem Sklavenmarkt in Perekop wollte mich niemand. Ich sei eine dürre Ziege, sagten die Leute. Und das war noch das gelindeste! Ich kann die Ohren Eurer Majestät nicht mit den wenig gewählten Worten beleidigen, die sie über mich sprachen. Damit will ich aber durchaus nicht andeuten, daß die Leute etwa unrecht hatten. O nein! Sie logen keineswegs! Die Leute...»

Nun aber hatte er eine Regung von Heiterkeit und Überraschung verwunden und schlug ihr den Schleier vollends zurück.

Und jetzt sah er zum drittenmal ihr Gesicht.

Das erste Mal hatte es ihn gefesselt. Das zweite Mal hatte er es nicht begriffen. Und nun betrachtete er es, als sei es das Siegel zu einer lichten Fröhlichkeit, die sich ihm noch erschließen müsse.

Man hatte ihn gelehrt, daß rote Haare unschön seien, wenn nicht gefährlich. Aber er sah nichts Gefährliches an ihren Zöpfen, auch an ihren Backenknochen nicht und nicht an ihrem brennenden Mund. Oder es war das Gefährliche, daß dieses Gesicht den ebenmäßigen Zügen der anderen Damen so unähnlich war, daß es wie ein lachender Abgrund war, in den sich hineinzustürzen lockte, ein Abgrund diese erdunkelten grauen Augen...

«Eure Majestät sollten mich nicht so ansehen», drang ihre Stimme zu ihm. «Ihre Hoheit, Saffieje Sultana, wird sich um Sie bangen, genau wie Hochdero erlauchter Sohn, Prinz Mustafa. Ihre Hoheit mag – wenn mir diese Bemerkung erlaubt ist – unbedacht gehandelt haben. Aber nun ist ja der Form genügt, und Eure Majestät könnten wieder verzeihen und sich zu ihr begeben, die Sie lieben.»

«Roxelane...?»

Doch sie ließ sich nicht hemmen.

«Es sind nur noch wenige Tage bis zum Feldzug, Majestät...»

«Hanum...?»

Als etwas völlig Unfaßbares stand sie vor Soliman.

Eine Dame seines Serails, die er mit seiner Gegenwart beehrte, schickte ihn zu einer anderen. Zu seiner Chasseki zwar, doch gleichviel: zu einer anderen.

Soliman hätte nie gedacht, daß es so etwas gebe!

Und immer noch lockten die Augen, obwohl sie ihm wehrten.

Und ihre Stimme erregte ihn durch einen leichten Anflug von Rauheit über der Tiefe.

«Eure Majestät sahen sich genötigt, mich zu sich zu befehlen. Ich aber weiß zwischen dem äußeren Anlaß und meiner unscheinbaren Person sehr wohl zu unterscheiden. Für meine Niedrigkeit war der kaiserliche Befehl bei weitem zuviel der Gnade, und so bitte ich untertänigst, mich wieder in das Dunkel entlassen zu wollen, in das ich gehöre.»

Weder in den höfischen Worten noch im Ton lag ein Trotz. Soliman sah es geradezu vor sich, wie sie fröhlich und beseligt davonlaufen würde, wenn er es ihr nur erlaubte!

«Sie wünschen Ihre Entlassung aus meinem Serail?» fragte er darum nicht ohne Schärfe.

«Oh, wenn das möglich wäre, Majestät...!» rief Roxelane aber nur mit aufreizender Unbefangenheit, und ihr bittender Blick, mit dem sie ihm im voraus dankte, war so warm, daß er ihn als eine Beleidigung empfand.

«Es ist möglich», hätte er nun sagen müssen. Das wußte er sehr gut. Absichtlich hatte er mit seiner Frage weiter als sie mit ihrer Bitte gegriffen. Statt Entlassung aus seiner Gegenwart hatte seine Frage ihr völlige Verbannung in Aussicht gestellt.

Doch diese Tatarin schien ans Verbanntwerden so gewöhnt, daß sie sich offenbar nichts mehr daraus machte. Ganz ernstlich schien sie sich ein Schicksal zu wünschen, dem manches andere Mädchen den Tod vorgezogen hätte, nämlich die höchste kaiserliche Ungnade. Und angesichts einer solchen Verstocktheit wäre es eigentlich Pflicht gewesen, Roxelane gänzlichem und endgültigem Vergessen zu überantworten.

Dennoch sprach er die verbannenden Worte nicht.

Er wollte mit seinem Zorn – und allmählich war er zornig geworden – nicht etwa ins Leere stoßen! Einfach entmachtet fühlte er sich, von einem stupsnasigen Tatarenmädel überwunden fühlte er sich, wenn – ja –, wenn dieses Mädchens Bitte echt war. An diesen Zweifel klammerte sich Soliman.

Ohne es selbst zu wissen, durchmaß er nachdenklich den Raum.

Nein, entschied er für sich, das sei nicht möglich! Nur Klugheit gestand er ihr zu, eine unerwartete Klugheit. Nach seiner Meinung habe sie nichts Besseres tun können, sie, die anders sei als die anderen, nun auch anders zu handeln.

Doch da Roxelane kein Auge von ihm ließ, dem Mann, der ihr Schicksal in seinen Händen hielt, so war es auch ihr Blick, der ihn bannte.

Soliman blieb stehen.

Er zwang sich zu einer hochmütigen Neugier und sah sie an, als sei sie eine seltsame Erscheinung, wie etwa ein persischer Feuerschlucker oder ein indischer Fakir. Denn wenn sie ihm auch ein kühnes Spiel vorgaukelte, so war er doch davon überzeugt, ein Mann zu sein, der keineswegs einfach einem neuen Gesicht und neuen Worten erliege.

Ganz sicher fühlte er sich, als er sie nun fragte: «Und wohin würden Sie sich wenden, Hanum, falls ich Ihre Bitte erfüllte?»

«Nach dem Norden», sagte sie, ohne sich zu besinnen.

«Nach dem Norden? Nach Bagdscheserai?» erkundigte sich der Kaiser, und es gab ihm einen kleinen Stich, da er bei Bagdscheserai an Mohammed Khan dachte.

Doch zugleich rächte er sich auch schon.

«Erwarten Sie für sich einen so guten Empfang von seiten meiner Tante Nur Banu?» fragte er noch.

Roxelane verneinte.

«Höher zum Norden möchte ich.»

Soliman runzelte die Brauen. Schließlich war er der Beschützer von Mekka und Medina, also Kalif, Beherrscher der Gläubigen, Statthalter des Propheten.

«Zu den Christen?» fragte er. «Zu den Heiden?»

«Zu den Steppen!» lachte Roxelane und sprach von der Lust des Reitens, vom Herdentreiben und der Jagd, nur von den Tataren sprach sie nicht und vom alten Kosakenstreit. Aber sonst vergaß sie fast die kaiserliche Gegenwart, so sehr riß die Erinnerung sie hin, oder das, was sie für Erinnerung hielt und was nichts weiter als Traum war. Aber ein lebendiger Traum. Denn sie hatte Männer gekannt, die das alles erlebten, und sie hatte über alles gewünscht, ihnen zu gleichen.

Und nun lauschte Soliman doch den neuen Worten einer Sklavin, deren Seele so frei war. Ihre Stimme hüllte ihn ein, und fast glaubte er nicht mehr an ein noch so kühnes Spiel dieser Frau. Ihre Sehnsucht nach einem starken Leben, selbst ein Wild in der Wildnis, schien so echt, daß er beinahe wünschte, es mit ihr zu erleben.

Er erschrak über sie, über sich.

Klarheit wollte er.

Fortschicken wollte er sie, und wenn auch nur ein Schatten des Bedauerns ihre Züge überlaufen sollte – dann hatte sie zu gehen. Endgültig!

Mit diesem Entschluß neigte er sich auch schon der großen Bronzeschale inmitten des Zimmers zu und brachte sie durch eine silberne Kugel, die er hineinwarf, zum Klingen.

«Sie sollen Ihre Steppe wiederhaben», versprach er Roxelane.

Und kaum war der reine und klare Ton der Schale verhallt, als der Tschokadar im Gemach stand.

Eine Stille der Erwartung und Entscheidung breitete sich aus.

Soliman durchforschte Roxelanes Gesicht.

Der warme Blick einer Abschiednehmenden war in diesem Gesicht, aber kein Zögern, als er nun das Zeichen der Entlassung gab. Mit wenigen, weit ausholenden Schritten war Roxelane am Ausgang.

Das Zögern war ganz allein bei Soliman.

«Schicken Sie...» begann er und verharrte...

Ein fragender Blick der niedergesunkenen Roxelane traf ihn.

Der Tschokadar wagte keinen Blick.

«Schicken Sie... die Stummen fort, Tschokadar», vollendete Soliman, «sie belieben der Hanum nicht.»

Der Großeunuch verneigte sich tief, und sein Kommen und Verschwinden zeigten Roxelane, daß sie mit Soliman nicht ganz so von allem auf dieser Erde abgeschieden gewesen war, wie sie das bis jetzt geglaubt hatte. Roxelane erhob sich jäh.

«Und ich...?!»

Doch da hatten die Teppiche den Tschokadar gleichsam schon eingeatmet, und nun war es wieder Soliman, und nur er, der sie ansah.

«Sie bleiben.»

«Ich will nicht!» rief Roxelane.

Mit der ganzen Wildheit eines Menschen, der nichts mehr zu verlieren hat, rief sie es.

Denn dieses stand hinter dem Mann und dem Mädchen: daß den Sultan zu verschmähen ein Verbrechen bedeutet, um so todeswürdiger, als es unerhört war, und daß Sklavinnen des Serails zu allen Zeiten um weit Geringeres in einen Sack genäht und in den Bosporus versenkt worden waren, gerade wie die Marinka es damals in Chortiza schon einmal für Rosska verlangt hatte.

Aber Roxelane stand trotz allem wie eine gebuckelte, fauchende Katze vor Soliman.

Der jedoch erfühlte ihre Gedanken.

«Wegen der Stummen willst du nicht?»

«Wegen der Stummen nicht!»

«Willst du dich gegen den Kanun des Eroberers auflehnen?»

«Ich will keine Söhne von dir!»

«Keine Söhne von mir?!» empörte sich Soliman und vergaß, daß auch er heute selbst schon gedacht hatte: Keine Brüder für Mustafa! «Und das Reich?» fragte er jetzt. «Und die Nachfolge? Soll die Familie Osmans zugrunde gehen? Soll ihr Bestand lange, gefährliche Jahre hindurch auf vier Augen beruhen, nur weil es einem Mädchen nicht gefällt, kaiserliche Prinzen zu gebären, deren Leben immer bedroht ist?!»

«Es gibt noch andere Mädchen als mich», trotzte Roxelane.

«Was einer nachgesehen wird, ist allen gewährt!» schüttelte Soliman ihren Einwurf ab. «Und wie oft ist ein Spätgeborener zur Herrschaft gelangt! Wie oft sind Frühgeborene umgekommen oder gestorben! Sieh um dich! Wie viele Samen läßt Allah vergehen, ehe er einem den Segen gibt!»

«Und Saffieje?» versuchte sie ihn. «Ihr Sohn wird leben!» stieß sie mit aufglimmendem Haß hinterher.

Soliman aber hob abwehrend die flache Hand.

«Sein Leben steht bei Allah, wie deins, wie meins.»

Roxelane wandte ihren Kopf fort.

Sie hatte dem Mann in Soliman schon zuviel gesagt. War ihr Leib ein ausgeworfener Same? Oder sollte er nicht viele Tage und lange Nächte in Entzücken und Weh das wachsende Leben verspüren? Eine Zweckmäßigkeit ihr Leib? Eine Zweckmäßigkeit der in Schmerzen geborene Sohn? Sein erster Schrei, sein Blick, seine ersten tastenden Schritte, sein Heranwachsen zu einem starken Knaben, einem wißbegierigen Jüngling, einem Mann von Erkenntnis... alles, alles nur, um dereinst mit seinen Söhnen – ihren Enkeln! – der Schnur der Henker zum Opfer zu fallen? Nein!

Voll kaltem Haß hob sie ihre Augen zu ihm, der sie lehren wollte:

«Ich will dich nicht, Sultan Soliman Khan.»

9

ROXELANES WORT WAR GESPROCHEN. Aber dieser Tag hatte mit Feindschaft gegen alle Regeln begonnen, und so folgte auch kein Todesbefehl ihren Worten.

Ohne daß sich sein Bewußtsein Rechenschaft darüber ablegte, fühlte Soliman bei ihr die Tiefe einer Urmütterlichkeit. Er begriff mehr, als er erkannte, daß Roxelanes Unbedingtheit es ablehnen mußte, einen willkürlichen Tod zu gebären, der dem Willen des Schöpfers widersprach. In dieser Stunde am Wegkreuz war aus dem Mädchen ohne Empfängnis eine wache Mutter geworden. Durch kein Abirren der Geschöpfe war sie mehr einzuschläfern, durch keine Verlockung zu betören. Unmittelbar berührten sich Mutter und Gott.

Soliman aber sah sich zum erstenmal verschmäht.

Einer seiner unbedenklicheren Vorfahren hätte vielleicht wirklich versucht, die Schmach zugleich mit dem Leben des unbotmäßigen Mädchens auszulöschen. Das freilich war für den vielfältigeren Soliman völlig unmöglich. Gerade durch Roxelanes Tod wäre ja seine Demütigung unwiderruflich geworden! Etwas ganz anderes wuchs ihm aus ihrem Verschmähen zu: Statt Städte und Länder hatte er zum erstenmal in seinem Leben eine Frau zu erobern.

Nur dies eine empfand er: erobern! Ob es ihm dabei mehr auf das Erobern oder auch auf die Frau ankam, hätte er selbst am wenigsten zu sagen gewußt, wie er denn überhaupt von nun an mehr ein Getriebener als ein Wollender war.

Als er dann aber seine Geschichte begann, eine wahre Geschichte, die Geschichte Orkhans und Alaeddins – da waren kein Kaiser und keine Sklavin mehr im Raum.

Fast zweihundert Jahre waren verflossen, seit Osman, Sohn des Ertoghrul, gestorben war. Und das geschah keineswegs in Konstantinopel, wo noch christliche Kaiser prunkvoll regierten, auch standen in Asien, Afrika und Europa noch viele mächtige Throne, die erst später vor dem Geschlecht Osmans dahinsanken.

Nichts hinterließ Osman Bey als einen Löffel, ein Salzfaß, einen verbrämten Rock und einen Kopfbund von Leinwand. Dazu aber kamen schönes Vieh für den Acker, Pferde und Waffen und Männer, die Pferde und Waffen zu gebrauchen wußten. Ferner hinterließ er das Land um seine Burg Karadschahissar und Brussa, die Stadt – vor allem aber zwei Söhne.

Orkhan und Alaeddin.

Auch Osmans Hände waren nicht frei von Verwandtenblut gewesen. Doch einen Kanun der Prinzen hatte es damals noch nicht gegeben, und sein Verbrechen hatte er nicht seinen Söhnen vererbt.

Nach des Vaters letztem Willen folgte ihm Orkhan als Bey.

Doch wenn Orkhan nun auch Alleinherrscher war – die väterlichen Herden wollte er gern mit seinem Bruder teilen.

Der aber, Alaeddin, begehrte nur ein Dorf, um darin zu wohnen.

«Gut», sprach Orkhan. «Wenn du die Herden von Rindern und Schafen und Pferden nicht willst, so weide mir die der Menschen.»

Und so wurde Alaeddin der erste Wesir der Osmanen.

Ihm verdankte das Reich die Grundlagen aller Gesetze, die Münze, die Ordnung des Kopfbunds, damit sich die Rechtgläubigen in ihren Würden unterscheiden und nicht in goldgestickten Griechenhauben herumlaufen sollten, und schließlich verdankte es ihm die Janitscharen.

Christenkinder waren die Janitscharen, die als junge Sklaven im Islam erzogen wurden. Ein streitbarer Mönchsorden waren sie, weil sie nicht heiraten durften und für den wahren Glauben und Allah zu sterben hatten.

Auch ihre Einweihung war mönchisch.

Man stellte sie vor den Derwisch Hadschi Begtasch, ihn um seinen Segen, um eine Fahne und um einen Namen zu bitten.

Der Heilige legte seinen Arm auf den Kopf des vordersten, daß der Ärmel des Derwischmantels dem Söldling hinten herabhing, und sprach: «Ihr Name sei ‹Jeni Tscheri›, die neue Truppe, ihr Angesicht sei weiß, ihr Arm siegreich. Ihr Säbel soll schneiden, ihr Speer soll durchstoßen. Immer sollen sie zurückkehren mit Wohlsein und Sieg!» Von da ab trugen die Janitscharen die Ketsche, die hohe weiße Filzmütze, deren loses Ende ihnen in Erinnerung an den Derwischärmel hinten bis auf den Rücken reichte.

Auch das übrige Heer und die Verwaltung ordnete Alaeddin, während Orkhan das Reich erweiterte und Nicäa eroberte. In völliger Eintracht herrschten so die Brüder als Fürst und als Minister, und niemals wurde ihre Liebe durch Eifersucht getrübt.

Immer begeisterter erzählte Soliman – so erglühte er an seiner Geschichte. Und genau wie Orkhan und Alaeddin würden auch seine, Solimans, Söhne gemeinsam herrschen und sich niemals entzweien. Kein Kanun der Prinzen solle mehr den Mord gebieten und kein Blut mehr den Thron beflecken, wenn ein neuer Kaiser zu ihm hinanschreite.

Soliman war zum Herrscher geboren, und so dachte er auch jetzt in Generationen. Er sprach von der Liebe; aber zuerst sprach er davon, daß in Liebe gezeugte Kinder sich immer geschwisterlich begegnen würden. Er sprach von Roxelane. Da nannte er sie die Stammutter eines jungen Geschlechts, ja einer neuen Völkerfamilie, da doch das kaiserliche Haus und die den Herrscher gebärende Mutter der Keim und die Wiege des Reichs seien.

Das alles sagte er als der Türke, der er war, dem eine Frau wahrhaft schön erst als Mutter wurde. Und er glaubte, was er sagte. Noch niemals hatte er sich so eins mit der von ihm beherrschten Welt gefühlt wie in diesem berauschenden Augenblick, noch niemals so sehr Herr der Gegenwart und Zukunft.

Doch je länger er sprach, um so mehr wuchs in ihm dies eine, daß er das kleine Mädchen aus der Tatarei begehrte, die Rosska vom Dnjepr, genannt Roxelane.

Auch dies war ihm bisher nie geschehen, daß er jemals eine Frau so begehrt hatte wie jetzt dieses Mädchen. So sehr begehrte er sie, daß bald nichts mehr vom Eroberer in ihm war und vor diesem einen Gefühl alle seine großen Worte versanken.

Was byzantinische Kaiser mit einer demütigen Kurialfloskel in ihren Erlassen schrieben: «Unsere Uns von Gott verliehene Gemahlin» – Soliman fühlte es mit wirklicher und lebendiger Demut: seine ihm von Allah verliehene Frau!

Sie war ihm das Reich und die Zukunft. Sie zu durchdringen, in ihr zu vergehen hieß ihm, eins sein mit allem. Sie war ihm der Zipfel von Allahs Mantel, den Soliman erhaschen mußte, wollte er nicht verworfen sein.

Noch ehe er geendet hatte, liebte er Roxelane, so wie sie war, mit ihren kräftigen Backenknochen, ihrer vorwitzigen Nase, ihrem gefährlichen Mund. Ihren Leib liebte er, der ihn mit der Brust durch die Schleier ihres Hemdes bestach. Bis zum Erzittern liebte Soliman Roxelane.

Mehr als das Wort aber sprach die in seiner Stimme schwingende Erregung zu ihr. Bei diesem Klang verwandelten sich ihr die Kerzen in Sterne, und aus dem Sultan wurde für das Mädchen ein Mensch. Wie ein Bote aus jenen einfachen Zeiten erschien er ihr, da der schwarze Osman noch die Herden seines Vaters auf die Almen des kleinasiatischen Olymps trieb, wie ein Bote, der nur gekommen sei, eine Verheißung zu erfüllen.

Verheißen aber wurde das Leben.

Sie würde Kinder haben, auch Söhne! Und sie würden leben, diese Kinder, auch die Knaben! Leben würden sie, immer nur leben! Und sie würde einen Mann haben, der wie ihr eigener Sohn sein würde.

Ein Gesicht näherte sich ihr.

Aber das war nicht Igors plattes, tatfrohes Männergesicht, und keine behaarte Brust schreckte.

War es Serafims Antlitz, das Christosgesicht des Mönchs, das Gesicht Allahs, des Allerbarmers?

Es war das Gesicht Solimans.

Aber es war nur Ein Gesicht, Ein Gott, Ein Mann.

Roxelane hatte einen Mann. Und sie liebte ihn.

Traumlos lag Soliman und wach. Neben ihm schlief Roxelane.

In einer gesunden Erschöpfung, die nur die Quelle einer neuen Kraft war, hob und senkte sich ihre Brust. Sorglos schlief sie, unversehrt von Solimans sengenden Blicken.

Der aber war unglücklich in seinem Glück. Er verzehrte sich nach der Frau, die er liebte und nach menschlichem Verstand besaß. Doch daß ihrer beiderseitigen Verschmelzung Grenzen gesetzt waren, erschütterte ihn. Er verging nicht in ihr, sie nicht in ihm. Immer blieben ein Du und ein Ich. Auch bei ihr konnte sich Soliman seines Ichs nicht entledigen, dessen er so überdrüssig war.

Und so war sein Verlangen durch die Erfüllung nur noch brennender geworden, und von Glück und Schmerz überwältigt, weinte er in den Leib seiner Sklavin, die ihn beherrschte und doch in völliger Unschuld neben ihm lag.

Bis zum grauenden Morgen bewachte Soliman ihren Schlummer. Dann entriß er sie ihren Träumen.

Vorzeitig weckte er sie, wie ihr schien, und erst tat sie alles, ihren Schlaf zu verteidigen. Als ihr das aber nicht half, verwandelte sich plötzlich das junge, müde, unausgeschlafene Tierchen in eine zornsprühende Roxelane.

Aufrecht stand sie im Bett, und die Wände wurden Zeugen des unerhörten Vorgangs, daß eine Hanum des Serails mit den geheiligten, grüngeränderten Kissen nach ihrem Padischah warf. Und dabei belegte sie ihn obendrein noch mit Namen, mit denen einst in Chortiza angreiferische Jungen von der Dame geschmäht worden waren.

Soliman aber lachte. Das ganze gestaute Übermaß seiner Gefühle brach in diesem Lachen sich Bahn, alle grauen Schleier zerrissen vor seiner Seele. Seine Pantherin nannte er sie, seine Katze, und so herzbefreiend lachte er dabei, daß auch sie mit einstimmte und ihm jauchzend in die ausgebreiteten Arme sprang.

Der Sultan lachte.

Niemand hatte den melancholischen Soliman je lachen hören, und so war es kein Wunder, daß die Stummen jenseits der Tür die seltsamen Laute für einen Spuk hielten. Erst als nicht länger an dem menschlichen Ursprung des Lärms und den Urhebern zu zweifeln war, gaben sie durch Zeichen als ihre Wahrnehmung weiter: «Der Sultan lacht.» Das Ereignis war zu groß, um im Köschk der Hebetullah verwahrt bleiben zu können.

«Der Sultan lacht!» durchdrang es das ganze Serail.

«Der Sultan lacht?!» fragte Lokman Aga, der Kislar, als man ihn weckte, und fertigte sogleich einen Eilboten an die Sultanin-Mutter ab, wobei er nicht hinzuzufügen vergaß, daß es offenbar Roxelane Hanum gewesen sei, die Seine Majestät zum Lachen gebracht habe.

Und gerade als ein Schnellboot das Goldene Horn überquerte, um die Nachricht vom Lachen des Sultans zum venezianischen Bailo nach Galata zu bringen, sagte Soliman etwas.

«Wie ich dich liebe!» sagte er zu Roxelane. «Und wie froh du mich machst, du Fröhliche! Churrem, die Gurrende, Fröhliche, sollst du mir heißen.»

Rosska... Roxelane... Churrem...

Namen kommen von Gott, sagten die Rechtgläubigen, und so hatte Rosska nichts gegen Roxelane gehabt, und Roxelane hatte nichts gegen Churrem.

«Churrem!» sagte Soliman.

Doch da wurde es trotz der Nähe des Großherrn laut. Das Heer erwartete den Padischah in Kawak, und es war an der Zeit.

Soliman erschrak. Er hatte den Krieg vergessen.

«Churrem...!» sagte er noch einmal, ehe er ging.

10

Der Tag nach Solimans Beilager mit Roxelane war für Frau Dede Semid keineswegs von minderer Bedeutung als der vorhergehende, und obwohl es ihr an denkwürdigen und stürmischen Tagen wahrlich nicht in ihrem Leben gefehlt hatte, war dies dennoch die Zeit ihrer höchsten Spannung. Mit einigem Recht war sie nämlich überzeugt, daß sich ihr das Leben, wie sie es verstand, noch ein letztes Mal gestellt habe und daß sie es packen müsse, wolle sie nicht in hoffnungsloser Alltäglichkeit versinken.

Dede Semid stammte aus dem mailändischen Haus delle Torre, und zwar aus dem Zweig, der die Heimatstadt mit Venedig vertauscht hatte. Ihr Vater war denn auch venezianischer Hafenkapitän zu Famagusta auf Zypern gewesen, als sie – ein fünfzehnjähriges Mädchen – gegenüber dem Dogenpalast mit ihrem Bruder eine Galeotte bestiegen hatte, um unter dessen recht jugendlichem Schutz zum Vater zu reisen. Dem jungen Herrn hatte eine Offiziersstelle, ihr eine Heirat mit einem Mann ihrer adeligen Kaste gewinkt.

Den Zukünftigen, der ihrem Vater so passend für sie erschienen war, hatte sie allerdings noch nie gesehen. Doch so oder ähnlich verheiratet zu werden war die Bestimmung eines jeden Mädchens aus guter Familie und dem jungen Fräulein delle Torre als die geläufige Art einer ehelichen Versorgung durchaus nicht etwa anstößig erschienen.

Nur hatte ihr Schiff niemals Famagusta erreicht.

Auf der Höhe von Modon wurde es von einer tunesischen Galeere gekapert, worauf die Besatzung der eroberten Galeotte das übliche Los traf. Was kräftig war, wurde an die Ruderbänke des Überwinders geschmiedet. Die Überzähligen und die Besonderen kamen zum Zweck des Verkaufs in die Sklavenspeicher von Tunis.

Mit den beiden Geschwistern aber verfuhr der Korsar Melik weit glimpflicher.

Melik war der siegreiche Reis, der Schiffshauptmann. Er war also auch der Beuteherr. Seine Rücksicht entsprang jedoch nicht etwa einer Menschenliebe oder Ritterlichkeit, die ihm fremd waren, sondern er übte sie ausschließlich in Erwartung der guten Dukaten eines reichlichen Lösegelds.

Sonst hätte der tüchtige Mann keinen Augenblick gezögert, den Bruder dem Verschneidungsmesser auszuliefern und ihn zum Eunuchen machen zu lassen, weil hübsche junge Eunuchen gerade sehr begehrt waren. Und auch das Mädchen wäre sonst wohl kaum so sorglich vor allem bewahrt worden, was ihren jungfräulichen Wert hätte beeinträchtigen können.

Wenn ihm das vorteilhaft erschien, konnte Melik Reis sich in bezug auf seine Ware sehr wohl noch zurückhalten, und in diesem Fall wurde seine Geduld denn auch belohnt. Der Bailo, der venezianische Konsul selbst, streckte namens der Signoria von Venedig das beträchtliche Lösegeld vor, und jetzt hätte der Weg in die Freiheit beiden Geschwistern offengestanden, wenn – der Schwester diese Freiheit noch verlockend erschienen wäre.

Das jedoch war nicht mehr der Fall.

Das Leben der Beatrice delle Torre war zu Ende, ehe es begonnen hatte. Daran konnte die Freiheit, sich zu ihrer Familie zu begeben, und konnte auch die Unversehrtheit, die sie Melik Reis' Geschäftssinn verdankte, nichts ändern.

In ihrer heimischen Welt wäre sie immer eine Angezweifelte geblieben. Beatrice war nun einmal durch die Hände von berberischen Korsaren gegangen – darüber nicht zu sprechen, das hätten die wohlanständigen Damen, denen dies Unglück nicht widerfahren war, geradezu als Raub an den ihnen vom Leben zugemessenen Genüssen empfunden. Kein Mensch hätte Beatrice geholfen.

Der unbekannte Verlobte hätte es gewiß nicht getan.

Aber auch ihre eigene Familie wäre vor dem Getuschel und vor den Gefahren der Lächerlichkeit zurückgeschreckt. Vater und Brüder hätten keine Lust verspürt, stets mit gelockertem Degen herumzulaufen, um bei der geringsten Veranlassung einen Spötter oder den nächsten männlichen Verwandten einer Spötterin aufzuspießen, vielleicht sich gegebenenfalls auch aufspießen zu lassen.

Diese Männer, die dem Mädchen ein Schutz hätten sein sollen, wären sofort auf das Wort Ehre und damit zugleich auf das Heilmittel für eine beschädigte weibliche Ehre verfallen, mochte die Beschädigung nun wirklich oder nur eingebildet sein.

Man hätte Beatrice also in ein Kloster strenger Observanz gesteckt. Durch das Kloster wäre die Lage von Grund auf geändert worden.

Denn einer religiösen Büßerin etwas Übles nachzusagen – das hätte nicht nur für die gesellschaftliche, sondern auch für die kirchliche Stellung eines jeden sehr gefährlich werden können.

Das alles nun sah auch Beatrice ganz genau.

Schon das Verhalten des Bailo und des eigenen Bruders ließ ihr keinen Zweifel darüber, daß ihr zu Hause nur noch ein vergittertes Leben beschieden sein würde. Davor graute es ihren fünfzehn Jahren.

Es war demnach die Furcht vor dem Kloster, die sie das Denken lehrte. Und als sie damit erst angefangen hatte, verloren viele schöne Worte sehr bald ihren Sinn.

Auch das Wort Freiheit konnte sie nicht mehr berauschen. Denn sie sagte sich, daß sie mit dem, was ihr Bruder so nenne, nur in eine grausame Sklaverei gerate, mochte der Name sein, wie er wolle. Bleibe sie dagegen, statt ins Kloster zu gehen, was sie sei, eine Sklavin in Tunis, so bewahre ihr das Schicksal immer noch ungemessene Lebensmöglichkeiten, um die sie allerdings kämpfen müsse.

In dieser Erkenntnis faßte sie ihren Entschluß.

Sie verzichtete auf die Familie delle Torre, die sie vor der Gefangennahme nicht hatte beschützen können und trotzdem jetzt aus Familienrücksichten das Opfer ihres Lebens verlangte. Sie aber wollte leben und wollte kämpfen. Und in Wirklichkeit war sie mit ihrer Zukunft auch schon allein gewesen, als sie in Venedig die Galeotte bestiegen hatte. Selbst machte sie daher Melik Reis, dem guten Rechner, den Vorschlag, sie doch vor ihrer Auslieferung an den Vater lieber erst zum Verkauf zu stellen, ob ihm nicht vielleicht ein Wohlgeneigter mehr als das Lösegeld für sie zahle.

Melik Reis war erst überrascht und witterte dann ein Geschäft.

Sie freilich gab sich damit dem Sklavenhändler und seinen Gehilfen preis, überlieferte sich aus eigenem Willen den Augen und Händen der Kauflustigen und solcher, die vorgaben, es zu sein. Und sie hatte sich in Venedig, das zum Ärgernis der Christenheit seinen Sklavenmarkt so gut wie Tunis hatte, doch sonst immer vor dem Los dieser armseligen Geschöpfe entsetzt, zu denen sie nun selbst gehörte. Aber immer wieder, wenn die Scham des behüteten Mädchens sie mit Herzstocken und Erröten überfiel, dachte sie an das Geißeln der Nonnen, die dabei ja auch ihrer Kleider beraubt wurden.

Aus diesen Bildern, die sie so lange beschwor, daß sie sah, hörte und fühlte, was sie dachte, schöpfte sie dann die Kraft, sich in alle Unvermeidlichkeiten eines Sklavenhandels zu schicken, dessen Gegenstand sie selbst und ihr eigener Körper waren.

Doch nicht um nichts und wieder nichts, nicht um Sünden, die sie nie begannen hatte, ertrug sie diese Demütigungen. Wohl litt sie, jedoch nur eine kurze Zeit, und auch das nur, weil sie sich damit von lebenslänglicher Gefangenschaft und einer seelenbeugenden, harten Zucht freikaufen wollte, für die sie sich nicht geschaffen fühlte.

Und was sie wollte, gelang ihr!

Denn ob es auch fast schon so ausgesehen hatte, als wolle niemand das hohe Lösegeld überbieten, erhielt Melik Reis zuletzt doch noch ein vorteilhaftes Angebot.

Der Agent des kaiserlichen Harems zu Konstantinopel erwarb sie für eine Summe, gegen die ihr Lösegeld sich wie ein jämmerliches Trinkgeld ausnahm.

Sie freilich wäre auch mit einem geringeren Los zufrieden

gewesen: Doch beides zusammen, das Serail des Großherrn und der für sie bezahlte Preis, begründete einen höheren Stolz in ihr, als Geburt, Erziehung und gesellschaftliche Stellung ihr jemals hätten geben können.

Es war ihr erster Sieg, den sie niemand und nichts als nur sich allein verdankte. Und an diesem Tag hörte Beatrice delle Torre auf zu sein. Von diesem Tag an gab es nur noch eine Dede Semid.

Dede Semid jedoch blickte sich nicht um wie Lots Weib. Sie sehnte sich nicht nach einer Vergangenheit, in die es für sie keine Rückkehr mehr gab.

Der Westen versank ihr, und der Osten tat sich ihr auf.

Mit der Inbrunst eines Menschen, der bereits von seinem schlimmsten Tod angerührt worden war, lebte sie ihr neues Leben, ihre glücklichen und schweren Tage.

Immer dankbar für das Leben, hatte sie sich ihren Mann erobert, dem man sie gegeben hatte, war sie Frau und Mutter geworden. Und niemals hatte Dede Semid bereut.

Heute aber, nach dreißig Jahren, war sie wieder ebenso entschlossen wie damals bei ihrem Vorschlag an Melik Reis.

Rückhaltlos bekannte sie sich zu Roxelane.

Zwar versuchte sie sich dabei einzureden, sie tue es für ihre Söhne, und das war auch wahr. Doch fast mehr noch tat sie es für Roxelane, der sie eine Liebe entgegenbrachte, die tief und dienend und nicht nur mütterlich war.

Nein! Frau Dede Semid wollte es nicht zugeben: Auch Roxelane selbst durfte die vergangene Nacht nicht wieder auslöschen, als wenn nichts gewesen sei. Sie durfte sich nicht wieder in einen Saal verkriechen, um ihn wie zuvor mit einer Gouvernante, sieben Guedlicki und ein paar alten Dienerinnen zu teilen.

Dede Semid war entsetzt gewesen, als Roxelane plötzlich in der Tür gestanden hatte, ohne in ihrer Heiterkeit der spöttischen Scheelsucht ihrer früheren Gefährtinnen auch nur zu achten.

Ganz allein war sie gekommen, in ihre Feredescha gehüllt,

mit dem Futter in Rot nach außen, da ja Rot auch eine kaiserliche Farbe sei, aber weniger Aufsehen errege als Grün. Wie ein verlaufenes Mädchen war sie zurückgekehrt, sie, die unter Gesängen und großem Geleit gegangen war.

Was war geschehen?

Das Geleit und der Dienst des «Ersten Morgens» warteten wohl immer noch im Köschk Hebetullah. Hierfür lagen so genaue, für jeden Fall gültige Bestimmungen vor, daß nichts Besonderes anzuordnen gewesen war.

Aber darüber hinaus war nichts bestimmt worden.

Haremsmäßig gesehen schwebte Roxelane in der Luft. Es fehlte ein Hatti Scherif, ein kaiserliches Handschreiben, das ihr Stellung und Ausstattung angewiesen hätte.

Und so war Roxelane denn froh gewesen, sich heimlich und ohne Geleit davonmachen zu können, mochten dadurch auch die ehrwürdigsten Überlieferungen verletzt worden sein.

Wozu hatte sie ein Geleit gebraucht, wenn niemand etwas darüber bekannt gewesen war, wohin man sie hätte geleiten sollen?

Die folgende halbe Stunde aber hatte Frau Dede Semid ganz auf ihrer Höhe gefunden. Es war Gefahr im Verzug, und in der Gefahr hatte sie noch niemals versagt.

Mit zwei Dienerinnen als Zofen war Roxelane ins Bad gesteckt und dadurch Zeit gewonnen worden, die maulenden Mädchen derart beim Anziehen zu treiben, daß die junge Gesellschaft bald in den Eßraum und dann an den Stickrahmen, in den Park und wohin auch immer hatte geschickt werden können.

Und nun war die Gouvernante mit Roxelane allein.

Die herrlichen Brautgewänder in Mattrosa und Weiß lagen mit dem Schmuck und der Feredescha auf einem Sofa. Roxelane selbst saß nur in ihrer Hose und einem weiten Hausmantel vor ihrem Spiegel. Dede Semid aber kämmte sie.

Sie werde selbst die Hanum bedienen, hatte Frau Dede gesagt, und durch den unmißverständlichen Nachdruck auf dem Wort Hanum den Abstand der übrigen Mädchen von Roxelane betont. Sie war nicht gewillt, Vertraulichkeiten zu dulden, und wenn sie bis zum Äußersten gehen und das eine oder andere ihrer Mädchen hätte bestrafen müssen, was keine Gouvernante gern tat, weil man ja nie wissen konnte, ob die Gezüchtigte nicht später doch noch in Gunst kommen würde.

Aber von Roxelanes Titel ließ Dede Semid sich nichts abhandeln!

Denn wie die Umstände auch gewesen waren, so hatte die junge Herrin doch einmal eine Nacht in der Gesellschaft des regierenden Sultans zugebracht, und niemals konnte sie zu Lebzeiten des Kaisers an einen anderen Mann mehr vermählt werden.

Das hing mit der Stellung der Osmanenkaiser als Kalifen und Nachfolger des Propheten zusammen. Denn was dem Propheten recht gewesen war, mußte jetzt dem Kaiser billig sein. Der Prophet aber hatte seinen eigenen Frauen im Falle der Scheidung die Wiederverheiratung verboten.

Dem vielerfahrenen Mann war es eben sehr um die Hingabe seiner Gattinnen zu tun gewesen, und nach diesem Gesetz hatte es für keine seiner Damen außer auf ihn eine Hoffnung mehr gegeben.

Für Dede Semid umschwebten daher Roxelane geradezu kultische Weihen, und mit dieser Vorstellung verband die Gouvernante dem Islam zum Trotz noch immer dieselben Gefühle, die sie als Kind für die Heiligen der römisch-katholischen Kirche gehegt hatte.

Und nun kämmte sie ihrer Heiligen das Haar.

Wie ein Tier mit einem selbständigen Leben empfand sie diese dichte Flut, die ihr, indes der Kamm sie knisternd pflügte, erregend durch die Hände glitt.

Ganz unvenezianisch war dieses Rot. Zu den rothaarigen Frauen Venedigs hatte sich Dede Semid mit ihren schwarzen Flechten gar nicht so sehr in Gegensatz gefühlt wie zu Roxelane mit diesem sprühenden Rot, das gewalttätig und unmittelbar wie eine Urschöpfung dem Haupt des Mädchens entquoll.

Dede Semid liebte Roxelane, und sie liebte Roxelanes Haar.

«Herrin...» begann sie.

Roxelane aber runzelte die Brauen.

«Nennen Sie mich nicht so!» befahl sie mehr, als sie bat.

Doch damit stieß sie bei Dede Semid auf eisernen Widerstand.

«Sie sind, was Sie sind», sagte die Dame, «und das müssen Sie auch bleiben. Was also wollen Sie hier? Bei den Guedlicki?»

«Und wo sollte ich sonst wohl sein?»

«Im Köschk der Hebetullah!» sagte Dede Semid, ohne zu zögern.

«Im Köschk auf dem Mond!» lachte Roxelane.

«Es gehört Ihnen, das Hebetullah Köschk!» beharrte die andere.

«Wie finden Sie meinen Hals?» fragte Roxelane aber nur.

Dede Semid fand ihn untadelig.

«Sehen Sie», meinte das junge Mädchen leichthin, «gerade so möchte ich ihn noch eine Weile behalten. Mir gefallen Seidenschnüre nicht sehr, die sich darumlegen könnten. Das Erdrosseln hinterläßt immer so häßliche Streifen.»

«Und der Padischah?»

Die Gouvernante wäre keine Frau gewesen, wenn sie nicht darauf gebrannt hätte, zu erfahren, was bei Roxelanes Begegnung mit Soliman geschehen sei.

Doch Roxelane wurde von einer unzerstörbaren Schamhaftigkeit gehemmt. Sie gehörte nicht zu den Frauen, die der Freundin ihre Bettgeheimnisse verraten. Sie lieferte Soliman nicht aus, auch nicht an Dede Semid. Und ohne es mit ihren siebzehn Jahren zu wollen oder auch nur zu ahnen, begann sie mit diesem Schweigen eine wirkliche Herrin zu sein.

«Der Padischah...?» wiederholte sie. «Er ist fort. Mit seiner Jacht. Sie vergessen die Truppenrevue, meine Liebe!»

Roxelanes Gesicht verlor auch in diesem Augenblick seine Heiterkeit nicht, trotzdem ihr wieder wie vorhin war, als sie am höchsten vergitterten Fenster des Köschk Hebetullah gestanden hatte, um zu sehen, wie die kaiserliche Galeere das Goldene Horn verließ. Bei Top Kapu nahm das Schiff die Richtung über den Bosporus nach Kawak am asiatischen Ufer. Leere war um Roxelane gewesen, als der letzte Wimpel entflattert war.

Dede Semid ließ sich auch von Roxelanes Gesicht nicht täuschen. Ihr wäre er als der Herrin höchster Triumph erschienen, wenn der Kaiser auf die vorgesehene Revue verzichtet hätte.

Roxelane empfand allerdings anders.

Ein Kosak hätte sich ihretwegen ruhig in der Sonne rekeln können, wenn er dann nur zur rechten Zeit ins Boot oder den Sattel gesprungen wäre. Da es sich bei Soliman aber um einen Kaiser handelte, war es ihr ebenso selbstverständlich, daß er tat, was des Kaisers war. Nach ihrer Überzeugung durfte Soliman den Feldzug ebensowenig versäumen wie die Revue.

Denn es war an der Zeit.

Kein Haß trieb Soliman gegen die Johanniter, deren Großmeister Villiers de l'Isle Adam seinen Stuhl ungefähr zur selben Zeit bestiegen hatte wie Soliman seinen Thron. Gegenseitige Glückwünsche waren dann auch zwischen Rhodos und Konstantinopel ausgetauscht worden.

Aber Soliman konnte ein christliches Rhodos, konnte dies den Küsten Kleinasiens vorgelagerte Bollwerk der Andersgläubigen nicht dulden. Es bedrohte die Sicherheit der Pilgerschiffe und des Verkehrs mit den Provinzen. Er konnte nicht dulden, daß ungezählte Tausende rechtgläubiger Moslems in christlicher Sklaverei sich verzehrten.

Seit Mohammed dem Zweiten, dem Eroberer, dessen Angriff auf Rhodos zurückgeschlagen worden war, hatten alle Padischahs das gewußt. Alle hatten sie immer daran gedacht. Aber erst Soliman konnte handeln. Jetzt war die Frucht reif geworden.

Rhodos konnte auf keine Hilfe rechnen. Die Lage im christlichen Europa war für die Ritter ein Verhängnis.

Kaiser des Abendlandes nannte sich Karl der Fünfte, und seine Macht war trotzdem groß. Diesseits und jenseits des Ozeans ging in seinen Ländern die Sonne nicht unter. König von Spanien war er, Herr der Niederlande und Kaiser des Heiligen Römischen Reiches der Deutschen.

Aber gerade der heilige römische Papst machte ihm zu schaffen. Denn der Papst stellte sich mit König Franz von Frankreich gegen ihn und die habsburgische Macht. Und die Deutschen machten ihm auch zu schaffen. Denn ein erklecklicher Teil ihrer Fürsten verwarf den Papst und hing jenem sächsischen Muderris, jenem Bibelprofessor aus Wittenberg, an, dem Derwisch Martin Luther.

Es ging wunderlich zu bei den Christen. Allah hatte sie insgesamt mit Blindheit geschlagen. Denn kein vom Islam Erleuchteter hätte einzusehen vermocht, warum Karl der Habsburger den Protestanten feind sein mußte, nur weil sie seinen Feind, den Papst, nicht mochten.

Doch es war so. Und daher konnte Karl der Fünfte den Johannitern auf Rhodos nicht helfen. Und Franz von Frankreich konnte es nicht, weil er mit Karl zu tun hatte. Und Heinrich der Achte von England wieder hatte mit den Mädchen seines Landes übergenug und damit zu tun, wie er wohl sein Parlament niederhalten könne. Venedig aber, das Zypern und viele andere schöne Dinge besaß, war der Hohen Pforte ergebenster Freund.

Das Verhängnis hing also über Rhodos. Und man brauchte nicht der Oberstfalkonier Ibrahim Bey zu sein, der in seinen lateinischen Versen Soliman mit Jupiter zu vergleichen pflegte, und man konnte doch wissen, daß der osmanische Kaiser alle Blitze in seinen Händen hielt. Aber wenn Soliman ins Feld zog, was geschah dann mit Roxelane?

Dann war sie allein.

Und heute war sie keine unbekannte Guedlicki mehr. Heute war sie das Mädchen, mit dem der Padischah eine

Nacht verbracht hatte, eine Hanum war sie und... und war gefährdet.

Wie ein Tierjunges zurück ins Nest, so hatte sie sich zu Dede Semid geflüchtet. Aber sagen konnte sie ihr nicht alles, nur dies: «Nein», sagte sie, «die seidene Schnur habe ich nicht zu fürchten. Das weiß ich. Aber es gibt andere Mittel, die unsichtbar und darum so sicher sind.» Dede Semid war immer noch Italienerin genug, um sogleich an die Gifte der päpstlichen Borgia zu denken, deren große Tradition in ihrem Vaterland noch sehr lebendig war.

«Das Köschk Hebetullah wäre kein gesunder Aufenthalt für mich», fuhr Roxelane fort. «Siehst du das ein? Saffieje Sultana begehrt seit langem das Köschk, und ihr hilft Lokman Aga, weil er der Walide ergeben ist. Überlege doch! Auf der Gegenseite steht die große Mutter, die Kaisermutter, die für Saffieje eintritt, und hier bin ich, ein Mädchen aus Bagdscheserai. Und wo ich vorher war, mag ich dir gar nicht erst sagen; denn du bist als feine Dame geboren und würdest es doch nicht begreifen. Was kann ich gegen Solimans Mutter? Nimm doch Vernunft an, Dede Semid!»

Ohne daß Roxelane mehr verriet, als sie wollte, redeten sich die beiden Frauen, die ältere und die ganz junge, in eine Vertraulichkeit hinein, die sie einander vorher nie gezeigt hatten. Ein kleiner Unterschied war freilich dabei: Dede Semid wahrte einen kaum merklichen Abstand. Aber es war ein Abstand, der Roxelane zur Höhergestellten machte.

Dede Semid war schon als Mädchen tapfer und trotz aller Vorsicht nie feige gewesen. Doch von Roxelane strömte eine Kraft aus, von der die Gouvernante auch jetzt noch überwältigt wurde, trotzdem sie die Niederlage des Mädchens bei Soliman fast als gewiß annehmen mußte. Jedenfalls barg ihre Frage: «Konntest du den Herrn denn nicht zum Bleiben bewegen...?» kaum noch einen Zweifel.

«Ich habe ihn nicht darum gebeten», antwortete Roxelane kurz.

«Und er hat nichts hinterlassen?» empörte sich Dede Semid. «Keine Befehle? Keine Anordnung, was mit dir geschehen soll?»

«Männer können schrecklich vergeßlich sein», lachte Roxelane, «besonders wenn die Männer Kaiser sind.»

Und tatsächlich hatte Soliman in der Hast des Aufbruchs nicht an das gedacht, was der Frau Dede Semid so am Herzen lag. Er war eben gewohnt, daß alles ohne besondere Befehle so geschah, wie es geschehen mußte. Wozu hatte er denn seinen Hofstaat? Seinen Kislar Aga? Seine Obersthofmeisterin? Und ein ganzes Heer von Eunuchen?

Vor Dede Semid rechtfertigte ihn das jedoch keineswegs. Freilich wußte sie auch mehr über das Serail und dessen strittige Zuständigkeiten als Soliman selbst. Ehe ein einziger von all diesen Würdenträgern in einer so heiklen Sache, wie es Roxelanes war, eine Verantwortung übernahm, lieber tat keiner etwas. Um Geringeres hatte Dede Semids Mann damals seinen Kopf verloren.

«Unglaublich!» sagte sie denn auch, und es war ein Beweis ihrer bedingungslosen Hingabe an Roxelane, daß sie sich ganz unumwunden äußerte. «Der Kaiser», fügte sie nämlich noch hinzu, «benimmt sich nicht wie ein gebildeter Herr, sondern wie ein Berberiner!»

Seit ihrer Gefangennahme durch einen tunesischen Kaper hatte sie etwas gegen die «Berberiner».

«Ich bin nicht schlechter daran als vorher», meinte Roxelane jedoch.

«Doch!» behauptete aber Dede Semid. «Natürlich bist du schlechter daran. Denn du bist jetzt eine Hanum, und man hat dir anders zu begegnen als vorher. Aber ich werde zur Hofmeisterin gehen, und wenn das nicht hilft, zum Palastmarschall», drohte sie. «Und wenn es sein muß, wende ich mich an die Kiajai und den Kislar. Du sollst deine eigenen Räume und deine eigene Bedienung haben!»

Roxelane dachte nach.

Ihre Witterung für Gefahr war noch immer so gut wie einst auf Chortiza, und daß der Schwächere täuschen müsse, war ein Grundsatz, der für sie nichts mit Mut oder Feigheit zu tun hatte.

Außerdem wußte man in Dede Semids Mädchenkompanie mehr über Saffieje Sultana als anderswo, weil die Mädchen mit ihrer Gouvernante unmittelbar neben der Hofhaltung der Chasseki untergebracht waren. Daher war sich Roxelane der Gefährlichkeit Ihrer Hoheit auch vollkommen bewußt.

Saffieje teilte so wenig – wie Roxelane gesonnen war, es zu tun.

Aber wenn gekämpft werden mußte, so war dies Roxelanes eigener Kampf, bei dem ihr Soliman nicht helfen konnte. Er hätte sie nicht einmal verstanden. Sie nicht, und Saffieje hätte er auch nicht verstanden. Trotzdem hatte Roxelane nichts gegen diesen Kampf.

Doch sie wollte ihn nicht mit der Sonne und dem Wind gegen sich haben. Herankommen an ihre Gegnerin wollte sie und nicht vorher aus dem Hinterhalt erledigt werden.

Bis die Zeit aber für einen Zusammenstoß reif sein würde, machte es ihr wenig aus, für das komische Mädchen, für das untaugliche Mittel zu gelten, dessen sich der Padischah bedient habe, um seiner Frau eine Lehre zu geben, das dann jedoch zu häßlich gewesen und wieder fortgeschickt worden sei.

Das mußte und sollte die allgemeine Deutung von Solimans Gelächter sein. Das kaiserliche Lachen, in das der ganze Harem ruhig mit einstimmen mochte, war Roxelanes beste Verschanzung.

Dede Semid freilich lachte nicht. Dede Semid war traurig.

Doch sie gehörte zu den wenigen Menschen, die das Leben keineswegs immer so nahmen, wie es sich zu ergeben schien, und solche Menschen konnten sich zu allen Zeiten auch am Schmerz begeistern. «Herrin!» sagte Dede Semid. «Wenn niemand weiß, wer du bist – ich weiß es!»

Und damit glitt sie vor der nieder, die bis jetzt ihre Schülerin gewesen war, und beugte sich tief und küßte als Roxelanes einzige Untertanin die langen und schmalen Füße des Mädchens.

Doch Roxelane fühlte wohl die Lippen der Knienden auf ihren Zehen, den Hals und das Haar der Gebeugten unter ihren nackten Sohlen – dennoch waren ihre Gedanken zu sehr bei der Freundin, als daß sie eine Bewegung gemacht hätte, sie aufzurichten.

Ja... dachte Roxelane, Dede Semid hoffe voraussetzungslos, ohne Wissen und gläubig; aber... das sei es eben: diese Frau denke nur an ihren früheren Zögling, an ihre, Roxelanes, Aussichten denke sie; Dede Semid wäre es als der Gipfel weiblichen Triumphs erschienen, wenn Soliman der Dame Roxelane zuliebe die Truppenrevue abgesagt hätte. – Das verstand Roxelane nicht. Ihre Gouvernante müsse doch um das ewig rebellische Mißtrauen der Janitscharen wissen, überlegte sie, und ob es Dede Semid wirklich so rühmlich erscheine, einen Mann in Gefahr zu schicken?

Und nicht nur das! Solimans Bleiben wäre auch unkaiserlich gewesen. Könne Dede Semid denn nicht begreifen, daß es ihr, Roxelane, nicht einmal eingefallen sei, Soliman um etwas Unkaiserliches zu bitten...? Nein...? Nun, dann dürfe auch Dede Semid nichts wissen. Nicht einmal die Möglichkeit dürfe sie haben, sich überrumpeln zu lassen. Denn Dede Semids Vorsicht sei groß; aber ihre Eitelkeit – die nichts als Eitelkeit auf ihre Schülerin Roxelane sei – übertreffe jegliche Vorsicht.

Und was schließlich wisse sie, Roxelane, selbst?

Was könne sie über die Gedanken und Gefühle Solimans sagen, die er bei seiner Rückkehr – vielleicht nach vielen Monaten erst! – hegen werde? Über Gedanken und Gefühle, die Soliman sicher selbst noch nicht kenne!

Nichts wisse sie, und nichts könne sie sagen, entschied sich Roxelane. Alle Welt habe ihre Brautnacht als Farce angesehen, und Dede Semid solle bei diesem Glauben bleiben wie alle Welt und werde... womöglich damit noch recht behalten!

Roxelane erhob sich. Fest trat sie auf Dede Semids Nacken und preßte das Gesicht der Knienden bis auf den Boden.

«Du bist an deinem Platz, Dede Semid», sagte Roxelane, «du hast niemals geliebt.»

«Nie geliebt?» seufzte es mit schwerem Vorwurf von unten.

«Keinen Mann», schloß Roxelane. Und dann gab sie den Nacken frei. Ein scheuer Blick der Befreiten streifte des Mädchens Gesicht.

«Ja, liebst du denn… Soliman…?» fragte Dede Semid ganz verwirrt.

II

SOWEIT ES ROXELANE BETRAF, EMPFAND DER HAREM die Lage als wenig befriedigend. Welchen Eindruck der Kaiser auch von diesem Mädchen aus Bagdscheserai empfangen haben mochte – es war eine beklemmende Tatsache, daß weder die Damen noch ihre schwarzen Eunuchen irgend etwas darüber wußten.

Roxelane selbst aber zu fragen wäre zwecklos gewesen.

Sie wollte offenbar nichts sagen. Denn sonst hätte sie nicht die allgemeine Unruhe des kaiserlichen Aufbruchs benutzt, um sich heimlich und allein wieder zu ihrer Oda zu begeben, was die befehlslose Haremsverwaltung zwar mancher Schwierigkeit überhob, den Türhütern aber dennoch eine scharfe Bastonade eintragen würde. Und die weißen Eunuchen des persönlichen Dienstes Seiner Majestät? Die hatten sich genauso unergiebig wie Roxelane Hanum erwiesen! Diese großen Herren waren als einzige in der Nähe der Majestät gewesen. Doch außer der allerdings erstaunlichen Nachricht vom kaiserlichen Lachen hatten sie nicht die geringste weitere Verlautbarung an die Öffentlichkeit gelangen lassen.

Es lag nur zu nahe, daß der gesamte farbige Damendienst in diesem empörenden Schweigen der weißen Kollegen nichts als einen Ausfluß von Eifersucht erblickte.

Allerdings mußte auch die Möglichkeit zugegeben werden, daß die Weißen selbst nichts wußten.

Aber dann hätten sie es nach der Meinung der Schwarzen sagen müssen. Denn schon die kleinste Andeutung wäre wertvoll gewesen! Mit vollendeter Höflichkeit jedoch waren diese Herren der Achsel und die ihnen nahestehenden Personen den geschicktesten Fragen ausgewichen, und jetzt befand sich die ganze Gesellschaft – die vom Haremsdienst insgeheim nur «die weiße Aufgeblasenheit» genannt wurde! – obendrein noch mit dem Großherrn in Kawak.

Wer jedoch konnte wissen, ob der Herr nicht unmittelbar aus dem Lager ins Feld ziehen würde?

Alles sah danach aus, und Seine Majestät war ein Freund rascher Entschlüsse.

Nicht nur die Minister, soweit sie mit militärischen Aufträgen beehrt worden waren, sondern auch der Großwesir, der das Heer nicht begleiten sollte, und die höchsten Staatsbeamten, die Sekretäre der Tughra, des kaiserlichen Namenszugs, die der Finanz, die Bittschriftmeister; aber auch der Mufti mit den beiden Kadiaskeren, den Heeresrichtern, und anderen hohen Ulema waren bereits drüben oder schickten sich an, mit ihrem zahllosen Gefolge den Bosporus zu überqueren.

Der ganze Große Diwandienst stand in Kawak bereit. Denn ein Kriegsdiwan zu Pferde war angesagt, in dem letzte Entscheidungen für das Heer und das Reich getroffen werden sollten.

Dagegen war der Kislar Aga nicht hinzugezogen worden, was vom Harem als betrübend empfunden wurde, weil es zur weiteren Folge hatte, daß auch nicht ein einziger schwarzer Eunuch zu Kawak stand. Und wenn man nun auch nicht annahm, daß der Kaiser mit der Tatarin geschlafen habe, so war es doch für die Frauen ein schwer ertragbarer Zustand, womöglich für die Dauer vieler Monate über alle Einzelheiten der Vorgänge im Köschk Hebetullah in Unwissenheit bleiben zu müssen.

Unter diesen Umständen gewannen natürlich die kleinsten Zeichen eine Bedeutung.

Und zu diesen Zeichen gehörte auch das Verhalten Dede Semids.

Dede Semid machte ihr Versprechen wahr.

Von einer Amtsstelle lief sie zur andern, erhob Vorstellungen, beschwor und scheute sich durchaus nicht, für Roxelane einzutreten.

Das alles tat sie wie im Fieber, ohne an etwaige Folgen zu denken, und mit ihrer unverbrauchten Willenskraft erzielte sie zuletzt auch einen kleinen Erfolg.

Sie brauchte nicht einmal erst die hohen Instanzen zu bemühen, wie sie gedroht hatte, sondern drang bereits in der Sphäre des mittleren Dienstes mit ihrem Ersuchen durch.

Ihre sonst so vorsichtige Zurückhaltung belohnte sich jetzt. Die war zu bekannt, als daß es keinen Eindruck gemacht hätte zu sehen, wie Dede Semid sich plötzlich allen Gefahren einer Parteinahme aussetzte. Einige wenige überlegten sogar, daß Roxelane Hanum Dede Semids Zögling gewesen sei und daß die Gouvernante daher vielleicht mehr wisse als die anderen. Nur so konnte sich diese Gruppe Dede Semids Haltung erklären.

Doch bevor sich die Befürchtung verbreiten konnte, man begehe möglicherweise einen Fehler, mit der Anbetung des aufgehenden Gestirns allzu lange zu warten, da sahen sich diese einzelnen bereits im Gegensatz zur allgemeinen Auffassung, die dann auch sie als die Allerweltsstimmung annahmen.

Und die ging schließlich dahin, daß eine Hanum unmöglich wie eine Guedlicki gehalten werden könne und daß es schon genüge, ein Werkzeug des kaiserlichen Mißvergnügens gewesen zu sein, um auf eine ehrenvollere Unterkunft Anspruch zu haben.

Auf diese Weise trug jedermann, den es anging, vorsichtig allen Möglichkeiten Rechnung und deckte sich für den schlimmsten Fall mit schuldiger Ehrfurcht vor kaiserlicher Majestät den geschmeidigen Rücken.

Vor allem jedoch war es eine ganz besondere Möglichkeit, die man für Roxelane noch voraussah.

Zwar konnte sie mit Gleichgültigkeit, ja sogar in Ungnaden entlassen sein, doch eher noch rechnete man mit so etwas wie einer Zukunft für sie, in der Art der Hofzwerge etwa, die zur Belustigung der hohen Herrschaften dienten, oder gar von Kulka, dem berühmten Narren der Walide, dessen Schandmaul selbst den Wesiren Respekt einflößte, wenn er dem Melancholiker Soliman bisher auch nie mehr als höchstens ein flüchtiges Lächeln hatte abnötigen können.

Bei Roxelane aber hatte der Kaiser hellauf gelacht!

Das wenigstens schien verbürgt.

Und je festere Formen die Bestätigung des Gerüchts annahm, um so wahrscheinlicher wurde es allen, daß Roxelane, wenn Soliman sie nicht während des Feldzugs vergessen sollte, dazu ausersehen sei, Kulkas Ruhm zu verdunkeln.

Wenige Stunden später erfuhr auch Hafsa Chatuns Hofnarr schon davon, daß ihm in Roxelane Hanum eine Nebenbuhlerin erstanden sei, worüber der sonst keineswegs dumme Mensch so in Wut geriet, daß er sich zu den gröbsten Ausfällen gegen die rothaarige Mißgeburt, wie er Roxelane nannte, hinreißen ließ.

Schon bildeten sich also Parteien: hier Kulka... dort Roxelane.

Aber daß die Tatarin eine Nebenbuhlerin für Saffieje Sultana sein könne – an diesem Gedanken, der mit der Zeit immer abwegiger erschien, hielt niemand mehr fest. Dagegen befriedigte man die Ansprüche der Hanum. Wofür Dede Semid schon sorgte.

Und zudem war das Neue Serail groß genug. Selbst das Hauptgebäude allein war noch eine Stadt von ineinandergebauten Palästen. Was bedeutete es also unter diesen Umständen schon, zwei, drei Räume für die Hanum herrichten zu lassen, mochte der Padischah nun später nach ihr fragen oder nicht.

Freilich wäre die Sache noch viel einfacher gewesen, wenn Frau Dede Semid nicht so hartnäckig darauf bestanden hätte, daß Roxelanes Wohnung unmittelbar neben dem Saal ihrer Mädchenkompanie liegen müsse, wogegen sie ihrerseits für eine geziemende Bedienung der Dame sorgen wolle.

Aber gerade die angrenzenden Gemächer gehörten leider bereits zum Palast Saffieje Sultanas.

Dede Semid überwand auch diese Schwierigkeit, indem sie mit der Hofmeisterin Ihrer Hoheit sprach.

Die Würdenträgerin ließ sich wohl erst ein wenig bitten, willigte dann aber doch ein, auf dem einen Flügel zwei Räume abzutreten, um dafür auf dem andern vier weit schönere Zimmer zu erhalten.

Und dieser Tausch war ihr um so willkommener, als Beig Hanum, die Amme des Prinzen Mustafa, schon seit langem mit ihren Räumen unzufrieden gewesen war. Eine Amme aber, und gar die eines Prinzen und Schahzadeys, eines mutmaßlichen Thronfolgers also, gehörte zu den einflußreichsten Persönlichkeiten, die man sich denken konnte. Galt eine Amme doch mit ihren Milchkindern als verwandt, und darum verbot der Koran auch die Heirat, wenn Frau und Mann von derselben Amme gesäugt worden waren.

Selbstverständlich gewährte die Hofmeisterin Dede Semids Bitte erst nach einer Rückfrage bei Beig Hanum und dann nur als eine Gnade, und ebensowenig unterließ sie zu bemerken, daß alles nur geschehe, damit Seine Majestät nicht durch die Erwähnung einer so untergeordneten Person, wie es Dede Semids frühere Schülerin sei, womöglich noch belästigt werden möge.

Damit war eine Bedingung genannt worden. Denn in Wirklichkeit geschah alles nur, um ein Mädchen, das einmal Saffieje Sultanas Zorn erregt hatte, auf diese Weise in Vergessenheit geraten zu lassen.

Trotzdem versprach Dede Semid alles. Sie konnte das ruhig, da sie wußte, daß Roxelane es auf das bestimmteste ablehnen würde, sich Soliman in irgendeiner Form in Erinnerung zu bringen, was jedoch keineswegs hinderte, daß Dede Semid von ihrem seltsamen Glauben an Roxelanes Zukunft besessen blieb.

Doch danach fragte die Hofmeisterin sie nicht, und ehe die Sonne unterging, war somit alles erledigt.

Auch die Umgebung der neuen Hanum wurde bis dahin bestellt.

Als Gesellschafterin erbat sich Roxelane ihre frühere Schlafsaalgenossin Nino.

Dies dunkeläugige Mädchen mit der weißen Haut und dem gemmenhaft feinen Profil war als Kind bei der Eroberung einer griechischen Insel erbeutet worden, und wenn Roxelane über religiöse Dinge auch ihre eigenen Ansichten hatte, so wurde sie doch immer heimatlich davon angerührt, wenn jemand in denselben griechischen Glaubensübungen aufgewachsen war wie sie selbst.

Durch Roxelanes und Ninos Ausscheiden schmolz Dede Semids Kompanie auf sechs Guedlicki zusammen. Und dadurch wieder wurde eine von den vier Dienerinnen überflüssig. Die anstelligste von ihnen bekam dann auch zu ihrem nicht geringen Stolz die Beförderung als Kammerfrau bei einer wirklichen Hanum.

Außerdem ließ es sich Dede Semid selbst nicht nehmen, wenigstens nachts um Roxelane zu sein, damit es ihrem Schützling nicht an Wärterinnen für ihre Träume fehle. Denn das war nicht etwa eine Frage der Sicherheit, sondern der Etikette, und mit der nahm Dede Semid es nun einmal sehr genau.

Auch der Padischah hatte seine Bettwächter, und weder im Abend- noch im Morgenland hätte es der Würde eines Menschen höheren Standes entsprochen, allein zu schlafen. Ob es nun ein Herr oder eine Dame war – Pagen oder Hofdamen oder Dienerinnen durften im Schlafzimmer ebensowenig fehlen wie etwa eine Nachtlampe, und es gereichte Dede Semid zur Genugtuung, daß Roxelane wenigstens hierin nichts zu vermissen brauchte.

Denn sonst waren die saalartigen Zimmer noch ziemlich kahl. Viel mehr als die Bettsofas, die tags zum Sitzen dienten, als ein paar Tische, Spiegel, Teppiche, Vorhänge befanden sich nicht darin, und es war eine Annehmlichkeit, daß die Brautgeschenke Roxelane zu einem wohlhabenden, ja reichen Mädchen gemacht hatten, dem auch die Bequemlichkeit und der Prunk auf die Dauer nicht zu fehlen brauchten.

Ihre Bedienung aber, die außer den Möbeln eigentlich das Serail zu stellen hatte, richtete Dede Semid aus eigener Machtvollkommenheit ein. Und dazu schloß man höheren Orts gern beide Augen. War es doch nur willkommen, wenn jemand da war, auf den man gegebenenfalls alle Verantwortung abwälzen konnte.

Die aber, für die alles geschah, nahm den geringsten Anteil daran. Ob ihre Laufbahn begann oder zu Ende sei – Roxelane wußte es selbst nicht. Während eines Feldzugs und einer Belagerung konnte vieles geschehen. Und je mehr Stunden und Tage dahinrannen, um so weniger dünkte Roxelane die eine Nacht entscheidend, die sie mit Soliman verlebt hatte. Lange Monate lagen zwischen jetzt und der Zeit, in der sie gewahr werden würde, was diese Nacht in Wirklichkeit zu bedeuten gehabt habe. So lange aber war es das klügste, ja das einzig Richtige, sich so unsichtbar und unhörbar wie nur möglich zu machen – sich gleichsam totzustellen.

Doch ihre Erinnerungen waren nicht tot. Und um ihnen zu entfliehen, las sie. Immer wieder jedoch führte sie das, was sie las, auf Umwegen zu dem zurück, dem sie entfliehen wollte: zu Soliman.

Denn nicht Dante und nicht den unverwüstlichen Seneca las sie, der sich wieder einmal internationaler Beliebtheit erfreute, und nicht Solimans Lieblingslektüre vom Leben Alexanders des Großen in der persischen Darstellung des

Nizami. Was sie las war marktgängige Schriftstellerei, waren Flugblätter aus Florenz, Venedig, Augsburg oder Frankfurt am Main.

Lateinisch und Italienisch konnte sie selbst. Für die Übersetzung der anderen Blätter aber war ihr von Dede Semid ein sprachkundiger Grieche empfohlen worden. Gerade überflog sie die erste Probe seines Könnens, eine Übersetzung aus dem Deutschen ins Italienische. Und da mußte sie doch lachen!

Es handelte sich um ein anonymes Flugblatt aus einer kleinen Mainzer Offizin und betitelte sich im Original: «Umständliche Beschreybung Türkischer Kriegs=Kayßer wunderbarlich prächtiger Hoffhaltung nebst Sitten und Gewohnheyten Derer Aga und Frawen und gesambter Hochkayßerlicher Familiae».

Wenn der Verfasser sich aber wirklich, wie er behauptete, in Konstantinopel aufgehalten hatte, so konnte er dort höchstens so etwas wie ein weggelaufener Matrose gewesen sein. Vom Neuen Serail hatte er jedenfalls genausoviel Ahnung wie Roxelane von den Hieroglyphen, nämlich gar keine. So schrieb er zum Beispiel von der Gefangenschaft der armen Haremsweiber, und das war es auch, worüber Roxelane so lachen mußte, weil sie daran dachte, daß in diesem Augenblick Nino und die Kammerfrau Umma wahrscheinlich bei den Bücherbuden des Basars stehen und auf der Suche nach Landkarten von Kleinasien, der Ägäis und vor allem von Rhodos sämtliche Stände durcheinanderbringen würden.

Den Harem zu verlassen und in die Stadt zu gehen war durchaus nicht so schwer. Alle Hofmeisterinnen bis zu den Gouvernanten hinunter und alle Persönlichkeiten vom Range einer Hanum aufwärts konnten dazu die Erlaubnis oder den Auftrag erteilen. Die Begleitung einer älteren Dienerin, wie es die Umma war, genügte vollkommen. Und für große Damen, denen das zu bescheiden war, stand immer eine ausreichende Zahl von Eunuchen bereit, ganz abgesehen von dem Aufwand der Prinzessinnen in solchen Fällen.

Für Damenbesuche von außerhalb gar und für Händlerinnen, die ein und aus gingen, gab es im Harem überhaupt keine Hindernisse. Daran hätte selbst der Sultan nichts ändern können.

Wenn der Padischah buchstäblich allein die Gänge des Harems durchschritt, war er schon froh, daß der Laut seiner Schuhsohlen, die der Klangverstärkung wegen mit silbernen Nägeln beschlagen waren, alles Weibliche vor ihm verscheuchte. Schon von weitem sollte man ihn hören, damit er nur ja nicht etwa durch eine Begegnung oder das unfreiwillige Erhorchen eines Gesprächsfetzens in Verlegenheit geraten könne. Sich nun aber gar seinerseits um die großen und kleinen Angelegenheiten der Damen zu kümmern – das hätte ihm gedeucht, als sollte er sich nackt in einen Ameisenhaufen setzen.

Außerdem wäre es auch anstößig gewesen, und im Basar und in den Bädern hätte es ein übles, gefährliches Gelächter gegeben.

Ein Sultan durfte sich nicht zum Narren machen.

Nein: Im Vergleich hierzu sah das, was Dede Semid und andere von christlichen Sitten erzählten, schon weit eher nach Gefangenschaft der Weiber von Stand aus. Allerdings hatten es die Damen des Abendlandes auch viel nötiger, bewacht und beschützt zu werden. Wer aber in der Türkei hätte es jemals gewagt, eine verschleierte Frau zu belästigen? Höchstens ein fremder Barbar. Und der wäre bald wirksam belehrt worden, daß er sich nicht mehr in der Christenheit, sondern in der rechtgläubigen Türkei befinde, wo er sich anständig zu benehmen habe.

Für eine türkische Dame war nur eines gefährlich: die eingeräumte Freiheit zu mißbrauchen. Eine Liebelei konnte genau wie in Rom oder Sevilla den Tod einbringen, und das galt für jeden Harem und nicht nur für den des Kaisers. Und wenn die Landkarten, nach denen Roxelane die Nino geschickt hatte, nicht besser waren als dies Geschwätz aus Mainz...

Und nun eben waren Roxelanes Gedanken wieder da, wo sie nicht sein sollten: bei Soliman.

Ohne ihre Wohnung zu verlassen, kümmerte sie sich um alles, was mit dem Feldzug und dadurch mit Soliman zusammenhing. Sie machte sich Sorgen um den Kapudan Pascha, den Großadmiral, überlegte, ob der kaiserliche Schwager und zweite Wesir Mustafa wohl für die Stelle des Seraskers, des Feldherrn, der richtige Mann sei, und jetzt konnte sie die Karten nicht erwarten, um jede Meile von Solimans Marsch vorher auf ihnen abstecken zu können.

Aber Nino und die alte Umma kamen immer noch nicht!

Oder...? Sie sprang auf, um den beiden entgegenzugehen.

Doch in der Tür stand ganz etwas anderes als die feingliedrige Griechin und die derbe Walachin, die zeit ihres Lebens nicht viel anderes getan hatte als scheuern und schrubben.

In der Tür stand ein Kind.

Ein Jungpage, der ohnehin im Harem nichts zu suchen gehabt hätte, konnte es nicht sein. Denn wenn das Kind auch ein Junge war, so hatte es zum Pagen doch nicht das richtige Alter, und die Uniform trug es auch nicht.

Vielleicht war es ein ausgerissener kleiner Besuch, der mit seiner Mama gekommen war und sich nun nicht mehr auskannte? Bevor Roxelane jedoch fragen konnte, begann der Junge ganz von selbst und auf eine Art, die alles andere als schüchtern war. «Wer bist du, und was tust du hier?»

«Das hier ist meine Wohnung», lächelte Roxelane.

«Deine Wohnung?» zweifelte der kleine Mann, um dann mit Entschiedenheit fortzufahren: «Das ist ja gar nicht wahr!»

«Man sagt nicht zu einer Dame: Das ist nicht wahr!» versuchte Roxelane eine sanfte Belehrung.

Erfolg hatte sie freilich nicht damit.

«Wenn es doch nicht wahr ist!» beharrte er ungerührt. «Hier wohnt Beig mit ihren Mädchen! Und die sollen mich verstecken und dann mit mir zum Schwanensee gehen. Allein darf ich nämlich nicht.»

«Beig...?» fragte Roxelane und besah sich ihren Kavalier ganz genau.

Etwa fünf Jahre mochte er alt sein, und eigentlich war er ganz einfach gekleidet: taubengraue enge Hosen, darüber einen in den Hüften eingebundenen blauen Kittel und auf dem Kopf einen weißen Bund – das war alles, was er trug. Aus dem Anzug konnte man nichts entnehmen. Jeder Junge wohlhabender Eltern konnte in Atlas gekleidet sein.

Aber wenn er kein Besuch und der junge Herr hier im Harem zu Hause war…

Andere Kinder als Prinzen und Prinzessinnen wohnten im Harem nicht. Wenn der Junge die Wahrheit sprach, mußte er notgedrungen ein Prinz sein.

Der Prinz. Denn einen gab es nur.

Die schwarzen Augen des Jungen waren auch ganz die Solimans, nur daß diese hier trotzig und übertrieben männlich taten. Solimans langer Hals fehlte ebenfalls nicht. Die Haut des Knaben war feilich nicht dunkel, sondern eher durchleuchtend und weiß.

«Meine Gouvernante wollte mich verhauen», erklärte er ohne eine Spur von Verlegenheit. «Es stimmt ja auch, daß ich faul gewesen bin und im Diktat vierzehn Fehler gemacht habe», gab er ehrlich zu, um dann um so mehr zu triumphieren: «Gekriegt hat sie mich aber doch nicht! Sie wurde abgerufen, und da hab ich ihr die Rute versteckt und bin ihr ausgekniffen!» Zerknirscht war der Junge gar nicht.

«Wenn man dich nun hier fände?» wagte Roxelane einen Einwand. Doch der wurde einfach beiseite geschoben.

«Weißt du denn nicht, daß Beig meine Amme ist?» fragte er mit einer Wichtigkeit, die einen hohen Begriff von seiner Amme verriet. «Beig will nie, daß man mich schlägt. Und die Gouvernante ist doch nicht einmal Hofmeisterin und überhaupt nur ein Mädchen! Ich bin auch schon viel zu groß, um mich noch von einem Mädchen schlagen zu lassen, sagt Beig.»

Und nachdem er somit einen klaren Standpunkt in bezug auf Mädchen eingenommen hatte, faßte er nunmehr seinerseits Roxelane scharf ins Auge, zu welcher Sorte von Mädchen sie wohl gehöre, ob zu denen, die noch Prügel bekommen, oder schon zu denen, die sie bereits austeilen?

Jedenfalls wollte er seine Frage so verstanden wissen: «Hast du auch noch Diktat?» prüfte er sie und fügte, da ihre Antwort zu unbestimmt lautete, deutlicher werdend hinzu: «Und wenn du faul bist, kriegst du es dann auch mit der Rute?»

«Natürlich muß man fleißig sein», erwiderte Roxelane, um seine Erziehung bemüht.

Worauf der Kleine aber nur kameradschaftlich meinte: «Sag nur ruhig, daß du es auch noch kriegst.»

Und da sie einsah, daß diese Annahme sein Vertrauen zu ihr nur stärke, verzichtete sie auf jede weitere Aufklärung.

Etwas anderes lag ihr am Herzen.

«Wer bist du nun?» fragte sie, obwohl sie es ziemlich gut wußte.

«Ich bin Sultan Mustafa Khan», sagte er würdevoll, «und eigentlich könntest du Kaiserliche Hoheit zu mir sagen.»

Damit übertrieb der junge Herr auch keineswegs. Wie jede Prinzessin als Sultana geboren wurde, so hatten alle Prinzen die Titel Sultan und Khan, nur daß der Titel «Sultana» hinter dem Namen und der Titel «Sultan» vor ihm zu stehen kam. Nur die Titel eines Padischahs und Khankhans, eines Kaisers, waren dem regierenden Sultan vorbehalten. Und da stand nun des Kaisers Sohn.

Roxelane kniete nieder und umschlang ihn.

«Mußt du denn zu Beig? Bleib doch bei mir!» warb sie um ihn. «Wir verstecken uns zusammen. Beig Hanum wohnt nämlich gar nicht mehr hier. Und jetzt bin ich hier zu Hause.»

Der kleine Junge machte seine Nase kraus, weil er nachdenken mußte. Offenbar fiel ihm das gar nicht so leicht. Denn schließlich war Beig Hanum eine Macht, die ihm Schutz geben konnte. Was aber war das rothaarige Mädchen?

«Dich suchen sie wohl auch?» fragte er, ohne daß sich

freilich mit der Frage irgendwelche Mißachtung verband; denn gleichzeitig spendete er ritterlichen Trost: «Mach dir nichts draus!» sagte er. «Wenn sie uns finden, verteidige ich dich!»

Er sei schrecklich tapfer, bewunderte ihn Roxelane.

«Wenn wir uns zusammen verstecken wollen», überhörte er vornehm ihr Lob, «brauchst du mich nicht Hoheit zu nennen. Meine Mutter nennt mich Musa. Du kannst mich aber auch Safi nennen oder wie du sonst willst. Sie nennen mich ja doch alle anders.»

«Und wie nennt dich dein Vater?»

«Du darfst nicht einfach ‹dein Vater› zu mir sagen», rügte er. «Sprich: ‹Seine Erhabenheit› oder ‹der Kaiser›.»

«Und wie nennt dich der Kaiser?»

«‹Mustafa Khan› nennt er mich oder auch ‹mein Sohn›.»

Das sieht ihm ähnlich, dachte Roxelane belustigt, und zugleich übermannte sie eine wilde Zärtlichkeit zum kleinen Mustafa. Nennt der doch diesen süßen Jungen «mein Khan»!

Und da Roxelane nicht einsah, warum sie ihrer Regung nicht folgen sollte, küßte sie Seine Hoheit regelrecht ab.

Sehr ermutigt wurde sie allerdings nicht.

«Du sollst mich nicht küssen!» sträubte sich Mustafa Khan. «Es ist schon schlimm genug, wenn Beig das tut, so naß, wie das dann immer ist! Aber Beig ist meine Amme, und da darf sie es. Aber du! Du bist ein Mädchen und nicht meine Amme. Und ich lasse mich von Mädchen nicht küssen!»

Doch Roxelane ließ sich von Solimans Sohn nicht einschüchtern. «Und deine Mutter?» griff sie ihn an. «Die küßt dich wohl auch nicht, was?»

«Meine Mutter ist eine Königin», wehrte er sich aber hoheitsvoll, gleichsam um anzudeuten, daß küssen unköniglich sei.

Dennoch: ob königlich oder nicht – an diesem Nachmittag wurde die Freundschaft zwischen Roxelane und Mustafa geschlossen.

Roxelane nannte er sie allerdings nicht. Er nannte sie

Rosska. Und sie wußte ihm erstaunliche Dinge zu erzählen von aufgeblasenen Tierfellen, von Katzen und Fischen und hunderterlei, was ihm wichtiger war als alle Vokabeln.

Und zuletzt ließ er sich doch noch küssen, und darauf erklärte er ihr, daß er sie, wenn er erst groß sei, in seinen Harem nehmen und ihr so viel Konfekt geben werde, daß sie überhaupt niemals mehr etwas anderes essen müsse. Und Persisch brauche sie dann auf keine Weise mehr zu lernen, fügte er noch beschützerisch hinzu, und ebensowenig solle sie sich künftig noch jemals fürchten. Denn morgen komme er ja wieder! – Es war eine große Liebe zwischen Roxelane und Mustafa.

12

Inzwischen verlief in Kawak alles genau so, wie es vorgesehen war. Auch der Diwan im Sattel fand statt, und es geschah jede Sache auf die gehörige Art.

Solimans Schwager, Mustafa Pascha, der zweite Wesir, ein schon etwas alternder Herr aus Slawonien, wurde nun doch zum Serasker ernannt. Er sollte mit der Flotte und dem darauf eingeschifften Vortrupp nach Rhodos vorausfahren und die Belagerung der Inselhauptstadt beginnen.

Der Kaiser dagegen wollte mit der Hauptmacht von hunderttausend Mann zu Land nachkommen, worauf das Heer, wie kein Mensch zweifeln durfte, den Ordensstaat zu erobern hatte.

Auch für den anderen Schwager, den dritten Wesir, Ferhad Pascha, fand sich eine Bestallung. Er wurde kaiserlicher Generalkommissar in Kleinasien, gewissermaßen der Großinquisitor der Statthalterschaften und Vasallenstaaten, und das war eine Ernennung, die allgemeines Schmunzeln hervorrief. Denn man kannte Ferhad, diesen jüngeren Mann Mitte Dreißig, einen Kroaten aus Sebenico in Dalmatien. Er war kriegerisch, heftig, grausam und ebenso geizig nach Ehre wie nach Geld. Man fand also, seine Aufgabe diene zu gleicher Zeit dazu, das Lehensreich Sulkadr und die karamanische Landschaft in Ruhe zu halten, wie auch den unbequemen und übergangenen Ferhad selbst während der Abwesenheit seines kaiserlichen Schwagers aus Konstantinopel zu entfernen.

Ein dritter Träger der golddurchzogenen Kalewi, Achmed Pascha, folgte dann wieder dem Herrn, während der Großwesir Piri Mustafa bis auf seine Ehrenvorrechte schon so gut wie entmachtet war und zu Hause bleiben mußte.

Obgleich er noch unter Selim die berühmte Entscheidungsschlacht bei Tschaldiran gegen Persien gewonnen hatte, war er inzwischen ein friedliebender alter Mann geworden, und man sagte ihm Sympathien für den Johanniter-Großmeister l'Isle Adam nach, der seinen Jahren auch besser entsprach als die unruhige Jugend seiner Umgebung. Jedenfalls hatte der greise Pascha trotz des Einverständnisses, das die Pforte mit zwei Verrätern in Rhodos unterhielt, einem jüdischen Doktor und dem portugiesischen Ordenskanzler Amaral, dem Feldzug ständig widerraten.

Sonst war alles bereit.

Alles wartete nur auf einen Wink des Herrn, und die unheilträchtige Wolke, die sich am Bosporus ballte, mußte sich über der Insel entladen, deren Herren Soliman dem Untergang geweiht hatte.

Noch allerdings war die Stunde des Aufbruchs nicht bestimmt.

Und inzwischen war der Harem auch nicht müßig!

Es hatte zweifellos etwas zu bedeuten, daß die Walide Hafsa Chatun Sultana ihren Sitz im Alten Serail verließ, um sich ins Neue Serail zu begeben.

In einer langen Reihe von Kutschen geschah das, jede vergoldet und die Gespanne mit kostbar ausgelegten Geschirren versehen.

Den stolzen Zug eröffneten die Vorläufer der hohen Frau, dann erst kamen die undurchdringlichen Mauern ihrer Garden. Und während Pagen, Stallmeister und Hofwürden unmittelbar die Gefährte umgaben, bildeten die Großeunuchen der Sultana und deren Damen die allerengste Begleitung.

Das alles war unbedingt nötig, wenn die erhabene Mutter des Kaisers zu ihrer Schwiegertochter Saffieje auf Kaffeebesuch fahren wollte.

Freilich umschwebte den Kaffee in Konstantinopel noch immer ein Hauch geheimnisvoller Fremde und Vornehmheit. Und daß er bereits nach der Eroberung Ägyptens dahin gelangt war, hatte seine Geltung nicht beeinträchtigen können. In diesem Fall aber kam noch der Ursprung der Bohnen hinzu, deren Aufguß die allerhöchsten Herrschaften erquicken sollte. Der Scherif von Mekka hatte nämlich Saffieje Sultana einen Sack voll davon aus der Stadt Mokka verehrt. Und an der Vornehmheit Seiner heiligen Hoheit und damit auch seines Geschenks war schon deshalb nicht zu zweifeln, weil die Dynastie des Scherifen älter war als die seines kaiserlichen Souveräns.

Der Aufwand der Sultana Walide war freilich von der sich vorbereitenden sakralen Haltung völlig unabhängig. Ohne sich etwas zu vergeben, hätte die Dame auch dann nichts davon ablassen können, wenn sie irgendwo anders hin auf Besuch gefahren wäre und nicht zu einer Kaffeegesellschaft mit Familienrat.

Vollzählig war der Familienrat zwar nicht. Eine Reihe berechtigter Mitglieder fehlten, und im Grunde bestand er nur aus Hafsa Chatun und Saffieje.

Aber die Walide hatte ihre vierzehnjährige Jüngste mitgebracht, Esma Khan, ein liebes kleines Mädchen und anscheinend unbeschriebenes Blatt.

Und dann waren noch mit ähnlichem Prunk wie die Kaisermutter zwei andere Prinzessinnen vorgefahren: Dschanfeda Sultana, die den alternden Wesir und Serasker Mustafa Pascha zum Mann hatte, und ebenso des jungen Ferhad Paschas Frau – Tamara Sultana.

Dschanfeda Sultana, Hafsa Chatuns Älteste, wurde von der Mutter nicht ganz ernst genommen. Dschanfeda war ein zu sanftes Geschöpf, und mit ganz unfürstlicher Zuneigung hing sie an ihrem Mustafa, der bereits ihr zweiter Mann war und dessen Fältchen sie durchaus nicht störten. Sie hatte keinen anderen Wunsch, als ihren Mann für sich zu haben, und hätte alle seine künftigen Lorbeeren gern jedem anderen überlassen.

Dagegen war Tamara mehr die Tochter ihrer Mutter Hafsa, allerdings ohne deren Sicherheit und Überblick. Gerade das, worin sich Tamara und Ferhad Pascha trafen, ihr und sein Machthunger, war das Trennende zwischen den Gatten.

Tamara war nämlich der Meinung, daß es für den Ehrgeiz eines Mannes vollauf genüge, das Bett einer Sultana teilen zu dürfen, und daß er dafür ausschließlich ihrem und nicht seinem eigenen Ehrgeiz nachzuleben habe.

Eigentlich war sie es gewesen, die seine Ernennung zum Serasker hintertrieben hatte, und nun war es ihm doch gelungen, einen anderen Auftrag mit unbeschränkter Machtvollkommenheit zu erlangen. Darüber war sie jetzt böse. Denn die Gebiete, in die er entsandt werden sollte, lagen zu fern, als daß sie dort seine Machtbefugnisse hätte ausüben oder wenigstens mit ihm hätte teilen können.

Zu allem war ihr auch noch zu spät aufgegangen, daß die Würde des Seraskers für Ferhad Pascha ein fast sicherer Anspruch auf das Großwesirat gewesen wäre. Und das wünschte sie ihm im Grunde doch, und zwar deshalb, weil damit die segensreiche Regierung der Tamara hätte beginnen können.

Da das alles aber durch ihre eigenen allzu plötzlichen Aufwallungen in Frage gestellt worden war, nahm sie es selbstverständlich dem übel, den sie so unzeitgemäß bekämpft hatte.

Die junge Machtsüchtige war somit eine Beute von Gefühlen und Wünschen, die sich alle widersprachen, ein Zustand, der sie nicht gerade glücklich machte.

Doch ihre Mutter brachte sie schnell zur Ruhe.

Hafsa Chatun wußte um das Ebenmaß ihres Gesichts und ihres Körpers, um den feuchten Glanz ihrer schwarzen Augen, um den seltsamen Reiz ihrer Haare, die ihre straffen und frischen Züge wie ein silbernes Leuchten umgaben.

Sie war vorzeitig ergraut, doch gerade das steigerte die ihr angeborene Würde zur Majestät. Dabei entfernte die Ehrfurcht, die sie einflößte, nicht, sondern senkte sich tief und warm in die Herzen, weil zu all ihren Reizen noch eine große Natürlichkeit kam, die sie unwiderstehlich machte.

Hafsa Chatun wurde gut bedient, weil sie viel geliebt wurde. Und diese Frau dachte mit ihren 48 Jahren nicht daran, sich eine ihrer Töchter über den Kopf wachsen zu lassen. Schon allein der Gedanke, das könne jemals geschehen, ließ sie so unruhig werden wie eine Bienenkönigin vor dem Auskriechen junger Weisel. Die Dschanfeda fürchtete sie nicht. Esma war zu jung. Tamara war die gefährlichste.

Ihr trat Hafsa Chatun entgegen.

Über ihren Schwiegersohn Ferhad jedoch machte sie sich gewiß keine Illusionen, was sie trotzdem nicht hinderte, für diesen ebenso gewissenlosen wie einnehmenden jungen Draufgänger eine Vorliebe zu hegen.

«Wenn er mich nun aber hintergeht?» schmollte die Tochter.

«Red keinen Unsinn, Tamara», wies die Mutter sie jedoch zurecht.

«Er wird vieles tun, was uns mißfällt; nicht aber das.»

Und sie hatte guten Grund, davon überzeugt zu sein.

Ferhad Pascha erlaubte sich manches, wovor andere zurückgeschreckt wären. Gerade deswegen würde es seinen Untergang besiegelt haben, hätte er seine Stützen im Harem verloren.

Seine kaiserliche Schwiegermutter hielt ihn für klug genug, das zu wissen, und sie hatte es ihm niemals verheimlicht.

Und daß sie ihn zum Großwesir nicht wollte – daran war hauptsächlich seine Frau schuld.

Denn um nichts Geringeres ging es.

Es ging um die Ernennung des künftigen Großwesirs, der, wie der Padischah der Schatten Allahs auf Erden, seinerseits wieder der Schatten des Padischahs war.

Mit Piri Mustafa war es vorbei. Der alte Herr mochte während des Feldzugs die Verwaltung noch in Gang halten, doch das Recht zu allen wichtigen Ernennungen war ihm bereits genommen.

Wenn die Männer aber gewußt hätten, wie gut der Harem über sie unterrichtet war, so wären sie vielleicht vor der letzten ihrer Mägde, die ihre Treppe scheuerten, mehr auf der Hut gewesen.

Von Achmed Pascha, dem vor kurzem ernannten vierten Wesir, hieß es, er sei ein Intrigant und sein Ehrgeiz gebe an Hemmungslosigkeit dem Ferhad Paschas nichts nach.

Die Walide hatte jedoch längst überlegt, daß dieser Ehrgeiz den Achmed Pascha nur um so fester an sie binden würde. Nicht aus Dankbarkeit – damit rechnete sie nicht –, wohl aber aus Klugheit, weil er, falls sie ihm das Amt verschaffte, es durch sie ebenso wieder verlieren könnte. Auch sollte er nur ruhig in die Familie hineinheiraten. Esma war jung und würde der Mutter keine Schwierigkeit machen.

Aus diesem Grund kam die Walide also auf Achmed Pascha zurück, der mit Esma Sultanas Hand leicht zur Herrschaft gelangen könne.

«Oh!» erschrak Esma, und es war der erste Laut, den sie die ganze Zeit über von sich gegeben hatte.

«Wie meinten Sie, Esma Sultana Khan?» fragte die Walide aber nur. Und die arme Kleine betete ihre Mutter viel zu sehr an, als daß sie – auf eine so bedrohliche Weise mit ihrem Titel angesprochen – irgendeine Widerrede gewagt hätte.

«Ich lauschte Eurer Kaiserlichen Hoheit», entgegnete sie demütig, um dann wieder in ihr kleines Nichts zu versinken.

Das nun war der Augenblick, in dem Saffieje eingriff.

Sie erinnerte an Solimans gleichaltrigen Freund, den Oberstfalkonier Ibrahim Bey, der auch für Esma in Frage komme.

Sie tat das nicht aus Liebe zu ihrer jungen Schwägerin. Denn für sie war Esma nur das willenlose Anhängsel der Mutter. Und gegen Hafsa Chatun hätte sich Saffieje niemals gestellt, aus echter Dankbarkeit nicht, und dann auch nicht, weil das Bündnis zwischen der Mutter Solimans und seiner Chasseki beiden Frauen die Herrschaft verbürgte.

Im Augenblick aber dachte Saffieje nicht an Herrschaft, sondern nur an Soliman.

Schmach hatte er ihr angetan, ohne Abschied war er von ihr gegangen, und doch kreisten ihre Gedanken auch jetzt immer nur um die Frage, wie sie den Gatten wohl wiederbekäme.

Das war es, warum Saffieje Ibrahims Namen nannte. Trotz ihrer eigenen hemmungslosen Eifersucht, mit der sie nichts verschonte, was Solimans Interesse erregte, nannte sie Ibrahim; aber nur weil nach ihrer Überzeugung Ibrahim der Mensch sei, den es nicht mehr als einige wenige Worte koste, um Soliman wieder mit ihr zu versöhnen.

Vielleicht spräche Solimans Freund diese Worte, dachte Saffieje, wenn er erst erfahren würde, daß er an ihr eine Freundin habe? Und erfahren solle er ihr Eintreten für ihn, dafür wolle sie schon sorgen!

Der Walide dagegen kam die Möglichkeit, daß ein Mensch wie Ibrahim irgendeinen Einfluß in der kaiserlichen Familie ausüben könne, überhaupt nicht in den Sinn. Für sie war Solimans und Saffiejes Zwist eine kleine alltägliche Ehetrübung, die nur wegen Solimans bevorstehender Abreise eine so bedauerliche Verschärfung erfahre. Für den Fall aber, daß der Sohn wirklich vergessen sollte, was er seiner Chasseki schuldig sei, glaubte Hafsa Chatun immer noch an die Wirkung ihrer mütterlichen Autorität. Ja, sie glaubte mehr als je daran. Fälle wie der mit jener Roxelane – davon war sie überzeugt – würden sich nicht mehr ereignen, nachdem Soliman jetzt wohl eingesehen haben werde, wohin solche Unregelmäßigkeiten führen. Und nicht viel anders als mit Roxelane sei es mit diesem Ibrahim.

«Wie kannst du nur so reden, Saffieje», tadelte sie. «Ibrahim Bey ist der Verführer meines Sohnes, ein Mensch von lockeren Sitten!» – Und an Hafsa Chatuns strengen Grundsätzen gemessen, mochte das auch stimmen. Daß aber Soliman seinen Freund anders sah, dafür konnte die Walide nichts.

Bereits in seiner Kronprinzenzeit hatte Soliman ihn in Magnesia kennengelernt.

Magnesia war damals des Thronfolgers Residenz in seiner Eigenschaft als Statthalter der Provinz Saruchan gewesen. Allerdings hatte Soliman sich auch schon in anderen Stellungen ausgezeichnet und vorübergehend sogar seinen Vater Selim in der Reichsregierung vertreten.

Aber gerade dadurch war der Sohn zu seinem Vater und Padischah in unlösbaren Widerspruch geraten, und nur die Mutter hatte ihm sein Leben erhalten können.

Denn für Selim wäre Solimans Eigenschaft als letzter Prinz der regierenden Linie gewiß kein Hindernis gewesen, das Todesurteil seines Sohnes zu siegeln. Nur seiner Frau zu nahezutreten hatte der Padischah nicht gewagt.

Für Hafsa Chatun war Furcht ein unbekannter Begriff, und den Mord an ihrem Kind hätte sie auch ihrem Mann nicht verziehen. Er hätte aufgehört, ihr Mann zu sein, und sie wahrscheinlich niemals wiedergesehen. Darüber war auch Selim sich klar gewesen. Und da dem blutigen Kaiser von allen menschlichen Beziehungen als einzige nur noch die Liebe zu ihr geblieben war, deren Willen er nie hatte brechen können, so... hatte Soliman sein Leben behalten und war Statthalter in Saruchan geworden.

Auf einem abendlichen Ritt in die Traubenhügel Magnesias war Prinz Soliman wie so oft über seine Eltern und sein stets bedrohtes Leben in Grübeleien verfallen. Denn sein Verhältnis zu seinem Vater, oder vielmehr das Fehlen irgendeiner Beziehung zu ihm, hatte bereits seine Kindheit verbittert und war allmählich die Ursache einer tiefen Melancholie geworden. Da fiel in seine trübe Stimmung eine süße Melodie.

Seine Seele horchte auf, und ohne daß er sich dessen bewußt ward, folgte er den lockenden Tönen. Nicht eher hielt er inne, bis er vor einer hohen und weißen Mauer stand. Er winkte seinem Gefolge zu warten und klopfte an eine kleine Pforte.

Immer noch erklang die Geige, ja, es schien, als steigerte ihre Inbrunst zu einem jubelnden Willkommen.

Ein alter Diener stand mit einem Windlicht in der Tür und verneigte sich stumm. Auch Soliman schwieg. Er trat ein, als werde er erwartet. In einem Garten befand er sich nun, den er nicht sah – Wege beschritt er, die seine Sohlen nicht fühlten.

Ihn verlangte nur nach dieser Musik.

Und dann stand Soliman vor einem Jüngling, reich gekleidet wie er selbst, doch barhaupt und ganz versunken in seine Kantilene. Das schmale Gesicht des Geigers war dunkel getönt wie das des Prinzen, und in der unteren Kinnlade leuchteten im Licht des aufgehenden Monds große, blanke und spitze Zähne in sanfter Verzückung. – Das Spiel war zu Ende.

Mit der schmalen Hand neigte sich der singende Bogen zur Erde, das Kinn des Spielers gab die Geige frei, und nun war ein gesitteter junger Herr da, der ohne die mindeste Verlegenheit sein Haupt bedeckte, um darauf den Gast mit ungezwungener Heiterkeit zu begrüßen.

Soliman aber nannte keinen Namen. Für einen Reisenden gab er sich aus, der, angelockt von den Tönen, um einen Trunk bat und ein Gespräch.

Es beliebte dem Prinzen, den jedermann kannte, unerkannt zu sein, und so war er es.

Der Herr des Gartens klatschte in seine Hände und befahl zu bringen, was der Fremde begehrte.

Dann redeten sie von Musik, die der Gestirne Sprache sei, und von allem, was junge Herzen in Sommernächten bewegt.

Die Kannen kamen. Der Jüngling füllte die Becher. Doch was er einschenkte, war Wein.

Soliman runzelte die Brauen. Er hatte noch nie vom Verbotenen genossen.

Aber der andere sprach lächelnd einen Vers des Sängers Hafis: «Die Rebe ist die Mutter aller Laster...» begann er. «Aber der Kuß dieser Mutter ist süßer als der eines jungen Mädchens», vollendete Soliman, und nun lachte auch er.

Und darauf trank er, was ihm der Sklave Ibrahim reichte.

Denn der andere hieß Ibrahim und war Sklave. Er war Grieche und der Sohn eines epirotischen Schiffers aus Parga.

Korsaren raubten ihn in der Adria, und die fromme Witwe, der Haus und Garten gehörten, kaufte ihn im benachbarten Smyrna.

Doch nicht wie ihren Sklaven hielt sie ihn, sondern wie ihren Sohn, der sie auch einmal beerben sollte. Sie ließ ihn lernen, was nur zu lernen war. Und so sprach der junge Mann denn ebenso geläufig über das Abendland und die Christen, in deren Glauben er erzogen worden war, wie über die Länder der Rechtgläubigen. Der Römer Caesar war sein Ideal wie Alexander der Große das Solimans.

Als Soliman schied, graute der Morgen.

Von dieser Nacht an war Ibrahim Solimans Freund. Er teilte das Gespräch, den Trunk, das Lager und, wie manche grollten, auch die Macht mit dem Prinzen.

Und als der Thronfolger mit Selims Tod zur Herrschaft kam, trat Ibrahim in den Hofdienst und war nun Oberster Falkenjäger des Serails.

Das etwa war es, was die Damen über seine und Solimans Freundschaft wußten, und so war es kein Wunder, daß sie sich über den Günstling nicht einigen konnten.

«Dieser Ibrahim als Großwesir!» empörte sich Tamara.

Denn mochte ihr Mann auch noch so eigensinnig sein – nach ihrer Meinung durfte kein anderer es werden als er.

Tamaras Ärger begriff auch Saffieje.

«Nicht als Großwesir», berichtigte sie. «Doch wenn einer unserer Schwäger es werden sollte, würde doch eine Wesirstelle frei...? Und dann...?»

«Ibrahim Bey ist im Hofdienst», erklärte da die Walide. «Hast du jemals gehört, Saffieje, daß ein Hofherr in den Kriegsdienst oder in die Verwaltung versetzt wurde?»

«Falls wir ihn mit unserer lieben Esma verheirateten, wäre das andere nicht so schwer», wagte Saffieje einen letzten Vorstoß, um dann auf einen Blick Hafsa Chatuns hin jedoch gleich wieder einzulenken. «Ich denke nur», fuhr sie mit halber Entschuldigung fort, «daß er Esma an Jahren vielleicht besser anstehen würde als der gesetzte Achmed?»

Der dankbare Blick, mit dem Esma ihre Schwägerin Saffieje streifte, erlosch schnell genug.

Ibrahim hatte das Ohr des Sultans und brauchte den Harem zu wenig, als daß die Damen ihn in den Sattel gesetzt hätten. Selbst Saffieje hätte sich zu einer anderen Zeit nicht dazu hergegeben. Und so dumm war sogar die harmlose Esma nicht, um nicht zu erkennen, weswegen ihre Mutter und ihre Schwestern ihn nicht wollten.

Dann lieber Mustafa. Oder Ferhad. Oder Achmed.

Entschieden wurde allerdings über keinen der drei; wohl aber über Ibrahim, nämlich dahin, daß er weder in den Diwan noch in Esmas Bett gelangen solle.

Das war es, warum die Augen der kleinen Sultana allen Glanz verloren. Denn während sie in ihrer wohlverhangenen Kutsche gewesen war, hatte sie den jungen Mann wiederholt bei öffentlichen Anlässen gesehen. Und mochte er noch so gefährlich sein – deswegen empfand sie ihn keineswegs als weniger betörend.

Beim Aufbruch hatten die Damen sich ausgesprochen, aber nichts beschlossen.

Doch nun wollte Hafsa Chatun ihren Enkel sehen. Auch zeigte sich Saffieje gern als Mutter. Und überhaupt gehörte es sich, daß der Knabe kam, um seiner Großmutter die Hand zu küssen. Nur... war er leider mal wieder nirgends zu finden.

Der aufgescheuchte Hofstaat des Prinzen beschwor, daß es in letzter Zeit an allen Nachmittagen so gewesen sei. Zur

Stunde des Gebets sei der Prinz dann immer wieder erschienen.

«Er wird bei seiner Amme sein», entschied Saffieje.

Und der Schwarm stob davon.

Aber statt des Prinzen erschien die Amme selbst und beklagte sich bitter, daß man ihr das Kind vorenthalte. Sie tat das mit der größten Unbefangenheit, ohne sich durch die Gegenwart der allerhöchsten Herrschaften stören zu lassen.

Die Hoheiten waren auch weit davon entfernt, daran Anstoß zu nehmen, sondern begegneten ihr mit einer Teilnahme, der nichts von Herablassung anhaftete.

Beig Hanum gehörte eben zur Familie.

In eine der Hofklassen wäre die große, starkknochige Frau auch nur schwer einzureihen gewesen. Wohl nur auf den Almen des kleinasiatischen Olymps mochte Beig als begehrenswert gelten. Dorthinauf ließ ihr Vater seine Großherden noch immer wie zur Zeit Osmans und Ertoghruls treiben, und dort wußte man die Fähigkeiten im festen Zupacken besser zu schätzen als im Serail.

Aber nicht nur durch ihr Äußeres, sondern durch zwei andere Eigenschaften unterschied sie sich noch recht wesentlich von den übrigen Damen.

Sie war eine Freie und als Freie geboren, was im kaiserlichen Harem nur die Sultanstöchter von sich sagen konnten. Die anderen erhielten die Freiheit erst durch eine rechtmäßige Eheschließung.

Der zweite Unterschied Beigs von den anderen bestand darin, daß sie eine Türkin von reinem Blut war. Und das waren auch die geborenen Prinzessinnen kaum noch. Denn das Blut Osmans, das in ihren Adern wie in denen des Padischahs floß, war durch das kaukasische, serbische, slawonische, griechische und andere Blut der Ahninnen bis zur Unwahrnehmbarkeit verdünnt.

Wenn jedoch ein osmanischer Prinz schon kein Türke mehr war, so sollte er doch wenigstens eine türkische Amme haben.

Und Mustafas Amme war sowohl die Tochter türkischer Eltern wie auch die Witwe eines türkischen Saims, eines großen kleinen Herrn, der beim Aufgebot von seinem umfangreichen Leben außer sich selbst noch dreißig und einige wohlgerüstete und gut berittene Sipahi mit ihren Knechten zu stellen hatte.

Nur einem doppelten Unglück Beig Hanums verdankte Solimans Harem denn auch noch über die Zeit des wirklichen Ammendienstes hinaus ihre Anwesenheit: Beig hatte ihr eigenes Kind kurz nach dessen Geburt und bald darauf durch den Krieg ihren Gatten verloren, einen ritterlichen Herrn, dem sie sehr zugetan gewesen war.

Seitdem galt ihre ganze Liebe ihrem «Söhnchen», ihrem Mustafa, dessen erste Erziehung sie argwöhnisch überwachte.

Dagegen konnte auch Saffieje nichts tun. Wie alle anderen hatte sie sich der Auffassung zu beugen, daß ihr Sohn nun einmal mit seiner Amme, seiner zweiten Mutter, verwandt sei.

Diese zweite Mutter nun beklagte sich über das Verschwinden des Schlingels, und so mußten dessen Großmutter sowie dessen drei Tanten ungeküßt nach Hause fahren. Wenigstens von Mustafa konnten sie diesesmal nicht geküßt werden.

In völliger Ratlosigkeit blieb Saffieje mit ihren Damen zurück, und es sah ganz danach aus, als würde sich das Gewitter über eine von ihnen entladen, als Mustafas Lehrerin, die sich am meisten gefährdet fühlte, vorwurfsvoll darauf hinwies, wie der Prinz ihr schon immer ausgerissen und dann jedesmal zu Beig Hanum gerannt sei. Als eine schwache Möglichkeit des Erfolgs deutete sie dabei an, daß man vielleicht auch einmal in Beig Hanums früherer Wohnung nachsehen könne.

Dieser Vorschlag war ganz offenbar eine der kümmerlichen Ausflüchte, wie sie eben nur die Angst hervorbringt, und schon sah die Arme ihren Hinweis einer verletzenden Ablehnung verfallen, als Beig Hanum in ihrer alttürkischen

Derbheit sagte, was keine andere der Damen vor Saffieje Sultanas Ohren zu sagen sich getraut hätte. Beig Hanum nannte die Ursache ihrer an sich erfreuenden Umbehausung mit Namen, nämlich Roxelane, den neuen Stern am Himmel der Narren.

Da erst horchte Ihre Hoheit auf.

Närrin hin… Närrin her! Über Roxelane hatte Soliman gelacht, möglicherweise zwar, höchstwahrscheinlicherweise sogar nur verächtlich gelacht. Das war auch Saffiejes Meinung. Immerhin fand sie, dies Geschöpf sei bei ihm gewesen, während er sie selbst, seine Gattin Saffieje, keines Abschieds gewürdigt habe.

Das genügte!

Unter diesen Umständen hätte Roxelane ein Eichhörnchen sein können – Saffieje hätte es gehaßt.

Saffieje stand auf. Saffieje wollte sehen.

13

Es war die Stunde Roxelanes und Mustafas. Wohl hatte Roxelane wegen dieser Zusammenkünfte Bedenken. Am Dnjepr hätte sie einem frisch gefangenen Steppenwolf auch nicht so ohne weiteres die Hand zwischen die Zähne gesteckt. Ihr unbefugter Verkehr mit dem Prinzen paßte also gar nicht zu der klugen Zurückhaltung, die sie sich aus Gründen ihrer Sicherheit selbst auferlegt hatte.

Aber in diesem Fall überrannte das Gefühl ihre Klugheit. Hatte sie Soliman nicht, so hatte sie nun doch seinen Sohn, bei dem sie in einer kindlichen Form wiederfand, was sie am Vater kennengelernt hatte, kleine Züge, über die sie schmunzelte oder gerührt war.

Jetzt freilich war sie genauso Kind wie Mustafa oder Mustafa genauso erwachsen wie sie.

Beide waren ganz bei der Sache.

Um nichts Geringeres handelte es sich nämlich, als einen Asper, eine hauchdünne, winzige Silbermünze, aus dem Handgelenk mit einer Nagaika zu treffen, die sich noch in Roxelanes Besitz gefunden hatte. Und das war nun eine Kunst, zu deren Ausübung der jungen Dame im Harem wenig Gelegenheit gegeben worden war.

Es war erstaunlich, daß sie es trotzdem nicht verlernt hatte.

Mustafa schämte sich dagegen selbstverständlich sehr, daß ein Mädchen so etwas könne und er nicht.

«Anpacken am äußersten Ende, den Stiel – schau her!» erläuterte Roxelane ganz rot vor Eifer. «So! Und nun, wenn die Schnur nach oben schwingt, gerade dann, wenn sie schwebt, also gleichsam steht – zielen – runterreißen und...!»

Und der Asper wirbelte tatsächlich durch die Luft.

«Alai! Alai! Schrecklich schön!» rief Mustafa mit einer Begeisterung, die er seiner Persisch-Lehrerin niemals gezollt hätte.

Es war in jeder Hinsicht ein Höhepunkt für das Mädchen sowohl wie für den Jungen.

Um so beklagenswerter war es, daß Roxelanes Erfolg bei den ungesehenen Angehörigen ihres eigenen Geschlechts überhaupt keinen Anklang fand.

Besonders nicht bei Saffieje.

Unbemerkt war sie mit ihren Damen eingetreten, war Zeuge des kindlichen Jubels ihres Sohnes geworden, und nun war es alles andere als Jubel, was die Sultana zu verbreiten beabsichtigte.

Roxelane war ohne ihren Kaftan. Der größeren Bewegungsfreiheit wegen stand sie nur im Hemd und in der Hose da, beide durch einen Gürtel zusammengehalten.

Und alle Frauen aus Saffiejes Gefolge sahen Roxelane so, sahen ihren schlanken, noch halb kindlichen Körper mit den festen und doch schon reizvoll betonten Formen, sahen ihre gesunde Haut mit den frischen Farben und das Rotgold ihrer Haare. Aber alle sahen auch, wie anders ihr Gesicht war als sonst die Gesichter im Harem, und darum konnte jede in ihr nur eine unschöne, halbwilde Barbarin erblicken, die man in unzureichender Kleidung bei unziemlichem Tun überrasche.

Auch Saffiejes Eifersucht konnte und wollte nichts anderes wahrnehmen, ohne daß sich ihr Haß deswegen im mindesten gelegt hätte.

Ihrer leidenschaftlichen Seele war die Unsicherheit der letzten Tage eine Marter gewesen, und schwer war es ihr gefallen, sie ohne ein äußeres Zeichen von Bedrücktheit zu ertragen. Um sich dann aber auch noch selbst für Ibrahim einsetzen zu können – dazu hatte sie sich geradezu Gewalt antun müssen!

Welchen Nutzen jedoch durfte sie im Hinblick auf Soliman von Roxelane erwarten? Gar keinen. Weniger als das. Für Saffiejes unbeirrbares Gefühl war Roxelane eine Feindin. Und mochte diese Feindin auch nur ein Werkzeug von Solimans Rache gewesen sein – für die Sultana genügte es, daß ihr Gatte sich so weit habe vergessen könne, diesem abstoßenden Mädchen eine ganze lange Nacht hindurch für läppische Possenreißereien seine Zeit zu schenken, für eine Nacht, die ihr selbst gehört habe!

Gerade weil sie Roxelane jede Gleichberechtigung absprach, fühlte sich die stolze Frau nur um so mehr dadurch beschimpft, daß sie selbst, wenn auch nur für eine Nacht, von ihr verdrängt worden sei.

Die ganze Tiefe dieser Demütigung aber erschöpfte sie erst jetzt, da sie den Mißbrauch zu erleben glaubte, den diese Hergelaufene, diese dem Harem Aufgedrängte mit dem betreibe, was Saffieje als ihr ausschließliches Eigentum ansah, und was ihr auch tatsächlich nach Solimans Liebe am höchsten stand.

Denn für Saffieje war es ausgemacht, daß die Verhaßte auf dem Umweg über den Sohn ihre eigene Niedrigkeit wieder dem Vater in Erinnerung bringen wolle.

Als wenn der Sohn nicht ihr, Saffiejes, Kind sei!

Das Pfand ihrer und Solimans Liebe!

Das Pfand, das Soliman immer wieder zu ihr, Saffieje, zurückbringen müsse. Und das man ihr jetzt stehlen wolle! Das Kind und den Mann, beide wolle man ihr stehlen, schrie es in Saffieje, und der kaiserliche Thronfolger, dessen Mutter sie sei, habe durch den Atem dieser Ausgestoßenen aus Bagdscheserai eine Befleckung erlitten.

Das alles empfand Saffieje, als sie Mustafa von Roxelanes Seite riß, und was sie empfand, brach mit unwiderstehlicher Wildheit aus ihr hervor.

Ängstlich und geduckt verharrten ihre Damen. Denn die Herrin schleuderte manches heraus, was zu verschweigen schicklicher gewesen wäre.

Roxelane aber blieb regungslos.

Sie sah sich überfallen, sah sich einer Gefahr gegenüber, größer als alle Gefahren der Steppe. Ganz wach war sie. Bis ins letzte war sie von jener tierhaften Wachsamkeit durchdrungen, die nicht denkt, sondern das Richtige tut.

Saffieje aber nahm der Gegnerin Erstarrung für Trotz.

«In einen Sack gehörst du genäht», rief sie, «mit einer Katze in einen Sack und ersäuft!»

Damit schlug sie zu.

Mitten in Roxelanes Gesicht krallte sie ihre Nägel und riß sie herunter.

Roxelane fühlte es nicht.

Da stand wohl eine Roxelane. Aber die eigentliche Roxelane, die wirkliche, stand unsichtbar daneben.

Und es sei seltsam, ging es der durch den Sinn, daß diese Sultana mit nichts anderem zu drohen wisse als mit dem Sack, genau wie die arme Marinka auf der Kosakeninsel Chortiza. Doch deren Sohn habe wie tot auf der Erde gelegen. – Wie nun aber, dachte die wirkliche Roxelane weiter, wenn Saffieje auch nur ihren Sohn verteidige?

«Du Schamlose, du!» schrie Saffieje.

Und nun gab es nur noch eine einzige Roxelane, die sichtbare, die mit ihrem Fleisch und Blut den Schlag fühlte – die fühlte, wie ihr das Hemd von den Schultern gerissen wurde, und die nun schützend die Arme über ihrer Brust kreuzte.

Sonst tat Roxelane nichts.

Ein Wissen war in ihr, daß nichts tun, sich nicht an der Sultana vergreifen ihr stärkster Gegenschlag sei. Während ihr das Blut über die Wangen lief, sah sie sich selbst bereits als Siegerin und Saffieje vor sich am Boden. Roxelane wußte keineswegs, auf welche Weise das wohl geschehen könnte; aber daß es so sein würde, daran glaubte sie.

Inzwischen hatte sich jedoch Saffiejes Hofmeisterin vor Roxelane geworfen.

«Hoheit!» beschwor sie ihre Herrin. «Hoheit werden sich doch nicht mit Ihren erlauchten Händen an diesem Mädchen vergeuden! Das ist Sache der Frau Dede Semid. Man wird der Gouvernante aufgeben, die Unschickliche zu bestrafen.»

Im Ernst war das letzte die geringste Sorge der Dame. Aber auf eine Beleidigung Roxelanes mehr kam es ihr nicht an. Wogegen ihr sehr daran lag, ihre Sultana all diesen Peinlichkeiten zu entziehen.

Im Augenblick wurde das aber durch Dede Semid verzögert, deren Name soeben noch von der Hofmeisterin ins Treffen geführt worden war und die jetzt sehr zur Unzeit in aller Wirklichkeit erschien.

«Die Gouvernante ist hier», meldete sich Dede Semid, indes die Hofmeisterin sie weit weg ans andere Ende der Welt wünschte.

Doch im Herbeieilen noch hatte Dede Semid deren letzte Worte vernommen. Und nun stand sie kampfbereit und gleichsam mit gesträubtem Gefieder vor der Verstummenden.

«Gouvernante bin ich», erklärte sie, «wenn Eure Hochachtbarkeit das damit sagen wollten; aber nicht von dieser Dame bin ich es, der Seine Kaiserliche Majestät den Rang und den Titel einer Hanum verliehen haben. Bei Roxelane Hanum bin ich dasselbe, was Eure Hochachtbarkeit bei Ihrer Hoheit sind, eine Dienerin, nichts weiter.»

Wenn Roxelane verlor, war sie auch verloren.

Doch Roxelane schöpfte aus der Tapferkeit ihrer Freundin ebenfalls Mut. Sie gab sich noch keineswegs auf. Im Gegenteil! Plötzlich wußte sie sogar, warum sie sich stumm und ohne Widerspruch hatte schlagen lassen.

Und nun griff sie an!

«Lassen Sie den Kislar Aga fragen», befahl sie Dede Semid, «wann Seine Exzellenz bereit sei, die kaiserlichen Geschenke an mich wieder zurückzunehmen.»

Selbst Dede Semid verschlug dieser Befehl den Atem.

Kein Mensch konnte sich erinnern, daß jemals etwas Ähnliches geschehen sei.

Roxelanes Absicht war eine Beleidigung des Kaisers oder ein Protest. Als was sie zu gelten habe – darüber konnte nur einer entscheiden: der Herr selbst.

Tod oder Verbannung gegen wen auch immer konnte, ja mußte die Folge sein. Und das war für alle Beteiligten mißlich, auch dann, wenn Roxelane das schwarze Los ziehen würde. Woran übrigens weder Saffieje noch ihr Gefolge zweifelten. Konnte denn der Kaiser die Mutter seines Sohnes überhaupt ins Unrecht setzen? Doch was auch geschehen würde, immer bliebe es an Saffieje Sultana wie ein Schatten hängen, die Ursache einer unerfreulichen Maßnahme gewesen zu sein.

Ihre Hofmeisterin wandte sich denn auch als erste an Roxelane: «Sie werden sich Ihren Schritt noch überlegen, mein Kind», warnte sie in ganz neuen, mütterlichen Tönen.

Selbst brauchte Roxelane jedoch nichts zu erwidern, weil das Beig Hanum für sie besorgte.

Bisher hatte sich diese Dame ausschließlich damit beschäftigt, den wütenden Mustafa zu bändigen. Doch jetzt machte sie zu den Vorgängen eine ihrer Bemerkungen, die so gefürchtet waren, weil sie immer aus ihrer so ganz anderen Welt der Rinder, Schafe und Pferde kamen.

«Lassen Sie das nur gehen», sagte sie und meinte das Mädchen Roxelane. «Das stimmen Sie doch nicht um. Und weil es sich nicht wehrte, müssen Sie nicht gleich denken, es sei feig. Es paßt nur nicht hierher. Im Sattel müßte das sein! Und ganz sicher wäre das gut zu den Tieren.»

Eine weitere Vertiefung erfuhren Beig Hanums Beziehungen zu Roxelane allerdings nicht, obwohl Beig ihr noch manches über Schenkelschluß, lockere Zügelführung und darüber anzuvertrauen gehabt hätte, wie doch gewöhnliche Menschen so gar nichts von der Verständigkeit einer guten und anständigen Kuh wissen.

Doch Saffieje Sultana unterbrach das Gespräch, das so aufschlußreich hätte werden können, durch ihren allzu vorzeitigen Aufbruch.

Und da mußten alle Damen ihr folgen. Auch Beig.

«Willst du es wirklich...?» fragte Dede Semid, als sie mit Roxelane allein war.

Eine Antwort freilich bekam sie nicht. Und auch keinen Blick.

«Verschaffe mir schwarze Kleider», sagte Roxelane nur, «ganz gleich, wo du sie hernimmst, nur schwarz – Kleider, Schleier, Schuhe.»

«Wozu...?» erstaunte Dede Semid.

Roxelane aber nahm ihre Hände von ihren Brüsten, und die bluteten wie ihr Gesicht. Aber in ihre Brüste hatte sie die eigenen Nägel eingegraben. Um sie nicht Saffieje ins Gesicht krallen zu müssen, hatte sie das getan. Dede Semid sah es und war überzeugt.

«Ich sehe, du mußt es tun», sagte sie. «Und dann sollst du auch Trauer anlegen. Aber nicht nur du, sondern alle, die dich liebhaben.»

Und das waren außer Dede Semid immer noch Nino und Umma, die Magd.

Vier Gestalten rauschten also in schwarzen Mänteln, die Gesichter verhüllt, wie eine düster drohende Wolke durch des Harems fast überirdischen Glanz.

Staunendes Geflüster wirbelte hinter ihnen auf, lief vor ihnen her.

Und so gelangte Roxelane als ein lebender Protest über Gänge und Stiegen zum Kislar.

Auch Lokman Aga wollte ihr zureden, Solimans Kette zu behalten.

«Hanum, es geht nicht», meinte er, «das Wort des Kaisers ist wie das Schicksal. Was er getan hat, ist getan.»

Doch Roxelane neigte nur sanft ihren Scheitel.

«Ich muß die Kette trotzdem zurückgeben», sagte sie. «Ich darf niemals von Seiner Majestät beschenkt, niemals von ihm erhoben worden sein. Denn sonst wäre die Behandlung, die mir widerfuhr, eine Mißachtung des kaiserlichen Willens.»

Sie hatte das in dem leisen Ton gesprochen, der einer Trauernden ziemt.

Der Kislar aber hatte Ausbrüche der Wut und des Schmerzes erwartet und erschrak gerade deswegen, weil sie nicht kamen.

Von einem der vier Frauengesichter zum andern wanderte sein Blick, verweilte auf dem Dede Semids, um dann voll Verwunderung auf dem undurchdringlichen Schleier haftenzubleiben, der Roxelanes Gesicht verbarg.

War es möglich, daß ihm etwa von dieser Siebzehnjährigen selbst jene verblüffende Antwort kam, die – das wußte er! –, wenn nicht morgen, so doch übermorgen, in den Bädern die Runde machen würde?

Wußte das Mädchen überhaupt, daß sie mit ihren Worten eine furchtbare Maschinerie in Bewegung setzte, die unangerührt zu lassen ein stummes Gesetz des Harems war? Daß sie die kaiserliche Autorität in den Streit der Frauen hineinzog?

Doch selbst die Exzellenz hatte nicht die Macht, den Willensakt einer Hanum zu unterdrücken, trotzdem er in diesem Fall sehr gewünscht hätte, es zu tun.

Aber diese junge Dame schien ihm zu gefährlich. Und der Preis für eine kleine Unterdrückung schien ihm zu hoch. Denn wenn die Unterdrückung ruchbar würde, wäre der Preis sein eigener schmaler Amharaschädel.

So erhob er sich denn und verneigte sich tiefer, als er sonst gewohnt war, es vor einem Mädchen von Roxelanes Rang zu tun.

«Der Segen Allahs sei mit Ihnen, meine Dame.»

Noch am gleichen Tag jedoch erstattete Lokman Aga der Walide seinen Bericht.

«Und es wäre vielleicht ratsam», meinte er, «wenn Eure Kaiserliche Hoheit der Saffieje Sultana zureden würden, die Angelegenheit auszugleichen.»

«Halten Sie Verwicklungen denn überhaupt für möglich?» verwunderte sich Hafsa Chatun.

«Alles ist möglich», wich er aus.

«Unsinn!» sagte sie schroff, weil sie die Zeit für einen Machtspruch als gekommen erachtete.

«Darf ich Hoheit erinnern, daß wir, was Roxelane Hanum anlangt, schon einmal vor einer Verwicklung standen?»

«Um so schlimmer!» erklärte Hafsa entschlossen. «Eigentlich geht mich euer Neues Serail ja nichts an. Aber kümmern muß ich mich doch immer wieder um eure Streitereien. Und ich habe es längst satt, mich jedesmal über diese Person, über diese Roxelane, zu ärgern!»

Lokman Agas ganze Verehrung galt der Walide. Doch wenn es geschehen konnte, hatte er nichts dagegen, sich hinter ihr zu verstecken. «Und was befehlen Eure Kaiserliche Hoheit?» fragte er.

«Gar nichts», sagte die Walide. «Ich schreibe selbst meinem Sohn.»

14

DER BRIEF DER KAISERMUTTER WURDE ZWAR geschrieben, der überbringende Großeunuch traf den Padischah jedoch nicht mehr in Kawak an.

Ganz plötzlich war die Majestät noch einmal nach Konstantinopel gefahren. Seine Ankunft freilich wurde der öffentlichen Beachtung sorgfältig entzogen. Nicht einmal der kaiserlichen Galeere hatte sich Soliman bedient, sondern der des Nidschandschi, des Staatssekretärs. Auf ihr lief er ins Goldene Horn ein, landete am Gartentor und begab sich sofort ins Serail.

Trotz aller Geheimhaltung wußte der Harem natürlich sofort um die Anwesenheit des Herrn. Den Frauen etwas verbergen zu wollen hatte in diesen Bezirken niemals viel Zweck, und jetzt fieberten sie vor Neugier, weil sie vermuteten, daß der kaiserliche Besuch einer Frau gelte.

Soliman wollte sich mit Saffieje versöhnen – das war die allgemeine Auffassung, und viele wollten wissen, daß die Sultana Walide es ausdrücklich so verlangt habe.

Dede Semid gehörte zu diesen vielen, und, was mehr war, sie äußerte diese Meinung auch Roxelane gegenüber.

«Schicke die Mädchen fort!» befahl die aber nur. «Siehst du nicht, wie sie mich stören?»

Nino und Umma mußten also zu den anderen hinüber und wußten doch gar nicht, was man ihnen zur Last legen könne.

Sie waren auch wirklich ganz unschuldig.

Etwas anderes mußte den Zorn oder die Ungeduld der Herrin erregt haben. Nur kannte selbst Dede Semid dieses andere nicht.

Denn Roxelane sah beharrlich zum Fenster hinaus und schwieg.

Es war ein schönes Fenster, an dem sie stand. Durch schlanke Säulen war es geteilt, die nach oben in drei Spitzbogen im klassischen Stil der Alhambra ausliefen.

Die Fernsicht war allerdings nicht besonders gut.

Doch wenn man sich die Mühe gab, konnte man ganz rechts und nach Süden zu durch die kleinen bleigefaßten Scheiben den Anblick des Meeres gewinnen.

Es erglänzte jetzt rosig vom Widerschein der untergehenden Sonne, die Roxelane nicht sah.

Immer matter wurde das Rot.

Und jetzt, wie es ins Aufblauen der Dämmerung einging, krachte ein Kanonenschuß.

Für die Spanne einer Nacht hatte die Sonne aufgehört zu scheinen, und so war nun die Stunde des Gebets.

Roxelane wendete sich um.

Dede Semid lag nach Mekka zu auf dem Boden und verrichtete ihre Andacht.

Trotzdem aber Roxelane fromm genug war, Allah zu geben, was ihm gebührte, tat sie nichts dergleichen.

Sie konnte nicht beten.

Heute nicht.

Sie wartete. Und kein Gebet konnte sie von der Qual dieses Wartens erlösen.

Hastig durchmaß sie das Zimmer. Ihre Gedanken zählten die Minuten und Viertelstunden und kehrten immer wieder zu ihrem Ausgang zurück. Und dann begann Roxelane von neuem zu denken: Vor dem Gebet habe Soliman nichts unternehmen können, überlegte sie. Aber kurz nach Sonnenuntergang hätte er es gekonnt. Einer der nachgeordneten Eunuchen sei jedoch sicher nicht mit der Übermittlung des großherrlichen Befehls betraut worden. Vielleicht sei die Wahl auf den Tschokadar, den Mantelträger des Sultans, gefallen? Er heiße Bolil Aga, fiel ihr ein. Und auch im Köschk Hebetullah sei Bolil zugegen gewesen. Aber wo bleibe er denn? Wo bleibe Bolil, dieser Säumige, Faule! Statt zu eilen, zu laufen, sehe er sich gewiß erst nach einem geziemenden Gefolge für sich um, der Eitle! Doch was verstehe ein Eunuch schon von der Liebe – von der Sehnsucht, die verzehre, von der Ungeduld, die fiebern mache? Gewiß: Diese Eunuchen haben ihre

Häuser und in den Häusern ihre eigenen Harems. Wenigstens die Großen unter ihnen haben sie. Und sie begönnern Mädchen, die zu lieben sie sich einbilden, und sie verfolgen andere. Aber was habe dieses Mögen oder Nichtmögen mit einer Liebe wie ihrer, Roxelanes, Liebe zu tun?!

«Was ist dir?» fragte Dede Semid. «Heute hat es doch gar keinen Zweck zu warten.»

Roxelane schnellte herum. «Ich?! Warten?! Auf was sollte ich warten? Sei keine Närrin, Dede Semid!»

«Vor morgen wird dem Kaiser dein Fall gewiß nicht vorgetragen», erinnerte Dede Semid behutsam.

«Was? Welcher Fall?»

«Der mit der Kette», erstaunte sie und verstand Roxelane nicht. Dachte die Herrin denn nicht mehr daran, daß sie des Kaisers Geschenk zurückgegeben und seine Entscheidung heraufbeschworen habe?

«Ach, die Kette!» sagte Roxelane jedoch nur, als sei das alles keiner Erwähnung wert.

Und damit nahm die Ungeduldige ihren Gang wieder auf: vom Fenster zur Tür und von der Tür zum Fenster.

Wie ein Tier im Zwinger, meinte Dede Semid bei sich.

Roxelane aber erschrak.

Wie nun, wenn Bolil überhaupt nicht käme, schoß es in ihr auf. Wenn er überhaupt keinen Auftrag habe? Wenigstens keinen Auftrag für sie, Roxelane? Wenn er gar der Überbringer eines Edlen Befehls an Saffieje sei?

«Nein!» schrie Roxelane ganz laut.

Sofort war die Freundin an ihrer Seite.

«Du mußt dich nicht fürchten», tröstete sie. «Gewiß wird der Kaiser dich nicht verbannen. Im Gegenteil! Er ist in seiner eigenen Person beleidigt worden und wird dir Genugtuung geben.»

«Wovon redest du nur immer!» schüttelte Roxelane Dede Semid aber ab. «Immer nur dies Gewäsch von der Kette? Und das bringst du vor, während er jetzt vielleicht bei ihr ist?!»

Dede Semid war ganz verwirrt.

«Bei wem?» fragte sie.

«Bei Saffieje natürlich, der Unverständige!» rief Roxelane. «Aber nicht wahr», fuhr sie nun wieder bittend fort, «ich denke manchmal an Dinge, die gar nicht sein können. Du siehst doch auch ein, daß es nicht sein kann!»

In Wahrheit aber sah Dede Semid nicht, wo anders Soliman hätte sein sollen als bei seiner Chasseki.

In bezug auf Roxelane baute die Gouvernante im Augenblick weit mehr auf Solimans Gerechtigkeit als auf seine Liebe. Was jedoch keinen Zweifel an der Freundin bedeutete, an die sie unerschüttert glaubte. Nur wie sich ihr Traum von Roxelanes Macht und Herrlichkeit jemals verwirklichen sollte – davon hatte Dede Semid keine Ahnung.

So erschien ihr denn auch Roxelanes Eifersucht auf Saffieje sehr verfrüht.

«Du hättest beten sollen», versuchte sie auszuweichen und zugleich zu beruhigen.

«Beten...?» wiederholte Roxelane auch wirklich, als sei das ein Ausweg. «Ja, beten.»

Langsam sank sie auf ihre Knie.

Ihre Lippen bewegten sich, aber kein Laut war zu hören.

Und nun berührte sie mit ihrer Stirn den Boden.

«Laß ihn mir!» betete sie zu ihrem und Serafims Gott. «Nur dies eine erfülle mir, lieber Gott! Nimm ihn mir nicht! Ich will dich nie mehr um etwas bitten, nur jetzt um dies eine!»

Dede Semid hütete sich, sie ihrer Versunkenheit zu entreißen, und als Schritte laut wurden, ging sie hinaus, daß man die Herrin nicht störe.

«Ich will mich nicht rächen», versprach Roxelane, «nicht am Tschokadar wegen seiner Saumseligkeit und an niemand. Nur laß ihn kommen, den Tschokadar, laß ihn jetzt kommen. Gleich!»

Noch lange betete sie so.

Als sie aber aufsah, fand sie ihr Gebet erhört.

Gerade führte Dede Semid den Tschokadar ein, und der

war auch tatsächlich der Überbringer eines Edlen Befehls, und dieser Befehl ging nicht an Saffieje.

Roxelane erhob sich.

Dede Semid dachte, die Herrin sei königlich in ihrer Haltung. In Wirklichkeit aber rührte das nur daher, weil Roxelane so gar nicht erstaunt war, den Tschokadar zu sehen. In ihren Vorstellungen war der liebe Gott ein Mann, der, wenn sie nur recht innig bete, sie schon nicht völlig im Stich lassen würde.

Und nun hatte der liebe Gott es so gefügt, daß der Sultan nach ihr verlange.

Wenn man nämlich von den höfischen Wortverbrämungen absah, war das der Inhalt dessen, was Bolil vorbrachte und was Roxelane so überaus glücklich machte! So sehr war sie es, daß sie einen körperlichen Schmerz darüber verspürte.

Das schönste aber war, daß der Befehl nicht an «Roxelane», sondern an «Churrem» ging. Was verschlug Roxelane die gelehrte Spielerei, der sie ihren Namen verdankte? Das gotische Krimvolk der Roxelanen, nach dem die Walide sie benannt hatte, war längst verweht, und nichts hatte sie mit ihm zu tun. Soliman aber war da, und für sie war überhaupt nichts da als nur er. Und von ihm hatte sie ihren neuen Namen: Churrem, Churrem Hanum ließ Soliman zu sich entbieten, wie «Churrem» der letzte, zärtliche Laut von seinen Lippen gewesen war.

Doch der Krampf, der sie festhielt, wollte sich nicht entspannen. Aus dem Schmerz der Freude wurde ein bohrendes Grübeln.

Churrem war sein letztes Wort gewesen. Dann jedoch hatte es nur noch Truppen und Krieg für ihn gegeben, und an sie hatte er mit keinem armseligen Wort mehr gedacht. Warum, warum hatte sie so leiden müssen, da es ihm doch ein leichtes gewesen wäre, sie fröhlich zu machen?

Wahrlich nicht vor einer Gurrenden, Heiteren, sondern vor einer schwarzen, verschleierten Gestalt, die stumm war, stand der Tschokadar. Ganz unsicher wurde Bolil.

«Ich stehe doch vor Churrem Hanum?» fragte er.

Dede Semid, die den Namen nie gehört hatte, wollte verneinen.

Doch Roxelane wehrte ihr.

«Es gibt keine Churrem», sagte Roxelane. «Ich bin Seiner Majestät niedrigste Sklavin. Wer bin ich, daß ich ihm widerspräche. Aber niemals wurde ich mit der kaiserlichen Gegenwart beehrt, niemals haben Seine Majestät mich Churrem genannt. Es darf nicht sein.»

Freude und Schmerz versanken, doch etwas Übermächtiges spannte sie neu und zwang sie zu kämpfen. Das war auch eine Lust; aber eine harte und kalte, die nicht wärmte.

Bolil hingegen roch den Krieg und gab sich geschmeidig. Vielleicht biete sich hier eine Gelegenheit, hoffte er, der schwarzen Konkurrenz in einer wichtigen Sache zuvorzukommen.

«Ich weiß nicht, worauf Euer Gnaden anspielen», beeilte er sich zu versichern. «Was es jedoch auch sein mag, so erreichte Seine Majestät meines Wissens noch kein Vortrag darüber, und wenn Euer Gnaden sich inzwischen mir anvertrauen wollten...»

Vollkommen von Hingabe angefüllt schien der Tschokadar, ein so großer Mann er sonst auch war. Er hatte Roxelane vor Soliman gesehen, und das gab ihm einen Vorsprung vor den anderen.

Doch Roxelane lehnte ab.

«Ich habe Ihnen nichts zu vertrauen», sagte sie, «aber ich danke Ihnen für Ihren Eifer.»

«Dann werden Euer Gnaden Seiner Majestät selbst...?»

«Auch das nicht!» unterbrach Roxelane. «Ich werde den Kaiser nicht sehen.»

«Roxela...»

«Roxelane» wollte Dede Semid sie mahnen, doch vor Erregung mißlang ihr der Ruf.

Dede Semid verstand nichts mehr. Ihr war, wie einem Menschen sein mochte, dem sich unerwartet die Pforten des Paradieses auftun und der sich doch durch ein Unerklärliches verhindert fühlt, es zu betreten. Sie wollte die Macht für Roxelane, und einen anderen Weg als den über Soliman gab es nicht.

«Mein Gesicht ist schwarz von mir angetaner Schmach», fuhr Roxelane unbeirrt fort. «So, wie ich bin, bin ich unwürdig der kaiserlichen Gegenwart.»

Und das war ihr letztes Wort an den Tschokadar.

Sie gab ihm mehr damit, als er zu erhalten gehofft hatte. Mit Genuß tat er einen Einblick in das große Spiel, das hier gespielt wurde, in das Spiel dieser Hanum, vor deren Kühnheit er Achtung empfand, wenn er sich auch nicht ganz darüber klar war, ob sie wirklich wisse, was sie da sprach.

Dede Semid aber war verzweifelt.

Und als sie erst wieder mit Roxelane allein war, lehnte sie sich gegen das Verhalten der Freundin auf, das schlimmer als das der Saffieje sei und das der Kaiser ihr niemals vergeben könne.

Ganz Gouvernante wurde sie wieder, die einer Guedlicki den Kopf zurechtsetzt. Mit solchem Nachdruck sprach sie, daß es nach ihrer Meinung einen Stein hätte überzeugen müssen. Aber die steinernen Wände gaben keine Antwort – so wenig wie Roxelane. Die war völlig verwandelt. Starren Blikkes saß sie da und hielt in ihren Händen einen Rosenkranz.

Doch es war leicht zu erkennen, daß nichts von Gebeten in ihr war und daß sie nicht einmal etwas von den bernsteinernen Kugeln wußte, die ihr durch die schmalen Finger glitten. Was Dede Semid auch sagen mochte, nichts drang bis zu Roxelane.

«Sie sollten sich schämen, Dame», warf ihr die Gouvernante schließlich als letzten Trumpf hin.

Da erst schlug Roxelane ihre Augen auf.

«Schämen?» fragte sie und sah ganz fremd dabei aus. «Was seid ihr Frauen doch für seltsame Geschöpfe! Sagtest du nicht selbst, es sei schändlich von ihm, einfach davonzugehen, ohne ein Wort über mich zu hinterlassen?»

«Ja, aber…»

«Ja, aber!» erbitterte sich Roxelane. «Und nun ich tat, was du nur sagtest, schiltst du mich! Das ist euer ‹ja, aber›! – Doch nicht deiner Worte wegen, die nur Schall sind, handelte ich so», fuhr sie fort, «das glaube nur nicht. Weil ich mich nach ihm gesehnt habe, tat ich es. Jede Stunde habe ich mich nach ihm gesehnt, jede Nacht. Nach einem Wort von ihm, nach einem Zeichen, nach einer winzigen kleinen Gewißheit, daß er meiner gedenke.»

«Aber er kam doch!» widersprach Dede Semid. «Und wie du siehst, kam er deinetwegen. Willst du mich glauben machen, daß ihn die paar elenden Kratzer auf deinem Gesicht gestört hätten? Das denkst du selbst nicht. Warum also beleidigtest du ihn durch dein Weigern? Warum gingst du nicht zu ihm, wenn du dich doch nach ihm sehntest?»

Roxelanes Augen verloren sich wieder ans Unsichtbare.

«Ich weiß es nicht», murmelte sie. «Ich weiß es nicht. – Oh, Dede Semid», brach es in plötzlicher Verzweiflung aus ihr heraus, «weißt du, warum ich es tat?!»

Dede Semid aber verschloß sich.

«Weil du ein unfrommes, überhebliches Geschöpf bist», eiferte sie, «deswegen zwang dich dein böser Geist zu dieser Torheit. Soll der Padischah, der Allahs Schatten auf Erden ist, etwa zu dir gekrochen kommen, und hat er dich nicht seiner Chasseki vorgezogen?»

Roxelane sprang auf.

«Das ist alles, was du zu sagen weißt?»

«Das ist alles», entgegnete Dede Semid kalt.

«Weil ich ein kleines Mädchen und eine Sklavin bin?»

«Es wird Zeit, daß du dich dessen erinnerst.»

«Und ich soll glücklich sein, weil er mich heute vorzieht und morgen eine andere und übermorgen Saffieje?»

«Du bist bevorzugt über Gebühr», erklärte die Gouvernante voll Mißbilligung.

«Das ist nicht wahr!» empörte sich Roxelane. «Denn ich bin eine Frau. Seine Frau. Und er ist ein Mann. Mein Mann!»

«Also doch?!» rief Dede Semid mit einem Gefühl, das zwischen Triumph und Eifersucht schwebte. «Ist das wahr?! Ist das wirklich wahr, Roxelane?!»

Doch Roxelane hörte sie nicht.

«Er ist mein Mann, und bevor er nicht leidet, wie er mich leiden ließ, eher kann es nicht wieder gut werden zwischen uns. Nie könnte ich mich frei fühlen und ihm gleich, wie ich sein muß, wenn ich lieben soll. Denn ich habe gelitten um ihn», fuhr sie fort. «Nur an ihn habe ich gedacht die ganze Zeit. Weißt du überhaupt, was es heißt, immer nur an den einen Menschen denken zu müssen, der nicht da ist? Der keine Nachricht gibt? Und der allen gehört?»

«Und nun er da ist und dich fordert, gehst du nicht zu ihm.»

«Hingehen? Nur damit er morgen wieder fort ist, und es ist wieder dasselbe? Und ich weiß seine Gedanken nicht und nicht, wie er mir wiederkehrt? – Ich kann nicht, Dede Semid!»

«Du kannst nicht?» wiederholte Dede Semid, und da ihre Eifersucht auf den Mann und auf Soliman sich inzwischen zu heller Flamme entfacht hatte, haßte sie jetzt, was ihre Sehnsucht gewesen war. So zog sie denn die Worte lang, weil sie treffen wollte, wie man sie getroffen hatte. «Du kannst es nicht? Du brauchst es auch gar nicht. Er ist der Kaiser und wird dich ein zweites Mal nicht vor sich fordern.»

«Sag es nicht!» bat Roxelane. «Ich kann es nicht hören!»

Der Ton war so flehend, daß Dede Semid wieder zu sich kam.

«Aber wenn er nun wirklich nicht schickt», murmelte sie voll Mitleid und Zweifel, «was wirst du tun?»

«Dann... oh, Dede Semid», Roxelane erhob sich und fiel der Freundin um den Hals, «dann werde ich sterben!»

Roxelane starb jedoch keinesfalls, und es hätte sich auch nicht feststellen lassen, ob sie gestorben wäre; denn... Soliman schickte zum zweitenmal.

Zuerst erschrak Dede Semid beim Geräusch der vielen Füße.

Die Abordnung war auch ernsthaft genug, obwohl nicht,

wie zu erwarten gewesen wäre, der Kislar Aga, sondern die Kiajai Harem an ihrer Spitze stand, die Obersthofmeisterin, die somit tat, was nicht ihres Amtes hätte sein sollen.

Wo war Lokman Aga, der Kislar? Und...

...wo waren die Stummen...?

Wenn jetzt Roxelane nicht folgte, würden sie kommen... die Stummen.

Doch Roxelane weigerte sich nicht mehr. Nur daß sie gerade noch ins Nebenzimmer und an ihren Spiegel eilte.

Aber nicht um die Spuren der Tränen zu tilgen, tat sie das. Durchaus nicht! Und wenn sie ein wenig frische Farbe auf ihre Lippen legte, so war sie sich dessen kaum noch bewußt, und es geschah mehr aus Gewohnheit. Sehr mit Bedacht dagegen hob sie ihre Linke und riß mit den scharfen Nägeln schnell noch einmal über ihre Wangen, auf daß die Narben, die sie Saffiejes unbeherrschten Händen verdankte, von neuem erglühen möchten.

Mit größter Befriedigung sah Roxelane, wie die Striemen sich zusehends röteten. Auch wehrte sie den Tränen nicht, die ihr aus einem lusterfüllten Schmerz rannen.

Dann verhüllte sie sich wieder.

Und nun war sie bereit.

Die Obersthofmeisterin hatte sich freilich gedacht, daß die Hanum die Zeit anders nützen würde, und es war das sichere Anzeichen einer gewaltigen Umwälzung, daß die Würdige es bei diesem kleinen Mädchen mit einer einfachen Vorstellung bewenden ließ.

Ob denn Churrem Hanum statt des Trauergewandes nicht lieber ein festliches Kleid anlegen möge, gab sie lediglich zu erwägen.

Doch Roxelane verneinte.

«Ich denke, Seine Majestät befahl», sagte sie. «Wir dürfen den Kaiser nicht warten lassen, Exzellenz!»

15

Er lässt mich warten», sagte Saffieje Sultana voll Kummer, «soweit ist es gekommen, daß er mich warten läßt!»

Fast schien es, als wolle der Kaiser innerhalb der besonderen Bezirke des Harems das Köschk Hebetullah zu seiner Residenz erheben. Dorthin hatte er jedenfalls Saffieje Sultana entbieten lassen, und nun wartete sie im Saal der Geheimen Audienzen. Es war derselbe, in dem Soliman Roxelane gefunden, wo sie sich auf der Flucht vor den Stummen in den Boden verkrallt hatte. Es war der Saal der glimmenden Teppiche und der klingenden Schale.

«Er läßt mich warten», wiederholte Saffieje traurig.

Niemand war bei ihr als ihre eigene Hofmeisterin und der Kislar Aga, der sie hatte bitten müssen und darum auch nicht bei Roxelane erschienen war. Als einen Getreuen ihrer Schwiegermutter zählte Saffieje ihn unbedenklich zu ihren eigenen Anhängern und verbarg sich ihm nicht.

«Seine Majestät werden sicher nur durch dringende Geschäfte zurückgehalten sein», tröstete die Hofmeisterin, «und Eure Hoheit dürfen nicht vergessen, daß Seine Majestät Eure Hoheit zu sich gebeten und damit unmißverständlich Höchstdero kaiserliche Zuneigung zu Eurer Hoheit haben zum Ausdruck bringen wollen.»

«Bisher brauchte ich nicht zu kommen», klagte Saffieje. «Immer noch war er es, der den Weg zu mir fand.»

«Mißverständnisse, die Seine Majestät vor dem Aufbruch ins Feld noch bereinigen wollen...»

«Ich hätte nicht kommen sollen!» unterbrach Saffieje ihre Hofmeisterin und stand auf. «Sie hätten mir das nicht zumuten dürfen», wendete sie sich dann an den Kislar Aga. «Sie hätten mir abraten müssen, Exzellenz!»

Lokman stellte diesen Vorwürfen sein undurchdringlichstes Gesicht entgegen.

Er gehörte Hafsa Chatun. Die war einmalig für ihn, und nicht nur als Sultana Walide. Und er gehörte Soliman, ihrem Sohn, den er – damals schon Kislar Aga – vor 28 Jahren auf seinen Armen Sultan Selim entgegengetragen hatte. Aber eine Sultana-Gefährtin, und sei es eine Chasseki, war nicht einmalig. Sie konnte gezwungen werden zu teilen, sie konnte verdrängt werden, sie konnte einer anderen Platz machen müssen.

Seit der Lahme Timur, Tamerlan der Mongole, Solimans Vorfahren Bajesid den Ersten besiegt und dessen rechtmäßige Ehefrau, eine serbische Prinzessin, gezwungen hatte, an der Männertafel zu erscheinen, zogen die Sultane es vor, möglichst nicht zu heiraten.

Auf diese Weise wollten sie die Wiederholung einer Schmach verhüten, wie sie Bajesid Jilderim, dem Blitz, widerfahren sei. Mochten die Damen, die das Bett des Sultans teilten, auch noch so hochgestellt sein – sie blieben immer «unter der Hand» ihres Herrn, blieben Beischläferinnen, unfrei und das Eigentum Seiner Majestät. – Selbst für eine Chasseki also setzte Lokman seinen Kopf nicht aufs Spiel.

Hätte er den Kaiser hintergangen, wie es Saffieje Sultana von ihm verlangte, säße er jetzt vielleicht schon beim Bostandschi Baschi, bei dem Mann, dem nicht nur das Korps der zweitausendfünfhundert Bostandschi, nämlich der Palastgärtner und Wächter, nicht nur alle Paläste, die Jagd und alle Lustboote, bis zur kaiserlichen Galeere unterstanden, sondern dem auch weniger heitere Aufgaben anvertraut waren.

Der Bostandschi Baschi mußte die peinliche Befragung vornehmen lassen, wenn die Anschuldigung sich gegen jemand richtete, der dem Serail angehörte, und ihm lag die Hinrichtung aller großen Persönlichkeiten ob, die sich des gleichen Vorzugs rühmen durften.

Der Kislar Aga aber erfreute sich in der Tat einer so bevorzugten Stellung, und er verspürte keine Lust auf das gefürchtete Zimmer beim Bostandschi Baschi, aus dem herauszukommen es für Würdenträger vom Range des Kislars nur drei Möglichkeiten gab. Der häufigste Fall war, daß sie es als Leichen verließen. Seltener geschah es schon, daß sie ihre Ernennung zum Beglerbey, zum Generalstatthalter einer entfernten Provinz, erhielten oder auch auf eine weniger höfliche Art verbannt wurden. Kaum jemals kehrten sie wieder in ihre bisherigen Stellungen zurück.

Lokman Aga hatte die Siebzig überschritten, und seit 30 Jahren war er Kislar. Warum sollte er gefährden, was er besaß, um vielleicht aus jenem Zimmer der Erwartung mit den Füßen voran hinausgetragen zu werden?

Er schreckte auf.

Was hatte die Sultana gesagt?

«Ich gehe», hatte sie erklärt.

«Unmöglich!» griff er ein; denn auch in diesem Fall ging es um seinen Kopf.

Außerdem dachte er an die Sultana Walide, und es war tatsächlich die einzige Chance, die deren begünstigter Schwiegertochter noch blieb: Saffieje Sultana mußte sich Soliman stellen und den Kampf ausfechten, den sie selbst heraufbeschworen hatte.

«Eure Hoheit werden es verschmähen, einer Begegnung auszuweichen, die notwendig geworden ist», fügte Lokman ernst hinzu.

Und feige war Saffieje durchaus nicht. Und ihrer Schönheit war sie sich ebenfalls bewußt. Wenn es daher so stehe, daß selbst der Kislar schon an ihr zweifele – dann wolle sie bleiben.

In diesem Augenblick dachte sie weniger an Soliman als daran, wie sie nach dem Sieg mit ihren Widersachern verfahren würde.

Es war der Augenblick von Solimans Eintritt. Seine Backenknochen zitterten vor verhaltener Erregung, aber trotzdem begrüßte er seine Chasseki mit beherrschter Stimme.

Sie hatte Solimans Besuch erwartet, und zum Zeichen, daß sie des Padischahs sei, die kaiserliche Farbe gewählt. Einen

Kaftan aus grünem silberunterlegtem Brokat mit weiten hermelingefütterten Ärmeln trug sie. Kein Gürtel unterbrach die von einer durchlaufenden Biese gestreckte Linie. Jaspisreifen umklirrten die herrischen Füße, über denen sich hellgraue Hosen bauschten. Um die nackten Unterarme schlangen sich Rubine, und das blauschwarze Haar krönte eine Großfürstinnen-Mitra aus Moskau, ein Geschenk des Wassili Johannowitsch, durch das sich der Eroberer Astrachans an ihr eine Freundin hatte erwerben wollen.

Und diese Frau habe auf Soliman warten müssen! wunderte sich der Kislar, der sich doch auf Frauen zu verstehen glaubte.

Weswegen?

Wegen eines Tatarenmädchens aus Bagdscheserai!

Ohne jede Förmlichkeit, also auch ohne Benachrichtigung des Kislar hatte sich Soliman sofort nach seiner Ankunft ins Köschk der Hebetullah verfügt, und sein Erstaunen hatte sich in Enttäuschung, seine Enttäuschung in Ungeduld und Besorgnis verwandelt, als er Roxelane dort nicht angetroffen hatte. Immerhin war das Mädchen nicht aus der Welt gewesen.

Doch dann war Roxelanes Weigerung gekommen, und nur deren Unbegreiflichkeit hatte den Kaiser vor raschen Maßnahmen zurückgehalten, obgleich der Bericht des Kislar Aga, der inzwischen erschienen war, die Sache um nichts gebessert hatte. Roxelane gebe Solimans Geschenk zurück? Roxelane komme nicht, wenn er rufe?

Sein Zustand war ein Schwanken zwischen Kummer und Wut gewesen, auch dann noch, als er aus einer ungefähren Witterung heraus, die er durch nichts hätte ergründen können, Saffieje Sultana um ihr Erscheinen hatte bitten lassen. Denn ob dem Kislar Aga nun auch etwas bekannt gewesen sein mochte – angedeutet hatte er nichts und schon gar nicht den Namen der Sultana genannt.

Soliman aber war von der unwahrscheinlichen Hoffnung nicht losgekommen, daß Roxelane sich rechtfertigen könne und daß diese Rechtfertigung mit der Sultana in Zusammenhang stehe. Ihm hatte davor gegraut, daß sein Ansehen, daß seine kaiserliche Stellung ihm im Hinblick auf Roxelane etwas Unwiderrufliches gebieten würden. Und wenn etwa im Männergetriebe und unter den Zelten seine Gefühle zu ihr zurückgetreten waren, jetzt, da er sie wenige Minuten von sich entfernt gewußt hatte, da war es ihm wieder überdeutlich und beängstigend klargeworden: er könne sie nicht verlieren, er dürfe sie nicht verlieren. Wenn Frauen doch einsehen würden, hatte er gebetet, daß Männer sich nicht in Götter verwandeln können, und Kaiser am wenigsten, weil gerade sie dem härtesten Zwang unterworfen seien. Und daß Roxelane, hatte er gefleht, es ihm doch ersparen möge, das trennende Wort sagen zu müssen, das, einmal ausgesprochen, ewig wäre wie Allah selbst.

Wie sie um ihn gebetet hatte, so betete er um sie. Er litt um sie, wie sie um ihn gelitten hatte.

Und nun stand er vor Saffieje.

Doch Roxelane? Warum kam Roxelane nicht?

Aber Saffieje war da.

Sie hatte ihm einen Sohn geboren, und viele Nächte hatte er bei ihr gelegen. Und wenn er auch entschlossen gewesen war, sie so bald nicht wiederzusehen – vergessen durfte er nicht. Als Mann nicht, als Kaiser nicht und als Soliman nicht.

So dankte er ihr denn für ihr Kommen und führte sie, die sich erhoben hatte, zu einem Sofa, auf dem er sich mit ihr niederließ.

«Lassen Sie uns allein», bedeutete er der Hofmeisterin und dem Kislar.

Sie aber, die nicht wußte, daß er nach Roxelane geschickt hatte, nahm seine Höflichkeit für Geneigtheit. An Roxelane dachte sie überhaupt nicht mehr, sondern nur noch an jenen Abend unter den Kolonnaden am Meer, wo sie ihrem Herrn den Rücken zugekehrt hatte.

Doch Soliman erwähnte nichts von ihrem Vergehen. Er sah sie mit einem Blick an, den Saffieje für Liebe hielt.

Schon sah sie ihren Triumph sich nahen. Ihretwegen sei er

von Kawak gekommen, jubelte sie. Sehnsucht habe ihn getrieben. Und in der Überzeugung, daß eine Versöhnung, für die sie keine Opfer zu bringen brauche, notwendig ihre Macht stärken müsse, beschloß sie den Angriff. – Soliman sei gekommen, und nun solle er auch bleiben! So wollte sie es. Wozu habe er einen Serasker, habe er Wesire und Paschas und Agas? dachte sie. Rhodos würde auch ohne ihn genommen werden.

Doch Soliman träumte mit offenen Augen immer noch von Roxelane und davon, ob es nicht töricht sei, auf ein verstocktes Mädchen zu warten, das seiner nicht achte? Darüber ergab es sich, daß der Herr zweier Weltteile und über mehr als dreihundert Frauen sich für den unglücklichsten Liebhaber in all seinen Reichen hielt.

Und dann verglich er: Von Bleiben spreche Saffieje? Einen Haremssultan wolle sie aus ihm machen? Das freilich hätte Roxelane niemals von ihm gefordert. Aber sonst! Saffieje sei schön...

Saffieje erbebte unter seinem Blick. Der Musselin ihres Ausschnitts spannte sich über einer stolz gewölbten Brust, an der er so oft geruht. Sie wußte es, und sie wußte auch, daß er daran dachte.

Er dachte noch mehr.

Sie sei gekommen, während die andere sich versagt habe. Saffieje sei da, die Sultana, die Erwählte seiner erlauchten Mutter. Zweifach verdanke er seiner Mutter sein Leben und so auch diese Frau. Und möge Saffieje eifersüchtig sein und voll Herrschsucht, so ruhe doch der Segen der Mutter auf ihr und somit der Segen Allahs. Und Allah habe Saffieje einen Sohn gegeben! Seinen, Solimans, Sohn. Von seiner Pflicht aber könne sie ihn niemals abwendig machen, dazu habe sie nicht die Macht über ihn, vielmehr werde sie immer warten, bis er komme, und er werde Ruhe finden in ihren Armen, die Ruhe, die ihm für sein Amt als Hort und Felsen des Islams not sei. Wogegen die andere, die Störrige, Trotzige, nur Zwist mit der Mutter über ihn bringe, der zu gehorchen ihm Sohnespflicht und die Liebe und Dankbarkeit seines Herzens gebiete, und Unruhe bringe sie über ihn, die andere, die ihn verzehre wie die Flamme das Wachs und vor der er nicht sicher sei in seinen Zelten und unter seinen Fahnen.

«Saffieje...» wollte er sagen... Da vernahm er ein Geräusch.

Und dann füllte sich der Saal ganz nach der Ordnung mit Personen, wie sie im Zeremonial vorgeschrieben waren für den Fall, daß der Padischah eine Hanum zu sich entbot.

Eher als Soliman, der das alles veranlaßt hatte, bemerkte aber Saffieje, was geschah. Sie erhob sich, weil sie wußte, daß sie bezwingender war, wenn sie stand. Und nun reckte sie sich, schön, jung, strahlend, im königlichen Glanz und voll stolzem Glauben auf die wiedergewonnene Liebe ihres Herrn.

Soliman aber hielt sich allein, durch manchen Schritt von ihr getrennt – von ihr, von ihnen. Er stand steil und schlank. Seine Zähne hörte er aufeinanderschlagen; aber bändigen konnte er sie nicht, und es war gut, daß er sich weitab hielt und im halben Licht. So wirkte er wie eine Säule und war stumm.

Vor den anderen, deren Amt ihnen gebot, hierzusein, knieten zwei schwarze Gestalten. Es mochten alte oder junge sein, es war nicht zu sehen. Nichts war von ihnen zu sehen, nicht einmal die Augen. Denn heute geschah alles, wie es recht war: Die Frauen verneigten sich nach der Vorschrift mit gekreuzten Armen und beugten sich tief.

Nichts konnte Soliman an ihnen aussetzen als dies eine: daß er nicht wußte, wer sie waren.

«Churrem Hanum», flüsterte die Obersthofmeisterin mehr, als daß sie es meldete.

«Stehen Sie auf, Dame», hörte Soliman sich sagen, und ihm war, als habe ein anderer die Laute geformt.

Es gehörte nicht zur Pflicht des Tschokadars; dennoch eilte er herbei und griff der Dame zusammen mit Dede Semid unter die Arme, und dann verfügten sich beide, Dede Semid und der Tschokadar, in den Hintergrund.

Denn auch der Mantelträger des Sultans hatte auf Roxelane gesetzt. Saffieje merkte es sich mit gerunzelten Brauen.

Roxelane aber stand allein vor Soliman.

Er zwang sich zu einem leichten Spötteln.

«Ihr Gesicht sei schwarz vor Schmach, ließen Sie mir sagen», begann er. «Aber ich erblicke nur Ihren Schleier, und der ist schwarz. Belieben Sie, ihn fortzunehmen, Dame.»

Doch Roxelane rührte sich nicht und sagte auch nichts.

Trotz dieser offenkundigen Auflehnung vermochte Soliman sich noch so weit zu beherrschen, um die Obersthofmeisterin heranzuwinken.

«Sie haben die Liebenswürdigkeit, der Dame zu helfen», befahl er.

Die Exzellenz verneigte sich tief vor Soliman und dann sehr leicht vor Roxelane.

Und sie möchte wohl mit diesem Mädchen, empörte sie sich innerlich, einmal hinter gepolsterten Türen und unter vier Augen allein sein. Denn offenbar habe es die Gouvernante Dede Semid zur rechten Zeit an der nötigen Strenge fehlen lassen. Und es sei jammerschade, daß es nun für die Rute bei diesem Geschöpf zu spät sei – dachte Ihre Exzellenz.

Laut aber sagte sie: «Seine Majestät haben befohlen», und schlug Roxelanes Schleier zurück.

Dede Semids Gedanken gingen jedoch andere Wege als die ihrer hohen Vorgesetzten. So viel kannte sie von Frauen und Mädchen, um zu wissen, wie echt Roxelane in ihrem Kummer, in ihrem Zorn und ihrer Leidenschaft gewesen war. Auch als Roxelane den Tschokadar fortgeschickt hatte, war sie blind ihrer Eingebung gefolgt. Und nun ergab sich das Wunder, daß die Rechnung aufging, als habe eisklare Überlegung sie gefügt. Dede Semid glaubte zu erkennen, daß in Roxelanes Trieben eine unbegreifliche Weisheit sei, und die habe die Freundin auch diesesmal wieder das Richtige tun lassen.

Selbst die prächtige Saffieje sah jetzt, daß sie es in der trauernden Roxelane – und gerade in der trauernden! – mit einer ernsthaften Gegnerin zu tun habe, und ihr Verstand sagte ihr, daß Grund sei, vor der Nebenbuhlerin zu zittern.

Wie Roxelane vor Soliman stand, den Kopf in Scham gebeugt, mit der gut beleuchteten flammenden Narbe auf ihrer Wange und einer einsamen Träne, die beredter war als alles Schluchzen – da hätten ihr nur wenige Männer widerstehen können.

Und zu diesen Männern gehörte Soliman nicht.

Mit Entsetzen erblickte Saffieje, wie der Zorn auf Roxelane von seinem Antlitz wich. Und tatsächlich quoll auch ein Mitleid in ihm auf, das ihn völlig erfüllte. Uferlose Zärtlichkeit und wilder Drang zu beschützen wohnten diesem Mitleid inne, der Drang, Roxelane zu beschützen.

«Wer hat das getan?» fragte er.

Roxelane schwieg. Alle schwiegen.

«Wer hat das getan?!» wiederholte Soliman.

«Ich!» sagte Saffieje und trat ihrem Gatten entgegen.

Mit ihrem ganzen Leib und ihrer ganzen Seele fühlte Roxelane, mehr noch, als sie es wußte, daß es jetzt um die große Entscheidung ihres Lebens gehe.

Sie fühlte den Willen und den Glauben der Menschen ringsumher sich scheiden, sich bekämpfen, sich verbünden, fühlte, wie ihr von Dede Semid Hilfe kam und wie der Glaube der Freundin den von anderen ihr gewann.

Selbst aber tat sie nichts und stand nur stumm inmitten des Raums, scheinbar ohne Willen und nur der Gegenstand, über den verhandelt wurde.

Und sie wollte doch.

Sie wollte Soliman, wie Saffieje ihn wollte. Und so war es in Wirklichkeit Soliman, um den zwischen ihr und Saffieje gekämpft wurde. Fast körperhaft empfand sie sich in diesem Kampf von den geheimnisvollen Kräften umringt, die Mohammed die Dschinn nannte, Geister, aber Untertanen Allahs auch sie. Roxelane zog sie an sich, sog sie auf und schleuderte sie als unbändige Willenskraft wieder aus sich heraus.

Sie wollte Soliman und wollte ihn für sich allein. Dieser Wunsch war unabänderlich und so stark, daß nichts anderes ihn abschwächen konnte.

Dennoch war dies andere da: die Achtung vor der Gegnerin, die ihr Leben verteidigte, die Scham über ihr eigenes Spiel mit den Narben. Aber ungeschehen hätte sie es nicht machen wollen. Sie stand im Kampf und konnte ihre Waffen nicht wegwerfen. Sie hatte keine anderen.

Und so war es denn weiser, stumm zu sein, als zu reden.

Saffieje aber konnte ihre Kräfte nicht in sich versammeln, um sie dann erst wirken zu lassen. Ihre Leidenschaft war nicht stark genug. Sie konnte nicht schweigen. Ihre Leidenschaft mußte heraus. Und daher sprach Saffieje.

Sie sprach von der Närrin, die keine sei, die den kleinen Prinzen zu unanständigen Spielen verlocke. Von unerlaubten Künsten sprach sie, die dabei gebraucht werden, und zuletzt nannte sie Roxelane geradezu eine Hexe.

In der Christenheit hätte ein solcher Vorwurf tödlich wirken können. Über den Beherrscher der Gläubigen vermochte er nichts.

«Jeder vom Islam Erleuchtete weiß», sagte Soliman, «daß es Allahs Sache ist, wenn er dem einen mehr geben will als dem andern.»

«Eine Hexe!» grollte Saffieje.

«Wußten Eure Hoheit nicht», fragte Soliman, «daß ich die Dame, die Sie eine Hexe nennen, erhöht habe? Als Sie die Hanum schlugen, trafen Sie mich.»

Wie sehr hatte er noch vor wenig Zeit gebangt, sein kaiserliches Ansehen behaupten zu müssen, und wie schnell bediente er sich jetzt dieser Ausflucht!

Da stand, mit allem geschmückt, eine zornige, leidenschaftliche Königin vor ihm – sollte ihretwegen ein Mädchen in Trauer weinen?

«Soliman...» sagte Saffieje, und das war ein Flehen.

Er aber hob beide Hände mit den Innenflächen gegen sie, und das war das Zeichen einer unwiderruflichen Entlassung.

Es war das Zeichen, daß der Kislar Aga und die Kiajai Harem Ihrer Hoheit unter die Achsel griffen, was eine Gebärde der Ehrfurcht, aber auch so gut wie eine Verhaftung war.

Für die Spanne eines Atemzugs sah es aus, als wolle sich Saffieje ihrem Herrn zu Füßen werfen. Es war nur für die Zeit eines Blitzes. Aber sie reichte hin, dem Mann mit seinem Zorn auch seine Unverwundbarkeit zu nehmen.

Saffieje litt.

Sie war die Mutter seines Sohnes, die Gefährtin vieler Tage und Nächte. Nun litt sie um ihn, und das machte ihn traurig.

Und Roxelane machte es traurig.

Denn in diesem Augenblick konnte Soliman nichts fühlen, was sie nicht mitempfunden hätte. Sie hatte gesiegt. Auf dem Gipfel ihres Triumphs jedoch traf sie wie ihn ein Schmerz. Roxelane konnte ihre Feindin nicht hassen.

Für beide war es gut, daß Saffieje sich aufraffte und mit ihrem letzten Stolz und ihrer letzten Kraft das Zimmer verließ.

Ein Wink Solimans genügte, daß alle ihr folgten.

Alle waren Saffieje gefolgt, nur nicht Roxelane.

Soliman und Roxelane hoben ihre Blicke zueinander auf.

Sie waren noch jung und erlebten zum erstenmal mit Bewußtsein, daß jedes Leben Leben vernichtet und jedes Glück ein anderes Glück. Das aber brachte die laute Lust in ihnen zum Schweigen.

Roxelane begann.

«Ist es gut, was wir taten?» fragte sie.

Sie sagte «wir», und doch hatte sie, solange Saffieje da war, nicht einmal eine Bewegung gemacht.

«Ich weiß es nicht, Churrem», sagte er.

«Sie liebt dich.»

«Sie liebt mich», wiederholte Soliman, «doch mehr noch liebt sie sich selbst, ihren Stolz, ihre Schönheit und daß sie dereinst die Walide sein wird, wenn sie mich überlebt. Das liebt sie!»

Mit einem Hinundhergleiten ihrer Rechten wischte Roxelane diesen Satz in der Luft wieder fort.

«Was wir auch lieben, wir lieben immer uns selbst.»

Sie wußte nicht, warum sie es sagte; aber sie sagte es.

«So kommt es darauf an», entgegnete er, «den Menschen zu finden, den zu lieben uns der Vollendung am nächsten bringt.»

Nach diesen Worten Solimans schwiegen sie beide. Denn obwohl sie hatten, was sie wollten, wagten sie doch nicht, es zu berühren. Sie waren wie Adam und Eva vor der verbotenen Frucht.

Als erste jedoch sprach wiederum Roxelane.

«Was sollen wir tun...?» versuchte sie ihn.

Da aber fühlte er sich als Mann angerufen.

«Was uns Allah befiehlt», entschied Soliman.

«O Soliman», rief sie, «wie sehr ich dich liebe!»

Und als sie das rief, lag sie bereits in seinen Armen.

Am folgenden Morgen erbat der Kislar Aga im Allerhöchsten Auftrag eine Unterredung mit Saffieje Sultana.

Wo Ihre Hoheit geruhe, künftig zu residieren, fragte er sie. Alle kaiserlichen Paläste seien zu Hochdero Verfügung, nur nicht der eine: das Neue Serail.

Saffieje wurde weiß, als sie diese Frage vernahm, aber ihre Haltung verlor sie nicht mehr.

Sie ging ins Alte Serail zu ihrer Schwiegermutter Hafsa Chatun.

Auch zu Roxelane kam Lokman Aga, der Kislar.

Er führte zwei hohe weiße Eunuchen bei ihr ein, den Chasinedar Baschi, den Schatzmeister des Serails, und den Chaßoda Baschi, den kaiserlichen Ankleider, der des Sultans Siegel trug.

Diese Herren brachten ihr eine Verleihungsurkunde auf den Namen Churrum Hanum. In dieser Urkunde wurden ihr die Einkünfte aus den beiden Inseln Tenedos und Imbros als Paschmalik, als Schleier- und Pantoffelgeld, übertragen.

Außerdem bekam sie das Köschk der Hebetullah.

16

Erst nach dieser zweiten Nacht mit Soliman empfing Roxelane alle Ehren, die ihr als dem Gefäß kaiserlicher Glückseligkeit zukamen.

Zugleich hob ein allgemeines Aufwarten an.

Diesmal allerdings schickten die Damen keine Eunuchen und Dienerinnen, sondern kamen selbst. Und ebenso erschien auch der Weiße Dienst mit Geschenken.

Auch Bolil Aga kam, der Tschokadar. In ihm lernte Roxelane einen gescheiten Menschen kennen, und bald hatte sie ihn so weit ermuntert, daß er ihr gegenüber seine kleinen Ironien, die seinem bartlosen Gesicht so manches Licht aufsetzten, nicht mehr verbarg.

Doch auch die anderen weißen Großeunuchen machten ihre Aufwartung, unter ihnen der Kapu Aga, der Obersthofmeister, selbst, der ihr einen kostbaren venezianischen Spiegel verehrte.

Die bei der Hohen Pforte zugelassenen Bailos, die Konsuln der Seestaaten, schickten natürlich ebenfalls ihre Geschenke. Allen voran der Schutzstaat Ragusa, aber auch Venedig, Florenz, England und Frankreich.

Es konnte auch nicht ausbleiben, daß die Wesire und Großwürdenträger sowie die Agenten der Beglerbeys, der von Konstantinopel entfernten Generalstatthalter, sich genau wie die anderen um das Wohlwollen der Herrin bemühten.

So viel kam zusammen, daß Dede Semid, die mit dem Rest

ihrer Zöglinge Roxelane zur Dienstleistung überwiesen worden war, genug zu tun hatte, alles in Empfang zu nehmen und in Listen einzutragen. Roxelane selbst behielt sich die Besichtigung für später vor, und nur ein Geschenk ließ sie sich gleich zeigen, die Spende Mohammed Girais, des Khans der Krim. Sie bestand aus vier erlesenen Schwarzfüchsen von unschätzbarem Wert. Ursprünglich mochten die Füchse wohl für Saffieje bestimmt gewesen und erst im letzten Augenblick vom Sachwalter des Khans der Nachfolgerin zugewendet worden sein. Nachdenklich vergrub Roxelane ihre Hände in den aufreizenden Fellen. Wo mochten die Tataren sie erbeutet, wem sie abgejagt haben, wie viele Leben außer denen der Füchse selbst hatten sie wohl gekostet? Und dann tastete ihre Rechte nach Mohammed Girais anderem Geschenk, dem dürftigen Medaillon, das Serafims Kreuzchen enthielt.

Nichts machte ihr die Höhe ihres Aufstiegs so sinnfällig wie der Unterschied zwischen dem armseligen Schmuckstück, das einst ihr, einem halben Kind und einer Sklavin, überlassen worden war, und dem kostbaren Geschenk, mit dem der Geschäftsträger Seiner Hoheit die große Dame den Interessen seines vornehmen Auftraggebers geneigt machen wollte.

Kaum ein Jahr lag zwischen damals und jetzt.

Wenn man Roxelanes Schicksal mit Dede Semids Augen betrachtete, war viel, doch nicht alles gewonnen. Denn das Alte Serail hüllte sich in ein Schweigen, das man nur als feindselig deuten konnte. Im Alten Serail residierte Saffieje und herrschte Hafsa Chatun. Nach Hafsa Chatun aber, der Sultana Walide, richtete sich die kaiserliche Familie. Keine von Solimans Schwestern oder Tanten hatte es als nötig angesehen, Roxelane auch nur die geringste Anteilnahme zu bekunden, keiner der Höflinge der hohen Mutter war bei ihr erschienen.

Roxelane freilich war zu sehr von Soliman erfüllt, um sich ihr Glück durch etwas trüben zu lassen, was ihrer Freundin Dede Semid fast jede Freude an den ehrenvollen Geschenken vergällte. Als dann jedoch Kira Sultanas Einladung eintraf, empfand sogar die Herrin eine kleine Genugtuung.

Denn daß Dede Semids Jubel grenzenlos war, verstand sich von selbst. War Frau Kira doch zur Zeit die einzige Sultana im Neuen Serail und damit auch die Erste Dame des Kaiserpalastes. Und natürlich verlangte Dede Semid für diesen Besuch das Äußerste, was an Prunk nur aufzutreiben war.

In neun Sänften sollten sich Roxelane, Dede Semid und die Ehrenfräulein zum Konak Ihrer Hoheit tragen lassen, das ganze Personal des Köschk Hebetullah sollte aufgeboten und vom Kislar Aga ein Großes Geleit angefordert werden.

Zu Dedes Leidwesen beschloß Roxelane es anders.

Sie gedachte der Frau, die ihrer verstorbenen Knaben und ihres lebendigen Gatten beraubt war, und verbat sich jede Begleitung außer der ihrer Ersten Gesellschafterin.

Auch in ihrer Kleidung vermied Roxelane jeden Überfluß, vor allem aber die kaiserlichen Farben Grün und Rot. Eigens zu diesem Besuch ließ sie sich ein neues, heliotropfarbenes Gewand anfertigen, dessen einziger Schmuck ein Besatz aus Mohammed Girais Füchsen war. Und gerade so viel legte sie von ihren Juwelen an, um bei der hohen Gastgeberin den Eindruck nicht aufkommen zu lassen, als achte sie deren Einladung gering. Mehr nicht.

Sobald Dede Semid jedoch ihre Herrin erst begriffen hatte, tat auch sie ihr möglichstes, um Einfachheit mit erlesenem Geschmack in Einklang zu bringen. Alle ihre Mädchen bewunderten sie, so prachtvoll sah Dede Semid aus. Zu mattrosa Hosen ging sie schwarz, und einen besonderen Reiz übte das schwarze Florhemd aus, das eine leise Ahnung von ihrer immer noch schönen Brust durchschimmern ließ. Aufgehellt aber wurde das dunkel umzauberte Geheimnis durch eine schwere und reiche Kette aus venezianischem Rosenquarz, die ihr Hals und Brüste mehrfach umschlang.

Keine schwarzen Eunuchen empfingen die Damen. Bei einer Sultana wäre selbst der Anschein einer Überwachung unziemlich gewesen. Reichgeschmückte Mädchen geleiteten die beiden durch Zimmer, deren unleugbare Pracht die Herrin des Köschk Hebetullah und deren Begleiterin nicht mehr zu erschüttern vermochte, bis Roxelane und Dede Semid gebeten wurden, in einem sofaumhegten Gemach Ihre Hoheit zu erwarten.

Dede Semid erfaßte die Lage sofort und flüsterte ihrer Herrin zu, daß Frau Kira nur deswegen noch nicht anwesend sei, weil sich die hohe Dame offenbar nicht darüber habe klarwerden können, ob sie bei Roxelanes Eintritt als Gastgeberin aufstehen oder als Sultana sitzen bleiben solle – eine Frage der Etikette, die Roxelane wenig berührte. Denn besaß sie auch das schönste Köschk und gehörten ihr auch die Inseln Tenedos und Imbros, so war sie doch zweifellos keine Sultana, und daß Frau Kiras Mädchen sie mit «Euer Gnaden» ansprachen, war mehr ein höfischer Brauch als ein verbrieftes Recht.

Doch nun war es soweit: die Türen öffneten sich. Mädchen stellten sich auf, an Eunuchen war kein Mangel, eine Hofmeisterin kündigte die Sultana an, die sich dann auch zwischen dem Spalier ihres Vortritts dem Besuch näherte. Trotzdem nun die hohe Dame den versinkenden Gast huldreich zu sich emporzog und mit einem Kuß begrüßte, konnte sich Roxelane nicht des ketzerischen Gedankens erwehren, wie unsicher sich Frau Kira doch fühlen müsse, um ihr, einer kleinen Hanum, gegenüber solchen Aufwand zu entfesseln.

Nichts blitzte an Roxelane oder Dede Semid. Kira Sultana war dagegen, ungeachtet der Trauer um ihre beiden Prinzen, mit Diamanten übersät, und auf ihrem Talpotsch stak die Reiheragraffe ihres hohen Ranges.

Die arme Kira, dachte Roxelane.

Solimans erste Frau war eine Beute der bosnischen Grenze gewesen, aus jenem beständigen Kleinkrieg, der die Zeit zwischen den Kriegen erfüllte. Ihr Vater, ein Herr aus der Steiermark, hatte sein Lehen in Kroatien gehabt, und ob er nun gefallen war oder den Aufenthalt seines Kindes nicht hatte ausfinden können – jedenfalls war kein Lösegeld von ihm gekommen.

Dann aber wäre es auch schon zu spät gewesen.

Inzwischen hatten sich nämlich die Eunuchen des Mädchens angenommen.

Mit ihrem flachsigen Blond, den blaßblauen Augen, der schneeigen rosig angehauchten Haut über den ebenso regelmäßigen wie molligen Formen war sie allerdings auch so recht das, was Eunuchen, zumal schwarzen, als weibliche Schönheit vorzuschweben pflegte.

Diese liebenswürdigen Leute waren es zuletzt auch gewesen, durch die sie dem prinzlichen Knaben Soliman, der selbst nicht gewählt hatte, ins Bett gelegt worden war. Alles in allem hatte Frau Kira also eine glatte und überaus erfolgreiche Laufbahn hinter sich. Ohne viel eigenes Dazutun war sie auf den höchsten Gipfel gehoben und dann ... allein gelassen worden.

Ihre beiden Söhne lagen bei Solimans Vater Selim begraben, und ihren Mann hatte Saffieje bekommen, und jetzt besaß ihn vermutlich jenes kleine Mädchen, das so bescheiden vor ihr stand.

Bei allem Phlegma hatte diese hübsche Frau von noch nicht dreißig Jahren einen ganz gesunden Menschenverstand, und so überschätzte sie ihre Lage nicht. Um aber das Leben einer Witwe zu führen, war sie noch zu jung. Es ergab sich also ganz von selbst, daß sie nach einer Chance suchte, die ihr Saffieje nie gegeben hätte, die ihr jedoch – vielleicht – diese Junge noch einmal bieten würde? Denn mochte es auch den Anschein haben, als sei das Mädchen Kiras natürliche Feindin, so hatte Roxelane doch gegen Saffieje gekämpft, sogar mit mehr Glück als Kira gekämpft – und das verband sie beide.

Trotz dieser etwas schwelenden Hintergründe wurde aus der Unterhaltung bei Kaffee, Zuckerwerk und Sorbet allmählich noch ein ganz artiges Damengespräch, das wegen der vielen Worte, die gar nichts sagten, höchst bemerkenswert war.

Doch dann beehrte Kira Sultana ihren Gast mit einem Zeichen großer Herablassung. Sie beschloß, Roxelane ihre Wohnung zu zeigen. Säle, in die das Licht durch offene Kolonnaden einströmte, verhangene Gemächer, Musik- und Tanzzimmer wechselten in großer Zahl einander ab. Auch das herrliche Bad Ihrer Hoheit wurde geöffnet und schließlich das Schlafzimmer mit den Ankleidezimmern. Und die machten den Eindruck einer Unordnung, als wenn ihnen noch der Duft der Herrin anhafte, deren Ankleiden und Schmücken sie widerspiegeln sollten.

Die seidenen Decken des himmelweiten Bettes waren zurückgeschlagen; überall aber auf den Sofas und niedrigen Sesseln lagen Gewänder des Tags und der Nacht und eine Fülle kostbaren Schmucks. Große Schätze waren das – wie durch einen Zufall dahin gewirbelt, wo sie gerade lagen.

Doch Roxelane merkte wohl den Fleiß, der diese Unordnung hervorgerufen hatte, und verstand, daß sie, das kleine Mädchen, sehen sollte, was sie sah: Kiras Reichtum und Herrlichkeit.

Denn nun begann die Sultana zu erklären.

Diesen Tscheprast bekam sie von Soliman, als der Tag ihrer Hochzeit mit ihm sich zum erstenmal jährte – jenes Diadem bei der Geburt ihres ältesten Sohnes...

Es war alles wohlberechnet gewesen. Nur daß sie jetzt weinen mußte – daran hatte sie nicht gedacht.

Und Kira weinte. Roxelane aber kniete vor ihr und streichelte die Hände der Mutter, die ihre Söhne verloren hatte. Dies Schicksal war schwerer als das der Saffieje, die ihren Mustafa behielt, und diesen Schmerz hatte Roxelane nicht verschuldet.

Kira Sultana umschlang sie.

«Die im Alten Serail», schluchzte sie, «haben mich verdrängt. Sie haben mir die Liebe unseres Herrn gestohlen! Und auch Sie werden sie verdrängen wollen. Sie müssen sich wehren, hören Sie, besser, als ich es konnte. Sie sollen mich rächen, indem Sie sich behaupten! Und wir müssen Freundinnen werden, wollen Sie?»

Als die beiden Damen dann zurückkehrten, bemerkte niemand an Ihrer Hoheit etwas von verweinten Augen.

Vielleicht würde sie von Soliman andere Kinder haben,

dachte sie, und ihr Denken bewies, wie wenig sie von Roxelane wußte. Sie sei nicht wie Saffieje verstoßen, war jedoch Kiras Meinung. Immer noch sei sie Solimans Frau und im Neuen Serail, und die Gebote des Korans werde der Kaiser niemals verletzen. Wenigstens in den Nächten des heiligen Freitags gehöre er ihr, seiner nunmehr einzigen Sultana, tröstete sie sich voll Hoffnung.

Denn sie war wohl bereit zu teilen, aber keineswegs bereit, auf ihren Anteil an Soliman zu verzichten.

Eines aber blieb von Kiras Herzenserguß: eine große Vertrautheit zwischen ihr und Roxelane. Und als nun die Mädchen des Gefolges vor den Herrinnen sangen und tanzten, ergab es sich von selbst, daß Kira die Vorzüge jeder einzelnen pries. Roxelane möge sich nur aussuchen, welche sie wolle, sagte Ihre Hoheit, sie, die Sultana, schenke sie ihr.

Roxelanes bescheidene Ablehnung ließ Kira nicht gelten. Vielmehr lud sie ihren Gast ins Bad ein, wobei Roxelane die Mädchen zugleich auch nackt sehen und um so besser ihre Wahl treffen könne.

Überhaupt ließ Kira Sultana es an Höflichkeit gegen Roxelane nicht fehlen, und so gestand sie ihr auch die Ehren der Wohlgerüche zu. Zum Abschied wurde die Geehrte von knienden Mädchen damit bestäubt, bis schließlich eine Umarmung und ein Kuß den Besuch beendeten.

Für Dede Semids Eifersucht war es die höchste Zeit. Dennoch konnte auch sie sich nicht verhehlen, welch unschätzbarer Vorteil darin liege, daß eine richtige Sultana durch ihre ehrenvolle Einladung den Familienbann um Roxelane gebrochen habe.

Die Macht der Walide mochte groß sein; aber im Neuen Serail, dem Sitz der Herrschaft, hatte sie künftig mit Widerständen zu rechnen, und das sollte sich noch als recht unangenehm für sie herausstellen, weil Kira Sultanas Beispiel nicht allein blieb.

17

Es war wenige Tage nach jenem sechzehnten Juni, an dem sich Soliman ins Feld begeben hatte. Der ganze Vormittagsglanz eines Sonnentages lag über dem Marmarameer, einem Haarwuschel und einem Boot.

Im Boot saßen, hübsch bis zum Kinn hinauf in ihre Kleider gehüllt, zwei Mädchen und stritten sich. Denn Nino, die eine, die auf einer griechischen Insel groß geworden war, heischte für ihre Kunst des Bootlenkens und Ruderns Bewunderung, und die wurde ihr von ihrer Gefährtin nicht willig genug gezollt.

Außerdem befanden sich im Boot noch ein Laken, einige Tücher, eine Hose, ein Hemd und anderes.

Der Haarwuschel aber war ein weibliches Wesen und schwamm weit voraus.

Und ihm gehörten auch die einer Dame so notwendigen Kleider im Boot.

Wenigstens hielten die Mädchen sie für notwendig, und Dede Semid war derselben Meinung, und überdies jede, die mit dieser Sache zu tun hatte und nicht gefragt worden war.

Aber Roxelane war nun einmal in den gegenwärtigen heißen Tagen die barbarische Lust nach einem Bad im Freien angekommen, ein Gelüste, durch das sie das Erstaunen aller Gutgesinnten ihrer Umgebung erregt hatte.

Besaß die Herrin nicht Wannen genug in ihrem Palais? Gab es nicht außerdem zwei hallenweite herrliche Dampfbäder im Harem, in die sie mit ihren Mädchen hätte gehen und wo sie sich außerdem noch mit Kira Sultana hätte treffen können? Fehlte es, wenn sie des Harems überdrüssig geworden war, etwa an Moscheen in Konstantinopel, zu denen fromme Gemüter ebenfalls derartige Bäder gestiftet hatten? Und wenn sie durchaus wie die Frau eines Lastträgers oder Wasserverkäufers ins Meer steigen mußte – konnte sie dann nicht wenigstens wie alle anderen bis zum August warten, um in einem langen Gewand unter angstvoll fröhlichem Kreischen auf eine mehr frauenhafte Weise ins Wasser zu gehen?

Das alles freilich hätte Roxelane tun können. Aber sie war weder auf marmorne Becken noch auf Dampfhallen und Fontänen aus gewesen, sondern eben nur aufs Schwimmen. Genau so wollte sie wieder einmal schwimmen, wie sie das im Dnjepr getan hatte, und daß sie das nicht im langen Hemd bewerkstelligen konnte, war klar.

Ebenso gewiß war aber auch, daß ihr die Gegenwart von Eunuchen bei dieser Extravaganz nicht beliebt hatte, weswegen denn die Mädchen mitgenommen worden waren.

Und überhaupt: so sei die Herrin nun, einigten sich die beiden Fräulein, manchmal müsse man geradezu denken, sie halte es mehr mit den ungeschliffenen Sitten des Westens, während sie in Wahrheit doch eine gebildete türkische Dame sei. Zum Baden freilich solle sich dem Vernehmen nach in Italien oder Deutschland oder sonstwo weit dahinten niemand von diesen Unsauberen jemals verstehen. Wogegen nach den Berichten wiederum Karl der Fünfte, den die Abendländer einen Kaiser und die Hohe Pforte König von Spanien nennen, unter dem Vortritt einer Reihe hübscher Mädchen in seine Stadt Antwerpen eingezogen sei, alles Töchter der ersten Familien und genauso pudelnackt, wie man sich im Dampfbad bewege und wie die Herrin da vorne schwimme. Und aus diesem Grund kam Roxelanes weibliches Ehrengeleit zu der Überzeugung, jene schrecklichen Antwerpener Mädchen müssen vorher doch wohl gebadet gewesen sein. Wie denn allerdings die Leute im nordischen Flamland nicht ganz so armselig seien wie sonst die Ungläubigen und daher, worüber man genaue Nachrichten habe, auch baden. Selbst hierbei jedoch zeige sich einmal wieder die ganze ungläubige Natur dieser Menschen; denn dort baden Männer und Frauen gemeinsam, was eine große Schande sei.

Doch nun blitzten voraus weiße Arme und Beine auf, die in übermütiger Lust das funkelnde Wasser zerschäumten.

Und kurz darauf war Roxelane völlig verschwunden, und die Mädchen hielten den Atem an, bis sie die Herrin ganz woanders wieder auftauchen sahen.

Nach der fast zweistündigen Fahrt in einem schön geschnitzten, aber reichlich harten Wagenkasten hätten ihr die jungen Damen den freien Gebrauch der Glieder auch gönnen dürfen. Denn wohl hing so ein Kasten an breiten Ledergurten im Fahrgestell; aber um alle Unebenheiten der Wege abzufedern, reichten die Gurte leider nicht aus.

Darum waren die wenigen dienenden Eunuchen, die man mitgenommen hatte, sehr zufrieden, daß sie nicht weiter benötigt wurden, weil sie nun so tun konnten, als bewachten sie die Wagen.

In ihrer reichen Vergoldung waren die Fahrzeuge im Vergleich zu dem bescheidenen Landhaus, vor dem sie hielten, auch eine Kostbarkeit.

Aber das gartenlose Haus, das unmittelbar an einen Streifen eingezäunten Seestrandes stieß, gehörte Dede Semid!

Sie hatte schon immer ein kleines Kapital besessen, dessen Grundstock die 300 Dukaten gewesen waren, die ihr der Padischah zur Hochzeit hatte reichen lassen. Nach der Hinrichtung ihres Gatten war es ihr dann trotz allem Unglück als eine der Segnungen des Islams erschienen, daß die Männer auf keine Weise den Besitz oder auch nur die Verwaltung dessen erlangen konnten, was ihren Frauen gehörte.

Kein Mensch hatte also daran gedacht, ihr Vermögen anzutasten. Und dieser ursprünglich so geringe Besitz war inzwischen durch ihr aufgebessertes Haremsgehalt und durch wohlüberlegte Spekulationen ganz hübsch angewachsen.

Alles mußte bei Dede Semid Gewinn abwerfen, nur ihr kleines Landhaus machte eine Ausnahme. Es war gewissermaßen ihr einziger Luxus.

Hierhin zog sie sich zurück, wenn der Dienst im Harem ihr einige Ruhetage vergönnte. Hier empfing sie ihre Söhne, die Palastpagen, einen Fünfzehn- und einen Siebzehnjährigen, sooft die beiden Urlaub hatten. Und dieses ihr kleines

Königreich der Herrin zur Verfügung zu stellen war Dede Semid eine Genugtuung gewesen.

Größere Schwierigkeiten waren für sie nicht damit verknüpft gewesen, weil die Intendanz der kaiserlichen Küche und das Erste Stallmeisteramt für Verpflegung und Beförderung aufzukommen hatten. Dagegen hoffte Dede Semid sehr, durch diesen Ausflug einen geheimen Plan, den sie in bezug auf ihre Herrin hegte, verwirklichen zu können.

Für ihre Ungeduld mußte sie freilich viel zu lange auf das ersehnte Zeichen warten. Schließlich aber wirbelte an der nächsten Wegbiegung doch der Staub auf, und inmitten dieser Wolke näherte sich auf der abschüssigen Straße rasch ein Gefährt. Es war den Karossen, in denen Roxelane mit ihrer Begleitung gekommen war, ziemlich ähnlich, und das war auch nicht weiter verwunderlich, weil es ebenfalls zum kaiserlichen Marstall gehörte.

Und nun erkannte Dede Semid alle Einzelheiten: was da kam war ein Wagen aus dem Alten Serail.

Das geschah zu derselben Zeit, als Roxelane wieder ins Boot kletterte, wobei Nino ihre Überlegenheit über die kreischende Gefährtin bewies. Nino wußte genau, wie weit sich ein Boot dabei auf die Seite legen durfte, und schlug gelassen ein Laken um die einsteigende Herrin.

Es sei gefährlich kalt, meinte aber die andere, um zu zeigen, daß sie auch noch da sei, und die Herrin werde sich den Tod holen, wenn sie nicht sofort etwas Warmes anbekäme. Roxelane lachte nur.

Das Fräulein habe ja keine Ahnung von den breiten Strömen, die ins wilde und schwarze Nordmeer fließen, sagte sie, zumal vom Dnjepr nicht, der etwas kälter sei als diese lauwarme Pfütze. Und in dem habe sie, Roxelane, sich schon um Ostern, dem Ramadan und Beiram der Christen, munter getummelt und das nur, weil sie ein paar Fische aus den Standnetzen habe stehlen wollen.

Während sie das verkündete, zog sie ihre Hose an, streifte

sich das Hemd über und ruderte nun in dieser Bekleidung selbst das Boot zum Strand.

Als es dann mit Geknirsch auf den Sand lief, hatten sich die Wagen vor dem Haus längst um den neuen vermehrt, was Dede Semid jedoch nicht abhielt, sofort zu der Herrin ans Wasser zu laufen. In ihrem Eifer ging sie sogar so weit, daß sie ihre feinen Damenhände mit anlegte, um das Boot vollends hinaufzuziehen.

Und nun konnte sie endlich ihre große Neuigkeit anbringen: Eine Dame bittet um die Gunst einer Unterredung mit der Hanum.

Damit hielt Dede Semid ihrer Herrin auch schon einen weiten Hausmantel hin.

«Eine Dame...?» verwunderte sich Roxelane, indem sie hineinschlüpfte.

Doch ein Blick auf das listige und geheimnisvolle Gesicht ihrer Vertrauten sagte ihr, daß sie aus Dede Semid doch nichts herausbekommen werde. So ging sie denn lieber ironisch lächelnd ins Haus, fest entschlossen, sich durch Dede Semids Geheimnis nicht überwältigen zu lassen.

Trotzdem war ihre Überraschung beim Betreten des Seezimmers größer, als sie es sich gedacht hatte.

Wie es ihr versprochen worden war, erhob sich in der Tat eine Dame, eine noch recht mädchenhafte freilich, eine Dame, die Roxelane von ihrer Zeit im Alten Serail so gut kannte, daß sie sich jetzt mit gekreuzten Armen vor ihr verneigte.

Denn die Dame war Esma Sultana, Solimans jüngste Schwester.

Der Austausch der ersten Höflichkeiten war vorbei.

Umsonst hatte die kleine Sultana Roxelane gebeten, sie nicht als Prinzessin, sondern als Freundin zu behandeln.

Roxelane hielt sich zurück.

Wenn Esma lediglich durch freundschaftliche Empfindungen zu ihr geführt worden sei, dachte sie, dann hätte sich diese

Seelenregung der jungen Dame wohl schon im Alten Serail auf irgendeine Art gezeigt.

Aber dort war Roxelane für Esma nur eines der vielen Mädchen in der Umgebung der Sultana Walide gewesen, was ihr Roxelane auch gar nicht übelnahm. Alle konnten nun einmal nicht die Aufmerksamkeit Ihrer Hoheit erregt haben.

Roxelane glaubte an Neugier und verwunderte sich nur, daß diese natürliche Regung bei der Kaisertocher eine solche Leidenschaft geworden sei.

Selbst Kira Sultana hatte Roxelane zu sich gebeten und sie keineswegs aufgesucht. Und doch hatte Kira für die Aufnahme von Beziehungen zu Roxelane einen sehr triftigen Grund: ihren gemeinsamen Kriegszustand mit dem Alten Serail.

Für Esma dagegen war der Schritt, den sie getan hatte, eine doppelte Kühnheit.

Dadurch, daß sie einer Dame des Neuen Serails den ersten Besuch machte, vergab sie ihrem Rang mehr, als erlaubt war, und zugleich lief sie aus dem Lager ihrer Mutter in das feindliche über.

Unter diesen Umständen mußte Roxelane notwendigerweise mißtrauisch sein, und Dede Semid hatte ganz recht daran getan, ihre Herrin nicht von Esma Sultanas Absichten zu unterrichten, weil es sonst gar nicht erst zu diesem Gespräch gekommen wäre.

Alles andere war nach Dede Semids Meinung freilich Angelegenheit der kleinen Prinzessin.

Und die ließ es auch an nichts fehlen.

«Sagen Sie doch bitte nicht ‹Hoheit› zu mir», bat sie, «das tut meine Mutter immer, wenn sie mit mir böse ist. Sind Sie mit mir böse?»

«Nein», sagte Roxelane, «wie sollte ich Eurer Hoheit böse sein? Ich bin eben nicht Eurer Hoheit erlauchte Mutter.»

«Churrem...!» Esma sprach den Namen aus, den Soliman Roxelane gegeben hatte. «Sind wir nicht Schwestern? Sind Sie nicht die Frau meines Bruders?»

«Ich fürchte sehr, daß man im Alten Serail für diese Auffassung wenig Verständnis haben dürfte. Oder sollte Ihr liebenswürdiger Besuch etwa besagen, daß Hafsa Sultanas jüngste Tochter zu einem Staatsakt bei Churrem Hanum, der rothaarigen Närrin, erschienen sei?»

Ganz Spott war Roxelane.

«N... nein...» gab Esma zögernd zu. «Im Alten Serail hätten sie mich einfach nicht weggelassen.»

«Viel Glück zur Heimkehr dann», meinte Roxelane und wunderte sich selbst darüber, wie sehr sie sich doch wohl über die Ablehnung ihrer Person gekränkt haben müsse, daß sie die arme Kleine so schlecht behandeln könne.

«Zu Hause werden sie es gar nicht merken», erklärte Esma aber nur kindlich wie ein Schulmädchen, das sie mit ihren vierzehn Jahren ja eigentlich auch noch war. «Meine Leute werden mich nicht verraten, und ausforschen wird man sie auch nicht. Jedermann wird glauben, ich sei zu Dschanfeda ans Meer gefahren. Und am Meer bin ich nun ja auch!» erheiterte sie sich selbst über ihren Schwindel.

«Aber Dschanfeda Sultana?» gab Roxelane zu bedenken.

«Die ist anständig!» rief Esma jedoch zuversichtlich. «Auf Dschanfeda kann man sich verlassen. Meine Schwester Tamara denkt an nichts anderes als an Politik, und da weiß man dann nie, was ihr gerade einfällt. Aber Dschanfeda will nur ihren Mann haben, und daß der Serasker geworden ist, gefällt ihr gar nicht. Dschanfeda verlangt nicht, daß ich Achmed Pascha heiraten soll, wie die Mutter das will. Wenn ich ihn nicht mag, ist Dschanfeda das auch recht. Und ich mag ihn nicht! Ich will ihn nicht! Und nun nennen Sie mich auch noch ‹Hoheit› und tun fremd zu mir, und kein Mensch hilft mir!»

Roxelane sah, wie es um Esmas Kindermund zuckte und wie wenig der Kleinen an einem hemmungslosen Schluchzen fehlte. Mit aller Überlegenheit der jungen Frau, die bereits einen Mann umfangen hatte, fühlte sie ihr Mehr von drei Jahren über die Vierzehnjährige, der männliches Entzücken bisher nur in Träumen begegnet war. – Mütterlich legte sie ihren Arm um das weinende Kind.

«Sie wollen Achmed Pascha nicht?» fragte sie. «Sie meinen doch den Wesir? – Ja, warum in aller Welt sollen Sie ihn denn heiraten?» Auf diese Weise erfuhr Roxelane dann die Geschichte, die Esma hergeführt hatte.

Esma wollte Achmet Pascha nicht zum Mann, sondern Ibrahim, den Oberstfalkonier, den Geiger aus dem Garten von Magnesia, Solimans Freund. Und dann wollte die Kleine auch... daß Roxelane ihr zu Ibrahim verhelfe.

«Ich?!»

Roxelane erholte sich nur langsam, so grenzenlos war ihr Erstaunen.

«Churrem...» bettelte Esma indes.

«Welchen Einfluß trauen Sie mir eigentlich zu?»

«Die Mutter will, daß ich den Pascha heirate, und damit will sie ihn zum Großwesir machen.»

«Um so mehr!» rief Roxelane. «Was habe ich mit Großwesiren zu tun?»

Esma begriff Roxelane ebensowenig wie Roxelane sie. Als Prinzessin hatte Esma von Geburt an zu jener Gruppe weiblicher Machthaber gehört, in der das Regierenwollen nahezu selbstverständlich war. Warum sollte die geliebteste von Solimans Frauen sich nicht um die Großwesirschaft kümmern? Nach Esmas Auffassung war es geradezu Roxelanes Pflicht, das zu tun. So nahm sie denn deren Einwände auch nur für Ausflüchte.

Und jetzt zeigte es sich, daß der kleinen Unschuld, die in Gegenwart ihrer regierenden Mutter nicht den Mund aufzumachen pflegte, nichts entgangen war und daß sie in der Hauptsache auch alles verstanden hatte.

«Daß der alte Piri Mustafa nicht bleiben kann – das wissen Sie doch!» zählte sie auf. «Meine Schwester Tamara möchte nun ihren Ferhad zum Großwesir machen, obwohl Dschanfedas Mustafa als Serasker der nächste dazu wäre. Aber

Dschanfeda ist gar nicht darauf versessen. Ihretwegen könnte Ferhad also ruhig das Siegel bekommen.»

«Aber ...»

Es fehlte nicht viel, daß Roxelane sich ärgerte. Was denn die Frauen, dachte sie, diese Ernennung wohl angehe, die doch allein ihres Solimans Sache sei?!

«Ferhad kann wegen der Mutter nicht Großwesir werden», fuhr Esma jedoch schon fort. «Sie mag ihn ganz gern; aber sie sagt, er sei zu gefährlich. Und das ist er auch!» fügte die junge Dame als ihr eigenes Urteil hinzu. «Wenn mein Schwager, sobald er zur Mutter kommt, auch immer viel mitbringt, der Geizige, und stets sehr unterwürfig tut, so möchte ich doch nicht zu den Menschen gehören, die von ihm abhängen. Was aber habe ich damit zu tun, daß meine Mutter mich nun mit Achmed verheiraten will? Sie weiß, daß Soliman den Pascha nicht liebt. Doch das ist ihr gerade recht. Denn so wird Achmed ohne die Mutter nichts sein, und einen Großwesir, der von ihr abhängig wäre, sucht sie.»

Es war gut, daß Dede Semid und die Mädchen jetzt mit dem Sorbet erschienen, um ihre Hoheit mit allem Aufwand, der ihr als Prinzessin zukam, zu bedienen. Nichts fehlte, und Roxelane fand an der reichen Kleidung ihrer Hausdame und ihrer Gesellschafterinnen nur bestätigt, wie wenig dieser hohe Besuch Dede Semid überrascht hatte. Und er sei vielleicht wirklich bedeutungsvoll, dachte Roxelane. Dabei stellte sie ihr Gefolge der Hoheit vor, die es zum Handkuß zuließ.

Mit jeder einzelnen wechselte Esma einige huldvolle Worte und bewies auf diese Weise ihre gute kaiserliche Erziehung.

«Was meinst du?» flüster Roxelane unterdessen Dede Semid zu.

«Gib ihr den Ibrahim.»

«Aber wie?»

«Versprich es ihr», schloß Dede Semid hastig, um dann mit tiefer Verbeugung auch Roxelane Sorbet anzubieten: «Wenn Euer Gnaden geruhen ...» sagte sie laut.

Roxelane nahm die kostbare Schale, die mit zu ihren Geschenken gehörte, nachdenklich an.

Dede Semids Vorstellungen hatten nicht vermocht, der Herrin die Augen zu öffnen. Roxelane hatte sie als wohlwollenden Übereifer abgetan. Sie war entschlossen gewesen, ihre Liebe zu Soliman durch keine Politik trüben zu lassen und durch keinerlei Zettelung, auch nicht gegen das Alte Serail, in dem das feindliche Lager zu sehen sie sich leichten Herzens gewöhnt hatte. Roxelane hatte ihr Märchen behalten wollen.

Nun aber war Esma gekommen, und nun sah Roxelane, daß nicht nur ihr Märchen, daß auch ihre Liebe gefährdet war. Wenn die Damen des Alten Serails ihre Hände so tief in die Politik steckten, dann mußten sie – wenn sie keinen Widerstand fanden – auch Solimans Leben und damit Roxelanes Leben in ihre Hände bekommen. Denn im Kaiserreich war der Padischah die Spitze der Pyramide. Alle politischen Bewegungen gingen von ihm aus oder kehrten in ihren Wirkungen zu ihm zurück. Kaiser und Reich waren untrennbar, und wenn Roxelane untrennbar von Soliman bleiben wollte, dann... durfte sie dem Reich nicht aus dem Wege gehen.

Roxelane begann zu begreifen.

Daß die Walide ihren Schwiegersohn Ferhad nicht zum Großwesir wollte, machte ihr alle Ehre. Daß sie den Serasker Mustafa des Familienfriedens wegen fallenließ, war von ihr, der Mutter, zu verstehen. So blieb nur Achmed, der fähig und zugleich lenksam wie alle Ehrgeizlinge war.

Das ungefähr hatte schon Esma gesagt.

Warum aber die Walide den Ibrahim nicht wolle? überlegte Roxelane.

Und dann fragte sie es laut.

Denn Dede Semid hatte sich mit den Mädchen wieder entfernt und Roxelane mit ihrem Gast allein gelassen.

«Ich weiß sehr wohl», gab Esma zur Antwort, «warum die Mutter vom Ibrahim nichts wissen will! Sie sagt, weil er Wein trinke und den Bruder dazu verführe, weil er ein Freigeist und mehr ein Christ sei als ein Muselman. In Wirklichkeit will sie nichts von ihm wissen, weil er Solimans Freund ist und also keinen Mittler beim Kaiser braucht. Er braucht meine Mutter nicht, das ist es, warum sie ihn nicht in der Familie und nicht als Wesir haben will. Ibrahim Bey soll sehr selbständig sein. Als Großwesir würde er wahrscheinlich alles nach seinem Kopf machen und nach keinem Menschen etwas fragen, auch nicht nach der Mutter. Aber – oh, Churrem!» schluchzte das Mädchen nun. «Ich liebe ihn doch so sehr!»

Roxelane überging diesen Ausbruch.

Was das wohl für eine törichte Liebe sein möge, dachte sie – dieses Kind habe mit Ibrahim ja niemals auch nur ein einziges Wort gesprochen!

Aber was Esma gesagt habe, sei dennoch richtig, grübelte Roxelane, nur komme noch etwas hinzu. Ibrahim sei geborener Christ wie Mustafa, wie Ferhad, wie Achmed, wie alle Wesire außer dem alten Großwesir Piri Mustafa selbst. Aber Ibrahim sei außerdem noch gebürtiger Venezianer und, wie man wisse, den Interessen Venedigs gewogen. Zum Schleiergeld der Walide gehöre nun auch der Jahrestribut, den Venedig für das Königreich Zypern zahle: 10000 Golddukaten, und es sei bekannt, daß diese Summe der Walide für ein so großes und schönes Königreich viel zu gering erscheine. Würde jedoch der gebürtige Venezianer Ibrahim deswegen von der Signoria mehr verlangen, würde er gar aus diesem Grund Krieg gegen Venedig führen wollen? Gewiß nicht!

«Churrem ...» bat Esma wieder.

«Ja ...» antwortete Roxelane zerstreut.

Sie aber, Roxelane, würde Solimans Liebe dem Freund nicht entziehen können, verfolgte sie die Zusammenhänge weiter. Und sie wolle es auch gar nicht! Durch sie solle Soliman nicht ärmer werden. – Sei es daher nicht besser, Ibrahims Erhebung zur höchsten Würde zu begünstigen und seine Heirat mit Esma, die doch ein liebes und hübsches Mädchen sei? Vielleicht würden sie nicht nur Verwandte, sondern auch Freunde werden, sie, Roxelane, und Ibrahim. In jedem Fall würde sie durch Esma seine Gedanken kennen. Und das sei schon viel. Denn daß sie ein Geschöpf der Sultanin-Mutter nicht an die Macht lassen dürfe – das erschien ihr jetzt schon als selbstverständliche Notwehr.

«Churrem ... Schwester ... Liebste!» warb Esma, und Roxelane lächelte ihr zu. Mit untergeschlagenen Beinen hockte sie sich zu Esma aufs Sofa und umschlang sie.

«Woher kennst du ihn? Was weißt du von ihm?» fragte sie. «Er ist Solimans Freund, und ich weiß so wenig.»

Da erzählte ihr Esma alles, was sie wußte, wie oft sie ihn gesehen, wie sein Gesicht sei und seine Gestalt und wie er zu Pferde sitze und sich kleide.

«Ganz anders als Soliman ist er», begeisterte sich Esma, «gar nicht so ernst, sondern voll Lust.»

«Schwester», sagte Roxelane und zog Esma voll Zärtlichkeit an sich. «Du sollst deinen Ibrahim haben. Ich verspreche es dir.» Und während sie es versprach, wußte sie auch schon, daß sie ihr Versprechen erfüllen würde.

18

Östlich vor der Stadt Rhodos, auf dem Hügel der Heiligen nahe bei der Kapelle Unserer Lieben Frau von Elemonitra, war Solimans Zelt aufgeschlagen. Dieses Zelt war ein Haus, war eine Stadt, war ein purpurner Berg. Dach und Außenwände deckte das kaiserliche Rot, und die Fülle der seidenen Gemächer war groß.

In einem dieser Zimmer, deren Fenster aus Glas in Goldschnüren bestanden, saß ein Schreibender.

Die goldenen Gitter freilich wurden durch Vorhänge verdeckt, die sich in Farbe und Form den Zimmerwänden und der hochgezogenen Decke einfügten. Chinesisches Kaisergelb mit hineingewebtem Kirschblütenornament beherrschte den Raum.

Etwa in der Mitte stand der Tendur, ein tischartiges Gestell, unter dem sich eine bronzene Feuerkiepe mit glühenden Holzkohlen befand. Alles jedoch, den Tendur, die Kohlen, die Beine des Sitzenden, verbarg eine weit auf den Boden herabwallende Decke von schwarzer Angorawolle mit einer lang gefransten, breiten und bunten Kante.

Es war ein Tendur, wie er in Ermangelung von Öfen und Kaminen im Zelt und im Palast und in allen türkischen Häusern gebraucht wurde, was die Feuersicherheit der Städte und auch Konstantinopels nicht gerade erhöhte.

Dem Schreibenden aber war die Wärme zu seiner Behaglichkeit ebenso unerläßlich wie der leichte Honigduft der Wachskerzen, die ihm das ausgeschlossene Tageslicht ersetzen mußten.

Den linken Ellbogen hatte er aufgestützt. In der Linken hielt er auch das Pergament, das er, um ihm mehr Festigkeit zu verleihen, hohl einheilt. Die Rechte faßte den vorn abgeschrägten Holzstift. Und von Zeit zu Zeit versenkte der Schreiber ihn in die Tintenflasche aus russischem Onyx.

Er schrieb von rechts nach links, und zwar Arabisch. Denn ein so hochgestellter, vor allem aber so feiner Herr wie der Tschokadar Bolil Aga wäre unfähig gewesen, einer höchstzuverehrenden Dame wie seiner Gönnerin Roxelane oder vielmehr Churrem Hanum in der türkischen Volkssprache zu schreiben. Für ungehobelte Nichtsalseisenfresser mochte die gut sein, doch nicht für einen Eunuchen und schon gar nicht für einen Großeunuchen vom Rang des Höchstachtbaren.

Von Eisenfressern war im Brief allerdings um so mehr zu lesen, von den acht Zungen des Johanniterordens zum Beispiel, von der deutschen, französischen, englischen, spanischen, portugiesischen, italienischen, von der Zunge der Auvergne und der Provence und von den Plätzen, die den Rittern jeder dieser Nationen bei der Verteidigung von Rhodos angewiesen worden waren. Ferner schrieb Bolil über die

Kriegsknechte und Artilleristen, die der Orden angeworben hatte, und über die Kampfkraft der griechischen Stadt- und Inselbevölkerung.

Nachdem Roxelanes Wunsch, von allem Wissenswerten unterrichtet zu werden, Bolil einmal erreicht hatte, hielt er es für besser, zuviel als zuwenig zu schreiben. So schrieb er denn auch über Gabriel Martinengo, den großen venezianischen Ingenieur, der sofort nach seiner Ankunft als Großkreuzträger in den Orden aufgenommen worden war und sich sogar den türkischen Feuerwerkern gewachsen gezeigt hatte. Mit ganz neuen Mitteln, wie sie, seit diese Erde bestehe, niemand bekannt gewesen seien, hatte sich der Feuerwerker Seiner Majestät gleich Bergleuten ans Werk begeben, und dabei waren ihre Stollen auf ganz ähnliche des Martinengo gestoßen. Über und unter der Erde hatten die Schlachten getobt. Oben mit der Artillerie und den blanken Waffen – unten mit Minen und Gegenminen. Genommen und verloren und wieder genommen war das englische Bollwerk worden und ebenso das deutsche, wo der Komtur Christoph von Waldner aus Pludenz in Tirol kommandiert hatte.

«... überhaupt wurde in einer Weise gekämpft», berichtete Bolil Aga, «wie es nur Ihrer von Allah gesegneten Eingebung möglich sein wird sich vorzustellen. Zehntausende rechtgläubiger Seelen gewannen sich das Paradies nach der Verheißung: ‹Die da eifern mit Gut und Blut auf Allahs Wegen, sind die Glückseligen. Wohlgefallen und Barmherzigkeit verheißt ihnen ihr Herr, und Gärten warten ihrer, in denen ist beständige Wonne.› Auch bei den Rhodisern fehlte es übrigens nicht an Tapferen, die man bewundern könnte, wenn sie als Widerstrebende und Ungläubige nicht ihren Lohn dahin hätten.

Selbst Frauen, des Lebens erhabene Quellen, vergaßen ihr Geschlecht und gaben statt Leben Tod. Vorzüglich ist eine, deren Geschichte ich Euer Gnaden nicht vorenthalten möchte. Es war eine Griechin. Sie sah ihren Geliebten, einen englischen Feldobersten, fallen. Darauf küßte sie ihre zwei Kinder, zeichnete ihnen das Kreuz des Afterglaubens auf die Stirnen, durchstieß die zarten Leiber mit einem Dolch und warf sie mit den Worten ins Feuer: ‹Daß euch der Feind weder tot noch lebend schände!› Sie selbst jedoch schlug des geliebten Toten blutigen Mantel um sich und stürzte mit seinem Schwert in der Unsrigen dichteste Haufen, wo sie mordwütend focht und erst nach langem, verlustreichem Kampf den Streichen der Bekenner erlag.

Ganz anders als diese Verderberin verhielten sich die Griechinnen von der rhodisischen Insel Syme. Diese leisteten uns als berühmte Taucherinnen große Dienste. Und höchst erstaunlich fand ich es, daß ich unter diesen Mädchen, die jeglicher Bildung und Erziehung ermangeln, dennoch mehr als eine von der trefflichsten Körperbeschaffenheit antraf, eine Beschaffenheit, aus der sie beim Schwimmen und Tauchen so wenig ein Hehl machten, als befänden sie sich in einem Frauenbad und nicht unter Männern. Werden Euer Gnaden glauben, daß sie bei ihren Landsleuten desungeachtet für keusch gelten...?»

Trotz des Tendur fröstelte es Bolil. Der Wind drückte auf die eine Zeltwand und legte sich in sie wie in ein Segel.

Es war aber auch einer der unfreundlichsten Tage im Dezember des Jahres 1522.

Eine dunkelgraue Fläche war das Meer. Nur hier und da zog eine Regenböe einen helleren Streifen darüber. Selbst die Brandung sprühte kein Licht aus. Sie war wie aus Watte.

Grau hob sich aus dem Meer auch die Stadt mit ihren wuchtigen und kantigen Mauertürmen. Im Norden stand das Siegertor und darüber die Marienkirche vom Siege. Über sie reckten sich in der höher gelegenen Straßen die flandrischen und hansischen Giebel der Ritterhäuser.

Und dann kam Sankt Johann.

Diese Kirche des Ordensheiligen zeigte sich mit ihren kraftvollen Strebepfeilern und massigen Türmen ganz als das, was sie war: eine Glaubenszitadelle, ebenso geschickt zum Krieg wie zum Gebet.

Gerade über dem Ambrosianischen Tor aber wurde die

verzauberte Stadt von den edlen romanischen Linien des Großmeisterpalastes gekrönt. Der Stein jedoch, aus dem er erbaut war, gab ihm einen rötlichen Schimmer, wie ein Widerschein war er vom Purpurnen Berg, vom Sultanszelt vor der Stadt.

Es war Weihnachten.

Es regnete, es schneite. Und vor Solimans Zelt wartete ein alter Mann. Schon vor Tag war der Mann gekommen, und er hatte noch lange zu stehen. Denn es war Freitag und Diwantag.

Solaks und Peiks, Bogenschützen von der Leibwache und Pagen – Muteferrikas und Tschausche, Fouriere und Staatsboten –, Stallmeister, Kämmerer und weiße Eunuchen umgaben im dichten Gedränge, dem dennoch die Ordnung nicht fehlte, das kaiserliche Zelt. Als wollten sie mit ihren prächtigen Gewändern, mit Staatsturbanen und Goldhelmen, mit Federbüschen und ihren spiegelnden Waffen dem düsteren Tag Trotz bieten.

Der Greis stand mit seinen beiden Knappen abseits. Alle drei waren in schwarze Mäntel gehüllt.

Der kaiserliche Schwager, Mustafa Pascha der Serasker, Dschanfeda Sultanas Gatte, hatte bereits am dritten Tag der Belagerung die erledigte Statthalterschaft von Ägypten übernehmen müssen. Sein Nachfolger war jener Achmed Pascha geworden, den die Sultana Walide der Prinzessin Esma zugedacht hatte und der mit seiner Ernennung zum Serasker der Großwesirschaft auch wirklich um einen Schritt näher gerückt war.

Eine Schwadron Sipahi mit Säbel und Bogen, mit Schild und bewimpelter Lanze trabte unter ihrem Dscheribaschi, dem Rittmeister, auf arabischen Pferden heran. Jeder einzelne Mann des Beritts trug vorn am vergoldeten Helm den zwei Fuß hohen Federbusch. Rasselnd geleiteten sie den neuen Serasker.

Seinen Tug mit den drei Roßschweifen trug man ihm voran. Ein Schwarm von Pagen umgab ihn.

Es mochten wohl Achmeds stechende Augen sein, die zu

seinem sonst so friedlich gepolsterten gelben Gesicht wenig Vertrauen aufkommen ließen. Daran konnte auch sein gepflegter Bart nichts ändern.

An seiner golddurchzogenen Kalewi stak der Sorgutsch, die juwelengeschmückte Reiheragraffe, und als er abstieg, empfing ihn der Alkisch, der ihm zukam, der Tschausche hallender Segensruf. Unter dem Vortritt des Tschausch Baschi und von Kämmerern geleitet, betrat Achmed Pascha, um die kaiserliche Hand zu küssen, das Zelt.

Mit gleichem Gepränge erschien Tamara Sultanas Gatte, Ferhad Pascha. Auch ihn umrauschte der Alkisch. Auch er wurde vom Hofmarschall und von den Kammerherren eingeführt.

Von Kleinasien kam er, wo er Streitigkeiten zu schlichten und für Ruhe zu sorgen gehabt hatte. Und er war seiner Aufgabe so gerecht geworden, daß weder der Fürst von Sulkadr noch dessen mit dem kaiserlichen Haus mehrfach versippte Familie mehr lebten. So konnten dem Pascha denn gern sechs Pagen mit goldenen Gefäßen folgen. Wenn er die auch zu Füßen seines kaiserlichen Schwagers niederlegte, so bedeutete das im Vergleich zu der Beute, die er sich selbst gesichert hatte, gar nichts.

Den Wesiren folgte der Janitscharen Aga, dessen weiße Fahne auf dem englischen Bollwerk wehte. Mit eigener Hand hatte er sein Banner dort aufgepflanzt.

Ajas Pascha, der Beglerbey von Rumili, ritt an und trat ein.

Nach dem mißglückten Sturm im September war er verhaftet worden. Aber der Padischah hatte ihm nicht nur den Kopf belassen, sondern ihn am nächsten Tag sogar in Gnaden wieder aufgenommen.

Paschas und Generale – viele kamen, und das Pauken und der Fanfarenschall nahmen kein Ende.

Schließlich näherten sich die Kämmerer aber doch dem Alten, nahmen ihm das Schwert und den Dolch, nahmen ihm den Mantel und enthüllten das achtspitzige Weißkreuz auf seiner Brust.

Denn der Wartende war der Fürst von Rhodos, der Großmeister der Johanniter, Villiers de l'Isle Adam.

Die Kämmerer hüllten Seine Hoheit in einen überaus kostbaren Ehrenpelz aus russischem Zobel und ergriffen seine Arme. So führten sie ihn genau nach dem Zeremonial vor Soliman. «Ohne Waffen, von zwei Kämmerern gehalten», lautete die Vorschrift für alle vor das kaiserliche Antlitz Geladenen, seit Murad der Erste nach seinem Sieg bei Kussowa von einem serbischen Bittsteller erdolcht worden war.

Villiers de l'Isle Adams Gedanken waren nicht danach, die Pracht des feierlichen Diwans in sich aufzunehmen. Er verneigte sich tief vor dem Kaiser, und dann wartete er, wie er bisher gewartet hatte.

Unbeweglich saß Soliman und streckte seine Hand nicht aus, bis eine kaum merkliche Bewegung seiner Rechten alle Anwesenden aus seiner Gegenwart entfernte.

Nur Ibrahim, der Falkenmeister, blieb hinter ihm. Und als Soliman sich dann erhob, stand der Sieger vor dem Besiegten mit keinem anderen Zeugen als dem Freund des Kaisers.

Es war Schweigen im Zelt. Endlich brach es der Kaiser.

«Deine Hoheit», sagte er, «verlor eine Stadt und ein Land. Nur ein Herrscher kann viel verlieren, weil er viel besitzt.»

Der Großmeister begnügte sich mit einer Verneigung.

«Du sandtest meinem Serasker einen Brief, in dem Bajesid der Zweite, mein erlauchter Großvater, für sich und seine Nachfolger – also auch für mich! – deinem Orden den Frieden versprach.»

«Achmed Pascha zerriß diesen Brief», sagte Villiers.

«Er hat wohlgetan», antwortete Soliman. «Denn wofür bekamt ihr den Brief?» fuhr er fort. «Für einen Verrat an Sultan Dschem.»

«Das, was deine Majestät unseren Verrat nennt», entgegnete der Meister, «war deinem Großvater günstig.»

«Bajesid bezahlte die Gunst. 40000 Dukaten gingen jährlich nach Rom, damit euer Papst den Prinzen gefangenhalte.»

«Dschem war ein Rebell.»

«Er war euer Freund», widersprach Soliman, «und wir sind nur Menschen. Allah aber ist Gott. Es gibt keinen Gott außer Ihm. Und Er richtet.»

«Er wird auch dich richten», versetzte Villiers sehr kühn.

Doch Soliman blieb ganz ruhig.

«Sicher», gab er zu. «Auch mich wird Er richten. Und mein Volk. Und es ist niemand ohne Schuld.»

Von den beiden Männern, dem alten und dem jungen, stand keiner dem anderen an Würde nach.

«Sultan Dschems Sohn weilt unter euch?» kam Soliman dann von der Vergangenheit auf die Gegenwart.

«Ich kenne keinen Sohn Sultan Dschems», sagte der Meister.

«Deine Hoheit kennt nur einen Mann in abendländischer Tracht, der sich Ritter Enrico di Velva nennt, und dessen Familie.»

Villiers blieb stumm.

«So will ich deiner Hoheit sagen, wer sich unter diesen Personen verbirgt. Es sind Sultan Halil, Dschems Sohn, und Halils Frau, sein Sohn, Sultan Mahmud, und seine Tochter. Es sind meine Verwandten.» Villiers rührte sich nicht.

«Und etwas anderes will ich dir sagen», fuhr Soliman fort. «Wenn deinem Orden die Gelegenheit günstig erscheint, wird er die Sultane gegen mich gebrauchen und einen Fürstenkrieg entfesseln in meinem Reich, einen Krieg um den Thron.»

«Ich kenne die Leute nicht, von denen deine Majestät spricht», erklärte Villiers.

«Und unser Gesetz kennst du auch nicht», spöttelte Soliman, «das Gesetz, das außer den Söhnen des Padischahs jeden osmanischen Prinzen mit der seidenen Schnur bedenkt?»

«Was kann dich beirren?» fragte der Großmeister. «Du bist Papst und Kaiser in einem.»

«Ich bin ein Mensch», sagte Soliman.

«So tue wie ich», riet der andere, «kenne nicht, was dir nicht frommt.»

«Ich möchte...» meinte Soliman sinnend, um dann plötzlich Villiers anzusehen. «Sagst du mir gut für sie?»

Keiner ließ vom anderen die Augen. Beide schwiegen.

Aber jeder sah, wie es im anderen rang.

«Du sagtst», begann schließlich Villiers, «daß Gott uns sieht und uns richtet. So will ich als Christ und als Ritter die Antwort finden. – Du hattest andere Gründe für deinen Krieg als unseren Verrat am Prinzen Dschem. Was aber sagte Gott? Der Eroberer Konstantinopels berannte vergeblich das unbezwingliche Rhodos. Dich ließ Gott es nehmen. Und das war Seine Antwort. – Ich will nicht lügen. Du verlangst meine Bürgschaft. Und falls ich sie gäbe? Nach mir wird ein anderer auf meinem Stuhl sitzen, und nach ihm wieder ein anderer.»

«Gibt es keinen Eid, der den Orden bindet?» fragte Soliman.

«Band dich deines Großvaters Brief?» gab Villiers zurück.

Da neigte der Kaiser sein Haupt.

«Ich danke dir, Villiers de l'Isle Adam», sagte er. «Ich weiß, was dich diese Antwort kostet.»

«Dich trifft sie nicht minder.»

«Wahrlich nicht minder!» bestätigte Soliman. «Und ich weiß auch, warum du sie gabst. Weil Allah eueren Verrat mit Verrat an euch strafte.»

«Wie die Verräter!» erklärte der Großmeister finster. «Der jüdische Doktor ist gevierteilt...»

«Ich hörte davon.»

«... und Amaral, der Großkanzler Andreas de Mareil, ist auch tot.»

«Ich hätte sie beide schützen müssen, wenn sie noch lebten», sagte Soliman und fuhr mit Entschlossenheit fort: «Du aber tatest recht, und auch ich werde handeln, wie es mir das Gesetz befiehlt.»

«Wir sind beide zu bedauern», meinte Villiers.

Dann jedoch gab ihm der Padischah das Zeichen der Entlassung. Soliman hatte ihm nicht die Hand gegeben. Und der Großmeister hatte sie ihm nicht geküßt.

Aber beide schieden, wie es Allah ihnen bestimmt hatte, mit Achtung voreinander und als Feinde.

Der Falkenmeister Ibrahim war ein stummer Zeuge der Unterhaltung gewesen. Jetzt fragte er: «Soll der Diwan kommen?»

Der Kaiser verneinte.

«Es tut mir leid», sagte er dann, «daß ich diesen alten Mann von Haus und Hof vertreiben mußte.»

«Er könnte ein Muselman sein», gab Ibrahim zu, «aber Häuser und Höfe hat er genug. Unter jedem Volk, das zum Papst hält, hat er mehr als eine Komturei und Meierhöfe und Güter.»

«Du meinst, der Orden hat sie», nickte Soliman. «Wird er wiederkommen, der Orden?»

«Gewiß», antwortete Ibrahim, ohne sich zu bedenken. «Aber von jetzt ab werden die Ritter keine Last mehr sein, wie sie es hier in Rhodos waren, sondern höchstens eine Belästigung.»

«Diese Menschen aus dem Abendland sind gelehrige Leute», warf Soliman ein. «Was sind diese Johanniter anderes als unsere Rabiten?»

«Die Ritter bekümmern mich nicht.» Mit einem Blick der Liebe betrachtete Ibrahim seinen kaiserlichen Freund. «Etwas anderes macht mir Sorge. Du machst mir Sorge.»

Soliman sah auf. «Sprich», forderte er schließlich.

«Du erwähntest oft», begann Ibrahim, «daß du den Kanun des Eroberers, soweit er die Prinzen betrifft, aufheben wolltest. Und nun willst du ihn anwenden? Ich weiß, daß du es nicht gern tust.»

«Es sind meine Verwandten», seufzte Soliman nach einer Weile. «Und sie haben mir nichts getan, als daß sie geboren wurden.»

«Du hältst sie für gefährlich?»

«Sie können es werden. Nachgeborene Prinzen waren immer gefährlich für das Reich. Soll ich Tribut zahlen, wie mein Großvater ihn dem Papst zahlte, damit der ihm den Bruder verwahre? Immer wieder haben wir den Christen für solche Gefälligkeiten zahlen müssen, schon den Byzantinern, als wir selbst noch in Brussa saßen. Und es hat oft nichts genützt. Immer aber sind unsere Hände gebunden gewesen, weil irgendwo in einem fremden Palast einer unserer Prinzen saß. Jederzeit hätte man dann durch ihn den inneren Krieg entfesseln können. Wenn mehr als ein Weisel im Stock ist, schwärmen die Bienen.»

Soliman sah an Ibrahim vorbei. Sein Blick ging in die Ferne zu einem Mädchen, dem er von Orkhan und Alaeddin, den Brüdern, erzählt hatte. Ibrahim aber sah den Blick und deutete ihn richtig.

«Vielleicht würden sie dich lieben, deine Verwandten...» flüsterte er jetzt. «Wer liebte dich nicht, der dich kennt?»

War es die Schlange im Paradies, die so sprach? Soliman fühlte sich versucht, es zu glauben. Doch dann erkannte er, daß es der Freund war.

«Das sagst du, mein Ibrahim?» lächelte Soliman mit einer weichen Trauer. «Weil du mich in Wahrheit liebst, sprichst du so. Ich jedoch habe Sultan Halil nie gesehen und seinen Sohn, Sultan Mahmud, auch nicht. Wie also sollten sie mich lieben? Und wisse, mein Ibrahim, wer auch nur mit dem Schatten eines Anspruchs auf Herrschaft geboren wurde – dessen Liebe muß sehr groß sein, um auf die Macht verzichten zu können.»

Die Freunde blickten sich an, bis Ibrahim mit einer plötzlichen Eingebung bat:

«Wenn es denn sein muß – dann laß mich es tun.»

Aber Soliman lehnte das Anerbieten ab.

«Ich danke dir», sagte er. «Doch was ich tue, tue ich selbst. Die Stummen mögen es vollbringen, und es mag beglaubigt werden nach der Gewohnheit. Die Frauen jedoch...»

Er suchte nach ihren Namen.

«Hafiten Hanum, die Frau, und Zobeide Sultana, die Tochter», half Ibrahim aus.

«... kommen ins Neue Serail», vollendete Soliman. «Mit

kaiserlichen Ehren. Hafiten Hanum ernenne ich zur Sultana.»

«Und nimmst ihr den Sultan», meinte Ibrahim.

«Es ist alles, was ich tun kann», sagte Soliman, «und du solltest nicht so bitter sein. – Warum lächelst du?»

«Ich muß daran denken, ob es wohl außer einem noch einen anderen Menschen gebe, dem das Leben zu nehmen Eure Kaiserliche Majestät zaudern würden, wenn Allerhöchst Sie die Notwendigkeit dazu gegeben sähen.»

«Sprich lieber gleich: ‹außer einer›», verbesserte Soliman halb unwillig, halb nachsichtig. «Denn das wolltest du doch sagen?»

«Das wollte ich andeuten, Eure Kaiserliche Majestät.»

«Du bist eifersüchtig, Ibrahim!»

Der blieb verstockt.

«Eure Majestät geruhten, nicht zu verneinen.»

«Doch! Ich verneine!» widersprach Soliman. «Und eifersüchtig solltest du auf die Frau, die ich liebe, nicht sein.»

Es war sehr viel, daß Soliman so sprach, daß er überhaupt zu einem Mann von Roxelane sprach. Es war fast soviel, als habe er Ibrahim ihr Gesicht gezeigt. Weiter als sein Vertrauen zu Ibrahim konnte das Vertrauen eines Moslems nicht gehen, als Soliman fortfuhr: «Gerade sie hat Großes mit dir im Sinn, das Größte!»

Ibrahim erschrak. So sehr überraschte ihn eine Gunst, von der er nie etwas geahnt hatte. Auch blieb seine Eifersucht bestehen. Eine Frau, die ihn erhöhen konnte, hatte auch die Macht, ihn zu vernichten. Was war dann er?

«Wenn sich aber der Sinn der Allerhöchstzuverehrenden wandeln sollte...?» warf er ein.

«Sprich nicht weiter!» gebot Soliman. «Auch wird dir nicht gelingen, irgend etwas zu sagen, was dein Angesicht schwarz machen könnte vor mir. Wegen der einen, auf die du eifersüchtig bist, wolltest du tun, was mir obliegt – damit sich ihr Herz nicht abwende von mir, wolltest du es tun. Denn du weißt, daß ich unglücklich wäre, wenn das jemals geschähe. –

Sprich nicht! – Wer so handelt ist ein Freund, und du bist einer, das weiß ich. Ebenso unwandelbar ist aber auch meine Freundschaft zu dir. Mag ich dich noch so hoch erheben – und ich werde dich erheben! –, nie soll meine Gunst dir fehlen, und niemals werde ich dich töten.»

Was Soliman gesprochen hatte, war das Wort eines Kaisers.

Ibrahim aber neigte sich über Solimans Hand und küßte sie.

«Mein Padischah...»

«Mein Bruder!» sagte Soliman und zog ihn an seine Brust.

Bolil Aga vollendete seinen Brief an Roxelane.

Er war inzwischen abberufen worden, um zusammen mit dem Silihdar, dem kaiserlichen Schwertträger, bei einer Beurkundung als Zeuge mitzuwirken, die der Chaßoda Baschi, der Oberstankleider Seiner Majestät, mit Solimans Siegel zu versehen gehabt hatte.

«Falls der stürmische, aber günstige Wind anhalten sollte», schrieb Bolil, «werden Euer Herrlichkeit diesen Brief mit dem Schnellsegler, der sogleich abgehen wird, in wenigen Tagen erhalten haben. Euer Gnaden werden sich also mit der Ruhe, die einer hohen Entscheidung Euer Herrlichkeit zukommt, darüber klarwerden können, ob Sie Ihre allergnädigste Gewogenheit zwei höchsten Herrschaften zuwenden wollen, die zu geleiten Euer Gnaden unwürdiger Sklave die Ehre haben wird.

Inzwischen erreicht mich nämlich Ein Edler Befehl, die Sorge für Ihre Hoheiten, Hafiten Sultana und Zobeide Sultana, zu übernehmen, bis die kaiserlichen Damen ihren Wohnsitz im Haus der Glückseligkeit aufgeschlagen haben werden, das Eure Herrlichkeit, meine Allerhöchstzuverehrende Gebieterin, strahlend wie der Rubin am Sorgutsch der Erhabenheit, mit der Wonne Ihrer Anwesenheit beglücken.

Des weiteren habe ich noch zu Euer Gnaden ambraduftenden Füßen niederzulegen, daß die Hoheiten Sultan Halils und Sultan Mahmuds an diesem Tag des Sieges geruht haben, sich aller irdischen Bürde zu begeben, um nach dem Kanun des Eroberers in ein schöneres Dasein einzugehen, in dem nichts ist als Frohlocken und Jauchzen in aller Ewigkeit...»

19

«... UM NACH DEM KANUN DES EROBERERS IN EIN schöneres Dasein einzugehen...» las Roxelane laut.

Sie las es noch einmal.

«... in dem nichts ist als Frohlocken und Jauchzen in aller Ewigkeit...?!» las sie.

Und dann schrie sie auf.

«Dede Semid!» schrie sie. «Sag mir, was das ist?! Lies! Lies es!»

Dede Semid nahm den Brief.

«Sie sind tot», sagte sie dann. «Beide Sultane. Vater und Sohn. Man hat sie erdrosselt.»

Doch darauf warf sie den Brief fort und umschlang ihre Herrin.

Roxelane war bleich in die Kissen des Sofas zurückgesunken und stöhnte.

«Du darfst dich nicht aufregen!» beschwor Dede Semid die Freundin. «Du weißt es! Du darfst nicht!»

Sie hatte allen Grund, so zu sprechen.

Roxelane befand sich im achten Monat ihrer Schwangerschaft. Gleichsam ein Wunder war es, daß niemand außer Dede Semid und Roxelane selbst darum wußte.

Aus Besorgnis um das Kind, das unter Umständen die Thronfolge des kleinen Prinzen Mustafa in Frage stellen konnte, waren die beiden Frauen übereingekommen, diese gefährliche Schwangerschaft bis zur Rückkehr Solimans zu verheimlichen. Der Arm der Sultana Walide reichte weit, und Hebammen und Ärzte konnten Kunstfehler begehen.

Es hatte schon schlimm genug um Roxelane gestanden, als die Nachricht vom Tod Mohammed Girais' gekommen war. Die eigenen Verwandten hatten den Khan umgebracht.

In vieler Hinsicht war Mohammed Girais ein großer Khan gewesen, ein Dichter und ein Weltmann, und Roxelane gegenüber hatte er sich immer freundlich gezeigt.

Ganz aufrichtig hatte ihn Roxelane betrauert. Aber damals war ihre Schwangerschaft noch nicht so vorgeschritten gewesen wie jetzt. Und der Tod zweier Osmanenprinzen betraf sie selbst auch viel mehr! Dede Semid verzweifelte fast.

Roxelanes erster Aufschrei und das erstickte Stöhnen aus den Kissen ließen die Freundin nicht so erschauern wie jetzt das Aufrichten der Schwangeren und deren Schweigen.

Stumm saß Roxelane da. Ihr Blick aber ging in die Ferne.

Soliman, der ihres Kindes Schutz hätte sein sollen, war wie die meisten seiner Vorfahren den Weg des Eroberers gegangen. Völlig verlassen kam Roxelane sich vor mit ihrem Kind, mit dem Kind des Mörders.

Unheimlich wurde es Dede Semid. Sie kniete vor Roxelane, sie bat, sie flehte...

«Er hat es getan...» flüsterte Roxelane endlich; aber dabei sah sie ihre Freundin nicht an.

«Was?» fragte Dede Semid.

«Habe ich es dir nicht erzählt?»

«Ich weiß nicht, wovon du sprichst.»

«Natürlich habe ich es dir nicht erzählt», sagte Roxelane, und immer noch war es, als spreche sie zu sich selbst. «Wie sollte ich auch. Es war ja sein Versprechen! Ein Vertrag war es zwischen ihm und mir. Kein anderer brauchte davon zu wissen. Von miemand wollte ich eine Bestätigung. – Ich glaubte ihm!»

«Was glaubtest du?» lockte Dede Semid. «Ich verstehe kein Wort.»

«Er sprach mir von Orkhan und Alaeddin.»

«Von Osmans Söhnen? Den Brüdern?»

«Von den Brüdern, die sich liebten!» kam es aus Roxelane.

«Das ist lange her», erklärte Dede Semid weltkundig und bestimmt, um ihre Worte sogleich zu bereuen. «Ich meine nur...» stotterte sie verlegen.

«Du meinst, daß die Padischahs seither ihre Brüder erwürgten? Daß die Geschichte mit Orkhan und Alaeddin sehr lange her sei und sich nie mehr ereignen werde? Daß nie mehr ein Padischah aus dem Hause Osman mit seinen Brüdern in Frieden leben werde, mit seinen lebendigen Brüdern?! Das wolltest du doch sagen? Daß Soliman gelogen habe, als er es mir versprach? Nicht wahr? So deute ich jedenfalls deine Worte.»

«Allah verhüte», erschrak Dede Semid, «daß ich jemals sagen könnte, der Kaiser habe gelogen.»

«Er hat aber gelogen!» rief Roxelane und erhob sich mit der lebenden Last in ihrem Leib. Wild funkelnd erhob sie sich, ein kampfbereites Muttertier, voll Haß auf den Feind, der so fern war und den sie doch leibhaftig vor sich sah. «Gelogen hat er, als er es mir versprach. Kein Prinzenmord solle mehr sein, versprach er mir, schwor er mir. Und ich glaubte die rührende Geschichte. Ich vergaß die Stummen am Bett. Und... und... Und nun hat er doch gemordet, meineidig gemordet...!»

«Herrin... Roxelane...» bat Dede Semid.

«Und du?!» ergoß es sich nun über die Bittende. «Du findest das alles ganz natürlich. Selbstverständlich findest du es, keiner Erwähnung wert! Und du weißt doch, daß ich ein Kind von ihm trage – dem Mörder!!! Und wenn es ein Sohn ist?! Soll ich lebendiges Fleisch für den Henker gebären?! Ich will nicht!! Ich will kein Kind!! Kein Kind von ihm!! Will nicht, will nicht, will nicht...!!» Wie herausgestoßen von einer fremden Gewalt drang aus ihrer Kehle ein gellender Schrei, abebbend und wieder anschwellend und immer wieder dazwischen: «Ich will nicht, will nicht, will nicht...!»

Längst war Dede Semid bei der Schwangeren, die sich in

Qualen am Boden wand, legte ihren Leib frei, in dem es arbeitete, wischte ihr den Schweiß vom Gesicht, ließ sie von herbeieilenden Mädchen stützen, schickte andere fort, schickte nach Hebammen, Ärzten...

«Bei Allah, bei Allah...» betete sie. «Sie kommt nieder. Zu früh, viel zu früh! Und das Kind wird sterben. Des Kaisers Kind wird sterben. Und kein Mensch weiß, daß hier des Kaisers Kind stirbt...» Alles war ganz anders als vorher.

Bis jetzt hatte Dede Semid nur Eifersucht für das Kind empfunden, das, wie sie glaubte, ihr die Freundin nehmen würde. Es war eine Eifersucht gewesen wie die auf Soliman.

Aber Dede Semid hatte zwei Söhnen das Leben gegeben. Sie sah sie selten. Doch sie waren da. Und alle Söhne sollten leben. Alle Kinder. Auch Roxelanes Kind. Gerade das, wollte sie, sollte leben, gerade das! Zwei Söhne hatte Dede Semid geboren, aber beide Male war alles mit ihr geschehen, nichts hatte sie selbst zu tun brauchen. Und außer ihr hatte niemand in Roxelanes Umgebung Kinder gehabt. Die Guedlicki nicht und die Mägde auch nicht. Ungeschickt, ohne Erfahrung und außer sich vor Angst stand Dede Semid mit all diesen Jungfern einer Frühgeburt gegenüber.

Zärtliche Worte sagte sie, immer wieder dieselben, doch am liebsten hätte sie sich die Ohren zuhalten mögen, um Roxelanes Schreien nicht zu hören und nicht ihr: «Ich will nicht, will nicht...!!!»

Doch dann schwieg Dede Semid. Kein Wort kam mehr durch ihre zusammengepreßten Lippen, trotzdem Roxelane gerade jetzt mit Urlauten von Qual und wildestem Trotz die Räume erschütterte. Dede Semid aber dachte nicht mehr oder höchstens noch an das Kind und daß die Geburt im achten Monat für Kinder am gefährlichsten sei. Von ihren Händen jedoch wußte sie nichts. Die brauchten auch keine Lenkung. Die wußten alles von sich aus.

Die Hände tasteten, fühlten.

Hier war etwas Rundes. Das mochte ein Kopf sein. Und dies eine Schulter.

«Haltet sie fest», rief Dede Semids Mund, «ganz fest unter den Achseln, hab ich gesagt!»

Und dann zog Dede Semid.

Als Hilfe kam, war schon alles vorüber.

Nur noch zu trennen brauchte man die Mutter vom Kind.

«Lebt es?» flüsterte Dede Semid.

Dann jedoch schrie sie auf.

«Roxelane!» rief sie.

Sie rüttelte die Freundin, sie... verstummte.

Roxelane rührte sich nicht mehr.

Bolils Brief war mit demselben Schnellboot gekommen, das die kaiserliche Gesandtschaft mit dem Hatti Scherif für die Walide nach Konstantinopel gebracht hatte.

Die Bedeutung des Handschreibens Seiner Majestät ging schon daraus hervor, daß zur höheren Ehrung der Sultanin-Mutter kein Geringerer als ihr Schwiegersohn, der Wesir Ferhad Pascha, der Überbringer war.

Ein feierlicher Staatsakt bereitete sich vor, und zum Schauplatz wurde der große Thronsaal des Alten Serails gewählt.

Um einer Vorschrift des Korans zu genügen, wurde der Saal durch einen Schleier in zwei Räume aufgeteilt. Denn die Frauen sollten, wenn sie fremde Männer empfangen mußten, nach der medinesischen Sure «Die Verbündeten» hinter einem Vorhang verharren. Und wenn Hafsa Chatun den Begriff eines Sohnes auch weit genug auslegte, um ihren Schwiegersöhnen Zutritt zu sich zu gestatten, so gehörten der Gesandtschaft doch außer Ferhad Pascha noch genug unverschnittene Männer an, deren Anwesenheit den Vorhang zur Pflicht machte.

Vorerst war der Männerraum des Saales allerdings nur von glattrasierten Eunuchen erfüllt, an deren Spitze Hafsa Chatuns Lala, ihr Hofmeister, stand, und alle verneigten sich nun bis auf den Boden, als Solimans Mutter hinter ihrem Großen Vortritt im Kreis der anderen Sultaninnen erschien.

Denn auch Dschanfeda Sultana und Tamara Sultana, ihre Töchter, waren anwesend, obwohl sie als verheiratete Frauen ihre eigenen Harems unterhielten. Heute aber hatten sie so wenig fehlen wollen wie Saffieje Sultana. Hatte sich doch sogar Solimans Großtante, die alte Nissal Sultana, aufgerafft, um das Ereignis zu feiern, das in Ansehung der Unstimmigkeiten zwischen Soliman und der Walide nach jedermanns Überzeugung nur einen Sieg der Mutter über Roxelane und das ganze Neue Serail bringen konnte.

Der Aufzug war also eine Heerschau über alle in Konstantinopel weilenden Sultaninnen: Wer sich von den hohen Damen zur Walide bekannte, war da.

Und außer Kira Sultana waren alle gekommen.

In Saffiejes Herzen aber zitterte eine leise Hoffnung.

Sie war aus einem Stamm, der die Vielehe nicht kannte. Wie ihr Vater nur ihre Mutter zur Frau gehabt hatte, so verlangte auch sie, Solimans einzige zu sein. Und sie kannte ihn als ehrerbietigen Sohn, und da sie der Zuneigung seiner Mutter sicher und überdies noch die Mutter seines Sohnes war, hatte sie starke Gründe, nicht zu verzagen.

Von Roxelanes Schwangerschaft war auch tatsächlich nichts bekannt geworden und ebensowenig von einer Siegesmeldung an sie.

Und nun setzten sich die Hoheiten.

Nur für die Sultaninnen waren erhöhte Sofas bereit, die von den Hofchargen und Ehrenmädchen umstanden wurden, und zuletzt befanden sich alle an den ihnen vom Zeremonial bestimmten Plätzen.

In der Mitte ließ Ihre Kaiserliche Hoheit die Sultana Walide sich nieder, ihr zur Rechten Nissal Sultana, Bajesids des Zweiten Schwester. Dieser Ehrenplatz wurde der alten Dame von der Chasseki Saffieje abgetreten, die ihn zu beanspruchen gehabt hätte, sich aber mit dem Sitz zur Linken begnügte. Rechts reihte sich dann Hafsa Chatuns Älteste, Dschanfeda Sultana, an, links ihre zweite, Tamara Sultana, wieder rechts ihre jüngste, Esma Sultana, und in gleicher Weise folgten die übrigen Hoheiten nach dem Alter und dem Grad ihrer Verwandtschaft mit Soliman.

Eigentlich war Hafsa Chatun im Zweifel gewesen, ob sie die unverheiratete Esma, von der nach ihrer Meinung in Solimans Hatti Scherif ohnehin kaum die Rede sein könne, überhaupt der Zeremonie beiwohnen lassen solle. Schließlich hatte sie sich jedoch im Hinblick auf Esmas Mannbarkeit dazu entschlossen, nicht zuletzt, weil es ihren Stolz erhöhte, sich vor den Männern inmitten von drei blühenden Töchtern zeigen zu können.

Denn davon, daß die Frauen nicht gesehen würden, konnte wahrlich keine Rede sein. Ihre Asmacks trugen die Damen im Harem nicht, so leicht und durchsichtig sie meist auch sein mochten, und der Schleier inmitten des Serails war ebenfalls nur das Symbol eines Vorhangs und einer Verhüllung. Höchstens wurden alle diese Frauen und Mädchen gleichsam durch ihn verzaubert und in ein Märchen entrückt. Und seit jeher hatte sich die halbe Verhüllung als äußerst wirksam erwiesen, um in den Männern ein hoffnungsloses, den Damen um so angenehmeres Begehren zu entfachen. Hierin empfanden die ältesten mit den jüngsten, die weiblichen Hofstaaten mit ihren Sultaninnen, sie insgesamt fühlten sich als die Familie, als die Grundlage des Reichs und zugleich als der Kitt, der alle seine Herrlichkeit und seine Stärke zusammenhalte.

In dieser Stimmung bereiteten sie sich, die Ehrung, die in der Walide allen widerfuhr, wie den Duft eines ihnen wohlgefälligen Opfers sich in die gepuderten Nasen steigen zu lassen.

Nur Dschanfeda Sultana empfand anders.

Sie war recht verdrossen.

Soliman hatte ihren Mustafa zum Statthalter von Ägypten gemacht, was soviel bedeutete, daß ihr Gatte nicht mit den anderen zurückkehren, sondern auch weiterhin in Kairo residieren würde. Auf den Gedanken jedoch, nun ebenfalls an den Nil zu ziehen – darauf kam Dschanfeda gar nicht erst. Es wäre ihr nie eingefallen, ihre Mutter, den Hof, ihre Freundinnen, ihr Serail und Konstantinopel, diese Hauptstadt der Welt, zu verlassen. Mochte es immerhin andere

Städte und Länder geben, was sich schließlich ja nicht leugnen ließ; aber diese Länder und Städte waren nichts für Dschanfeda.

Um so mehr gehörte ihr Mustafa Pascha.

Und sie war nicht gesonnen, sich in ihrem Eigentum schmälern zu lassen, auch nicht von Soliman, den bei seiner Rückkehr noch ein schwerer Strauß mit seiner Schwester erwartete.

Dennoch war auch sie sich jederzeit darüber klar, was ihr, der Tochter und Schwester von Kaisern, oblag, und als sie den silbernen Stab hörte, den der einführende Zeremonienmeister mit jedem Schritt auf den Boden stieß, umgab sie sich sofort mit jener Undurchdringlichkeit, die man ihr anerzogen hatte.

In beiden breiten Flügeln öffnete sich weit die Tür.

Und dann strömte sie herein, diese Horde von unverschnittenen bärtigen Männern.

Bis an die letzte Grenze des Harems drangen diese Geschöpfe, die aus viel gröberem Stoff bestanden, als es die äußerst verfeinerte und gestutzte Männlichkeit war, an die sich die Damen bei ihren Eunuchen gewöhnt hatten.

Bewußt freilich wurden die Gegensätze nur der Walide. Allen anderen blieben sie ein leises Erklingen, das sie nie zu tieferen Erkenntnissen vorstoßen ließ.

Für Hafsa Chatun jedoch, der gescheiten Frau, gab es kein einfaches: «Es ist so.»

Von Anfang an hatte sie geahnt, daß sich hinter der Verschneidung von Jünglingen mehr verberge als nur eine Maßnahme zur Reinerhaltung des Bluts und daß der Akt durch diese ihm unterlegte Zweckmäßigkeit nur aller Mystik beraubt worden sei. Denn über den Gedanken, daß der Mensch die Macht haben solle, durch einen Messerschnitt alle Geschlechtsempfindungen auszulöschen, die von Allah gegeben seien – über diesen Gedanken hatte sie stets nur gelächelt. Das sei eine gesellschaftliche Lüge, dachte sie, wie die, daß sie dank dem Schleier in der Saalmitte nicht gesehen werden könne.

Auch Ferhad Pascha fügte sich dieser Lüge und ließ sich erst vom Lala die Richtung weisen, bevor er sich so tief vor seiner Schwiegermutter verneigte, bis er mit der Rechten den Teppich berührte.

Ferhad Pascha sei ein Mann, sagte sich die Walide, das sehe man. Aber darum werde er nur gröber, doch nicht anders empfinden als irgendein Eunuch auch. Und trotzdem ihr jede Erfahrung fehlte, welche Erscheinungen sich wohl bei den Kindern zeigen mögen, die der römische Papst, um Sopransänger für seine Kapelle zu gewinnen, bereits vor der Geschlechtsreife verschneiden lasse – so konnte das an ihrer Überzeugung nichts ändern. Nur daß sie die gottesdienstliche Verwendung der päpstlichen Eunuchen trotz deren Ungläubigkeit als etwas auffaßte, das ihnen ihre Weihe gebe, während man sie den türkischen Eunuchen genommen habe.

An dem Vorgehen des Papstes aber fand sie nichts zu tadeln. Denn da Paulus, wie sie in der Vulgata gelesen hatte, den Frauen in der Kirche zu schweigen gebiete, so bleibe gar nichts anderes als die Verschneidung von Knaben übrig, um den Kirchengesang nicht zu kurz kommen zu lassen. Was für Christen auch nichts Bedenkliches habe.

Sagte doch der Prophet Jesus, der Sohn der Maria, nach dem Evangelisten Matthäus:

«Es gibt Eunuchen, die es vom Mutterleib an sind. Und es gibt welche, die wurden von Menschen gemacht. Andere jedoch verschnitten sich selbst um des Himmelsreichs willen. Das aber sage ich nur denen, die es verstehen.»

In diesem Bibelwort glaubte Hafsa Chatun den Schlüssel zu den Gepflogenheiten des christlichen Byzanz gefunden zu haben.

Keine Harems waren in Byzanz zu bewachen gewesen. Dennoch hatte es genug Jünglinge gegeben, die durch ihre Eltern entmannt worden waren, und ebenso auch Männer, die sich aus freien Stücken dasselbe Schicksal erwählt hatten.

Außer dem Kaiserthron – und auch der nur nach einem ungeschriebenen Gesetz – war ihnen nichts unerreichbar gewesen. Regenten und Feldherren und oft beides waren sie geworden, auch große Höflinge, Kirchenfürsten und Patriarchen, und selten war das Reich schlecht gefahren, wenn sie die Lenkung gehabt hatten.

Die «Engel» hatte man sie in Byzanz genannt.

Männer und doch keine, weil ihnen die letzte Erfüllung ihres Geschlechts versagt war, hatten sie alle Kräfte den Aufgaben widmen können, die ihnen vom Schicksal gestellt worden waren. Auch der Gotenbesieger Narses war Eunuch gewesen.

Mochte aber der Koran die Entmannung verbieten, so war die Türkei doch in allem die Erbin von Byzanz. Und es sei Barbarenart, dachte Hafsa Chatun, nichts verstehen zu wollen als sich selbst.

Deswegen hätte sie sich jedoch niemals ein anderes Los als das einer Gattin und Mutter gewünscht. Wenn sie auch die Gluckenliebe ihrer Dschanfeda für Mustafa Pascha wenig damenhaft fand und die Art, wie Tamara den Draufgänger Ferhad fest am Zügel zu halten trachtete, weit mehr schätzte, so stimmten doch Mutter und Töchter in der Hauptsache überein: daß eine Frau Kinder haben müsse.

Auch der großen Sultana Hafsa Chatun erschien eine Frau erst als Mutter wahrhaft schön.

Und als Mittel zur Mutterschaft war ihr der Mann willkommen. Trotzdem behielt der unverschnittene, bärtige Mann für sie immer etwas Tierhaftes, was sie manchmal als reizvoll empfunden hatte, was ihr zuweilen aber auch schon recht lästig geworden war. Die Erinnerungen der schönen Frau an weiland Sultan Selim waren keineswegs ungetrübt. Und daraus schöpfte sie ihre gewisse Zuversicht, daß es die Aufgabe einer jeden Frau sei, ihren Mann erst einmal zu zähmen, dieses unberechenbare Wesen, den Sklaven seiner ungeklärten Begierden. So hatte sie Selim gesehen, ihren Mann, und so sah sie Soliman, ihren Sohn. Jedenfalls sah sie ihn so nach seiner ihr unverständlichen Bindung an Roxelane.

Doch glücklicherweise wisse ihr Sohn immer noch, was er seiner Mutter schuldig sei, genoß sie ihren Triumph, und diese Gesandtschaft sei das günstigste Zeichen dafür, daß er zum kindlichen Gehorsam zurückkehre.

Inzwischen hatte Ferhad Pascha gesprochen, hatte Ihre Kaiserliche Hoheit begrüßt, seine Begleiter vorgestellt, und darauf war der in wehende Schleier gehüllte Hatti Scherif hereingetragen worden. Hoch über seinem Kopf hatte der Tschausch ihn gehalten.

Jetzt nahm ihn der Pascha.

Das Schreiben selbst war wieder in Goldbrokat eingeschlagen, und der Lala der Walide bemerkte die Perlenschnur, die sich obendrein darum wand, nicht ohne Vergnügen, weil nämlich Umhüllung und Verschluß ihm für den Dienst des Öffnens zufallen mußten.

Ehe Ferhad aber dem Hofmeister als Hafsa Chatuns Vertreter das Schreiben reichte, führte er es erst an seine Stirn.

Dann löste der Lala die Schlinge und entnahm dem Brokat das Pergament.

Immer noch war der Edle Befehl durch ein Siegel verschlossen, das sich von den übrigen Siegeln des Padischahs unterschied. Die drei anderen waren rund und waren das hohe Vorrecht des Großwesirs, der Obersthofmeisterin und des Oberstankleiders des Sultans. Dieses hier war viereckig und zeigte damit an, daß des Kaisers eigene Hände es ins Wachs gedrückt hatten.

Der Lala küßte das heilige Zeichen und erbrach es.

Dann entfaltete er den Brief, dem Solimans vergoldeter Namenszug vorangesetzt war, und verlas ihn.

Niemandem war der Inhalt bekannt, und doch waren im Grunde nur die wenigen neugierig, die hoffen durften, erwähnt zu werden. Was er sonst enthalten mochte, glaubte jeder im voraus zu wissen: eine Anrufung Allahs des Höchsten, Segenswünsche über die Walide, eine prunkvolle Schilderung der Kämpfe und des Sieges …

Alles geschah so, wie es vorauszusehen gewesen war.

Und nun hätte die Ankündigung der kaiserlichen Rückkehr kommen müssen.

Sie erfolgte auch.

Vorher jedoch verlas der Lala einen Satz, der so unerwartet kam, daß alle die größte Mühe hatten, ihre Überraschung zu verbergen.

Der Satz traf die Walide, die er jäh aus allen Träumen von einem geläuterten Soliman erweckte. Er traf Tamara und Ferhad, die ihr Großwesirat verschwinden und einen neuen Nebenbuhler auftauchen sahen. Er traf alle Prinzessinnen, weil sie offenbar eine falsche Partei ergriffen hatten. Und er traf schließlich auch die kleine Esma, die mit unbewegtem Gesicht, aber bis zum Bersten mit Glückseligkeit erfüllt, in sich hinein betete:

«Oh, Churrem, Liebe! Wie ich dir danke! Nie werde ich dir das vergessen, und immer, immer werde ich alles tun, was du willst.

Allah sei Preis in dir, du Liebe!»

Dabei war der Satz, der das alles bewirkte, nicht einmal sehr lang. Er lautete:

«Nachdem somit das Gestirn des Sieges seinen Scheitelpunkt erreichte, beschlossen Wir in Ausübung der Werke des Friedens und des Gedeihens Unserer geliebten Schwester, der erlauchten Esma Sultana Khan, unserer Erhabenen Mutter jüngsten Tochter, die da voranleuchtet den Jungfrauen in der Krone ihrer Tugenden, Unseren Lieben und Getreuen, den Oberstfalkonier Unseres Serails, Ibrahim Bey, zum Manne zu geben...»

Je länger der Lala las, um so eisiger wurde es um Saffieje, und als er geendet hatte, war sie wie aus Stein.

Mit keinem einzigen armen Satz hatte der Brief sie erwähnt.

Es ließ sich nicht leugnen: die Gesandtschaft war eine höchst glänzende, sehr ehrenvolle... Niederlage für das Alte Serail.

20

Ich hätte Soliman zuvorkommen müssen», war der Walide Meinung. – Die öffentliche Audienz war bereits vorüber, und Hafsa Chatun befand sich mit ihrer Tochter Tamara in einem der inneren Gemächer.

«Aber wer hätte das voraussehen können», fügte sie hinzu. «Soliman schien so gar nicht an Esmas Verheiratung zu denken. Ich selbst mußte ihn erst daran erinnern.»

Davon, wie Solimans Entschließung etwa abzuändern sei, sprach sie nicht. Wäre Hafsa Chatun mit ihrem Vorschlag zuerst hervorgetreten, so hätte Soliman sich möglicherweise gescheut, der Öffentlichkeit das Beispiel eines ungehorsamen Sohnes zu bieten. Jetzt aber war sie überrumpelt worden. Der Kaiser hatte feierlich seinen Willen kundgegeben – die Autorität der Majestät stand auf dem Spiel und damit die Autorität der ganzen Familie.

Daß Esma diesen Ibrahim heiraten müsse, war den beiden Damen also klar.

«Natürlich hat er dem Bruder so lange in den Ohren gelegen...» wollte Tamara anfangen.

Aber ihre Mutter unterbrach sie.

«Das glaube ich nicht», sagte Hafsa. «Dieser Mensch hat Solimans Ohr, und bis jetzt konnte er tun und lassen, was er wollte. Er ist jung – folglich wird er seine Freiheit lieben. Warum also hätte er wünschen sollen, Esma zu heiraten?»

«Es ist immerhin eine Ehre», warf Tamara hochmütig ein.

Ihre Mutter hatte jedoch genug Erfahrungen im Leben gesammelt, um hierüber nur zu lächeln. «Es ist eine Ehre», entgegnete sie, «die Ibrahim verbietet, noch irgendwelche Beziehungen zu anderen Frauen zu unterhalten. Und er ist jung! Vergiß das nicht.»

«Ferhad ist auch jung!» ärgerte sich Tamara; denn der Mutter Lächeln betraf auch sie.

«Ebendas meine ich», nickte Hafsa Chatun.

«Was wollen Sie damit sagen, meine Mutter?» forderte Tamara sie heraus. «Glauben Sie wirklich an das Geschwätz über Ferhad?»

«Ferhad war sehr lange von dir getrennt», erklärte die Walide sanft. «Doch ist nichts bewiesen. Durchaus nicht!»

Tamaras Eifersucht zu schüren lag der Walide völlig fern. Schließlich war Ferhad Pascha der Vater ihrer Enkelinnen. Und wenn sie den Wert eines Mannes auch nicht allzu hoch anschlug, so hatte sie doch sehr deutliche Vorstellungen von den Schwierigkeiten, die es machen würde, für ihre stets unruhige Tochter einen neuen Gatten zu finden. Ein drittes Wesen im Zimmer kam der Walide zu Hilfe und lenkte das Gespräch wieder auf Ibrahim.

«Vielleicht...» kam es von unten, «vielleicht ist für Ibrahim, unser neues Söhnchen, der Verzicht auf Frauen gar kein so großes Opfer?»

«Ich habe nie gehört, daß er ein Trunkenbold sei», meinte Tamara.

«Das nicht! Aber vielleicht ist er ein Hengst, der sich aus der rossigsten Stute nichts macht.»

Dieser etwas allzu türkische Vergleich kam aus einem Kopf, der auf einem Zwergenkörper am Boden hockte. Jedenfalls war dieser Zwerg mehr Kopf als alles andere, ein Kopf mit dem gescheiten glattrasierten Gesicht eines weißen Eunuchen.

Es war Kulka, der die Freiheiten eines Hofnarren genoß, aber in Wirklichkeit mehr der geheime Rat der Walide war.

Kulka hatte eine Vermutung ausgesprochen, die den Frauen seit langem nachging, die sie jedoch Solimans wegen mit äußerster Vorsicht behandelten.

Hafsa Chatun war es natürlich bekannt, wie viele Männer der Knabenliebe, und allem, was damit zusammenhing, ergeben waren, und wie alle Frauen neigte sie in diesem Punkt keineswegs zur Nachsicht.

«Ibrahim ist ein lasterhafter Mensch», seufzte sie, «aber wir wissen ebensowenig über ihn wie über Ferhad.»

Und wie fremd und undurchsichtig sich das alles doch ausnehme, dachte sie dabei, und um wieviel bildsamer und überlegener im Vergleich zu diesen unverschnittenen Männern, die im Schmuck ihre Bärte wie Pfauen ihr Rad schlugen, sich doch Eunuchen erweisen! Die unbeirrbare Klarheit dieser glattgeschabten und gepflegten Wesen könne man einfach nicht erschüttern. Kaum jemals laufe ein Verschnittener den Knaben nach, statt sich weiblicher Schönheit zu erfreuen.

Hafsa Chatun liebte ihre Schönheit. Abgesehen vom Neid der Frauen aber hatte sie sich stets weit mehr als durch männliche Begierde durch die kennerische Bewunderung ihrer Eunuchen gehoben gefühlt, und zwar in solchem Grade, daß sie überhaupt die Verkürzten im Grunde als das Gegebene empfand.

Doch hier handelte es sich nicht um sie, sondern um ihre Töchter und um ihren Sohn. Und da bezichtigte man Ferhad, andere Frauen an dem teilnehmen zu lassen, was einzig und allein seiner Herrin Tamara gehörte, und Ibrahim warf man eine unlautere Neigung zu Soliman vor.

Den Söhnen der Familie Osman waren derartige Gewohnheiten auch durchaus nicht fremd. Der Eroberer hatte selten verziehen: niemals jedoch das Verbrechen, ihm einen hübschen Jüngling vorenthalten zu haben. Und dennoch! Das könne nicht sein, entschied Hafsa Chatun. Bei Soliman habe niemand dergleichen Regungen wahrgenommen. Dagegen war Esmas Heirat eine unbestreitbare Tatsache.

«Je mehr ich über die neue Lage nachdenke», sagte Hafsa, «um so mehr finde ich, daß sie auch viele Vorteile bietet», um dann in ihrer Überzeugung, jeder Mann bedürfe weiblicher Leitung, fortzufahren: «Bis jetzt war uns Ibrahim Bey ziemlich entrückt. Er konnte vieles tun, wovon wir nie etwas erfuhren. Und das galt damit auch von Soliman... wie wir leider heute sehen konnten. Heiratet Esma aber Ibrahim, so wird er uns kaum noch etwas verbergen können, nicht einmal seine Gedanken.»

«Falls unsere kleine Esma nicht zu sehr deine Tochter ist,

Base Hafsa», ließ Kulka einfließen; denn er hatte das Mißtrauen der Zwerge.

Hafsa und Tamara sahen auf.

«Blickt nicht so verstört, meine Reizenden», kicherte Kulka. «Könnt ihr euch nicht vorstellen, daß Esmas Heirat für jemand anderen noch viel vorteilhafter ist als für Allerhöchst uns? Von dir, meine ewig schöne Base, ging der Vorschlag wenigstens nicht aus.»

«Wahrscheinlich ging er von niemand aus», fiel Tamara ein. «Du weißt doch, Kulka, wie vernarrt der Bruder in diesen Griechen ist!»

«Möglich!» gab Kulka zu. «Vielleicht haben wir es hier mit einer freien Entschließung des Höchsterhabenen zu tun. Falls nämlich Höchsterhabene überhaupt freie Entschlüsse fassen können. Aber sie können es nicht, meine Taube! Auch unser erhabener Sohn Soliman kann es nicht. Und darum sitzt hier das Häkchen. – Fragt sich nur, wer es ist?»

«Nun?» drängte Tamara.

«Immer wer gewinnt!»

«Also wir!» sagte Tamara.

«Oder .. . der rothaarige Bastard im Neuen Serail!»

«Roxelane?!»

«Ja, sie, meine kleine Smaragdeidechse! Geruht dein kaiserlich umhegtes Gehirnchen sich endlich der Weisheit zu bequemen?»

«Sag deine Weisheit, Zwerg!»

«Sie – ich meine die Mißgeburt! – teilt Solimans Neigung mit dem Griechen. Frage dich selbst, mein Schmetterling, was würdest du tun?»

«Ich würde Ibrahim wegschaffen!»

«Was haben wir doch für eine kluge Tochter! Nicht wahr, Base Hafsa?» Vor Bewunderung küßte Kulka seine eigenen Fingerspitzen. «‹Ich würde Ibrahim wegschaffen!› Einfach und groß! – Da das aber bei Soliman nicht zu erreichen wäre, sah sich deine Rotzka gezwungen», berichtigte er dann, «wenigstens das Übergewicht zu erlangen.»

«Was sie und Ibrahim zu Feinden machen muß!»

«Warum, mein Töchterchen? Den Schwächeren braucht man nicht zu hassen. Wessen Tun man aber kennt, während man sich selbst im verborgenen halten kann, ist immer der Schwächere.»

«Also zuvorkommen?» mischte die Walide sich jetzt ein. «Und durch Esma...?»

«Ausgeschlossen!» rief Tamara.

Hafsa Chatun jedoch war nachdenklich geworden.

«Meine Tochter Esma und diese Roxelane...» sann sie.

«Vielleicht hat unsere Tochter Esma», gab Kulka zu bedenken, «ihre eigenen Ansichten über das, was sie im Bett haben will.»

«Seit Roxelane nicht mehr im Alten Serail ist», wehrte sich die Walide, «hat Esma sie nicht wieder gesehen!»

«Was wissen wir, liebe Base!» seufzte Kulka.

«Ich kenne jeden Schritt meines Kindes», überlegte Hafsa Chatun noch immer. «Aber wenn es auch nicht wahr zu sein braucht, so wollte ich doch, ich hätte dich früher gefragt, Kulka.»

In diesem Augenblick wurde Ferhad gemeldet. Und da die Walide wußte, daß ihr Schwiegersohn Kulka nur schwer ertrug, fand der Pascha den Zwerg bei seinem Eintritt nicht mehr vor.

Die Walide betrachtete den Wesir eine Weile, ohne ihm eine Annäherung zu gestatten.

Er jedoch hielt ihrem Blick in einer Haltung stand, von der selbst sie nicht wußte, ob das nun frecher Trotz oder Freimut sei. Dessen fühlte sie sich freilich versichert, daß dieser Draufgänger keinen Gedanken zu Ende denken könne, und beinahe hätte sie gelächelt, wodurch allerdings ihr Verlangen, diesen Mann zu ducken, keineswegs geringer wurde.

Er gab ihr auch gleich eine Gelegenheit dazu. In seiner ersten Auflehnung brüstete er sich nämlich damit, ein Königreich zu einer Provinz seines Herrn gemacht zu haben. Und gerade das, sein Wüten und die Ausrottung des Herrscherhauses von Sulkadr, mit dem sich die Familie Osman so oft verschwägert habe, warf die Walide ihm vor. Zum andernmal war es kein guter Einfall von Ferhad, seiner Schwiegermutter mit einer Ironie zu antworten, die er sich selten versagen konnte.

Wie der Kanun des Eroberers lehre, sagte er, sei die Familie Osman in dieser Hinsicht auch nicht eben zurückhaltend zu nennen, was durch die Erdrosselung von Sultan Halil und dessen Sohn jüngst wieder bestätigt worden sei.

Doch diese Antwort trug ihm nur die Belehrung ein, daß die Gesetze der kaiserlichen Familie viel zu erhaben seien, um von einem Sklaven wie ihm verstanden zu werden, und auch weit höheren Zwecken dienen als dem Erwerb irgendeines Königreichs, von denen der Padischah genug besitze. Ferhad solle sich verteidigen, verlangte die Walide, und sich jeglicher Vermessenheit enthalten. Denn wenn es wahr sei, daß er die Ehre Ihrer Kaiserlichen Hoheit, seiner fürstlichen Gemahlin, durch Vergehungen mit niedriggeborenen Mädchen befleckt habe, so sehe sie, die Sultana Walide, sich genötigt, ihm fernerhin ihren Anblick zu entziehen.

Nun erschrak Ferhad doch, weil er nicht einen Augenblick darüber im Zweifel war, daß es ihm das Leben kosten könnte, falls er den Schutz der Frauen verlieren sollte.

Darum leugnete er mit einer so flammenden Entrüstung, daß seine Schwiegermutter ihm nicht länger widerstand. Zuletzt lächelte sie doch, und er durfte den Saum ihres Gewandes und seiner Frau die Hand küssen.

Dafür hatte der Pascha allerdings auch den festlichen Teil seiner Begegnung mit der Walide zu bestehen, wobei er innerlich über den geringen Anreiz solcher familiären Veranstaltungen von Herzensgrund seufzte. Nicht einmal der Tanz, den die Ehrendamen nach dem Kaffee zu Gesang und Laute ausführten, konnte ihn umstimmen. Immer wieder mußte er an andere Darbietungen denken, bei denen die Mädchen gewiß nicht so schön und lange nicht so gebildet und weit, weit weniger bekleidet gewesen waren; die ihm aber, was die

Greifbarkeit der Genüsse anlangte, wesentlich besser behagt hatten. Doch das sei allmählich zu gefährlich geworden, trauerte er diesen Erinnerungen nach. Und die kleine Smyrniotin müsse er wohl verschwinden lassen.

Denn er spürte im Nacken und an der Kehle einen eigenartigen Druck, wie ihn allzu heftiges Denken an die seidene Schnur hervorrufen mochte.

Auf sie wenigstens glaubte Ferhad als Pascha von drei Roßschweifen und kaiserlicher Schwager ein Anrecht zu haben, für den Fall nämlich, daß die Damen sich von ihm abwenden sollten.

Nicht nur die Hebammen, sondern sogar der Erste Leibarzt war zu Roxelanes Entbindung erschienen.

Das Erscheinen des Mediziners hatte eine allgemeine Verschleierung der Frauenwelt zur Folge gehabt, weil die ärztliche Kunst wie die Rechtsprechung als geistliche Disziplinen des Islams galten und darum nur von unverschnittenen Ulema geübt wurden. Außer ihnen gab es noch jüdische Ärzte, aber denen war Soliman grundsätzlich abgeneigt. Das rechtzeitige Eintreffen der Hebammen und des Arztes könnte von Roxelanes Freunden nur als ein Glück angesehen werden. Denn dadurch, daß die Erste Hebamme als zuständige Amtsperson das Neugeborene von der Mutter hatte lösen können, war jeder Einwand gegen die fürstliche Geburt hinfällig geworden. Eigentlich hätte nämlich eine Reihe genau im Zeremonial bestimmter Zeugen zugegen gewesen sein müssen. Dennoch hatte der Kislar Aga keine Schwierigkeit gemacht, die Geburt zu protokollieren, und die Obersthofmeisterin keine, das Protokoll mit des Sultans Namenszug zu siegeln.

Dann jedoch war alles in fieberhafte Erregung geraten.

Das Alte Serail hatte an diesem schwarzen Tag mit der unerwarteten Nachricht einen zweiten Schlag erlitten. Kira Sultana dagegen war wohl mit Neid, aber auch mit Freude darüber erfüllt worden, daß die Stellung des Neuen Serails jetzt unleugbar stärker war als zuvor. Bevor noch die Öffentlichkeit das Ereignis vernommen hatte, waren auch schon zwei hohe schwarze Eunuchen, jeder Präfekt einer Kammer, ins Hauptquartier abgegangen, der eine zu Land, der andere auf dem Seeweg, und jeder bemüht, dem Kaiser als erster dessen neue Vaterschaft zu vermelden. Auch die fremden Gesandtschaften waren nicht müßig gewesen. Ihre Kuriere befanden sich bereits auf dem Wege nach Wien, Ragusa, Florenz und Paris. Eine starke Kogge machte zur Abfahrt nach London klar. Alles, was zum Hof und zur Regierung gehörte, nahm an dem Ereignis teil, war bestürzt, hatte Bedenken, hoffte, jubelte oder wählte den bequemeren Weg des Abwartens.

Überall war stürmische Geschäftigkeit und Diskussion.

Nur in Roxelanes Schlafzimmer herrschte lautlose Stille.

Lange hatte sie in einer Lache ihres Blutes gelegen, bis es dem Hakim, dem Arzt, endlich gelungen war, des gefährlichen Ergusses Herr zu werden. Nun lag sie in ihrem Bett. Aber das Bewußtsein hatte sie nicht wiedererlangt.

Um das Kind bemühten sich unterdessen in einem Nachbarzimmer die Frauen. Sie wurden von der Obersthofmeisterin und anderen Chargen überwacht, und alle harrten ihres Dienstes für den Fall, daß der Leibarzt und Dede Semid Roxelanes Erwachen ankündigen würden.

Denn außer dem Hakim war Dede Semid der einzige Mensch bei der Wöchnerin.

Still weinte sie vor sich hin.

Ohne zu denken hatte sie das Kind der Freundin ans Licht gehoben, und erst als sie Roxelane wie tot auf dem Teppich gesehen hatte, war das Entsetzen über sie gekommen.

Dann hatte Resmi, der Arzt, der jungen Mutter einen Spiegel vor den Mund gehalten. Qualvolle Sekunden waren verstrichen. Und Dede Semid hatte selbst auf der blanken Fläche den Belag vom Atem der Herrin sehen müssen, um zu glauben, daß nichts Unwiderrufliches geschehen sei.

Seit diesem Augenblick weinte sie.

Sie hatte die von Blut geröteten Pergamente an sich genommen, und sie wäre keine Frau und keine Freundin gewesen, wenn sie die Briefe ungelesen beiseite gelegt hätte.

Das Schreiben Bolils war ihr bekannt. Das andere aber war von Soliman.

Fast ohne Eifersucht las sie, so menschlich war dieser Brief des Liebenden an die Geliebte. Nichts von Schwulst war darin. Ganz einfach berichtete er von seiner Eroberung, schrieb er von seiner Sehnsucht nach ihr und von dem Glück der Wiedervereinigung, das ihm nun bevorstehe.

Dede Semid begriff Roxelanes Liebe zu Soliman, und im Augenblick war sie so gestimmt, daß sie dem Kaiser Roxelanes Liebe, die sie ihm nicht gönnte, nahezu verziehen hätte.

Immer noch tropften ihre Tränen auf die Schriftzüge Solimans, als sie den Kopf hob und ein unbändiger Stolz auf Roxelane in ihr emporquoll. Denn jetzt begrüßten die Kanonen der Hauptstadt das Kind der Freundin mit ihrem Salut.

Auch Roxelane vernahm die rollenden Salven.

Sie waren die ersten Laute, die sie aus der schwarzen, traumlosen Nacht ins Leben zurückriefen, zurück in das kampferfüllte, herrliche Leben.

Wie an ihr Lager geschmiedet empfand sie sich, wie mit unüberwindlichen Gewichten beschwert ihre Lider. Und doch fühlte sie deutlich, daß sie ihre Augen öffnen, daß sie erwachen müsse, weil etwas Wichtiges geschehe, das ohne sie seinen Sinn verliere.

‹Ich will nicht! Ich will nicht!› arbeitete es in ihr.

Und das sollte heißen: ‹Ich will nicht leben und will kein Kind!› Soliman sei fern, sollte es heißen, und er habe sie betrogen. Und nie mehr könne sie zu ihm kommen, nie mehr mit ihm glücklich sein. Das sei es, warum sie jetzt tot bleiben müsse und nicht mehr erwachen dürfe.

Aber nichts half ihr das Nichtwollen und Nichtdürfen.

Von weit her rief es sie. Irgend etwas, was leben wollte und ohne sie nicht leben konnte, rief sie. Immer näher kam es, immer dringlicher wurde der Ruf, immer dröhnender.

Und dann waren es die Kanonen, die sie gerufen hatten.

Es war das Kind, das sie mit Kanonen ins Leben zurückrief, das Kind, das nicht leben konnte ohne sie, das um den Schutz der Mutter flehte.

Mit der Qual der Verdammten zermarterte sie ihr Gehirn: wie viele Schüsse wohl gefallen seien?! Sie wußte es nicht. Und sie konnte es nicht nachrechnen.

‹Nur nicht dreiundzwanzig!› bettelte ihre Seele. ‹Laß es nicht dreiundzwanzig sein, lieber Gott! Keinen Sohn! Lieber, lieber Gott, laß es keinen Sohn sein!!›

Dreiundzwanzig Salven bedeuteten die Geburt eines Prinzen.

«Nein!» schrie Roxelane. «Ich will nicht!»

Es war ihr erster Laut.

Resmi, der Arzt, zog sich mit einer Verbeugung zurück.

Dann redete er Dede Semid an.

«Ihre Hoheit sind erwacht, Dame», sagte er.

«Und...?!» fragte Dede Semid mehr mit den Augen.

«Allah war gnädig», erklärte er.

Was bedeutete dem Arzt schon eine Geburt! Er hatte Fälle erlebt, da ihm die Mutter weggestorben war, und andere, da er das Kind hatte opfern müssen. Mehr als einmal hatte er den Kaiserschnitt ausgeführt und mehr als einmal mit Erfolg. In Bagdad und Damaskus hatte er studiert und in Italien sich mit der fränkischen Weise vertraut gemacht. Die allerdings war mehr Wind gewesen und Aberglaube, und selbst der eine, durch den Resmi an alte arabische Anschauungen gemahnt worden war – Paracelsus hatte er sich genannt –, war der Mystik anheimgefallen. Resmi aber glaubte an den Koran und die Sunna, die beide zu glauben waren, und wollte mit der Mystik, die sich auch im Islam immer mehr ausbreitete, nichts zu tun haben. Er war Arzt und glaubte an das, was er sah. Und demnach war ein Fall wie der dieser Dame keiner, der ihm besondere Befriedigung hätte gewähren können. Höchstens, daß er sich das Geschenk errechnete, das ihm der Großherr verehren würde, und das wieder hing davon ab, ob das Kind am Leben bliebe.

Ein Achtmonatskind durchzubringen sei nicht leicht, dachte er: aber das sei Sache der Frauen. Der Fall dieser Dame jedoch sei ein gewöhnlicher Fall, mehr der Fall einer Bäuerin als einer Dame: etwas reichlicher Blutverlust und sonst nichts.

«Ihre Hoheit werden ihre Schwäche in wenigen Tagen überstanden haben», erklärte er mit nachsichtigem Lächeln. – Und dann schickte er sich an, das Zimmer zu verlassen.

«Nicht doch!» bat Dede Semid. «Wir müssen sie jetzt in Ruhe lassen. Sie darf es nicht sehen.»

«Was darf sie nicht sehen?»

«Das Kind!»

«Das Kind nicht?» erstaunte der Arzt. «Wenn es am Leben ist, wird sie es sehen.»

«Sie darf nicht! Es wird sie erregen!»

«Sie ist schwach», gab er zu. «Wenn Sie es so ausdrücken wollen, ist sie sehr schwach. Doch das ist kein Grund zur Besorgnis.»

«So hören Sie doch, Ehrwürden!» beschwor ihn Dede Semid. «Es gibt noch andere Dinge als die des Leibes, Dinge der Seele. Und sie will das Kind nicht! Verstehen Sie?! Sie will es nicht!»

Einen Augenblick dachte der Arzt nach. Schließlich war er auch Theologe.

«Ich bin ein Hakim», sagte er dann. «Gibt es andere Dinge als die, die mir Allah geboten, so sind sie sein Wille. Wer bin ich? Wir dürfen nicht säumen.»

Aber Dede Semid folgte ihm nicht.

Sie eilte zu Roxelane und küßte ihr kniend die Hände.

Nicht eine einzige winzige Frage kam über Roxelanes Lippen, keine Frage nach dem Kind.

«Schick sie fort», flüsterte sie nur. «Ich will sie nicht

sehen!» stöhnte sie mit zurückgeworfenem Kopf und verkrampftem Körper, als sollte sie noch einmal gebären.

Das Geräusch vieler Tritte kam näher.

Die Tür öffnete sich.

Auf der Schwelle erschien die Kiajai Harem mit ihrem Gefolge.

Auf den Armen trug sie ein grünes Bündel – offenbar das Kind.

Dede Semid vertrat der Obersthofmeisterin den Weg.

«Sie übersteht es nicht, Exzellenz», sagte sie.

«Ich hörte bereits von Ihrem seltsamen Begehren», erklärte die hohe Dame voll Mißbilligung. «Aber Seine Ehrwürden sieht keinen Grund, den Vorschriften zuwiderzuhandeln. Es ist also meine Pflicht und mein Recht, das Kind an die Brust der Mutter zu legen.»

«Bitte nicht!» rief Dede Semid.

Aber kein Mensch hörte mehr auf sie.

Als sie jedoch sah, wie die Obersthofmeisterin sich mit tiefer Verbeugung Ihrer Hoheit näherte, kam ihr trotz aller Angst auf einmal zum Bewußtsein, welche Wandlung das Kind in Roxelanes Stellung bewirkt habe.

Es war nicht so lange her, da hatte Dede Semid sich eine Roxelane Sultana gewünscht, und jetzt sah sie, wie man das Kind dieser Sultana aus den Tüchern nahm, aus den kaiserlichen Tüchern!

«Sie kommen!» bebte indessen Roxelane. «Sie bringen das Kind. Laß es ein Mädchen sein, Gott! Ich will fort von hier! Wenn auch nur bis in ein Haus am Meer, in Dede Semids kleines Haus. Dort will ich am lebendigen Wasser mein Kind erziehen und nie mehr etwas sehen von einem Mann. Nie mehr! Laß das Kind kein Sohn sein! Gott! Kein Sohn...»

Mit dem nackten Kind beugte die Kiajai Harem sich über sie.

Gar nicht gut war das Kind anzuschauen. Niemand hätte

etwas Schönes an diesem rötlichen Ballen Fleisch gefunden. Und nun greinte es auch noch, und dabei öffnete es die Augen.

Es waren Solimans Augen, und das Kind war ein Knabe.

Da nahm Roxelane ihren Sohn an ihre Brust.

Und da liebte sie ihn.

Zweites Buch

21

Der Saim und Rittmeister Sulkodscha, der sein Siamet, sein Großlehen, in Anatolien hatte, besaß nach dem letzten Feldzug Konstantinopel.

Er ging, wie ein Dscheri Baschi seinen Lehen Sipahis voranreitet: den Krummsäbel und die Offizierskeule an seiner Seite, den Eisenhelm auf dem Kopf, das Kinn glattgeschoren; den Schnauzbart aber zurückgestrichen und mit den Enden um die Ohren gewickelt, auf daß ihm der Schmuck nicht hinderlich werde. Nur den schweren Schild, die Lanze und den Karabiner hatte er im Quartier gelassen. Auf dem Hippodrom verweilte er.

Der Platz war groß. Schon zur byzantinischen Zeit war er nicht nur der Schauplatz der Wagenrennen gewesen, sondern mehr als einmal hatte sich auf ihm in den Parteikämpfen auch Sieg oder Niederlage von Dynastien entschieden. Der Platz gefiel dem Saim und Dscheri Baschi Sulkodscha.

Er fühlte sich wie befreit.

Denn während ihn sonst überall die Enge der Weltstadtstraßen bedrückte, sah er hier mehr als Raum genug vor sich, um jede nur denkbare Entfaltung seiner Schwadron zu ermöglichen.

Dann ging er zur Betrachtung der Einzelheiten über.

Die Galgen, die er aufgerichtet sah, billigte er ohne weiteres Fragen und von ganzem Herzen. Sie bekundeten eine feste Polizei und das hohe Ansehen, dessen sich die Rechtspflege erfreute.

Anderes erschien ihm weniger merkwürdig, wieder anderes erweckte sein Befremden.

Vor der ehernen Schlangensäule ließ er sich dadurch beschwichtigen, daß sie kaum als ein vom Koran verworfenes Bildwerk anzusehen sei, sondern vielmehr als ein Siegesdenkmal aus grauester Vorzeit, die den Gesetzen des Propheten noch nicht habe nachleben können. Angesichts der Siegesbeute aus Ungarn aber, aus dem königlichen Schloß zu Buda, ließ sich seine Entrüstung nicht dämpfen.

Auch hierbei handelte es sich um Säulen, und zwar gleich um drei. Sie jedoch wurden ganz unmißverständlich von je einer menschlichen Gestalt gekrönt, und wenn Sulkodscha auch gewußt hätte, daß sie die heidnischen Griechengötter Herakles, die keusche Artemis und Apollon darstellen sollten, so hätte das die Sache doch in seinen Augen in keiner Weise gebessert.

Das sei Götzendienerei! sagte er, und seine hauptstädtischen Freunde waren sehr verlegen, weil sie im Grunde dieselbe Meinung hegten. Zumal das halbnackte Weibsbild sei eine gewaltige Schändlichkeit, erklärte Sulkodscha zornig, und wozu denn all diese Galgen da seien, wenn nicht dazu, um den Mann, der das schamlose Frauenzimmer vor allen Leuten auf die Säule gestellt habe, an einen dieser Galgen aufzuhängen!

Doch jetzt wurde aus der Verlegenheit seiner Freunde Angst. Man bedeutete ihm zu schweigen.

Denn ähnliche Worte hatten, sogar in der gefälligeren Form eines Gedichts, vor noch nicht langer Zeit bewirkt, daß zwar nicht der Kunstliebhaber, wohl aber der Künstler, nämlich der Urheber jener Verse, an einen der Galgen gehängt worden war, die Sulkodscha so empfahl.

Ob er denn Ibrahim Pascha nicht kenne? fragte man ihn.

Wie denn das wohl möglich sei? entgegnete der Saim. Den

Großwesir und Serasker der letzten Feldzüge müsse er doch kennen, den Mann, der bei Mohács, dem Grab des Ungarnheeres, kommandiert habe, und wenn er, der Saim, auch vom Lande sei, so sei er doch Soldat und…

Nun wohl, unterbrach man ihn, dort drüben stehe Ibrahims Palast, dort, wo das Menschengedränge sei, und Ibrahim sei es gewesen, der die Trophäen vor seinem Haus habe aufstellen lassen. Überhaupt sei das Serail des Großwesirs ein Wunder, fuhr man eilfertig fort, um den rauhen Gast in ein unverfänglicheres Gespräch zu verstricken, der neue, fensterlose Anbau zum Beispiel, den mit der erhabenen Kuppel, den Sulkodscha da sehe, sei nicht etwa eine Moschee, wie er zu glauben völlig berechtigt sei, sondern ein Schwimm- und Dampfbad, das sich Ibrahim habe bauen lassen. Auch sei das durchaus nicht eines wie das große und allerdings auch recht teure Bad am Löffelmachermarkt oder wie die Moscheebäder, in denen sich jedermann vergnügen könne – es sei vielmehr einzig und allein nur für den Gebrauch von Esma Sultana und für ihn, den Großwesir selbst, bestimmt. Sulkodscha möge doch bedenken: für zwei Menschen ein Bad! Und nach dem, was die Künstler und Handwerker davon sagen, sei es so verschwenderisch ausgestattet, wie nicht einmal der Padischah eines besitze. Doch Sulkodscha schüttelte nur den Kopf.

Das seien Neuerungen, sagte er, und es gebe gewesene Christen, die gute Moslems geworden seien, wenigstens spreche man so – doch möge Ibrahim immerhin sein Feldherr sein, so müsse er, Sulkodscha, dennoch am Serasker und Großwesir den Sinn für die biedere Einfachheit und die fromme Einfalt der Altvorderen vermissen.

Und dabei blieb Sulkodscha, der Saim aus Anatolien und Dscheri Baschi bei der Lehensreiterei, und sehr viel andere, ob sie es nun sagten oder verschwiegen, dachten wie er.

«Wesir sollst du sein!»

Das war zur Zeit des blutigen Selims ein Fluch gewesen.

Unter seinem Sohn Soliman war es ein Segenswunsch geworden.

Besonders Solimans Freund Ibrahim, dieser Sohn eines epirotischen Fischers, hatte das Los der Glückseligen gezogen. Freund des Kaisers, Gatte der hübschen Esma Sultana, die ihn vergötterte, und gestützt von Roxelane Sultana, konnte ihn nicht einmal mehr Hafsa Chatuns Abneigung gefährden. Und dabei war diese Abneigung inzwischen zu einem so unbeugsamen Haß geworden, daß Solimans schöne Mutter es all die Jahre hindurch abgelehnt hatte, jemals ihre Tochter Esma wiederzusehen oder gar ihren Schwiegersohn Ibrahim zu empfangen.

Zehn Jahre waren seit der Geburt von Roxelanes ältestem Sohn Mohammed Soliman verflossen, zehn Jahre seit der Verlobung der kleinen Esma mit dem damaligen Oberstfalkonier des Serails.

Achtunddreißig Jahre war Soliman jetzt alt, und fünf Kriege hatte er während seiner Regierung geführt. Im ersten war Belgrad, im zweiten war Rhodos erobert worden.

Der dritte Feldzug hatte sich wie der erste daraus ergeben, daß es den Ungarn richtig erschienen war, Solimans unbequemen Botschafter einfach umzubringen, nicht ohne ihm vorher Nase und Ohren abgeschnitten zu haben.

Belgrad hatte nur ein Vorspiel der Vergeltung sein sollen.

In Solimans drittem Feldzug war denn auch wirklich die eiserne Woge der ungarischen Ritterschaft an der neuzeitlicheren osmanischen Heeresmaschine zerbrochen. In anderthalb Stunden war am 28. August 1526, am Tag von Johannis Enthauptung, Ungarns Schicksal auf der Ebene von Mohács für zweifellos viele Generationen entschieden worden. Nach dem Sieg über das Königreich hatten dann freilich die Kämpfe um das Land erst begonnen, und das Ende dieser Kriege war noch gar nicht abzusehen.

In irgendeinem Morast des Schlachtfeldes von Mohács verweste unaufgefunden und verschollen die Leiche des jungen kinderlosen Königs Ludwig von Ungarn.

Seine Erben waren um so lebendiger.

Da war vor allem der römische König, der Erzherzog Ferdinand von Österreich, auch König von Böhmen, der Bruder und künftige Nachfolger Kaiser Karls des Fünften. Als Schwager des gefallenen Ludwig hatte er dessen Land beansprucht.

Doch Soliman hatte die heilige Stephanskrone dem Johannes Zapolya zugesprochen, und damit waren Osmanen und Habsburger zum erstenmal gegeneinander angetreten.

Die Habsburger wollten Ungarn, die Türken wollten Wien.

Weder Habsburger noch Türken jedoch hatten bis jetzt, was sie wollten, bekommen.

Im vierten Feldzug waren die verlorenen Städte Buda und Pest von den Türken zwar wiedererobert, aber Wien war vergeblich belagert worden, und der fünfte hatte das Heer des Padischahs überhaupt nur bis Graz geführt.

Das waren bis jetzt die fünf Feldzüge Solimans, die ihn alle fünf im Lager und an der Spitze seiner Truppen gesehen hatten.

Zu vielen Zehntausenden hatten seine Soldaten deutsche Menschen fortgetrieben. Blonde Mädchen aus Österreich, Steiermark und Kärnten waren billig geworden. In den türkischen Basaren kaufte man sie um den Preis von ein Paar Schuhen.

Aber Wien war deutsch geblieben. Dafür war Ungarn, das Vorfeld der deutschen Stadt und Deutschlands, immer noch türkisch.

Denn nun ging es um Deutschland und Kaiser Karl den Fünften, den König von Spanien, wie die Hohe Pforte ihn titulierte. In ihm hatte Soliman, der im Abendland schon häufig «der Große» genannt wurde, seinen Gegner gefunden.

Trotz der Riesenverluste der entvölkerten deutschen Ostmarken war die Standhaftigkeit Wiens für Karl ein Triumph gewesen, der noch dazu mit einem anderen zusammengefallen war: mit dem Sacco di Roma, mit der Eroberung Roms durch Karls deutsche «frommen Landsknechte» und seine spanischen Infanteristen.

Diese biederen und erfahrenen Männer waren mit Rom nicht anders verfahren als Solimans Renner und Brenner am Semmering. In wenigen Tagen hatten Karls Truppen das ewige Rom von siebzigtausend Einwohnern auf dreißigtausend heruntergebracht, und auch bei Karls kriegerischen Haufen hatte der Handel mit schönen Mädchen geblüht.

Wien gehalten und Rom genommen – es war die Stunde gewesen, in der es der Welt den Atem verschlagen hatte.

Ohne äußere Schwierigkeiten wäre es Karl nach seinem Sieg über Frankreich und den Papst möglich gewesen, Rom zu seiner Hauptstadt, den widerspenstigen Oberhirten zu seinem Erzkaplan und das abendländische Kaiserreich zur Wirklichkeit zu machen.

Karl jedoch war ein viel zu guter Politiker, um nicht zu wissen, daß keine europäische Nation, weder seine Spanier noch seine Deutschen, und nicht einmal beide Völker zusammen stark genug seien, um Europa mit Gewalt zu einen.

Nicht ganz zu Unrecht verweigerten daher die Kanzleien zu Konstantinopel den Kaisertitel jedem anderen Herrscher außer Soliman.

Im weiten Reich des großen Padischahs, des Schahs der Schahs, des alleinigen Khankhans und Khunkiars, nämlich des Kaisers, des Weltherrn, wie sich Soliman nannte, lebten 32 Völker – aber gegen seinen Willen war jeder andere Rebellion.

Und diese ungeheure Macht lag in den Händen Ibrahims, des immer noch jungen Geigers aus dem Garten bei Magnesia.

Er konnte verdammen und begnadigen, er konnte aus einem Stallknecht einen Wesir machen, er regierte, wo Soliman herrschte.

Und heute war seinem Haus Heil widerfahren.

Jedenfalls sah seine Frau Esma es so an.

Unwandelbar wie Ibrahims Glück war ihre Freundschaft

und Verehrung für Roxelane geblieben, die einzige Frau ihres Bruders. Fast war es, als sehe sie Roxelane mit Solimans Augen.

Mit um so leidenschaftlicherer Zärtlichkeit klammerte sie sich an ihre Schwägerin, da ihre Mutter sie als unbotmäßige Tochter verstoßen hatte und ihre Schwestern, besonders Tamara, kaum noch die erforderlichen Höflichkeiten mit ihr austauschten.

Dschanfeda freilich hielt sich nur wegen der Mutter zurück. Hafsa Chatuns älteste Tochter war ganz ohne Tamaras Neid. Erst hatte sie vom Bruder die Rückberufung ihres Mustafas und dann seine Pensionierung erlangt, und nun teilte sie ihn höchstens noch mit der Moschee von Gebise, die der Pascha erbauen ließ. Dschanfeda war mit ihrem Mann und ihren Töchtern viel zu glücklich, um in Wahrheit hassen zu können.

Tamara dagegen hatte wohl auch Töchter, aber keinen Mann mehr. Den hatte dasselbe Schicksal getroffen wie Achmed Pascha.

Achmed Paschas wegen grollte die Sultanin-Mutter heute noch ihrer Jüngsten, die ihn hätte heiraten sollen. Und doch hatte der Ehrgeizling Achmed über seinem Aufstand im Ägypten längst das Leben verloren, während Ferhad Paschas Kopf um weit Kleinlicheres auf das Blutleder gerollt war.

Seine Erpressungen und Grausamkeiten in Kleinasien hatte Soliman auf Verwendung der Mutter und Schwester dem Schwager noch verziehen. Dafür war Ferhad freilich, wenn auch mit sehr erhöhtem Einkommen, nach Semendria an der Donau versetzt worden. Er hatte keine Veranlassung zu Erpressungen mehr haben und unter den Augen seines Herrn sein sollen.

Als dann aber trotzdem dieselben Klagen wieder eingelaufen waren, hatte auch die Vermittlung der Frauen Ferhad nicht mehr retten können. Und nicht einmal der seidenen Schnur war er gewürdigt worden. Nach gehöriger Untersuchung hatte man ihm auf richterliches Urteil hin den Kopf abgeschlagen.

Der Riß zwischen dem Alten und dem Neuen Serail war dadurch nur noch größer geworden. Denn Roxelane war es gewesen, die sich der Familien der Gemordeten angenommen und das Verfahren gegen Ferhad ins Rollen gebracht hatte.

Esma allerdings, die ganz zum Lager des Neuen Serails gehörte, hatte die Freundin als eine Zuflucht der Bedrängten nur um so lieber gewonnen, und kurz darauf war ihre Bewunderung angesichts von Roxelanes Auftreten beim Janitscharenaufstand grenzenlos geworden.

Soliman hatte den Winter in Adrianopel mehr mit der Jagd als im Diwan verbracht. Es waren jene Jagden im mongolischen Stil gewesen, Kriege im kleinen, mit einem Aufgebot von Tausenden. Durch sie war er in den Wäldern an der Marizza festgehalten worden, und auch Roxelane hatte nach Kosakenart und den Mund nur mit einem leichten Schleier bedeckt an diesen Jagden teilgenommen. Doch die Janitscharen waren nun einmal eine furchtbare Truppe. Ohne Familie und ohne Volk waren sie nur dem Islam und dem Padischah verbunden, und gerade ihre Furchtbarkeit verlangte die Gegenwart des Herrschers, wenn sich ihre eiserne Disziplin nicht lockern sollte.

Und Soliman war auf der Jagd gewesen!

Da hatten die Janitscharen ihre Suppenkessel umgeworfen, was das traditionelle Zeichen ihres Unwillens war, hatten den Reis auf den Boden geschüttet und die leeren Kupferkessel, die Sinnbilder ihrer soldatischen Gemeinschaft und Ehre, mit ihren Löffeln geschlagen.

Die herrenlosen Höflinge aber waren geflohen, die Frauen in den Harems hatten sich in ihre Kissen verkrochen und die Straßen Konstantinopels sich geleert. Selbst die wilden Hunde waren verschwunden und hier und da schon Brände ausgebrochen – als auf einmal das Gerücht die Stadt durchlief: der Padischah, der schon an den süßen Wassern gewesen sei, befinde sich im Serail.

Esma wußte, daß Roxelane ihn dazu vermocht hatte.

Roxelane hatte auch am Fenster des Diwansaales gestanden, dem «Auge des Reichs», das Soliman hatte brechen lassen, um jederzeit ungesehen den Sitzungen beiwohnen und sie überwachen zu können. Denn bis hierher, bis in diesen geheiligten Bezirk, hatte sich eine Rotte der Aufrührer vorgewagt.

Hier war ihnen der zürnende Soliman entgegengetreten, hatte mit der Keule der Macht, die mit dem Schild und dem Bogen des Großherrn immer am Thron lag, drei der Frechsten mit eigener kaiserlicher Hand niedergestreckt und dann ... die Waffen der Empörer auf sich selbst gerichtet gesehen.

Er war so gut wie verloren gewesen. In diesem Augenblick war er nur durch eine Frau, durch seine Frau, durch Roxelane gerettet worden.

Ohne sich zu besinnen, hatte sie sich vor den Vater ihrer Kinder geworfen, vor den Mann, den sie liebte. Die Janitscharen aber, die vor nichts einen solchen Respekt hatten wie vor der Tapferkeit, waren vor dieser mutigen Frau und deren ebenso kräftigen wie unverständlichen Schimpfworten vom Dnjepr einen Augenblick zurückgewichen. Nur einen Augenblick.

Aber während dieses kurzen Augenblicks hatte Roxelane Soliman in Sicherheit bringen können.

Durch einige Enthauptungen und zahlreiche Soldverkürzungen war die Ruhe dann bald wiederhergestellt worden.

Das alles und vieles andere wußte Esma, und sie gehörte zu den wenigen, die es recht wohl verstanden hatten, daß Soliman bei ihrer eigenen glanzvollen Hochzeit mit Ibrahim auf die Nachricht von Roxelanes dritten Wehen jäh aufgebrochen war.

Seine Eile hatte mehr dem besorgten Gatten als der kaiserlichen Würde entsprochen und gezeigt, daß er in Wahrheit der Mann seiner Frau war und daß er ihr gehörte wie sie ihm.

Am 22. Mai des Jahres 1524 war das gewesen.

Am Jahrestag der Eroberung von Konstantinopel hatte Roxelane dem Geliebten zu ihrem ältesten Sohn und ihrer Tochter Mirmah den zweiten Sohn geschenkt. Selim hieß er nach seinem blutigen Großvater. Und Soliman hatte ihr, wie man wissen wollte, auf den Knien gedankt und ihre Hände mit Küssen bedeckt.

Während Roxelanes vierter Niederkunft war Soliman allerdings in Ungarn gewesen. Kurz vor der Schlacht bei Mohács hatte sie sich ereignet, und an Stelle des Bruders hatte sich Esma bei der Wöchnerin befunden.

Ein einziges Entsetzen war im Köschk Hebetullah gewesen.

Selbst die Obersthofmeisterin Dede Semid hatte Angst gehabt, der Mutter das Neugeborene zu reichen.

Denn Roxelanes viertes Kind lebte wohl und war sogar ein Knabe; aber...der Knabe war mit zwei Buckeln zur Welt gekommen.

Die Mutter jedoch hatte den kleinen Krüppel mit nur um so größerer Zärtlichkeit an ihre Brust gebettet.

Wenn Roxelane liebte, tat sie es mit ihrer ungebrochenen Kraft. So ausschließlich liebte sie Soliman, und ebenso liebte sie seine Kinder. In ihnen sollte er leben, er und sie und ihrer beider Liebe.

Der Prinzessin Esma aber waren die Tränen gekommen.

Ob Krüppel oder nicht – ein Kind war geboren worden, doch nicht von ihr. Brennender Neid gegen die Freundin hatte sie erfüllt, und an den eigenen Jungen hatte sie denken müssen, den ihr Allah geschenkt und den ihr die Menschen nicht gelassen hatten.

Dem Dschihangir aber, dem kleinen Krüppel, war bei seinem Eintritt in die Welt gleich zweier Frauenherzen besondere Liebe zugefallen: die seiner Mutter Roxelane und die eifernde Liebe seiner Tante Esma.

Mannigfach und fest waren die Bande, die Esma mit Roxelane verknüpften. Mutter und Schwestern mußte Roxelane der Freundin ersetzen. Die Einweihung von Esmas neuem Prunkbad wäre für Ihre Kaiserliche Hoheit ohne das Erscheinen der Schwägerin unvollkommen gewesen.

Dabei hatte sich das nicht einmal so leicht gefügt!

Zuerst hatte ein passender Anlaß abgewartet werden müssen.

Der allerdings war nun gefunden.

Roxelanes vertraute Gesellschafterin und Palastdame Nino Hanum hatte geheiratet.

Diese Ehe der kleinen Griechin mit dem Defterdar, dem Reichsschatzmeister Iskender Tschelebi, war das Tagesgespräch in Konstantinopel, gehörte der Finanzminister doch durch Solimans Vertrauen und eigenen Reichtum zu den mächtigsten Männern der Monarchie. Selbst Ibrahim, der Großwesir, verfügte kaum über ein größeres Vermögen als der Defterdar.

Von Iskender Tschelebis sechs- bis siebentausend Sklaven trugen dreihundert ihre goldenen Mützen als ein Zeichen, daß ihr Herr und Mäzen sie mit Erfolg in allen Wissenschaften hatte unterrichten lassen, und wenn der Gebieter ins Feld zog oder eine Reise unternahm, begleiteten ihn zwölfhundert wohlberittene und wohlbewaffnete stattliche Männer seines Haushalts.

Es wäre nicht zu vermessen gewesen, wenn ein solcher Mann, der zudem auch über die gefährlichen Verlockungen allzu großer Jugend längst hinaus war, sich die Heirat mit einer kaiserlichen Prinzessin erhofft hätte.

Dennoch hatte er seine junge Frau mit allen Zeichen der Beglückung vom Padischah oder vielmehr aus Roxelanes Hand entgegengenommen, was aus zwei Gründen begreiflich war. Durch Nino Hanum verlor er schließlich ja auch nicht wie bei einer Prinzessin seine persönliche Freiheit, und außerdem konnte ihm unter Umständen die Hofdame der Herrin seines Herrn nützlicher werden als eine Prinzessin aus dem mattgesetzten Alten Serail.

Die Hochzeit war jedenfalls gewesen. Sie hatte acht Tage gedauert und war auch von Soliman besucht worden, der die Braut nicht weniger als den Bräutigam kannte und schätzte.

Der Hauptteil dieser Festlichkeiten war jedoch, wie stets, auf die Männer entfallen. Und da es bei allen ansehnlichen

Hochzeiten Brauch war, in einem der großen Bäder allein für die Frauen eine fröhliche Nachfeier zu veranstalten, so hatte Esma Sultana sich entschlossen, diese Nachlese der Lust für Nino Hanum in ihrem eigenen Bad abzuhalten.

Auch Esma kannte Nino ja seit Jahren, und ihre eigentliche Absicht erreichte die Prinzessin ebenfalls.

Länger als sonst ihre Mädchen hatte Roxelane gerade Nino bei sich behalten und sie nur ungern fortgegeben. So mochte sie denn der Ehrung ihrer Gesellschafterin nicht fernbleiben, und was mehr war: Roxelane versprach nicht nur ihr Erscheinen, sondern auch ihre Beteiligung am Fest selbst. Sie willigte ein, bei dieser Gelegenheit den Bädern der Prinzessin die Ehre anzutun, sie in eigener Person einzuweihen und zu benutzen.

Das Gewimmel vor Ibrahims Palast, auf das der Dscheri Baschi Sulkodscha von seinen Freunden aufmerksam gemacht worden war, bestand darum auch zum größten Teil aus Gaffern, die von den Leibwachen und Läufern des Ersten Ministers zwar in respektvoller Entfernung gehalten wurden, aber trotzdem dem Prunk zuschauen wollten, der sich zu entfalten begann.

Schon standen die Hochzeitspalmen, diese hochragenden Holzbauten, die sich gleich Wunderbäumen erhoben. Durch ihren riesigen Wuchs sollten sie die männliche Kraft, durch ihren verschwenderischen Schmuck an bunten Bändern und Früchten und durch das Gefunkel ihrer wirbelnden Gold- und Silberbleche die weibliche Fruchtbarkeit verkörpern.

Ein augenblendender Glanz waren auch die Wachen mit ihren Federbüschen und Goldhelmen, die Diener und Sklaven, die Beamten und Würdenträger und Hofstaaten des hohen Herrn, vor allem aber seiner Prinzessin-Frau.

Esmas und Ibrahims Haus hatte seinen Reichtum auf die Straße gelassen. – Alles war aufgeboten worden zum Empfang von Roxelane Sultana, Sultan Solimans Frau, und der Dienerin, die ihre Gunst besaß.

22

IBRAHIMS VORLIEBE FÜR ALLES VENEZIANISCHE WAR zu bekannt, als daß die Wahl seines Baumeisters Verwunderung erregt hätte. Wie so viele Griechen, die irgendwo im Archipel oder im Epirus unter der Herrschaft der Republik geboren waren, betrachtete der Großwesir Venedig nun einmal als seine Heimat, obwohl er es oder vielleicht auch nur, weil er es niemals gesehen hatte.

So war also Messer Baffo von dort verschrieben worden.

Dadurch kam dann wenigstens etwas von dem, was Byzanz und der Orient Venedig geschenkt hatten, wieder zu seinem Ursprung zurück. Denn in Schmuckformen, die auf das anmutigste Motiven des Dogenpalastes nachgebildet waren, hatte es Baffo zur anerkannten Meisterschaft gebracht.

Mit den technischen Bauten dagegen und vor allem den Wasserkünsten hatten schließlich doch die Ingenieure von den Piade, den türkischen Pionieren, betraut werden müssen, von denen die Rede ging, daß es keine Aufgabe gebe, zu deren Bewältigung sie nicht die geeignete Maschine erfinden würden.

Von dieser Werkstatt des Bades aber erblickte das Auge nichts.

Verborgene Gänge umliefen die ganze Anlage. Doch keine einzige Pforte führte von diesen Gängen ins Paradies. Und dort wiederum störte weder der Anblick eines Ofens noch eines der Pumpwerke, die alle von den Gängen aus geheizt und bedient wurden. Auch nicht ein einziges Fenster verlockte zu einem verbotenen Blick. Lückenlos schlossen sich die schirmenden Wände.

Nur von oben kam alles Licht.

Und es gab viele Räume, die zu beleuchten waren.

Außer dem eigentlichen Dampfbad gab es noch einen Saal, dessen Luft bis an die Grenze des Erträglichen erhitzt war. Vorübergehende Kühlung gab nur das eisige Wasser, das den heißen Wänden entströmte, weil sonst ein längeres Verweilen in diesem Fegefeuer zur Schärfung der Lust überhaupt nicht möglich gewesen wäre.

Um so schöner war dann im Schwimmsaal der Lauf in die kalt anrennende Brandung.

Denn eine Brandung war da, und ein Strand war da aus gefärbtem feinstem Seesand. Vom Sonnengelb wandelte sich seine Farbe im Wasser und bei zunehmender Tiefe über Grün in ein purpurnes Blau. Und regelmäßig wie die Atemstöße eines Riesentieres ließ eine Maschine immer wieder einen Schwall neuen Wassers aus dem Riesenmaul eines bronzenen Delphins hervorbrechen und erfüllte so den Schwimmraum unablässig mit Wogen und Schaum.

Dies Bassin war eine Huldigung Esmas an Roxelane.

Esma selbst schwamm nicht, und wenn ihr Gatte die Kunst auch so gut verstand, wie man es von einem ehemaligen Fischerjungen nur erwarten konnte, so war dennoch nicht er auf diesen Gedanken verfallen.

Der Mittelpunkt der ganzen Anlage war aber die Halle.

Durch rötliche Glasscheiben fiel von der großen Kuppel ein rosiger Hauch und gab dem weißen Marmor die wärmeren Farben einer jungen und nackten Frau.

Nur vom Gipfel der Wölbung schoß ein einziger dünner Lichtstrahl so weiß und so klar hinab, wie der Himmel ihn nur entsenden mochte. Und ihm entgegen drängte sich stürmisch die lebendige Wassersäule der Fontäne. Silbern verquirlte sie im weißen Glanz. Einer überirdischen Zauberkerze glich sie so in diesem Raum der verschattenden Wände.

An den Wänden aber zogen sich, in Absätzen übereinandergelagert, die Bänke hin.

Ein breiter Umgang säumte das Becken der Mitte.

«Wie schön!» sagte Roxelane zu Esma.

Die beiden Frauen befanden sich in einem abgeschlossenen Gemach, das der Herrin all dieser Wunder vorbehalten war. Ein sinnreich vergittertes und spiegelndes Fenster jedoch erlaubte Roxelane ungesehen einen Rundblick über die Halle.

Sie und Esma ließen sich gerade entkleiden.

Hierfür war eigentlich die Halle vorgesehen, und Roxelanes Bewunderung konnte ebensogut dem Raum gelten wie dem, was darin geschah.

Denn die Hofdamen und deren Dienerinnen waren dabei, desselbe zu tun wie die Herrinnen.

Sie zogen sich aus.

Unter den leuchtenden Farben der kostbaren Gewänder und allem erdenklichen Schmuck begannen die marmornen Sitze zu erblühen, und bald war kaum noch ein Unterschied zwischen den Damen und den hübschen Kindern zwischen dreizehn und siebzehn, die sie bedienten.

Nur bei den hochgestöckelten Badeschuhen, die eine Berührung der blanken Sohlen mit den geheizten Fliesen verhindern sollten, konnten die Damen noch Prunk entfalten. Und jede war denn auch mit Eifer darauf bedacht gewesen, daß ihre Füße bei einer Gelegenheit wie dieser gebührend umblitzt und umfunkelt waren. Wie auch jede einige wertvolle Steine in ihre Zöpfe geflochten trug und ihre Knöchel von Reifen umklirren ließ, um nicht von Kostbarkeiten gänzlich entblößt zu erscheinen.

Sonst aber waren sie nackt.

In stolzer Unbekümmertheit zeigten diese gepflegten Mädchen ihre gesalbten und viel gebadeten Körper.

Denn alle wußten sich schön.

Esma Sultana war vorsichtig mit ihren Einladungen gewesen, und Roxelane pflegte zu scherzen, daß der kaiserliche Harem an einer häßlichen, nämlich an ihr, völlig genug habe und daß sie nicht etwa wie Nur Banu Sultana darauf versessen sei, sich mit unschönen Mädchen zu umgeben. Unschöne Mädchen seien, wie ihr Beispiel lehre, eine große Gefahr für die Söhne Osmans!

Und da auch Kira Sultana wohl einige ihrer Damen geschickt, sich selbst jedoch die Gerechtigkeit angetan hatte, nicht mehr öffentlich in einem Zustand erscheinen zu wollen, der bei dieser Gelegenheit unvermeidlich gewesen wäre – so konnte selbst das Auge einer Königin des Harems von dem Anblick der Halle und der Mädchen befriedigt sein.

Durch Kira Sultanas Absage waren Esma und Roxelane allerdings die einzigen anwesenden Fürstlichkeiten. Und als die Hoheiten nun heraustraten, verstummte für einen Augenblick das Lachen und Plaudern, und aller Augen wandten sich Roxelane zu.

Es waren kritische Blicke, die sie bedrängten. Denn zum erstenmal zeigte sie sich bei einem solchen Anlaß, und das Gerücht, diese Zurückhaltung habe in ihrer körperlichen Verfassung eine sehr begreifliche Ursache, hatten die gegenteiligen Behauptungen ihrer nächsten Umgebung nie zerstreuen können. Jetzt tat es der Augenschein.

Trotz ihrer vier Kinder und ihrer 27 Jahre war Roxelanes Körper ohne Makel.

Das Schwimmen im offenen Meer, das sie nach ihrem eigenen Eingeständnis den Dampfbädern vorzog, ihre täglichen Morgenritte, Solimans Jagden und schließlich die Waffenübungen, denen sie zum Befremden der anderen Mütter mit ihren Kindern oblag – das alles hatte sie keineswegs vorzeitig altern lassen, sondern ihr im Gegenteil die ganze Frische der ersten Jugend bewahrt.

Unter den Anwesenden war sie die Reifste. Esma mit 25 und Nino mit 24 Jahren standen ihrem Alter am nächsten.

Aber obwohl die Zeit dem kleinen Tatarenmädchen von einst alles Kantige genommen hatte und ihr Busen und ihre Lenden sich in den edlen Formen der Vollendung rundeten, gab es selbst unter den Siebzehnjährigen keine, die einen faltenloseren Hals und straffere, steilere Brüste gehabt hätte als sie.

Weiter als bis zur Vollendung gingen ihre Rundungen allerdings nicht. Eine Verschwendung in der Fülle, wie sie in den Harems gern als die beglückendste Gabe der Schönheit gepriesen wurde, ließen sowohl sie wie auch alle ihre Mädchen vermissen.

So konnte sich niemand ihrer Würde entziehen, wie sie

jetzt als die Herrscherin, die sie war, schmalhüftig und hochbeinig die Stufen zum Becken hinabstieg.

Das Zeichen zum Beginn war gegeben.

Nino küßte ihrer Herrin die Hand; Roxelane aber gab ihr den Kuß auf den Mund zurück und ergriff dann selbst eine der Vasen, die mit wohlriechenden Wässern gefüllt waren.

Paarweise bildete sich der lachende Zug. Nino, die Gefeierte, beschloß ihn zwischen den zwei letzten.

Lautenspielerinnen begannen, Singstimmen fielen in das Liebeslied ein, und so durchzogen die harmlos Fröhlichen, weiße Perlen in einer rosigen Muschel, Düfte versprengend, singend, stöckelklappernd und klirrend die Räume, die für Verklärte gemacht schienen und deren schönster Schmuck doch die Frauen selbst waren.

Dann erst wurde die Jungvermählte beschenkt, worauf die Sorbets, das Lokkum, das Zuckerwerk, die Limonaden erschienen und alle sich ballspielend, plaudernd und badend die Zeit verkürzten.

Roxelane aber versuchte das Bad.

In die weißen Dämpfe tauchte sie ein, die alle Umrisse vernebelten. Ganz gab sie der feuchten Wärme sich hin, atmete sie ein und ließ sich von ihr umhüllen. Lässig streckte sie sich auf einer der Bänke aus.

Es gab ein Kommen und Gehen. Sie allein blieb sitzen. Und bald wußte niemand im Dampfraum mehr von ihrer Gegenwart.

Ganz ohne Scheu vergnügten sich einige der Jüngsten damit, einander unter Kichern und Kreischen mit Birkenreisern zu schlagen. Um die Hauttätigkeit mit ihnen anzuregen, lagen die Ruten bereit. Die Mädchen jedoch verquickten ihre gesundheitsfördernde Tätigkeit mit dem Schulespielen, wie es zu allen Zeiten beliebt war.

Roxelane lächelte und blieb.

Dann aber drängte sich ein fremder Körper durch den Dampf an sie heran, und da fuhr sie auf.

«Bitte nicht, Hoheit!» hörte sie ein Flüstern. «Bleiben Sie

liegen und rücken Sie ein wenig. Ich habe Ihnen etwas zu sagen.»

Es war Nino, die so sprach. Und obwohl sich Roxelane keiner körperlichen Vertraulichkeit mit Nino entsinnen konnte, ließ sie die Freundin ihrer Jugend dennoch zu sich auf die Bank. Vielleicht solle es so etwas wie ein Abschiednehmen sein vor dem Sturz in die Ehe, fiel ihr ein.

Doch in Ninos Worten war nichts von jener weiblichen Gefühlsseligkeit, die Roxelane so gut kannte, weil sie ihr so oft entgegengebracht worden war.

Dem flüchtigen Blick freilich hätten sie beide das Bild von Freundinnen geboten, die sich umarmten. Aber in der Umarmung hörte Roxelane aus Ninos Geflüster das Schreckliche.

Es war die Nachricht von Ibrahims Verrat.

Esmas Mann, den sie selbst mit der Freundin verheiratet, den sie zum Großwesir erhoben, dem sie bei Soliman immer das Wort geredet und den sie gegen alle Angriffe Hafsa Chatuns verteidigt hatte – Ibrahim wandte sich gegen sie.

Es war schlimmer. Ibrahim wandte sich gegen ihre Söhne.

Und doch war er stillschweigend dem Pakt beigetreten, der zwischen Esma und ihr bestand. Unbeirrbar hatte er die Ansprüche von Roxelanes Kindern zu vertreten, und ihr Ältester hatte ihm als Schahzadey zu gelten. In allem andern brauchte sie keine Hilfe. Nur in diesem einen. Weil ja auch Sultan Mustafa Solimans Sohn war.

Aber es könne nicht wahr sein, dachte sie.

Zehn Jahre habe Ibrahim den Vertrag gehalten, und die Agas, die Paschas, die Ulema und die Janitscharen und das Volk – sie alle seien daran gewöhnt gewesen, in ihrem ältesten Sohn den Thronerben zu sehen. Was denn anders geworden sei, fragte sich Roxelane, daß Ibrahim jetzt den Prinzen Mustafa begünstigen solle, der Saffieje Sohn?

Und dabei übersah sie, daß gerade die Erfolgreichen, die Selbstherrlichen sich durchaus nicht immer vom eigenen Vorteil leiten lassen, sondern weit öfter von schattenhaften Gefühlen und vor allem von ihrer Eitelkeit, die sich allein schon von dem Gedanken verletzt fühlt, der eigenen Sicherheit wegen auf andere Rücksicht nehmen zu müssen.

Roxelane beging den Denkfehler und berechnete Ibrahims Vorteile. Wenn er sich auch vor Esma nicht fürchtete, meinte sie, und sich vor der ihm hörigen Frau wohl auch nicht zu fürchten brauche, so habe er doch allen Grund, sich nicht ihre, Roxelanes, Gegnerschaft zuzuziehen.

«Ich kann es nicht glauben», sagte sie.

«Hören Sie doch!» stöhnte Nino. «Prinz Mustafa wird vom Kaiser in öffentlicher Audienz empfangen und zum Statthalter in Magnesia ernannt werden...»

Es war heraus!

Mustafa sollte also Magnesia bekommen. Solimans eigene Provinz, bevor er den Thron bestiegen hatte. Magnesia lag nur einige Tagesreisen von Konstantinopel, und je näher es ein Prinz beim Tod seines Vaters zur Hauptstadt hatte, um so näher war er dem Thron.

«Lieber Gott, lieber Gott, laß es nicht wahr sein!» betete Roxelane und erstickte ihr Schluchzen an Ninos Brust.

«Nicht weinen», sagte die junge Frau ängstlich; denn sie hatte bei Roxelane noch niemals Tränen gesehen. «Bitte nicht weinen!» Und dann tröstete sie: «Der Kaiser ist ja noch jung. Er wird noch lange nicht sterben! Und viel kann geschehen...»

Sie streichelte die Herrin, und es war gut, daß der auszischende Dampf jeden anderen Laut übertönte.

Roxelane schluchzte über Soliman.

Nicht die kleinste Andeutung hatte er ihr gemacht und mußte doch wissen, welchen Schlag er für sie vorbereitete. Denn an seine Geschichte von Orkhan und Alaeddin und von der Eintracht eines Osmanenkaisers mit seinen Brüdern glaubte sie nicht mehr nach dem, was Soliman selbst vor zehn Jahren an seinen Verwandten auf Rhodos begangen hatte. Es war schon genug, wenn sie den Brüdermord unter ihren eigenen Söhnen verhinderte. Das allerdings traute sie sich zu. Daß einer ihrer Söhne sich jemals ihrem entschieden ausgesprochenen Willen widersetzen würde, glaubte sie nicht. Deswegen aber mußte sie leben und Soliman überleben. Nur ihr Sohn durfte Kaiser, nur sie die künftige Kaisermutter sein.

Weinen hatte keinen Zweck. Sie mußte handeln.

Sie hob ihr Gesicht.

«Woher weißt du es?»

«Von Iskender Tschelebi.»

«So, von deinem Mann?» argwöhnte Roxelane. «Ich wußte nicht, daß der Defterdar mit Ibrahim Pascha so vertraut ist.»

«Nicht der Großwesir sprach ihm davon, sondern der Gritti. Als Iskender in Buda war, trank er mit Gritti, und der riet ihm...»

Nino hielt inne.

«Was?» fragte Roxelane, und das war ein Befehl.

«... Gritti riet meinem Mann, rechtzeitig Anschluß an den Prinzen Mustafa zu suchen und nicht die Fühlung mit Ibrahim zu verlieren.»

«Also der Gritti weiß es auch schon...» sagte Roxelane vor sich hin. Bis an den Rand war sie mit Bitterkeit erfüllt. Sie kannte diesen Aloysio Gritti.

Er war der Sohn des berühmten Dogen von Venedig aus dessen Gesandtenzeit in Kontantinopel. Seine Mutter freilich war eine Sklavin gewesen, und so hatte er in Italien nichts ausrichten können. Dafür aber war er in dem vorurteilsfreien Konstantinopel, wo ihm der Einfluß seines Vaters die Wege geebnet hatte, tüchtig vorangekommen. Auch von Roxelane, die man schon lange für die reichste Frau der Türkei hielt, war er mehrere Male zu geschäftlichen Besprechungen empfangen worden. Er hatte zwar nicht zu den zahlreichen Beamten ihrer Daira, ihrer Vermögensverwaltung, gehört, doch sie besaß unter anderen Werten auch große Alaungruben in Kleinasien, um deren Absatz sie besorgt gewesen war. Der junge Mann hatte ihr nun über Venedig und London die Wege in die Christenheit eröffnet, wo der Papst seinem teueren und schlechteren Alaun aus Tolka mit geistlichen Verordnungen das Monopol zu sichern versucht hatte. Mit Grittis Hilfe war es Roxelane gelungen, das Monopol zu brechen, und heute bereitete sie Seiner Heiligkeit in dessen eigenem Machtbereich eine vernichtende Konkurrenz.

Diese geglückte Spekulation war Grittis erster Erfolg gewesen. Roxelane hatte ihn Soliman empfohlen, und mit dessen Gunst hatte Gritti Ibrahims Freundschaft gewonnen.

Jetzt war der Sohn des Dogen in Wahrheit der Leiter des türkischen Auswärtigen Amtes, war König Johanns Generalstatthalter für ganz Ungarn und hatte noch vor kurzem Buda mit einer kleinen türkischen Truppe von nur dreitausend Mann siegreich gegen den österreichischen Gewaltsturm gehalten.

Es war nicht daran zu zweifeln, daß alles stimmte, was Gritti im Trunk ausgeplaudert hatte, und es schmerzte Roxelane tief, diesen erfolgreichen jungen Abenteurer in ein Geheimnis eingeweiht zu sehen, das Soliman vor ihr verbarg.

Dennoch liebte sie Soliman immer noch.

Ihn konnte sie auch verstehen.

Seit der kleine Mustafa plötzlich in ihrem Zimmer gestanden und seine Mutter ihr des Jungen wegen das Gesicht zerkratzt hatte, war alles unverändert geblieben, nur daß sich kindliche Anhänglichkeit in die leidenschaftliche Verehrung des heranwachsenden Knaben Mustafa verwandelt hatte. Wie oft hatte er sie besucht, wie oft mit ihren Kindern gespielt, und selbst zu Besuchen am Meer hatte sie ihn ermuntert, wo sie doch sonst keinen empfing, der nicht zu ihrem engsten Kreis gehörte. Nein! Selbst Roxelane konnte den Prinzen nicht so hassen, wie sie wollte.

Und Soliman war sein Vater.

Ibrahim aber war... Esmas Mann.

Doch was ging Esma eine Mutter noch an, die um das Leben ihrer Kinder bangte!

Roxelane war aufgescheucht worden. Ihre zitternde Hand, die nicht wußte, was sie tat, streichelte Nino. Das Glück einer Sicherheit war dahin, die sich als ein jahrelanger wunderschöner – Traum erwiesen hatte. Nichts als ein Traum!

«Oh, Nino», sagte Roxelane, «weißt du, was das alles bedeutet? – Daß ich kämpfen muß, bedeutet es. Und weißt du, was Kampf ist? Kampf heißt entfesseln, das Gute, aber weit mehr noch das Böse. Mit deiner Treue begann es. Kannst du mir sagen, was noch kommt…?»

Eine Pause entstand, während der sich beide Frauen umschlungen hielten. Dann löste sich Roxelane und stand auf.

«Ich muß Bolil sprechen», sagte sie.

Der ehemalige Tschokadar war inzwischen zur höchsten Würde des Serails, zum Kapu Aga, aufgestiegen und genoß Roxelanes Vertrauen.

«Nicht jetzt! Nicht gleich!» bat aber Nino. Ihre Hoheit dürfe nicht vorzeitig das Fest verlassen.

«Ich verstehe», beruhigte Roxelane sie, «und man wird auch nicht wissen, daß wir uns gesprochen haben. Das bin ich dir schuldig, dir und deinem Mann, dem du danken sollst.»

Wenig später sah man die Herrin im Schwimmbad, das Esma nur für sie hatte erbauen lassen, und der helle Raum hallte wider von ihrem Lachen. Wie glückerfüllt hörte das Lachen sich an.

23

Dadurch, dass Roxelane alle Vor- und Nachteile Ibrahims bei sich abgewogen hatte, war sie wirklich noch lange nicht hinter seine Beweggründe gekommen.

Menschen wie Solimans Ibrahim waren zu allen Zeiten nur eine kurze Strecke ihres Weges übersehbar.

Dann erhoben sie sich über den Boden – der sie so lange getragen hatte, sie jetzt aber zu langweilen begann –, ohne eine solche Kleinigkeit überhaupt nur zu bemerken wie die, daß ihren Füßen der sichere Grund nunmehr fehle.

Vor zehn Jahren war Ibrahim von seinem Freund Soliman seines Lebens versichert worden. Und da zehn Jahre eine lange Zeit für ihn waren, so hatte er endlich anfangen müssen, mit dieser Sicherheit zu spielen. Was wäre das Leben für einen Glückseligen Ibrahim denn auch noch wert gewesen, wenn er damit nicht hätte spielen können!

Er war der Sieger von Mohács, und Buda und Pest waren von ihm erobert worden. – Aber die Belagerung Wiens hatte er aufheben müssen, und der letzte Feldzug war in der Steiermark versickert.

Ein anderer hätte sich vergeblich damit verteidigt, daß unerwartete Regengüsse das schwere Geschütz im Schlamm haben steckenlassen. Osmanische Feldherren hatten zu siegen oder den Kopf zu verlieren. Dem Großwesir Ibrahim Pascha aber waren von seinem Freund und kaiserlichen Schwager Belobigung und Belohnung zuteil geworden. Sechs Roßschweife trug man Ibrahim jetzt voran – einen weniger als dem Padischah –, und zwei Reiheragraffen schmückten seinen Turban. Und selbstbewußt und mutig war er immer gewesen. So hätte er also ein Heiliger sein müssen, um unter diesen Umständen nicht selbstherrlich und übermütig zu werden.

Doch der immer Glückliche war kein Heiliger, sondern nur klug und begabt. Weise war er nicht oder war es noch nicht.

Ohne daß er sich dessen nur klargeworden wäre, lockte es ihn, die Gefahr, die ihn bisher so beharrlich verschont hatte, auf ganz große Proben zu stellen.

Caesar und sein Glück.

Ibrahim vergötterte das Andenken Caesars und wollte wie der Römer werden. Die Iden des März schreckten ihn dabei nicht. Wenn er überhaupt an sie dachte, empfand er sie als einen läppischen Zufall. Nichts wiederhole sich. Warum solle sich Caesars Ermordung wiederholen? Es gebe eine Entwicklung. Auf Caesar folge Ibrahim.

Das war des Geigers von Magnesia unerschütterliche Überzeugung. Gerade jetzt aber war er besonders mit sich zufrieden.

Er war allein mit sich, und das war die Gesellschaft, die er von Zeit zu Zeit jeder andern vorzog.

Vollkommen allein war er freilich nicht.

Auf seiner Geige erging er sich in Variationen über eine italienische Kantate, vor ihm standen der Kaffee, den er stark liebte, und große Karaffen mit Weinen und einem gebrannten Wein, der sich nach dem französischen Städtchen Cognac nannte und auch tatsächlich aus Frankreich stammte.

Seinem Zugriff am nächsten jedoch befand sich ein Wunder von einer Schale. Aus einem einzigen Türkis war sie geschnitten, und doch war auch diese kostbare Schale nur das Gefäß für noch größere Kostbarkeiten, für die seltensten Edelsteine und Perlen.

Geige, Kaffee, Wein und gebrannter Wein, Edelsteine und Perlen – das waren die Gefährten von Ibrahims Einsamkeit.

Er liebte es, mit der Hand in die Schale zu greifen und die kühlen Kristalle durch seine Finger rinnen zu lassen, große und seltsame Perlen darunter, auch graue und schwarze, und Edelsteine wie jener Diamant aus der päpstlichen Tiara, den Ibrahim für 60 000 Dukaten erstanden hatte, oder der Rubin vom Großmogul.

Und er liebte die Beschwingtheit, die er dem Wein und vor allem dem Branntwein verdankte. Aber erst Kaffee dazu ergab diese köstliche kühle Glut, bei der die Gedanken klar blieben und, statt eingelullt zu werden, eine Schärfe und eine Weite gewannen, die nichts mehr von menschlichen Grenzen wußten.

In diesem wachen Fieber verschmolz er mit seiner Geige und ihren Tönen, wurde ihm der Umgang mit seinen Steinen und Perlen zur körperlichen Wollust.

Er hatte das große Staatskleid abgelegt und trug die kurze Pagenjacke, die er gern anzog, wenn er Soliman nur als Freund besuchte. Es war der Anzug der letzten Intimität, wenn die Worte wie die Gedanken wurden und die Gedanken schrankenlos dahinstürmten. Immer höher steigerte Ibrahim seine Kantilene. Und wenn er nichts sonst beherrsche und nur dieses tönende Holz, so sei er bereits ein großer Meister, berauschte er sich. Doch die Geige sei es nicht allein. Denn wie ein Künstler und nicht wie ein gewöhnlicher Mensch spiele er auch auf den Dingen dieser Welt, die ein Orchester seien, besonders aber auf Soliman, dem kostbarsten seiner Instrumente.

Jetzt müßte Soliman ihn hören, wünschte er sich, so gut sei ihm lange nichts mehr auf der Geige geglückt. Und vorhin, als die österreichische Friedensgesandtschaft von ihm empfangen worden sei, hätte Soliman ebenfalls zugegen sein sollen!

Das war freilich eine denkwürdige Stunde gewesen.

Nach einer langen Pause stummer Ehrerbietung hatte der stolze Botschafter dem Großwesir demütig das goldene Staatskleid geküßt und ihn dann in seiner feierlichen Werbungsrede als Bruder des römischen Königs in Wien und als Vetter Kaiser Karls des Fünften angesprochen.

Trotzdem war Ibrahims Erklärung erfolgt, daß es nur einen Gott und nur einen Kaiser gebe, und der Kaiser sei Soliman, Gott aber sei Allah und nichts außer ihm. – Und auch in anderer Hinsicht war Karl der Fünfte nicht seines Vetters Ibrahim Kritik entgangen.

Der König von Spanien, der sich Kaiser nenne, hatte Ibrahim geäußert, sei seiner Christenheit noch immer das versprochene Kirchenkonzil schuldig, so daß er, Ibrahim, sich eines Tages noch zur Wiederherstellung der europäischen Ordnung genötigt sehen werde, selbst Frieden zu stiften. Er werde den Luther auf die eine, den Papst auf die andere Seite setzen und, falls des Redens kein Ende werden sollte, einen Machtspruch fällen.

In diesem großen Augenblick hatte Ibrahim nichts als die Gegenwart Solimans zu seinem Glück noch gefehlt.

Niemals dachte er in seinen Triumphen an einen anderen

Menschen, auch nicht an Esma und überhaupt an keine Frau, immer an Soliman. Dabei war ihm Esma keineswegs gleichgültig.

Schon als kaiserliche Prinzessin war sie es nicht, und obendrein fesselte ihn Esmas zierliche Anmut ungemein.

Dennoch sah er ihren Körper immer nur mit dem gleichen Wohlgefallen, wie er etwa einen edlen Stein oder sonst etwas Schönes, also auch die Körper anderer hübscher Mädchen, angesehen hätte. Einer der Gründe zur Erbauung des Prachtbades war sogar der Gedanke gewesen, mit ihm bei Esma und ihrem überaus reizvollen weiblichen Hofstaat eine neue Badelust zu entfachen, zu deren Festen hinzugezogen zu werden er gewiß sein konnte. Denn wenn die Herrin einwilligte, gehörten alle Mädchen, die unter ihrer Hand waren, auch ihm. Und mochte Esma noch so eifersüchtig sein – zuletzt konnte sie ihm nie etwas versagen.

Zwar ging er dem Anblick nackter Jünglinge ebensowenig aus dem Weg, und wenn ihm die sonst so verbreitete Leidenschaft für Lustknaben auch vollkommen fehlte, so leugnete er doch gar nicht, daß ihm ein gut aussehender Page besser im Zustand der Natur als in Hofgala behage.

Seine körperlichen Regungen dagegen galten ausschließlich den Frauen.

Ohne die geringste Absicht, seiner Esma untreu zu werden, sah er daher nicht ein, warum ihn die Ehe gerade des Vergnügens an hübschen Mädchen berauben sollte, ergötzte er sich doch auch an allem anderen, was ihm gefiel, selbst an Statuen und Gemälden, die der Koran doch verbot, was man von den Mädchen nicht einmal sagen konnte. Alles, was diese Erde an Schönem trug, gehöre ihm! Untreue gegen Esma freilich verbot ihm die Staatsräson, die ihm jedenfalls mehr als der Koran bedeutete.

Außerdem hatte Esma für ihn auch vor jeder anderen Frau den Reiz, daß sie einer Kette von Kaisern entstammte und Solimans Schwester war.

Wenn er die Schwester umarmte, fühlte er sich dem Bruder

gleich. In ihr umarmte der Fischersohn die Macht und die ganze Vornehmheit eines alten Geschlechts.

Ibrahim schloß genießerisch seine Augen, während er trank.

Selbst wenn seine Esma weniger reizend wäre, würde er sie höher schätzen als alle anderen, empfand er in Rührung über sich selbst. Und dabei fischte er aus der Türkisschale einen Stein heraus.

Es war ein Diamant von unregelmäßiger Form und gröbstem Schliff, und Ibrahim hätte nicht einmal sagen können, ob er echt sei. Aber der Stein sollte aus Kaiser Karls des Großen Krone stammen, und so hatte der Pascha ihn teuer bezahlt. Er schätzte ihn höher als den Stein, den Papst Clemens der Mediceer aus Geldnot hatte veräußern müssen.

Für den Zauber einer großen Vergangenheit hatte der Sohn der Stunde Sinn.

Wie freilich Soliman, bedauerte Ibrahim dann den irregeleiteten Freund, von allen Edelsteinen seines Harems sich den geringsten von unbekannter Herkunft habe herauslesen, wie der Padischah diese Roxelane zu seiner Einzigen habe machen können – das begreife, wer wolle, er, Ibrahim, begreife es nicht.

Hiermit glaubte er nichts als die Wahrheit zu denken und hätte sich über den Verdacht, auf Roxelane eifersüchtig zu sein, sehr entrüstet gezeigt. Verglichen mit seiner eigenen Bedeutung, schlug er ihre nur gering an. Wer sei sie? Seine Meinung war: eine Haremsdame, die nach ihrem Tod bald vergessen sein würde. Was für ein gewaltiges Thema werde dagegen er, der große Ibrahim, künftigen Geschichtsschreibern geben! Gerade jetzt mochten die österreichischen Gesandtschaftssekretäre wohl fieberhaft daran arbeiten, um jedes einzelne seiner heutigen Worte auf das genaueste zu registrieren, und die Worte, die noch in Jahrhunderten zu lesen sein würden, seien keine anderen gewesen als diese:

«Mein Herr, der einzige Kaiser, ist wie ein brüllender Löwe, der nach der Art gewaltiger Herrscher zerreißt, was ihm vorkommt. Ich aber, der ich sein Lager teile und dieselben Kleider trage wie er – ich habe ihm mein Joch auferlegt und lenke ihn mit dem Zügel der Weisheit und der Gerechtigkeit. Ich regiere das große Reich. Was ich tue, ist getan. Denn alle Macht ist bei mir. Ich verteile die Ämter, ich vergebe die Länder. Was ich gebe, ist gegeben – was ich nicht gebe, ist nicht verliehen. Und wenn auch der große Padischah etwas geben wollte oder gegeben hätte, und es beliebte mir nicht – so wäre es nicht verliehen. In meinen Händen liegt alles: Reichtum und Macht, Krieg und Frieden.»

Und nun war er schließlich so weit, daß er sich fragte, ob denn wirklich noch ein Unterschied zwischen Soliman und ihm sei, zwischen dem Sklaven und dem Sohn einer Sklavin?

Was Soliman ohne ihn wohl wäre, stellte er sich vor und kraulte nachdenklich seinen gepflegten Vollbart, den er sich nach Solimans Beispiel hatte wachsen lassen.

Wohl sei Solimans Neigung zur Verbesserung der Gesetze anzuerkennen; aber die Arbeit von allem überlasse der Kaiser wohlweislich seinem Wesir! Dieser täglichen auftreibenden Arbeit im Diwan, die ein großes Reich nun einmal nicht entbehren könne, ziehe Soliman die Jagd und andere Zerstreuungen bei weitem vor, und so sei er beim großen Janitscharenaufstand denn auch wieder einmal zur Unzeit auf der Jagd gewesen! Schon habe die Angelegenheit eine böse Wendung zu nehmen gedroht, da der bedauerliche Vorfall natürlich sofort von dieser Roxelane aufgegriffen worden sei, um sich selbst in den Vordergrund zu drängen. Nur seine, Ibrahims, rasche Rückkehr aus Ägypten habe Schlimmeres verhüten können.

Und wie sei es bei der Sache des Kabiz gewesen?

Dieser gute Professor habe gelehrt, daß der Vorgänger Jesus höher als der Prophet Mohammed zu schätzen sei.

Was solle das schon besagen?

Er, der Großwesir, habe recht getan, in diesem Fall Kläger und Beklagte aus dem Diwan zu weisen, denn wohin man komme, wenn die Politik sich in theologische Zänkereien mische, könne man an den verworrenen Zuständen des Abendlands ermessen. Höchst schädlich sei Solimans Eingreifen gewesen, und nicht nur, weil Kabiz darüber sein Leben verloren habe, sondern weil ein solches Hineinregieren die Autorität des Großwesirs schwächen müsse, ohne die des Padischahs zu erhöhen.

Jetzt freilich komme so etwas nicht mehr vor, und aus diesem Grund könne und werde er den Kaiser auch allen Spießern zum Trotz dahin bringen, mit seinem Großwesir in das Haus des Christen Gritti zu gehen, um dort und an keinem anderen Ort die Friedensbedingungen zu besprechen. Den Leuten müsse endlich einmal gezeigt werden, daß nunmehr ein anderer, ein moderner Zug in der Regierung herrsche. In der Regierung Ibrahims.

Alles bewirke und überwache er in Person, einen Brückenschlag und einen Flußübergang des Heers oder die Unterdrückung eines Aufstands wie den des Derwischs Kalenderoghlu. Nichts sei ihm zu gering oder zu schwer, sich damit zu befassen, wenn es das Wohl des Reiches verlange. Wesir heiße Lastträger, und sei der nicht der wahre Herrscher, der die Last der Herrschaft trage?

Und der sei er, Ibrahim, der eine Kaisertochter in den Armen halte und sich dennoch bewahrt habe und nicht Bettsklave der Purpurgeborenen geworden sei. Soliman aber verschenke sich an eine Roxelane.

So sah Ibrahim Soliman, so sah er Roxelane, so sah er sich selbst. Mit Augen gesehen hatte er freilich Roxelane nie, auch nicht hinter Vorhängen und Schleiern, die wenig verbargen. Er kannte sie nur durch Esma.

Aber gerade deren begeisterte Schilderungen und daß er Roxelane seine Prinzessin und seine Herrschaft verdanken sollte, hatten ihn gegen die Frau des Freundes allmählich immer mehr aufgebracht. Je höher er gestiegen und je unerschütterlicher seine Stellung geworden war, um so mehr hatte seine Eitelkeit unter Roxelanes bloßem Dasein gelitten.

Vor einer Stunde wenigstens war das alles noch so gewesen.

Inzwischen freilich hatten seine Eitelkeit und der Wein einen Ausweg gesucht, und jetzt, in diesem Augenblick, fanden sie ihn.

Und ob denn überhaupt noch von Gleichheit die Rede sein könne zwischen ihm und Soliman, erhoben Eitelkeit und Wein den trunkfesten Denker über alle Schranken. Da doch der Kaiser sich einer Frau überlasse, die er, Ibrahim, nie in seinem Harem geduldet hätte? Sie, diese Frau, sei in Wahrheit der Prüfstein, an dem sich sein und Solimans Wert erweisen müsse. Unschön und wenig weiblich solle sie sein. Doch das sage man so, und von Angesicht kenne er sie nicht. Sie habe es ja niemals für nötig erachtet, ihn zu empfangen, empörte er sich noch nachträglich. Doch was bedeute das? Nichts. Er habe die Macht, auch das zu tun: Nun gerade wolle er sie sehen! Und er werde sie sehen!

Bis an den Rand füllte Ibrahim seinen Kelch.

Dieser Messer Baffo sei doch ein grundgescheiter Bursche gewesen, schmunzelte er. Die italienischen Werkleute, die den Geheimgang zum Bad als eine kleine Überraschung für den Bauherrn gemauert haben, seien schon wieder fort. Auch Baffo habe es nicht länger in Konstantinopel gelitten. Und so wisse nur er, Ibrahim selbst, um den Scherz. Doch ob Scherz oder nicht – jedes Geheimnis gebe Macht, so auch dieses!

Er goß den Branntwein hinunter und stellte das Glas so hart auf den Tisch, daß es brach.

Dann tastete er sich mit Entschlossenheit zur Tür.

Ihm selbst war, als schwebe er.

Endlich wollte er sehen, um zu wissen, wer mehr zu gelten habe: er oder Soliman.

Der Kaiser oder sein Knecht.

Die Häuser türkischer Großer waren eifersüchtig gehütete private Bezirke und kehrten ihre Pracht unerbittlich nach innen. Der Außenwelt zeigten sie nur abweisend hohe Mauern mit spärlichen oder gar keinen Fenstern, höchstens daß ein schönes Tor den Reichtum und Rang des Besitzers andeutete.

Dahinter blühten dann bunte Welten.

Baumäßig gesehen war so ein Haus jedesmal eine Anhäufung der verschiedenartigsten Gebäude, die je nach den Bedürfnissen eins zum andern gekommen waren.

Das ergab sich schon aus der Rechtslage.

Alleiniger Grundeigentümer war immer der Staat. Der Baugrund wurde ebenso wie alle Landgüter nur auf Lebenszeit verliehen und fiel nach dem Tod des Inhabers mit allen darauf errichteten Gebäuden wieder der Krone anheim. Dadurch erklärten sich dann die vorwiegende Verwendung von Holz und daraus wieder die häufigen Feuersbrünste. Denn wenn ein Privatmann etwas Großartiges und Dauerndes bauen wollte, baute er eine Moschee, eine Schule oder ein öffentliches Bad. Und obwohl Ibrahims Haus wenigstens zu einem Teil als öffentliches Gebäude angesehen werden mußte, war es auch nur eine allerdings überaus reizvolle architektonische Wildnis.

Daß es nun bei so einer Hausanlage immer irgendwo etwas zu richten gab, verstand sich von selbst, und so hatte es denn auch gar keine Schwierigkeit bereitet, den Einbau des geheimen Ganges völlig unbemerkt vorzunehmen. Nicht einmal dem Hausherrn war etwas davon bekannt gewesen, bis Messer Baffo ihm eines Tages lächelnd die öffnenden Griffe gezeigt und ihn hindurchgeführt habe.

Der Gang verband die Rückwand eines Schranks in Ibrahims berühmter Handschriftensammlung mit einem Spiegel des Schmuckraums, der an den Kuppelsaal stieß und Esmas eigenem Gebrauch vorbehalten war. Ein in den Spiegel eingelegtes Ornament war jedoch so kunstvoll aus Spiegelglas und Goldbändern gefügt, daß es jedem, der draußen auf dem Gang stand – und das konnte immer nur Ibrahim sein –, ungesehen einen Einblick gestattete, ehe er das Gemach betrat.

Hierbei war das gleiche Verfahren angewandt worden wie wenige Schritte davon bei jenem Fenster, von dem aus zuvor Roxelane den Kuppelsaal übersehen hatte und Ibrahim ihn jetzt übersah.

Nur war das Bild bewegter geworden.

Es wurde gelaufen und gesprungen. Laute einer lustvollen Angst, wie sie das Spiel hervorrief, wechselten mit Gelächter. Auf dem Rand des Beckens aber saßen wasserspritzende Gestalten. Einige von ihnen drangen kühn in den Strahl der Fontäne ein und ließen die Umrisse ihrer Körper mit dem strömenden Wasser zerfließen.

Doch so zur Anmut erzogen waren diese Mädchen, so zur Natur war ihren beherrschten Gliedern und Stimmen das Gesetz von Linie und Ton geworden, daß kein Erschrecken, kein Übermut und keine Lust ihnen einen grellen Laut oder eine platte Bewegung zu entreißen vermochten.

Ibrahim empfand das noch im Rausch.

Das Bild dieses Saales war allerdings zu erfüllt und zu reich, als daß seine Blicke beim ersten Erfassen an Einzelheiten hätten haften können. Dann freilich begann er beglückt bei Körperformen zu verweilen, zu denen ihm die Gesichter schon bekannt waren, oder bei einer Fremden, die nicht zum Hofstaat seiner Frau gehörte und ihm das anregende Rätsel aufgab, wer sie wohl sein möge. – Doch auch dabei waren seine Sinne immer nur auf ein genießerisches Schauen und auf eine ganz allgemeine Freude am anderen Geschlecht gestimmt. Erst mit Roxelanes Erscheinen ergriff ihn das Gefühl eines Menschen zu einem ganz bestimmten anderen, das Gefühl eines Mannes zu einer Frau.

Mit einem Körper, der noch triefte und glänzte, kam sie aus dem Schwimmbad. Ihr Haupthaar lag, von der Nässe gedunkelt, wie ein schweres Tier auf ihrer Brust und ergoß seine Nässe über ihren Rücken und ihre Brust. Als Rothaarige war sie unter den Weißhäutigen die weißeste, schien sie mehr Frau zu sein als die anderen – so hoben sich Brustmale und Haare von ihrer Haut ab.

Ibrahim hatte Roxelane nie gesehen. Aber es gab nur eine Roxelane hier, und die war sie, die vom Becken heraufkam.

Und nur dies eine Gesicht konnte es hier wagen, so betonte Backenknochen und solche Zähne zu haben. Offensichtlich waren diese Zähne durchaus keine Zähnchen und keine Perlen – dazu blitzten sie zu bißfreudig und zu gesund. Dies Gesicht mit Augen von einem so seltsamen Blau konnte nur ihr gehören, Roxelane. Wie auch dies Schreiten von einer so frauenhaft mütterlichen und doch auch wieder mädchenhaften Bestimmtheit Roxelanes Gang sein mußte.

Nur einen Augenblick sah Ibrahim sie. Dann verschwand sie nach links, wohin ihr seine Blicke nicht folgen konnten.

Er erwachte. Das also war Solimans Frau.

Daß sie es war, empfand er als Niederlage.

Denn nun begriff er Soliman und fühlte urplötzlich eine doppelte Eifersucht auf sie und auf ihn. Und es sei gut gewesen, überfiel ihn sein rascher Geist, daß er sie bis heute nie gesehen habe. Und es würde besser sein, wenn es auch heute nicht geschehen wäre. – Aber zugleich sagte er sich auch, daß seine Freundschaft mit Soliman alt und tief und seine Übereinstimmung mit ihm groß genug seien, um in diesem Fall wie der Freund empfinden zu müssen.

Über allem jedoch stand dies eine fest: Es gab etwas, was er nicht haben konnte und doch begehrte. – Roxelane.

Und er hätte nicht er selbst sein müssen, um ihr nun nicht vollends feindlich zu sein.

Ibrahim fühlte sich verletzt und war auf eine Vergeltung aus.

Denn wenn auch nicht Roxelane, so gehöre ihm doch Soliman. Der aber solle von jetzt ab nur noch für ihn sein, schwor er sich zu. Und was sie wohl mehr von Soliman entfernen könne als Mustafas Anwartschaft auf den Thron?

Damit wollte er den Eindruck abtun und sich zurückziehen.

Doch gerade jetzt wurde die Klinke niedergedrückt, nur daß er noch eben den Riegel hatte vorschieben können.

Er hielt den Atem an.

Draußen stand Roxelane.

Nur durch die Tür getrennt stand sie vor ihm.

Sie war nackt.

Obwohl er wie ein Fuchs im Fangeisen saß, empfand er das immer noch.

Aber nun würde sie die Klinke loslassen und fragen, wer die Tür verschlossen habe. Dabei würde sie sich einige Schritte entfernen. Im Nu wäre der Riegel zurückgezogen und er selbst verschwunden. Nichts würde dann gewesen sein als eine Tür, die sich geklemmt habe.

Doch sie gab die Klinke nicht aus der Hand.

Er sah ihr Gesicht, das Zittern ihrer Brüste, von ihrer Schulter glitten die Haare.

Roxelane rüttelte an der Tür, und schon näherten sich mehrere Damen.

Unmöglich konnte Ibrahim bleiben. Mit einem Schlag war er nüchtern und wurde sich seiner jämmerlichen Lage bewußt, die er nicht durch einen Machtspruch meistern konnte.

Doch sofort beruhigte er sich wieder, daß er ja längst fort sein würde, wenn man das Zimmer erbräche.

Geräuschlos zog er sich hinter den Spiegel zurück, und… das Zimmer war leer.

24

Nino hatte die Wahrheit gesagt. Am 9. März 1533 wurde Sultan Mustafa Khan in feierlicher Audienz von seinem Vater empfangen. Ajas Pascha, der als Beglerbey vor Rhodos abgesetzt worden war, hatte es später doch noch bis zum Wesir gebracht. Er war es, der dem Prinzen den Steigbügel hielt. Der Großwesir Ibrahim bekleidete den Sohn seines Herrn mit dem Kaftan.

Fünfzehn Jahre war Mustafa alt und ein hübscher Junge.

Die Formen seines Gesichts und sein langer Hals machten ihn seinem Vater ähnlich, nur daß seine Haut immer noch ebenso weiß war wie die seines Vaters von ausgesprochen bräunlicher Tönung.

Nachdem man den Prinzen in den Diwan geführt hatte, um dem Kaiser die Hand zu küssen, wurde ihm die Statthalterschaft Saruchan mit der Hauptstadt Magnesia verliehen, und jedermann hätte ihn nun eigentlich für den Schahzadey, den vom Padischah gesetzten Thronerben halten müssen. Mustafas Mutter, Saffieje Sultana, ließ jedenfalls schon zur Reise nach Magnesia rüsten, um sich dort am Hof ihres Sohnes als künftige Walide gleichsam einzuüben. Andere dachten an Roxelanes Söhne und waren weniger voreilig.

In Wirklichkeit hatte Soliman im Gefühl seiner eigenen Jugend auch gar nichts über den Thron bestimmt. Er glaubte, nur, seinem ältesten Sohn dieselbe Möglichkeit zur Bewährung geben zu müssen, wie sein eigener Vater sie ihm auch gegeben habe.

Zwar war ihm der Tod auf seinen Feldzügen oft sehr nahe gewesen. Aber noch dachte er nicht an ihn. Und im übrigen verließ er sich auf den Eid, den er später einmal – viel später – seine Söhne schwören lassen wollte.

Wer von ihnen auch den Thron besteige, solle weder das Leben noch die Freiheit der Brüder antasten, jeder Prinz aber sich verpflichten, den Padischah, seinen Bruder, zu lieben und ihm zu gehorchen.

Dies sollten Solimans Söhne dem Vater schwören. Und außer einem seien sie ja auch alle von derselben Mutter, von Roxelane, dachte Soliman: Mustafa aber habe ein gütiges Herz.

Er hätte auch etwas anderes denken können.

Daß ein Fetwa, ein geistliches Gutachten, sich oft genug dem angepaßt habe, was gerade für die politische Notwendigkeit gehalten worden sei, hätte er denken können. – Doch trotz aller Menschenkenntnis und Schärfe des Verstandes vertraute er rückhaltlos, wo er liebte. Und seine Kinder liebte er.

Vor allem liebte er Roxelane.

Seit jenem Fest jedoch in Esmas neuem Bad hatte sie ihn nicht mehr empfangen.

Er aber ehrte ihren Kummer, obwohl er ihn für unbegründet hielt, und wartete schweigend.

Ebenso schweigend nahm Ibrahim den Schlag hin, der ihn zu derselben Stunde traf, die seine Allmacht offenbaren sollte. Wenn er schon nicht selbst der Kaiser sein konnte, so wollte er doch wenigstens den künftigen Kaiser machen, und der hatte Mustafa sein sollen.

Aber ein Gegenzug Roxelanes stellte alles wieder in Frage.

Denn am Vorabend des Tages, an dem durch festlichen Staatsakt Sultan Mustafa Khan mündig erklärt und zum Beglerbey ernannt wurde, war unter dem kaiserlichen Siegel der Obersthofmeisterin eine Verfügung erlassen worden, die nunmehr ein riesiges Aufgebot von Leibwachen, Pagen, Eunuchen und Hofdamen mit den dazugehörigen Pferden und Karossen auf die Beine brachte.

Ihre Kaiserlichen Hoheiten, Roxelane Sultana und Dero erstgeborener Prinz, Sultan Mohammed Soliman Khan, geruhten, sich auf Besuch ins Alte Serail zu begeben.

Und dieser Staatsbesuch, der niemand anderem als Ibrahims unerbittlicher Feindin, der Sultana Walide, galt, erfolgte genau im gleichen Augenblick, als Mustafa in den großen Diwan eingeführt wurde.

Das Neue Serail befand sich in einem Zustand der Bestürzung, Konstantinopel, das Roxelanes glänzenden Zug bemerken sollte und sah, in dem größter Überraschung.

Die Janitscharen aber, die den Ibrahim ohnehin nicht liebten, merkten auf.

Über den Großwesir hinweg näherten sich die beiden ersten Damen des Reichs: Roxelane und Hafsa Chatun.

Nur wenige wußten, daß diese Begegnung das Ergebnis einer stürmischen diplomatischen Tätigkeit der letzten Tage war.

Bolil als Kapu Aga freilich war der Person Solimans amtlich

zu sehr verbunden, als daß er die Leitung der Verhandlungen offen hätte übernehmen können. Doch Roxelanes Vertrauter hatte die Entwicklung vorausgesehen und, um nicht selbst ihr Opfer zu werden, seit geraumer Zeit sehr nützliche Verbindungen zum Alten Serail angeknüpft.

Nachdem dann über die Eröffnung der Feindseligkeiten durch Ibrahim kein Zweifel mehr möglich gewesen war, hatten diese Verbindungen von nachgeordneten Persönlichkeiten weitergeführt werden können, bis schließlich der Lala der Walide und Ihre Exzellenz die Kiajai Harem, die Obersthofmeisterin Dede Semid, in einem Schlußprotokoll den Besuch und alle dabei einzuhaltenden Zeremonien hatten festlegen können.

Und jetzt küßten die Wesire zwar dem Prinzen Mustafa im Diwan die Hand. Aber zu gleicher Zeit stand Roxelane vor ihrer Schwiegermutter.

Die beiden Frauen waren allein.

Vor der öffentlichen Audienz hatte Hafsa Chatun eine Besprechung unter vier Augen gewünscht.

Sie war noch keineswegs sehr alt – noch nicht einmal sechzig –, und sie war die schöne und gebietende Frau geblieben, als die Roxelane sie gekannt hatte.

Nichts verriet Roxelane, wie schwer es der weißhaarigen Dame geworden war, allen Anstrengungen des Kleidens und Schminkens zu trotzen. Nur ihren Stock, von dem Hafsa Chatun sich seit ihrem Schlaganfall nicht mehr trennte, hielt sie auch jetzt in der Hand. Aber dieser Stock war eher ein Zepter als eine Stütze.

Einzig und allein die forschenden Augen der Greisin sprachen. Sonst herrschte Schweigen.

Bis dann die Walide endlich begann.

«Wie lange ist es her, daß ich Sie nicht mehr sah?»

«Elf Jahre, Eure Kaiserliche Hoheit.»

«Sie sind hübscher geworden, aber schön werden Sie nie sein.»

Roxelane neigte in Zustimmung ihr Haupt.

Hafsa stieß ihren Stock auf den Boden.

«Sie taten übel daran, diesen Ibrahim zu begünstigen. Gegen mich zu begünstigen!»

«Kaiserliche Hoheit vergessen meine damalige Lage», verteidigte sich Roxelane bescheiden. «Wenn Achmed Pascha, wie Sie es wünschten, Großwesir und Prinzessin Esmas Gemahl geworden wäre, dann hätte er auf Sie hören müssen. Denn Soliman – ich meine, der Kaiser», verbesserte sie sich, «war dem Pascha nicht geneigt, und so wäre Achmeds Stellung ohne Eurer Hoheit Unterstützung nur schwach gewesen.»

«Dachten Sie nie daran, daß es Ihnen gelingen könnte, Achmed Pascha zu sich hinüberzuziehen?» spöttelte die Walide.

«Ich hatte keine Brücke zu ihm», stellte Roxelane einfach fest, «Sie aber hatten Ihre Tochter.»

«Esma?!» grollte es aus dem Sessel. «Esma, die mich dann verriet? Auch daran sind Sie schuld, meine Liebe!»

Doch Roxelane blieb standhaft: «Mir blieb keine Wahl. Ich mußte an meine Söhne denken.»

«Daran dachten Sie damals schon? Sie hatten doch noch gar keine! – Aber es ist gut», unterbrach sich die Walide, «jede Herrscherin muß auf das Künftige schauen, auch wenn es noch gar nicht geboren ist.»

«Jede Frau muß es tun», warf Roxelane ein, was ihr einen scharfen Blick von der alten Dame eintrug.

«Meinetwegen jede Frau», gab Hafsa dann zu, um sich hinterher auch sogleich schon zu ärgern. «Obwohl ich wissen möchte», meinte sie noch, «wie viele von unseren Gänsen hier am Hof, meine eigenen Töchter eingeschlossen, danach handeln.»

Diese Offenherzigkeit war Roxelanes erster Gewinn. Allerdings war ihre Freude darüber nur kurz.

«Sie aber sind nicht viel besser!» fuhr Hafsa Chatun nämlich fort. «Sie machen den Kaiser zum Gespött! Verse machen die Dichter schon über ihn und über Sie! Es ist ja auch nur zu wahr, daß Soliman seit seiner Verbindung mit Ihnen keine andere Frau mehr besucht hat.»

Bei diesen Worten jedoch fiel jede Gefügigkeit von Roxelane ab.

«Das soll er auch nicht!» fuhr sie auf. «Nie werde ich das dulden!» Ihre Augen funkelten vor Zorn.

«Ein Kaiser darf kein Weiberknecht sein», sagte Hafsa streng. «Er muß sein, wie das Volk ihn sich vorstellt und wie es ihn haben will.»

«War der hochselige Kaiser Selim ein Weiberknecht?» widersprach Roxelane. «Eure Hoheit haben ihm auch keine anderen Frauen erlaubt.»

Hafsa Chatun mußte lächeln.

Es geschah nicht ohne Selbstgefälligkeit, und sogar ein kleines Wohlgefallen an Roxelane begann mitzuschwingen.

«Und nun meinen Sie», lächelte die Walide, «mein Sohn habe in dieser Hinsicht seinem Vater zu ähneln? Er gleicht ihm doch in so vielem anderen nicht. Aber es ist wahr: schon Osman selbst diente um die Priestertochter Malchatun mehrere Jahre, und so fing es bereits bös an. Und Bajesid Jilderim war in die serbische Königstochter ebenso verliebt wie Murad der Zweite in seine Prinzessin von Kastemuni. Es scheint also, als gebe es unter den Nachkommen Osmans immer Männer, die darauf versessen seien, einer einzigen Frau die Treue zu halten. Zuletzt kommt das wohl auf die Frau an. Doch sind Sie eine solche Frau, meine Liebe, daß Sie zur einzigen Frau eines Kaisers taugen? Haben Sie nicht vielmehr diesem windigen Griechen Vorschub geleistet? Wem haben Sie dabei nun mehr vertraut: meiner Tochter Esma, die noch in zwanzig Jahren nichts als ein ewig verliebter Backfisch sein wird, oder Ibrahim Pascha, der Ihnen, seiner Gönnerin, bei der ersten Gelegenheit in den Rücken fiel?»

Wie sehr hatte die Walide doch recht, und wie sehr schämte sich Roxelane, daß es so war!

«Ich glaubte an seine Vernunft», murmelte sie, «und ich begreife ihn immer noch nicht…»

«Ich begreife ihn recht gut», erklärte ihre Widersacherin mit einer Härte, die gegen jedes Mitleid gewappnet war. «Bei der Überquerung der Mur sind mehrere Dutzend aus der Begleitung meines Sohnes ertrunken. Soliman schwamm hinüber und erreichte das andere Ufer. Aber ebensogut hätte ihn das Los seiner Begleiter treffen können. – Haben Sie noch niemals daran gedacht, daß Sie dann eines Tages Walide wären? Es würde immerhin möglich sein, und Sie haben daran gedacht! Aber vielleicht vergaßen Sie, daß Ibrahim in einem solchen Fall mit Ihnen rechnen müßte?»

«Ich war ihm niemals feindlich gesinnt», beteuerte Roxelane.

«Die Eitelkeit solcher Männer erträgt lieber Feindschaft als Abhängigkeit», entgegnete Hafsa Chatun. «Und eines Tages wird Ibrahim sich auch gegen seinen Herrn wenden. Vergessen Sie das nicht!»

«Aber ich bin eine Frau!»

«Jawohl, Sultan Solimans Frau. Und Sie teilen nicht nur sein Bett, sondern auch seine Arbeit. – Schweigen Sie!»

Wie eine silberne Göttin saß die Weißhaarige da. Denn auch ihre Gewänder waren von einem leuchtenden Grau. ‹Wie eine Sibylle der Römer!› mußte Roxelane denken.

«Schweigen Sie», wiederholte die Walide milder. «Ich wünsche zu reden.» Einen Augenblick ließ sie sich noch Zeit.

«Ich spüre Ihre Hand in allem», fuhr sie dann fort. «Es war sehr klug, nach dem Janitscharenaufstand wenigstens einem Teil der Leute das Recht zum Heiraten zu geben. Ehe und Kinder werden sie künftig willfähriger machen. Wie es auch gut war, die Kurudschi und Oturak einzurichten, die Korps der Veteranen und Invaliden mit dem Vierzehn- bis Fünfzehnfachen des Höchstgehalts der Aktiven. Die Jungen werden besser kämpfen, wenn sie wissen, daß sie geehrt und wohlhabend sein werden im Alter. Auch war es höchste Zeit, Ordnung in die Timare und Siamets zu bringen. Der Grund unter unseren Füßen ist der sicherste Schatz des Reichs. Wir brauchen ihn, um unser Heer zu erhalten und zu belohnen.

Aber geackert wird der Boden nicht von den Lehensträgern, unseren Kriegern, sondern von den ungläubigen Rajahs, die von den Waffen und der Heeresfolge ausgeschlossen sind. Sie dürfen nicht bedrückt werden, soll nicht alles zugrunde gehen. Und ebenso muß auch das Volk gegen die Krämer und Händler geschützt werden, und niemand soll mehr Nutzen als billig aus seiner Arbeit ziehen. Ich billige das. Trefflich sind die Verordnungen gegen die Unsauberkeit, trefflich ist es, auf die Preise für Nahrung und Kleider und auf die Löhne zu achten. Denn das ist dem Volk heilsam und angenehm. Und ebenso ist es recht, was für die Wissenschaft geschah, für Baukunst und Dichtung. Fahre so fort und rede mir nicht entgegen! Nicht du brauchst mir zu sagen, daß immer der Padischah alles bewirkt, was geschieht. Er allein ist der Herr! Und der Allerbarmer wird auch deinen Teil am Tun des Kaisers segnen, weil du es nicht auf die Gassen schreist und nicht fremde Gesandte damit beschwatzest, wie es dieser Lotterbube macht, dieser Grieche!»

Hafsa Chatun hielt inne.

Ein Husten unterbrach sie. Aber eine Bewegung ihrer schönen und schmalen Hände verbot Roxelane dennoch, sich ihr zu nahen.

Viel Zeit verstrich, ehe die Walide fortfahren konnte.

«In einem aber muß ich dich tadeln», erklärte sie dann. «Ich kenne meinen Sohn als einen Mann strenger Sitte. So bist du es, die dem Gesetz jede Schärfe genommen hat. Vor 940 Jahren gab es der Prophet. Das ist eine lange Zeit, und so mag es angehen, es zu ergänzen und zu mildern. Und manche der Neuerungen sind auch gut. Aber der Verleumder ist nur zum Schadenersatz verpflichtet? Achtzig Peitschenhiebe befahl der Prophet, und das war gerecht. Denn die Verleumdung frißt mehr Menschen als Gift und Dolch. Und sie frißt die Einigkeit. Wehe dem Volk, wenn falsche Zungen sich straflos ergehen können! Die Verleumder sind Mörder der Ehre. Sie sind so gut Mörder wie die des Leibes und dürfen nicht mit einer Strafe von Wind und Luft belegt werden. Bad u. Hawa!

Wind und Luft sind deine Strafen für sie. – Und dann die Sitte? Beim Ehebruch kann man sich jetzt mit Geld von der Steinigung lösen? Mit tausend Aspern der Reichste, mit dreißig der Ärmste? Wer eines anderen Tochter oder Frau küßt, zahlt einen Asper für den Kuß und ebenso der Weintrinker für den Trunk, und wer sich mit Tieren vergeht für jeden Fall der Betretung? Immer nur Strafen, die keine sind und die mehr anreizen als verhüten!

Aber ich sehe, daß den Sünden des Eroberers und anderer Vorgänger auf dem Thron eine späte Ernte reift. Fahre nicht fort in diesem Tun, meine Tochter; denn es wird dir von Allah angerechnet werden.»

Jetzt jedoch eilte Roxelane auf sie zu, weil die Greisin in sich zusammenfiel. Roxelane küßte ihre Knie und umarmte ihre Füße.

Endlich schlug Hafsa Chatun ihre Augen auf.

«Ich liebe dich nicht», sagte sie fest. «Ich habe nicht damit begonnen, als es vielleicht noch Zeit gewesen wäre, es zu tun – und nun ist es zu spät geworden. Und ich liebe meinen Enkel Mustafa. Aber seine Mutter Saffieje, die meinem Herzen nahesteht, ist nicht wie du. Sie hat sich nicht gegen dich behauptet, und so wäre sie auch Ibrahim nicht gewachsen. Du aber sollst mir schwören: Da es nun einmal so ist, daß Soliman dich mehr liebt, als er dürfte, so sollst auch du ihn lieben und ihn schützen. Denn wohl ist er klug. Er weiß um die Staaten und weiß, wie sie einzusetzen sind, und den Gegnern die Masken herunterzureißen, ist ihm ein Spiel. Aber er ist, wie sich an dir zeigt, den Frauen ergeben. Bei all seiner Ernsthaftigkeit ist er sanft. Oft zu sanft. Und er vertraut grenzenlos, wo er liebt. Auch dem Ibrahim. – Du jedoch sollst dich nie mehr mit Ibrahim verbünden!»

«Nie», gelobte Roxelane. «Und ich schäme mich, daß ich es tat.»

«Schäme dich», nickte Hafsa Chatun. «Wer sich schämen kann, ist auf dem Weg zum Erhabenen. – Und ich habe auch Töchter», fuhr sie fort, «und unter ihnen ist Tamara unruhig und gefährlich. – Kränke sie dennoch nicht, auch wenn sie dich kränken sollte. Und sie wird es tun, ich weiß es. Saffieje aber schütze. Denn sie hat es schwerer als du. Und laß ihr den Titel ‹Chasseki›. Du brauchst ihn nicht. Du bist die Begünstigte. Laß ihr den Namen.»

«Es wird alles so geschehen, wie du willst.»

Hafsa Chatuns Gedanken versanken im Meer des Vergangenen und Künftigen.

«So wird es wohlgetan sein», murmelte sie und hob dann den Kopf. «Doch das alles ist nicht schwer. Jetzt aber höre mich an! Du sahst mehr, als du solltest. Die Tage und Jahre, da ich um das Leben meines Sohnes Soliman zittern mußte, lasten schwer auf mir. Du weißt es, weil auch du kämpfen mußt. Und in diesem Kampf werde ich bei dir sein, auch wenn du mich nicht mehr sehen kannst. Laß uns Frauen das Gesetz des Eroberers umstoßen, das uns Mütter in den Söhnen bedroht. Und laß uns nicht nur sprechen: ‹Das ist wider Menschenrecht und Allahs Gebot›, sondern laß uns danach handeln. Dein Handeln aber sei, nicht zu dulden, daß Mustafa ein Leid geschehe. Denn jeder Mutter Sohn ist ein Sohn und jeder Getötete ein Toter. – Ist das ein Eid?»

«Es ist ein Eid.»

«Kein Leid dem Mustafa?»

«Kein Leid.»

«Ich glaube dir. – Und nun ist es gut.»

Die Unterredung war beendet. Roxelane erhob sich und griff ihrer Schwiegermutter unter die Achseln.

Nun stand Hafsa Chatun. Als Roxelane aber auch dann noch, um sie zu stützen, neben ihr blieb, warf die Mutter des Geschlechts ihr einen verweisenden Blick zu.

«Was denken Eure Hoheit von mir?» zürnte die Walide. «Glauben Sie, o Sultana, ich verstünde meinen Weg nicht zu Ende zu gehen, wie es sich ziemt?»

Zu der öffentlichen Audienz waren alle Hofstaaten der Walide und sämtlicher Prinzessinnen mit Garden, Beamten, Ehrendamen, Verschnittenen und Unverschnittenen vollzählig aufgeboten worden und außerdem bemerkenswerte Gäste erschienen.

Man sah elf Emire, Nachkommen des Propheten in ihren grünen Kopfbünden, den Imam und alle anderen Geistlichen der Selimije, der Moschee Selims des Ersten, und dazu alle Muderris, alle Professoren, der ihr angegliederten Hochschule.

Unter ihnen befand sich auch der Muderris Ebusuud el Amadi, dem man eine große Zukunft voraussagte.

Auch Scheichs aus den drei großen Derwischorden, aus den Kadri, den Mewlewi und den Begtaschi, fielen auf, besonders die letzten, deren Gründer die Janitscharen gesegnet hatte.

Dann waren noch Männer der Kunst anwesend wie Sinan, der große Baumeister, und von Dichtern die Romantiker Dschelili und Fikri, und auch die beiden ewigen Gegner Chiali und Sati waren da, die es nicht lassen konnten, sich immer wieder gegenseitig zu suchen, nur um miteinander zu zanken.

Sogar der Größte von allen, Baki, den man mit Recht dem Liedersänger Hafis an die Seite stellte, hatte es sich nicht nehmen lassen, der hohen Versammlung den höchsten Glanz aus jener Welt zu verleihen, der auch Hafsa Chatun selbst angehörte. Damit war zugleich alles geschehen, daß dem gespannt harrenden Volk keine der Einzelheiten des großen Ereignisses vorenthalten werden konnte.

Und es begab sich, daß Roxelane Sultana der Walide die Hand, ihr ältester Sohn, Sultan Mohammed Soliman, seiner Großmutter das Gewand küßte und daß des Kaisers erhabene Mutter ihrer Schwiegertochter den Kuß auf die Wange, dem kleinen Prinzen aber auf den Mund zurückgab.

Darauf erhob sich die Walide, legte ihren Arm um den Enkel und sprach den Segenswunsch des langen Lebens über ihn: «Langes Leben dem Sultan Mohammed Soliman Khan!»

Und: «Langes Leben dem Sultan Mohammed Soliman

Khan!» wiederholte die Versammlung unter ehrerbietigem Verneigen, was sowohl ein Gelübde wie ein Programm war. Drei Wochen später starb Hafsa Chatun Sultana.

Die Totenfeier fand in Anwesenheit des Kaisers, der kaiserlichen Familie, des Hofes, der Großwürdenträger und Generale und aller hohen Ulema von Konstantinopel in der Selimije statt.

Der silberne Riesenleuchter der Kuppel und an zweitausend Lampen verklärten das Heiligtum.

Der Sarg stand in der großen, nach Mekka gerichteten Nische. Zu seinen beiden Seiten brannten in Kandelabern zwei mannsdicke Kerzen. Dort verlas der Muderris Ebussud nach dem letzten Willen der Verblichenen das Testament.

Nach frommen Stiftungen für die Kaaba zu Mekka, für die Errichtung eines öffentlichen Bades und einer Schule wurden Mitglieder des Hofstaates der Erblasserin und alle Angehörigen der Kaiserfamilie bedacht – nur Mohammed Soliman nicht, Roxelanes ältester Sohn.

«Alles habe ich nun fortgegeben», hieß es dann, «und meine Hände sind leer. Von allem, was mein war, bleibt nichts mehr für dich, Sultan Mohammed Soliman Khan. Du sollst wissen, mein Kind, daß es Höheres gibt. Dir, junger Sultan, hinterlasse ich meinen Segen.»

25

Der Segen der toten Walide erwies sich als sehr stark. Selbst das Wort der Lebenden, das doch weder vom Volk noch vom Kaiser überhört worden wäre, hätte nicht soviel vermocht.

Ibrahims Vorstoß, Mustafa die Thronfolge zu sichern,

hatte also die Aussichten dieses Prinzen nur verschlechtert und dagegen Roxelanes ältesten Sohn in den Vordergrund geschoben.

Zum erstenmal war der Wille des Großwesirs einem anderen unterlegen, Roxelanes Willen, und Ibrahim suchte schäumend nach dem Schuldigen, der ihr seinen Plan verraten haben mochte.

Nur dadurch war sie in der Lage gewesen, rechtzeitig die Gegenmine zu legen.

Acht Tage später hätte das Eintreten der Walide für Mohammed Soliman nicht mehr dieselbe Wirkung gehabt. Acht Tage hätten genügt, Mustafas Ansehen bei der Bevölkerung und vor allem bei den Janitscharen zu festigen.

Überhaupt die Janitscharen!

Wie gescheit das alte Weibsbild doch gewesen ist, dachte Ibrahim – und meinte mit dem «alten Weibsbild» die Walide –, den Prinzen Mohammed Soliman gleichsam unter den Schutz der Derwischorden und besonders der Begtaschi zu stellen. Den Begtaschi fühlten sich die Janitscharen nun einmal verbunden, und so waren sie jetzt für Mohammed.

Soliman aber war Mustafa wohl zugetan; doch darum liebte er seinen anderen Sohn, den ihm Roxelane vor zehn Jahren geschenkt hatte, den sanften Jungen mit den großen, schönen Augen der Mutter, ganz gewiß nicht weniger. Außerdem hielt er das Aufwerfen einer Frage, die angesichts der geringen Zahl seiner eigenen Jahre noch sehr viel Zeit habe, für unnötig und schädlich.

Ein weit dringenderes Bedürfnis war ihm seine Versöhnung mit Roxelane.

Den Sohn aber, der um seine Mutter trauerte, mochte Roxelane nicht zurückweisen, war es doch dieselbe Mutter, der sie geschworen hatte, ihn immer zu lieben.

Soliman kam in Schwarz und mit schwarzem Kopfbund. Und dunkel war er selbst mit seinem breiten Bart und seinen ernsten, traurigen Augen.

Als er dann Roxelane gegenüberstand, war sie bewegt, und

beide stürzten einander stumm in die Arme. So verharrten sie lange.

Die nächste Zeit wohnte Soliman bei Roxelane, und er verließ das Köschk Hebetullah nur, um mit seiner Frau und den Kindern in das Haus zu ziehen, das sich Roxelane in der Nähe von Dede Semids bescheidenem Landsitz am Meer hatte errichten lassen.

Während seines Aufenthalts dort war es für alle Hof- und Staatsämter dasselbe, als sei der Kaiser auf der Jagd, die er sich auch nicht gern durch Geschäfte beeinträchtigen ließ, so vollkommen ging Soliman in seiner Familie auf.

Er hatte seine Mutter aufrichtig geliebt und suchte nun in dem, was ihm heranwuchs, Trost, da ihn das verlassen hatte, was nun Vergangenheit war.

Kindlich und einfach, wie nur ein verliebter Gatte und Vater sein kann, teilte er die Übungen und Spiele Roxelanes und deren Kinder. Im Bogenschießen war er sogar Roxelane überlegen, die ihn dafür beim Schwimmen schlug, während die Kinder natürlich noch zu klein waren, um es den Eltern in allem gleichtun zu können. Nur die neunjährige Mirmah bewies eine auffallende Begabung für das Reiten, das man ihr noch im Männersitz erlaubte. Hauptfach einer Serailerziehung war daneben aber immer noch das Bogenschießen.

Der derb-untersetzte Selim übertraf seinen um zwei Jahre älteren Bruder Mohammed darin wohl an Kraft, doch nicht an Geschicklichkeit. Und der kleine Buckel Dschihangir nahm ebenfalls am Wettbewerb teil. Soliman legte gerade auf die körperliche Ausbildung des verwachsenen Kindes den höchsten Wert und ließ keine Gelegenheit vorübergehen, das Selbstbewußtsein dieses Sohnes zu stärken, dessen frühzeitige Gewecktheit ihn rührte und oft beängstigte. Überdies war die übliche Prinzenerziehung keineswegs weichlich. Auch Soliman hatte sie durchmachen müssen.

Vom zehnten Lebensjahr an nahmen die kaiserlichen Knaben an dem Unterricht in den Pagenkammern des Serails teil, die den drei Lehrstufen entsprachen.

Diese Pagenschule, der auch Dede Semids Söhne angehört hatten, war eine überaus wichtige Staatseinrichtung und hatte für die Reichsregierung dieselbe Bedeutung wie der kaiserliche Harem.

Ohne Rücksicht auf Abstammung oder auf die Religion der Eltern wurden die Schüler eingereiht, ganz gleich, ob sie nun Fürsten- oder Bauernsöhne waren. Die Eltern spielten überhaupt keine Rolle. Denn alle anderen menschlichen Beziehungen als die zum Padischah hörten mit diesem Augenblick auf. Zu dessen Haus und im weiteren Begriff zu dessen Familie gehörten nun die Knaben. Nur wohlgestalt und regen Geistes mußten sie sein.

Genau wie die Anwärterinnen des Harems waren auch sie oft auf Eroberungszügen erbeutet worden, oder sie waren Geschenke der Statthalter und siegreicher Korsaren. Doch konnten sie ebensogut unter den Rojahs, den ungläubigen Untertanen, die diesen Knabenzoll zu entrichten hatten, ausgehoben worden sein. Keineswegs selten aber hofften Würdenträger des Reiches ihren Kindern dadurch die Laufbahn zu erleichtern, daß sie ihre hübschen und begabten Söhne der Pagerie des Sultans anboten.

In jedem Fall war die Auslese überaus streng, und streng war auch die Erziehung. Die Fußsohlen der Zöglinge wiesen gelegentlich sichtbare Spuren davon auf. Zugleich aber waren die Schüler auch Gegenstand der größten Sorgfalt.

Unterrichtet und erzogen wurden sie zum Schutz ihrer Keuschheit grundsätzlich nur von weißen Eunuchen. Und diese Lehrer, die Kapuoghlan, waren überaus angesehen. Die Professoren gehörten zu den gehobenen Aga, die Kammerpräfekten waren Großwürdenträger des Serails.

Unter allen Umständen wurde außer Religion und einem freimütig-bescheidenen Benehmen Lesen, Schreiben, Rechnen und Turbanwinden gelehrt, wozu ebenso selbstverständlich der Gebrauch aller Waffen, Reiten und Pflege der Pferde hinzukamen.

In der nächsthöheren Kammer wurde der Unterricht auf

die Abrichtung von Hunden, Jagd- und Singvögeln ausgedehnt. Mathematik, Astronomie, Literatur, Beredsamkeit und Fremdsprachen waren weitere Fächer.

Den letzten Schliff verlieh dann die dritte Kammer mit der Beherrschung von Hand-, Gesichts- und Haarpflege und des kunstgerechten Stickens.

Bis dahin brauchte ein junger Mann im ordentlichen Lehrgang neun bis zehn Jahre, und wer es bis zu diesem Grad der Verfeinerung und der entsprechenden Gelehrsamkeit gebracht hatte, der konnte mit einer Laufbahn rechnen, die in den Stellen der Wesire und Statthalter und der hohen Hofchargen gipfelte. Besonders anstellige und gelehrige Jünglinge wurden wohl auch für den persönlichen Dienst des Padischahs verschnitten und brachten es dann fast stets zu den höchsten Ämtern des inneren Dienstes und zu großem Einfluß.

Nur zehn vom hundert aller Pagen gelangten jedoch in diese Klasse künftiger Wesire und Großeunuchen. Die anderen blieben meist bei der Finanz oder in den Sekretariaten hängen. Und der Großteil der jungen Leute, die auf der untersten Stufe stehenblieben, wurden mit ihrem zwanzigsten Jahr als Offiziere in die Janitscharen oder die Gardereiterei eingereiht.

Auf diese Weise umfaßte das Haus des Padischahs also zwei wohl ausgewogene Instrumente der Herrschaft: den Harem und die Pagenkammern des Serails.

Der kaiserliche Haushalt lieferte in den ehemaligen Pagen das Menschenmaterial zur Besetzung aller wichtigen Stellen und in den Damen zugleich auch das zur Überwachung der großen Stelleninhaber.

Darum hatte die Erziehung der Prinzen in den Pagenkammern auch eine so große Bedeutung.

Jeder Padischah wuchs dadurch inmitten seiner künftigen Minister, Staatssekretäre und Offiziere auf. Jeder Padischah war aber auch von Kind auf mit der Welt des Harems vollkommen vertraut. Und so hatte ein Kaiser unter allen Umständen genaue Kenntnis von allen Männern, die mit ihm sein Reich regierten, und von allen Frauen, die den Regierenden als Wächterinnen beigegeben wurden.

Alle diese Menschen standen zu ihm, dem Kaiser, in einer persönlichen, fast religiösen Beziehung. Er ersetzte ihnen die Eltern, die sie verloren hatten. Und so wurden die Pagenkammern und der Harem den Eltern- und Familienlosen zur Familie, von der sie in diesem Leben sich nicht mehr lösen konnten.

Nur die Laufbahn der Ulema, der Richter und Geistlichen, verlief unabhängig vom Serail. Vom jüngsten Studenten, dem Thalib, bis zu den Kadiaskeren, den Herresrichtern, und dem Mufti, dem höchsten Richter und Geistlichen, gehörten sie zur Moschee.

Zwei Säulen trugen so das Reich: zur rechten Hand die Würden des Serails unter dem Großwesir – zur linken Hand die Würden der Moschee unter dem Mufti. Doch Seine Hoheit der Großwesir und Seine Heiligkeit der Mufti wurden beide nach Belieben von der Majestät des Kaisers ernannt oder abgesetzt.

Der Kaiser blieb von allem die Spitze.

Auf Sultan Mohammed Soliman und seine Brüder warteten also die Pagenkammern, in die Roxelanes Ältester bald eintreten sollte. Mirmah jedoch, die Tochter, würde der Mutter bleiben.

Mirmah, der Sonnenmond, regierte nach Art einziger Töchter bereits fröhlich mit ihren kleinen Händen an ihrem Vater herum, was sich Soliman, dessen Liebling das Mädchen war, mit Stolz gefallen ließ. Roxelane freilich pflegte über diesen Stolz als Vernarrtheit zu lachen und über Durchkreuzung erzieherischer Maßnahmen zu schelten.

Schwarzhaarig, blauäugig und von langem, noch knochigem Bau der Glieder war das Kind. Und doch konnte man von Mirmah trotz ihrer neun Jahre schon jetzt sagen, daß sie dermaleinst eine Schönheit sein würde. Sie war auch der einzige Mensch, gegen den Roxelane hin und wieder einen Hauch von Eifersucht verspürte. Die Tochter aber, obwohl sie die Mutter ebenso leidenschaftlich liebte, wie die Brüder das taten – vergalt ihr Gleiches mit Gleichem.

Mirmah befand sich ihren Eltern gegenüber im selben Zustand wie Ibrahim. Sie war auf Roxelane Solimans wegen eifersüchtig und auf Soliman wegen der Mutter. Am liebsten hätte sie beide ganz für sich allein gehabt.

Ebensowenig war sie traurig darüber, wenn sich die Brüder untereinander zankten. Dadurch wurde sie zur natürlichen Schiedsrichterin, und es war durchaus keine Seltenheit, daß sie den einen oder den anderen verprügelte – vorausgesetzt, daß es niemand sah. Denn daß einer der Brüder sie jemals verraten hätte, brauchte sie nicht zu befürchten. Auch die Brüder verhätschelten ihre Schwester.

Mirmah war ein höchst besitzfreudiges kleines Wesen.

Auch Roxelane schätzte den Reichtum der Unabhängigkeit wegen, die er ihr verlieh. Bei ihrer Tochter jedoch war dieser Sinn zu einer viel einfacheren, unbedingteren Freude an jeglichem Besitz geworden, am Besitz von Gütern dieser Welt und vor allem von Menschen.

Eine richtige angehende kleine Herrscherin war die junge Prinzessin. Schon schnupperte sie mit Lust in den Intrigen der Hofdamen herum, und da sie dahintergekommen war, daß ihre liebe Mama in bezug auf die Religion sehr weitherzigen Ansichten huldigte, begann sie sich für ihre junge Person um so strengere Grundsätze zuzulegen. Besonders lehnte sie alles Christliche, obwohl sie es nicht kannte, mit Entschiedenheit ab.

Auch sie sorgte also dafür, daß Soliman nicht gerade müßig ging. Reiten, Bogenschießen, Ballspielen und Schwimmen im Stil der Tatarin, die das Meer in diesen schönen Frühlings- und Vorsommerwochen längst schon warm genug fand, beschäftigten ihn hinreichend, so daß es Ibrahim um so leichter hatte, seinen persischen Krieg vorzubereiten.

Die Perser waren ebenso leidenschaftliche Schiiten wie die

Türken Sunniten, und der Kampf gegen die persischen Ketzer war durch viele ehrwürdige Fetwa genauso zur religiösen Pflicht gemacht worden wie der gegen die ungläubigen Christen.

Außerdem hatte Schah Tahmasip den persischen Staat wieder zu einem beachtlichen Gegner gemacht, der deswegen so gefährlich war, weil er die Türkei bei jedem Kampf gegen das Abendland im Rücken bedrohte.

Tatsächlich hatte Persien denn auch während des verflossenen Krieges einen Freundschaftspakt mit Kaiser Karl und König Ferdinand unterhalten.

Für Ibrahim war das der hochwillkommene Anlaß zum Krieg. Denn trotz der Riesenbeute und aller Siegesfanfaren hatten die beiden letzten Feldzüge der Türkei nur unwesentlichen Landgewinn gebracht. Und nun versprach sich Ibrahim glänzendere Eroberungen in Persien.

Vorher jedoch mußte er den Rücken frei haben, und so wurde mit den österreichischen Friedensverhandlungen endlich ernst gemacht.

Gritti kam von Ungarn nach Konstantinopel, und auch Soliman begab sich in die Stadt und dort mit Ibrahim in Grittis Wohnung.

Der Fall rief das Aufsehen hervor, wie es sich Ibrahim gewünscht hatte. Niemals zuvor war ein Padischah über die Schwelle eines Ungläubigen gegangen, und alle guten Moslems nannten Soliman einen Toren, der von Ibrahim und Gritti bezaubert sei.

Dennoch wurden in dreistündiger Besprechung die Bedingungen gerade bei Gritti festgesetzt, dessen Autorität in Ungarn, wo er der wahre Herrscher war, gestärkt werden sollte.

Unter der höfischen Fiktion einer Gütergemeinschaft zwischen Vater und Sohn wurde die Wegnahme Ungarns besiegelt. Denn was dem Sohn, nämlich Ferdinand, gehöre, sei auch des kaiserlichen Vaters Solimans Eigentum. Und zur Gleichstellung des Großwesirs mit dem römischen König als Bruder mit dem Bruder mußte die fabelhafte Annahme einer Blutsverwandschaft herhalten.

Sehr ehrenvoll für Österreich war dieser Friede nicht; aber immerhin war er ein Friede.

Ibrahim jedoch bekam seine Ernennung zum Serasker gegen Persien. Sein Kiaja freilich, sein Stellvertreter im Oberbefehl, wurde Nino Hanums Mann. – Als Finanzminister war Iskender Tschelebi zwar mehr ein Mann der Feder als des Schwertes, doch ähnliches hätte man auch von Ibrahim sagen können, und Iskenders großes Organisationstalent konnte in der Tat niemand bestreiten. Dennoch wurde ganz offen als Hauptgrund der Berufung des Defterdars in die Heeresleitung seine Heirat mit Sultana Roxelanes früherer Hofdame genannt.

Denn der Kampf zwischen der Sultana und dem Großwesir ging weiter: Ibrahim war wieder Serasker geworden. Doch: seinen Stellvertreter und Chef des Stabes hatte Roxelane ernannt.

26

Im gleichen Raum, dem Soliman zum Ärgernis aller Rechtgläubigen drei Stunden lang die Ehre seiner Gegenwart vergönnt hatte, saß der Großwesir Ibrahim wieder einmal in diesen Wochen als Gast des Dogensohnes Aloysio Gritti. Die gottlosen Gemälde, die den Augen des Beherrschers aller Gläubigen hatten entzogen werden müssen, brauchten sich dabei vor denen Ibrahims nicht zu verhüllen.

Ibrahim nannte Gritti beim Vornamen und Gritti den Großwesir «Mein Giulio», um dessen Vorliebe für Julius Caesar gerecht zu werden. Beide tranken.

Gritti hatte guten Tokaier aus Ungarn mitgebracht, und daß

der Wein nicht gegen Bezahlung entnommen worden war, tat seinem Geschmack weiter keinen Abbruch.

Noch immer betrachtete Ibrahim ein Bild. Es stellte die Opferung Isaaks durch Ibrahim oder Abraham dar, wie die Thora den Erzvater nannte. Vielleicht regte den Großwesir das blitzende Messer an.

«Hast du Angst vor der Beschneidung?» warf er nämlich nachlässig hin. «Das Fieber dauert nur einen Tag. Wir haben es alle einmal durchgemacht. Und überdies kenne ich den Scheich einer kleine Moschee, der die Sache schnell und nahezu schmerzlos besorgt.»

Der erfolgreiche Verteidiger von Buda hielt es nicht für nötig, sich gegen den Vorwurf der Angst zu wehren.

«Schneidet dein Scheich auch Hornhaut?» spottete er nur.

«Nein, lediglich deine Vorhaut, falls du es so belieben solltest», antwortete Ibrahim mit unerschütterlicher Sachlichkeit, «und deine Testikel könntest du behalten. Denn obwohl Soliman großes Gefallen an dir hat, brauche ich dich nicht für den inneren Dienst. Wohl aber könnte ich dich, wenn du dich beschneiden ließest, gelegentlich zu einem Wesir der Kuppel machen.»

«Das wäre allerdings...!» rief Gritti und dachte ernsthaft über eine Stellung nach, die in Europa an Glanz kaum ihresgleichen hatte. Doch dann wiegte er abschätzend sein dunkel gelocktes Haupt. Wußte er doch nicht, ob Ibrahim ihn nicht etwa nur versuchen wollte.

«Viele sind diesen Weg gegangen», meinte er, «aber er ist nicht mein Weg! Meine Aufgabe in Ungarn kann ich nur als gut katholischer Christ erfüllen, mein Giulio, wie du ja auch weißt.»

«Sage mir nicht, Venezianer», spaßte Ibrahim, «daß du unter ‹deiner Aufgabe› die Generalvertretung des Königs Johann Zapolya verstehst. Dessen Vertrauen würde dich nicht abhalten, noch diese Nacht die Beschneidung zu verlangen, wenn du dir davon einen Vorteil versprächest. Es ist mehr die Krone, die dich leitet, als der König. Die Stephanskrone aber ist heilig, und ihr Träger muß ja wohl katholisch sein? Meintest du etwa das?»

«Wie könnte ich!» gab ihm Gritti im gleichen Ton zurück. «Ohne zu wissen, ob mein Herr und Freund Giulio nicht vielleicht selbst geneigt sei, den inzwischen reichlich verrosteten Reifen für seinen eigenen eleganten Kopf wieder herrichten zu lassen!»

Beide lachten.

Dann wurde Ibrahim ernst.

«König?» wog er die Worte. «Als ungarischer Kral, von Soliman mit Fahne, Keule und Heerpauke belehnt ...?»

«Für den Bastard eines Dogen von Venedig allerhand!» wagte sich Gritti vor, trotzdem er noch bei den letzten Verhandlungen geschworen hatte, wie ein Hund sterben zu wollen, wenn er jemals nach der ungarischen Krone trachten sollte.

«Aber nichts als ein Staub für den Großwesir des türkischen Reiches!» schloß Ibrahim die Erwägung ab, soweit sie seine eigene Person betraf. «Doch diese Krone zur gegebenen Stunde einem guten Freund zu schenken», fuhr er mit einer Bewegung zu Gritti hin fort, «wäre ich nicht abgeneigt. Also tust du gut daran, dem Beschneidungsmesser vorläufig noch auszuweichen, mein Aloysio.»

«Es hat bei dir auch nicht gerade Wunder gewirkt», lachte Gritti, um seine jähe Freude nicht allzusehr zu zeigen. «Deine Verwandlung in einen christlichen König wäre immerhin noch möglich ... Viele sagen sogar, du seist in deinem Herzen ein Christ. Aber die kennen dich nicht. In Wirklichkeit sind wir natürlich beide dasselbe, nämlich – nichts.»

«Wir sind Venezianer», erklärte Ibrahim.

«Wenn du die stinkenden Lagunen erst gerochen hättest, würdest du nicht so reden», widersprach Gritti, weil er der Stadt abgeneigt war, die ihm seinen Adel bestritt. Doch größer noch war seine Freude, und die riß ihn zum Übermut hin. «Im übrigen bist du ein Grieche», ließ er sich darum entschlüpfen.

«Und du bist der Sohn einer Sklavin!» erwiderte Ibrahim ärgerlich.

«Das hab ich mit dem Sultan gemein», fing Gritti schnell den Hieb ab. «Söhne von Müttern, die sich als Sklavinnen ihre Stellung im Leben erst machen müssen, sind viel unterhaltsamer, mein Giulio», bespöttelte er sich dann selbst. «Ich zum Beispiel fühle mich zu nichts verpflichtet, sondern verspüre einen so erhabenen Geist in mir, daß ich weder an Mohammed noch an Christus und viel lieber an ein Amulett glaube, wie du eins vorhin ebenfalls auf deiner Brust verbargst.» Doch statt abzulenken, hatte Gritti nur zum zweitenmal eine empfindliche Stelle bei seinem Freund getroffen.

Ibrahim runzelte die Brauen. «Laß das!» sagte er unwillig. «Statt mir nachzuforschen, verantworte dich lieber. Ich bleibe dabei: meine Niederlage mit dem Mustafa verdanke ich dir.»

«Mir?»

«Dir! Niemand außer Soliman und dir wußte um meine Absicht. Und Soliman schwieg.»

«Woher willst du das wissen?»

«Ich bat ihn darum.»

«Und das genügt?»

«Das genügt.»

Bei jedem anderen hätte Gritti über eine solche Zuversicht nur gelacht. Ibrahim aber machte ihn nachdenklich.

«Du bist sehr zu beneiden, mein Giulio.»

«Weil ich einen Freund wie Soliman habe?»

«Weil du zwei Freunde hast», entgegnete Gritti. «Soliman und mich.»

«Du verrietst mich also nicht?»

«Nein! So wahr mir...»

«Schwöre nicht! Daß ich dir nicht mißtraue!»

«Und trotz allem war es vielleicht doch Soliman», überging Gritti den Einwurf. «Damit will ich natürlich nicht behaupten, daß der Kaiser auch nur ein einziges Wort geredet habe. Aber wo ist das Geheimnis, das einem Eunuchen widerstände? Und wann ist Prinz Mustafa benachrichtigt worden? Sicher doch einige Tage vor dem Neunten?»

Diese Gedankengänge waren nicht abzulehnen.

«Die Walide und Roxelane Sultana müssen sehr schnell gearbeitet haben», sann Ibrahim. «Und ich habe so sicher damit gerechnet, daß die beiden sich haßten!»

«Zu sicher! Und du bist im Begriff, den Fehler zu wiederholen. Du solltest nämlich lieber deinen Feinden mißtrauen als mir, der ich dein Freund bin.»

«Wen meinst du mit meinen Feinden?»

«Unter anderen deinen neuen Kiaja.»

«Iskender Tschelebi? Er ist ein Mann von großen Fähigkeiten und mein Freund.»

«Er ist dein Nebenbuhler!»

«Er ist ein recht umgänglicher Mann», behauptete Ibrahim selbstgefällig. «Erst unlängst sah ich einen jungen Sklaven bei ihm, einen Bosnier aus Sokol. Der Defterdar schien sehr an ihm zu hängen. Aber als er bemerkte, daß der Junge mir ebenfalls gefiel – meinst du, er habe sich besonnen, ihn mir zu schenken?»

«Sehr nobel», gab Gritti zu, «aber kein Beweis.»

«Sei nicht eifersüchtig, mein Aloysio.»

«Höre mich an und urteile dann», sagte Gritti. «Iskender Tschelebi ist zweifellos fähig; aber er weiß es, und, was schlimmer ist, Soliman weiß es auch. Er ist so reich wie du und hat große Verdienste. Von den 300 Goldmützen unter seinen 7000 Sklaven ist jeder einzelne befähigt, einmal ein großes Staatsamt zu erlangen. Laß dich also dadurch nicht blenden, daß er dir eine von seinen Goldmützen schenkte. Er hat es gewiß nicht gern getan.»

«Meinetwegen! Aber jetzt gehört der Sokolli mir, und ich sage dir, er gefällt mir.»

«Ich scherze nicht», lehnte Gritti diesen Leichtsinn ab, «ich wiederhole: Iskender Tschelebi ist kein Untergebener und kein Freund, sondern ein Nebenbuhler.»

«Ich habe ihn niemals feindlich gefunden», sagte Ibrahim.

«Mag sein. Aber ich weiß, daß er es war.»

Jetzt blickte der Großwesir seinen Freund an.

«Dein Beweis?» fragte er kurz.

Ibrahim war aufgescheucht worden.

Eine Pause entstand.

«Ermiß meine Freundschaft daran», begann Gritti schließlich, «daß ich dir den Beweis nenne. Vielleicht –» er zögerte zu vollenden und tat es schließlich doch – «vielleicht kannst du mir dann verzeihen.»

«Dir?»

«Ja, mir.»

«Sprich!»

«Du bist meine Karte, mein Giulio», drang Gritti in Ibrahim. «Wenn ich dich verliere, bin ich verloren. Darum darf ich dich nicht blind bleiben lassen...»

«Sprich!»

Noch einmal mußte sich Gritti überwinden, ehe er herausstieß: «Es geschah, als Iskender Tschelebi in Buda war und... wir tranken.»

Ibrahim schmetterte den kristallenen Kelch an die Wand.

«Verdammter Wein!» schrie er und durchmaß mit weiten Schritten den Raum.

Gritti stand blaß und stumm an der Wand.

Nach einer Weile blieb Ibrahim stehen.

«Du hast dich um deinen Kopf geredet, Aloysio Gritti», sagte er.

«Ich weiß es», kam es von der Wand.

Ibrahim nahm seinen Gang wieder auf.

«Du verdientest den Strick», grollte er, «einen ganz gewöhnlichen Strick! Und den Dienst, den du mir eben erwiesest, belohn ich dir nicht.»

«Ich erwarte es nicht.»

«Ich rechne ihn auf gegen dein Verbrechen», schloß Ibrahim, «und so sind wir quitt.»

Gritti atmete auf.

«Ich habe nachgedacht», erklärte Ibrahim schon ruhiger.

«Es ist alles so, wie du sagtest. Iskenders Frau kam mit der Sultana zusammen. In meinem Haus! Ich sah die Frauen zusammen im Bad.»

«Wie?» wunderte sich Gritti.

«Ich meine, ich weiß, daß sie da waren», verbesserte sich Ibrahim. «Im übrigen habt ihr beide zuviel geschwatzt, du und Iskender», fällte er dann sein Urteil: «Aber Iskender wird sterben.»

«Das kannst auch du nicht bewirken», sagte Gritti, «Iskender ist mächtig und hat Solimans Vertrauen.»

Ibrahim blieb unerschüttert.

«Er wird sterben», wiederholte er.

Gritti schüttelte den Kopf.

«Ich sehe keine Möglichkeit.»

Selbstsicher und mit verschränkten Armen stand Ibrahim da. Offenbar war er zu einem endgültigen Entschluß gekommen.

«Ich aber sehe sie», lächelte er voll Hohn, «eine Anklage wegen Diebstahls und Unterschlagung.»

«Eine seltsame Klage gegen einen so reichen Mann!» mißbilligte Gritti.

Doch da vertiefte sich Ibrahims Lächeln nur.

«Wisse, mein Freund Aloysio», nickte er Gritti zu, «wenn du lügen mußt, lüge kräftig. Gerade das Unmögliche wird am ersten geglaubt.»

27

Vom Mehltor, dem Tor bei den Mehlmagazinen am Hafen, stieg die Mühlengasse zum Bedestan, zum Basar, hinan.

Wie ein nährender Strom durchschnitt die Straße diesen

Markt, auf dem es vom Stiefelknopf bis zum kostbarsten Schmuck, vom Scheuerlappen bis zum Brokat, von einer Zwiebel bis zu ganzen Schiffsladungen von Getreide und Vieh und von einem Singvögelchen bis zu den ausgesuchtesten Sklaven, den schönsten Sklavinnen alles zu kaufen gab, was man nur begehrte, und wo man obendrein schon beim Einkauf von Fischen oder Knoblauch mit Neuigkeiten aus der ganzen Welt versehen wurde.

Hier erhielt man gründliche Nachrichten über die hohe Politik und über das vermutlich nächste Kriegsziel, ebenso wie auch über die großen Ereignisse in Europa, Indien oder China.

Aber auch über die letzte Hofintrige bekam man Wissenswertes zu hören, über eine Eifersüchtelei unter den kaiserlichen Damen und über ähnliches. Und dazu kam dann noch selbstverständlich der gesamte Klatsch von Konstantinopel.

Von der Mühlengasse also drangen die Menschen in diese Wirrnis von Gängen und Gäßchen und Höfchen ein, wo jeder Fußbreit Boden sein gutes Stück Geld kostete. Selbst ein Sitz auf der Straße mußte bezahlt werden. Größere Läden waren eine Quelle des Reichtums, und von der Miete einer hölzernen Bude konnte noch eine Familie leben.

Sehr häufig verliefen diese Läden tief im Innern der Häuser. Doch von den Häusern selbst waren kaum jemals ein Mauereckchen oder ein Fenster zu sehen, so völlig verschwanden sie unter ihren Vor- und Anbauten. Das ganze Gewirr war derartig durcheinandergeschichtet, war mit Zwischenstocks, Halb- und Drittelgeschossen, mit Gängen und Türen, wie es ein augenblickliches und oft schon längst wieder vergessenes Bedürfnis einmal ergeben hatte, in einer Weise durchsetzt, daß sogar die Ladeninhaber kaum noch sagen konnten, zu welchem Haus oder zu welchen Häusern ihre Räume nun eigentlich gehörten. Wer darum für eine Weile verschwinden wollte, brauchte nur den Basar zu betreten – dann war er auch schon verschwunden.

Zwar arbeiteten die Handwerker halb auf der Straße. Aber

irgendwo hing ein Teppich, ein Fetzen, der den Verfolgten verbergen konnte, und wer auf dessen Wiedererscheinen hätte warten wollen, wäre um seine Zeit betrogen worden.

Denn vielleicht öffnete sich, während der Späher noch wartete, am anderen Ende des Viertels eine kleine Tür oder ein niederer Hausgang, und der Flüchtige, der bei einem Spengler eingetreten war, kam bei einem Schuster heraus, wenn er es nicht vorzog, in einer Kaffeestube oder einem versteckten Weinschank wieder aufzutauchen und den Gesprächen über Literatur, Staatskunst und gelehrte Sachen zu lauschen, Gesprächen, die dort ihre Stätte hatten.

Der Basar entsprach somit einer solchen Menge von Bedürfnissen, daß Konstantinopel ohne ihn einfach undenkbar schien und kein Mensch daran dachte, irgend etwas an ihm zu ändern.

Schon die Frauen hätten das nicht zugelassen.

Für sie waren der Basar, die alles verhüllende schwarze Feredescha, die Kopftuch und Mantel in einem war, und der Schleier, den sie, wenn es ihren Zwecken diente, auch sehr dicht tragen konnten, die unerläßlichen Voraussetzungen für ihre persönliche Freiheit.

Die Feredescha machte Kopf und Gestalt von den Augenbrauen ab unkenntlich. Die Nase verdeckte ein vergoldeter Holzpflock, der wieder den Schleier in der Mitte festhielt, so daß nur ein Spalt für die Augen frei blieb. In dieser Vermummung, in der alle Wesen einander glichen, hätte selbst der eigene Gatte oder Bruder eine Frau nicht erkannt, die unerkannt bleiben wollte. Und wenn sie nun noch in den Menschenstrom der Mühlengasse untertauchte, blieb sie vollends so lange verschwunden, wie es ihr beliebte.

Denn das Gedränge war groß.

Vergoldete Karossen mit zierlichen Holzgittern und einem Überhang von scharlachroter Doppelseide wechselten mit den zweirädrigen anatolischen Karren, den «Nachtigallen», wie man sie wegen ihres entsetzlichen Gequietsches nannte.

Wendige kleine Lastesel suchten sich selbst ihren Weg,

während dem klirrenden und flimmernden, federbebuschten Reiterzug eines Großen stöckebewaffnete Vorläufer Raum schafften.

Dann wieder ritt eine reichgekleidete und leichtverschleierte junge Dame inmitten von Dienerinnen und schwarzen Eunuchen vorüber. Sie wollte in einem vornehmen Haus einen Besuch abstatten und brauchte sich und ihre Mädchen nicht zu verstecken.

Dem Ulema machte man willig Platz. Er strebte im harten Trab seines schnellen, hochbeinigen weißen Maskatesels voran. Eine abgelöste Fahnenwache der Janitscharen kreuzte seinen Weg. Mit Schellenbaum, rasselnden Trommeln und Trompetenfanfaren marschierte sie in ihre Kaserne zu Laleli Dschamissi.

Und dazwischen schritten mit gleichgültigen und unergründlichen Augen wiegenden Ganges die Kamele und taten vornehm und verächtlich, wenn sie der Ruf ihrer Treiber: «Yallah! Yallah!» erreichte.

Das Volk der Fußgänger aber war die Flut, auf der die Fahrenden und Berittenen schwammen.

Wasserverkäufer und Lastträger, Levantiner vom Hafen und Schiffssoldaten im kurzen roten Überwurf, Griechen, Juden, Armenier, junge Abendländer in ihren unanständig eng anliegenden Trachten, ältere in etwas schicklicheren Schauben, griechische Geistliche, aber auch Priester und Mönche der römischen Kirche, Inder, Ägypter, Tataren, Bettler und Wohlgenährte, Freie und Sklaven und Frauen, immer wieder Frauen füllten die Mühlengasse und den Basar.

Eine trippelnde Karawane von Frauen zog dahin.

Denn die meisten von ihnen klapperten zum Schutz gegen den Straßenschmutz auf Stöckelschuhen einher. Freilich nicht alle. Man konnte Frauen sehen, die ungeachtet des Schmutzes ihre Last barfuß und in königlicher Haltung auf dem Kopf trugen, ihr Jüngstes dazu auf dem Rücken, und die trotzdem noch eine Möglichkeit fanden, an Händen und Kleid zwei oder drei vom jüngeren Nachwuchs mit sich zu schleppen. Viele Frauen waren es allerdings nicht, die so gingen. Im allgemeinen überließen sie das Arbeiten den Männern. Alle waren auch keineswegs bis zur Unkenntlichkeit verschleiert. Es gab Leichtverschleierte und Unverschleierte – Frauen, die gesehen werden wollten, und Frauen, die jeder Mann ansehen durfte. Die Unverschleierten waren gefällige Frauen, die ihren Prunk durchaus nicht verbargen und mit geschlitzten Mänteln und gestickten Mützen wie jene Dame glänzten, die gerade mit dem Derwisch sprach. Ihm waren Haar und Bart glattgeschoren worden. Er gehörte also zu einer strengen Sekte, und so lief er denn auch, sehr im Gegensatz zu den Brokatbeinkleidern seiner Gönnerin, ohne Hose und mit nackten Beinen herum.

Natürlich war an jungen Männern aller Stände auch kein Mangel. Von zweien zum Beispiel, die sich gerade eben erst trafen und begrüßten, mußte der eine dem Alter und der Tracht nach ein Danischmende, ein Bakkalaureus, der andere ein noch junger, etwas achtzehnjähriger Student, ein Thalib, sein.

«Halten Euer Hochwohlgeboren diese Verkleidung für nötig?»

Der hübsche und liebenswürdige Junge stellte diese Frage mit aller Bescheidenheit. Denn sein Begleiter war Seheb Imrachorsade, der Stallmeistersohn und dazu noch der Sohn der Obersthofmeisterin des kaiserlichen Harems.

Außerdem war Seheb zehn Jahre älter.

«Oder bedeuten die Gewänder nur eine Laune von Ihnen?» fügte der andere noch hinzu. «Denn um mich zu Ihren Freunden zu führen...»

«Es sind nicht weniger deine als meine Freunde», sagte Dede Semids Ältester. «Aber es sind Personen, die Rücksicht nehmen müssen.»

Der jüngere wurde rot.

«Ich verstehe», erklärte er mit höflicher Verneigung, «es sind frei- und hochgeborene Herrschaften wie Sie, Seheb Imrachorsade, und ich bin ein Sklave.»

«Du bist doch geschult, mein Mohammed – warum redest du Unsinn?» fragte Seheb und belehrte ihn dann mit einer kleinen Lust am Dozieren. «Wir sind alle Sklaven des Padischahs. Und wenn du trotzdem auf deiner Behauptung bestehst, so vergiß unseren Staatsgrundsatz nicht: die Besten der Knabenbeute zu den Pagen – die Besten der erbeuteten Mädchen in die Harems. Beide – Knaben und Mädchen – dienen so der Vermehrung und Hebung des Volks. Mein Vater war auch einmal Sklave wie du, seine Eltern waren irgendwo Christen im Banat. Vielleicht leben sie noch. Und wenn ich Sekretär im Bittschriftenamt bin, so bist du das, was ich war, ein Peik und sogar Leibpage des Großwesirs, der wieder ein Sklave war wie du selbst. Ich sehe keinen Unterschied zwischen uns, Mohammed Sokolli.»

Ein leichter Schatten legte sich über die Stirn Mohammeds.

«Ich doch», meinte er. «Euer Hochwohlgeboren verkauft man nicht und... verschenkt man nicht.»

«Wir sprachen schon darüber», nickte Seheb. «Aber ich wußte nicht, daß es dir so nahegegangen sei. Du hast doch jetzt eine große Laufbahn vor dir, Ibrahim Pascha wird dich schon befördern.»

«Iskender Tschelebi war mir mehr», sagte Sokolli. «Er war mein Herr, mein Vorbild, mein Vater...»

Der Satz wurde nicht zu Ende gesprochen, und beide gingen stumm nebeneinanderher.

«Um so besser...» sagte Seheb dann aus seinen Gedanken heraus.

«Hat Iskender dich eigentlich förmlich abgetreten?»

«Nicht vor dem Richter.»

«Dann gehörst du eigentlich immer noch zu ihm?»

«Vor dem Gesetz: ja. Aber – Sie hätten dabeisein müssen, Seheb Imrachorsade, wie Ibrahim Pascha meinen Herrn zwang, mich fortzugeben. Seine Hoheit war nicht gerade sehr zartfühlend.»

«Doch dem Gesetz nach gehörst du Iskender. Das kann nützlich sein», schloß Seheb. «Dir jedoch, mein Mohammed, danke ich für dein Vertrauen. Nur schenke es keinem andern! Du bist Ibrahims Page. Sei also auch sein Bewunderer.»

Damit hatten sie einen Buchladen erreicht und wühlten nun eine Weile in den Werken herum, lasen, verwarfen, klemmten sich den einen oder den anderen Band, die eine oder die andere Rolle unter den Arm und... waren bald von den Hintergründen des Ladens verschluckt.

Niemand hatte ihr Verschwinden bemerkt. Jedenfalls forschte kein Mensch ihnen nach.

Das ergab sich aus einem ungeschriebenen Gesetz dieser sonst so schwatzfreudigen Basarwelt.

Der Geschäftsmann, dem es eingefallen wäre, über das, was er vielleicht durch einen Zufall beim Nachbarn entdeckt hatte, auch nur die leiseste Andeutung zu machen – der hätte bald seinen Laden schließen müssen.

Anders konnte es auch nicht sein.

Denn drei Viertel aller Familiengeheimnisse der Stadt spielten auf irgendeine Weise in den Basar hinüber, und wie hätten die Geschäfte gedeihen können, wenn nicht Verschwiegenheit geübt worden wäre, wo Verschwiegenheit ein Gebot der Schicklichkeit war?

Das ungetrübte Familienglück der halben Stadt wäre in Frage gestellt worden.

Im Basar der Goldschmiede saßen in einem der hinteren, teppichverhangenen Gemächer eines großen Juwelenhändlers drei Frauen. Offenbar wußte der erfolgreiche Geschäftsmann, wie man gute Kundinnen zu behandeln habe. Kaffeetassen und Schalen mit Sorbet, der mit Haschisch und Opium gewürzt war, standen ebenso wie Schüsseln mit Zuckerwerk umher. Auch an Wohlgerüchen schien man nicht gespart und den Damen ihre Ankäufe in jeder Hinsicht so angenehm wie möglich gemacht zu haben. Zwei der Frauen hatten ihre Fereden abgelegt. Es waren die Obersthofmeisterin Dede Semid und Nino, die frühere Hofdame. Die dritte war bis auf die Augen verhüllt und saß im Schatten.

«Nach dem, was mein Sohn berichtet, könnten wir es vielleich wagen...» – Das war mehr eine Frage von Dede Semid als eine Behauptung.

«Ich will den Sokolli sehen», sagte die dritte.

Und da die Damen auf jede Bedienung, auch von seiten des Geschäftspersonals verzichtet hatten, mußte Ihre Exzellenz sich selbst bemühen, den Besuch einzuführen.

Seheb Imrachorsade und Mohammed Sokolli traten ein.

Niemand hatte sie gesehen, und niemand würde sie sehen. Es war Vorsorge getroffen worden, daß sie keinem Menschen auf dem entscheidenden Teil ihres Weges begegneten.

Jetzt standen sie, wie sie es gelernt hatten, mit gekreuzten Armen und gesenktem Blick an der Tür.

Wie die Ehrfurcht es ihnen vorschrieb, blieben sie stumm.

«Mein Sohn», brach Dede Semid dann das Schweigen, «du darfst deine Mutter begrüßen.»

Seheb tat es, indem er ihre Hand küßte und sich dann wieder zurückzog.

«Sage, Seheb», begann Dede Semid, «wer ist dein Gefährte?»

«Iskender Tschelebis Sklave Mohammed Sokolli, hohe Exzellenz.»

«Ich dachte, er sei Ibrahims des Großwesirs Sklave?»

«Nach dem Gesetz ist er unter des Defterdars Hand.»

Mit Sokolli selbst jedoch begann Nino das Gespräch.

Sie nahm ihren leichten Schleier ab.

«Tritt näher, Sokolli», forderte sie den Jüngling auf und streckte ihm ihre Hand entgegen. «Erkennst du diesen Ring?»

«Es ist der Ring meines Wohltäters und Herrn», erklärte Sokolli.

«Küsse den Ring», befahl sie.

Sokolli tat es. «Ich gehorche dem Ring», sagte er dabei.

«Und mir!» gebot Nino. «Denn du bist unter meiner Hand wie unter der von Iskender. Ich bin die Gattin deines Herrn.»

Sokolli küßte den Saum ihres Kaftans, und nun forderte Dede Semid die jungen Leute auf, sich zu setzen.

Bis das jedoch mit dem gehörigen Anstand getan werden konnte, verging eine geraume Zeit. Dreimal wurden sie eingeladen, sich zu setzen, und dreimal taten sie es aus Gehorsam, um sich nach kurzer Frist jedoch aus Ehrerbietung wieder zu erheben und erst das letzte Mal auf gemessenen Befehl hin sitzen zu bleiben. Die Zeremonie war zu Ende.

Man plauderte, und man scherzte sogar.

Von der Bekanntschaft der jungen Leute sprach man und von dem Zufall ihres Kennenlernens, der kein Zufall gewesen war. Nino erwähnte einige Einzelheiten, die bewiesen, wie sehr Sokolli von seinem Herrn vermißt werde. Auch sein Dienst bei Ibrahim wurde gestreift. Doch kein Wort richtete sich gegen den allmächtigen Großwesir. Nur in Ausdrücken der Bewunderung sprachen die Damen von ihm.

Zu allem schwieg die Verhüllte.

«Höre, Sokolli», sagte Nino schließlich, «unser Herr geht in den Krieg, und mein Herz ist schwer. So möchte ich den Trost haben, zu wissen, ob er sich immer bester Gesundheit und all des Kriegsglücks erfreut, das wir den Fahnen des Padischahs – Allah verleihe ihm Sieg und ein langes Leben! – voll Inbrunst wünschen.»

«Meine Feder wird tun, was sie vermag, um Euer Gnaden zu gefallen», beeilte sich Sokolli ihr zu versichern.

«Das ist es! Du sollst schreiben», nickte Nino. «Und wisse, daß meine Freundinnen und ich eine große Verehrung für Ibrahim Pascha hegen, um dessen Person du bist. Mit der kleinsten Einzelheit aus seinem Leben wirst du uns vertraut machen. Möge es dir noch so geringfügig erscheinen – hörst du? –, alles sollst du uns vom Serasker schreiben.»

Sokolli erhob sich und verneigte sich tief.

«Da es aber meinem Gatten mißfallen könnte», fuhr Nino fort, «daß meine Besorgnis außer in seinen Briefen noch auf andere Weise Beruhigung sucht, so sollst du gegen jedermann schweigen. Merke wohl auf: gegen jedermann!»

«Euer Gnaden werden mich treu befinden», erklärte Sokolli, und es war den leuchtenden Blicken des Jünglings anzusehen, daß seine frauenlose Jugend ihn sehr empfänglich für Ninos hübsches Gesicht gemacht hatte.

«Deinen Brief aber nähst du nicht in Seide oder Goldstoff ein, wie du es vielleicht möchtest», wies ihn seine Gebieterin an, «sondern in schlechte, grobe Sackleinwand. Und du gibst ihn dem Miralei Wassif von den Zeltaufschlägern. Du sagst nichts, und er sagt nichts. Du gibst, und er nimmt. Das ist alles. Und dies ist für dich.»

Er wich zurück.

Sie reichte ihm den Beutel mit Dukaten hin.

«Nimm!» sagte sie.

Abermals wich er zurück.

«Ich gehöre Euer Gnaden.»

«Nimm dennoch. Ich befehle es dir! Es ist vielleicht für meinen Dienst.»

Er verneigte sich, nahm den Beutel und steckte ihn in seinen Gürtel. Als er sich aber zurückziehen wollte, sprach die Verhüllte.

«Und merke eins, Sokolli», sagte sie. «Ob Ibrahim Pascha ein Kreuz besitzt, merke dir. Es ist ein schlechtes Stück Blech und kaum noch versilbert. Darauf ist nach Art der Christen ein Monogramm des Sohnes der Maria eingekratzt – du kennst es – und auf dem rechten Balken ein ‹S›. Schreibe es auf, wenn du das Kreuz beim Serasker erblickst.»

Sokolli sah nichts als zwei Augen und einen dunklen Schatten, aus dem diese Worte kamen. Aber zugleich gab er den Beweis von einer großen diplomatischen Geschicklichkeit.

Er kniete nieder, legte seine Hände vor sich auf den Boden und küßte den Staub zu Füßen der Verhüllten.

«Hören ist gehorchen», sagte er.

Dann stand er auf und zog sich mit Seheb rückwärts schreitend zurück.

Nino und Dede Semid aber waren erschrocken.

«Du hast dein Kreuz nicht mehr», staunte Dede Semid, «dein Amulett?»

«Seit wann vermissen Hoheit es?» fragte auch Nino.

«Seit dem Bad bei Esma Sultana», sagte Roxelane.

28

In der Tagundnachtgleiche des Herbstes brach der Serasker Großwesir mit dem Herr gegen Persien auf.

Kurz darauf traf ein neuer Mann in Konstantinopel ein, Chaireddin Barbarossa, der Korsar.

Mit acht seiner Schiffskapitäne kam er, jeder ein Mann von Namen. Im Arsenal wies man ihm Wohnung an. Und am folgenden Tag küßte er mit seinen Leuten Solimans Hand.

Der Rotbart war der Sohn eines Sipahi von Mitylene und hatte mit seinen Brüdern einen Seehandel betrieben, den man ebensogut auch Seeräuberei hätte nennen können. Auf diese Weise waren Chaireddins Geschäfte derart vorangegangen, daß er wenige Jahre später zwar keine Brüder mehr, dafür aber Algier gehabt hatte.

Chaireddin Barbarossa war Fürst eines Landes geworden, und statt Kauffahrer und Malteserritter hatte er einen Kaiser und dessen großen Admiral, nämlich Karl den Fünften und Andrea Doria, zu Gegnern bekommen.

Doch an gefangenen Christensklaven war in Algier niemals ein Mangel gewesen, und Barbarossas eigene Leute, wie die Korsaren Torghud, den die Christen Dragut nannten, und Salih, hatten stets wieder ausgelöst werden können.

Der Kampf zwischen den beiden Flottenführern, Chaireddin Barbarossa und Doria, war also unentschieden geblieben.

Aber an siebzigtausend hart bedrängte spanische Glaubensgenossen waren durch Barbarossa in sieben Fahrten und mit 36 Galeotten aus Andalusien abtransportiert und nach Afrika gebracht worden. Doria hatte seinen Gegner nicht daran hindern können, aus Spanien diese siebzigtausend fleißigen und geschickten Bürger zu entführen und dem Königreich ebenso viele unerbittliche Feinde zu erwecken.

Das alles hatte Chaireddin Barbarossa bewirkt, als er auf Einladung der Hohen Pforte zum erstenmal nach Konstantinopel kam.

Und er hatte sich nicht gerade beeilt.

Dieser fast siebzigjährige Mann, der sich seinen längst grau gewordenen sagenhaften Rotbart in den Gürtel zu stecken pflegte, war für christliche Küsten das Entsetzen. Für die Pforte aber bedeutete er die Gelegenheit, der türkischen Landmacht eine gleich starke Seemacht an die Seite zu stellen.

Ibrahim lagerte zwar mit dem Heer bereits bei Haleb. Barbarossa sollte jedoch Kapudan Pascha, Großadmiral der türkischen Flotte, werden, und so wurde er es. Mit dem Ehrenkleid erhielten er und seine Kapitäne Besoldung und Amt.

Alles schien in Ordnung, als Botschaft aus Haleb kam, Barbarossa möge zum Großwesir kommen, um von dessen Hand in der gehörigen Form eingesetzt zu werden.

Lächelnd gewährte Soliman der Eitelkeit seines Freundes dies Verlangen, und noch in derselben Stunde stieg der Rotbart zu einem Ritt nach Haleb in den Sattel.

Wenn er wollte, konnte der Alte sehr schnell sein.

Ibrahims Zelt stand auf der Höhe von Haleb. Es unterschied sich in Ausdehnung und Pracht kaum noch von dem des Padischahs.

Sich die purpurne Farbe anzumaßen hatte der Großwesir allerdings noch nicht gewagt. Aber aus Seide war auch sein tragbares Haus mit den unzähligen Gemächern, und der

Deckfilz der Zelte erglänzte in der leuchtenden Farbe der Sonne.

Das erregte Ärgernis.

Denn die türkische Tradition umfaßte auch China. Vor Jahrhunderten hatten Türken unter der Tang-Dynastie dort als Prätorianer gedient. Chinesisch waren ihre Schellenbäume, ihre Roßschweife, viele ihrer militärischen Einrichtungen und ihre Vorliebe für die Artillerie. So wußte man denn auch, daß Gelb eine kaiserliche Farbe, wenn auch in China, sei, und wer es nicht wußte, erfuhr es.

Doch stolz und unnahbar ruhte das Zelt über Haleb und strahlte auch weiterhin die ganze Fülle der Macht aus, die in ihm wohnte. Auf die Meinung seiner Soldaten gab der Serasker Großwesir nur so viel, wie er mußte.

Jetzt freilich hatte Ibrahim eine Unterredung, der er nicht aus dem Weg hatte gehen können.

«Ich muß mich sehr wundern, Exzellenz», sagte er zu seinem Stellvertreter Iskender Tschelebi, «Sie hier zu sehen. Ihr Dienst rief Sie nach Meraasch.»

Iskender Tschelebi war ein Mann gegen sechzig. Eine hohe, klare Stirn und helle graublaue Augen gaben ihm den Anschein eines redlichen Mannes.

Doch nun blickten seine Augen zornig.

«Ich war auf dem Weg nach Meraasch», sagte er kurz.

«Und kommen hier schon wieder angebraust, ehe Sie Ihr Ziel überhaupt nur erreichten? Exzellenz haben eine seltsame Dienstauffassung.»

«Was geschehen muß, wird getan werden, wie alles, was mir in meinen mehr als vierzig Dienstjahren oblag. Mein Ritt nach Meraasch entsprang meinem eigenen Ermessen. Ich stand von ihm ab, als ich erfuhr, was hier vorgefallen ist.»

Das Bewußtsein eigenen Verdienstes, ererbten Reichtums und der allgemeinen Achtung, die er genoß, ließen keine Furcht in Iskender Tschelebi, dem Kiaja Serasker, dem Stellvertreter Ibrahims, aufkommen. So wenig hatte er sie, daß er noch vor Tagen seinem Vorgesetzten dringend abgemahnt hatte, den Titel eines Serasker Sultans anzunehmen. Denn so war Ibrahim gesonnen gewesen, seine Verfügungen zu unterschreiben, und er hatte seinem Stellvertreter dessen Einspruch nicht vergessen. – Und alles andere auch nicht.

«Sind Sie überhaupt unterrichtet, Hoheit», griff Iskender ihn jetzt an, «was man meinen Leuten angetan hat?»

Das war keine Frage mehr, sondern eine Aufforderung an Ibrahim, sich zu rechtfertigen.

Der aber wurde nur ruhiger. Er sah ein, daß es keinen Zweck habe, Iskender einschüchtern zu wollen, und änderte sein ganzes Verhalten. Er lächelte.

«Wir sollten uns nicht erregen», sagte er, «wir sollten uns setzen.»

Und da er es tat, blieb Iskender nicht viel anderes übrig, als seinem Beispiel zu folgen.

«Sie wissen doch, daß es Aufgabe des Großwesirs ist, den Kriegsschatz zu stellen», begann Ibrahim und beugte sofort auch dem Einwand des anderen vor: «Gewiß, ich weiß, daß Sie als Defterdar die Sorge für den Schatz übernommen haben. Aber Sie waren nicht anwesend, Exzellenz. Was hätte ich also tun sollen, als gestern abend bei den Schatzkamelen Diebeslärm erscholl?»

Doch Iskender fühlte die unerbittliche Gegnerschaft Ibrahims und gab sich durchaus nicht zufrieden.

«Wenn Sie mich fragen, Hoheit, muß ich Ihnen wohl antworten», sagte er. «Sie hätten die Schreier festnehmen und ihnen Stockprügel geben lassen sollen.»

«Den Schreiern oder ... nicht lieber den Dieben?»

«Es gibt keine Diebe!»

«So sicher glauben Sie sich Ihrer Leute?»

«Unbedingt! Sagen Sie mir also, Hoheit, was mit ihnen geschehen ist. Man hat dreißig von ihnen verhaftet!»

Ibrahim machte eine Geste des Bedauerns und der Nachsicht mit Iskender.

«Es ist das mit ihnen geschehen, was in einem solchen Fall

wohl selbstverständlich ist», erklärte er in einem Ton, der Schonung bedeuten sollte und gerade darum so erregte.

«Nun?» drängte der Kiaja.

Außer der Verhaftung wußte er wirklich noch nichts.

Doch jetzt schlug Ibrahim auch schon zu.

«Man hat Ihre Leute gefoltert», sagte er.

«Gefoltert?!»

Iskender schrie es und sprang zornrot auf.

Ibrahim jedoch blieb sitzen.

«Meine liebe Exzellenz», sagte er im Ton einer freundschaftlichen, aber ernsten Ermahnung. «Ich begreife Ihre Bestürzung vollkommen. Wer wäre wohl nicht erschüttert, der sich in seinen Beamten in einem solchen Maße getäuscht sähe wie Sie? Aber es geht doch unmöglich an, daß der Kiaja seinen Serasker anschreit. Nicht wahr? – Wenn Sie sich selbst überzeugen möchten», fuhr er dann fort und reichte Iskender einen Stoß Papiere.

Es waren die Protokolle der peinlichen Befragung.

Iskender Tschelebi las und wurde blaß.

So, wie es gelesen war, schwebte ein Blatt nach dem andern aufs Sofa und zur Erde – Iskender merkte es nicht.

Die Blätter sagten immer dasselbe. Dies sagten sie:

Der Defterdar und Kiaja Serasker habe die Angeklagten dazu verführt, unter dem Schutz der Nacht den Schatz zu bestehlen. Natürlich waren die armen Teufel mit dieser Aussage verloren. Wahrscheinlich hingen sie schon, um nicht mehr widerrufen zu können. Aber der Defterdar sah auch, daß die Gefahr ihn selbst schon erreicht habe. Er dachte an die Mitteilung, die er seiner Frau Nino gemacht hatte, und an Roxelane Sultana und wußte Bescheid. Seinem Feind Ibrahim noch eine Maske zu zeigen hielt er darum für überflüssig. Welche Brücke konnte es von ihm zum Serasker noch geben?

«Gute Folterknechte haben Sie, Hoheit», ließ er darum verächtlich fallen, «aber für ein wenig mehr Abwechslung hätten sie sorgen sollen.»

«Ich denke, diese Aussagen genügen», sagte Ibrahim trocken.

«Gegen mich, meinen Sie?» höhnte Iskender.

Ibrahim, der Herr über Leben und Tod, wäre es auch in Iskenders Fall gern gewesen. Aber gegen seinen Stellvertreter durfte er nichts wagen, wegen des Heeres nicht und Solimans wegen nicht. Das Heer stand ganz auf Iskenders Seite, und Soliman empfand eine hohe Achtung vor dem tüchtigen Mann.

«Darüber steht mir ein Urteil nicht zu», umging Ibrahim die Antwort. «Nicht ich habe Sie ernannt, sondern der Kaiser.»

«Der Kaiser kennt mich», sagte Iskender.

«Ich hoffe, er kennt uns beide», erwiderte Ibrahim mit einem undurchdringlichen Lächeln.

Es verschwand jedoch, als sein Stellvertreter jetzt auf ihn zutrat. Iskender war angegriffen worden – jetzt griff er selbst an.

«Serasker», erklärte er, «man kann mich beschimpfen, aber absetzen kann mich nur der Kaiser. Sie wissen es.»

«Ich weiß es.»

«Ich bin also Kiaja Serasker und werde im nächsten Kriegsrat darauf antragen, nicht erst gegen Bagdad, sondern gleich gegen Persien vorzugehen und den Marsch in der Richtung auf Täbris anzusetzen. Wer die Hauptstadt hat, dem fällt auch Bagdad zu.»

«Sieh einmal an!» war alles, was Ibrahim darauf antwortete. Sein eigener Plan hatte nämlich Bagdad gegolten, und Iskender wußte das.

«Ich wollte Eure Hoheit nicht über meine Absichten im unklaren lassen», schloß Iskender Tschelebi.

«Sehr dankenswert, Exzellenz!»

Blitzschnell überlegte Ibrahim.

Iskender Tschelebi halte den Einmarsch in Persien offenbar für schwieriger und wünsche ihm eine Schlappe, dachte er, und wenn er, Ibrahim, darauf bestände, sich der Gebirgspässe von Kisildsche Dagh zu bemächtigen, so könne sein Stellvertreter sogar recht haben. Aber wovon Iskender nichts wisse, das seien die Nachrichten von der Stimmung der Grenzstämme und bei der Besatzung der Festung Wan, und... im Grunde sei Iskenders Rat besser als sein Wunsch. Ja! entschloß Ibrahim sich. Er wolle es wagen, wie Caesar es wagen würde.

Ibrahim und sein Glück! schwebte ihm vor.

«Sie werden sich jetzt wundern, Kiaja», sagte er laut. «Aber ich gehe mit Ihnen nach Persien. Und Sie werden sich zum zweitenmal wundern, wenn wir in Täbris einziehen.»

Iskender Tschelebi wollte etwas erwidern. Doch Ibrahim unterbrach ihn.

«Ich glaube, es ist jetzt Zeit, daß wir uns in den Diwan begeben. In jedem Fall hat der kleine Vorfall, der Sie zurückrief, dem roten Chaireddin zum Glück gereicht. Er wird sich freuen, seine Belehnung nunmehr in Gegenwart eines so erlauchten Mannes wie Eurer Exzellenz empfangen zu können.»

Das Zeremonial von Chaireddin Barbarossas Empfang glich dem von König Johanns Audienz bei Soliman auf dem Schlachtfeld zu Mohács. Im Diwanzelt standen die Aga von Ibrahims Hofstaat und des Heeres. Hinter ihnen schimmerten die federnbekrönten Goldhelme der Solaks, und diesen zunächst hielten die Truchsesse.

Außen wurde das Zelt zur Rechten und zur Linken von Janitscharen flankiert. Den Hintergrund füllten die Reiterschwadronen der Sipahi und Silihdare.

Durch einen Gewaltritt hatte Chaireddin Barbarossa zeigen wollen, daß er sich auf dem Land ebenso blitzschnell zu bewegen wisse wie auf dem Meer, und nun machte die von blitzendem Stahl umgebene seidene Burg auf den alten Kriegsmann mehr Eindruck als alles, was er in Konstantinopel gesehen hatte.

Er und seine Reis, seine Kapitäne, hatten die kaiserlichen

Ehrenpelze anlegen wollen: Aber sie waren gebeten worden, darauf zu verzichten. Doch auch so waren die Herren gut anzuschauen, derart mit Geschmeide waren sie übersät, von dem das meiste von irgendwelchen Monstranzen oder von dem geraubten Schmuck verwöhnter Frauen herrührte.

Mit fünfhundert Mann von der berittenen Leibwache des Großwesirs holte Ibrahims Hofmarschall die Gäste ein.

So nahten sie sich dem Zelt.

Ein hallendes Alai empfing den gewaltigen Räuber, Eisen klappte bei der Ehrenbezeigung auf Eisen, und mit Paukenwirbeln, Schellen und Blech fiel die Heeresmusik ein.

Dann jedoch zeigte es sich, warum der Großwesir sich des Kaisers Pelze verbeten hatte. Denn seine eigenen Kämmerer standen schon bereit, die Gäste in Ibrahims Namen zu ehren. Weit kostbarere Kaftane legten sie ihnen um, als Soliman sie gespendet hatte. Der für Barbarossa war aus hellgelbem Brokat, mit Schwarzfuchs eingefaßt und mit Zobel gefüttert.

Und nun teilten sich weit und hoch die Vorhänge zum Zelt.

Vor seinen Offizieren und seinem Hofstaat saß Ibrahim, neben ihm der Kiaja Serasker Iskender, und zu seiner Rechten und Linken saßen die Beglerbeys der Armee.

Alle erhoben sich, als Barbarossa eintrat.

Ibrahim ging ihm drei Schritte entgegen.

Barbarossa war keiner von den anderen Beglerbeys, wie sie der Padischah oder sein Großwesir jederzeit machen konnten.

Barbarossa brachte ein Land. Algier brachte er, das die Hohe Pforte keinen Asper und keinen Mann gekostet hatte. Es wäre sein Eigentum gewesen. Aber als der blutige Selim Ägypten erobert hatte, war es dem glücklichen Korsaren ratsamer erschienen, es von der Pforte als Statthalterschaft zu nehmen. Schon Selim hatte ihn belehnt.

Ibrahim tat es zum zweitenmal.

Mit dem Sandschak, der Fahne, mit Heerpauke, Säbel und Pferd wurde Chaireddin Barbarossa als höchster im Rang unter allen Beglerbeys des Reichs in seiner Statthalterschaft Algier bestätigt. Darauf küßte der Pascha dem Großwesir die Hand, und dieser ließ ihn neben sich zur Rechten sitzen.

Der Vorhang schloß sich. Das Schauspiel war zu Ende.

Zwei Festtage folgten.

In der Nacht vor Barbarossas Abreise teilte Ibrahim, um den Gast zu ehren, mit ihm den Schlafraum.

Sie waren allein.

Lampen mit einem parfümierten Öl verbreiteten leichten Duft.

Am liebsten hätte Ibrahim die Weinkannen geholt; aber leider war ihm nicht bekannt, wie der Alte sich dazu verhalten würde. Dagegen war der Großwesir überzeugt, daß Chaireddin wohl einem vertraulichen Männergespräch über Frauen geneigt wäre, falls es nur gelänge, ihm die Zunge auf die rechte Art zu lösen.

Denn noch immer wählte der verwitterte Mann aus der Mädchenbeute die Schönsten für sein Bett aus, und mehr als einmal hatte er geäußert, daß er dieser Gewohnheit bis zu seinem noch sehr, sehr fernen Ende treu zu bleiben gedenke.

Es handelte sich also nur noch um das befeuernde Getränk.

Der Kaffee würde den Pascha wach halten; die Ergänzung zum Kaffee jedoch wartete bereits im Hinterhalt. Und einen Ausweg, sie dem Alten angenehm zu machen, wußte Ibrahim auch schon.

«Bruder Pascha», klagte Ibrahim, «es gibt schlechte Moslems...»

«Die gibt es», sagte Chaireddin, «und Allah verdamme sie!»

«...Moslems», fuhr Ibrahim fort, «die den Geboten des Korans jede Achtung versagen.»

«Verworfene...!» grollte der Alte.

«Besonders was den Wein anlangt, gibt es viele Sünder», begann Ibrahim wieder. «Und wenn ich so bedenke, daß ein herrlicher Dichter und heiliger Derwisch wie Hafis die Sünde lobte – trauert mein Herz.»

Doch Barbarossa blieb unbeugsam.

«Er war ein Perser, also ein Ketzer, dein Hafis», wetterte er, «und wenn er noch lebte, müßte er ausgerottet werden mit der Schärfe des Schwertes!»

«Du sagst es», bestätigte Ibrahim.

Und dann tranken sie Kaffee. Aber nicht lange.

«Wie war das mit Hafis?» fragte Barbarossa nämlich.

«Er ist tot», seufzte Ibrahim, «seit dreihundert Jahren lebt er nicht mehr.»

«Und es war ein heiliger Mann, sagst du...?» forschte der Alte vorsichtig.

«Er war es!» beteuerte Ibrahim. «Nach den Zeugen seines heiligen Lebens war er es. Und Allah erleuchtete sein Angesicht und machte es weiß vor Ihm.»

«Du weißt es», nickte Barbarossa achtungsvoll, «du bist jung, du bist ein Seidener, Samtener und bist gelehrt. Von euch jungen Leuten kann man lernen. Ihr habt besseren Unterricht heutzutage als wir Alten einst.»

«Es ist kein Wissen außer in Allah», erklärte Ibrahim mit stolzer Bescheidenheit.

«Aber wenn es so ist, wie du sagst», begann Barbarossa sich zu ereifern, «und es ist so, weil du es sagst... dann ist vielleicht die Rebe doch nicht...?»

«O Pascha, schweige!» trauerte Ibrahim. «Du begibst dich auf den Weg der Sünde!»

Es schien schwer zu erraten, was hinter Barbarossas buschigen Augenbrauen vorging. Aber es schien nur so.

Vorläufig zwar trank der Alte seinen Kaffee.

Aber Ibrahim war jetzt nicht mehr im Zweifel, daß seinem hohen Gast dieser Trank durchaus nicht genügte.

«Dagegen...» holte er darum aus, «gibt es Getränke, die nicht von Mohammed verboten sind.»

Barbarossa horchte auf.

«Wenn man Wein verdunstet – was ist er dann?» fragte sein Wirt.

«Luft... Dampf», meinte Barbarossa.

«Und wenn man», fuhr Ibrahim mit einer weiten, kreisenden Bewegung seines Armes fort, «diese Luft einfängt – was ist sie dann?»

«Immer noch Luft!» bestätigte Barbarossa, dessen Anteilnahme bis aufs höchste gestiegen war. «Aber was wird dann aus der Luft?»

«Wasser», erklärte Ibrahim. «Luftwasser. Und nun sprich: Hat der Prophet Luftwasser verboten?»

«Von Luftwasser weiß ich nichts», sagte Barbarossa. «Aber kläre mich auf, Großwesir: Hat dieses Luftwasser noch immer das, was...?»

«Es hat mehr», sagte Ibrahim, und er sagte es wie ein Hoherpriester.

«Dann – zum Teufel!» polterte der Alte los. «Gib dein Luftwasser her, Großwesir! Wir verplempern sonst die schönste Zeit bis zum Morgen!»

Worauf Ibrahim die Cognacflasche hervorzog.

Barbarossa wußte Ibrahims Luftwasser zu rühmen und versicherte, hinfort nur noch auf den Wegen des Gesetzes und der Gerechtigkeit wandeln zu wollen, wie sie ihm Seine Hoheit gewiesen habe.

«Vergiß auch den Kaffee nicht», mahnte Ibrahim. «Er hält den Frommen wach und schärft seine Lust auf das, was ihm Allah beschert hat.»

Und als der Pascha dem Geheiß gefolgt war, erkundigte sich Ibrahim, ob sich der Herr Bruder wohl getraue, etwas so Höllischem ins Angesicht zu blicken, wie es ein Bildwerk der Ungläubigen sei?

Barbarossa aber beteuerte, durch seine guten Vorsätze bereits so geheilt zu sein, daß er dem Teufel selbst in die Augen schauen könne.

«So sieh!» sagte Ibrahim und reichte ihm ein Porträt der Giulia Gonzaga.

Sie war die schönste Schwester der göttlichen Giovanna von Aragón. Die ganze gebildete Welt des Morgen- und Abendlandes kannte das Schwesternpaar. Beide waren gemalt und besungen worden, und die Miniatur, die Ibrahim seinem Gastfreund gereicht hatte, war die Kopie eines Gemäldes von Sebastiano Piombino.

Mit vierzehn Jahren hatte Giulia einen Condottiere geheiratet, den Vespasio Colonna. Gerade weil er hinkte und viel älter als sie und häßlich war, hatte sie ihn ihren weit jüngeren, aber auch anspruchsvolleren anderen Anbetern vorgezogen. Jetzt freilich war sie Witwe. Herzogin von Trajetto und Gräfin von Fondi, wo sie residierte, war sie auch noch. Und außerdem stand sie auf dem Gipfel ihrer Schönheit, wie alle Welt seit annähernd acht Jahren behauptete.

Obwohl aber viele Berühmtheiten an ihren Hof kamen, hatte sie sich zu keinem neuen Ehebund entschließen können.

Das war Giulia Gonzaga Colonna, deren Bild Barbarossa anstarrte.

«Hast du von ihr gehört?» fragte Ibrahim.

Sogar Barbarossa hatte von ihr gehört.

«Wenn du nun zu uns kommst, Bruder Pascha», holte Ibrahim ein wenig aus, «wirst du dich auch an den Hof gewöhnen müssen.»

«Der Hof soll sich gefälligst an mich gewöhnen. Verdammt noch einmal!» knurrte der Alte.

«Natürlich, natürlich!» beruhigte ihn Ibrahim. «Ich meine nur, der Kaiser...»

«Dem Kaiser muß man sich freilich erkenntlich erweisen», gab Barbarossa zu.

«Und da wären kleine Geschenke...» wollte Ibrahim raten.

«Was?!» fuhr aber der andere auf. «Kleine Geschenke? Kleine?! Ich bin nicht knauserig, wenn ich schenke. Ich habe schon Kaiser Selim einen Kauffahrer mit einer Last von...»

«Gewiß doch! Ich weiß», unterbrach ihn Ibrahim. «Man hat deine Freigebigkeit gerühmt. Aber ich dachte weniger an Stoffe, und wenn sie noch so kostbar seien, oder an edle Metalle und Steine. Ich habe gewähltere Geschenke im Auge.

Unser Herr hat einen großen Geist und einen feinen Geschmack, mußt du wissen.»

«Ach so...» dehnte Barbarossa die Silben, «du denkst an Knaben?»

«Ich denke an Mädchen», sagte Ibrahim. «Unser Herr, den Allah erhalten möge, ist tugendhaft, Chaireddin!»

«Aber ich wußte gar nicht, daß es euch an Mädchen fehlt», ereiferte sich Barbarossa. «Er kann haben, soviel er will. Eine ganze Schiffsladung von Mädchen kann er haben! Meinst du, das würde genügen?»

Barbarossa sah keinen Grund, den Kaiser darben zu lassen, und so dauerte es eine ganze Weile, bevor er begriff, worauf es Ibrahim eigentlich ankam.

«Du meinst also, eine Berühmte müsse es sein? So eine wie die Colonna?»

«Was ist ein Edelstein, den niemand kennt?» fragte Ibrahim zurück. «Erst durch das Lob der Dichter erhält er seinen Preis.»

«Meinetwegen», murrte Barbarossa.

Er selbst war nicht so heikel, sondern befliß sich im Verkehr mit Frauen der größten Einfachheit. Entweder waren die Mädchen willig – dann war es gut. Oder sie waren es nicht – dann bekamen sie es so lange mit einem Rohrstock auf den nackten Hintern, bis sie es waren. Und dann war es auch gut. Auf diese Weise war der rauhe Kavalier immer aufs beste mit den Frauen ausgekommen. Und bis jetzt hatte er seine Methode für untadelig gehalten.

Ganz wollte es ihm daher auch nicht in den Kopf, inwiefern wohl der vielen Anbeter Begehren den Genuß des einen Besitzers zu steigern vermöge? Und so ärgerte er sich halb, und halb bewunderte er gerade das, was ihn ärgerte, weil es ihm unverständlich war.

«Ihr seid mir Leute!» rief er und staunte. «Aber leicht wird es nicht sein; denn Fondi –» er überflog seine Karte, die er im Kopf hatte – «Fondi liegt ein gutes Stück von der Küste landeinwärts.»

«Du wirst es dennoch schaffen», ermunterte ihn Ibrahim.

«Und ob ich es schaffen werde!» erwärmte sich Barbarossa allmählich für seine Aufgabe, und alles andere ging ihn ja auch im Grunde nichts an. «Soliman soll seine Giulia haben. Sag es ihm, Großwesir!»

Doch jetzt wurde Ibrahim ernst. Mochte er noch so sehr wünschen, eine Konkurrenz für Roxelane Sultana in den kaiserlichen Harem zu schmuggeln, so wäre es ihm doch überaus peinlich gewesen, als der Anstifter dazustehen.

«Kein Wort über unser Gespräch!» sagte er darum. «Diese Giulia ist dein Einfall, ist der Gedanke eines so feinsinnigen Mannes, wie du es bist. Alle Ehren nur für dich allein! Ich bin dein Freund, Chaireddin!»

Die Augen zweier Männer senkten sich treu entbrannt ineinander, und ein fester Händedruck besiegelte das Gelübde.

«Wollen wir jetzt schlafen?» fragte Ibrahim. «Du wirst müde sein, Pascha?»

Gegen diese Zumutung verwahrte sich Barbarossa aber mit Entschiedenheit. Eine neue Flasche verlangte er!

«Heute wird nicht mehr geschlafen!» rief er. «Und ich will trotzdem so schnell wieder am Bosporus sein, wie ich hierherkam.»

Und wirklich schwang sich der Pascha am anderen Morgen ganz unbeschwert in den Sattel und preschte auf eine Weise davon, daß die anderen ihre Not hatten, ihm zu folgen.

29

Auch auf den Werften von Konstantinopel litten die Menschen unter dem neuen Großadmiral. Wenn die Sonne unterging, flammten die Fackeln auf. Tag und Nacht wurde gearbeitet.

Unersättlich war Chaireddin Barbarossa.

Mit derselben rücksichtslosen Kraft, die ihn die Strecke von Konstantinopel nach Haleb und wieder zurück in wenigen Tagen hatte durchreiten lassen, trieb er die anderen. Mit Worten. Mit Flüchen. Mit Schlägen. Nicht einmal vor den Schreibkundigen und Beamten machte er halt. Er war völlig unmöglich.

Aber er schaffte es.

Eigentlich schlecht war Solimans Flotte nicht gerade gewesen, und gegen die gut und solide gebauten Schiffe selbst hätte man, was Sicherheit und Stoßkraft anlangte, kaum viel einwenden können. Nur mit der Wendigkeit und Schnelligkeit hatte es ebenso übel ausgesehen wie mit den Besatzungen.

Die Türken kamen eben aus der Steppe, und das Meer war ihnen fremd. So hatte man denn bei der türkischen Abneigung gegen das Schiff Bauern und Hirten zwangsweise in die Flotte eingereiht, und damit war eine Mannschaft zusammengekommen, die es an Siegeswillen mit den Soldaten des Landheeres bei weitem nicht hatte aufnehmen können.

Durch Barbarossa änderte sich das mit einem Schlag.

Er besaß die narbenbedeckten Männer, die viele Male das Weiße in den Augen der Feinde gesehen hatten, die tollkühnen Enterer, vor denen sich die christliche Seefahrt bekreuzigte, Leute, die ein feindliches Deck mit Blut zu waschen pflegten und die Seemänner und Soldaten zugleich waren. Zu Lande und auf dem Meer hatten sie sich bewährt. Eine Festung zu berennen oder eine Stadt auszurauben verstanden sie ebensogut wie Schiffe zu nehmen.

Dieses Raubheer brauchte der Admiral nur durch die Besten aus der kaiserlichen Flotte zu ergänzen.

Seine neuen Schiffe dagegen mußte er erst bauen.

Eins neben dem andern lagen sie in Reihen auf den Helgen des Goldenen Horns, schmaler, schnittiger und auch schneller als die alten. Tag für Tag liefen sie vom Stapel, die größeren Galeeren, die eigentlichen Schlachtschiffe, und die Barbaresker Galeotten, die Aufklärer und Fahrzeuge plötzlicher Überfälle. Tag für Tag wurden die Besatzungen gedrillt, die Seeleute, die Seesoldaten und vor allen die Sklaven.

Denn diese Flotte flach gehender Schiffe, denen die Untiefen und Brandungen der Küste wenig anhaben konnten, verzichteten fast auf Segel. Selbst die Galeotten führten nur geringes Tuch.

Nicht durch die Kraft des Windes wurden diese Schiffe getrieben. Die Kraft wurde in sie selbst hineingeladen, die Muskelkraft kriegsgefangener Christen.

Wer von diesen Ärmsten als Rudersklave auf die Galeere kam, hatte freilich ausgesorgt. Denn wenn er nicht bald befreit wurde, erlöste ihn der Tod von der Kette. Im Arsenal fesselte sie ihn an einen Steinblock, an Bord an seine Ruderbank.

Selbst eine Galeotte hatte noch zwanzig Ruderbänke, und an jedem einzigen Ruder hingen mit schwieligen, blutigen Händen sechs nackte Männer.

Die Sonne verbrannte sie, und der Nachtwind ließ sie steif werden. Aber unerbittlich trieb sie der Gong.

Fünf Meter maß so ein Ruder. Es mußte vorgestoßen werden. Und dann warfen sich sechs Mann zurück, und das Ruderblatt strich und zerschäumte das Wasser.

Der Reis wollte Fahrt. Immer wollte der Reis Fahrt.

Und was der Gong nicht tat, besorgte die Peitsche, Knotenstricke an einem kurzen Stiel. Ins salzige Meerwasser getaucht, krachte sie dumpf auf die Rücken.

Wie reißende Tiere gingen die Antreiber durch die Bänke, Menschen, die Menschen zerfleischten. Befahl der Reis mehr

Fahrt, so wurde gepeitscht. Immer wurde gepeitscht. Und die Männer waren nackt und voll Wunden.

Edelleute und Bettler keuchten so nebeneinander stückweise ihre Lungen aus. Zehn, zwölf und selbst zwanzig Stunden am Tag. Brot, in Wein getaucht, steckte man ihnen in die rasselnden Rachen, und wer nicht mehr weiter konnte, wurde über Bord geworfen. Sklaven gab es genug. Billig war die Kraft.

Und die verlorenen Männer kannten nur die eine sehnsuchtsvolle Frage: ob nicht eine feindliche Galeere komme – ihnen eine Galeere von Freunden! –, wo kriegsgefangene Söhne Mohammeds ebenso sklavten wie sie.

Alle dachten sie dasselbe: Vielleicht würden sie sterben an ihrem Ruder, untergehen mit dem Schiff, an das sie geschmiedet waren. Vielleicht würde man sie auch befreien. Und dann…!! Da, wo sie jetzt saßen, würden die Antreiber sitzen, Offiziere und Reis voran – besonders der Reis! –, und sie selbst würden die Knotenstricke bewegen!

Ob Tod oder Freiheit – alle Sklaven, Christen und Moslems, wünschten den Kampf. Denn ihre Qual war groß, und kein Gott hörte ihr Stöhnen und Schreien, nur die erbarmungslose Sonne und der Wind ohne Mitleid. – Die Menschen aber waren taub und blind für das, was sie einander taten.

Als der Frühling kam, lagen 84 neue Schiffe der kaiserlich-osmanischen Flotte, keines mit einer Besatzung unter dreihundert Mann, im Hafen von Konstantinopel.

Und dann kam das Opfer.

Denn Mohammed hatte das Opfer erlaubt, falls es reinen Herzens gespendet werde. Hinzugefügt hatte er freilich auch, daß Allah nicht zu erkaufen sei.

Barbarossa taufte also den Bug seiner Schiffe mit dem Blut geschlachteter Hammel, um diese Planken dem zu weihen, was sie in sich trugen, dem Blutvergießen und dem Tod.

Es war ein schöner Morgen, an dem das geschah, und ein

festlicher Zug begab sich zu diesem Zweck an den Hafen. Die drei Roßschweife trug man dem Kapudan Pascha, dem Großadmiral, voran. Geleitet aber wurde er von den höchsten Würden des Gesetzes und des Reichs, auch von den Wesiren.

Dann bestieg er seine Baschtarda, sein Admiralsschiff, und nun kündeten die Kanonen den Aufbruch der Flotte.

Vom Köschk Hebetullah aus sahen Soliman und Roxelane mit ihren Kindern dem Schauspiel zu, wie der alte Mann an der Spitze der gesamten Schlachtflotte das Serail seines kaiserlichen Herrn umschiffte und sich seinen Bart von der frischen Meerbrise zerwühlen ließ.

Chaireddin Barbarossa kreuzte wider den Feind. Aber daneben hatte er auch noch ein Ziel, das nur er allein kannte. Er und kein anderer. Barbarossa kreuzte gegen den Feind; aber keine christliche Flotte hielt ihn auf, keine spanische und keine des Kirchenstaates, Genuas Flotte nicht und nicht die von Neapel.

Besonders die Italiener waren viel zu sehr gewohnt, über die türkische Flotte ihre Witze zu reißen, um etwas Böses zu befürchten. Sie rechneten nicht damit, daß statt der schweren Kästen in wenigen Monaten eine ganz neue Flotte entstanden war und daß der alte Meerwolf sie führte.

Ungehindert lief er durch die Meerenge von Messina, nahm Reggio, San Lucido, Citraro und überlieferte Sperlonga dem Schwert und dem Brand. Die Männer holte er an die Ruderbänke, und die Frauen und Mädchen waren die Fracht, mit der er die erbeuteten Schiffe belud.

Seine Überfälle erfolgten schneller, als sich der Ruf von seiner Anwesenheit verbreiten konnte. Die Einwohner wurden durch das Klirren der Schwerter geweckt, und wenn man Alarm gab, war der Räuber oft schon wieder mit seiner Beute verschwunden.

Jetzt aber näherte er sich seinem wirklichen Ziel.

Es war eine hafenlose Küste. Wälder zogen sich zum Gebirge hin und verdeckten die Aufgänge zur Stadt. Ihre weißen

Häuser, die wie angeklebt oben am Berg lagen, waren bei guter Sicht eben noch erkennbar. Die Stadt wurde von der Kirche überragt und die Kirche von der Burg.

Kein Seeräuber hatte sich jemals bis dahin verirrt. Denn die Küste war kein Ankerplatz, selbst für die Galeotten nicht, deren sich Barbarossa bedienen wollte.

Aber er kannte seine Männer, und diese Männer hatten ihre Freunde und Untergebenen, für die sie gutsagten. Zusammen ergab das eine ausgewählte Mannschaft von zweitausend. Und ausgewählt mußte sie sein! Denn der Weg zur Stadt und zurück und das Geschäft in ihr selbst mußten in einer Nacht bewältigt werden. Wenn die Galeotten durch Wetter oder Feinde gezwungen wurden, die Anker zu lichten – waren die Gelandeten verloren.

Barbarossa saß mit seinen Raubkapitänen in der Kajüte der Riala, des dritten Admiralsschiffs, das die Galeotten führte. Ein Mann in der reicheren Tracht eines Dscheri Süridschi, eines Leutnants, stand vor der Versammlung. Der Mann war noch jung; aber sein Gesicht zeugte von bereits überstandenen Stürmen und Kämpfen.

«Du bist also daher?» fragte Barbarossa. «Aus der Stadt, meine ich?»

«Ich wurde dort geboren, Pascha. Damals hieß ich noch ...»

«Was geht uns der Name eines Ungläubigen an? Du bist es nicht mehr – Allah sei Preis! Jetzt heißt du Chalfa, und mit Udin Reis gingst du gegen Spanien und Frankreich und bei Dscherdschel, wo wir dem Doria – Allah weihe ihn dem ewigen Verderben ...!»

«Amin!» fielen alle mit Frömmigkeit ein.

«... wo wir es dem Doria zu kosten gaben, habe ich dich zuletzt gesehen. Stimmt das alles?»

Der Alte war stolz auf sein gutes Gedächtnis. Und außerdem wußte er auch, daß nichts seine Männer so beglückte, als wenn er sich ihrer erinnerte. «Und nun sprich: Was weißt du von dieser Frau?» fragte er jetzt.

«Daß der Scheitan sie losgelassen hat!» ergrimmte Chalfa. «Das ist eine Frau, die nicht nur ihre Mägde, sondern auch Männer prügelt, was ihr nicht zukommt. Damit meine ich natürlich nicht die Fronbauern, denen sie niemals den Stock erspart, wenn sie die Fron nicht richtig ableisten können. Ordnung muß sein. Aber...»

«Nun, was hat sie denn dir getan?» schmunzelte der Alte.

«Ich war ihr Jäger und glaubte sogar, gehörig bei ihr in Gunst zu stehen. Und wenn ich mir alles genau überlege, weiß ich selbst heute nicht einmal, ob ich so unrecht damit hatte. Als mir aber ein Falke einging, ließ sie mich peitschen wie einen Ruderknecht, und ich war doch ihr Jäger! Vor dem ganzen Gesinde und all ihren Mädchen ließ sie mich peitschen und schaute selbst darauf, daß es mit Kraft geschehe. Schließlich hing ich wie ein blutiger Fetzen am Pfosten. Aus der Zelle entfloh ich dann. Lange haben sie mich gesucht. Doch wer wie ich jedes Fuchsloch im Wald kennt, ist nicht leicht zu fangen. Bei Wetterumschlag aber jucken mich keine meiner Narben so wie die, die ich ihr verdanke.»

«Du solltest deine Narben preisen, Chalfa», bemerkte Barbarossa weise. «Denn ohne sie wärst du nicht hier. Und wenn du nicht hier wärst, könntest du uns nicht führen. Falls du sie mir aber bringst, deine Scheitansbraut, deine Teufelin – dann sollst du die nächste Galeotte bekommen, die frei wird.»

«Der Himmel lohne es Eurer Exzellenz.»

«Was?!» schrie aber Barbarossa und sprang wütend auf. «Exzellenz?! Bin ich ein Levantiner?! Bin ich ein Schreiber und Wortemacher?! Bin ich nicht Chaireddin, den die Ungläubigen Barbarossa nennen?! Habe ich mich nicht selbst gemacht, und bin ich für dich eine Exzellenz, wie sie der Kaiser jeden Tag machen kann?! Verfluchter! Wage es noch einmal, mich Exzellenz zu heißen, und du sollst dir wünschen, wieder Jäger bei deiner Hexe zu sein!»

Damit flog auch aus seiner Hand schon der Dolch.

Es war nicht auf Chalfas Leben, sondern nur auf eine kleine Ermahnung abgesehen.

Aber Chalfa machte eine kaum noch merkliche Bewegung, griff zu und … hielt den Dolch am Griff.

Mit einer tiefen Verneigung überreichte er ihn dem, der mehr sein Herr war als der Kaiser.

Alles grinste.

«Wohlgetan, mein Waffengefährte», freute sich auch Barbarossa. «Und packe mir das Weibsstück genauso!»

30

Madonna Giulia wusste nicht recht, ob sie sich langweilen würde oder nicht, weswegen ihre Augen den berühmten träumerisch verklärten Ausdruck annahmen, von dem die Dichter soviel hermachten.

Viel versprach sich die Dame nicht von diesem Sommerabend. Nach ihrem Geschmack waren zuwenig Männer da, und obendrein zählte von den drei Gästen Don Felipe Feretra kaum noch mit.

Dieser junge Spanier war schon zu lange im Schloß. Er hatte sich nicht wie die anderen nach einer Weile mehr oder weniger verliebten Schmachtens und Hofmachens davongemacht. Ihm hatte die Zusicherung von Madonnas ewiger Freundschaft nicht genügt, weil er nichts weiter als ein ganz einfacher und eindeutiger junger Mann war, den eine ehrliche Leidenschaft gepackt hatte.

Er besaß nichts als seinen wohlgestalten Körper, als sein hübsches Gesicht mit dem Blick eines sehr treuen Hundes und seine vollen, lebenshungrigen Lippen, die für andere Frauen vielleicht ihre Reize gehabt hätten.

Madonna dagegen durfte sich nur wenig Nutzen von ihm versprechen. Er war weder ein Dichter noch ein Maler, noch sonst ein berühmter Mann, der ihren Ruhm unter anderen Himmelsstrichen hätte verbreiten können.

Und das war es, was Donna Giulia begehrte!

Sie war ehrgeizig und wollte als Virago, als eine Frau von mannhaft starkem Herzen, besungen werden. Sie sammelte Männer, wie andere Bilder oder Edelsteine oder Handschriften oder Bücher sammelten. Sie war eine der gefallsüchtigsten Damen in ganz Italien, und wie sie nicht daran dachte, sich wieder in den Käfig der Ehe zu begeben, so hätte sie selbst schon durch eine Liebschaft ihre Freiheit bedroht gefühlt.

Nicht einmal in Rom wollte sie wohnen, um nicht durch Rücksichten beengt zu werden.

Denn daß sie – selbst aus fürstlichem Geblüt und durch Heirat eine Colonna – weder in Florenz noch in Venedig oder in einer anderen Stadt zu leben vermöchte, verstand sich von selbst.

Nach dem Sacco jedoch, das Karls des Fünften Truppen der Hauptstadt der Welt bereitet hatten, nach dem Sacco di Roma, waren die Vorteile einer schwer erreichbaren kleinen Stadt und einer uneinnehmbaren Burg auch Madonnas Kritikern klargeworden. Was war heutzutage sicher? Nichts. Und in Rom wuchs jetzt, soweit es sich um Kinder erfreulicher Damen handelte, eine neue Jugend heran, deren Väter man weniger unter den gesetzlichen Gatten als unter den siegreichen Soldaten hätte suchen müssen.

Außerdem gab es auch genug Leute, die behaupteten, daß Donna Giulia, da sie schließlich dem Papst in Rom die Macht nicht völlig entreißen könne, es bei weitem vorziehe, sie in Fondi so unbeschränkt auszuüben, wie sie das zu ihrem seelischen Wohlbefinden brauche und wie das eben nur in Fondi möglich sei.

Die Burg war ein alter Feudalbau. Ihr Kern stammte noch aus der Zeit Friedrichs des Zweiten, des burgenbauenden Hohenstaufen. Strebepfeiler wuchsen dreißig Meter und höher aus dem lebendigen Fels, und von den Fenstern hatte man einen weiten Blick über Berge, über Wälder und meist auch über das Meer.

Die Burghalle lag der See zu nach dem Westen.

Außer Madonna und ihren Ehrenmädchen, verschüchterten Geschöpfen, die den Mund nicht aufmachten, wenn die Herrin schwieg, und noch weniger, wenn sie sprach, und außer Don Felipe waren nur noch zwei Männer mittleren Alters im Raum.

Es waren der venezianische Nobile Piero Bragadin, der langjährige Bailo der Republik bei der Hohen Pforte, und dessen Gastfreund und Begleiter, der Logothet des ökumenischen Patriarchats in Konstantinopel, Cyrill Cantemir, aus dem einst so hohen Geschlecht der oströmischen Patrizier dieses Namens.

Sogar Madonna betrachtete ihn den Gonzagas und Colonnas als ebenbürtig – er selbst sich als von weit vornehmerer Geburt.

Er stand in der tiefen Fensternische gerade noch so, daß er es vermied, der Herrin den Rücken zu kehren, und blickte voll Sehnsucht zum Meer. Denn übers Meer war er gekommen.

Wie ein ferner Strich erglänzte es und konnte ebensogut Wolke oder Himmel sein.

Der Halle schenkte er keine Beachtung.

Nach abendländischer Auffassung war sie wohnlich und reich – nach der seiner eigenen Heimat war sie dürftig. Statt Teppichen lagen Wolfsfelle auf den roten Fliesen, und die Sofas wurden durch hohe und steife Stühle ersetzt. An Stelle seidener Gewirke herrschten Leder und Filz, und an Stelle edler Metalle und Porzellane herrschten Kupfer und Blei.

Eines freilich hätte ihn für jeden Mangel entschädigen können: ein Bild an der Ostwand.

Es war eine Flora Raffaels.

Nur war Cyrill nicht in der Lage, das Gemälde zu würdigen.

Was jenseits der strengen Tradition der älteren byzantinischen Kunst war, galt ihm als Entartung. Und so sah er keine Flora, sondern nur eine unschicklich entblößte Frau.

Cyrill empfand sich hier wie überall in der Fremde und unter Barbaren. Und die Freiheit, die zu suchen er von Konstantinopel ausgezogen war, hatte er auch nirgends gefunden.

Dieser Nachkomme der früheren Herren am Bosporus zeigte nichts von vergangener Pracht. Vom Hals bis zu den Füßen war seine hagere Gestalt in das faltige Gewand griechischer Kleriker gehüllt. Lang und schmal wie seine Hände war auch sein Gesicht mit den dicken schwarzen Balken über den großen Augen und den strichfeinen Lippen, die der Bart gerade noch sehen ließ. Seine Haare reichten ihm bis auf die Schultern, und auf dem Kopf trug er den schwarzen, randlosen Zylinder byzantinischer Priester.

Dieser Mann hatte Madonnas Neugier erregt. Wovon jedoch sollte sie mit ihm und Bragadin reden, mit zwei Männern aus Konstantinopel, wenn nicht vom Sultan, von Ibrahim und von Roxelane?

Die Welt war voll von diesen Menschen, und Fondi lag nicht außerhalb der Welt. Allerdings war eine Bewunderung, die einer anderen Frau als der Herrin von Fondi gezollt wurde, nicht ganz nach deren Geschmack.

«Und diese Frau herrscht», fragte Giulia und meinte Roxelane, «dabei ist sie doch nur eine heidnische Sklavin?»

«Heidin?» meinte Bragadin und überließ die Beantwortung der Frage lieber dem Logotheten, der als Geistlicher der Nächste dazu war. «Wie denken Sie, Hochwürdigster?»

Cyrill Cantemir blickte Giulia an.

Sie hatte eine schöne und hohe Stirn, und die war glatt, wie es ihr Gesicht war. Denn um ihm die Falten fernzuhalten, lachte sie nicht und pflegte dafür ihr vielbesungenes Lächeln. In der Mitte der Stirn hing ihr eine Perle an einem hauchdünnen Kettchen. Die Ohren verdeckte das Haar. Es war blond, aber nicht mehr so golden und leuchtend, wie Cantemir es auf einem Gemälde gesehen hatte. Offenbar war es nachgedunkelt, oder der Maler hatte geschmeichelt.

Alle Maler und Dichter lügen, dachte Cantemir.

«Mohammed», sagte er dann, «war weitherziger als Sie, Madonna. Er betrachtete alle, die an einen Gott glauben, als zur Gemeinschaft gehörig.»

«Aber Mohammedaner sind doch nun einmal Heiden!» beharrte Madonna eigensinnig.

«Sie glauben an Einen Gott. Selbst Mohammed zeiht sich menschlicher Schwäche, und darum kennen sie auch keine Heiligen.»

«Nicht einmal Heilige?» triumphierte Giulia. «Also doch Heiden!» Cantemir antwortete nicht mehr.

Er war in einer Weltstadt zu Hause, wo die Religionen dicht beieinander wohnten, und Madonna Giulias Art, eine Frage des Glaubens zu beantworten, erschien ihm zu einfach.

«Wir wissen wenig über die Sultana», erklärte er ihr nur, «die Franzosen behaupten zwar, sie sei eine Landsmännin von ihnen; aber das ist nur die gewöhnliche französische Eitelkeit und Großsprecherei. In Wirklichkeit soll sie nämlich Russin sein.»

«Russin?» staunte Giulia. «Was sind das nun wieder für Menschen? Sind das Hunnen?»

Als gute Italienerin und echte Frau war sie sich über die Eigenschaften der verschiedenen Völker und die Lage von deren Ländern nie ganz im klaren.

«Aus Rußland kommt der Zobel, Erlaucht», schmunzelte Bragadin, weil das etwas war, was sie schon eher begriff, wenn sie zu ihrem Leidwesen auch keinen Zobel besaß.

«Und außerdem sind die Russen Christen», fügte Cantemir hinzu, «sogar nach der rechten Lehre. Die Sultana scheint ihr griechisches Christentum übrigens nicht ganz vergessen zu haben. Bei den jüngsten Verhandlungen nannte Kaiser Karl sich nämlich im Beglaubigungsschreiben für seinen Botschafter auch König von Jerusalem, was den Großwesir verdroß. Er drohte, die Grabeskirche des Erlösers schließen zu lassen, und unsere Basilika der heiligen Helena am Fanar schloß er wirklich. Alle unsere Kirchen waren voll von Betern, weil man noch weiteres Unheil befürchtete. Aber ebenso plötzlich, wie das Gewitter gekommen war, ging es vorüber. Auf Befehl des Sultans selbst wurde die Basilika wiedereröffnet, und alle waren der Meinung, man habe das dem Eingreifen Roxelanes zu danken.»

«Vielleicht macht ihr sie daraufhin zur Heiligen eurer griechischen Kirche?» spottete Giulia.

«Aber nur, wenn der Papst unseren Freund Ibrahim ebenfalls heiligspricht!» scherzte Bragadin, um Giulias Bemerkung jeden Stachel zu nehmen. «Ibrahim ist ein halber Venezianer.»

«Und ihr Venezianer seid halbe Heiden!» lächelte nun auch Madonna.

«Ganze!» beteuerte Bragadin heiter. «Und zwar immer dann, wenn Seine Heiligkeit sich in unsere Staatsangelegenheiten mischen will.»

«Und euren Sklavenmarkt habt ihr auch! Schon darum seid ihr so gute Freunde mit den Türken. Ihr solltet euch schämen, ihr Venezianer!»

«Überall ist Sklaverei, nicht nur auf dem Markt», machte Cantemir dem Scherzen ein Ende.

Giulia, die stets alles auf sich bezog, überlegte, welche von ihren Geschichten der Logothet wohl gemeint haben möchte? Und da sie sich bedrängt fühlte, griff sie an.

«Daß niedrig geborene Frauen, die sich auf Sklavenmärkten nackt zeigen müssen – oh, ich weiß, wie es dabei in Venedig zugeht! –, daß solche Frauen dennoch zu Einfluß und Macht gelangen – das ist wohl nur bei Türken und ähnlichen Völkern möglich», ging sie gegen die Männer an. «Nur Heiden und halben Heiden fehlt jeder Sinn für Scham.»

«Ist Unglück eine Schmach?» fragte Cyrill Cantemir und dachte an die vielen Mädchen seines Volkes, die den Eroberern in die Hände gefallen waren.

«Eine richtige, edelgeborene Frau erträgt sie nicht», entgegnete Giulia.

«Sie sollten an Rom denken, Erlauchte, und daran, was

dort geschah», stellte Bragadin vor. «Es sind erst zwei Jahre her, daß es erstürmt wurde. Durch Kaiser Karl», unterstrich er noch, «den hohen Verbündeten der Colonna!»

«Wenn Sie gestatten, Madonna, erinnere ich Sie an eine Dame Ihres Landes», sagte Cantemir. «Sie lebte zur Zeit der Kreuzzüge, und ich las von ihr in einem Ihrer italienischen Bücher.»

Und dann erzählte er die Geschichte von der nackten Herzogin.

Es geschah also, daß einer Herzogin von Benevent das Mißgeschick zustieß, ohne Kleider von einem Mann gesehen zu werden.

Die Herzogin war aus einem alten langobardischen Geschlecht und sehr schön; aber sie war auch ebenso schamhaft und stolz. Und so ließ sie nach dem unschuldigen Urheber dessen, was sie als ihre Schmach ansah, fahnden.

Dem jedoch gelang es zu entfliehen, und mit seinem Leben rettete er auch seine Rache.

Denn bald erzählte man sich in ganz Italien von der Herzogin und ihrer Geschichte, die damit den Beneventern ebenfalls nicht länger verborgen bleiben konnte.

Die Herzogin litt.

Dann aber versammelte sie ihre Mädchen und die Frauen und Töchter ihrer Vornehmen um sich.

Alle waren beklommen, als die Fürstin, über die sie vielleicht eben noch gelächelt hatten, selbst von ihrem Kummer und seiner Ursache zu sprechen begann, und alle erstarrten, als sie dann hörten, welche Hilfe die Gebieterin sich von ihnen versprach.

Doch kein Sträuben half. Die Frauen und Mädchen wurden ergriffen und wenigstens die, deren Jugend und körperliche Beschaffenheit sie geeignet erscheinen ließen, unter Bedeckung eisengepanzerter Söldner auf den Markt gebracht.

Das dort versammelte Volk war damit zufrieden, daß fürstliches Mißvergnügen sich nicht immer nur an ihm mit Schlägen entlade, sondern daß auch Vornehme einmal dafür büßen und obendrein ein willkommenes Schauspiel bestreiten sollten.

Denn unter Trompetengeschmetter und Namensaufruf mußte eine der adeligen Frauen und Mädchen nach der anderen eine hölzerne Tribüne ersteigen und sich dort oben entkleiden. Was dabei Gehorsam und Liebe zur Herrin nicht vermochten, erwirkte der Zwang. Jede einzelne wurde vor Tausenden von Augen nackt zur Schau gestellt, weil ein einziger Mann die Herzogin ohne Hemd gesehen hatte.

Auf diese Weise versuchte die Unerbittliche, ihr eigenes Ungemach in der Beschämung der anderen auszulöschen.

«Aber gelang ihr das?» fragte Cantemir. «Wenn man heute, nach Hunderten von Jahren, von der bitteren Stunde dieser Frauen spricht, nennt man doch auch die Herzogin!»

«Und doch tat sie, was sie vermochte», lobte Giulia. «Sie scheint eine starkherzige Frau gewesen zu sein.»

«War sie aber auch klug? Wäre Güte nicht besser gewesen?» stellte Cantemir vor. «Vielleicht machte sie gerade in ihrer Hilflosigkeit Eindruck auf den, der sie sah. Wahrscheinlich hätte er geschwiegen. Durch ihre Feindseligkeit aber vertrieb sie ihn von Haus und Hof, brachte ihn um all sein irdisches Gut und forderte seine Rache heraus...»

«Doch alles nur, vorausgesetzt, daß sie wirklich schön war», lachte Bragadin dazwischen.

«Oh, sie war schön!» versicherte Giulia dem zweifelnden Bragadin. «Nur eine schöne Frau tut, was die Herzogin tat. Und nicht sie trägt die Schuld an dem, was ihren Frauen geschehen mußte, sondern nur der Mann, der ihr feige entfloh.»

«Und was hätte er tun sollen?» versuchte Cantemir dem Gespräch eine ernsthafte Wendung zu geben.

«Er hätte sein Schicksal erleiden sollen!» begeisterte sich Giulia Gonzaga.

Darauf hielt Cantemir eine weitere Erörterung für überflüssig.

«Nach meiner Überzeugung», erklärte Bragadin an Stelle

des Gastfreunds, «hat der Hochwürdigste recht. Es gibt Schicksale, an denen unsere Moral abprallt. Was soll eine Dame tun, die in Sklaverei fällt?» Als ein Beispiel unter vielen führte er dann die Dame Dede Semid an. Der venezianische Aktendienst war stets erstklassig gewesen, und so zeigte sich Bragadin bis in alle Einzelheiten über sie unterrichtet. «Sehen Sie, Madonna», fuhr er fort, «da haben Sie Ihre edelgeborene Dame! Denn den Adel der delle Torre werden Sie nicht bestreiten. Ich aber wünschte, mein Amtsgenosse in Tunis wäre etwas taktvoller verfahren. Dann wäre sie zurückgekehrt.»

«Und was ist nun aus ihr geworden?»

«Mehr, als ihr in Italien wahrscheinlich beschieden gewesen wäre. Die Dame ist heute die Obersthofmeisterin des kaiserlichen Harems.»

«Bedeutet das soviel...?»

«Erlaucht können die Stellung nicht hoch genug einschätzen. Sie hat einen der höchsten Posten des Reiches inne und besitzt das kaiserliche Siegel genau wie der Großwesir.»

«Ah...» verwunderte sich Giulia. «Aber dann müßten Sie sich doch freuen. Als Venezianerin wird sie ja wohl die Geschäfte Ihrer Heimat fördern?»

«Sie denkt nicht daran! Sie hat Venedig niemals verziehen. Und außerdem ist sie die Freundin von Roxelane Sultana. Oder vielmehr: sie ist ihre sklavische Dienerin. Denn das ist das seltsame an dieser Sultana, daß alle ihre Freundinnen ihre Dienerinnen sind, selbst des Großwesirs Frau, Esma Sultana. Und die ist, wie Sie zugeben müssen, Madonna, eine Purpurgeborene!»

«Aber wenn ihr Venezianer die Gunst des Großwesirs habt...»

«Die haben wir!»

«...dann braucht ihr die Mißgunst der Frauen doch nicht zu fürchten. Denn Sie sagten doch, der Wesir sei allmächtig.»

Bragadin schwieg.

Er war zu vorsichtig, um sich selbst in Fondi eine Kritik an Ibrahim zu erlauben.

«Ibrahim ist allmächtig», erläuterte darum Cantemir, «soweit ein Mann allmächtig sein kann.»

Giulia warf ihm einen Blick zu, der eine Frage sein und zugleich zünden sollte.

«Einer von zweien muß siegen», antwortete der Grieche dem Blick, «und Roxelane ist eine Frau.»

«Nun verstehe ich!» rief Giulia.

«Und die Sultana hat keine Nebenbuhlerin bei Soliman», scherzte Bragadin galant, «da Italiens schönste Frau die Burg von Fondi noch immer dem Serail vorzieht.»

«Ich bin eine Gonzaga!» sagte Giulia stolz; aber sie lächelte dabei, und so war der Verweis nur gelind.

In diesem Augenblick erhob sich Don Felipe.

Den ganzen Abend hatte er zu Madonnas Füßen gesessen, ohne es auch nur durch ein einziges Wort mit den beiden weitgereisten, erfahrenen Männern aufnehmen zu können.

Jetzt beurlaubte er sich.

Er wolle am nächsten Morgen nach Neapel, sagte er.

Felipe hätte das Erblassen eines der Ehrenmädchen sehen können. Aber in diesen Räumen gab es nur Madonna und keine andere Frau, auch für Felipe nicht, gerade für ihn nicht. Denn sein Abschied war nur eine Flucht. Hatte er auch nicht am Gespräch teilnehmen können, so hatte er doch Madonnas Blick verstanden. Giulia jedoch war verletzt.

Sie hatte für den guten Jungen tatsächlich keine Verwendung, doch Eigenmächtigkeiten von Menschen, die sie als ihr gehörig betrachtete, sah sie nicht gern.

So fiel der Abschied kürzer aus als sonst, und sie vergaß auch, ihn ihrer Freundschaft zu versichern.

Er dagegen verließ die Halle mit Überstürzung, aus Furcht, ihr seine Tränen nicht länger verbergen zu können.

Sowenig Bedeutung der junge Mann den ganzen Abend auch gehabt hatte, so erwies sich sein Aufbruch dennoch als empfindliche Störung. Aber um zu zeigen, wie kühl der kleine Zwischenfall sie lasse, knüpfte Madonna Giulia bei Bragadins letzter Bemerkung wieder an:

«Wenn Ihre Türken, wie Sie scherzten, Ser Piero, mich der Roxelane auch zur Nebenbuhlerin geben wollten, müßten sie doch zuerst einmal bis Fondi vordringen. Und das werden sie bleibenlassen, Ihre Freunde!»

«Nach Fondi?» lachte Bragadin. «O Madonna. Sie verlangen viel von den armen Türken!»

31

In dieser Nacht ohne Mond gab es eine glatte See. Nur ganz leichter Wind kräuselte die Fläche. Aber bei der Finsternis sah auch das niemand, selbst nicht die Männer im Boot sahen es, die bei Fackellicht Langusten speerten.

Unmerklich schwebten sie mit dem leisen Atem des Meers auf und ab zwischen den Felsen und hatten nur Augen für ihre Beute, die das Licht verführen und anlocken sollte.

Wenige Lichter trieben so in der einsamen Bucht, und in dem einen Boot waren drei. Der jüngste stand mit dem Dreizack im Bug und bespähte die Tiefe, in der es im Widerschein der Fackel wie von Korallenwänden erglühte.

Unbeweglich stand der Fischer, und auch die beiden anderen hielten den Atem an.

Ein Heben des Armes dann, ein Verharren, ein Abmessen, ein Zielen...

Und jetzt zischte das tödliche Eisen hinab.

Aber nicht nur die Languste kam verzweifelt gespreizt ins Boot.

Einen Augenblick beleuchtete die Fackel halbnackte Gestalten. Dann verlosch sie im Wasser, wie auch die Schreie der Fischer unter harten Fäusten erstickten.

Drei Rudersklaven waren gewonnen.

Bald waren auch die anderen Lichter erstorben, und nun lag völlige Finsternis über Meer und Land.

Bei dieser Bucht berührte der Wald den Strand. Und hier begann auch der Anmarsch der zweitausend auf Fondi.

Selbst schärfste Späher hätten von den Wildpfaden des Waldes her nur hin und wieder ein Knacken, das Geräusch eines Sprungs oder einen gedämpften Zuruf vernommen. Ohne Heerlärm und Pauken wickelte sich in größter Stille der Marsch ab, der mehr Laufen als Schreiten war.

Und kein Späher horchte.

Niemand hätte für möglich gehalten, was geschah. Für die Leute dieses Landes war der Wald undurchdringlich wie immer, eine schwarze Masse im Schwarzen, und nichts verriet ihnen, was er barg und was in ihm vorwärts stürmte.

Mit leichtem Gepäck und schärfsten Waffen ging es voran.

Diese Meister der Überfälle schleppten nicht gerne, nicht einmal Beute. Die mußte sich selbst tragen. Das erbeutete Gut packte man stets auf erbeutete Sklaven.

Und so war Barbarossas Männern auch der Wildbach kein Hindernis. Zum richtungsweisenden Pfad wurde er ihnen vielmehr. Gerade er führte sie an die schwache Stelle der Burg.

Eine Jakobsleiter, eine Leiter aus Stricken, wurde geworfen und faßte. In nicht viel mehr Zeit, als man zu einem Trunk gebraucht hätte, hingen ein Dutzend andere Leitern an der Mauer, jede mit einer dicken Traube von Männern behängt, die unaufhörlich hinanstiegen. Und dann erst flogen die Brandpfeile, schlug Eisen auf Eisen.

So plötzlich erfolgte der Überfall, daß die Frauen noch schliefen, als ein Mann in Madonna Giulias Schlafzimmer drang.

Es war Don Felipe.

Einem roten Traum entriß er die Herrin und hatte keinen Blick für die Mädchen. Mochten sie Sklavinnen werden, wie sie Madonna Giulia Sklavinnen gewesen waren, die Beute dessen, der sie fing. Was lag Don Felipe an ihnen!

Den vergangenen Abend hatte er sich nicht schlafen gelegt, sondern zur Reise gerüstet.

Sein Diener war denn auch schon mit dem Saumtier vorauf.

Er jedoch hatte noch einmal zu Madonnas Fenster aufblicken wollen, und da war ihm eine Ahnung von den Männern an der Mauer gekommen. Mehr noch als seine Augen und Ohren es vermocht hatten, war sein eifersüchtiges Herz auf die Räuber gestoßen.

Auch war er lange genug in Fondi gewesen, um den Bergweg zu wissen, den die Korsaren vielleicht noch nicht gesperrt hatten.

Ihn hinaufzureiten war ein Wagnis bei Tag – bei Nacht war es tollkühn. Dennoch mußte es gewagt werden. Den Korsaren war man nur beritten überlegen.

Don Felipes Pferd wartete also im Hof, und er selbst drängte die Dame.

Mit Fäusten hieb Donna Giulia ihm zuerst die Antwort ins Gesicht. Doch dann begriff sie und zauderte nicht mehr.

Kaum konnte Felipe ihr folgen, und sofort warf sie auch schon hinter sich und ihm die schöne, modische Tür zu, mit deren Schlüssel sie sogleich von außen abschloß.

Niemand konnte ihr folgen, auch ihre Frauen mußten bleiben, wo sie waren, und so als Hindernis wirken wie das Holz der Tür.

In diesem entscheidenden Augenblick, da die ersten beturbanten Köpfe am Fenster erschienen, da die Blutbespritzten, vom Flackern der Feuersbrunst Umlohten in die Kammer eindrangen, hatten die kreischenden Mädchen ihrer Herrin den letzten und höchsten Dienst zu leisten.

Und wirklich geschah auch alles nach Donna Giulias Erwartung.

Kampf und Feuer hatten die Wollust der Männer hungrig gemacht, und in der Nähe des Todes empfanden sie alle Donna Giulias halbnackte Frauen als letzte Gelegenheit.

Wie hätten die Dame und Felipe da nicht einen Vorsprung gewinnen sollen?

Weiter ging also die Flucht.

Noch hatte der Kampf den rückwärtigen Hof nicht erreicht, und die kleine, verborgene Pforte stand offen.

Sogar Madonna fand, daß zu Zimperlichkeiten die Zeit nicht lange. Und als Felipe sie nun vor sich aufs Pferd hob, schwang sie entschlossen ihr linkes Bein über das Halfter. Rittlings und fest saß sie so, aber wenig keusch. Denn auch das Hemd war ihr inzwischen von der Achsel geglitten.

Sie jedoch ließ gleiten, was gleiten wollte.

Die Gefahr war ihr wie ein Traum. Es durchschauerte sie, daß der Mann, dessen Arm sie an ihrem Leib spürte, ihr Fleisch schimmern sah. Ihre nackten Beine, ihren Busen. Und am liebsten hätte sie sich ganz nur in das erregende Gewand seiner Blicke gehüllt.

Gefahr? Die Gefahr war für sie keine Wirklichkeit. Man würde für sie sterben, wie die Burgmänner hinter ihr für sie starben. Sie aber würde leben. Und sie sei eine schöne Frau, dachte Madonna Giulia Gonzaga.

Seines Herrn Sporen in den Weichen stürmte indes das Roß bergan. Denn schon hörte man zur Seite Tritte und ein Geschrei, das nicht das Geschrei der Kämpfenden war, und um weniges später wäre der Kreis um Fondi geschlossen gewesen.

Man hatte Giulia und Felipe entdeckt. Das Feuer hatte den Hauptturm, den Bergfried ergriffen, und Giulias Hemd und Haut warfen den blutroten Schein zurück.

Doch umsonst zischten die Pfeile, pfiffen die Kugeln hinter ihnen her. Allah hatte es anders bestimmt.

Pfeile und Kugeln trafen nicht.

Und Berittenen nachzusetzen hätte für Fußgänger wenig Zweck gehabt. Keiner von den Korsaren wußte ja auch, wer da entschlüpfte! So verklang denn allmählich der Hufklapp, und was der Brand der Burg von der weißen Gestalt im flatternden Hemd enthüllt hatte, deckte die Finsternis wieder zu.

Vier Stunden ließ Barbarossa plündern.

Groß war die Beute an Frauen und Mädchen und Rudersklaven.

An Schätzen hatte sich dagegen weniger vorgefunden, und so wurden Vespasio Colonnas Sarg und die Särge seiner Vorfahren von der Höhe des Kirchbergs gestürzt und alle Marienbilder zertrümmert, als seien die Ahnen und die Heilige Jungfrau schuld am Entkommen von Vespasios Witwe und Nachfolgerin in der Herrschaft.

Die Herrin von Fondi öffnete am nächsten Morgen hoch im Gebirge die Augen.

In einer verlassenen Holzhütte geschah das, die nichts als ein Unterstand für Holzfäller war und ihren Gästen nur eine Schütte Laub als Bett bieten konnte.

Das meiste zur Erwärmung hatte also der Sommer für die Dame tun müssen. Eine Satteldecke und ein Reitermantel waren von Felipe beigesteuert worden. Sonst aber war Madonna so gut wie unbekleidet. Denn der Ritt und die Büsche hatten Fetzen aus ihrem Hemd gemacht.

Fest und tief schlief neben der Dame der ermüdete Jüngling. Geräuschvoll röchelte er die Luft ein und stieß sie ebenso wieder aus. Und diese Laute erweckten Donna Giulia erst völlig. Sie starrte ihn an, sie kehrte sich zu ihm hin, und über ihn gebeugt, betrachtete sie mit wachsender Neugier sein Gesicht.

Wenig über zwanzig mochte der Mann alt sein, der da mit offenem Mund vor ihr lag, nicht viel mehr als sie selbst jetzt. Gleichaltrig waren sie, und dennoch fühlte sie sich ihm unsagbar überlegen.

Für sie war alles, was vor ihr lag, nichts weiter als Kreatur.

Das schwarze Schnurrbärtchen, dessen Enden unter den Atemstößen erzitterten, die aufgebäumte Oberlippe, hinter der das Bärtchen halb verschwand, das herabhängende Kinn ... tierhaft und pflanzenhaft erschien ihr das alles.

Noch wiesen diese Züge keine Fältchen auf, während ihr

eigenes Gesicht doch schon winzige Spuren künftiger Falten trug, Spuren, die niemand außer ihr kannte und die sie sich selber verbarg.

Doch dieses Knabengesicht!

Wenn es jemals einen Kummer und ein Verlangen ausgedrückt hatte, so war mit dem Kummer auch jeder Ausdruck verschwunden.

Dumm und leer fand Donna Giulia das Gesicht dieses Schläfers mit dem offenen Mund.

Sie schüttelte sich.

Und dann dachte sie nach.

Denn gewesen war dies:

Immer höher hatte die Flucht sie geführt. Tief unten aber war eine Stadt verbrannt und eine Burg. Menschen hatten das Leben oder die Freiheit verloren. Die Zerstörung hatte ein Fest gefeiert.

Und das alles war nur ihretwegen geschehen.

Denn daß der Überfall nur ihr gegolten habe – daran zweifelte sie nicht. Und dieser Gedanke hatte sie gebläht, wie der Wind das Segel bauscht.

Unmögliches sei möglich gemacht worden, um sie zu besitzen! hatte es in ihr gehämmert. Von Heiden sei das unternommen worden, und wie der Ruf jener Roxelane, so habe auch ihr Ruhm bereits alle Meere überflogen!

Mochte darum auch ihr Verlust an Menschen und Habe groß sein, so hatte doch der Rausch eines unbändigen Stolzes sie erfaßt.

Felipe indes ...

Felipe war stumm geblieben.

Nur im Hemd hatte sie in seinen Armen gelegen, und die letzte Strecke Wegs hatte er sie sogar getragen.

Doch seine Hände waren bei allem wie gefesselt gewesen und hatten sich so wenig geregt wie seine Lippen. Zwar hatte auch ihr Mann sie nie berührt. So groß war ihre Macht über ihn gewesen, daß er sie bei seinem Tod als Mädchen zurückgelassen hatte.

Sie wollte keine Kinder, keine Schmerzen und entstellenden Geburten. Immer schön und immer neu und jungfräulich wollte sie bleiben für das Begehren der Männer. Auch jetzt war das wieder ihr Wille.

Doch in der vergangenen Nacht hatte sie ein anderes überwältigt. Und als ihre Schönheit nun zum erstenmal auf eine Probe gestellt worden war, die jede Zofe bestand – da hatte dieser Knabe ihr eine Niederlage bereitet.

Denn es war eine Niederlage gewesen! Was er immer auch für Gedanken gehabt haben mochte – wenn er nicht ihre Gedanken dachte, nicht ihren Willen wollte, hatte ihre Schönheit das Spiel verloren. Donna Giulia wollte nicht Liebe, sondern Macht.

So hatte sie denn den Angriff begonnen und mehr erobert, als sie gewollt hatte.

Wohl waren seine Blicke wieder glühend geworden. Aber anstatt in Qual zu verkohlen, hatten sie helle Brände hinausgeschleudert, durch die auch sie ergriffen worden war. Und schließlich waren ihr und sein Fieber ein einziges Feuer geworden, das sie beide miteinander verschmolzen hatte. Unersättlich waren sie gewesen.

Jetzt aber ekelte es Donna Giulia in ihrem Hochmut vor der Unwiderruflichkeit des Geschehenen, jetzt, da sie nach ihrem Vermeinen sehen mußte, daß sie einen Körper genossen habe, dem der Geist fehle.

Mit einem Seufzer regte Felipe sich.

Sein rechter Arm fuhr über seine Augen, als wische er Träume von ihnen ab. Und darauf besah er sich die fremde Welt, die ihn umfing. An Giulias unbewegtem Gesicht blieb sein Blick haften.

Bis ans Kinn hatte sie sich in seinen schwarzen Mantel gehüllt, und nun meisterten ihn ihre Augen.

«Wer bist du?» fragte er noch halb im Schlaf.

Doch nun erkannte er sie und versuchte ein Lachen, dem unter ihrem Starren alles Glück erstarb.

«Ach, du...» flüsterte er.

Sie erhob sich.

«Ziehen Sie sich an, Don Felipe.»

Eine Nacht versank in dem Ton, mit dem sie das sprach.

«Aber Giulia...» bat er wie ein gescholtenes Kind.

«Sie sollen sich ankleiden, befahl ich!» wiederholte sie aber nur, um ihn dann noch zu höhnen: «Oder hatten Sie auf einige Flitterwochen gerechnet?»

In Wahrheit hätte Felipe nichts gegen Flitterwochen gehabt...

«Man wird etwas anderes finden, Sie für Ihren romantischen Dienst zu entschädigen.» Grausam und bedacht stieß sie jedes Wort in ihn hinein. «Auch Ihr Pferd haben Sie ja verloren. Doch sorgen Sie sich bitte nicht. Es gibt noch genug Pferde in Fondi, und ich werde meinem Vogt befehlen, Sie in allem zufriedenzustellen.»

Wild sprang er auf.

«Du vergißt, was zwischen uns war!» schrie er sie an. «Du... du...!» Er konnte nicht weiterreden.

Sie aber lächelte.

«Alles vergaß ich», lächelte sie, «wenn Sie das meinten. Und Sie täten auch gut, zu vergessen. Hören Sie! Nichts war und wird sein. Nicht das geringste geschah. Sie haben mich heraufbegleitet und vor meiner Tür gewacht. Das ist alles.»

«Ich verstehe, Madonna», sagte er.

«Ziehen Sie sich an!»

Ob es nun Gehorsam oder Trotz war – er begann sich anzuziehen. Madonna lächelte nicht mehr.

Was sich vorbereitete und sich in ihr – ihr selbst noch unbewußt – zu immer festeren Umrissen verdichtete, konnte nicht geschehen, ehe der Mann nicht völlig angekleidet war. Ein nackter Don Felipe hätte alles verraten. Und nach dem, was zwischen ihnen gesprochen worden war, schämte er sich auch selbst, noch so vor Donna Giulia zu stehen, wie er stand.

Sie aber ließ bei allem, was er tat, kein Auge von ihm, und das machte ihn unsicher.

Er wußte nicht, daß sie sich gegen ihn verhärten, daß sie ihn abgeschmackt und lächerlich zu finden hoffte. Daß sie ihn so finden wollte! Und es gab nun einmal Hantierungen des Alltags, bei denen es schwer war, vor kritischen Augen eine vollendete Anmut zu bewahren. In seine enge Strumpfhose zu steigen wuchs sich für Felipe auf diese Weise zu einer schwierigen Aufgabe aus.

Sie aber haßte ihn.

Denn da sie den Haß so verzweifelt gerufen hatte, war er jetzt da.

So etwas wie dieser unreife Mensch werde nun in die Welt ziehen und sich ihrer rühmen, überlegte sie, bis zur Übelkeit erbittert.

Mit ganzen Worten, mit halben und mit Schweigen könne er das tun, ja, er könne sich sogar mit seinem Degen vor ihren Ruf stellen, und was geschehen sei, brauchte sich gar nicht ereignet zu haben – immer sei ihr das Köstlichste genommen, der Ruf der Unberührtheit. Solange sie keines Mannes Frau gewesen war, hatten ihr viele Männer gehört, und nun trauerte sie um das, was sie zu einer Seltenheit und so anziehend gemacht hatte.

Cantemir fiel ihr ein. An seine Geschichte von der Herzogin mußte sie denken.

Diese sei in demselben Fall gewesen wie sie jetzt. Und sie wunderte sich selbst, wie richtig doch vor Stunden erst ihre Antwort gewesen sei: Der Mann, der die Herzogin nackt gesehen habe, hätte sein Schicksal erleiden sollen, statt zu fliehen. Das sei ihre Antwort gewesen! Immer aber seien die Männer feige, wenn es gelte, sich für eine Frau zu opfern. Wenigstens eine heroische Rolle müsse dabei für die Gecken herausspringen, sonst sei ihr Letztes immer ein Versagen. So, wie jetzt Felipe versage.

Gerade weil ihr an ihm sowenig gelegen schien, fühlte Giulia ihre Schmach so tief. Selbst der alte, hinkende Vespasio war noch ein Condottiere gewesen, dessen Ruhm ganz Italien erfüllt hatte, ein Mann aus einem der vornehmsten Geschlechter der Welt. Andere Männer von gleichem oder höherem Verdienst hatten ihr geschmeichelt. Keiner hatte sie besessen.

Kein Verdienst und keine Vornehmheit habe sie erobern können, lehnte sich Giulia gegen ihr Schicksal auf; aber ein läppischer Zufall, die Erbärmlichkeit einer günstigen Gelegenheit habe sie diesem dummen Jungen zugeworfen.

Ein unberühmter junger Mann sei Don Felipe, empörte sie sich, und von einem Adel, der genauso unbedeutend sei wie sein Geist. Was sei an ihm gelegen?!

Nichts!

Nichts – gab sie sich zur Antwort, und damit begann sie allmählich, zu einem Entschluß zu kommen.

Wenn dieses Nichts von einem Menschen nun wirklich verschwände? grübelte sie. Wer würde nach ihm fragen? – Irgendwo in Spanien ein paar Leute ohne Einfluß.

Sie aber befinde sich auf ihrem eigenen Gebiet und habe in Fondi den Blutbann.

Immer schneller jagten ihre Gedanken dahin.

Und wie würde man von ihr sprechen? Was würden die Dichter besingen? Ein Heldenlied würde man von ihr singen! stellte sie sich vor. Wie der alte Meerwolf unter Gefahr seines Lebens versucht habe, sie für seines Kaisers Harem zu rauben, würde man zu lesen bekommen, und wie sie mit dem schnellen Entschluß eines nicht zu erschütternden Gemüts sich im Hemd aufs Pferd geschwungen und in Begleitung eines einzigen Ritters entkommen sei.

Der Abgesang aber würde von einer ebenso schönen wie keuschen Frau berichten, die in gleicher Nacht noch den Ritter, nur weil er zuviel gesehen habe und zu kühn entbrannt sei, mit eigener Hand... Sie war entschlossen!

Voll Neid hatte sie erst jüngst vernommen, daß ihre Schwester Johanna von Aragón wieder einmal durch ein Bild des Malers Tizian Ruhm davongetragen habe.

Sie schloß die Augen, so erfüllt war sie von dem Gedanken, daß ihrer Schwester Ruhm vor dem ihren verblassen würde.

Angekleidet war Felipe.

Nun gürtete er sich mit Dolch und Schwert.

«Ich stehe zu Ihren Diensten, Erlaucht», sagte er und zeigte mit einer höfischen Verneigung, daß er eine edelmännische Erziehung genossen habe.

Voll schlug sie die Augen zu ihm auf.

«Felipe...» flüsterte sie.

«Madonna!» schrie er und lag vor ihr auf den Knien.

Ihrem sanften Blick einer Liebenden war er nicht gewachsen gewesen. Sie aber beugte sich über ihn.

«Tat es sehr weh, was ich dir sagte, Felipe?» fragte sie leise.

Seine Augen standen voll Tränen.

«Soll ich dich küssen, Felipe?»

Er reckte sich der Wollust des Kusses entgegen.

«Schließe die Augen!» befahl sie.

Immer näher rückte ihm ihr Gesicht, bis er die Augen schloß und ihre halbgeöffneten Lippen sich zu einem langen Kuß auf seinen Mund senkten.

Doch während sie ihn küßte, nahm sie den Dolch aus seinem Gurt und stieß ihm den Stahl fest und sicher in die Kehle.

32

Der Sklave Mohammed Sokolli, der von Ibrahim zum Leibpagen gemacht worden war, hielt sein Wort, das er den Damen im Basar gegeben hatte. Von Haleb aus hatte er schon einmal berichtet. Dann war längere Zeit keine Gelegenheit mehr gewesen. Aber in Bagdad konnte Sokolli dem Oberstleutnant der Zeltaufschläger wiederum einen Bericht zustecken, der noch in der gleichen Nacht auf dem Etappenweg nach Konstantinopel abging.

Der Bericht lautete:

«Dieses schreibt, wie ihm befohlen, der Sklave, der keinen Namen hat und der diesen Brief dem gibt, dem er den früheren gab, und der den Staub küßt vor dem Sitz des hohen Befehls.

Nachdem Chaireddin der Rotbärtige, wie im vorigen Schreiben berichtet wurde, Haleb mit Ibrahim Paschas Auftrag verlassen hatte, die ungläubige Frau Giulia Gonzaga Colonna in Fondi auszuheben, damit sie in den Garten der Glückseligkeit gebracht werde und unserem Erhabenen Padischah eine Lust sein möge – befahl der Serasker Großwesir den Aufbruch des Heeres.

Und der Segen Allahs war über ihm; denn die Städte und Schlösser ergaben sich, auch Wan am See, die festeste der Festungen Persiens.

Am ersten Tage des neunhunderteinundvierzigsten Jahres der Hedschra (des Jahres, da der Prophet vor seinen Feinden aus Mekka floh – gepriesen sei Allah!) zog Seine Hoheit der Großwesir dann mit dem Heer in die persische Hauptstadt ein, die sich Täbris nennt.

Aber ob auch das Fetwa Gut und Blut der Ketzer, die darin wohnen, verfallen erklärt hatte, ließ Seine Hoheit es dennoch nicht zu, daß auch nur einem einzigen Einwohner ein Haar gekrümmt wurde. Indessen war der Große Padischah selbst ebenfalls nach Täbris gekommen, und nun wurde feierlicher Siegesdiwan gehalten. Ibrahim Pascha wie auch sein Kiaja Iskender Tschelebi und die höchsten und hohen Würden erhielten Ehrenpelze und küßten dem Kaiser die Hand.

Der Marsch auf Bagdad begann im September.

In den Pässen des Orontes wurde er außerordentlich beschwerlich. Viele Lasttiere fielen, an hundert Stückwagen mußten verbrannt und die Kanonen in der Erde vergraben werden.

Das schlimmste aber war, daß Ibrahim Pascha die Schuld an diesen Vorfällen seinem Stellvertreter beimaß und daß Seine Majestät darauf Iskender Tschelebi das Amt nahm.

Diese Absetzung war das Zeichen zur größten Trauer, die dem Sklaven ohne Namen, der dieses schreibt, jede Freude an der Eroberung Bagdads raubte.

In der Wintermitte erfolgte die Einnahme der Stadt. Und an einem Diwantag kam vom Kaiser der Befehl zur Hinrichtung des abgesetzten Iskenders. Der hohe und gütige Herr ist nicht mehr, und sein Andenken wurde beschimpft.

Denn nicht mit der Schnur und nicht durch das Schwert wurde er getötet. Auf dem offenen Marktplatz von Bagdad hat man ihn wie einen Erbärmlichen gehenkt.

Allah sei seiner Seele gnädig! Amin.

Geradezu abgerungen soll Ibrahim Pascha dem Kaiser die Zustimmung haben. In jedem Fall war der Todesbefehl ein Triumph des Seraskers über seinen Kiaja. Und seit diesem Tag ist Ibrahim Paschas Stolz so ohne Maßen geworden, daß er sich jetzt Seraker Sultan nennt und der Wolke nicht achtet, die unseres Erhabenen Padischahs Stirn umschattet.

Und die Leute sprechen, daß der Kaiser Iskender Tschelebi gern wieder lebendig machen würde und daß er in der Nacht nach dem Mord einen Traum gehabt habe.

Im himmlischen Licht sei ihm Iskender erschienen, dessen Leiche noch unbestattet am Galgen schwang. Von Scham und Angst sei der Padischah erfüllt gewesen, als der Geist des unschuldig Gemordeten sich ihm genähert und nach der kaiserlichen Kehle gegriffen habe. Und alle Qualen eines Gehenkten habe der Kaiser erleiden müssen, bevor er mit einem gräßlichen Schrei erwacht sei.

Der Sklave, der dieses schreibt, kennt keine anderen Träume als seine eigenen, und so weiß er auch nur um den gräßlichen Schrei des Erwachens und um die Nächte des Kaisers, die voll Unruhe sind.

Immer war es so, daß täglich Briefe vom Kaiser zum Großwesir und vom Großwesir zum Kaiser gingen. Jetzt aber rührt sich Ibrahim Pascha tagsüber kaum noch von der Seite des Erhabenen Herrn, und nachts schläft er bei ihm im Palast des Schahs, der dem Kaiser zum Wohnsitz dient.

Und die Sklaven des hochseligen Iskender Tschelebi sollen nicht öffentlich versteigert, sondern dem kaiserlichen Hofstaat zugeschlagen werden, und die Peiks weiland des hohen Herrn sind kaiserliche Pagen geworden. Dennoch ist keiner unter ihnen, der den Herrn nicht beweinte. Alle denken wie das Heer.

Das Heer aber murrte zu Haleb gegen die Lügen über Iskender und grollt nun zu Bagdad über des hochverdienten Mannes schimpfliches Ende. Und sie sagen: Wenn Iskender ein Dieb gewesen sei, so sei jeder ein Dieb – und wenn Iskender ein Verräter gewesen sei, so habe jeder verraten. Dagegen geht in den Regimentern die Rede, Ibrahim sei ein Freund der Ketzer und Christen und vergieße nur das Blut unschuldiger Gläubiger.

Doch der Sklave und Schreiber des Briefes sagt dieses: Viele der hohen Herrn, die Gläubige wurden, entbehrten der Heilslehre des Propheten, als sie noch unwissend waren und jung, und ist dennoch heute kein Fehl an ihnen, und Allah will ihnen wohl. Ibrahim jedoch ist zwar kein Christ mehr, doch trägt er das Zeichen der Christen, ein schlechtes Kreuz.

Rötlich ist das Kreuz und kaum noch versilbert. Das Monogramm des Sohnes der Maria ist nach Art der Griechen auf ihm, und auf dem rechten Balken ist von der Hand eines Ungeübten ein ‹S› eingegraben.

Alles ist so, wie es dem Sklaven gesagt wurde im Basar. Allah aber ist groß. Und ist kein Gott außer Ihm. Und Mohammed ist Sein Prophet.

Dieses ist, was der Sklave gemäß hohem Befehl schreibt zu Bagdad, dem Hause des Heils, der Stadt der alten Kalifen, die erbaut ist aus den Ziegeln von Babylon und eine Stätte der Ketzer war; jetzt aber – Preis sei dem Erhabenen Padischah, unserem Herrn! – den Rechtgläubigen wiedergewonnen wurde.

Und der Sklave schreibt es im achten Monat des neunhunderteinundvierzigsten Jahres der Hedschra vor Frühlingsanfang.»

Vielerlei Nachrichten erreichten in Abwesenheit des Kaisers Konstantinopel.

Daß die Laufbahn des jungen Aloysio Gritti jäh durch dessen Tod unterbrochen worden war, erregte nicht sehr viel Teilnahme. Gritti galt als Geschöpf des Großwesirs Ibrahim und hatte als guter Hasser selbst viele Feinde. Es gab also genug, die es ihm gönnten, daß die Siebenbürger ihn überfallen und in vierundzwanzig Stunden zu Tode gemartert hatten.

Dagegen wurde die Freude über den persischen Sieg durch die Kunde von Chaireddin Barbarossas Niederlage sehr gedämpft.

Des Alten Mißerfolg in Fondi wurde wohl bewitzelt, doch behaupteten auch viele, daß die Vergeudung von Kräften im italienischen Abenteuer das Unglück mitverschuldet habe. Denn der Verlust von Tunis und Algier bedeute ein Unglück für das Reich und eine schwere Beeinträchtigung der Seefahrt.

Karl dem Fünften war es nämlich gelungen, in Goletta, die Hafenfestung von Tunis, einzudringen. Außer dem riesigen Waffenarsenal Barbarossas sowie an hundert von dessen Schiffen war auch Tunis selbst dabei in des Siegers Hand gefallen.

Mit Bitterkeit stellte man Vergleiche zwischen der Eroberung persischer Städte und der von Tunis an.

In Täbris und Bagdad war nicht ein einziger Einwohner getötet worden. Auf Tunis jedoch hatte Karl, der Bundesgenosse der Perser, seine Spanier losgelassen. In zwei Tagen waren deren Schwertern dreißigtausend rechtgläubige Tunesier erlegen; zehntausend aber waren als Sklaven weggetrieben worden.

Bei sehr vielen trübte auch noch die Nachricht von Iskenders Tod die Siegesfreude. Ohne daß man wußte, wer sie gebracht hatte, machte sie die Runde durch die Stadt, und manche meinten, gerade sie werde die größten Folgen haben.

Denn jedermann wußte, daß Iskender als Zweitkommandierender der Kandidat von Roxelane Sultana gewesen war. Die ganze Stadt empfand dessen Hinrichtung darum auch als eine schwere Niederlage von Solimans Frau. Offenbar hatte in dem Kampf zwischen ihr und Ibrahim der Großwesir gesiegt, und schon erging man sich in Vermutungen über eine grundlegende Neuordnung im Harem.

Doch Roxelane Sultana schien sich immer noch sehr sicher zu fühlen. Jedenfalls ging sie sofort zum Angriff über.

Mit dem ganzen Pomp eines Staatsbesuchs fuhr sie vor den Augen von ganz Konstantinopel beim Haus des Gehenkten vor, um seiner Witwe ihr Beileid auszusprechen. Dabei machte sie nur den Anfang! Die anderen Sultaninnen – auch die purpurgeborenen Prinzessinnen – folgten ihrem Beispiel. Denn seit dem Tod der Walide hatte sich die Welt des Harems daran gewöhnt, in Roxelane ihr Haupt zu sehen. Und in diesem Augenblick war sie es mehr als je.

Nur zwei Sultaninnen schlossen sich aus: Tamara und Esma.

Statt Iskenders Witwe zu besuchen, bemühte sich Tamara Sultana zu ihrer Schwester Esma, was so gut wie ein Bündnisangebot war.

Esma hatte sich in ihr Bett verkrochen, weil sie ihre rotgeränderten Augen niemand sehen lassen wollte.

Aber Tamara abzuweisen hatte man nicht gewagt. Und so brach die ältere Schwester, ein wenig zu sehr und zu grell geputzt und ein wenig zu spitz im Gesicht, in Esmas Schlafzimmer ein, wie ein Raubvogel auf eine Maus stößt.

Alles Trennende der letzten zehn Jahre war weggefegt.

«Wen, glaubst du», rief Tamara schon beim Eintreten, «wen habe ich gesehen, als ich hierherkam? Unsere Schwester Dschanfeda! Unsere Älteste! Mit ihrem ganzen Troß! Mich wundert nur, daß sie nicht noch die Küchenesel aufgeboten hat. Eine Ewigkeit habe ich an der Straßenkreuzung warten müssen, bis alles vorüber war.»

«Kommt Dschanfeda auch her?» fragte Esma verstört.

«Bilde dir das nicht ein», lachte Tamara aber nur. «Zu dir?

Was sollte sie wohl bei dir? Du bist doch nicht wichtig! Nein, mein Kind. Dschanfeda macht Nino Hanum einen Besuch, deiner Nino, die du doch so sehr liebst, daß du ihr eine Hochzeitsfeier ausrichtetest, und die nun als die Witwe eines Mannes, den dein Ibrahim aufhängen ließ, eine große Persönlichkeit wurde!»

Esma warf sich in die Kissen zurück. «Es ist schrecklich», schluchzte sie, «alle sind sie gegen Ibrahim.»

«Zweifelst du daran?» fragte Tamara ungerührt.

Sie hatte ihren Ferhad verloren, und ihr würde es nicht das geringste ausmachen, wenn die Schwester ihren Mann ebenfalls hergeben müßte.

«Was hat Ibrahim denn getan?» erzürnte sich Esma, obwohl sie ganz genau wußte, was man ihm vorwarf.

«Genug, um sich den Hals zu brechen, wenn es nach mir ginge», meinte Tamara denn auch gelassen, «und jede Frau, die diesen Namen verdient, muß so denken. Hat er sich in Haremsangelegenheiten gemischt oder nicht? Und kann man das einem Mann hingehen lassen?»

«Denkst du... an die Geschichte... mit dieser Italienerin?» erkundigte sich Esma voll Unbehagen.

«Ganz recht», nickte Tamara, «ich denke an Giulia Gonzaga.»

«Aber es war doch nicht Ibrahim, der sie überfallen ließ!» lehnte Esma sich auf.

«Meine Liebe!» winkte Tamara ab. «Ich hoffe, daß du mich nicht etwa glauben machen willst, der alte Chaireddin habe gewußt, was er tat. Der hat die Frauen, die ihm zeit seines Lebens unterkamen, gewiß immer nur nach ihren Brüsten und Schenkeln beurteilt. Eine Dame und vielbesungene Schönheit bedeutet dem doch gar nichts, und ich zweifle, ob er überhaupt weiß, was ein Sonett ist. Aber Soliman weiß es. Und dein Mann kennt unseren Bruder gut genug, um sich sagen zu können, daß der eine berühmte Frau schon aus Höflichkeit nicht einfach hätte stehenlassen. Sage mir nichts, meine Liebe! Es ist so. Davon sind alle überzeugt, auch Roxelane ist es, wenn die ohnehin nicht schon viel mehr weiß als wir alle.»

Es rächte sich jetzt an Ibrahim, daß er als Mann in diesem Fall nicht mit dem Harem gerechnet hatte. Bis jetzt war das auch noch niemals nötig gewesen, und so hatte er geglaubt, völlig im Hintergrund bleiben zu können. Aber weder die Damen noch ihre Eunuchen waren zu täuschen gewesen – selbst Esma nicht. Nur noch eine letzte schwache Verteidigung versuchte sie.

«Wann sollte es denn geschehen sein?» fragte sie. «Ibrahim war ja schon fort, als Chaireddin hierherkam.»

Mit diesem Einwurf ärgerte sie freilich nur ihre Schwester.

«Du weißt ganz gut», schalt Tamara, «daß der Alte in Haleb war. Und mindestens eine Nacht verbrachten er und dein Mann allein miteinander. Meinst du nicht, das genüge?»

Sosehr Esma ihre Schwester sonst fürchtete, so war ihr die Anwesenheit Tamaras in diesem Augenblick doch ein Trost.

«Hilf mir!» flehte sie ratlos.

«Dir?» fühlte Tamara vor. «Das heißt wohl: Ibrahim soll geholfen werden? Und warum? Er ist doch allmächtig. Das hat sich an Iskender Tschelebi gezeigt. Roxelane hat den Mann ihrer Nino nicht schützen können. Soliman setzte sein Tughra unter den Todesbefehl. Es ist aus mit Roxelane und Soliman.»

Was Tamara vorbrachte, entsprach jedoch noch keiner festen Überzeugung. Sie kannte Roxelane so gut wie gar nicht, und ihrem Bruder war sie durch die letzten Jahre entfremdet. Ihr kam es darauf an, zu erfahren, was Esma dachte, die mehr wußte als sie.

Und Esma dachte anders.

«Unsere Mutter hätte das nicht gesagt», seufzte sie. «Wenn Soliman liebt, vertraut er vollkommen, und er liebt Roxelane nicht weniger als Ibrahim, nur daß Roxelane gerade nicht in Bagdad war.»

«Du sagst, daß Soliman seine Frau genauso liebt wie deinen

Mann?» stieß Tamara sofort nach. «Dann liebt er seine Frau mehr! Und aus Bagdad wird er zurückkehren.»

Esma kannte den scharfen Verstand ihrer Schwester, und, was mehr war, sie fühlte die Richtigkeit ihrer Worte.

Tamara aber nahm ihren Vorteil wahr.

«Wir müssen schnell handeln und tun, was längst hätte geschehen müssen», sagte sie. «Weißt du irgendwo ein Mädchen, das hübsch ist, nicht gerade schön; dafür jedoch mit einem Fleisch begabt, das die Männer aufreizt? Dumm darf sie nicht sein, doch auch wieder nicht klug...»

«Wozu...?» Noch verstand Esma die Schwester nicht.

«Wir müssen suchen – suchen, bis wir finden. Ich beteilige mich mit jeder Summe», sagte Tamara.

«Wozu willst du das Mädchen?» wiederholte Esma.

«Du bist Solimans Lieblingsschwester, was ich von mir nicht gerade behaupten kann», spöttelte Tamara, «aber zwei Schwestern sind besser als eine. – Was ich mit einem solchen Mädchen will, fragst du mich? Ganz einfach! Wir nehmen bei Soliman Audienz und schenken es ihm. Dann kann er gar nicht anders! Er wird mit dem Mädchen reden müssen! Und vielleicht...»

«Aber das wäre ja dasselbe, was du Ibrahim vorwirfst!» fiel ihr Esma empört in die Rede.

«Wir sind Frauen. Was einem Mann nicht verziehen werden kann, dürfen wir tun. Und wir sind Solimans Schwestern.»

Daß Tamara hoffte, nach Roxelanes Verdrängung selbst Solimans Ratgeberin zu werden, sagte sie nicht.

Immer dachte sie an die Macht, und bis jetzt immer vergeblich. Blind und taub wurde sie über diesen Gedanken.

Sie hätte ihn aber nicht zu verschweigen brauchen; denn Esma lehnte ohnedies ab.

Die kleine Sultana war traurig. Sie litt darunter, daß Ibrahim und Roxelane, die beiden Menschen, die sie am meisten liebte, im Kampf gegeneinander standen.

Sie wußte nicht, um wen sie mehr Angst empfinden müsse,

um Roxelane oder um Ibrahim. Denn obwohl Ibrahim Sieger war, fürchtete sie zuweilen auch für ihn. Und das geschah immer dann, wenn sie an einen Galgen in Bagdad dachte. Roxelane hatte schlimmstenfalls Verbannung aus dem Neuen Serail zu erwarten – was allein jedoch konnte die Vergeltung für den Mord an Iskender sein?

Esma schauderte es, und sie wußte selbst nicht, warum.

Was könne Roxelane wohl Feindliches tun? versuchte sie sich selbst zu beruhigen. Immer sei die Schwägerin nur gütig gewesen.

«Du wagst es nicht?» drängte Tamara. «Gegen wen willst du Ibrahim dann schützen, wenn nicht gegen sie?»

«Es scheint, du kennst unseren Bruder wenig», erwiderte Esma. «Ihm ein Mädchen zu bringen hätte gar keinen Zweck.»

«Es muß aber Zweck haben!» erhitzte sich Tamara. «Was auch kommen mag – einer von beiden muß fallen: sie oder dein Mann.»

«Dann ... O Tamara, sei mir nicht böse! Ich möchte lieber erst noch einmal mit ihr reden.»

Und da Tamaras Gesicht versteinerte, beschwor Esma die Schwester von neuem: «Sie ist meine Freundin, bedenk das, Tamara!»

«Sprich mit ihr», sagte Tamara nach einer Weile ziemlich kühl, doch wenigstens ruhig, «und wenn du zu einem Entschluß gekommen bist, laß es mich wissen.»

«Du willst doch nicht schon gehen», bettelte Esma, als sie Tamaras Anstalten zum Aufbruch sah. «Wenn du mich verläßt, bin ich ganz allein.»

Ein wenig gerührt war Tamara nun doch, und so küßte sie Esma mit so viel Wärme, wie sie nur aufbringen konnte. Esma war für sie jetzt wieder die kleine Schwester, das Kind.

«Wir werden uns öfter sehen», versprach die Scheidende. «Jetzt aber muß ich fort.»

«Nach Hause?» bedauerte Esma.

«Das auch», erklärte Tamara und fügte ohne jede Verlegenheit hinzu: «Vorher will ich nur noch Nino Hanum mein Beileid aussprechen.»

Zu einem letzten Kuß beugte Tamara sich nieder.

Und dann war Esma wirklich allein.

33

Vor der Küste Kleinasiens ankerte auf der Reede der kleinen Insel Tenedos eine buntscheckige Flotte. Sie war das, was Chaireddin Barbarossa von seinem Kriegszug heimbrachte. Denn mit der Erstürmung von Goletta, der Kehle von Tunis, hatte Karl der Fünfte wohl an hundert von Barbarossas Schiffen erobert; aber unter ihnen waren nur wenige Galeeren der Hohen Pforte gewesen. In der Hauptsache waren dem Sieger erbeutete Kauffahrer und kleine Schnellsegler in die Hände gefallen.

Den größten Teil der türkischen Flotte hatte Barbarossa dagegen fest in seiner Hand behalten. Er hatte sich damit durchgeschlagen und war durchaus nicht der Mann, hinterher nun etwa müßig zu bleiben.

Kein Karl und kein Doria hatten ihn an der Verheerung der spanischen Mittelmeerküste hindern können, und die Insel Minorka war so gründlich von ihm ausgeraubt worden, als wenn er nicht der Besiegte, sondern der Sieger gewesen wäre.

Und nun lagen neben den Galeeren und Galeotten vom Goldenen Horn Beuteschiffe ganz anderer Herkunft und Bauart. Die seefesten Klinkerbauten der Naus waren darunter, die wie die hansischen Koggen viereckige Rahsegel und Aufbauten wie Festungstürme trugen. Auch fehlten die größeren Ferrandinen ebensowenig wie die glattbeplankten spanischen Karavellen, die hundertriemigen wenigen Sagitien und die maltesischen Scampadien.

Alle diese geraubten Schiffe aber waren mit Beute an jungen Menschen und Gütern angefüllt. Hatte Barbarossa auch Algier und Tunis verloren, so kehrte er doch keineswegs mit leeren Händen zurück.

Trotzdem war es nicht der Wind, der ihm die Einfahrt in die Dardanellen verwehrt hätte. Aus ganz anderen Gründen ankerte er vor den sanft ansteigenden Hängen von Tenedos und zeigte nicht die geringste Lust, nach Konstantinopel zurückzukehren.

Vielmehr war es Konstantinopel oder Stambul, die Herrin der Welt, die in der bescheidenen Gestalt einer kleinen, aber scharf gebauten Feluke bei ihm erschien. Vor der frischen Winterbrise hatte die Feluke mit ihren beiden großen Dreiecksegeln und bei raumen Schooten schnelle Fahrt gemacht. Und jetzt drehte sie bei, die Segel flaggten, und der Anker wurde geworfen.

Kaum aber, daß die Feluke um ihn schwoite, kam auch schon ein Wachkommando breitseits und mit einer kriegerischen Rauheit an Bord, die bar jeder Achtung vor der grüngerandeten Serailflagge war.

Doch der Schiffer konnte den barschen Offizier nur an den vornehmen Fahrgast verweisen, den nach Tenedos zu bringen die einzige Aufgabe des Fahrzeugs gewesen sei.

Darauf wollte der Beauftragte des Paschas Namen und Art des Gastes wissen.

Wie die Flagge das bereits andeute, sei das ein Aga des Serails, entgegnete der Schiffer, ein Aga des Innern.

Dieser Bescheid erweckte eine unziemliche Heiterkeit.

«Hoho!» lachte der Offizier, der vielleicht ein ganz guter Korsar sein mochte, der sich aber von keiner der vielen Höflichkeiten Stambuls beleckt zeigte. «Ein Unbärtiger also, ein Eunuch?»

«Da kommt er schon», flüsterte der Schiffer scheu; denn inzwischen hatte sich Oweis Aga selbst an Deck bemüht.

Eine schlanke Gestalt im gelbgegürteten dunkelroten Gewand trat näher. Die hohe Kürbismütze ließ das schmale Gesicht noch kindlicher erscheinen, und ein höfliches Lächeln der Lippen zeigte den jungen Menschen geneigt, dem kriegerischen Ankömmling Gehör zu leihen.

Es war wohl das erste Mal, daß der rauhe Soldat einem Eunuchen des kaiserlichen Harems in aller Wirklichkeit gegenüberstand. Offenbar hatte er sich diese Leute anders vorgestellt, und irgend etwas, was er hätte belächeln können, war auch nicht an Oweis Aga zu finden. Dabei kannte der Offizier nicht einmal die besonderen Umstände dieses Aga, der schon seiner Mutter wegen die größte Beachtung verdient hätte. Denn die Obersthofmeisterin Dede Semid hatte zwei Söhne, und Oweis Aga, der hier auf den Deckplanken stand, war Ihrer hohen Exzellenz jüngerer Sohn.

Bis zu seinem achtzehnten Lebensjahr hatte er die drei Pagenkammern mit Erfolg durchlaufen, und ein schneller Aufstieg im Staats- und Palastdienst hätte ihm nicht nur durch mütterlichen Einfluß, sondern auch schon durch den erbrachten Beweis seiner eigenen Begabung offengestanden. Gerade da aber, als er nun endlich aus der strengen klösterlichen Zucht der Pagerie entlassen worden war, hatte er aus freien Stücken den Entschluß gefaßt, auf eigene Fortpflanzung zu verzichten. Selbst seiner Mutter hatte er niemals die Veranlassung verraten. Niemand wußte also, ob ein besonders abstoßender Vorgang oder Familienrücksichten den feinfühligen Jüngling dazu bestimmt haben mochten.

Jedenfalls hegte er eine leidenschaftliche Verehrung für seine Mutter und hing sehr an seinem Bruder. Von seinem Eintritt in den Inneren Dienst an war denn auch sein eigenes Leben in denselben Kreisen verlaufen wie das Dede Semids. Und dem Seheb, der die Familie fortzupflanzen hatte, würde es als Sohn der Obersthofmeisterin und mit einem einflußreichen Bruder im Inneren Dienst nach menschlichem Ermessen nicht an Beförderung fehlen.

Denn auch Oweis hatte mit seinen 26 Jahren bereits einen Einfluß, den man zu berücksichtigen begann.

Er war sofort Kapuoghlan, Pagenerzieher, geworden und

hatte Staatswissenschaften und Erdkunde gelehrt, wozu ihn eine besondere Neigung trieb. Nach einer Reihe von ehrenvollen Sonderaufgaben war er ins Sekretariat des Obersthofmeisteramts gekommen und schließlich sogar Geheimschreiber Roxelane Sultanas geworden, was wiederum zur Folge gehabt hatte, daß ihm Ihre Hoheit bald dasselbe Vertrauen schenkte wie seiner Mutter.

Es war demnach kein Wunder, daß Dede Semid gerade für diesen Sohn ihren besonderen Ehrgeiz hegte. Und wenn sie auch nicht wünschte, daß er den bewährten Obersthofmeister Bolil Aga verdrängen möge, so hoffte sie doch bei eintretender Vakanz auf die Stelle des Chaßoda Baschi, des Präfekten der Innersten Kammer, der das An- und Auskleiden des Kaisers zu überwachen hatte und als Siegelbewahrer dem Kapu Aga, dem Obersthofmeister, an Machtfülle ebenbürtig, wenn nicht überlegen war. Dann würden Mutter und Sohn beide Träger des kaiserlichen Siegels sein, dessen sich außer ihnen nur noch der Großwesir würde rühmen können.

Aber auch jetzt schon war dieser junge Mensch eine Persönlichkeit, die der Kluge besser ernst nahm, und der Schiffer der Feluke fürchtete sehr für den unvorsichtigen Offizier, der den Aga einem scharfen Verhör zu unterziehen wagte, um ihm dann nicht viel weniger zu erklären, als daß er verhaftet sei und dem Pascha vorgeführt werden müsse.

Der Schiffer wollte vermitteln und Erklärungen abgeben.

Doch der Aga winkte ab.

«Führen Sie mich zu Ihrem Pascha», meinte er gelassen zum Offizier. «Mach voran!» knurrte der jedoch unzugänglich und fügte mißtrauisch hinzu: «Und falls du ein Papier mitgebracht haben solltest, rate ich dir im guten, schaff es fort. Es könnte dir sonst leicht etwas zustoßen.»

Eine derartige Furcht vor Geschriebenem schien an Aberglauben zu grenzen. Denn was könne ihnen, den Waffenstarrenden, ein Stück Papier wohl anhaben – hätten die Leute doch eigentlich glauben müssen. Und dennoch war ihnen der Eunuch unheimlich. Im übrigen lag der Fall klar:

Gewöhnlich waren zwar Kämmerer die Überbringer eines Todesbefehls, den sie zuweilen auch selbst vollstreckten, was freilich nicht ausschloß, daß möglicherweise einmal ein Aga des Inneren damit betraut sein konnte.

Und darin war die Ursache zu suchen, warum der Meerwolf vor Tenedos ankerte und die armselige Feluke wie ein todbringendes Pesttier bewachen ließ.

Niemand wurde erlaubt, sie zu verlassen, niemand, sie zu betreten. Mit Oweis Aga selbst jedoch durfte kein Mensch reden. Selbst die Wachsoldaten durften es nicht.

Doch das alles bewies nur, erheiterte sich der Aga, daß der gewaltige Chaireddin Barbarossa bereits einen ganz gehörigen Schuß Furcht vor dem Tughra seines kaiserlichen Herrn im Blut habe und daß des Räubers Selbstbewußtsein vor dem Serail zu wanken beginne. Auch mit allem anderen, was der Abgesandte sah, war er sehr zufrieden.

Während man ihn über die Bucht ruderte, entging ihm weder Art noch Zahl der Schiffe, noch ihre Aufstellung. Die versteckteste Landbatterie machte er aus. Und wie er nun an Bord der Baschtarda mit dem dreifach goldbeflammten Fanal des Kapudan Pascha gebracht wurde, war auch die Zahl der übrigen, wenn auch einfacheren Admiralsflaggen seiner Aufmerksamkeit nicht entgangen.

Unter manchem anderen wußte Oweis Aga jetzt genau, wie viele von Barbarossas Unterführern anwesend waren, und in jedem Fall empfand der Pascha selbst bei weitem nicht die Genugtuung, die seinen Gefangenen erfüllte.

Der Kapudan Pascha saß gerade mit seinen bewährten Kapitänen in der Kajüte, und nachdem sie den Bericht Sinans des Juden vernommen hatten, grollten sie alle.

Sinan war dem siegreichen Heer entgegengeritten, und bei Konia hatte er es wohl erreicht; aber darum doch nichts Günstiges nach Tenedos zurückbringen können.

Überall war er kühl behandelt und vom Großwesir nicht einmal empfangen worden.

Dagegen hatte die Geschichte vom mißglückten Anschlag

auf die Gonzaga bereits das Heer erreicht, und man fürchtete sehr, Barbarossa könne Solimans Empfindlichkeit verletzt haben. Viele hatten sogar wissen wollen, der Padischah habe geäußert, daß eine Ungläubige mit dem Leben auch nur eines einzigen seiner Soldaten zu teuer bezahlt sei. – Zuzutrauen war das dem Kaiser.

«Und das ist meine Überzeugung», schloß Sinan, «wenn wir alle zusammen dagewesen wären, hätte es uns den Kopf gekostet. Mich aber ließ man nur laufen, um euch nicht zu verscheuchen.»

Barbarossa tobte über Ibrahims Verrat. Der Großwesir habe ihm die Suppe eingebrockt und wolle sie ihn nun allein auslöffeln lassen.

«Hätte ich jemals an dieses Weibsbild gedacht?» rief er.

Daran jedoch, daß dieser Kriegszug kein Erfolg gewesen war, konnte alles Schreien nichts ändern.

Das Ergebnis blieb somit immer dasselbe: Barbarossa hatte Roxelane beleidigt, und Ibrahim ließ ihn fallen, um vor Soliman nicht als Ränkeschmied dazustehen.

Eine sehr ernste Frage tauchte damit für die verwegenen Männer auf. Sollten sie unter diesen Umständen überhaupt noch mit der Flotte nach Stambul zurückkehren, wo vielleicht der Henker schon auf sie wartete? Sie erinnerten sich, daß sie auch ohne den Padischah gefürchtet gewesen seien.

Ihre Beratung, bei der für das Reich die gesamte gegenwärtige Seemacht auf dem Spiel stand, wurde durch die Meldung unterbrochen, daß man in Oweis Agas Gepäck nichts Ungebührliches gefunden habe.

«Dann will ich sehen, was der Hämmling selbst bei sich hatte», entschied Barbarossa. «Bringt ihn herein!»

Wie ein Gefangener benahm sich Oweis Aga allerdings gar nicht. Zwar ließ er zu Beginn eine Weile stumm verstreichen, was man fälschlicherweise als Ergriffenheit und Ehrfurcht vor dem Glanz der Namen und Juwelen deutete – während er doch nur die Liste der Anwesenden mit seinen Beobachtungen verglich.

Außer dem Alten und seinem Sohn, dem tüchtigen Hassan Bey, den beiden einzigen, die als Moslems geboren waren, saßen da Torghud, Piale, Kasim und Ssalih auf den Polstern, alle vier geborene Christen, italienische, französische und kroatische Renegaten. Der fünfte hatte sich nicht einmal herbeigelassen, den Islam zu bekennen, und führte trotzdem das Fanal eines Flottenführers. Es war Sinan, der Jude.

In der Hauptsache sei so ziemlich alles beisammen, dachte Oweis, verneigte sich vor dem Pascha, wie es dessen Tugh von drei Roßschweifen zukam, und grüßte die anderen mit freundlicher Herablassung.

«Eure Exzellenz, meine sehr tapferen und getreuen Reis!» begann er, ohne im geringsten dazu aufgefordert zu sein, und da die anderen überzeugt waren, daß Hören besser als Reden sei, begnügten sie sich damit, das seltsame, narbenlose Geschöpf nur anzustarren. «Als unwürdiger Sklave der durchlauchtigsten Fürstin, Ihrer Kaiserlichen Hoheit Churrem Sultana oder Roxelane, wie sie auch genannt wird», konnte Oweis darum ungehindert fortfahren, «habe ich die Ehre, Sie, Exzellenz, mit Ihrer Begleitung auf dem Gebiet und in den Gewässern der hohen Frau zu begrüßen.»

Was denn das nun wieder sei, wollte Barbarossa auffahren. Doch Torghud, der das Zeug zu einem Hofmann in sich verspürte, legte ihm beruhigend die Hand auf den Arm.

Oweis aber setzte sich, als sei es ihm von der Vorsehung bestimmt, der erlauchten Versammlung zu präsidieren!

«Ich nehme an», ließ er dabei einfließen, «die Herren wissen, daß Tenedos zum Paschmaklik Ihrer Kaiserlichen Hoheit gehört?»

Nicht jeder von diesen Männern hatte freilich eine klare Vorstellung von einem Paschmaklik, dem Schleier- und Pantoffelgeld einer Sultana. Daß aber Tenedos auf diese Weise Roxelane gehörte, erfuhren alle zum erstenmal. Denn bisher hatte keiner der Korsaren des Kapudan es der Mühe wert gehalten, die Proteste von Roxelanes Beamten zu beachten oder auch nur weiterzuleiten.

«Und nur um uns zu begrüßen, sind Sie eigens aus Stambul hierhergekommen?» grinste Sinan.

«Ich bin hergekommen», antwortete Oweis mit höflichem Ernst, «um die Einkünfte der Insel zu erheben, und aus diesem Anlaß fand ich es angemessen, auf geziemende Weise Männer zu grüßen, die der Padischah, unser aller Erhabener Herr, mit seinem Vertrauen beehrte.»

Oweis betonte «beehrte» mit einem leisen Nachdruck darauf, daß der Zustand dieses Beehrtseins bereits der Vergangenheit angehöre, und in jeder Hinsicht war alles ganz anders, als die Herren es sich vorgestellt hatten.

Dieser junge Mensch schien aus Watte zu sein, und doch mußte mehr hinter ihm stecken als eine zufällige Begegnung. Daß er sich dabei ganz offen als Diener Roxelanes bekannte, die von Barbarossa beleidigt worden war, machte die Lage geradezu beklemmend.

Es war der Pascha, dem zuerst die Geduld riß.

«Was hast du in deiner Mütze?» brüllte er ohne Rücksicht auf des Gastes gepflegtes Gehör. «Raus damit! Und wenn es ein Todesbefehl ist, friß ihn selbst! Salzwasser zum Ersaufen bekommst du von uns umsonst dazu!»

Oweis lächelte nur.

«Ein Todesbefehl?» tat er erstaunt. «Für wen? Doch nicht etwa für Ibrahim Paschas hohen Freund?»

«Der Teufel hole Ibrahim Pascha...!»

Es war nun einmal heraus. Auch Torghuds diplomatischer Eingriff hatte den Ausbruch nicht verhindern können.

Und so wußte Oweis nunmehr genug.

«Reden wir offen, meine Herren», sagte er.

Damit zog er ein Petschaft hervor, das ihm an einer Schnur um den Hals hing, hauchte es an und drückte es auf seine Hand. Es war, wie die Schriftgelehrten unter den Männern zugeben mußten, Roxelane Sultanas Siegel.

«Ich bin Ihrer Hoheit Geheimschreiber», fuhr Oweis fort, «und kann also unmöglich der Träger eines Todesbefehls sein.»

«Aber was Sie denken, weiß ich», versuchte der Alte einzulenken, wobei freilich auch nicht viel anderes als ein Poltern herauskam. «Daß ich eine Dummheit gemacht habe, denken Sie. Verdammt noch einmal! Die Geschichte mit Fondi war eine Dummheit! Aber wenn man mir darum an den Kragen will, soll man nicht vergessen, daß ich einen Säbel habe und Schiffe und Männer...!»

Weiter kam er nicht – so stürmisch stimmten seine Reis ihm bei. «Sagen Sie das Ihrer Sultana!» rief der Alte dem Aga noch hinüber. Oweis wartete ab.

«Verwechseln Sie die Durchlauchtige bitte nicht mit Ibrahim Pascha», bemerkte er dann. «Dem Großwesir mag jedes Mittel recht sein, um vor dem Padischah untadelig dazustehen, der Großwesir mag Eure Exzellenz fallenlassen...»

«Wer sagt das?» Mehrere Stimmen schrien es durcheinander, und Stimmen und Männer bedrohten Oweis.

Wie die Tiere seien doch diese unverkürzten Männchen, dachte der Verschnittene dabei – allzusehr mit der Erde und ihren primitivsten Leidenschaften verhaftet seien sie, und immer nur das Allernächste und es von unten her zu sehen, sei ihre Bestimmung.

«Aber, meine Herren!» wehrte er die Unbeherrschten mit sanfter Entschiedenheit ab. «Seine Exzellenz sagte es selbst. Seit Seine Exzellenz den Ibrahim Pascha zum Teufel wünschte, habe ich nicht mehr den Eindruck von einer großen Freundschaft zwischen den beiden Herren.»

«Laß ihn!» mengte Barbarossa sich ein. «Sollen wir Versteck spielen, wo es nichts mehr zu verstecken gibt? Es ist so, wie er sagt. Ibrahim hat mich in die Sache mit Fondi gehetzt und zeigt mir nun seinen Hintern. Und die Sultana möchte mich am liebsten gespießt und gebraten sehen, was ich ihr auch nicht verdenken kann. Schöne Bescherung das!»

«Abhauen!» sagte Hassan Bey. Es war das erste Wort, das des Paschas Sohn bis jetzt gesprochen hatte.

Doch wenn es ihm auch nicht an Zustimmung fehlte – recht wohl war keinem dabei.

Demnach war es trotz allem das beste für sie, daß Oweis Aga es nunmehr an der Zeit fand, das Schicksal dieser Männer in seine Hände zu nehmen.

«Ganz richtig!» begann er. «So wie Hassan Bey verstand ich es ebenfalls, daß die erbeuteten Ferrandinen, die Naus und Karavellen im Innern der Bucht liegen und daß die Galeeren und Galeotten draußen auf der Reede Wache halten. Auch die Anlage der Strandbatterien ist recht aufschlußreich. Alles in allem kann nämlich ohne den Willen Seiner Exzellenz...»

«...keine Katze herein!» lachte Sinan. «Da haben Sie recht, Aga.»

«Ich hatte allerdings ‹hinaus› sagen wollen», verbesserte Oweis bescheiden. «Aber sonst sind wir einig», fuhr er fort. «Der eine Teil der Flotte ist der Gefangene des anderen Teils. Denn daß Sie die Batterien, die Galeeren und Galeotten ausschließlich mit Ihren eigenen Leuten besetzt haben... nun, wir sind alle Sklaven des Padischahs und sollten darüber nicht streiten. Falls es Ibrahim Pascha freilich einfallen sollte, gegen Seine Exzellenz vorzugehen – sagen wir: durch ein Stück Papier mit dem Tughra des Herrn –, dann allerdings... hätte der Padischah seine Flotte gehabt. So verstehen wir uns doch, nicht wahr?»

Eine stürmische Bewegung wollte ihn zum Schweigen bringen. Man fand es unerhört, daß eine schäbige Landratte, ein Eunuch aus dem Serail, sich erdreiste, alles genauso gesehen zu haben, wie es in Wirklichkeit sei. Doch der Alte gebot Schweigen, da er den Aga etwas zu fragen habe.

«Wenn die Sultana glaubt, ich könnte meine Pflicht verletzen», fragte er, «warum schickt sie mir dann ihren Geheimschreiber? Meint sie, daß ich mich zum Gegenteil beschwatzen ließe von einem – hm – einem...»

«Ich weiß das Zartgefühl Eurer Exzellenz zu schätzen; aber sprechen Sie es ruhig aus», bat Oweis. «‹Von einem Eunuchen›, wollten Sie sagen, oder etwas Dementsprechendes. Unduldsamkeit liegt mir fern. Ich zum Beispiel fände es durchaus in der Ordnung, wenn Exzellenz mit allem anderen genausogut wie mit Bart versehen sein sollten.» Das Grinsen, das nun folgte, war der erste Hauch eines Verstehens, und Oweis fing die leichte Brise des Wohlwollens auch sogleich in sein Segel ein.

«Warum Ihre Hoheit mich schickte?» wiederholte er die Frage. «Ich sagte es doch schon! Um die Inseleinkünfte zu erheben. Die mehr kriegerischen Begebenheiten, von denen wir sprachen, haben begreiflicherweise für eine Königin des Harems nicht ganz dieselbe Bedeutung wie für Exzellenz. Wenn Ihre Hoheit aber über diese Dinge nachgedacht hätte, dann würde Hoheit bei ihrem unvergleichlichen Scharfblick auch sogleich bemerkt haben, daß Euer Exzellenz Lage vor Tenedos keine Lage für die Dauer sein kann.»

«Wir können zuschlagen!» ließ der rauhe Piale sich entschlüpfen, was ihm vorwurfsvolle Blicke eintrug.

«Laß ihn nur alles sagen», knurrte aber der Alte, «und den Aga auch.»

«Sie können zuschlagen, Exzellenz», nahm Oweis Piales Zuruf auf, «und die Offiziere und Mannschaften beseitigen, die nicht ganz Ihrer Meinung sein sollten. Natürlich sind auch Sie und Ihre Herren treu kaiserlich. Aber vielleicht ist es Ihnen recht, wenn ich die anderen die ‹nicht als kaiserlich Gesinnten› nenne? Nun wohl, ich zweifle nicht, daß es Ihnen gelingen würde, diese etwas einseitigen Männer auszurotten mit der Schärfe des Schwertes. Sie hätten dann noch an siebzig Kampfschiffe mit einer Besatzung von etwa zwanzigtausend Mann ohne die Beutesklaven und nach Abzug der Verluste – weil sich nämlich die anderen doch auch wohl ein wenig wehren dürften...»

«Ich habe schon schlechter dagestanden», erklärte Barbarossa.

«Wenn Exzellenz Algier noch besäßen, müßte man Sie geradezu beglückwünschen. So aber? Wo wollen Exzellenz hin mit der Flotte, die nun einmal Häfen und Zufuhren braucht? Es bliebe nur Marokko, und Eure Exzellenz wissen selbst, daß Ihre Macht zur Eroberung des Scherifats nicht reicht und andererseits wieder zu groß ist, als daß ein so vorsichtiger Mann wie der Herrscher dieses Landes Sie freiwillig aufnähme. Wie lange vermöchten Sie unter diesen Umständen die See zu halten? Im Augenblick freilich sind Sie in der Lage, der Pforte eine Flotte nehmen zu können. Aber gerade Exzellenz haben bewiesen, daß die Pforte in einem einzigen Winter eine neue erbauen kann. Und was dann? Dann ständen Sie zwischen zwei Feuern. Zwischen Karl von Spanien und Kaiser Soliman.»

Jedes Wort saß, und daher erregte jedes Wort Unwillen und Widerspruch. Auf keinen Fall wollte man zugeben, daß ein junger Aga so viel vom Krieg verstehen solle wie die Veteranen der Schlacht um das Mittelmeer.

«Ich könnte...» grollte Barbarossa.

«Exzellenz könnten sich mit Roxelane Sultana verständigen», kam ihm Oweis geschmeidig zuvor.

«Die Weiber sind gut fürs Bett», tobte der Alte, weil er die Schwäche seiner Lage fühlte und doch nicht vor dem Harem kapitulieren wollte. «Aber mit ihren Eitelkeiten und ihrer hirnlosen Eifersucht will ich nichts zu tun haben!»

«Vielleicht überlegen Exzellenz es sich einmal», überhörte Oweis vornehm diese Beleidigung eines Mitglieds der kaiserlichen Familie. «Ibrahim Paschas Standpunkt kennen Sie, und ich glaube nicht, daß sich an ihm etwas wird ändern lassen. Dagegen verkennen Sie völlig Roxelane Sultanas Absichten.»

«Ich denke, sie hat keine!» höhnte Barbarossa. «Sagten Sie nicht, daß wir insgesamt nur der Dreck an ihren Stiefeln seien?»

«Ich weiß nicht, was sich Exzellenz unter Unzukömmlichkeiten an den Fußbekleidungen einer kaiserlichen Hoheit vorstellen.» Oweis verbarg seine Heiterkeit hinter glitzernden Augen. «Auch scheinen Sie zu vergessen, daß die hohe Frau unseres Erhabenen Padischahs Gattin ist – er ist sie, und sie ist er. Warum sollte sie also sich und das Reich solcher tapferer Männer berauben, wie Sie und Ihre Waffengefährten es sind?»

Die Reis sahen sich an. Sie waren sichtlich geschmeichelt, ohne deswegen ihr Mißtrauen gänzlich fahrenzulassen.

Der Pascha gab dem Gedanken aller Ausdruck.

«Ich kenne euch!» sagte er. «Ihr wollt mich nur nach Stambul locken!»

«Glauben Sie wirklich, daß Roxelane Sultana Sie Ibrahim Pascha in die Hände spielen möchte? Ich fürchte, Eure Exzellenz überschätzen die Vorliebe Ihrer Kaiserlichen Hoheit für den ‹Serasker Sultan›. Nein, Exzellenz», setzte Oweis jetzt zum Sturm an, «der Sultana geht es um den Kaiser und um das Reich. Und darum werden Sie auf Tenedos bleiben und sich nur langsam den Dardanellen nähern. Inzwischen wird der Kaiser nach Stambul zurückgekehrt sein, und Ihre Hoheit wird ihm selbst den Immediatbericht Eurer Exzellenz überreichen. Es wird nichts beschönigt und nichts verschwiegen werden. Auch werden Sie bedauern, daß es Ihnen nicht vergönnt gewesen sei, den Befehl des Großwesirs auszuführen und die Gonzaga als Geschenk für seine Majestät zu erbeuten. – Werden Exzellenz das auch nicht vergessen?»

Das war der Ausweg. Alle sahen ihn vor sich!

«Ich werde nichts vergessen», lärmte Barbarossa. «Darauf kannst du dich verlassen, mein Junge! Er hat es nicht besser verdient, der Ibrahim!»

«Ausgezeichnet!» freute sich Oweis mit den anderen. «Und im übrigen», meinte er noch, «wird es das richtigste sein, wenn ich mich selbst für die Abfassung des Berichts zur Verfügung stelle.»

So recht paßte es dem Alten nicht. «Glaubt ihr, wir hätten keine Schreiber?» wollte er abwinken.

Doch Oweis neigte sich verbindlich vor und betonte jedes seiner Worte.

«Mein Vorschlag bezweckte nur, daß sich Exzellenz allmählich an meine Person oder auch an die Person eines anderen gewöhnen, der meine Stelle dann ausfüllte.»

«An Ihre Person, Aga?»

Der Pascha witterte Unrat.

«Jawohl», nickte Oweis. «Ich kann natürlich nichts versprechen; aber es könnte doch sein, daß Majestät künftig einen kaiserlichen Kommissar bei der Flotte zu haben wünschte und daß sein Auge dann auf mich Unwürdigen fiele, auf mich oder einen anderen. Es könnte sein. Meinen Sie nicht?»

«Auf Sie oder einen anderen!» wütete der Alte. «Aber immer auf einen, den die Sultana ausgesucht hat!»

Pascha und Aga versenkten ihre Augen ineinander.

Jedermann wußte, daß ein Kommissar kaiserliche Überwachung und in diesem Fall Überwachung durch den Harem bedeutete, daß es kein zweites Fondi und auch kein zweites Tenedos geben würde.

«Mag sein», sagte Oweis. Eine lange Zeit blieb alles still.

Dann fragte Barbarossa heiser: «Und wie käme ich nach Stambul, junger Mensch?»

«Mit einem kaiserlichen Handschreiben, das Ihnen und Ihren Reis Leben, Freiheit und Belohnung verbürgt. – Und was mich anlangt», fügte er fest hinzu, «so habe ich den Rang eines Sandschah Beys und wie Ihre Unteradmirale meinen Tugh von einem Roßschweif zu beanspruchen. Man nennt mich Oweis Aga.»

Wiederum hörte man nur den schweren Atem des Alten.

Voll Spannung harrten die Reis seiner Entscheidung.

Noch nie im Leben war Barbarossa so in die Enge getrieben gewesen wie jetzt von diesem jungen Aga, der, was der Alte sich voll Ingrimm vorhielt, nicht einmal ein bärtiger Mann sei.

Dabei schätzte ihn der Pascha höchst widerwillig auf einen guten Reiter und Fechter, der sich womöglich auch noch auf einem Schiff zurechtfinden würde.

Und hinter diesem Unmann, der wahrscheinlich alles konnte, was ihm nicht zukam, stand jene Frau, deren Name allein dem Rotbart allmählich schon Magenklemmen verursachte.

Aber der große Räuber saß fest, hoffnungslos fest, und

mußte froh sein, wenn die Sultana ihn auf Bedingungen begnadigte.

Endlich gab er sich einen Ruck und machte sogar Anstalten zu einem gesitteten Benehmen.

«Meinetwegen schreiben Sie den Bericht, Oweis Aga», meinte er. «In des Teufels Namen!» schrie er jedoch noch vorsorglich hinterher. Dennoch...

Chaireddin Barbarossa hatte sich Roxelane unterworfen.

34

In Konstantinopel wurde der immer siegreiche Padischah erwartet, und die hauptstädtische Bevölkerung befand sich in einer Erregung, die der Tradition entsprach. Eine aber, die als Gattin und Schwester zweifachen Grund zur Freude gehabt hätte, fühlte sich bedrückt.

Nach langem Zaudern hatte sich Esma Sultana zuletzt doch noch entschlossen, ihren Besuch im Köschk Hebetullah anzusagen, und sie war ebenso freundlich wie sonst, ja eher noch herzlicher aufgenommen worden, gleichsam, als sei sie von einer langen Reise nun endlich zurückgekehrt.

Da die Begegnung mit Roxelane im Serail stattfand, so hatten die Förmlichkeiten des Empfangs nicht wie bei einem Landaufenthalt wegfallen können und zunächst jede vertrauliche Aussprache unterdrückt.

Immer stärker waren Esmas seelische Spannungen während des Wartens geworden, wozu auch noch Nino Hanums Gegenwart beigetragen hatte. Und ob Roxelane es ihr denn nicht habe ersparen können, hatte Esma innerlich gebebt, immer die Witwe des Mannes vor Augen haben zu müssen, der auf Ibrahims Betreiben gehenkt worden sei.

Als Esmas Zustand endlich unerträglich geworden war, hatte sie mit brüchiger Stimme eine Unterredung ohne Zeugen begehrt, und bis jetzt waren die beiden Sultaninnen noch nicht wieder zum Vorschein gekommen.

«Wenn unsere Hoheit sich nun aber verrät?» fragte Nino Hanum Dede Semid.

Die Obersthofmeisterin zeigte sich unbesorgt. «Was notwendig war, hat sie noch immer getan», war ihre Antwort.

«Sie wird Esma Sultana nichts sagen?»

«Nichts», versicherte Dede Semid.

«Es ist sehr schwer», seufzte Nino. «Die Freundschaft der beiden ist groß, und Esma Sultana würde verzweifeln, wenn ihrem Ibrahim etwas zustieße.»

«Sie würde ihn leider auch schützen», erklärte Dede Semid mit der Kälte einer alten Eifersucht, «wenn sie etwas über unserer Herrin Absichten erführe.»

«Welche Absichten?»

«Darüber dürfen Sie nachdenken, Hanum», wies Dede Semid sie zurecht, «dann erübrigt sich jede Frage.»

Nino war in das, was sich vorbereitete, zu sehr verstrickt, um gelassen zu sein. Sie bettete ihr Gesicht in beide Hände und grübelte. «Ibrahim Pascha wird nicht glauben, daß unsere Sultana alles hinnimmt, ohne sich zu wehren!» begann sie dann mit großer Entschiedenheit von neuem. «Und so blind zu sein, ist er zu klug.»

«Klug ist er», gab die ältere zu. «Aber er ist auch bis zur Beschränktheit von sich eingenommen. Wer sich Serasker Sultan nennt, hat das Maß seiner Augen verloren und ist wie ein Blinder. – Natürlich wird er seine Esma ausfragen, und die wird ihm etwas von der unbeirrbar sanften und gütigen Gesinnung unserer Sultana vorschwärmen...»

«Was er nicht glauben wird!»

«Er wird glauben, daß unsere Herrin ihn zu sehr bewundere, um ihm gram sein zu können», spottete Dede Semid. «An nichts glaubt ein Mann in solchem Fall leichter als an die Bewunderung einer Frau. Und Ibrahim erst! Der wäre, wie ich ihn schätze, erstaunt, vom Gegenteil zu hören. Er wird sich also gar nicht einmal die Mühe machen, zu überlegen, welche Beweise Roxelane Sultana gegen ihn haben und welche Schritte sie gegen ihn unternehmen könnte. Gewarnt, wäre er freilich ein gefährlicher Gegner. Aber er wird nicht gewarnt werden und sich durch die Liebe des Kaisers in vollkommener Sicherheit fühlen.»

«Vielleicht ist er es auch...» meinte Nino nachdenklich.

«Vielleicht...»

Dede Semids Stirn furchte sich. Für sie gehörte Mut zu dem Kampf, der sich entspann; denn Dede Semid hatte Söhne.

Aber sie hatte auch ihre Liebe zu Roxelane. Und wie Ibrahim an sein Glück, so glaubte Dede Semid an das ihrer Göttin, deren Hohepriesterin sie war.

Mit einem Kuß löste sich Roxelane aus Esmas Umarmung.

«Und du trägst ihm wirklich nichts nach?» vergewisserte sich Esma noch einmal, und es war nicht abzusehen, wie oft sie es noch tun würde.

«Willst du endlich still sein!» lachte Roxelane und trat, um das Gespräch zur Oberfläche zu heben, an die Wand, aus der ein Wasserstrahl ins Moosbecken fiel. «Und wenn du noch einmal fragst, dann spritze ich dich!» scherzte sie.

«Ach du!» rief Esma und warf sich begeistert in Roxelanes Arme. Es war gut, daß Prinzessin Esma klein war, so konnte die Große die Kleinere an sich drücken, ohne ihr Gesicht zeigen zu müssen. Esma merkte nichts.

«Ich bin ja so glücklich, Rosska!» floß sie über. «Überaus glücklich! Denn jetzt weiß ich, daß du mir nichts aus Güte verhehlst. Ich könnte ja nicht mehr leben, wenn du es tätest. Hörst du, Rosska, ich könnte nicht mehr leben. Ich liebe dich so, und ihn – ihn liebe ich auch», schloß sie leise.

Roxelane hatte das Gefühl, als sei Esma ein kleines Tierchen, das sie schützen müsse. Sie war wieder die Rosska am Dnjepr. Aber... sie empfand sie auch zugleich als den krummbeinigen Pjotr.

«Wir sind Schwestern», sagte sie, und es war für sie das Schlimmste, was ihr begegnen konnte, daß diese Worte und diese Umarmung keine Lüge, sondern die Wahrheit waren. «Liebe deinen Mann. Wir können nichts Besseres tun, als unsere Männer lieben, ob sie es nun verdienen oder nicht.»

«Verdient Ibrahim meine Liebe denn nicht?» fragte Esma zaghaft.

«Höre zu, Esma», gab Roxelane sich streng. «Ich will nicht, daß der Gedanke an mich deine Ehe trübt. Sag mir jetzt, was du Ibrahim vorwirfst, und sag es selbst. Ich will es.»

Esma sah ganz erschrocken auf.

«Das mit Mustafa...» meinte sie dann.

«Mustafa?» nahm Roxelane die Frage auf. «Soliman hat ihm Magnesia gegeben, was doch wohl auch ein wenig Solimans Sache und nicht nur die deines Mannes ist, sollte ich meinen. Und verdient Mustafa es etwa nicht? Ist er nicht ein hübscher und begabter junger Mann, und lieben wir ihn nicht alle? Du doch auch, Esma! Wenn du es nicht tust, bist du eine schlechte Tante», neckte sie. «Höre, Esma, du bist überhaupt in der letzten Zeit so streng, mit Mustafa bist du es und mit Ibrahim...»

Und nun mußte auch Esma lachen.

«Ich fragte doch nur», meinte sie, «weil du am gleichen Tag bei der Mutter warst.»

Roxelane nahm Esmas Kopf zwischen ihre Hände und blickte ihr eindringlich und tief in die Augen.

«Deine Mutter ist tot, darum muß ich es dir sagen», sprach sie wie zu einem Kind. «Deine Mutter befahl mir zu kommen, und so kam ich. Das ist alles. Und mit dem Testament und allem sonst tat sie, wie es ihr recht schien. Wer bin ich, Esma, daß ich der Walide hätte raten können?»

«Und daß du Nino bei dir hast, bedeutet wirklich nichts?»

«Es bedeutet, daß ich mich nicht einer Freundin entäußere, weil sich ihr Gatte verging.»

«Du glaubst wirklich, daß Iskender sich verging?»

«Wir müssen es alle glauben. Der Padischah hat immer recht, Schwester.»

«Und der Großwesir...?» zauderte Esma.

«Er hatte Solimans Tughra», schnitt Roxelane kurz ab und machte einige Schritte, um Esma ihre Qual nicht sehen zu lassen.

«Wie groß du bist», bewunderte Esma sie, «und wie großmütig!»

«Vielleicht bin ich nur etwas einfacher», meinte Roxelane leichthin, «weil ich nicht in eine kaiserliche Wiege hineingeboren wurde wie du.»

«Dann bin ich nur noch neugierig, wie du dich zu der Sache in Fondi stellst», wagte Esma fast schon getröstet einen letzten Vorstoß.

Aber Roxelane lachte nur.

Es sei erheiternd, meinte sie, sich den Barbarossa als Brautwerber vorzustellen.

Gänzlich beruhigt war Esma jedoch nicht.

Und ob die Schwägerin dann nicht an Einflüsterungen glaube oder an Aufträge, die der Alte nur ausgeführt habe? forschte sie.

Roxelane schüttelte den Kopf.

Sie glaube nicht daran, versicherte sie so überzeugend, daß Esmas Mißtrauen allmählich verschwand.

«Ich bin nicht leichtgläubig, Liebste», hob Roxelane hervor. «Vielleicht hat den Kapudan einer seiner Genossen auf diese Giulia aufmerksam gemacht. Aber gewiß war das nicht dein Mann. Selbst wenn Ibrahim dazu gestimmt gewesen wäre, hätte er sich doch gesagt, daß der Verdacht gerade auf ihn zuerst fallen müsse. Er hat alle Ursache, auf Chaireddin ungehalten zu sein, denn er kennt doch Soliman! Was, meinst du, hätte Soliman wohl für ein Gesicht gemacht, wenn man ihm, wie sich der Barbarossa das so vorstellte, die Italienerin angebracht hätte?»

Und nun war auf einmal keine Roxelane mehr da.

An ihrer Stelle bewegte sich ein seltsames Geschöpf durchs

Zimmer, das Esma die Empfindungen, Ratschläge und Wünsche einer über alles erhabenen Virago klarzumachen versuchte.

Immer mehr steigerte sich Roxelane in ihre Rolle hinein, und immer gezierter dehnten sich die Worte einer Giulia, die nur eine Gestalt ihrer freien Erfindung war und doch wie das Leben wirkte.

Ganz Churrem, die Fröhliche, war Roxelane wieder.

Von der lachenden Esma aber wich jeder Druck. Und wie ähnlich sich Roxelane und Ibrahim doch in manchem seien, mußte sie denken. Denn in Ibrahims Gesellschaft sich zu langweilen war ebenfalls nicht möglich. Soliman wußte das. Und seine Schwester nahm sich vor, ihrem Ibrahim bei dessen Heimkehr ernstlich ins Gewissen zu reden, um eine Versöhnung zu bewirken, der nach ihrer Meinung so gar nichts im Wege stehe. – Esma hatte keine Angst mehr, und sie wollte auch keine mehr haben!

«Wie machst du es nur», fragte sie, «daß du immer so heiter bist – so sicher?»

«Das machen die Kinder und nicht ich», lachte Roxelane.

Und da der Lärm der jungen Gesellschaft gerade heraufdrang, zog es Esma auch sogleich in den Garten.

«Geh du zuerst», trieb Roxelane sie an. «Ich komme nach. Die Kinder wollen dich auch einmal allein haben. Du warst lange nicht bei uns, und sie haben immer nach dir gefragt.»

Als Esma dann gegangen war, hatte Roxelane Mühe, sich aufrecht zu halten. Starr lehnte sie am Fenster und blickte in den Garten. – Ihre Kinder spielten.

Über den Rasen war aufrecht und in halber Körperhöhe ein Netz gespannt. Darüber hinweg warfen die Kinder mit Schlägern Bälle von der Größe ihrer Fäuste.

Es war ein altes persisches Spiel. Aber niemand dachte mehr an die Gottlosigkeit seiner Herkunft. Und die jungen Menschen waren in ihrer Spielerregung überhaupt auf nichts anderes in dieser Welt bedacht, als den Ball des Gegners zurückzuschlagen.

Im übrigen suchten sie bereits Haltung zu bewahren, was ihnen nur noch nicht immer gelang.

Mohammed Soliman und Selim befanden sich in den Pagenkammern, und Dschihangir sollte hineinkommen. Alle drei waren sie die ergebenen Kavaliere ihrer Schwester Mirmah, der sie die Bälle aufhoben, wenn die diensttuenden Eunuchen einen übersahen.

Mirmah sah reizend aus. Wie die Knaben hatte sie die Oberkleider abgelegt und spielte im gegürteten Hemd und in hellblauen, kleingeblümten Seidenhosen. Sie hatte einen harten Schlag, der ihre Bälle knapp übers Netz trieb. Mohammed Soliman spielte weicher, während Selims Gewaltsamkeit den Ball zum großen Gelächter aller oft hoch in die Lüfte schnellte.

So recht gewachsen war nur Dschihangir seiner Schwester. Er spielte sparsam in der Bewegung und mit scharfer Berechnung. Dabei hatte er immer noch Zeit zu einem heiteren Wort, das zündete, ohne zu verletzen. Gerade in Dschihangir war der Mutter Geist und Anmut so sehr zugegen, daß man seine Höcker kaum noch bemerkte.

Einige wenige Augenblicke wurde Roxelane vom Spiel selbst mit fortgerissen.

Doch dann erschien Esma bei den Kindern.

Dschihangir bemerkte sie zuerst, begrüßte sie durch einen Zuruf zwischen zwei Schlägen und lief nach Beendigung des Gangs sofort zu ihr hin.

Er war ihr Liebling und vergalt ihr das mit der ganzen Zärtlichkeit, wie er sie auch seinen Eltern entgegenbrachte.

Roxelanes andere Kinder freuten sich ebenfalls des Besuchs.

Mirmah, die fast schon so groß wie Esma war, zeigte das auf eine beschützerische Art, und nur Selim verdarb die damenhaften Bemühungen der Schwester, indem er seine kleine Tante in die Höhe zu heben versuchte. Das aber wollten wieder die anderen nicht zugeben, und so balgte sich denn bald ein lachender Knäuel von Damenhosen und Knabenbeinen, mit ein paar Köpfen und Armen untermischt, auf dem Rasen.

Die Kinder waren unter sich, und Tante Esma war auch noch Kind, ein Spielgenosse, ein Kamerad.

Nichts entging Roxelane.

‹Die Kinder lieben sie›, dachte sie verzweifelt, ‹sie lieben sie, und ich liebe sie auch! Ich kann es nicht tun!›

«Oh, Dede Semid, ich kann es nicht tun!» rief sie laut, als die Obersthofmeisterin eintrat.

«Was kannst du nicht?» fragte die Freundin.

«Blick hinaus!» befahl Roxelane.

Dede Semid tat es.

«Ich sehe Kinder», sagte sie dann, «deine Kinder!»

«Siehst du nicht Esma?»

«Ich sehe die Sultana», nickte Dede Semid. «Sie ist heiter. Sie lacht. Aber ich sehe auch Knaben. Deine Knaben!»

Roxelane stöhnte.

Doch Dede Semid war unerbittlich.

«Esma Sultana geruhen glücklich zu sein», sagte sie, «und ich zweifle nicht, daß sie jeden Grund dazu hat. Eure kaiserliche Hoheit werden alle Sorgen von ihr genommen haben. Unbeschwert sieht sie der Heimkehr ihres Gatten entgegen und wird sich seiner ohne einen Nebengedanken erfreuen können. Das alles muß so sein und ist gut so. Aber darüber dürfen Eure Hoheit nicht vergessen, daß Esma Sultana ihren Gatten anbeten wird, was auch immer geschehen mag. Vielleicht würde es ihr Kummer bereiten, falls es Ibrahim Pascha gelingen sollte, Eure Hoheit mit Seiner Majestät zu entzweien. Ich bin sogar überzeugt, daß sie einer etwaigen Nachfolgerin nicht dieselben freundlichen Gefühle entgegenbringen würde wie Ihnen...»

«Du haßt sie, Dede Semid! Widersprich mir nicht! Du bist eifersüchtig auf sie!»

Dede Semid blieb kalt.

«Und wenn ich sie haßte, und wenn ich eifersüchtig auf sie

wäre, so hinderte das nicht, daß ich die Wahrheit spreche. Ich weiß, daß ich nicht ungerecht bin.»

«Du bist grausam!»

«Ich liebe dich», erwiderte Dede Semid, «und ich werde so lange grausam sein, bis du es sein wirst, wo du es sein mußt! Du weißt, wie es sein würde, wenn Ibrahim alles gelungen wäre, was er gegen dich vorhat. Du wärst dann abgesetzt und verbannt. Eines Tages stirbt Soliman. Mustafa besteigt durch Ibrahims Gnade den Thron, und Saffieje wird Walide. Deine Kinder ...»

«Schweig!»

«Roxelane», drang Dede Semid in sie, «habe ich dir einmal gesagt, daß ich etwas davon weiß, wie sich die Stummen verständigen? Als Kiajai Harem muß ich das wissen, muß ich ihre Blicke aus den Augenwinkeln, ihre Lippen- und Fingerzeichen verstehen. Und ich sprach mit einem. Er war auf Rhodos und dabei...»

«Ich bitte dich, schweig...!»

«Er war dabei, als die beiden Sultane erdrosselt wurden. Er sagte...»

«Ich kann es nicht hören! Ich schlage dich, schlage dich, wenn du nicht schweigst!»

«Schlage mich!» rief Dede Semid und umklammerte Roxelanes Knie. «Nimm mich, sei grausam; aber sei auch hart. Du mußt hart sein! Wenn deine Söhne erdrosselt wären, würde man sie feierlich mit Staatsturbanen und Ehrensäbeln bestatten, die Wesire würden sie tragen, und Sultan Mustafa würde an ihren Gräbern die vorgeschriebenen Tränen vergießen und beten. Und was würde Esma Sultana tun? Auch sie würde weinen, und aus ganzem Herzen – das räume ich ihr ein. Wenn aber Ibrahim nach der Zeremonie zu ihr käme, würde sie sich ihm öffnen wie die Blume dem Tau. Und einer solchen kläglichen Idylle zuliebe willst du dein eigenes Fleisch und Blut...»

Dede Semid wimmerte nur noch zu der Herrin Füßen, und sie küßte die Füße. Alle höfische Zucht war von der sonst so Beherrschten abgefallen.

Roxelane bemerkte es nicht einmal. Sie, die unbändiger war als die andere, dachte an ihre Söhne.

«Ich muß leben», begann sie leise, als bete sie sich ihre Aufgabe vor. «Sehr lange muß ich leben, länger als Soliman. Nur ich darf die Walide sein. Mohammed Soliman ist der Erwählte von Hafsa Chatun und von mir, und so lange muß ich leben, bis mein Sohn Padischah ist. Selim und Dschihangir aber werden den Beweis liefern, daß Kaiserbrüder glücklich und treu sein können und daß der Padischah nicht an ihren Gräbern zu beten braucht. Es sind meine Söhne. Ich habe sie geboren. Sie werden mir gehorchen. – Oh, Dede Semid!» schrie sie in einem plötzlichen Anfall von Angst. «Mach, daß ich so lange lebe! Ich darf nicht sterben, ehe nicht alles so ist!»

Dede Semid war aufgesprungen und schloß sie nun in ihre Arme. Sie streichelte sie, wie sie ein verirrtes Kind, das sich fürchtete, gestreichelt hätte.

Und schließlich lächelte die Verstörte. «Jetzt schnell, Dede Semid!» flüsterte Roxelane. «Schminke, Puder, ein Spiegel! Ich muß hinunter, ehe sie mich vermissen.»

35

Das bevorstehende Ereignis der kaiserlichen Rückkehr spornte auch Roxelanes Kinder an, ihre Anstrengungen zu erhöhen. Die beiden ältesten Söhne bemühten sich um gute Noten in den Pagenkammern. Dschihangir fand noch Zeit, für seinen Vater ein Lautenband mit einem Hafidischen Spruch in Perlen zu sticken. Und Mirmah dichtete ein Lied Bakis, des von ihrem Vater bewunderten Lyrikers, in italienischer Sprache nach, wodurch sie allerdings mehr ihre Fortschritte im Italienischen als ihre Dichtkunst bewies.

Roxelane selbst hatte es ebensowenig an Vorbereitungen fehlen lassen. In der Hauptsache hoffte sie Soliman durch eine überaus kunstvolle Standuhr zu erfreuen. Wie sein Gegner Karl der Fünfte liebte auch Soliman Uhren. Er sah mehr in ihnen als nützliche Zeitmesser. Als geistreiche Steuerung mechanischer Kräfte regten sie ihn an.

Roxelanes Uhr verkündete aber nicht nur durch ein Schlagwerk die Stunden. Von ihr konnte man den Kalender und sogar den jeweiligen Stand der Gestirne ablesen.

Ein Augsburger Meister hatte dies Wunder geschaffen, der Oberstallmeister Rustem es der Sultana verschafft und – wie der Klatsch behauptete – ein schönes Stück Geld an den 4000 Dukaten verdient, die es gekostet hatte.

Man kannte Rustem als geizig und traute ihm alles zu. Er war einer der vielen Kroaten, die es im Hofdienst zu etwas gebracht hatten, und er war überaus fromm!

Und Roxelane würde auch das Dreifache bezahlt haben, um Soliman fröhlich zu sehen. Sie war überhaupt weit davon entfernt, ihn ihre Gegnerschaft zu Ibrahim entgelten zu lassen.

In ihren Augen kam jeder Schmerz, den ihr Soliman zugefügt hatte, nur aus Ibrahims und nicht aus Solimans bösem Willen. Und wenn sie ihrem Herzen folgte, so folgte sie auch ihrem Verstand, der ihr sagte, daß ihr Mann nicht ohne neue Festigung der alten Bindung Tag und Nacht mit Ibrahim zusammengewesen sein könne. Sie kannte Solimans Melancholie zu gut, um ihm den Austausch eines geistsprühenden und unterhaltsamen Freundes mit einer schmollenden Frau zuzumuten. Darum schmollte sie denn auch nicht. – Aber das alles versank vor dem einen: Anderthalb Jahre hatte sie den Mann ihrer Liebe nicht mehr gesehen!

Freilich: Wenn sie die Augen schloß – dann erblickte sie ihn leibhaftig mit dem männlich gebräunten, schwarz umrandeten Gesicht. Weiße Strähnen mochten den Bart des Zweiundvierzigjährigen jetzt nach den Strapazen des Feldzugs durchziehen.

Sie jedoch wollte jedes weiße Haar des Geliebten küssen und jede seiner Falten. Sein Leib war ihr Leib, und ihr Leib gehörte ihm. Es war ihr Ergrauen, und es waren ihre Falten. Es gab nur einen Gott. Doch eher hätte sie auf Allah verzichtet als auf Soliman.

Am 8. Januar 1536 kehrte Soliman nach sechsmonatigem Marsch von Täbris in seine Hauptstadt zurück.

Es geschah an einem jener milden Wintertage, die in Konstantinopel nicht selten sind, und die Würden des Staats und des Gesetzes brauchten nicht seekrank zu werden, als sie den Bosporus kreuzen mußten, um den Großherrn bereits in Skutari auf dem asiatischen Ufer zu begrüßen.

Im Kreisinnern eines letzten Diwans zu Pferde durften sie ihm am Strand von Saladschi Iskelessi die Hand küssen. Dann hielten die Nikiabdare die kaiserlichen Steigbügel, und die Herren der Achsel hoben die Majestät unter Kanonendonner feierlich aus dem Sattel.

Der Kaiser stand. Der Krieg war zu Ende.

Der Empfang war es auch. Soliman bestieg seine Galeere.

Über die Toppen beflaggt, mit der Standarte des Propheten geschmückt, hielt sie am Mädchenturm vorbei unmittelbar auf die Serailspitze zu.

Bei den Batterien des Serails, ganz nahe beim Köschk Hebetullah, von dem die Kinder ihm zujubelnd winkten, landete Soliman. Und da ihm keine Mutter mehr lebte, die er zuerst hätte begrüßen müssen, begab er sich sofort ins Neue Serail und zu Roxelane.

Von dieser ersten Minute an ließ er sie Tag und Nacht kaum noch von seiner Seite.

Auch beim Empfang des französischen Botschafters mußte sie zugegen sein.

Sie saß hinter dem «Auge des Reichs», dem Spähfenster, von dem aus sie den ganzen Diwansaal übersehen und jedes Wort vernehmen konnte.

Mit Alphonse Laforet, Baron de Nivelle, hatte Franz von

Frankreich eine gute Wahl getroffen. Laforet war kein großsprecherischer Degenheld, sondern ein gesetzter Geschäftsmann mittleren Alters, dem es im Bart und in den Haaren an Grau nicht fehlte.

Soliman kannte und schätzte ihn. Bereits in Bagdad war der Botschafter am kaiserlichen Steigbügel erschienen, um die Glückwünsche seines Herrn zum persischen Sieg zu überbringen. Nur die feierliche Einführung im Diwan fehlte noch, und Ibrahim hatte es damit eilig gehabt, weil ihm am Abschluß des Handelsvertrags mit Frankreich lag.

Vor dem Eintritt des Botschafters hatten nach der Tradition zwischen dem Großwesir und dem Padischah einige Sätze gewechselt zu werden, die für den Gast nicht gerade schmeichelhaft waren und auch mehr alttürkischer Derbheit und neutürkischem Hochmut als der Höflichkeit entsprachen, die sonst seit jeher in Konstantinopel gepflegt worden war.

Ibrahim meldete also, daß ein Bote des Krals von Frankreich nach der Glückseligkeit trachte, vor das Antlitz des Erhabenen Padischahs gelassen zu werden.

«Ist er gläubig?» fragte Soliman.

Er sei es nicht, sagte Ibrahim.

«Alle Ungläubigen sind gleich», erklärte Soliman, «und Allah verdamme sie alle!»

«Allah möge sie verdammen!» wünschte auch Ibrahim.

«Ist er hungrig?» erkundigte sich Soliman und gebot für diesen Fall: «So gib ihm zu essen.»

Der Ungläubige habe gegessen, versicherte Ibrahim und spielte dabei auf das Bankett an, das nach dem Zeremonial dem Botschafter hatte gegeben werden müssen, dem aber Soliman ferngeblieben war, weil der Kanun ihm überhaupt jedes Tafeln mit Sklaven verbot. Und alle Menschen waren in der Hofsprache Sklaven des Padischahs!

Da Laforet jedoch gegessen hatte, blieb nur noch eines übrig. «Ziehe ihn anständig an und bring ihn herein!» befahl Soliman.

Immerhin bestand der anständige Anzug aus einem Zobelpelz im Wert von 600 Dukaten. Dafür konnte Laforet sich gern für eine kurze Zeit seinen Degen abnehmen und von zwei Kämmerern an den Armen festhalten lassen. Denn so und nicht anders führte man ihn in den Diwan.

Die Werbungsrede des Botschafters und seines Königs Geschenke fesselten Roxelane nicht sehr. Geredet wurde in solchen Fällen immer das, was jedermann schon vorher wußte, und Geschenke aus dem Abendland befriedigten selten. Ein paar silberne oder vergoldete Gefäße, einige wenige Edelsteine minderen Werts – das war gewöhnlich alles. Das Abendland war eben nicht nur ein finsteres, sondern auch ein armes Land. Schöne, herrlich gekleidete Sklaven und Sklavinnen, seltene und erstaunliche Tiere, köstliche Gewebe und Bücher oder gar Edelsteine, die an Größe und Feuer nicht ihresgleichen hatten – Geschenke, wie orientalische Gesandtschaften sie zu überreichen pflegten, brachten diese Europäer nie. Auch Laforet brachte sie nicht.

Unter diesen Umständen hatte Roxelane Muße, Ibrahim zu betrachten.

Die vollkommene Beherrschung aller Formen und Verhandlungen gaben seinen Bewegungen etwas künstlerisch Abgeklärtes.

Alle, auch die übrigen Wesire, brachten ihm dieselbe Ehrfurcht entgegen wie dem Kaiser, und es entging Roxelane keineswegs, daß sie ihn mehr fürchteten als Soliman.

Man konnte nicht selbstsicherer sein, als Ibrahim es offenbar war.

Und doch hatte sich nach der Schlacht von Mohács für den siegreichen Serasker Großwesir manches geändert.

Damals hatte er sich noch herausnehmen können, den Dichter Fighani für ein paar Spottverse über seine heidnischen Götterbilder auf demselben Hippodrom aufhängen zu lassen, auf dem die Statuen des Herakles, des Apollon und der Artemis standen. Es war geschehen, ehe der Kaiser auch nur etwas davon erfahren hatte.

Dabei rechnete Soliman, der unter dem Namen des Muhibbi, des liebenden Freundes, selbst Kassiden voll ernster Herrscherwürde und reiner Menschlichkeit schrieb, sich auch zu den Dichtern, und es widerstrebte ihm nicht nur, ihnen Gewalt anzutun, sondern er war auch der Meinung, daß dem Fighani durch die gewaltsame Vernichtung seines sterblichen Leibes nur ganz unverdientermaßen die Unsterblichkeit gesichert worden sei.

Und so geschah dem soviel größeren Jahja heute nichts mehr, obwohl dessen Elegie auf den Tod des unschuldig hingerichteten Iskender Tschelebi in aller Hände war. Nicht einmal die einträgliche Verwaltung frommer Stiftungen ließ der Sultan ihm nehmen – oder vielmehr Ibrahim ließ sie ihm nicht nehmen, weil er es mit Rücksicht auf Soliman nicht wagte. – Es gab manches, vor dem der Großwesir in letzter Zeit zurückschreckte.

Auch Barbarossa lag noch immer ungehindert vor Tenedos. Es wäre peinlich gewesen, wenn ein Befehl an den Alten, zur Verantwortung nach Stambul zu kommen, die Machtlosigkeit der Pforte ihm gegenüber erwiesen hätte. So stand denn trotz des Sieges über Persien nicht alles mehr so für Solimans Günstling wie nach Mohács.

Äußerlich freilich war nichts zu erkennen. Nicht die kleinste Unsicherheit Ibrahims deutete darauf hin, und vielleicht wußte der Minister auch wirklich nicht, wie laut seines Herrn Gewissen gegen ihn sprach. Keiner von all diesen Männern schien etwas davon zu ahnen, nicht einmal Soliman selbst. Er war huldvoller, liebevoller denn je, und einen Atemzug lang erschrak Roxelane.

Ganz fremd war ihr Soliman plötzlich erschienen. Ihr eignes Tun hatte sie gegen sich und andere mißtrauisch gemacht, und es war ihr gewesen, als habe sie einen Blick in das Gewebe einer großartigen Verstellung getan.

Doch dann gestand sie sich, daß sie Soliman besser kannte. Er war keiner Verstellung fähig. Er wollte lieben und wollte vertrauen.

Es rührte sie tief, daß es so war, und eine heiße Woge von Liebe für ihn und von Scham über sich stieg in ihr hoch.

Sie sei nicht wie Soliman, hielt sie sich vor, sie habe sich im Trug und in der Lüge geübt. Nur dadurch habe sie Esmas Mißtrauen besiegt. Und wenn deren Gatte ungewarnt und nichtsahnend sich jetzt immer noch wie der Herrscher des Diwans gebärde, so habe sie darin ihr Werk zu erkennen, von dem sie nicht mehr zurücktreten könne, ehe das Ende nicht da sei, gleichviel für wen, für Ibrahim oder für sie.

Doch sofort ballte sich ihr Wille gegen jeden Gedanken einer Niederlage. Mit aller Kraft wünschte sie das Ende für Ibrahim. Denn sie dachte an ihre Söhne.

Die fliegende Hitze verebbte, und ihre Stirn wurde wieder weiß und glatt und klar.

Roxelane schämte sich nicht mehr.

Sie freute sich vielmehr, als der Wesir der Kuppel Ajas Pascha nunmehr, nachdem Laforet wieder hinausgeleitet worden war, auf Chaireddin Barbarossas Verweilen vor Tenedos aufmerksam machte.

Die Anfrage erfolgte nicht ohne ihr Zutun, und Ajas kleidete sie in einen Lobspruch auf Soliman, der seinen Dienern ein großmütiger Herr sei, wohingegen die Diener auch gehalten sein müßten, sich seiner Gnade durch eindeutiges Verfahren würdig zu erweisen.

Ibrahim antwortete kurz, daß er die Flotte jeden Tag in der Propontis erwarte.

Soliman schwieg.

36

Erst am Abend waren Roxelane und Soliman allein. Den ganzen Rest von Solimans Arbeitstag hatten eine Besichtigung des Pagenkorps, eine Konferenz mit dem Mufti und der Empfang weiblicher Verwandter ausgefüllt.

Auch die Kinder waren nicht abzuweisen gewesen. Mirmah wäre vor Eifersucht geborsten, wenn sie den Vater, den sie so lange entbehrt hatte, nicht auch an diesem Tag wenigstens eine kurze Zeit für sich gehabt hätte, und Soliman war ihr gegenüber zu schwach, um ihr etwas zu versagen, was ihm selbst soviel Freude bereitete.

Zuletzt hatten noch die Aga der Chaßoda, der Innersten Kammer, bei Soliman – und die Hofdamen und zuständigen Aga des Harems bei Roxelane ihren Dienst versehen müssen.

Erst nachdem dann alle entlassen worden waren, begegneten sich die Eheleute wieder in demselben Gemach, aus dem Roxelane einst vor den Stummen geflüchtet war.

Beide trugen eine Galabieh, ein leichtes Hausgewand, und Soliman einen einfachen schmalen Bund um den Kopf.

Er war nachdenklich.

Nicht alles, was heute verhandelt worden war, schien ihm gelöst, und dies war die Stunde seiner vertrautesten Gespräche mit Roxelane.

Sie fühlte, daß ihn noch kein Verlangen zum Bett zog, und ging ihm mit leisem Lachen ins Nebenzimmer voran, hin zu den Karaffen, aus denen sie zwei Gläser füllte.

Soliman seufzte. – Und nun lachte sie laut.

«Du hast es gut», sagte er mit einem nicht ernst gemeinten Vorwurf, «du machst dir keine Sorgen. Ist dir denn im Diwan nichts aufgefallen?»

Er ließ seinen Blick über ihre Gestalt gleiten, die sich durch die Seide abzeichnete. Unter ihrem türkisblauen Kopftuch quollen zwei dicke Flechten hervor. Das Tuch war nur lose befestigt, und auch durch die Flechten wand sich kein Band. Nichts erschwerte es ihm, ihr die Haare zu lösen, wie er es liebte.

Sie aber schüttelte sie.

Ihr stand vorerst nach anderem der Sinn als nach einer Tändelei, und auch er wollte offenbar mit ihr reden. Sie wußte sogar genau, worüber. Aber nicht sie wollte davon beginnen.

Deswegen sprach sie von Laforet und scherzte über die tiefe Verwunderung, die sich auf dessen Zügen angesichts der Pracht des Diwans gezeigt habe. Sicher sei Frankreich nicht mit Reichtümern gesegnet, fuhr sie fort; aber auch in einem halbbarbarischen Land könne nun einmal niemand Alaun zum Färben entbehren, und so fördere ein Handelsvertrag zweifellos dessen Absatz. Nach Abschluß des Vertrags könne Frankreich kaum länger die Verbote der päpstlichen Kammer gegen die Abnahme türkischen Alauns vorschützen.

Soliman hörte ihr gern zu. Die wirtschaftlichen Zusammenhänge übersah sie schneller und klarer als er, auch da, wo sie persönlich nicht von ihnen berührt wurde. Er selbst betrachtete die Außenpolitik immer zuerst vom Standpunkt einer Machtpolitik und des Gegensatzes der militärischen Kräfte. Dabei vergaß sie nicht, ihm einzuschenken, bis er plötzlich das Gespräch unterbrach.

Das alles sei es nicht, was ihm Sorge bereite, sagte er.

«Und was ist es dann?» lächelte sie. «Wer bereitet dir Sorge?»

«Du, Ibrahim, ihr alle, auch mein neuer Kapudan Pascha Chaireddin.»

«Beginnen wir mit Chaireddin», forderte sie ihn auf.

Und er kam sofort auf den Kern: «Warum kehrt er nicht zurück?»

Eine Pause entstand.

Sie blickte in ihren Kelch und ließ dann einige Tropfen des roten Weins über ihre Hände fließen. «Deswegen», sagte sie.

«Er fürchtet sich?»

«Er fürchtet das Schicksal Iskenders.»

Das Wort war gesagt, das heute noch hatte fallen müssen.

Soliman erhob sich. Und wieder herrschte Stille.

Die Teppiche verschlangen den Schall von Solimans Schritten. Er blieb stehen.

«Ich schätze Iskender nicht weniger als du», begann er. «Doch gerade du hattest keinen Grund dazu, es zu tun. Wie sehr du ihn aber noch immer verkennst», fügte er bitter hinzu, «beweist wohl, daß du mir den Anblick von Nino Hanum nicht erspartest und sie jetzt gar zu deiner Hofmeisterin machen willst.»

Roxelane neigte ihr Haupt, als habe es sie tief getroffen, daß sich Soliman beklage.

«Du hattest Nino immer gern», sagte sie dann leise. «Und wo hätte die Arme hin sollen? Verzeih, wenn ich dich daran erinnere. Bisher war es unerhört, daß kaiserliche Beamte die Frauengemächer betraten. Nach Iskenders Tod machte man aber auch vor seinem Harem nicht halt, und nicht nur, daß man Ninos Witwengut, ihre Morgengabe und ihre Mitgift einzog, man trieb sie auch aus dem Haus und ließ ihr weder ein Bett noch ein Stuhl.»

Es war wirklich so gewesen, wie es Roxelane sagte. Nach ihrem Beileidsbesuch bei Nino hatte Ibrahim es aus Ärger und Trotz verfügt. Soliman wußte nichts davon.

«Alle wissen es, nur du nicht!» fuhr Roxelane fort. «Ich rede nicht von Ghasalis satirischer Epistel, obwohl viele Stambuloten sie auswendig kennen und du sie im Basar um 4 Asper das Stück kaufen könntest. Aber der Mufti war doch heute bei dir. Hat er dir nicht die Verachtung des Korans und aller Gesetze vorgehalten, die in deinem Namen bei diesem Verfahren an den Tag gelegt wurde?»

«Ibrahim ist so wenig davon bekannt wie mir!» rief Soliman. «Und er wird die Übeltäter bestrafen. Ich will es. Ich verspreche es dir!»

«Ich habe Ibrahim nicht beschuldigt», sagte Roxelane. «Aber bestrafen wird er die Missetat nicht, weil er sie selbst beging.»

«Ibrahim wird mich mißverstanden haben...» murmelte Soliman.

Und Roxelane empfand Mitleid mit ihrem Mann.

Aber abbrechen konnte sie die Schlacht darum nicht. Sie dachte nicht mehr nur an ihre Söhne, sie dachte an Hafsa Chatuns Vermächtnis, sie dachte an Soliman. Es ging um ihn selbst!

Auch Soliman schien zu einem Entschluß gekommen zu sein.

«Churrem», bat er, «kannst du mir nicht vertrauen, wenn ich sage, daß du nicht alles weißt?»

«Ich weiß, daß der Ankläger dem Defterdar vorwarf, ein Dieb zu sein. Aber ich glaube es so wenig wie dein Heer und dein Volk, so wenig wie du selbst daran glaubst.»

«Churrem! Du weißt nicht alles!» beteuerte Soliman noch einmal.

«Ich soll dir vertrauen», fuhr Roxelane aber fort. «Oh, mein Mann, ich vertraue dir, auch ohne zu wissen. Doch vor allem muß das Volk dir vertrauen. Tut es das? Antworte dir selbst. Warum kehrt Chaireddin nicht mit der Flotte zurück?»

«Weil er ein Spießgeselle Iskenders war und die Strafe fürchtet!» rief Soliman.

Roxelane sah ihn groß an.

Diese Antwort hatte sie von Soliman nicht erwartet.

Ernst und gütig faßte er ihre Hände.

«Du hast recht», sagte er, «und alle haben recht. Iskender war kein Dieb. Und solange du nicht weißt, was ich dir lieber verschweigen wollte, kann ich begreifen, daß du sein Andenken verteidigst. Warum aber stellst du dich vor Chaireddin? Als er Fondi überfiel, wollte er dir übel.»

«Ich glaube, er wollte mir weder wohl noch übel. Er dachte überhaupt nicht an mich.»

«Und damit entschuldigst du ihn?»

«Ich müßte dich wenig lieben, wenn ich das täte.»

«Aber du trittst für ihn ein?» wunderte er sich immer mehr.

«Du brauchst ihn, Soliman», erklärte sie ihm. «Das Reich braucht ihn. Er hat Algier verloren, und das war eine Schlappe. Da er es jedoch mit seinen Mitteln eroberte, war es in Wirklichkeit auch sein eigenes Land. Jetzt wirst du es wiedergewinnen, und dann erst wird es dir richtig gehören. Zur See jedoch wurde Chaireddin niemals geschlagen, und du brauchst einen Admiral, einen Flottenschöpfer wie ihn.»

Bei jedem ihrer Worte hatte sich Solimans Leuchten vertieft. Jetzt zog er sie an seine Brust und küßte sie.

Er mußte an Ibrahim denken, der Barbarossas Untergang beschlossen hatte, und fühlte Roxelane, die den Rotbart beschützte, in seinen Armen.

Soliman war stolz auf seine Frau.

«Ja, Churrem», sagte Soliman, «ich sehe, daß es falsch ist, dir etwas verheimlichen zu wollen. Du bist klug und treu und denkst, wie Herrscher denken sollen. – Nein, Iskender Tschelebi war kein Dieb, und für das, was er tat, hätte er immer eine Entschuldigung gehabt. Seit wann ist es verboten, dem Padischah eine schöne Sklavin zu schenken? Zu allen Zeiten galt das als eine Tat der Ehrerbietung und guter Untertanengesinnung. Über die Hälfte aller Mädchen und Damen des Harems sind Geschenke. Wie hätte ich plötzlich als todeswürdiges Vergehen ahnden können, was stets für lobenswert gegolten hatte? Und doch bin ich kein Tyrann, und es war todeswürdig, daß Iskender beabsichtigte, uns durch Giulia Gonzaga zu entzweien.»

«Iskender?» fragte Roxelane.

«Denn das war seine Absicht», überging Soliman den Einwurf. «Es durfte mich nicht beeinflussen, daß sein Anschlag nie geglückt wäre. Nie hätte eine andere Frau mich von dir zu trennen vermocht. Es mußte mir genügen, und es genügte mir, daß er von bösem Willen gegen dich erfüllt war und dir Kummer bereitet hatte. Und nun weißt du, warum ich Iskender Tschelebi strafte.»

«Iskender …?» wiederholte Roxelane, als träume sie.

«Du hast richtig erkannt, daß Chaireddin in dieser Sache nicht mitzählt. Er war nur der Arm, Iskender war der Kopf. Als der Alte in Haleb war, hat ihn der Defterdar dazu beschwatzt, Fondi zu überfallen und die Gonzaga für mich zu erbeuten. Eigens zu diesem Zweck brach Iskender eine Dienstreise nach Meraasch ab. Ibrahim weiß es. Er sagte es mir.»

Ganz in sich zusammengekauert hockte Roxelane da. Die Beine hatte sie an sich herangezogen und hielt sie umarmt. Ihr Gesicht lag auf ihren Knien. In sich selbst verkroch sie sich vor dem, was nun kommen mußte.

Soliman hatte mit einer Selbstverständlichkeit gesprochen, die ihr die Schwierigkeit ihres Unterfangens erst klarmachte. Wohl mochte er im Fall Barbarossa auf Roxelanes Seite neigen und anderer Meinung als Ibrahim sein; aber daß ihm ein Leben ohne Ibrahim unmöglich schien – das erkannte Roxelane auch.

Niemals hatte sie gedacht, daß es leicht sein würde, Soliman die Wahrheit zu sagen. Erst jetzt sah sie, wie schwer ihn die Wahrheit treffen, wieviel sie ihm nehmen würde. Und sie erschauerte.

«Du bist erschüttert», sagte Soliman und streichelte mit einer rührenden Zartheit ihre Haare.

Sie aber mußte daran denken, wie sie ihm seine Liebe damit vergelten wolle, daß sie sein Leben ärmer machte.

Aber auch daran dachte sie, daß ein Unschuldiger hatte sterben müssen!

Sie erhaschte seine Hand und schmiegte ihre Wange hinein, und die Hand wurde ihm feucht.

«Ja, ich bin erschüttert», sagte sie. «Über deine Liebe zu mir bin ich erschüttert – darüber, daß du es als einen Mord betrachtest, wenn man nur versucht, uns zu trennen. Dafür danke ich dir. Und es ist auch ein Mord. Aber ... ist Iskender der Mörder?»

Wie zu einem Kind sprach sie zu dem Mann, der groß und mächtig neben ihr stand, der nicht nur nach seinem Titel der

Herr zweier Weltteile war, sondern der auch den Geist besaß, die Länder, die ihm Allah gegeben hatte, in Wahrheit zu beherrschen.

In diesem Augenblick war der Kaiser dennoch ihr Kind.

«Überlege, Soliman», bat sie ihn. «So wenig wie Iskender ein Dieb war, konnte er der Mörder unserer Liebe sein.»

«Das wäre schrecklich!» stieß er aus.

Seine Träume erhoben sich wider ihn.

«Du mußt dich irren», sagte er dann. «Ibrahim hat es mir versichert. Glaubst du, er würde eines Unschuldigen Tod auf sein Gewissen laden?»

Doch Roxelane war entschlossen zu sagen, was gesagt werden mußte. «Das hat er in jedem Fall getan», antwortete sie. «Worin hatten sich die dreißig Schatzbeamten vergangen, die er foltern und töten ließ? Wenn Iskender kein Dieb war, wie du selbst sagst, so waren sie auch keine Diebe. Und mit Chaireddin hatten sie bestimmt nichts zu schaffen! Nein, Soliman, der Tod dieser dreißig war kein menschliches Irren – er war bewußter Mord, um Iskender zu treffen. Einen lästigen Wächter wollte Ibrahim in ihm beseitigen, einen Mann, der ihm das Recht auf deinen Sultanstitel bestritten hatte.»

Soliman schwieg.

Es berührte ihn tief, daß die geliebte Frau aussprach, was seine Nächte erfüllte.

«Iskender war unschuldig. Er war weder ein Dieb noch ein Verräter. Ich irre mich nicht», fuhr Roxelane fort. «Daß er seine Reise nach Meraasch abbrach, war wohl selbstverständlich. Nicht um mit Chaireddin zusammenzutreffen tat er das, sondern um sich vor seine Leute zu stellen und sich und sie gegen die heimtückische Anklage des Diebstahls zu verteidigen. Was hätte Iskender auch veranlassen sollen, mich von dir trennen zu wollen? Er war mit meiner vertrauten Dienerin vermählt. Wenigstens schmeicheln durfte er sich, daß ich ihm und seinen Wünschen wohlwollend gegenüberstände. Das war für ihn eine Gewißheit. Die Gonzaga dagegen kannte er gar nicht. Von ihr durfte er sich nichts versprechen. Und Iskender war kein Jüngling, kein Spieler, kein Schwärmer, sondern ein gesetzter, nüchterner Mann, der dir oft genug Proben seines klaren Verstandes gegeben hatte.»

«Es ist genug.»

Soliman wollte Roxelanes Worte abschütteln; aber sie saßen schon in ihm.

«Alles, was du sagst», sprach er gemäßigter weiter, «ist nichts als Vermutung. Ibrahim aber weiß und hat sein Wissen beschworen. Sieh es doch ein, Churrem: Ich habe doch keinen Grund, ihm nicht zu glauben!»

«Du hast viele Gründe, ihm nicht zu glauben!» erwiderte sie. «Oder sind die dreißig Unschuldigen kein Grund? Und der dünkelhafte Übermut, mit dem er über dich zu fremden Gesandten spricht, auch nicht? Ich weiß, du hast das oft als kleine Schwäche belächelt. Ich aber sage dir, es ist mehr. Er ist nicht mehr zu sättigen, sage ich dir! Sein Gehalt beträgt eine Million jährlich, und deine Geschenke belaufen sich auf das Vielfache davon. Einen Tugh mit sechs Roßschweifen hast du ihm bewilligt, er trägt deine Kleider und teilt dein Lager. Dein Reich hast du ihm anvertraut und hast ihm so viel gegeben, daß du ihm nichts mehr zu geben hast. Und jetzt beginnt er zu nehmen, was du ihm nicht geben kannst. Ich rede nicht von dem Vertrauen deines Heeres und deines Volkes, nicht von deiner Flotte, die dir verloren ist, wenn du deinem Wesir nicht Einhalt gebietest. Aber er nahm bereits deinen Titel an. Fürchtest du nicht, daß ihn eines Tages die Lust nach deinem Thron überkommen könnte?»

«Er ist mein Freund!» rief Soliman.

Es klang wie ein Schrei nach Hilfe.

«Nach dem Kanun ist er dein Schatten», sagte Roxelane.

«Ich glaube, du verstehst uns nicht», versuchte Soliman einzulenken, «ihn nicht und mich nicht. Sei versichert, er ist mein Freund. Und kann ein Sklave Freund sein? Er kann es nicht. Er kann lieben und hassen; aber Freund sein kann er nicht. Soll ich Ibrahim also verübeln, daß er kein Sklave ist?»

Sie wollte etwas sagen, doch er unterbrach sie.

«Churrem, meine Frau», bat er, «darf ich dir erzählen, wie es um mich stand, als ich in Magnesia Statthalter war? – Ich zitterte nicht um mein Leben, das nicht. Ich war ihm schon völlig entfremdet. Aber ich wußte, daß meine Mutter in Stambul jeden Tag darum kämpfen mußte. In meinem Harem hatte ich zwei Frauen – liebenswürdige Frauen –, nur daß ich leider ein Prinz und der Schemel ihrer Erhöhung war, so daß sie den Menschen darüber vergaßen. In meiner Umgebung konnte ich keinem trauen. Von niemand hätte ich zu sagen vermocht, ob er nicht bereits im Gürtel den Todesbefehl meines Vaters trage und nur auf die Gelegenheit warte, ihn zu vollstrecken. Damals, Churrem, traf ich Ibrahim, und für den war ich ein Mensch, nichts weiter. Und wenn ich auch zugeben muß, daß er über den Menschen den Padischah zuweilen nicht mehr bemerkt, so hat sich in dem einen, worauf es ankommt, doch nichts geändert. – Laß ihn mir, Churrem, ich bitte dich.»

Mit diesen Worten hatte Soliman das Schwerste auf Roxelanes Nacken gelegt, und es sah so aus, als wenn sie ihr Haupt nie wieder erheben würde.

«Du sprachst von deiner Mutter», begann sie leise, «ich dachte an sie.»

«Sie liebte ihn nie», wollte er vorbeugen.

«Sie fürchtete für dich», sagte Roxelane, «wie ich für dich fürchte. Und ich habe geschworen, deiner Mutter habe ich geschworen. Das will ich halten.»

«Tatsachen, Churrem, und keine Vermutungen!» mahnte Soliman.

«Tatsachen», antwortete sie.

«Beweise?»

«Den klaren Beweis!»

Soliman erbleichte.

«Den klaren Beweis sollst du haben», fuhr sie fort, «soweit es auf dieser Erde noch einen Beweis gibt. – Wer Chaireddin zu dem Anschlag auf Fondi verleitete, sollst du wissen. Es war Ibrahim selbst. Sieh her!»

Sie hatte den Wandbehang zurückgeschlagen und auf eine Feder gedrückt. Nun öffnete sich die Täfelung, und Roxelane zog eine Schrift hervor, die sie Soliman reichte.

«Ich hatte heute keine Gelegenheit, dir das Schriftstück zu geben. Es ist Chaireddins Immediatbericht.»

«Den er mir durch dich sendet?» fragte Soliman.

«Sollte er ihn dir durch den Großwesir zuleiten, der sich seiner entledigen möchte, wie er sich Iskenders entledigt hat? Ich weiß, Chaireddin hat kein Recht zu unmittelbarem Bericht an den Thron. Aber ich denke, siebzig Schiffe und fünfundzwanzigtausend unersetzliche Seeleute sind eine Übertretung wert.»

«Sie sind es», gab Soliman zu. «Was soll ich lesen?»

«Dies zuerst!» sagte Roxelane und zeigte ihm die Stelle, die von Fondi handelte.

Und Soliman las.

Roxelane setzte sich abseits. Sie konnte den Gram nicht ansehen, der in Solimans Gesicht stieg.

«Du hattest recht», sagte er dann mit einer Ruhe, vor der es Roxelane graute.

Zorn, Schmerz wären ihr lieber gewesen als diese Ruhe.

«Übereile dich nicht!» hielt sie ihm darum vor. «Prüfe erst, ob Chaireddin nicht log.»

Sie sagte das nur, um ihn seiner Starre zu entreißen; denn sie selbst war überzeugt.

Aber Soliman war es ebenfalls.

«Hier ist nicht mehr zu zweifeln», sagte er. «Wäre Chaireddin sich einer Schuld bewußt, hätte er sie weit eher auf den toten Iskender abgewälzt. Warum sollte er sich danach drängen, mit dem lebendigen Ibrahim zu fallen?»

«So wird Ibrahim fallen?» stieß Roxelane nach.

Voll Erwartung sah sie ihn an.

Doch Soliman gab keine Antwort und setzte sich.

Er war plötzlich so müde!

Trotzdem gab sein Erinnern ihn nicht frei. Ganz klar sah er, hörte er wieder alles.

Er hatte Ibrahim gegenüber die Frage aufgeworfen, ob nicht am Ende ein anderer den Barbarossa verleitet haben möge, worauf Ibrahim in seiner gefälligen Art auf ein neues Thema übergegangen war und daran erinnert hatte, daß Fondi das alte Fundum der Römer sei. Ein Zitat Horazischer Verse war gefolgt. Es war die Schilderung gewesen, wie der Dichter mit seinen Freunden den Stadtschreiber, dessen breit verbrämte Toga sowie dessen Kohlenpfanne belacht hatten, die der Dummstolze sich zur Erhöhung seines Ansehens hatte vorantragen lassen.

Diese Anekdote war dann der Ausgangspunkt eines Gesprächs geworden, über das Soliman seine Frage und seine Pflicht vergessen hatte, und jetzt stand er vor dem Ergebnis dieser Vergeßlichkeit, das nichts anderes als der schmähliche Tod eines verdienten Mannes gewesen war.

Es ekelte Soliman, und aus diesem Ekel heraus begann er zu sprechen.

«Achtzehn Jahre habe ich an den Menschen Ibrahim geglaubt, und achtzehn Jahre war dieser Glaube zuerst mein Trost, dann meine Freude. Für alles muß bezahlt werden, auch für diese achtzehn Jahre, und das furchtbare ist nur, daß ich, weil ich bezahlen muß, meine Pflicht nicht erfüllen kann. Ich kann Ibrahim nicht absetzen, ohne ihn zu töten. Ich kenne die Kraft seines Lachens und seiner halben Worte. Er ist gefährlicher als ein osmanischer Prinz. Und ich kann ihn nicht töten. Denn ich habe ihn mit einem Eid seines Lebens versichert. Glaube mir, Churrem, ich schwor es bei Allah!»

Roxelane nickte traurig.

Wohl hatte sie gehofft, daß Soliman ihr das Letzte ersparen würde, aber da er es nicht tat, erlosch sie. Nichts blieb in ihr als der Wille und das Bekenntnis zu dem, was geschehen mußte.

«Ich habe dich gefragt», begann sie, «ob du dich nicht fürchtest, Ibrahim möge eines Tages Lust auf deinen Thron bekommen. Laß mich dich jetzt etwas ganz anderes fragen. Was tat Timur Lenk, als er Bajesid Jilderim bei Angora besiegt hatte? Du weißt es. Er ließ Bajesids Frau an der Tafel der Männer bedienen. Auch Soliman hat eine Frau und hat einen Freund.»

«Churrem!» rief Soliman sie. «Werde nicht unmäßig in deiner Erbitterung.»

Roxelane schüttelte den Kopf.

«Auch ich muß dich mahnen, mein Soliman», sagte sie, «daß du nicht voreilig urteilst und hörst, was ich dir zu berichten habe.»

Soliman blickte auf.

Er fühlte den Blitz und wußte nur noch nicht, wann er niederfahren würde.

«Ich höre», sagte er.

«So frage ich dich weiter», fuhr sie fort. «Ging es dem lahmen Timur um die Dienstleistung der Sultana? Aber Tausende von Sklavenhänden standen ihm zu Gebote. Darum ging es ihm nicht. Der Mongole wollte deinem Ahn Bajesid das Schwerste an Demütigung und Erniedrigung antun. Weil er fühlte, daß die verlorene Schlacht den Gegner noch nicht vernichtet habe, wollte er ihn auf diese Weise unter seine Füße treten. Deswegen gab er die Scham von Bajesids Gattin preis.»

«Was soll dies Gleichnis?» trieb Soliman sie voran.

Doch Roxelane ließ sich nicht drängen. Keine Ausflucht wollte sie offenlassen. Die Entscheidung stand bevor, und es handelte sich um ihre Kinder und um Soliman selbst.

«Timur, der Sohn des Glücks, zeigte wenig Großmut gegen den im Purpur geborenen Herrscher. Der Sklave aber, zu reich beschenkt, kennt überhaupt keine Grenze seines Begehrens. Er dünkt sich erst Herr seines Herrn, wenn er alles besitzt, was der andere einst besaß. Und was der Sklave nicht besitzen kann, darf der andere wenigstens nicht behalten, nicht seine Würde und nicht seine Ehre. Nicht einmal der Tod des Gebieters kann den Sklaven so befriedigen wie dessen Schande.»

«Churrem!»

«Deine Schande, Soliman», vollendete Roxelane.

Der Blitz hatte gezündet.

Auge in Auge standen sich der Mann und die Frau gegenüber, und Roxelane senkte den Blick nicht.

«In seinem Haus hat Ibrahim dir Schande angetan. Es ist ein Verbrechen, das ich dir nennen muß und nennen will. Du sollst wissen, daß Ibrahim nach der Scham deines Weibes griff. Wirst du ihn auch dafür ungestraft lassen?»

Und dann erzählte sie von Ninos Hochzeitsfeier in Esmas Bad, von der verriegelten Tür und dem verschwundenen Kreuz.

«Und das Kreuz?»

Soliman stellte die Frage, trotzdem er die Antwort kannte.

«Das Kreuz hat Ibrahim», sagte Roxelane fest. «Und glaube nicht, daß er seine Lust suchte, als er mich nackt sah – er suchte nur deine Schmach.»

Ein Schweigen folgte, das angefüllt mit Entsetzen war. Denn Soliman zweifelte nicht daran, daß Roxelane die Wahrheit sprach. Und er zweifelte nicht mehr an Ibrahims Schuld.

Sie aber war wie der Arzt mit dem Messer in der Hand. Die Mitleidige war ohne Mitleid. Sie war wie aus Stein.

«Prüfe meine Worte», sagte sie. «Sieh nach, ob er das Kreuz hat.» – Damit ging sie aus dem Zimmer.

Das erste Grau des kommenden Morgens machte die Kerzen fahl.

Soliman folgte ihr nicht.

37

Am folgenden Tag hielt der Kaiser sich seiner Gattin fern, wenn er ihr auch, um nicht den Anschein einer Unstimmigkeit zu erwecken, statt einer nachgeordneten Persönlichkeit sogar den Kapu Aga sandte, um sein Bedauern darüber auszudrücken, daß Geschäfte seine Besuche leider für kurze Zeit unterbrächen.

Bolil Aga war offenbar beunruhigt, als er in Begleitung seines Kollegen vom Haremsdienst, des Kislar Aga, Solimans Botschaft überbrachte. Aber Roxelane übersah seine Unruhe und fragte ihn nicht, trotzdem er wohl das Gegenteil erwartet hatte.

Sie konnte sich auch ohne Bolil denken, wie es um Soliman stand, und anstatt den Kapu Aga unter vier Augen auszufragen, empfing sie lieber den Mufti.

Der Inhaber dieser Würde war ebenso neu wie der Kislar Aga. Lokman Aga, der Kislar, und Kemal Paschasade, der Mufti, waren beide tot. Seit anderthalb Jahren war Saadi Effendi Mufti, und der hatte sich durch ein außerordentliches Gedächtnis und seine Randglossen zum berühmtesten Kommentar des Korans einen Namen gemacht.

Saadi verneigte sich mit seinen zwei Mulasim, den beiden Assessoren, die er als Sekretäre mitgebracht hatte, vor dem Schleiervorhang, hinter dem sich Roxelane befand.

«Mein Vater», sagte sie, «Ihre Tochter bittet um Belehrung. Erlauben Eure Heiligkeit, daß ich zu Ihren Füßen sitze?»

Der alte Herr mit dem gepflegten weißen Bart ließ sich auf dem Ehrensitz nieder, und Roxelane sank auf ein Polster.

Außer den drei Geistlichen und der Sultana war niemand im Raum. «Ich höre, Eure Hoheit», sagte Saadi.

«Und ich danke Eurer Heiligkeit, daß Sie sich ins Serail bemüht haben. Aber in meinem Gewissen beunruhigt, bedarf ich Ihres väterlichen Rates.»

«Sprechen Sie, meine Tochter.»

«Allahs Gnade hat so sichtbar über meinem irdischen Wandel geleuchtet, daß es mich bedrückt, so wenig zur Verherrlichung Seines Namens getan zu haben. Auch gebietet der Prophet, daß der Gläubige seinen Nächsten nicht vergessen, sondern Almosen spenden soll. Was raten mir Eure Heiligkeit, um mein mahnendes Gewissen zu besänftigen?»

Seit Saadi Effendi Roxelanes Botschaft erhalten hatte, waren seine Gedanken auf die Frage gerichtet gewesen, was die Sultana wohl von ihm wolle.

Diese Frage war noch nicht beantwortet. Doch verstand er wohl, daß Roxelane ihm für die Erfüllung ihrer Bitte eine Bezahlung anbot, aus deren Höhe er auf die Größe des Begehrens würde schließen können.

Seine Aufgabe war jetzt, darauf zu achten, daß die Belohnung nicht hinter der Bitte zurückbleibe.

Denn die Sultana hatte sich zwar von der Unklugheit des anderen kaiserlichen Günstlings ferngehalten und in keiner Weise wie Ibrahim öffentlich eine Verachtung der Gesetze und des Korans an den Tag gelegt; aber sie hatte ihre Frömmigkeit auch nicht so betätigt, wie es ihr Reichtum erlaubt hätte. War sie aber jetzt dazu bereit, so würde der Zögernden nichts in den Weg gelegt werden. Jeder Tag war gleich gut, sich Allah zu nahen. Und wenn Roxelanes Verlangen dem Islam nicht widersprechen sollte – so war Saadi bereit, ihr zu gewähren, was sie erbitten würde.

«Allah ist groß», fing er vorsichtig an, «und das Gebet der Menschen fügt ihm nichts hinzu. Aber das schönste Almosen ist es, den Nächsten eine Stätte zu bereiten, wo sie Ihn anzubeten vermögen.»

Die beiden Mulasim warfen sich einen raschen Blick zu, und dieser Blick besagte, daß Seine Heiligkeit gar nicht blöde sei, gleich eine Moschee zu verlangen und womöglich noch die einträgliche Verwaltung des Stiftungsvermögens für sich selbst. Ein leichter, freudiger Schreck durchfuhr denn auch Saadi, als Roxelane ihm ohne weiteres zustimmte.

«Sie haben recht, Heiligkeit, eine Moschee also.»

Und dann sprach sie davon, daß es ihr als Frau nicht zukomme, ihrer Moschee eine Hochschule anzugliedern, und daß sie darum ein Hospital für bedürftige Frauen bei der Weihestätte errichten und die Verwaltung der Stiftung in Seiner Heiligkeit Hände legen möchte...

Noch einiges fügte sie hinzu; aber das war nur der Übergang zu der Frage, die sie der höchsten Würde des Gesetzes vorzulegen entschlossen war.

Der Preis war gezeigt – jetzt kam das Ersuchen.

Um die Feierlichkeit zu erhöhen, legte Roxelane erst eine Pause ein, ehe sie begann.

Keinen Namen nannte sie, und doch konnten der Mufti und seine Mulasim sich denken, daß Ibrahim und Soliman gemeint seien. Und Roxelane wiederum wußte um das Wissen der drei.

So erzählte sie denn von einem Herrn und einem Sklaven. Mehr Freunde als Herr und Sklave seien sie gewesen, und eines Tages habe sich der Gebieter bewogen gefunden, dem Diener bei Allah zu schwören, niemals dessen Leben anzutasten.

«Allah ist Allah, und ein Eid ist ein Eid», erklärte der Mufti.

«Gepriesen sei Er und Sein Name!»

Roxelane verneigte sich tief bei ihren Worten.

Scheinbar war damit auch schon alles zu Ende und Ibrahims Leben vom Scheich des Islams für unantastbar erklärt worden. In Wirklichkeit begann Saadi aber nur zu überlegen.

Kein Padischah konnte es wagen, sich an einem Ulema zu vergreifen. Wenn der Würdenträger des Gesetzes nicht so unvorsichtig war, sich aus Eitelkeit zum Pascha machen und eine Staatswürde übertragen zu lassen – konnte ihm nichts geschehen, weder an seinem Leben noch an seinem Vermögen.

Es gab kaum eine Geburtsaristokratie in der Türkei. Außer der herrschenden Familie Osman waren es noch die Nachkommen von ehemals regierenden Familien, die Seids, die Nachkommen des Propheten, und die Michailoghli, die Ewrenos und andere Familien, die bereits zu den Verbündeten Osmans gehört hatten. Von dieser dünnen Schicht abgesehen, waren die einzige und eine sehr einflußreiche Aristokratie die Ketten der Ulema, in denen sich die aufgehäuften Reichtümer unangetastet von den Vätern auf die Söhne und Töchter vererbten, die wieder durchweg Söhne und Töchter von Ulema heirateten.

Diese Unantastbarkeit galt bereits für den Sohn in der Wiege, der stets ins Register der Moschee eingeschrieben wurde, wieviel mehr nicht für das ehrwürdige Haupt der Lehre!

Aber Saadi Effendi hatte diese Lehre auch gegen ihre Verächter zu verteidigen, und Ibrahim war unbestreitbar ein Spötter. Der Koran und seine berufenen Vertreter waren in Gefahr. Heute verletzte der Großwesir das Heiligtum des Frauengemachs und vergriff sich am Geld einer Witwe – konnte ihn nicht morgen der Übermut treiben, einem Ulema zu nahezutreten? Wenn Saadi nun auch trotz dieser Umstände durchaus gewillt war, den angebotenen Preis für sein Fetwa zu nehmen, so konnte er sich am Ende seiner Betrachtungen doch nicht der Einsicht verschließen, daß die neuerdings so fromme Sultana eher eine Verbündete als eine Bittstellerin sei.

Nur eines störte den schönen Greis im weißen, zobelbesetzten Gewand: daß Soliman ihm nicht selbst die verfängliche Frage vorgelegt habe. Jetzt stehe die Sache so, sagte sich Saadi, daß Roxelane Sultana Ibrahims Leben verlange, Soliman sich aber mit Rücksicht auf die alte Freundschaft noch widersetze und vielleicht gar seinen Eid als wohltätiges Hindernis empfinde, der Gattin zu willfahren. Es mochte gefährlich sein, dieses Hindernis hinwegzuräumen.

Doch wenn Saadi auch nicht der berühmte Kemal Paschasade war, so war er doch immerhin Mufti genug, um in der Stunde einer großen Entscheidung über sich selbst hinauszuwachsen.

Was Soliman nicht verlangt habe, solle Roxelane gegeben werden, entschied Saadi bei sich, und sein Gebet solle die Sultana begleiten, daß Allah alles zu einem guten Ende führe.

Ein heiliges Schweigen herrschte im Raum, während der Wahrer des Islams mit sich zu Rate ging. Die beiden Mulasim harrten ebenso gespannt seiner Worte wie Roxelane selbst, und als sich jetzt seine Lippen bewegten, knieten sie nieder und berührten voll Ehrfurcht mit ihren Stirnen den Boden.

«Es steht geschrieben», hob Saadi an, «der Schlaf gleicht dem Tode. Also ist ein Schlafender nicht als Lebender zu achten. Was dem Schlafenden geschieht, widerfährt dem Lebendigen mitnichten. Und was dem Lebendigen versprochen wurde – darauf hat der Schlafende keinen Anspruch.»

«Amin», sagten die Mulasim, die jedes Wort behalten hatten und nun niederschrieben.

«Ist das ein Fetwa?» fragte Roxelane.

«Es ist ein Fetwa», bestätigte Saadi, «und du kannst es gesiegelt haben, meine Tochter, wenn du das begehrst.»

«Ich begehre es!» erklärte Roxelane.

38

Es war wieder einmal Ramadan, und die Stunde des Gebets war gewesen. Soliman hatte den Harem seit Tagen nicht mehr betreten, und jetzt, da ihm das Mahl aufgetragen wurde, saß er, von seinem Hofstaat umstanden, als einziger vor den Speisen. Weil es der Kanun so befahl, aß er allein. Im Köschk Hebetullah war es anders gewesen. Man hob den Deckel der ersten Schüssel.

Aber nichts Eßbares war darin.

Trotzdem verzog nicht einer der Hofbeamten, keiner der Vorkoster – der Speisenmeister nicht und nicht der Kellermeister – auch nur einen einzigen Muskel ihrer bartlosen Eunuchengesichter.

Statt des Pilaws befand sich ein Papier in der Schüssel.

Soliman nahm es und las.

Es war das Fetwa.

«Und was dem Lebendigen versprochen wurde – darauf hat der Schlafende keinen Anspruch.»

Soliman dachte an einen anderen Satz.

«Nie soll meine Gunst dir fehlen. Und niemals werde ich dich töten.» Es waren seine eigenen Worte gewesen. Er selbst hatte sie in einem Zelt auf Rhodos zu Ibrahim gesprochen, zu einem wachen Ibrahim und zu keinem schlafenden. Auf ein Versprechen aber, einem Lebendigen gegeben, sollte nach dem Fetwa der Schläfer keinen Anspruch haben, weil ein Schlafender nicht als Lebender zu achten sei.

Ein Todesurteil war verkündet worden und harrte nur des Vollstreckers.

Ohne gegessen zu haben, erhob sich Soliman und verlangte Schreibgerät. Zwei Zeilen schrieb er nur. Dann faltete er das Billett und drückte sein eigenes Siegel darauf, das zum Unterschied von den drei anderen viereckig war, und zuletzt adressierte er an Seine Hoheit den Großwesir.

Nach seiner Rückkehr hatte der Kaiser Ibrahim nicht mehr unter vier Augen gesprochen.

Jetzt ließ er ihn holen, um mit ihm die Nacht zu verbringen. Der Raum der Zusammenkunft war nicht groß und nur durch ein Ankleidezimmer von dem getrennt, den Soliman diese Nacht zum Schlafen gewählt hatte.

«Ich habe dich Freuden entrissen, mein Ibrahim», sagte Soliman gerade, «die sicher anziehender waren als die Aufgabe, einem Schwermütigen die Zeit zu verkürzen.»

«Wenn du glaubst, daß ich das Zeitverkürzen verstehe, hättest du mich schon früher rufen lassen sollen», meinte Ibrahim. «Ich vermute, du hattest eine Aufheiterung nicht erst heute nötig? Du bist blaß unter deiner Bräune.»

Wie es seiner Stimmung entsprach, war Ibrahim in Pagentracht erschienen.

Er war glücklich über die Einladung, die er so lange vermißt hatte, und über den Abschluß des Handelsvertrags mit

Laforet. Mit Chaireddin, dem alten Starrkopf, hoffte er nach diesem neuen Beweis seiner eigenen Unentbehrlichkeit für Soliman auch noch fertig zu werden. Es war alles wieder so wie einst, und er freute sich auf die Nacht mit dem Freund, an dem er sich wie an dem ruhigen Glanz einer geweihten Kerze stets von neuem entzündete.

Wie Blut und Bernstein funkelten die Karaffen. Und wenn auch kein eigentliches Mahl auf den niedrigen Tischen stand, so warteten doch die Früchte, die gesalzenen Mandeln, gepfefferten Fische und das Zuckerwerk nur darauf, die Gaumen des Trinker je nach deren Belieben anzureizen oder zu besänftigen. Ibrahim goß den Wein hinunter. Soliman trank sinnend und mit Maß. Er hätte sprechen mögen und mußte schweigen.

Wie hätte er als Moslem zu einem anderen Mann – und sei es der Vertrauteste! – von seiner Frau reden können? Das war gut für ungläubige und ungesittete Barbaren. Schwatzsüchtige Griechen mochten das tun; aber kein rechtgläubiger Lastträger würde sich so vergessen, geschweige ein Kaiser.

Da er aber von seinem Kummer nicht reden konnte, verlangte er Musik.

Ibrahim war auch sofort bereit.

Es hatte ihn selbst dazu gedrängt; denn ihm war es, als habe er die Geige noch nie wie heute gemeistert.

«Diese Steigerung jetzt!» rief er während des Spielens. «Und nun die Lösung! Hörst du, wie Gebundenes sich löst, Soliman?»

Soliman hörte es.

«Mit dir würde ein großer Künstler zugrunde gehen», meinte er.

Ibrahim berauschte sich an dem Lob, das ihn unvergleichlich dünkte.

«Trink», forderte Soliman ihn auf. «Dein Wohl!»

«Ich trinke auf das deine!» rief Ibrahim und leerte sein Glas.

Viele Male wiederholte er das spielend und trinkend, so

oft, daß er gar nicht wahrnahm, wie sich der Kummer immer dichter auf Soliman senkte. Denn immer gerade dann, wenn der Kaiser wieder nichts als Freund sein und sich in den Garten von Magnesia zurückträumen wollte, vertrieb ihn ein anderer Gedanke aus dem Paradies.

Und nun übernahm er das Mundschenkenamt und füllte von neuem Ibrahims Becher. – Der aber begeisterte sich.

«Ich habe mir schon lange gewünscht, wieder einmal vor dir zu spielen!» rief er.

«Du spielst falsch», sagte Soliman.

«Das meinst du wegen der Dissonanz», unterbrach Ibrahim sein Spiel. «Aber merke auf, wie ich sie überwölbe, und nun höre! Jetzt ist sie Harmonie geworden. Hörst du?»

«Ich höre dich, du Bezwinger der Dissonanzen, die du selber hervorriefst.»

In den Worten schwang der Spott einer Verzweiflung mit, die Ibrahim nicht mehr vernahm.

«Ja, Dissonanzen!» schrie er. «Dissonanzen!»

Wild und sinnlos strich er über die Saiten und sank dann zurück. Sein Lächeln war wie sein letztes Spiel.

Er war betrunken.

Doch da Soliman jetzt zu zechen begann, wurde sich Ibrahim dessen gar nicht bewußt und tat dem Freund prahlerisch Bescheid, bis der letzte seiner Sinne von ihm gewichen war.

Ibrahim schlief.

Soliman stand vor ihm und betrachtete ihn lange voll Mitleid und Gram. Auf seinem Antlitz glomm kaum noch ein Funke von Hoffnung.

Die Hände zitterten ihm vor Furcht, als er sich auf den Röchelnden niederbeugte, um ihm das Gewand am Hals zu öffnen.

Als er dann aber die feine Kette löste, an der das silberne Kreuz hing, das Kreuz Serafims – da zitterte er nicht mehr. Doch die letzte Hoffnung war aus seinem Gesicht gewichen und mit der Hoffnung das Mitleid. Jetzt war er nur noch der Mann, der seine Frau vor der Brunst des anderen schützte.

«Er hat das Kreuz», klang es in Soliman, «er hat das Kreuz...»

Und die Worte nahmen die Melodie der Fatihe an, der ersten Sure, die das Totengebet ist.

Alle Kerzen löschte Soliman, bis auf eine, die er zu Häupten des Schlafenden stellte. Dann entfernte er sich lautlos und gab mit seiner Entfernung das Zeichen.

Im Schlafzimmer hielt Soliman inne und stieß den Riegel vor. Er wartete und horchte zum verlassenen Freund hin, von dem er sich auf immer geschieden hatte.

Nur zwei Wände und ein Zimmer lagen zwischen ihnen – dennoch war die Entfernung in diesem Leben nicht mehr zu überwinden. Denn jetzt würde sich aus dem Schatten ein Schatten erheben. Immer näher würde der Neger der Kerze kommen, und dann...

Ein Schatten erhob sich. Aber vor ihm selbst!

Sei es schon soweit gewesen, fragte er sich, und sende Ibrahim das Verderben jetzt ihm?

Doch dann flüsterte der Schatten vor ihm, und dann war der Schatten Roxelane.

Noch nie war sie zu ihm gekommen. Immer hatte er sie aufgesucht.

Jetzt jedoch war sie da, und er spürte ihre Wärme durch das leichte Kleid. Er hielt das Leben. Jenseits der Tür war der Tod. Es war gut, es war sehr gut, daß er das Leben in seinen Armen hielt.

Denn mochte der Tod auch als ein unhörbarer Schatten gekommen sein – jetzt wurde er körperhaft und laut.

Ein Schrei durchriß die Stille.

«Hilfe...!» schrie es.

Und es war des Freundes Stimme, die schrie.

«Soliman...!» schrie die Stimme. «Hilf mir! Soliman...!»

Selbst in diesem Augenblick konnte der Freund nicht glauben, daß ihn der Freund verurteilt habe.

«Ich lasse dich nicht!» flüsterte es neben ihm, und das war Roxelane.

Sie stand an der Tür.

Das Gewand war ihr beim Ringen zerrissen, und er spürte ihre nackte Haut.

«Er schläft nicht, Churrem! Er ist erwacht!» flehte er.

Man hörte das Poltern gestürzter Möbel, das Klirren und Krachen zerschmetterter Gefäße. Trotz seiner mittleren Größe war Ibrahim stark und gewandt. Als ein gefährlicher Gegner erwies er sich für den riesigen Neger, und Soliman fühlte, wie er stolz auf diese Gewandtheit und Stärke des Freundes war – und wie er ihm den Sieg wünschte!

«Ich lasse dich nicht zu ihm!»

Es war Roxelane, die es rief. Sie war nur noch kämpfende Mutter, eine Frau, die sich schützend vor ihren Mann warf.

Für Soliman gab es keinen Weg zurück in den Garten. Wie ein zorniger Engel stand die Frau auf dem Weg.

Sie umklammerte seinen Kopf und hielt ihm die Ohren zu, damit er nicht höre.

Und er dachte an nichts als an Flucht.

Flucht vor der Welt wollte er, vor dem Leben, vor sich selbst. Flucht in die Stille und in das Dunkle, zurück in den mütterlichen Schoß, zu den Urmüttern des Erdreichs, aus dem er gekommen war. Ausgelöscht wollte er werden, auslöschen in der Frau, die ihm den Garten wehrte und deren Fleisch er mit Händen griff. Eine Woge todesnaher, unwiderstehlicher Wollust schlug über ihm und seiner Verzweiflung zusammen.

Nichts wußte er mehr von sich und dem Freund, und die Erde verschlang ihn.

Wie Caesar starb Ibrahim an den Iden des März, am Fünfzehnten dieses Monats im fünfzehnhundertsechsunddreißigsten Jahr nach der Geburt des Sohnes der Maria.

Sein Leichnam wurde im Derwischkloster zu Galata begraben. Ein Baum bezeichnet die Stätte.

Roxelane gebar im Dezember des gleichen Jahres einen Sohn.

Die Eltern nannten ihn Bajesid.

Drittes Buch

39

Konstantinopel war schwarz beflort. In Ungarn hatte Soliman freilich gesiegt. Anlaß des Feldzugs war König Johann Zapolyas Tod gewesen, den Wien zur Gewinnung Ungarns auszunützen sich bestrebt hatte. Aber Briefe der Königinwitwe Isabella an Soliman und an Roxelane hatten den Kaiser veranlaßt, zugunsten von Zapolyas nachgeborenem Sohn Sigismund persönlich einzugreifen und Ungarn einstweilen für sich selbst zu nehmen. Bis zur späteren Entschädigung war die junge königliche Witwe mit ihrem Säugling nach Siebenbürgen geschickt worden. Vorher schon hatte Soliman den Krieg gegen Venedig gewonnen.

Im Glanz einer nie gesehenen Machtfülle thronte also der immer siegreiche Padischah zu Konstantinopel, und trotzdem hatte die Hauptstadt Trauer angelegt.

Denn Roxelanes und Solimans ältester Sohn, die Freude seiner Eltern, die Hoffnung des Reichs, Sultan Mohammed Soliman Khan, war am 6. November 1543 in Magnesia, der Hauptstadt seiner Statthalterschaft Saruchan, im Alter von 21 Jahren verschieden.

Nur eine kleine zweijährige Prinzessin hatte er hinterlassen – keinen Sohn.

Roxelane merkte kaum, daß man ihr die schwarzen Kleider anlegte, und doch war eine Menge von Menschen um sie bemüht. Denn wegen des bevorstehenden Begräbnisses hatte man den Großen Dienst für sie aufgeboten. Sie aber starrte durch die Menschen, wie sie durch die Wände starrte.

Wohl stand sie hochaufgerichtet da. Viele Genossinnen ihrer Jugend, und jüngere als sie, hatten keine Erinnerung an ihre einstige Blüte aufzuweisen. Dick waren diese Schönheiten geworden, oder sie waren verdorrt. Wenige nur hatten Spuren von ihren Reizen bewahrt.

An Roxelane war die Zeit fast ohne sie zu berühren vorübergegangen. Einige silberne Fäden konnten das kupferne Leuchten ihrer Flechten kaum beeinträchtigen. Winzige Falten machten ihre Augen wissender und weicher als die eines Mädchens oder einer jungen Frau. Die Umrisse ihrer Gestalt waren unverschwommen und klar wie die Züge ihres Gesichts. Noch immer beherrschten es die Backenknochen, die blaugrauen Augen, der etwas zu große Mund, die kräftigen weißen Zähne, und ihre Haut hatte jenen durchsichtigen Glanz wie einst, nur daß auf den Wangen ein Pfirsichhauch lag, der nicht ganz natürlich schien und doch nicht von Schminke herrührte, sondern dem Kundigen eher ein Leiden anzeigte. Gebietender freilich war Roxelane in Haltung und Bewegung geworden. Ihre Anmut aber hatte sie darum nicht verlassen.

Es war schwer, in dieser Neununddreißigjährigen die Großmutter zu sehen, die sie war.

Nun jedoch hatte das doppelte Gewicht von Trauer und Sorge die Fröhliche versteinert.

Sieben kampflose Jahre lagen hinter ihr.

Zwar hatte sich der Gedanke an Esmas Geschick hin und wieder wie ein Nebel auf ihr Glück gesenkt, und nie mehr würde sie die stumme Verzweiflung vergessen, in die Ibrahims Ende die Freundin gestürzt hatte. Aber sonst waren es für Roxelane und ihre Kinder Jahre der Ruhe und Sicherheit gewesen.

Wenig hatte es ihr verschlagen, daß Mustafa noch immer Statthalter in Magnesia gewesen war; denn der Tag der Bereinigung hatte kommen müssen und war gekommen.

Noch nicht zwei Jahre war es her, da hatte ihr Ältester Mustafas Provinz bekommen, die Statthalterschaft des Schahzadey, des Thronfolgers, weil der Weg von Magnesia bis Konstantinopel zum Vater und nach dessen Tod zum Thron der kürzeste war.

Scheinbar ohne Widerstand hatte sich Saffiejes Sohn schon vorher in seine neue Provinz nach Amasia am Pontus begeben, wobei ihm der Wechsel des Amtes durch eine Vermehrung seiner jährlichen Einkünfte um eine halbe Million Asper vergütet worden war. Und zuletzt hatte auch Roxelanes zweiter Sohn Selim eine Statthalterschaft erhalten. Nach Konia war er gegangen.

Alles war nach Roxelanes Willen geschehen.

Das Volk und das Heer hatten Mohammed Soliman geliebt, und bei ihm, dessen fester und vornehmer Gesinnung sie immer sicher gewesen war, hatte sie das Leben ihrer drei anderen Söhne und auch das ihres Stiefsohns Mustafa ungefährdet gewußt.

Nun aber erhob sich mit dem Tod ihres ältesten Sohnes Mustafas Kandidatur von neuem.

Prinz Selim war wenig beliebt, Dschihangir ein Krüppel, der nach osmanischer Vorstellung den Thron nicht besteigen konnte, und Bajesid war noch zu jung. Bis er herangewachsen wäre, würde sich die öffentliche Meinung längst entschieden haben.

Dagegen galt Mustafa als ein gerechter Fürst und Beschützer der Wissenschaften. Unter dem Dichternamen Muchlißi, des Aufrichtigen, hatte er selbst Gedichte verfaßt, die sogar vom Lyriker Baki gelobt worden waren, und mit dem Philologen Sururi war er befreundet.

Nach Mohammeds Tod war Mustafa zweifellos unter den Söhnen Solimans die glänzendste Erscheinung, und Roxelane sah es kommen, daß sich aller Augen ihm zuwenden würden.

Nicht einmal gleich im Rang stand sie seiner Mutter Saffieje gegenüber, der sie nach Hafsa Chatuns Willen den Titel einer Chasseki gelassen hatte, und alles schien ihr genauso grau, als wenn Ibrahim nie gestorben wäre.

Wieder und wieder mußte sie an ihre Schwiegermutter denken und an den Schwur, den sie ihr geleistet hatte.

«Dein Handeln aber sei», hatte Hafsa Chatun gesagt, «nicht zu dulden, daß Mustafa ein Leid geschehe. Denn jeder Mutter Sohn ist ein Sohn und jeder Getötete ein Toter.»

Und auf die Frage der Sterbenden, ob das ein Eid sei, hatte Roxelane mit fester Stimme bejaht.

Die Tote hatte sie nicht geliebt, aber sie hatte ihr vertraut.

«O Serafim!» seufzte Roxelane.

Ihre Knie wurden schwach, und sie beugte sie vor Serafims Gott, oder vor welchem auch immer, weil er ja doch stets derselbe war.

Ein Wink der Obersthofmeisterin, und die Gebieterin war allein mit ihrem Gebet.

Alle Herrschaft geht zugrunde,
Aller Menschen harrt die Stunde –

klagt das Totengebet im dumpfen Wohllaut aus den Kehlen der Koranleser, und:

Er allein, in dessen Händen
Alles ruht, wird niemals enden,
Zeit und Tod sind nichts vor Ihm –

übersteigerten die höheren Stimmen die Klage.

Roxelane schluchzte laut auf und eilte ans Fenster.

Es war ihr Sohn, ihr eigenes Kind, das man beklagte. Den Hinweis auf den Höchsten aber hatte sie überhört.

Sie blickte aus dem Fenster und auf das Goldene Horn.

So weit Roxelanes Blicke reichten, standen alle, die im Staat und an der Moschee etwas bedeuteten, mit den Truppen des kaiserlichen Hauses und mit den Janitscharen und Sipahi in Trauergewändern oder umflort auf der Lände.

Von der Galeere, die im Geleit einer Flotte den toten Prinzen von Smyrna zur Hauptstadt gebracht hatte, war der Sarg ausgebootet worden.

Der Säbel und der Staatsturban des Verstorbenen leuchteten auf dem Schwarz. Aber bald würde die Erde auch dieses letzte Aufflackern einer zeitlichen Pracht verschlungen haben. Denn schon traten die Wesire heran, um den Schwarzverhangenen auf ihre Schultern zu nehmen und zum Platz bei den Quartieren der Janitscharen zu tragen. Später sollte sich über dem Grab eine Moschee erheben. So hatte es Roxelane gewünscht, und ihre Stiftung, die sie vor sieben Jahren beim verstorbenen Mufti Saadi Effendi hinterlegt hatte, war von ihr dazu bestimmt worden.

Als die Schultern der höchsten Staatsdiener den Sarg berührten, schossen die Flotte und die Strandbatterien Salut.

Zugleich erhob sich das Wehgeschrei der Truppen und der ganzen Stadt.

Ein Sohn des Padischah war gestorben. Der Schahzadey war dahin. Wesire waren die Sargträger.

Jeder von ihnen hatte ein Recht auf diesen Dienst, nur daß der gegenwärtige Großwesir sein Recht nicht ausüben konnte.

Großwesir war nämlich der bald neunzigjährige Eunuch Suleiman Pascha. Er führte das Siegel, das Ibrahim einst in seinen allmächtigen Händen gehalten hatte. Aber um den Sarg zu tragen war Suleiman Pascha zu fett.

Nur um ihm voranschreiten zu können, mußte er bereits von zwei Kämmerern gestützt werden. Und der eine von diesen beiden war Mohammed Sokolli, Roxelanes zuverlässiger Berichterstatter und ehemaliger Sklave des gehenkten Iskender Tschelebi. Gerade auf ihn stützte sich Suleiman Pascha.

Trotzdem war der Großwesir weder dem Volk noch dem Heer ein Gespött. Denn dieser ebenso kleine wie dicke

Mensch hatte Verdienste aufzuweisen, die denen Ibrahims nicht nachstanden.

Schon bevor er Statthalter in Damaskus geworden war, hatte er sich kriegerisch und im Verwaltungsdienst ausgezeichnet. Syrien und später Ägypten, dessen Bewässerungsnetz ihm Großes verdankte, waren unter seiner Herrschaft aufgeblüht, und dann hatte Soliman den Greis mit der Führung des Seekriegs gegen Portugal betraut. Fast wie ein Spott war das gewesen, denn auch nicht ein einziges Schiff hatte für diesen Zweck bereitgestanden. Was unmöglich erschienen war – der Willensstärke dieses Fettklumpens war es gelungen.

Gleichsam aus dem Nichts war auf dem Roten Meer eine Flotte erstanden, zu der alle Bestandteile überhaupt erst über die Landenge von Suez hatten herbeigeschafft werden müssen. Und mit dieser Flotte hatte Suleiman Pascha Jemen erobert und die portugiesische Seemacht, die berühmteste des Abendlandes, im Persischen Meerbusen und im Indischen Ozean geschlagen, wo er sie traf.

Prachtliebend wie Ibrahim, teilte er dessen Vorliebe für große, schöne Jünglinge. Tausend von solchen goldgegürteten jungen Männern bildeten seine Leibwache. Sein Verstand war scharf, und sein Witz traf. Darin glich er dem ehemaligen Sultansfreund. Und jetzt watschelte er, von dem es hieß, daß Roxelane Sultana ihm als einem Eunuchen gewogen sei, dem Sarg ihres Sohnes voran.

Soviel er aber auch mit Ibrahim gemein hatte – sein unmittelbarer Nachfolger war er nicht.

Das war der tapfere und redliche Albaner Ajas Pascha gewesen, der sich gleich Soliman den Frauen geneigt gezeigt hatte – nur auf etwas andere Weise. Denn bei ihm war es einmal vorgekommen, daß in seinem Haus 40 Wiegen zu gleicher Zeit benötigt worden waren, und als die Pest ihn dahingerafft hatte, war er von 120 Waisen beweint worden. Man sagte, er habe ausgleichen wollen, was von seinen Brüdern versäumt worden sei, die alle drei katholische Mönche waren und ebenso wie ihre alte Mutter im albanischen Valona lebten.

Auf Ajas Pascha war dann erst noch Lutfi Pascha gekommen, ebenfalls ein Albaner und Tamara Sultanas zweiter Mann.

Wenn Ajas vielleicht etwas zu viel an Frauenverehrung, so hatte Lutfi davon entschieden zu wenig gehabt. Klug, tätig und gelehrt, war er den Frauen nur dann geneigt gewesen, wenn er sich an ihren Tränen hatte ergötzen können. Auf keine Weise war er demnach ein bequemer Mann für seine Prinzessin-Frau gewesen, so daß Roxelane gar nicht hatte einzugreifen brauchen. Seine Absetzung war von Tamara selbst verlangt worden, und sein Sturz hätte auch allein schon der Lohn seiner Grausamkeit und seiner Habsucht sein sollen. Solimans Schwestern hatten eben kein Glück mit ihren Männern. Dschanfeda aber, die Zufriedene, war bereits vor fünf Jahren gestorben.

Lutfi Paschas Leben hatte Soliman freilich verschont, und so saß sein Schwager jetzt in Demotika und schrieb eine Geschichte des osmanischen Reiches.

Suleiman Pascha folgte also auf Ibrahim erst an dritter Stelle, und auch die Wesire der Kuppel waren andere geworden.

Zum Zweiten Wesir und Gatten von Roxelanes Tochter Mirmah war jetzt der frühere Oberststallmeister Rustem Pascha, der Kroate, aufgerückt. Er war durchaus nicht so gebildet wie Lutfi, ja, er haßte geradezu die Dichter und Gelehrten, deren Überlegenheit und unübersehbaren Einfluß er fürchtete. Dafür besaß er jedoch bei aller Tatkraft und Begabung für Krieg und Geschäfte genug kluge Selbsteinschätzung, um Mirmah Sultana jederzeit so zu begegnen, wie es dem Staubgeborenen einer Prinzessin gegenüber geziemte. In keinem Fall aber wäre ihm der Gedanke gekommen, sich etwa gar gegen seine Schwiegermutter zu überheben, die ihn auf seinen Platz gestellt hatte und von der er auch ferner Beförderung erhoffte.

Rustem war alles andere als eine glänzende Persönlichkeit. Er war geizig wie Lutfi, argwöhnisch und finster, doch er kannte seine Grenzen und war fromm.

Seine Frömmigkeit hatte ihn denn auch Mirmah empfohlen.

Vier Wesire saßen im Diwan, und der Großwesir, einer der vier, war zum Sargtragen zu dick.

Man hatte also einen anderen vierten hinzunehmen und den Anspruch auf diese Ehre dem Kapudan zuerkennen müssen.

Chaireddin Barbarossa hatte auch keineswegs abgelehnt. Er war zwar eher noch älter als Suleiman Pascha, aber scheinbar so unverwüstlich, daß er sich als fast Neunzigjähriger gerade noch vor kurzem die schöne Gouverneurstochter des eroberten Messina hatte ins Bett nehmen können. Nur zu seinem Sieg in der Adria war der Alte erst gezwungen worden.

Bei dieser Schlacht, die von demselben Golf bei Actium ihren Ausgang genommen hatte, in dem fünfzehn Jahrhunderte früher bereits die Flotten des Antonius und der Cleopatra blockiert worden waren, hatte sich der Alte noch in Begleitung des kaiserlichen Kommissars Oweis Aga gefunden, des Sohnes der Dede Semid, der jetzt an Stelle des verstorbenen Bolil als Kapu Aga an Solimans Seite schritt. Dieser Aufstieg zum Obersthofmeisteramt war der Dank des Kaisers an Oweis für dessen Beitrag zum Gewinn des venezianischen Krieges gewesen.

Zwar hatten die beiden Wölfe, Andrea Doria, der Fürst von Melfi, und Barbarossa, der Kapudan, ihr ganzes Leben nach einem Zusammentreffen gelechzt, doch nun sie sich endlich getroffen hatten, waren Barbarossa Bedenken gekommen.

Dorias zweihundert Schiffe mit einer Besatzung von sechzigtausend Mann waren Barbarossas Macht zu überlegen gewesen, und dessen Stellung hatte der des Antonius und der Ägypterin zu sehr geglichen, als daß der Kapudan nicht dieselbe Niederlage hätte befürchten müssen.

Die Beys des Meeres, seine Unterführer, hatten sich, wenn

auch ungern, seinem Willen bereits gebeugt, als ihm Oweis entgegengetreten war.

Oweis hatte im stillen damit gerechnet, daß Doria wohl keinen geringeren Respekt vor Barbarossa haben werde als der Rotbart vor dem Genueser und daß damit der Angreifer von beiden im Vorteil sein würde.

Grollend war der Pascha zu seinen Reis herumgefahren, und nur an sie hatte er seine Antwort gerichtet.

«So müssen wir denn, meine sehr tapferen und getreuen Reis, trotz allem die Schlacht wagen», waren seine Worte gewesen. «Ich jedenfalls will lieber durchs Schwert als durch den Bericht dieses Halbmannes umkommen. Der Teufel soll ihn holen!»

«Mich und den Doria», hatte Oweis gelächelt, und so war denn die Schlacht entbrannt, die Doria zwar nicht vernichtet, die aber den Sieg in Barbarossas Händen gelassen hatte.

Auch dieser Greis lieh seine Schulter, um Mohammed Soliman zu Grabe zu tragen, und bald sah die Mutter des Sohnes Sarg nicht mehr.

Angesichts der Endgültigkeit ihres Verlustes, der ihr so grausam vorgeführt wurde, spürte sie plötzlich einen körperlichen Schmerz. Wie zur Abwehr drückte sie beide Hände auf die Herzgegend und schloß die Augen.

Als sie dann wieder aufsah, begegneten ihre Blicke denen ihrer Tochter Mirmah. Dede Semid hatte die stürmische junge Sultana nicht zurückhalten können.

Zu sprechen freilich wagte auch Mirmah noch nicht, und so blieben die beiden Frauen vorerst stumm.

Dann dröhnte es noch einmal von den Schiffen und den Landbatterien.

Der Zug hatte den Begräbnisplatz erreicht, der Mufti die heilige Handlung vollzogen, und jetzt wurde der Sarg versenkt.

Nun erst entschloß sich Mirmah, das Schweigen zu brechen.

«Mutter...» sagte sie.

Roxelane aber preßte die Lippen aufeinander. Tränenlos stand sie da. Selbst vor der Tochter wollte sie ihren Schmerz nicht zeigen, nicht den körperlichen und nicht ihre Verzweiflung.

So steil und verschlossen zeigte sie sich, daß Mirmah, die zu trösten gekommen war, wieder unsicher wurde.

«Mutter...» bat sie, «du hast ja noch uns...»

Es war, als sehe Roxelane sie nicht und als habe sie nichts gehört. Sie setzte sich wie zur Audienz, und doch war sie mit ihrer Tochter allein.

«Mutter...» erinnerte Mirmah schließlich noch einmal mit Bangen. Langsam nickte Roxelane.

«Eure Hoheit kamen unangemeldet», sagte sie, «aber ich weiß, mein Kind», fuhr sie sogleich begütigend fort, «du wolltest mir sagen, daß ich euch noch habe. Ja, mein Kind. Und ich will keinen von euch mehr verlieren. Auch keinen deiner Brüder. Keinen!»

Mirmah erschrak wie über eine Herausforderung Allahs.

«Sein Wille geschehe», murmelte sie.

Doch Roxelane war nicht mehr schwach, jetzt, da sich ihr Wille gesammelt hatte.

«Keinen!» wiederholte sie voll Trotz gegen alle Gewalten.

Es bohrte wohl noch in ihrem Leib, aber sie hatte ihr Ziel erkannt.

«Selim ist der nächste», sagte Mirmah nach einer Pause, «und Rustem meint auch...»

Eine herrische Handbewegung ihrer Mutter ließ sie schweigen.

«Mustafa lebt.» Das war alles, was Roxelane erwiderte.

Seit der Nachricht vom Tod des Bruders kreisten Mirmahs Gedanken genauso um Mustafa wie die der Mutter.

«Aber Selim...» erwiderte sie dennoch.

«Dein Stiefbruder Mustafa ist deines Vaters Sohn wie dein Bruder Selim», sagte Roxelane.

Und Mustafa sei der ältere und beliebtere, fügten Mirmahs Gedanken hinzu, obwohl es sie, die Willensstarke und Selbstbewußte, gerade zu Selim zog, dessen Tüchtigkeit sie schätzte. Mirmah liebte Tatsachenmenschen, die sie in ihrer Frömmigkeit nicht durch Phantasie belästigten, mochten diese Menschen sonst auch Fehler haben, welche sie wollten.

Doch ob Mirmah nun schwieg oder sprach – die Mutter hörte sie doch.

«Man muß Mustafa seine Vorteile abgewinnen», schloß Roxelane nach einer Weile ihren Satz.

«Der Vater liebt dich», kam es zögernd von Mirmah.

In den zwanzig Jahren ihres Lebens war es das erste Mal, daß die junge Frau diese Selbstverständlichkeit zu berühren wagte. Dazu war bei Roxelanes Kindern trotz aller Liebe die Ehrfurcht zu groß. Auch jetzt überhörte Roxelane der Tochter Bemerkung.

«Ich muß leben», sagte sie. «Ich muß deinen Vater überleben. Ich muß! Hörst du, Mirmah? Ich muß! Keine andere als ich darf einmal Walide sein!»

Das letzte stöhnte sie, denn jetzt hatte der Krampf sie gepackt.

Und nun überwand auch Mirmah ihre Scheu und stürzte zu ihr. Auf den Knien lag die Tochter und hielt sie umschlungen.

Mirmah war selbst Herrscherin genug, um zu verstehen, daß niemand die Mutter so sehen dürfe. Und ebenso war sie bereits Mutter und konnte den Schmerz einer anderen Mutter begreifen.

«Da, nimm», flüsterte Roxelane und ertastete aus ihrem Gürtel ein Fläschchen. «Fünf Tropfen... In Wasser oder Wein...»

Von diesem Heilmittel wußte Roxelanes Leibarzt ebensowenig wie von ihrer Krankheit. Roxelane hatte sich die Tropfen im Basar verschafft, und der Hakim war ohne Wissen gewesen, wen er bedient hatte.

«Ich muß leben», hauchte Roxelane, als sie die Wirkung des Mittels verspürte, «denn Saffieje ist Chasseki und ich nicht. Das kann euch später zum Nachteil gereichen.»

«Aber der Vater», wiederholte Mirmah ihren Versuch, «er wird dir alles gewähren...»

Roxelane lächelte nur voll von einer Nachsicht, deren leichte Verachtung Mirmah dennoch nicht entging.

Daß diese Mirmah, die doch ihre eigene Tochter sei, dachte Roxelane, sowenig verstehe!

«Ich habe deinen Vater nie um etwas gebeten», sagte sie dann und enthüllte damit eine der Wurzeln ihrer Macht über Soliman.

Mirmah freilich war als Sultana geboren und hatte keinen Padischah zum Mann, sondern einen Sklaven ihres Vaters, Mirmah konnte ihrem Mann befehlen, und ihrem Vater bettelte sie ab, was sie wollte.

«Richte mich auf», verlangte Roxelane.

Mirmah wollte Einwendungen erheben.

«Richte mich auf!» gebot ihre Mutter sehr streng. «Ich will hier nicht liegen wie ein hilfloses Kind. Jetzt ist keine Zeit zur Schwäche», befahl sie.

Da gehorchte Mirmah.

Ein langes Schweigen breitete sich zwischen den beiden aus. Gespannt harrte die Tochter des ersten Wortes der Mutter.

Roxelanes Lippen bewegten sich. – «Mirmah...»

«Ja, Mutter?»

«Du bist mein gutes und frommes Kind», sprach Roxelane voll Sanftmut zu der Erstaunten, die ganz etwas anderes vermutet hatte. «Dir, meiner Tochter, kann ich mich anvertrauen. – Der Tod deines Bruders ist eine schwere Heimsuchung für uns alle. Mich aber hat Allah zur Erde gebeugt. Er hat mich gestraft. Denn ich bin eine große Sünderin und war nachlässig in seinem Dienst.»

Ein plötzlicher Unmut bedrängte Mirmahs eifersüchtiges Herz; denn das einzige, worin sie sich ihrer Mutter überlegen fühlte, war ihre Frömmigkeit. Wie der Einbruch in ein wohlerworbenes Vorrecht kamen Roxelanes Worte ihr vor.

«Du?» fragte sie verschlossen. «Und die Moschee?»

«Ach, mein Kind», seufzte Roxelane, «ich habe die Schrift gelesen und wieder gelesen, und ich habe gefunden, daß ein großer Unterschied ist zwischen dir und mir.»

Mirmah sah der Mutter Ziel nicht. Aber sie sah deren Kummer und faßte sich wieder.

«Ich bin dein Kind», sagte sie zärtlich, «und du bist meine Mutter und Herrin.»

«Es ist nicht ganz so, wie du sagst», sann Roxelane, «im geistlichen Sinne wenigstens ist es nicht so. Denn du bist als Freie geboren. Was du tust, wird Allah dir anrechnen. Deine Almosen und guten Werke gehören dir an. Du bist eine Freie und hast Eigentum. Ich bin Sklavin und habe keinen Besitz...»

«Mutter!» rief Mirmah im ersten Schreck wie über eine Lästerung. Doch dann wurde sie bei ihrer Vorliebe für theologische Spitzfindigkeiten auch schon von den Gedanken ihrer Mutter ergriffen.

«... was ich tue, vollbringt mein Herr, dein Vater, dem ich gehöre, und ihm wird es angerechnet werden und nicht mir, trotzdem ich nach der Verzeihung des Allerbarmers ein großes Verlangen trage! Doch wie kann jemand geben, der sich selbst nicht gehört? Und so drückt es mich zu Boden, meine Tochter, daß ich nie an den abgeschiedenen Ort der Freuden gelangen soll, der von Allah den guten Frauen nach ihrem Tod bestimmt ist.»

Mirmah war überwältigt.

Doch zu dem Mitleid gesellte sich auch die Freude über das, was sie bei sich der Mutter Bekehrung nannte. Mirmah fieberte danach, der helfen zu können, die ihr und den Brüdern immer Stütze und Hilfe gewesen war. Keine Spur von Eifersucht war mehr in Mirmah zu finden. Denn jetzt war sie ja doch die Überlegene, die Gebende, sie, deren Verbindung mit Allah um so viel älter und gefestigter war als die Mutter. Unbändiger Stolz und die zärtlichste, leidenschaftlichste Liebe erfüllten sie ganz. Mirmah war zu allem bereit.

Am stärksten aber erwies sich Roxelanes Kraft darin, daß

sie selbst glaubte und fühlte, was sie sprach, und dennoch etwas ganz anderes wollte, etwas sehr Weltliches, von dem sie schwieg.

Auch zu ihrer Tochter sagte sie nichts.

«Du hast einen Imam?» fragte Roxelane nur und wußte doch sehr genau um Mirmahs Seelsorger.

Er war kein Geringerer als der Kadiasker, der Heeresrichter von Rumili, der von den beiden Kadiaskern nach dem Mufti der höchste Geistliche war.

Natürlich hatte Mirmah eine Eminenz haben müssen. Aber auch Roxelane billigte die Wahl, besonders weil sie dem gegenwärtigen Mufti nicht wie dem verstorbenen Saadi Effendi zutraute, Geheimstes erraten zu können und seine Antworten von politischen Erwägungen lenken zu lassen. Der Kadiasker von Rumili mochte dagegen der Mann dazu sein. Er war Ebusuud Effendi, der ehemalige Günstling der Walide, der noch als Muderris an Hafsa Chatuns Sarg ihr Testament und den Segen für Mohammed Soliman verlesen hatte.

Gerade weil Roxelane das alles wußte, fragte sie nach Mirmahs Imam. Und dann gab sie der Tochter einen Auftrag.

«Frage ihn, ob er auch mein Imam werden will», sagte sie, «aber schicke nicht, sondern frage ihn selbst. Ich bezahle ihm zweimalhunderttausend Aspern jährlich.»

«Das ist ja die Pension eines verabschiedenten Großwesirs!» rief Mirmah, die ihr Geld zusammenhielt und damit auch erreichte, daß sie von den Brüdern immer angeborgt wurde.

«Ist die Pension eines Großwesirs etwa zuviel für den hochwürdigen Mann, der meiner Seele den Weg weisen soll?» fragte Roxelane. Darüber äußerte sich Mirmah nicht. Sie selbst gab weniger.

«Und sage ihm auch, worunter ich leide», fuhr Roxelane fort. «Ich will seine Antwort wissen, ehe ich ihn empfange.»

Mirmah versprach alles, und sie war auch ernstlich entschlossen, jedes Erdenkliche zur Säuberung des mütterlichen Gewissens ins Werk zu setzen.

Roxelane jedoch wußte sehr genau, was sie verlangte. Im voraus mußte sie die Antwort kennen. War das Fetwa, das sie begehrte, einmal abgegeben und gegen ihre Wünsche ausgefallen – dann hätte sie es nicht mehr umstoßen können.

Es durfte keine Überraschungen geben.

Roxelane kannte ihren Weg und war wieder sie selbst.

Sie erhob sich. – Ihr Hof trat ein, um sie in den Saal der Audienzen zu führen, wo sie die Beileidsbezeigungen der Prinzessinnen und des Harems entgegenzunehmen hatte.

40

Eine Tagereise abseits von Amasia lag das neue Lustschloß Sultan Mustafas, des Statthalters. Es zeichnete sich mehr durch seine Lage auf waldbedecktem Hang über dem Schwarzen Meer und durch Geschmack als durch eine Verschwendung aus, die dem zwar reichen, aber nicht unermeßlichen Einkommen des Prinzen kaum entsprochen hätte.

Mustafa war selbst der Bauherr des Schlosses, und seiner Frau zu Ehren hatte er es «Sababagdsche», Gärten der Saba, genannt. Und jetzt, da es nach einer Bauzeit von zwei Jahren fertig war, hatte ein so erlauchter Besuch wie der Seiner Kaiserlichen Hoheit des Prinzen Dschihangir die Einweihung verherrlicht.

Nur in Begleitung seines Jüngsten, Sultan Bajesids, war Soliman dem Sarg seines geliebtesten Sohnes gefolgt. Die drei anderen Prinzen waren nicht in Konstantinopel gewesen.

Mustafa hatte die Hauptstadt nun sogar schon seit zehn Jahren nicht mehr gesehen. Immer wieder war ihm die Erlaubnis, sich seinem kaiserlichen Vater nahen zu dürfen, verweigert worden. Statt dessen war Solimans Mißtrauen so weit gegangen, daß sich während des letzten ungarischen Feldzugs der Großwesir Suleiman Pascha mit einem starken Heer in Kleinasien hatte aufhalten müssen. Jeder etwaige Versuch Mustafas, sich in Abwesenheit des Kaisers der Herrschaft zu bemächtigen, hatte damit unmöglich gemacht werden sollen. Aber auch Selim war angesichts der Entfernung Konias von Konstantinopel nicht zum Begräbnis erschienen. Und Dschihangir, der bereits auf dem Rückweg in Brussa gewesen war, hatte den Befehl bekommen, seine Reise zum Stiefbruder fortzusetzen.

Und jetzt waren die Brüder zu einer Aussprache unter vier Augen beisammen, während die Mitglieder ihrer nächsten Umgebung sich in den Nebengemächern aufhielten.

Leicht und allgemein war die Unterhaltung der Höflinge, so verschieden ihr Rang auch sein mochte.

So war zum Beispiel Dede Semids ältester Sohn, Seheb Pascha, ein ganz großer Mann, und dennoch gab es einen unter den anderen Herren, auf den nicht einmal die beiden Prinzen irgendwelchen Eindruck machten, weil er sich selbst für wesentlich vornehmer hielt und auch von vielen dafür gehalten wurde.

Seheb Pascha war Lala, Mustafas Oberhofmeister, und hatte unter diesem Titel die Regierung der Statthalterschaft dem Diwan gegenüber zu vertreten, wozu dann noch eine Obersthofmeisterin des Harems als Mutter und ein Kapu Aga als Bruder kamen – Schemsi Bey hingegen war im höfischen Sinn überhaupt nichts.

In den gewöhnlichen Seraildienst einzutreten hatte er verschmäht, und so war er dem Prinzen Dschihangir ohne ein eigentliches Amt nur als Begleiter mitgegeben worden. Seinen Bey-Titel aber führte er wegen seiner hochfürstlichen Abkunft.

Er war der letzte Sproß der Familie Kisil Ahmedlü, die bei der Teilung des Reichs der seldschukischen Türken als ein Zweig des Kaiserhauses von Ikonium am Schwarzen Meer geherrscht hatte und ihren Stammbaum bis zu Chalid Ben

Welid, dem Feldherrn des Kalifen Osman, zurückführte. Als witziger Kopf und guter Gesellschafter wurde Schemsi von Soliman gern gesehen und als Jäger geschätzt. Wenn dieser dürre und lange Vierziger nicht so vornehm gewesen wäre, hätte er einen guten Hofnarren abgegeben, und einen gefährlich gescheiten dazu. Was andere nicht zu träumen wagten, das sprach er mit der größten Gelassenheit aus, und so verhehlte er auch nie, daß er das Kaiserhaus für eine Familie von Emporkömmlingen halte, weil ihr Stammvater Osman noch bei seinen eigenen Vorfahren ein kleiner Vasall gewesen sei.

Jetzt besah er seine gelackten Fingernägel mit größter Gewissenhaftigkeit und ließ dann gelangweilt einige Worte fallen.

«Endlich habe ich das Herrscherhaus der Ahmedlü an dem der Osmanen gerächt und, wie das Haus Osman uns einst stürzte, ihm jetzt nun selbst den Untergang bereitet.»

«Wieso?» fragte ein alter Janitscharenoberst ohne jede Duldsamkeit oder gar Bewunderung, wie sie Schemsi in Konstantinopel sonst gewohnt war.

Als eine seltsame Naturerscheinung wurde der Tapfere dafür denn auch von Schemsi ins Auge gefaßt.

«Ich habe meinen Prinzen veranlaßt», fuhr er dabei zur Sache selbst fort, «das brüderliche Geschenk von 5000 Dukaten anzunehmen, die immerhin den zehnten Teil von Mustafas Jahreseinkommen ausmachen.»

«Daß Sultan Dschihangir sich dazu entschloß, hat mich eigentlich gewundert», mischte Seheb Pascha sich ein. «Sultan Dschihangir kann doch unmöglich an Geldmangel leiden. Bei seinen geringen Bedürfnissen!»

«Sie vergessen meine Bedürfnisse, lieber Pascha», geruhte Schemsi zu erinnern, «und ich kann Ihnen versichern, die sind durchaus nicht gering!»

Mit Seheb lachten auch die meisten anderen; denn es war zu bekannt, daß Schemsi seinen Prinzen schröpfte, wo er nur konnte. Dennoch, meinte Seheb, würde die Vergeudung von 5000 Dukaten das Kaiserhaus nicht an den Bettelstab bringen.

«Nicht die Vergeudung», erklärte Schemsi, «wobei ich es ablehnen möchte, etwas als Vergeudung zu bezeichnen, was meinem persönlichen Gebrauch dient, sondern etwas ganz anderes wird es besorgen. – Sehen Sie, mein Lieber», sprach er weiter, «diese 5000 Dukaten, ein so gutes Stückchen Geld sie sein mögen, sind doch nichts anderes als Bestechung. Damit ist also die Bestechlichkeit in die Kaiserfamilie eingedrungen, und zu meiner nicht geringen Genugtuung sehe ich das Reich wanken.»

Der alte Oberst, dem Kaisertreue Religion war, mußte jetzt erst zur Ruhe gebracht werden – so wenig Verständnis entwickelte er für Schemsis Eigenart, die er als freche Sprache zu bezeichnen unzart genug war.

Dagegen aber war Lala Seheb Pascha keineswegs nach Amasia geschickt worden, um dort etwa Roxelanes Absichten zu durchkreuzen. Er blickte Schemsi auf eine besondere Art an, und Blick und Art wurden von diesem erwidert. Beide verhielten ein Lächeln.

«Auf welche Weise könnte ein Geschenk Sultan Mustafas, meines hohen Herrn», fragte Seheb, «wohl als Bestechung anzusehen sein, mein Fürst?»

«Auf die einfachste Weise von der Welt», klärte Schemsi ihn auf, «weil wir nämlich keine unbeschnittenen Rajahs sind und in unseren tugendhaften Herzen Dankbarkeit nähren. Wie könnten wir also über einen uns Wohlgeneigten wie Ihren Mustafa Ungünstiges nach Konstantinopel berichten? Verstehen Sie jetzt, meine liebe Exzellenz?»

Seheb verstand, daß Schemsi ebensowenig wie er selbst nur von ungefähr nach Amasia geschickt worden sei und daß er, Seheb, noch mit ihm reden müsse.

In diesem Augenblick steuerte ein junger Mann namens Ali eine Bemerkung bei.

Ali war einer der Literaten, die an Mustafas Hof wohlgelitten waren. Er sammelte Anekdoten. Auch er trug sich mit dem Plan einer osmanischen Geschichte, wie sie Lutfi Pascha gerade schrieb.

«Euer Durchlaucht», lächelte Ali dem Herrn aus Konstantinopel zu, «sind ein würdiger Nachkomme Dero erlauchten Ahnes Chalid Ben Welid, der nach den Lehren der Geschichte unter Osmans Kalifat dem Kämmerer zwei Goldstücke gab, um vor seinem Gegner Zutritt zum Kalifen zu erhalten. Es war das erste Mal, daß sich eine Bestechung im Islam ereignete, und so ist es gleichsam ein Familientalent, wenn Euer Durchlaucht so vollendet beherrschen, was Ihr großer Vorfahr überhaupt erst in Gang setzen mußte.»

Schemsi nickte ernsthaft.

«Du weißt gar vieles, Ali», meinte er. «Dennoch sind deine Worte zu tadeln. Man darf mich mit meinem Ahnherrn nicht vergleichen. Er gab Geld und bestach. Mir aber widerstrebt eine solche Handlung aufs tiefste, ich beschränke mich grundsätzlich nur auf das Nehmen.»

Jetzt lachte alles ohne Unterschied, und auch der Janitschar fing allmählich an zu begreifen, daß ihm zum richtigen Hofmann doch wohl noch manches fehle.

Als die Brüder endlich allein gewesen waren, hatte Mustafa seine Arme geöffnet und Dschihangir sich hineingeworfen, um von ganzem Herzen den Kuß zu erneuern, den sich beide anläßlich ihrer Schaustellung vor der Menge hatten geben müssen.

Mustafa war jetzt fast in dem Alter, in dem Soliman einst den Thron bestiegen hatte, und sein Bruder Dschihangir, der nun als ein Jüngling mit einem feinen und klugen Gesicht vor ihm stand, war sieben Jahre alt gewesen, als sie sich das letzte Mal gesehen hatten.

Dschihangir war immer voll von Bewunderung für Mustafa gewesen und bewunderte ihn auch jetzt ohne den Neid der Krüppel, der ihm wegen seines doppelten Höckers hätte verziehen werden müssen. Es traf sich gut, daß gerade er, der Ungestalte, die heitere Natur seiner Mutter geerbt hatte;

denn des Vaters Schwermut zu ertragen wäre sein hinfälliger Körper wohl nicht imstande gewesen.

Nur bei seinem ersten Besuch – und den ersten hatte er pflichtschuldigst Saffieje Sultana zu machen gehabt – war ein unheimliches Gefühl über ihn gekommen. Er, der geliebt wurde, weil er allen das Beste zutraute, konnte sich dies Gefühl allerdings nicht erklären.

Wie hätte er vermocht, sich vorzustellen, daß Saffieje nur noch von der Inbrunst ihres Hasses lebte?

Und nun hatte der Sohn der Verhaßten vor ihr gestanden, ein Krüppel nur, aber ein Jüngling, dessen Geist man rühmte und dessen schöne graue Augen auch sie beinahe verwirrt hätten.

Nicht einmal dieser Krüppel wurde Roxelane von Saffieje gegönnt, nichts Lebendiges.

Und so hatte Dschihangir wohl schon erschauern können, weil Saffiejes Gedanken, während er ihr die Hand küßte und beider Lippen freundliche Worte sprachen, sich in glühender Neugier einzig und allein mit der Frage beschäftigt hatten, wie sich die seidene Schnur wohl am geschicktesten um des Höckerigen Hals legen und wie sich sein blasses Gesicht wohl im Gewalttod verzerren würde. – Doch jetzt war der Alpdruck vorüber.

Zehn Jahre hatte Mustafa die Hauptstadt nicht mehr gesehen, den Vater nicht, nicht Roxelane und keines ihrer Kinder, mit denen er doch zu einem guten Teil aufgewachsen war.

Es gab so vieles zu fragen, zu erzählen, Lücken zu schließen, die der Fremden Berichte hatten offenlassen müssen, so daß die Brüder mit Fragen und Antworten kein Ende finden konnten.

Gelacht wurde auch.

Dschihangir erzählte von Mirmah.

Beide waren sie der Schwester geneigt, Mustafa sowohl wie Dschihangir, und der letzte um so mehr, als er ihr manches in seiner Erziehung verdankte, was ihm nur ein so herrscherhaftes junges Geschöpf hatte beibringen können. Ein wenig war die Schwester ihm zugleich immer eine Art Vorgesetzte gewesen, auf die er sogar dann noch liebevoll stolz war, wenn er sie heiter bespöttelte. Denn seine Blicke waren überhaupt gerade darum für seine eigenen und der anderen belachenswerten Seiten so geschärft, weil er infolge seiner körperlichen Beschaffenheit dem Leben nicht so sehr als Handelnder wie als Zuschauer gegenüberstand.

Hierzu kam dann noch eine schöpferische Begabung, mit Stimme und Geste nicht nur seine Höcker vergessen zu lassen, sondern den Raum auch jederzeit mit Gestalten zu füllen, mit Männern und Frauen, großen Paschen, kernigen Militärs, bedächtigen Ulemas, mit Sultaninnen und Sklavinnen – ganz wie es die königliche Laune seiner Phantasie ihm eingab.

Ein Ereignis aber wie Mirmahs Hochzeit mit dem finsteren und ehrgeizig-frommen Rustem mußte ihn einfach zur Gestaltung reizen. Die großen Aufzüge und feierlichen Handlungen, die den beiden Prinzen ja auch aus anderen Anlässen geläufig waren, gaben Dschihangir allerdings weniger Gelegenheit, sich zu entfalten, und so erwähnte er sie nur.

Bei einer Prinzessinnenhochzeit wurde immer zuerst im Fremdensaal des Serails zwischen dem Kislar Aga als dem Vertreter der hohen Braut und einem Würdenträger als Brautführer und Stellvertreter des Bräutigams durch den Mufti die Ehe geschlossen, wobei Morgengabe und Mitgift nach dem Gesetz genannt werden mußten.

Mirmahs Mitgift waren 100000 Dukaten gewesen.

Darauf hatte der Bräutigam ein Fest zu geben, das dem geizigen Rustem, den das Bankett und das Wettrennen 20000 Taler gekostet hatten, recht sauer geworden sein mochte.

Auch die Brautausstattung war genau festgelegt.

Sie bestand aus dreimal neun Gaben, unter denen die von Edelsteinen funkelnden Goldpantoffeln der Braut einen hohen Rang einnahmen, während bei Mirmah der Juwelenkasten selbst mit seinem Inhalt in dem ungeheuren Wert von 160000 Dukaten die größte Kostbarkeit gewesen war. Zu diesen Geschenken kamen noch die sieben Sphären, in denen sich die Schönheit des Harems bewegte, die Arm- und Halsbänder, Gürtel und Kopfreife und die Ringe für die Ohren, die Finger und die Füße.

Siebenundzwanzig Geschenke, von siebenundzwanzig kostbar gekleideten Knaben getragen – elf vergitterte Wagen voll Zofen und Sklavinnen zum Dienst der Braut, mit zwei schwarzen Verschnittenen bei jedem Gefährt – achtundvierzig berittene Damen in goldenen Kleidern und ebenso viele Eunuchen – zweihundertfünfzig Maultiere mit Stoffen, Teppichen und Polstern… In dieser Reihenfolge war Mirmahs Ausstattung mit vielem anderen zu ihrem neuen Serail am Hippodrom gebracht worden, das einstmals Ibrahim Pascha und ihrer Tante Esma gehört hatte. Erst vierzehn Tage hernach hatte sie sich selbst in die eheliche Wohnung bemüht.

Fünfhundert Janitscharen hatten den Zug mit ihrer Musik wie Stahl- und Glockengeklirr eröffnet, achtzig Emire in ihren heiligen grünen Kopfbünden waren ihnen als Nachkommen des Propheten mit den Imamen und Scheichen aller Moscheen und mit den Lehrern und Hörern aller Akademien von den Muderris bis zu den Danischmenden gefolgt.

Dann hatten die höchsten Würden des Gesetzes, des Staates und des Serails bis zu den Kadiaskeren und dem Mufti, bis zu den Wesiren mit dem Großwesir und die Hochwürden bis zu dem Kapu Aga sich angeschlossen.

An dieser Stelle des Zuges war die türkische Heeresmusik bereits in der Ferne verrauscht gewesen und eine ägyptische aus Handtrommeln, Kastagnetten, Zithern und Harfen hatte sie mit hochzeitlichen Gesängen abgelöst.

Die Arbeiter des Arsenals, die dann mit ihren Hauern und Hämmern, mit Stangen und Brecheisen heranmarschiert waren, hatten sich bereit gehalten, jedes Hindernis niederzureißen, das die freie Bewegung der riesigen Hochzeitspalmen hätte hindern können.

Hinter den Palmen waren zwanzig Beamte der Kammer dem Defterdar-Brautführer vorgetreten, dem die Hochzeitsfackeln nachgetragen worden waren.

Viele Sklaven hatten aufgeboten werden müssen, um deren Gewicht zu meistern, und besonders die goldbeschlagene dritte Fackel war von einer so ungeheuren Größe gewesen, daß sie mehr durch das Gefunkel ihres Schmucks als durch ihre Flamme geleuchtet hatte.

Der Hauskanzler war den Fackeln mit fünfzig Beamten aus Mirmahs Hofstaat gefolgt, und hinter diesen wieder waren die hochzeitlichen Traghimmel gekommen.

Erst unter dem zweiten aber, dessen Vorhänge aus Goldschleiern bis zum Boden niedergehangen hatten, war die Sultanin Braut auf einem arabischen Hengst dahergeritten, dessen Stammbaum mindestens so alt gewesen war wie der ihres eigenen Hauses.

Hinter ihr hatten sechs Schimmel von makelloser Zucht ihren goldbedeckten Staatswagen gezogen.

Acht andere Wagen waren dann noch mit Zofen und schwarzen Verschnittenen gefüllt gewesen, während fünfundzwanzig von Mirmahs schönsten Damen den Zug zu Pferde beschlossen hatten.

Dies Gepränge war der Schaulust des Volkes geboten worden. Über die Vorgänge dagegen, die sich der Öffentlichkeit entzogen hatten, konnten sich selbst die Brüder nur in Vermutungen ergehen.

Immerhin kannten sie das Zeremonial gut genug, daß Dschihangir den Bruder durch die Vorstellung einer verschämten Mirmah zum Lachen bringen konnte. In diesem herkömmlichen Zustand hatte der Kislar Aga nämlich die Braut in die Arme des Bräutigams zu führen. Und als Dschihangir dann fortfuhr, alle weiteren Vorschriften auf die Schwester und ihren erwerbstüchtigen Mann abzuwandeln, riß das Gelächter nicht ab.

Zuerst hatte eine Prinzessin den Bräutigam sehr ungnädig zu empfangen und ihn keines Blickes zu würdigen, was sie nach ihrem Belieben fortsetzen konnte, bis sie sich plötzlich mit fürstlichem Unwillen erhob und in ihre inneren Gemächer zurückzog.

Nach einer Weile, während der sie einen Ehrensitz einnahm, mußte der staubgeborene Bräutigam ihr folgen, sich der Unnahbaren zu Füßen werfen und in demütigem Schweigen ein günstiges Wort der Gebieterin erwarten, die im Schmuck ihrer sieben perlenumwundenen Flechten hochmütig dasaß. «Bring mir Wasser!» war alles, was sie dann befahl.

Kniend reichte er es ihr, und kaum hatte sie davon gekostet, so wurden auch schon zwei Schüsseln auf einen niedrigen Tisch inmitten des Zimmers gesetzt.

Der Bräutigam flehte, sie möge davon kosten, worauf sie ihn durch eine verletzende Ablehnung in die vorgeschriebene Verzweiflung trieb. Untröstlich, wie er zu sein hatte, rief er dann die Eunuchen und ließ zur Sänftigung des herben Gemüts seiner erhabenen Braut eine Woge von kostbaren Geschenken zu ihren Füßen ausschütten.

Diesem nachdrücklichen Werben konnte die Unerbittliche dann allerdings nicht mehr gänzlich widerstehen, und so geruhte sie zuletzt, ihrem Bräutigam zu erlauben, ihr unter die Arme zu greifen und sie zu Tisch zu führen.

Nachdem er ihr ein Stück gebratene Taube gereicht, sie ihm eine kandierte Frucht in den Mund geschoben hatte, wurde die Tafel auch schon wieder aufgehoben. Und nun folgte eine Unterhaltung, von der die Vorschrift jede Vertraulichkeit ausschloß und die demnach überaus langweilig war.

Meist sprachen die beiden Teilnehmer nur Sätze, die dazu geeignete Literaten vorher aufgesetzt hatten.

Glücklicherweise wurde diese Übung bald unterbrochen, weil es für die Braut inzwischen Zeit geworden war, sich für das nachfolgende Familienfest umkleiden zu lassen.

Schon vorher hatte sich der Padischah in den Audienzsaal begeben, um die Glückwünsche der Wesire und Großen entgegenzunehmen. Im Harem selbst fand dann im Beisein der ganzen kaiserlichen Familie das Fest mit Musik, Tanz und durchaus eindeutigen Schattenspielen statt, bis die Sultanin Braut schließlich aufbrach, um im Haus des Bräutigams den dritten Akt zu bewerkstelligen.

Sie begann damit, daß sie zu Bett ging, wovon ihre Hofmeisterin und ihr Erster Eunuch dem Bräutigam die erfreuende Kunde zu bringen hatten.

Nunmehr mußte sich der Schwergeprüfte in ihr Schlafgemach stehlen und sich dort in aller Stille entkleiden.

So vorbereitet nahte er sich auf den Knien den Füßen der Braut, berührte sanft ihre Zehen und küßte sie, worauf es ihm, wenn er keiner weiteren Abwehr begegnete, gestattet war, sich von den Füßen höher hinaufzuarbeiten und so allmählich in den Besitz der Prinzessin zu setzen, die ihm höchstkaiserliche Huld beschieden hatte.

Zum Ausgleich dieser allzu großen Huld wurde dem Bräutigam die Hochzeit auch so wenig leichtgemacht, und erst der dritte Tag brachte ihm als Epilog einen kleinen Lichtblick.

Denn an diesem Tag sandte der Padischah seinem Schwiegersohn oder Schwager eine eiserne Keule mit der Erlaubnis, die Braut damit totzuschlagen, falls sie ihm noch nicht die Rechte eines Gatten eingeräumt haben sollte.

Doch auch diese schöne Geste war nicht sehr ernst gemeint.

Wenigstens hatte kein Geschichtsschreiber jemals nur das geringste darüber berichten können, daß eine osmanische Prinzessin diesen Märtyrertod erlitten habe.

Beim Fest mit den Schattenspielen war Dschihangir selbst zugegen gewesen. Alles andere ließ er nach dem erstehen, was die geneckte Schwester ihm verraten und was er sich selbst hinzugedichtet hatte. Für Mustafa waren diese Hochzeitszeremonien einer Prinzessin etwas Selbstverständliches gewesen, das durch die Tradition geadelt worden war. Durch nichts hatte er sich bis jetzt veranlaßt gefühlt, über sie auch nur nachzudenken.

Erst Dschihangir hob sie dadurch, daß er sie absichtlich völlig ernst nahm, auch für den Bruder in die Sphäre der Heiterkeit.

Doch plötzlich faßte sich der jüngere.

Und ob es nicht zu tadeln sei, fragte er, sich kurz nach dem Tod des Bruders einer solchen Belustigung hinzugeben? Doch Mustafa könne versichert sein, fuhr Dschihangir fort, daß er den Verstorbenen von Herzen betrauere.

Mustafa glaubte ihm auch dann, als Dschihangir erklärte, daß er nicht gekommen sei, zu entzweien, sondern zu versöhnen und daß Mustafa von ihm nichts zu befürchten habe. Ihm, Dschihangir, gelte Mustafa als der ältere Bruder auch als künftiger Kaiser und Herr.

Damit drückte der Buckel die Lippen ehrfürchtig auf Mustafas Hand, in die er auf diese Weise von innigem Vertrauen sein und seiner Brüder Leben legte.

Dschihangir glaubte an Mustafa, und er glaubte an alles, was er selbst gesagt hatte.

Er war jünger als der Stiefbruder, und selbst der hatte noch nicht begriffen, daß kaiserliche Prinzen oft nur zur Verzierung dienen und daß die wirklichen Träger einer Mission zuweilen in ihrer näheren oder weiteren Umgebung zu suchen seien.

Immerhin konnte sich Mustafa auf das Regiment Janitscharen verlassen, das man ihm mitgegeben hatte und das an ihm hing. Es war der Kern seiner Truppen, und es war ein guter Kern.

«Du mußt meinen Sohn Osman sehen», sagte Mustafa, «willst du?»

Dschihangir wollte.

Denn da er Mustafa liebte – wie hätte er dessen Sohn nicht sehen wollen? Und Mustafa wieder war dem Bruder gewogen.

Nur küßte er ihn nicht ein drittes Mal.

Vielleicht hatten des Bruders Höcker doch etwas Abstoßendes für ihn. Vielleicht war es auch nur der unbehagliche Gedanke, ob Dschihangir auch wirklich genügend entstellt sei, um ihn bei der Thronbesteigung als einzigen Bruder vor der Schnur bewahren zu können? Vielleicht war es beides.

ZEIT IST GELD

Türkische Münzen:
kein Bild von
Soliman dem Prächtigen

Wenn Soliman II.
die reizvolle Roxelane
im Serail trifft ...

...befindet sich das osmanische Reich auf dem Höhepunkt seiner Macht. Gleichzeitig mit diesem Herrscher beginnt aber auch der Verfall des riesigen Reiches, das 250 Jahre lang für Europa eine ständige Bedrohung war. Soliman II. der Prächtige hatte alle Regierungsaufgaben seinem Großwesir übertragen, um selber die Freuden eines luxuriösen Lebens besser genießen zu können. Die Folge waren Vetternwirtschaft und Korruption mit allen sich daraus ergebenden Konsequenzen.

Auf den Münzen jener Zeit werden wir ein Bildnis des prächtigen Sultans indessen nicht finden. Der Koran verbot dies, und die der strengeren sunnitischen Glaubensrichtung angehörenden Türken hielten sich strikt daran, seit der Kalif Abd al-Malik Ende des 7. Jahrhunderts das islamische Münzwesen begründet hatte.

Die türkischen Münzen zierte der kunstvoll verschlungene Namenszug des Sultans, die Tughra. Gebräuchlich waren außerdem Inschriften religiösen Inhalts und abstrakte Muster und Ornamente.

Islamische Münzen ohne Bild – das haben sie mit dem Pfandbrief gemeinsam. Seine schönste Zier ist neben dem Nennwert ein Zinssatz, der sich sehen lassen kann.

41

Mirmah krönte ihre rastlosen Bemühungen damit, daß sie beim Kaiser um eine Audienz nachsuchte. Sie hätte ihren Vater auch auf eine weniger umständliche Weise sehen können. Aber der Stolz auf ihren eigenen Anteil am Geschehen verlangte nach Unterstreichung dessen, was sie vorzutragen gewillt war.

Denn wichtig mußte etwas sein, was des Kaisers Besorgnis erregt hatte. Durch alle Poren des Harems sickerte nämlich schon die Nachricht, daß Roxelane Sultana sich nach dem Tod ihres Sohnes völlig verändert habe und daß eine Schwermut sie jetzt erfülle, die zu zerstreuen niemand ungeeigneter sei als der selbst melancholische Padischah.

Das Gerücht sprach die reine Wahrheit.

Gütig und sanft war Roxelane; aber sie, die Fröhliche, war zugleich auch voll einer Trauer, die sie zeigte, und voll von Sorgen, die sie verbarg.

Dabei mußte ihre Macht noch immer gleich groß sein; denn als Suleiman Pascha, der alte Eunuch, als Großwesir verabschiedet worden war, hatte ihr Schwiegersohn Rustem, Mirmahs Gatte, das Siegel bekommen.

Und nun fuhr Mirmah zu Soliman.

Der Pomp war groß. Aber auch das Neue Serail hatte alles zu Ehren der Kaisertochter aufgeboten.

Tausend Bostandschi standen Spalier, hohe Beamte des Steigbügels hielten den Zaum ihrer Kutschpferde, die Herren der Achsel harrten am Schlag, und der Kapu Aga hob sie in eigener Person aus dem Wagen.

Im Saal der Audienzen jedoch, zu dem sie unter großem Vortritt einging, kam ihr der Kaiser zehn Schritt entgegen, um sie aufzuheben, ehe sie knien konnte.

Es war Mirmahs erster öffentlicher Empfang, und sie war zufrieden, wie sie jetzt dem Vater gegenüber auf einem Polster saß, während alle anderen stehen mußten.

Die vorgeschriebenen Sätze fielen, die eine Audienz einzuleiten hatten, und schließlich war es so weit, daß Mirmah ihr Begehren vorbringen konnte.

Von ihrer erhabenen Mutter sprach sie, deren Kummer in größeren Tiefen zu suchen sei als selbst im Verlust eines geliebten Sohnes. Mirmah sprach von Roxelanes geistlichen Bedenken, und Soliman hörte ihr aufmerksam zu.

Seit dem Tode des Sohnes und Roxelanes Veränderung fühlte er sich überhaupt immer mehr zur Frömmigkeit der Tochter hingezogen, und daß nun auch Roxelane die gleiche Neigung zu zeigen schien, gereichte ihm zur Genugtuung.

Roxelanes Gedanke selbst war ihm freilich neu.

Alle nannten sich Sklaven des Padischahs, und an die besonderen rechtlichen Beziehungen einer kaiserlichen Bettgenossin zu ihrem Herrn dachte kaum jemand noch. Große Lehensträgerinnen waren diese Sultaninnen und Besitzerinnen von Schätzen, die zu verschenken und zu vererben sie kein Mensch hinderte.

Doch Ebusuuds Fetwa, das Mirmah dem Vater in einem perlengestickten Beutel reichen ließ, erklärte den Sklaven für besitzlos und sein Almosen als das Almosen des Herrn.

Die wohlvorbereitete Mirmah aber fügte noch von sich aus die Koranworte hinzu: «Und diejenigen von denen, die eure Rechte besitzt und die einen Freibrief begehren – schreibt ihn ihnen, wenn ihr Gutes in ihnen wisset, und gebt ihnen von Allahs Gut, das er euch gegeben.»

Dabei wäre dies Zitat gar nicht mehr nötig gewesen. Soliman hörte auch nur noch aus Achtung vor seiner klugen und frommen Tochter zu.

«Preis dir, daß du mir die Augen öffnest», sagte er zu ihr, als sie geendet hatte. «Nach meinem Willen soll deine Mutter nicht länger die Freuden des Gebens entbehren, nach denen es sie so verlangt.»

«Ihre Kaiserliche Hoheit, meine Mutter, verlangt nichts», erklärte Mirmah aber fast erschrocken. «Ich bin es, ich allein, die Eure Majestät um den Freibrief bittet.» Denn in plötzlicher Eingebung kam ihr die Erkenntnis, wie wenig die Persönlichkeit Roxelanes in Wirklichkeit von einem Stück Papier abhänge, dem sie, die Tochter, solche Bedeutung beimaß.

Soliman merkte es und lächelte.

«Wenn deine Mutter die Urkunde nicht verlangt», sagte er, «dann verlange ich sie für sie. Ich begehre, daß Churrem Sultana auch dem Gesetz nach so frei sei, wie sie es immer war.»

Die Befehle wurden gegeben.

Mit den grünen und goldenen Buchstaben eines hohen Fermans sollte der Freibrief geschrieben und der vergoldete Namenszug des Sultans ihm vorangesetzt werden. Nur durch solche Förmlichkeit glaubte Soliman einem Nichts, für das er das Dokument hielt, den Wert geben zu können, der es der Empfängerin würdig mache.

«In Ehrfurcht vor dem frommen Gemüt der erhabenen Frau, der Perle im Rosenkranz der Gebete, Churrem Sultana, haben Wir Uns in Unserem Herzen bewogen gefunden...» sollte das Schriftstück beginnen.

Und nun, nachdem alles angeordnet worden war, erhob sich Soliman.

«Ich denke, wir gehen jetzt zu ihr», forderte er Mirmah auf.

Damit war die Zeremonie allerdings vorüber. Ins Köschk Hebetullah drang sie nur bei ganz besonderen Gelegenheiten.

Im allgemeinen zog Soliman es vor, sich zu seiner Frau mit kleinstem Aufwand und mit der Einfachheit und Selbstverständlichkeit eines guten Familienvaters zu begeben.

Roxelane aber zeigte sich erfreut. Sie lächelte und lachte wieder und war ganz wie in ihren besten Tagen, so daß ihre Heiterkeit von Solimans Seele alles Gewölk verscheuchte.

In der Nacht blieb er denn auch wieder bei ihr.

Dieser ernste, bärtige Fünfziger mit dem starken Willen, dem scharfen Verstand und einer unvergleichlichen Macht, die ein Teil seines Wesens und Seins geworden war, er, der Herr über Leben und Tod, der Umjubelte, Gefürchtete, Geliebte... litt an sich selbst.

Und für ihn gab es nur einen Ort auf dieser weiten Welt, wo er nicht Kaiser, nicht klug, nicht gütig, nicht streng, wo er nichts zu sein brauchte und sich selbst entrinnen konnte – das war bei Roxelane. Auch heute entschlüpfte er in ihrer Umarmung der Haft seines eigenen Fleisches, verlor er sich an sie, die er liebte.

Gutes und Böses – alles nahm ihre Unergründlichkeit auf. Sein letztes Verlangen war ein wütendes Duseinwollen. – Dann war die Befreiung da. Und das geopferte Ich, getilgt und verzehrt, ließ nichts mehr zurück als einen seligen Hauch von Unsterblichkeit.

Immer länger wurden die Pausen der Sättigung, bis Soliman schließlich einschlief.

Als Roxelane dann endlich ihre Glieder von ihm löste – da erblickte sie in der Ermattung ihres Gatten nichts, was selbst zu einem liebevollen Spott Veranlassung gegeben hätte.

Über sein Herz gebeugt, das noch soeben mit ihrem Herzen geschlagen hatte, lauschte sie auf seinen ruhigen und starken Atem, blickte sie zärtlich auf ihn, der sich wehrlos wie ein Kind ihrem Schutz anvertraute. Lange horchte sie so, sah sie so, als höre und sehe sie alles zum letztenmal.

Ihre Augen füllten sich mit Tränen, und ein unbändiger Schmerz ließ sie erzittern, als sie ihn küßte.

Wie zum Abschied küßte sie ihn.

Am nächsten Tag führten die Kiajai Harem und der Kislar den Kapu Aga und die Kammerpräsidenten des Serails bei Roxelane ein. Sie kamen, ihr den Freibrief zu bringen.

Roxelane ließ Soliman danken.

Aber von diesem Tag an verschloß sie ihm das Köschk Hebetullah.

42

Kaum einem Menschen fiel es ein, etwas anderes anzunehmen, als daß Roxelane bei Soliman in Ungnade gefallen sei. Denn sich das, was wirklich geschehen war, vorzustellen, überschritt bei weitem die Denkkraft der vielen.

In der Form einer Verungnadung der kaiserlichen Favoritin gelangte die Nachricht denn auch in alle Hauptstädte Europas und Asiens, und so durchlief sie das ganze Reich.

Nun hatte man sich jedoch im Laufe der Jahre an den Gedanken gewöhnt, daß die Neigung des Kaisers unwiderruflich feststehe. Die überraschende Neuigkeit verursachte daher geradezu eine Erschütterung, und die mannigfachsten Hoffnungen und Befürchtungen wurden wach.

Auf einmal spürte Sultan Selim in Konia Widerstände. Rustem Paschas Großwesirat galt als gefährdet, und man schrieb sein Verbleiben im Amt nur noch dem Einfluß von Solimans Tochter zu. Für ganz sicher aber sah man einen Wechsel in den Ämtern der Kiajai Harem, des Kapu Aga, des Kadiasker von Rumili und sogar des Kapudan Pascha voraus.

Dennoch vergingen Tage und Wochen und wieder Wochen, ohne daß auch nur das geringste geschah.

Nicht einmal die Rückberufung Sultan Mustafas nach Magnesia erfolgte, obwohl ihm als dem einzigen Prinzen, der jetzt noch als Thronfolger in Frage zu kommen schien, die Statthalterschaft von Saruchan doch eigentlich zugestanden hätte.

Und diese Unschlüssigkeit sei ein Skandal, sagte der Tschorbadschi Baschi der Janitscharen in Amasia zu Schemsi Bey.

Tschorbadschi Baschi, oberster Suppenherr, war der Titel des Befehlshabers eines Janitscharen-Regiments. Denn diese erlesene Fußtruppe betrachtete sich insgesamt als eine einzige Familie, den Padischah als ihren Vater und die Offiziere als seine Vertreter für die einzelnen häuslichen Verrichtungen.

Und dieser enge Zusammenhalt bestand nicht nur dem Namen nach! Mochte einem Janitscharen in der äußersten Provinz ein Unrecht geschehen sein – es wurde von allen seinen Kameraden in Konstantinopel und in sämtlichen Reichsteilen so empfunden, als sei die Schmach ihnen selbst widerfahren. Und galt es eine Stellungnahme, so gab es wieder für alle nur eine einzige Meinung.

Aus diesem Grund lieh Schemsi auch dem alten Rauhbein so geduldig sein Ohr, obwohl er nicht erwartete, viel Neues zu hören.

«Es ist ein Skandal!» wiederholte der Tschorbadschi Baschi. «Sultan Mustafa ist unser Schahzadey. Kann es da überhaupt noch eine Frage geben?!»

Die beiden Männer saßen im Nebengelaß einer Weinkneipe.

So leidenschaftliche Anhänger des Islams die Janitscharen sonst auch waren – in einem verstanden sie keinen Spaß: Ihren Wein mußten sie haben! Und gab es irgendwo keine Kneipen, so machten sie selbst welche auf.

Schemsi hatte ebenfalls nichts gegen den Wein. Er war zwar kein großer Trinker; aber er ließ ungern eine Gelegenheit zur Übertretung eines Verbots vorübergehen, welches es auch immer sein mochte.

Jetzt trank Schemsi seinen Wein.

«Und Selim?» ließ er nachlässig dabei fallen.

«Wir wollen ihn nicht», knurrte der Suppenherr.

«Welche wir?» erkundigte sich Schemsi.

«Wir alle!»

«Alle in Amasia?»

«Nein, doch!» ärgerte sich der andere. «Alle! Die in Stambul wollen den Selim gerade so wenig wie wir. Wir sind für Mustafa.»

Der Tschorbadschi Baschi saß nur in der Kappe da, die er unter seiner Kuka trug, um den Helm jederzeit, ohne den Anstand zu verletzen, abnehmen zu können. Die Brokatschärpe, das andere Zeichen seines Rangs, lag irgendwo, seinen blauen Uniformrock mit den blanken Knöpfen hatte er geöffnet, die Beine in der ebenso blauen Pluderhose weit von sich gespreizt.

Der Tapfere war schon ein wenig vom Wein erweicht, sonst würde er sich wohl auch nicht so offenherzig ausgelassen haben.

Es war aber nicht das erste Mal, daß Schemsi ähnliches hörte, und so gab es ihm doch zu denken.

Wenn Soliman nicht eindeutig handle, meinte er bei sich, so sei Mustafa in Wirklichkeit Schahzadey. Und vielleicht wolle der Kaiser das auch. Doch dann solle er es sagen und seinen Ältesten wieder nach Magnesia versetzen. Weil es sonst kommen könne, daß man Mustafa über Nacht nicht nur zum Schahzadey, sondern gleich zum Padischah ausrufe!

Unter diesen Umständen und im Hinblick auf Roxelanes Ungnade hielt Schemsi es für geraten, sich beiden Parteien zu empfehlen, wenn er bis jetzt auch nur so viel wußte, daß er Sultan Dschihangir zur Hauptstadt zurückbegleiten werde.

Der Befehl zur Abreise war schon da.

Saffieje Sultana hatte ihren Sohn zu sich entboten, und beide waren allein.

Was hier zu sprechen war, duldete keinen Zeugen.

«Wozu hast du dich entschlossen?» fragte Saffieje.

Mustafa öffnete die Hände, als erwarte er eine Erleuchtung.

«Was kann ich tun?» fragte er.

«Die Janitscharen sind für dich», antwortete Saffieje.

«Soll ich meinem Kaiser und Vater untreu werden?!» begehrte er auf. Doch Saffieje erhob sich voll Zorn.

«Statt mit Redensarten um dich zu werfen, solltest du lieber dem Reich die Treue halten, du solltest dir selbst die Treue halten und... mir», schloß sie leise, und dabei stand sie dicht neben ihm. «Aber das kannst du nicht. – Weil du mit dir selbst uneins bist, kannst du es nicht.»

«Mutter, ich bitte Sie...»

«Die andere natürlich», höhnte sie weiter, «die Heitere, ewig Junge und deren Kinder – das war deine Welt, die du nicht vergessen kannst. Aber ich...»

Sie brach ab und entzog ihm ihr Gesicht.

«Ich bitte Sie, meine Mutter, habe ich es jemals an Ehrfurcht gegen Sie fehlen lassen?»

«Ehrfurcht...?» Saffieje nahm das Wort mit Bitterkeit auf. «An Worten hast du es nicht fehlen lassen. Aber was sind Worte? Alles, was ich sehe, ist, daß sie ebenso wie deinen Vater auch dich mir genommen hat!»

Mustafa kannte diese Vorwürfe, die einer unbezähmbaren Eifersucht entsprangen und doch – nicht ganz ohne jede Berechtigung waren. Saffieje sprach immer noch.

«Was soll jetzt nur wieder dein Herumgirren mit dem blöden Krüppel von einem Bankert, dem...»

Doch diese Schimpfworte gaben Mustafa wieder festen Grund. Was darauf zu sagen war, das wußte er.

«Ich bitte Eure Hoheit inständigst», sagte er also, «nicht in diesen Ausdrücken von einem Mitglied der kaiserlichen Familie...»

Aber trotz so vieler Jahre Haremsleben waren in Saffieje die Vorurteile ihres Stammes in bezug auf die Einehe noch immer lebendig. Sie fühlte sich als Solimans einzige, rechtmäßige Frau, und immer nur ihren Mustafa empfand sie als ehelich.

«Ach was», unterbrach sie daher ihren Sohn, «ein Weib wie diese Tatarin wirft Bankerte und keine Prinzen. Du bist ein Prinz, du bist der Schahzadey. Vergiß das nie!»

«Nein, aber...»

«Meide dieses Volk», fuhr sie fort, «das sich deine Brüder nennt und das sein Leben einzig und allein einer Verirrung deines Vaters verdankt. Hüte dein Herz! Es könnte dich schwach machen, wenn einmal zu tun ist, was geschehen muß. Oder hast du die Absicht, diesen Dschihangir bei deiner Thronbesteigung zu verschonen?!»

Drohend stand Saffieje da.

«Er ist ein Krüppel», wich Mustafa aus. «Er könnte nie zum Thron gelangen. Er ist ungefährlich...»

«Nichts ist ungefährlich, was von diesem Weib kommt!» schrie Saffieje. «Nichts darf sie behalten! Keinen einzigen ihrer Söhne! Nichts, was lebt. Auch der Krüppel muß sterben.»

«Es wäre grausam, liebe Mutter», versuchte er sie zu beschwichtigen.

Doch sie hörte ihn nicht.

«Du sollst grausam sein! War man gegen mich nicht grausam? Auch der Krüppel muß sterben. Stähle dich an seinem Tod. Du könntest sonst womöglich noch die beiden anderen verschonen wollen, diesen Säufer, den Selim, diesen Bajesid...»

Nun wäre Mustafa aus seiner Natur heraus wohl zur Schonung geneigt gewesen. Hier aber hatten Herkommen und Kanun an seiner Stelle entschieden, und Mustafa war nicht der Mann, gegen solche zwingenden Gewalten in eigener Verantwortlichkeit zu handeln. Was seine Brüder Selim und Bajesid anlangte, so fühlte er sich ganz sicher.

«An Selim und Bajesid habe ich meine Pflicht zu erfüllen!» rief er.

«Ist das ein Wort?»

«Es ist ein Wort.»

«Beschwörst du es?»

«Ich brauche es nicht zu beschwören. Sie kennen den Kanun, meine Mutter. Es muß ja sein», seufzte er. «Das Gesetz verlangt es und die Ruhe des Reichs ebenfalls. Wie könnte ich anders?»

In Saffiejes Lächeln lag leichte Verachtung.

«Vielleicht könnte man schon», sagte sie. «Aber du kannst nicht. Und das ist in diesem Fall gut. Doch weil es so ist, muß ich auch für dich handeln. Denn noch bist du nicht Schahzadey. Du hockst mit den Janitscharen, mit Schemsi und mit Dschihangir, dem Narren, zusammen und läßt dir von ihnen einreden, du seist Thronfolger. Inzwischen kann dann in Stambul geschehen, was will. Nein! 23 Jahre habe ich die Verbannung ertragen. Jetzt jedoch steht diese Tatarin genau an derselben Stelle wie einst ich. Jetzt ist es Zeit. Jetzt will ich hin!»

Mustafa erschrak.

«Bei Allah! Wohin, meine Mutter?»

«Nach Stambul, Sultan Mustafa Khan», erwiderte Saffieje stolz.

«Ja, aber... was wollen Sie da?»

Er war erschüttert.

«Ich werde eine Audienz beim Kaiser verlangen», sagte sie.

«Und wenn man sie Ihnen abschlägt?»

«Man wird nicht.»

«Und – wenn man sie Ihnen gewährt?»

Er sah seine Mutter an. Sie war früh gealtert.

Fettpolster hatten ihr Kinn verwischt. Säcke und Runzeln hatten sich um ihre Augen gelegt...

«Jetzt liegt das Tatarenweib am Boden», triumphierte Saffieje, «jetzt...»

Mustafa dachte an seine Großmutter Hafsa Chatun, die noch in ihrem Alter schön war, dachte an die sichere Niederlage der Mutter, die nicht alt zu werden verstand, und Scham und Mitleid ergriffen ihn.

«In aller Ehrfurcht muß ich Eurer Hoheit widerraten», sagte er.

«Ich reise», antwortete sie. «Wenn man dich gewähren ließe, würdest du nie nach Magnesia zurückkehren. Und du mußt zurück. Du mußt von Soliman als Schahzadey anerkannt werden. Du bist mein Sohn. Ich bin die Chasseki. Dein Vater ist zur Besinnung gekommen, und ich...»

«Mutter...» bat Mustafa die Frau, die 23 Jahre ihres Lebens nur auf den einen Tag gewartet hatte, der für sie längst vorbei war.

Saffieje blickte ihn an und las alles in seinen Augen.

Sie verzog ihr Gesicht wie zu einem Kinderweinen und mußte sich setzen.

«Ich werde tun, was Sie mir befehlen», versprach er leise, «nur lassen Sie das Vergangene. Bitte!»

Eine trauererfüllte Pause verstrich.

«Dein Vater wird mein Gesicht nicht mehr sehen», sagte sie dann, um jedoch sogleich wieder fortzufahren: «Dennoch werde ich reisen! Und du wirst tun, wie du es mir versprochen hast. Alles, was ich befehle, wirst du tun. Dschihangir wird nicht geschont!»

Es dauerte lange, bis Mustafa nachgab.

Aber er gab nach.

«Und das Reden und Flüstern mit den Janitscharen hört auf!» forderte Saffieje als zweites. «Das führt zu nichts. Ganz müssen sie sich dir verbinden! Auf Gedeih und Verderb! Besonders die Regimenter in Stambul!»

«Schwer... und gefährlich», meinte Mustafa.

«Alles, was zum Ziel führt, ist schwer und gefährlich», sagte Saffieje. «Es handelt sich nur darum, ob du einen Unterhändler weißt, der Verstand hat und dem du auch trauen kannst?»

«Vielleicht... Schemsi?» fragte Mustafa. «Er geht wieder nach Stambul mit Dschihangir, und er bezeugte mir auf seine Art immer Anhänglichkeit, während er für Roxelane Sultana nichts als Spöttereien hatte.»

«Er wird sie auch für dich haben, wenn du nicht dabei bist», erklärte Saffieje. «Aber er spricht immer die Wahrheit, und darum nimmt niemand ihn ernst. Das ist schon sehr viel. Stell ihm also in Aussicht, was er nur will. Und er soll den Truppen versprechen, was sie wollen... für den Fall nämlich», schloß sie gedehnt, «daß dein Vater sich ins Serail nach Demotika zurückziehen müßte...»

Mustafa ergriff hastig ihre Hand.

«Absetzen?!» rief er. «Den Kaiser absetzen?!»

«Nur wenn meine Reise keinen Erfolg haben sollte», lächelte Saffieje, um dann wieder ernst zu werden. «Du mußt dich sichern, mein Sohn», fuhr sie fort. «Und wie sicherst du dir diesen Schemsi?»

«Schemsi braucht immer Geld», sagte Mustafa.

Soliman war dem Mufti die vorgeschriebenen sieben Schritte entgegengegangen, und er hatte auch die beiden Kadiaskere begrüßt, die den Mufti begleiteten.

Nun hielt er mit den höchsten Richtern seines Glaubens eine Besprechung ab, der außerdem nur noch der Sultanslehrer, der Chodscha, beiwohnte. Sonst war niemand zugelassen.

In ihren wirkungsvollen pelzverbrämten Gewändern saßen die würdigen Herren mit untergeschlagenen Beinen auf den Sofas, der Mufti in Weiß, die Kadiaskere Violett, der Chodscha Rot, während Soliman eine Kapanidscha in Grün trug.

Vielfach verriegelt und bewacht waren die Türen.

Soliman hatte eine schwere Zeit hinter sich, und von dieser Stunde sollte es abhängen, ob ihm ein Ausweg aus seinem Leiden gefunden werden könne.

Roxelane war aus seinem Leben verschwunden.

Als Sklavin, hatte sie ihm sagen lassen, habe sie keine Sünde begangen, wenn sie ihm, ihrem Herrn, gehorsam gewesen sei. Jetzt aber als Freie würde sie die schwere Sünde der Hurerei auf sich laden, auf sich und auf ihn, den Kalifen, den Beherrscher der Gläubigen, den Herrn des Islams.

Durch nichts war Roxelane umzustimmen gewesen, und seit jener letzten Nacht mit Soliman ging sie auf im Almosengeben und Gebet. Plötzlich und ohne Warnung war ein Teil von Solimans Ich verschwunden.

Er hatte nicht begriffen, wie es zugehen könne, daß ein Mensch, eine Frau, seine Frau, nicht mehr da war, seine Frau, deren Stimme ihm vertrauter als die eigene, deren Haut durch vieltausendfache Zärtlichkeiten mit seiner verwachsen war, deren Blick und Haar, deren Schreiten und Lachen er sich so zugehörig fühlte, daß er ohne sie sich selbst kaum noch denken konnte.

Durch wenige Mauern von ihm getrennt, atmete, lebte sie. Er stellte sich vor, was sie im Augenblick wohl tue – dachte sie sich schlafend, lesend, essend, sah, wie sie sich ankleidete oder wie sie badete, sich auszog oder mit Menschen sprach, die nicht entfernt das Anrecht auf sie hatten wie er.

Und doch waren die drei oder vier Höfe und Gänge, die zu durchmessen gewesen wären, um zu ihr zu gelangen, unüberwindlich! Für ihn waren sie es.

Nichts wußte er von dem, was sie sprach, fühlte und dachte – er wußte nur, daß er selbst unsagbar litt.

Ein Ganzes war auseinandergerissen. Er selbst war die eine Hälfte und blutete.

Roxelane war unerreichbar geworden für Soliman.

Der Mufti führte gerade aus, daß Seine Majestät die Herren zusammengerufen habe, um sich über zwei Fragen zu äußern.

Die erste laute, ob es einem freien Mann erlaubt sei, seiner Sklavin beizuwohnen. Und wenn sich eine Sünde daraus ergebe – wem diese Sünde dann zugehöre: dem Mann oder der Frau oder beiden? Soliman wand sich vor Ungeduld und mußte doch still sitzen und die langen, gelehrten Erörterungen anhören, die schließlich darin gipfelten, daß in der zweiten Sure gesagt sei: «Und wer von euch nicht vermögend genug ist, gläubige, freie Frauen zu heiraten, der heirate von den gläubigen Sklavinnen, die seine Rechte besitzt.» Daraus gehe hervor, daß der Prophet die Ehe vorzüglich empfehle, auch die Ehe mit einer Sklavin. Doch trotzdem auch noch an anderer Stelle verboten sei, eine Sklavin gegen deren Willen zur Hurerei zu zwingen, so sei doch wiederum auch geboten: «Die Männer sollen sich genügen lassen an ihren Frauen und an denen, die unter ihrer Rechten sind.» Somit sei es weder für den Mann noch die Frau eine Sünde, wenn der Herr, ohne Zwang zu üben, seiner Magd Reize genieße.

Die erste Frage war damit beantwortet.

Sie war jedoch nur gestellt worden, um die zweite aufwerfen zu können, und an der zweiten hing Solimans Herz.

«Ist es erlaubt, daß ein freier Mann einer Freien ohne Verehelichung beiwohne, wenn beide guten Willens sind, das

Gesetz zu beachten und auch schon Kinder im Stande der Schuldlosigkeit gezeugt haben?»

Würden diese Männer, die doch wußten, wer gemeint war und worauf es ankam, einen Weg finden?

Vom Mufti erwartete Soliman nicht viel, auch vom Chodscha nicht und eigentlich nur von Ebusuud Effendi, dem Kadiasker von Rumili, dem Vertrauten seiner verstorbenen Mutter und jetzt seiner Tochter Mirmah und Roxelanes.

Ebusuud war der jüngste der Anwesenden. Kein Silber war in seinem braunschwarzen Bart; aber die Chorasani, der runde Wulstturban der Geistlichen, bekrönte ein kluges Gesicht.

Mit Groll erblickte es Soliman.

Ebusuud hatte für Roxelane das Fetwa gefunden, das der Ausgangspunkt dieser ganzen Irrung gewesen war. Ohne jenes Fetwa hätte Roxelane niemals den Freibrief verlangen können, und ohne den Freibrief hätte sich nichts zwischen ihr und Soliman jemals geändert. Von einer gefährlichen Dialektik war die Begründung des Fetwas gewesen, und Solimans Verstand war scharf genug, um zu erkennen, daß mit ähnlichen Gründen auch das Gegenteil zu beweisen gewesen wäre. Aber er wußte auch, daß Ebusuuds Autorität zu groß war, als daß jemand dessen Fetwa umgestoßen hätte.

Und dann war Soliman damals auch viel zu froh gewesen, Roxelane einen Wunsch erfüllen zu können, so daß ihm der theologische Anlaß gar nichts bedeutet hatte.

Jetzt freilich erwies es sich, daß sein menschliches Glück darüber zu Fall gekommen war.

Wer das Glück jedoch fällte, der konnte es auch wieder aufrichten. Und das war Ebusuud.

Soliman hatte Mühe, sein Zittern zu verbergen, das ihn vor Verhaltenheit befiel. Seine Hoffnung verdrängte den Groll. Nur solle man ihn nicht länger martern, nur solle Ebusuud sprechen, drängten seine Gedanken, schnell das erlösende, befreiende Wort sprechen, das Roxelane wieder in seine, Solimans, Arme zurückführe!

Doch Ebusuud sprach nicht.

Und wenn ihn eine Vereinigung aller Blicke traf, nickte er nur.

Zu allem nickte er.

Die anderen indessen fanden, allein gelassen, kein Ende. Wohl wußten sie, was Soliman von ihnen erwartete. Aber aus den Geboten des Korans eine Begründung für die Übertretung desselben Korans abzuleiten – diese Geschicklichkeit war ihnen nicht gegeben. Und Ebusuud versagte sich ihnen.

Kaum noch erträglich war die Spannung für Soliman. Ob Ebusuud denn niemals Mufti werden wollte?! fragte er sich.

Doch eine Hoffnung hatte er nicht mehr.

Das Ergebnis der Beratung war denn auch, daß die fleischliche Vereinigung eines Freien mit einer Freien ohne eheliche Bindung Hurerei sei, vom Koran bei schwerer irdischer Strafe verboten. «Denn es sind Frevler», heiße es in der 24. Sure, «außer jenen, welche hernach bereuen und sich bessern; denn siehe, Allah ist wahrlich verzeihend und barmherzig.»

Trotzdem Soliman den Schlag erwartet hatte, blieb er stumm. Die Pause gebührte dem Spruch, und sie entsprang zugleich seiner Benommenheit.

Als er die Sitzung dann aber mit einem Dank an die Herren aufheben wollte, öffnete Ebusuud zum erstenmal den Mund.

«Es gäbe einen Ausweg, mein Padischah», sagte er.

Das war eine Kühnheit, und ohne die Wohlerzogenheit der geistlichen Herren wäre wohl alles aufgestanden.

Wie die Eminenz sagen könne, empörten sich die anderen dafür im stillen, anstatt dem Furkan, der Erkenntnis, nachzueifern und Belehrung zu schöpfen, es sei ein Ausweg gesucht worden, um zu sündigen! Aber dieser Ebusuud sei zu jung zu seiner hohen Würde gekommen und habe sich schon als Muderris in die gefährlichsten Dinge verstrickt. Auch Soliman war sich der Ungehörigkeit des Kadiasker bewußt. Aber statt zu rügen, forderte er zum Sprechen auf.

Ebusuud verneigte sich.

«Denn Allah ist wahrhaftig verzeihend und barmherzig», begann er, «und so heißt es denn auch in der vierundzwanzigsten: ‹Sie sind Frevler, außer jenen, welche hernach bereuen und sich – bessern.›» Vor dem letzten Wort hatte er eine kleine Pause eingelegt, und die wiederholte er nun, ehe er fortfuhr: «Von Besserung spricht die Sure ‹Das Licht›, offenbart zu Medina. Und welche andere Besserung sollte es hier wohl geben als die durch eine gesetzliche Ehe?»

Man war befremdet. Ob Ebusuud denn nicht wisse, daß des Kaisers Majestät für sich selbst geistlichen Rat verlangt habe? Und ob der Kadiasker den Kanun nicht kenne? Was er also da von Ehe rede, die der Kanun doch ausschließe?!

Keiner der geistlichen Herren begriff, was für einen Sinn Ebusuuds Rede noch haben könne – nur Soliman horchte auf.

«Das gilt von dem», sprach Ebusuud, «der in Sünde fiel. Doch das gilt auch für den Schuldlosen, dem die Besserung des Sünders den richtigen Weg weist, die Sünde zu vermeiden. Wenn der Herr seine Magd mit ihrem Willen beschläft, trifft keinen von beiden Sünde; Sünde vermeiden sie, wenn sie sich einander enthalten, sobald die Magd frei wird. Und ohne Sünde sind sie, wenn er sie zum Weibe begehrt und sie ihn zum Manne nimmt, um in Zucht und nach Allahs Geboten zu leben, wie es die Schrift befiehlt.»

Nun geschah es doch, das Unerhörte!

Aber es war Soliman, der aufsprang.

Und ohne die Väter zu entlassen, ja ohne auch nur anzudeuten, daß er sich ihrer Anwesenheit noch bewußt sei, durchmaß er mit großen Schritten das Zimmer.

Die erstarrten Herren standen und schlugen die Augen nieder. Wenn sich der Padischah ihnen nackt gezeigt hätte, wären sie nicht verlegener gewesen, eher weniger. Denn jetzt wußten sie mehr von ihm. Sie wußten, was er dachte.

Der einzige Ruhige war Ebusuud. Soliman aber verbiß seine Wut. Das Wort Heirat hatte ihn Roxelanes Ziel erkennen lassen. Ebusuud hatte es mit seinen gelassenen Worten enthüllt.

Sie selbst aber sei die Treiberin gewesen, nicht die Getriebene, weder durch ihre Frömmigkeit noch durch ihr Gewissen – davon war Soliman jetzt überzeugt.

Seit Mohammed dem Eroberer war keiner seiner Vorfahren mehr eine gesetzliche Ehe eingegangen. Soliman hatte sich bereits gegen den Kanun vergangen, als er Roxelane auch nur den Freibrief hatte ausstellen lassen.

Er hätte dem Kadiasker Ebusuud, durch dessen Fetwa er dazu verführt worden war, den Kopf vor die Füße legen mögen!

Glücklicherweise lag es nicht in seiner Macht, einem Würdenträger des Gesetzes das Leben zu nehmen. Er hätte es hinterher doch nur bereut. Denn er war zu gerecht gegen sich selbst, um auf die Dauer seine eigene Schuld zu übersehen.

Des Herrschers Frau sollte keine Freie, sondern eine Sklavin sein, wie er selbst der Sohn einer Sklavin war, um durch keine Rücksicht auf Verschwägerungen gebunden zu sein und zum Trost für seine Untertanen, die das Vorrecht der freien Geburt vor ihm voraushatten und doch seine Sklaven waren. Roxelane kannte den Kanun.

Indem sie gegen das Gesetz anging, hatte sie ihre Waffen gegen ihn selbst gekehrt. Und Soliman kam sich in seinem rückhaltlosen Vertrauen von der Frau, die er liebte, verraten vor.

Die ersten Fieber seines Zornes beschwingten ihn. Wie in einem Rausch war er und dachte nicht daran, daß der Schmerz folgen würde und das Verlangen und die Einsamkeit.

Denn wenn er sich auch an einem hohen Ulema nicht vergreifen durfte, so glaubte er doch soweit der Herr zu sein, um das Verlangen nach seiner Frau in sich ausrotten zu können, die keine Liebe daran gehindert hatte, ihm eine Falle zu stellen.

Er glaubte nicht mehr an Roxelanes Liebe zu ihm. Er wollte nicht an sie glauben.

Viele Frauen gebe es für den Padischah, redete er sich vor, wobei jedoch keine einzige Wallung seines Herzens diesen Frauen galt, sondern jede Regung nur der einen, Roxelane, der er die Kränkung zurückgeben wollte, die sie ihm zugefügt habe.

Jetzt, unmittelbar, hätte er mit ihr reden mögen.

Nicht einmal das war ihm vergönnt.

Und in diesem Augenblick packte ihn erster Schmerz.

Zwar fühlte Soliman ihn nur darüber, daß es ihm versagt war, die, der er seine Verachtung ins Gesicht schleudern wollte, auch nur zu sehen, zu ihr zu sprechen, sie zu hören, und noch hatte sein Zorn die Stärke, diesen ersten Schmerz zu unterdrücken. So nährte er denn seinen Zorn, der seine Stütze und sein Schutz war. – Er blieb stehen.

Jenseits des Fensters baute sich die Stadt auf, deren Herr er war. Marmorkuppeln und Palmen, flache Dächer und schlanke Minaretts wölbten sich, ragten, stießen in den Horizont. Alles gehörte ihm. Er war der Padischah. Er lächelte bitter.

Wozu war er Padischah, wenn er nichts konnte als leiden?

Doch er würde die Rechnung zerreißen, in der er eine Ziffer hatte sein sollen, war sein Entschluß, und dann würde nicht er allein es sein, der litte.

«Ich danke Eurer Heiligkeit und Ihnen, meine Väter», sagte er, um dann Ebusuud mit einem bösen Lächeln noch zurückzuhalten. «Sie sind Mirmah Sultanas Imam, Eminenz?»

«Ihre Kaiserliche Hoheit würdigt mich dieser Ehre.»

Selbstverständlich wußten alle, daß Soliman Ebusuuds geistliches Verhältnis zu Mirmah genau kannte.

«Und wann werden Sie meine Tochter sehen?»

«Heute noch, Majestät», erklärte Ebusuud ruhig, obwohl er die Hintergründe der Frage sehr wohl verstand. «Ihre Hoheit hatte die Gnade, mich zu sich bitten zu lassen.»

«Begreiflich, sehr begreiflich», nickte Soliman mit überlegenem Spott, «und da es ohnedies geschehen würde, ermächtige ich Sie ausdrücklich, der Sultana alles zu sagen, was hier gesprochen wurde und was Sie sahen.»

«Eure Majestät können Schweigen und Reden gebieten.»

«Ich befehle zu reden. Und bringen Sie ihr auch meine Antwort auf die letzten Ausführungen, die Sie machten, Eminenz. Es waren sehr aufschlußreiche Ausführungen, und ich habe darauf nur eine recht einfache Antwort.»

Soliman machte eine Pause.

Ebusuud wartete in höchster Spannung, zu welchem Entschluß der Kaiser gekommen sei: ja oder nein – Heirat oder Verwerfung?

«Ich gehe auf die Jagd», sagte Soliman.

43

Das Reich betrauerte den Schöpfer seiner Flotte, den Kapudan Pascha Chaireddin Barbarossa. Am Ufer des Bosporus, beim Kollegium zu Beschiktasch, das er selbst gestiftet hatte, wurde Barbarossa bestattet. Ein Dom sollte sich später über seinen Gebeinen erheben als ein siegverheißender Sammelpunkt osmanischer Flotten. Der Kaiser war in Adrianopel, und niemand konnte sagen, wann er zurückkehren würde. Denn wohl war er allein mit der Hofjagd aufgebrochen, hatte dann aber den gesamten Harem ohne Ansehen der gewaltigen Kosten eines solchen Umzugs nachkommen lassen, und es verlautete sogar, daß er auch noch nach Kleinasien überzusetzen und in den Wäldern von Brussa zu jagen gedenke.

Roxelane war natürlich mit ihrem Hofstaat in Konstantinopel zurückgeblieben, und nach diesem Beweis endgültiger kaiserlicher Ungnade, in die Roxelane gefallen zu sein schien, wartete alles mit besonderer Spannung auf die Ernennung von Barbarossas Nachfolger.

In die Mauer der großen Talente, durch die Roxelane ihre

Macht befestigt hatte, war freilich noch keine Bresche geschlagen. Es war gleichsam, als habe sie ihre Günstlinge Soliman vermacht. Vor allem regierte noch immer ihr Schwiegersohn Rustem unbehelligt als Großwesir.

Auch Chaireddin Barbarossa hatte mit Recht als ihr Schützling gegolten, und zu anderen Zeiten hätte man an den Kapu Aga Oweis, den früheren Flottenkommissar, als Nachfolger gedacht. Jetzt überlegte man, daß Oweis als Sohn der Obersthofmeisterin Dede Semid zu Roxelanes festesten Stützen gehöre. Andere glaubten allerdings schon deswegen nicht an ihn, weil das Amt des Kapu Aga dem des Großadmirals vorangehe und die Ernennung zum Kapudan Pascha dem jungen Eunuchen – falls er sich überhaupt noch halten könne – nur eine Verringerung an Rang und Einfluß bringen würde.

Tatsächlich wurde Oweis Aga auch nicht ernannt; aber ebensowenig einer von Barbarossas berühmten Unterführern, den Beys des Meeres.

Der Öffentlichkeit wäre einer dieser vielfach erprobten Flottenführer am ehesten genehm gewesen. Soliman jedoch mochte Bedenken gehabt haben, die Eifersucht dieser Männer untereinander zu entfesseln, von denen jeder so viele Verdienste aufzuweisen hatte wie der andere.

Soweit hätte man den Kaiser noch verstanden. Das große Erstaunen über seine Entscheidung rührte von zwei ganz anderen Gründen her. Einmal war der Erwählte ein junger Kämmerer des Serails, der, wie man wissen wollte, zwar vom Kapu Aga vorgeschlagen worden sei, aber noch niemals etwas mit der Flotte zu tun gehabt hatte. Dann aber gehörte der neugebackene Admiral auch zu den Männern, die ihre ganze Laufbahn der verungnadeten Sultana verdankten!

Er war der Sohn des griechischen Priesters aus Sokoll, der Bosnier Mohammed Sokolli, der frühere Sklave Iskender Tschelebis und Roxelanes zuverlässiger Briefschreiber aus der Zeit ihres Kampfes gegen Ibrahim.

Zwar wurde er nicht gleich Pascha, und Barbarossas drei Roßschweife bekam er schon gar nicht. Mohammed Bey Sokolli mußte sich mit einem einschwänzigen Tugh begnügen. Doch als Erster Bey des Meeres wurde er kommissarischer Nachfolger des größten Seefeldherrn, den die Türkei bisher besessen hatte.

Keiner kannte des Kaisers Gedanken bei dieser Erhöhung, und von Roxelane Sultana sprach die Majestät überhaupt nie mehr. Daß aber der Großwesir Rustem Pascha sich nicht widersetzt hatte, verstand sich bei dessen Beziehungen zu Roxelane für die meisten von selbst.

Nur ganz wenige wußten um Mohammed Sokollis außergewöhnliche Fähigkeiten, und zu diesen wenigen gehörte außer Roxelane eben auch Soliman.

Roxelane befand sich in der kaiserlichen Ungnade und herrschte, wie zu sehen war, trotzdem.

Der Kaiser aber hielt sich in Adrianopel auf, um zu jagen.

Adrianopel war die zweite Station in der Entwicklung des osmanischen Reichs, Brussa in Anatolien war die erste gewesen. Die drei Hauptstädte Brussa, Adrianopel und Konstantinopel bezeichneten Weg und Aufstieg.

Ein ungefüges, aber geräumiges Serail stand Soliman in Adrianopel zur Verfügung, und mitten im See lag das Lustschloß weiland Murads des Zweiten, in dem sich Soliman zumeist aufhielt.

Besonders in einem achteckigen Turmzimmer war er abends, wenn die Nebel aufstiegen, gern mit seinen Weinkannen allein. So unvergleichlich erschienen ihm die Arabesken in der halberhabenen Deckenarbeit, von so vollendetem Geschmack die Teppiche, Polster und jeder einzelne Gegenstand aus vergangener Zeit.

Inmitten dieser Erlesenheiten träumte Soliman wohl davon, selbst ebenso wie einst Murad auf der Höhe seiner Macht abzudanken, um sich in einem Kreis von Freundschaft und Schönheit von der Herrschaft auszuruhen. Soliman dachte an Magnesia und Murads Tulpenbeete.

Aber Soliman konnte nicht gelassen wie der Ahne dem Thron entsagen, wenn er nicht wollte, daß seine Söhne übereinander herfielen. Auf Mustafa glaubte er sich in keiner Weise verlassen zu können. Wie sollte auch Vertrauen zwischen Brüdern aufkommen, erbitterte er sich, wenn es selbst zwischen ihm und Roxelane kein Vertrauen mehr gebe? Und was bedeute ein Freundeskreis, trauerte er zugleich, wenn Roxelane ihm fehle, die ihm jeden Kreis und alle Freunde ersetze?

Zweimal war Murad vom Thron gestiegen, und zweimal hatte die Not ihn zurückgerufen. Wenig hatte die Macht dem frohen Lebensgenießer bedeutet. Aber so überragend waren sein Geist und seine Kraft gewesen, daß sich ihm selbst des Sohnes Trotz immer wieder gebeugt hatte. Und dieser Sohn hatte als Mohammed der Zweite später Konstantinopel erobert!

Oft träumte Soliman von Murad.

Wenn er sich aber nach hinten gleiten ließ, entstieg diesen Träumen stets Roxelanes Bild. Lange Gespräche führte er dann mit ihr, und ihr Lachen erfüllte den Raum.

Vor ihrem Lachen aber floh er in die Jagd.

Sie war mehr als eine Lust, wenn Soliman auch nicht wie mongolische Kaiser mit großen Heeresmassen über weite Provinzen Treiben veranstaltete. Immerhin waren die Wälder an der Maritza groß genug, um außer den kaiserlichen Haustruppen auch noch verschiedenen anderen Einheiten Beschäftigung zu geben, bis schließlich das eingekesselte Wild den Pfeilen der hohen Jagdgesellschaft erlag oder zur Freiheit entsprang. Feuerwaffen waren verpönt.

Soliman liebte die Jagd. Jetzt aber kam es oft vor, daß Soliman auf dem Stand und selbst auf der Hirschhatz plötzlich den Bogen sinken und die Jagd vorzeitig abblasen ließ.

Dann hatte er an seiner Seite eine Lücke entdeckt, die schmerzte und die sich doch nach menschlichem Ermessen niemals mehr schließen würde.

Wenn Mirmah, was oft geschah, zu ihrer Mutter ins Köschk Hebetullah kam, fand sie von den alten Vertrauten nur noch Nino bei ihr, die als Hofmeisterin ihren Dienst tat.

Dede Semid als Kiajai Harem und Oweis in seiner Eigenschaft als Kapu Aga waren in Adrianopel, und sonst bestand Roxelanes Umgebung durchweg aus erster Jugend. Roxelane verheiratete ihre Mädchen immer sehr früh. Sie blieben zwar auch dann noch ihre Kinder; aber zu einer Vertraulichkeit, wie sie nur das gemeinsame Erleben der Jahre ergibt, kam es nicht. Wenn den Mädchen eben das Verständnis reifte, bekamen sie auch schon ihre Männer, über die der Herrin zu berichten ihre hauptsächlichste Aufgabe war.

Zur Zeit hatte Roxelane allerdings noch Dauerbesuch, wenn man so etwas Besuch nennen konnte, dessen Ende nicht abzusehen war. Perid Hanum lebte bei ihr mit ihrem Töchterchen Humai Sultana. Sie waren Mohammed Solimans Witwe und einziges Kind. Und heute hatte auch Mirmah ihre beiden kleinen Mädchen mitgebracht.

Oberflächlich betrachtet war es eine Familienzusammenkunft mit Kinderspielen und Damenkaffee, mit Sorbets, Zuckerwerk und Kuchen. In Wirklichkeit war Mirmah im Auftrag ihres Mannes gekommen und mit eigenen, schweren Bedenken.

Es dauerte lange, bis sie darüber reden konnte; aber zuletzt wurde es doch so eingerichtet, daß sie mit der Hofmeisterin Nino und der Mutter allein war. Immer noch fiel es Mirmah schwer, den Anfang zu finden, bis Roxelane ihr zu Hilfe kam.

«Beginne nur ruhig mit dem, was dich hergeführt hat, Mirmah», sagte Roxelane. «Denn dich hat etwas hergeführt.»

«Ja, Mutter», bestätigte Mirmah.

«Rustem schickt dich?»

«Der Pascha schickt mich natürlich nicht», meinte Mirmah ein wenig verletzt. «Aber nach dem, was er mir berichtete, hielt ich es für meine Pflicht, Eurer Hoheit davon Mitteilung zu machen.»

Roxelane lächelte. Immer fühlte Mirmah Verpflichtungen, und immer hielt sie auf ihren Rang.

«Hat er Nachrichten aus Adrianopel?» fragte Roxelane ernster, aber immer noch so, als gehe Adrianopel sie nicht mehr an als eine andere Stadt.

«Ja», sagte Mirmah darum nur, gerade noch: ja.

«Ich nehme an, gute Nachrichten», ergänzte Roxelane diese Zurückhaltung. «Seine Majestät liebt die Jagd, und der Aufenthalt im Freien bei körperlicher Tätigkeit hat ihm immer wohl getan.»

«Darüber hat Rustem nichts gesagt», wich Mirmah aus.

Eine Weile war Schweigen.

«So», machte Roxelane dann und wandte sich wieder ihrem Stickrahmen zu.

Alle drei Damen waren auf gleiche Weise beschäftigt.

Mirmah aber warf nach einigen Stichen ihre Handarbeit fort. Sie hatte eine andere Anteilnahme an ihren Neuigkeiten erwartet.

«Nino», rief sie. «Nino Hanum, ich bitte Sie, veranlassen Sie Ihre Hoheit doch, sich Rechenschaft über ihre Lage zu geben. Sie ist nicht so sicher und ungefährdet, wie Ihre Hoheit glaubt!»

«Soll ich hinausgehen?» fragte Nino nur, indem sie sich erhob und Roxelane ansah.

«Du bleibst!» befahl ihre Herrin jedoch.

Nino setzte sich wieder.

«Ich befürchte nichts für meine Sicherheit», fuhr Roxelane zu Mirmah fort. «Wir sind keine Engländer, die einen König haben, der einer seiner Frauen nach der andern den Kopf abschlagen läßt. Bei uns wäre das wohl nicht möglich.»

Mirmah ärgerte sich, daß die Mutter das Gefühl ihrer persönlichen Sicherheit lediglich auf allgemeine Grundsätze zu stützen schien. Dadurch fühlte sie ihren Vater, ohne daß es ausgesprochen worden wäre, beleidigt.

«Sie haben recht, liebe Mutter, die Majestät des Kaisers nicht mit einem dieser abendländischen Barbarenkönige zu vergleichen», entgegnete sie daher etwas spitz. «Auch mir ist bekannt, daß noch niemals ein Padischah sich am Leben oder

der Freiheit einer seiner Frauen vergriff. Ein so schändliches Verbrechen gab es in unserem Hause nicht. Allah sei Dank! Ich meinte auch nur, die Lage Eurer Hoheit sei gefährdet, nicht Ihr Leben, das dem Vater gewiß nicht minder kostbar ist als uns.»

Roxelane erkannte sofort, daß sie in ihrer Bitterkeit zu weit gegangen sei. Aber in keinem ihrer Kämpfe, die sie im Laufe ihres Lebens zu bestehen gehabt hatte, waren ihr so schmerzhafte Wunden geschlagen worden wie in diesem. Sie kämpfte gegen das Liebste, was sie besaß – was sie besessen hatte, war ihr stilles Bangen.

In schlaflosen Nächten überwältigte sie die Sehnsucht nach Soliman oft so sehr, daß sie stöhnend den Kopf in die Kissen ihres freudlosen Lagers vergrub. Nur seinen Atem hätte sie hören, seine Hand fühlen mögen. Es war ihr stets ein friedvolles, wunschloses Glück gewesen, wenn seine Hand nachts ihre gesucht und sie umschlossen hatte. Alles war dann abgefallen, nichts war gewesen als sie und er, und die Nacht hatte sie überwölbt.

Sie liebte Soliman wie nur je, und doch klang hart, was sie sprach.

«Meine Lage?» fragte sie. «Vielleicht wünscht dein Vater mein Köschk, das er mir einst schenkte. Ich gestehe, daß ich an diesem Haus hänge. Denn dich und deine Brüder habe ich hier geboren. Aber wenn Seine Majestät eine von ihm Erwählte damit zu beehren wünscht...»

«Aber Mutter!» rief Mirmah. «So etwas würde der Vater nie tun!»

«Mein Köschk weggeben?»

«Eine andere nehmen! Das würde der Vater nicht tun!»

Wie so viele Menschen lehnte auch Mirmah es mit Scham und Empörung ab, sich ihre Eltern als Geschlechtswesen zu denken. Roxelane aber bekam Herzklopfen darüber, daß auch Mirmah offenbar von keiner anderen Frau wußte. Es hätte ja immerhin sein können, daß ein Eilbote Rustems schneller angekommen wäre als Roxelanes eigene Kuriere.

«Ich wüßte nicht, warum dein Vater sich dann den Harem hat nachkommen lassen», meinte sie dennoch; aber innerlich war sie wesentlich erleichtert. «Und was das Köschk anlangt, so suchte man mich auf dem Umweg über meine Daireh für einen freiwilligen Rücktritt zu gewinnen. Sogar bezahlen wollte man mich dafür.»

«Wirklich?» wunderte sich Mirmah. «Und was taten Sie?»

«Ich ließ den Makler an die kaiserliche Palastverwaltung weisen.»

Jetzt regte sich Nino.

«Wenn ich mir einen Hinweis erlauben darf», sagte sie, «so könnte vielleicht Saffieje Sultana die Urheberin der Anfrage sein? Ihre Hoheit soll schon einmal viel früher den Wunsch gehegt haben, das Köschk Hebetullah zu bewohnen.»

Saffieje Sultana war schon einige Wochen in Konstantinopel und lebte mit ihren Schwägerinnen Tamara und Esma im Alten Serail oder, wie die erboste Mirmah das in unbewachten Augenblicken nannte, drei Giftkröten hockten dort zusammen. Es war daher nicht ausgeschlossen, daß Nino Hanum mit ihrer Vermutung auf dem rechten Wege sei. Denn daß Saffieje trotz vielem Botengeld für Eingaben nach Adrianopel noch immer keine Audienz erlangt hatte, ließ ganz darauf schließen, daß sie sich einstweilen auf andere Weise eine Gelegenheit zur Bestätigung ihres Hasses gegen Roxelane gesucht habe.

«Geben Sie nach, liebe Mutter», bat Mirmah leise. «Versöhnen Sie sich mit dem Vater, und alles hat ein Ende.»

Daß die Versöhnung nur von Roxelane abhinge – daran zweifelte ihre Tochter keinen Augenblick.

«Du, meine fromme Tochter, sagst mir das?» spottete aber die Mutter ganz ohne Mitleid. «Eure Hoheit sollten Ihren Imam befragen, der auch der meine ist. Oder gehören Eure Hoheit zu diesen Frommen, die Allahs Geboten mit aller Strenge anhängen, wenn es sich um die anderen handelt – die es aber mit den Übertretungen nicht so genau nehmen, wenn die eigenen Interessen berührt werden? Bisher habe ich freilich nur solche und keine anderen Frommen erlebt. Dennoch tut es mir leid, dich, meine Tochter, unter der Menge zu finden.»

Mirmah fühlte sich geschlagen. Trotzdem brach durch all ihren Ärger in diesem Augenblick wieder Bewunderung für die Mutter bei ihr durch.

Roxelane hatte ihren Scheitel nur mit den aufgesteckten schweren Flechten überhöht. Sie trug weder Talpotsch noch Schmuck, allein die weiße Haut von Hals, Gesicht und Armen leuchtete aus ihrem schwarzen Gewand.

«Aber du und der Vater, ihr habt doch im neuen Gesetz selbst die Strafen des Korans durch Geldbußen abgelöst», konnte die junge Sultana gerade noch schüchtern einwenden.

«Soll das heißen, der Kaiser habe die Strafen seiner selbst willen gemildert?» entgegnete Roxelane.

«O Mutter...» seufzte Mirmah und verstummte.

«Und du, mein Kind, rätst Versöhnung, wo es gar keine Entzweiung gab?» fuhr Roxelane fort. «Ich befolge Allahs Gebot, wie Er es uns verkünden ließ.»

«Und wenn ich Ihnen nun sage, daß es dem Vater schlecht geht?» wagte sich Mirmah von neuem hervor.

Über Roxelanes Gesicht lief ein zärtlicher Schein. Doch dann verbarg ihre undurchsichtige Ruhe wieder jedes Gefühl. «Ich werde zu Allah für ihn beten», sagte sie.

«Und nicht des Vaters Wunsch erfüllen?» drängte Mirmah. «Wirklich nicht?»

«Wenn von zweien einer nachgeben muß, soll es der Mächtigere tun, zumal wenn er es ohne Sünde tun kann», gab Roxelane zur Antwort.

Doch mehr als alles andere schien Mirmahs Verständnislosigkeit zu beweisen, wie vermessen Roxelanes Ziel sei.

«Wie kann der Vater denn nachgeben, wenn Sie es sind, die ihm den Zutritt zu sich verwehren?» sagte Mirmah, ohne auch nur in Erwägung zu ziehen, ob sich nicht vielleicht Soliman der Mutter zuliebe über Tradition und Kanun hinwegsetzen könne.

«Und der Mächtigere...?» sann sie weiter. «Ich weiß nicht,

wer von Ihnen beiden unter diesen Umständen der mächtigere ist – Sie oder der Vater?»

Ein leises Lachen kam von Roxelane.

Aber siegesgewiß war es nicht. Sie hatte ja nicht allein gegen Soliman – sie hatte gegen alle und alles zu kämpfen. Das wußte sie jetzt. Der einzige, der sie vielleicht verstand, mochte Ebusuud sein.

«Sie müssen doch einsehen, liebe Mutter», eiferte Mirmah, «daß ein Zustand wie der gegenwärtige unhaltbar ist! Alle Welt wundert sich, daß die Würdenträger, denen Sie gewogen waren, noch immer im Amt sind. Auch Rustem gehört zu ihnen. Und nun noch die Ernennung Sokollis zum Nachfolger Chaireddins! Das heißt doch nichts anderes, als daß Sie regieren, obwohl Sie in Ungnade sind. – Nein, nicht in Ungnade», verbesserte sie sich sofort, «ich kenne ja die Wahrheit. Aber ist es eigentlich nicht dasselbe, wenn Sie dem Vater Ihre Tür verschließen? Wie soll also Bestand haben, was heute noch ist?»

«Vielleicht hat es dadurch Bestand, daß dein Mann und dieser Sokolli und alle die anderen tüchtigen Menschen für Ihre Ämter besonders befähigt sind und daß der Kaiser das weiß», meinte Roxelane und mußte dann über Mirmah lächeln. «Aber ich sehe schon», fuhr sie fort, «das ist dir zu einfach, und allen anderen wird es ebenso ergehen. Doch nun sage schon, was du weißt. Vielleicht ist dein Rustem in der Tat besser bedient als ich.»

Sie glaubte es zwar nicht, doch das war ein Irrtum.

Es war dafür gesorgt worden, daß Rustem seine Nachricht erhielt, ehe Dede Semid oder der Kapu Aga davon wissen konnten. Immer unzugänglicher wurde daher Roxelane, während ihre Tochter sprach.

Der Kaiser habe beschlossen, berichtete Mirmah, der Mutter den Titel einer Chasseki zu geben...

«Ich habe ihn nicht darum gebeten», warf Roxelane ein, um dann sofort wieder ihre Lippen fest aufeinanderzupressen, als reue sie bereits jedes gesprochene Wort.

Nach einem kurzen, angstvollen Blick zu Nino setzte Mirmah ihre Mitteilung dennoch fort.

Im venezianischen Krieg hatte Barbarossa die großen Familien der Republik als Beherrscher der griechischen Inseln vertrieben. Nun sollten alle diese Inseln zu einem Königreich und zusammen mit Athen zu einem Lehen für Roxelane vereinigt werden.

Ebenso war ihr der Tribut des Königreichs Zypern zugedacht, wie ihn einst Hafsa Chatun innegehabt hatte.

Reichtümer und Ehren häuften sich mit den Worten der Tochter auf Roxelanes schmucklosem Scheitel. Trotzdem war Nino aufgestanden, als gelte es, die Herrin vor dem Umfallen zu bewahren.

«Sprich weiter!» befahl Roxelane. «Ich denke, die Geschichte hat noch einen Nachsatz.»

«Sie hat einen...» zögerte Mirmah.

«Mach dir keine Sorge um mich, meine Liebe», trieb Roxelane sie an. «Auch Saffieje wurde verbannt. Warum nicht deine Mutter?»

Mirmah zitterte. «Nicht geradezu verbannt, liebe Mutter», sagte sie. «Aber Sie sollen mit aller Feierlichkeit eingesetzt und dann huldvollst beurlaubt werden, um Ihre Länder von – Athen aus zu regieren.»

Tiefes Schweigen umhüllte die Frauen.

Weder Mirmah noch Nino wagten sich zu rühren, als Roxelane sich erhob und stumm das Zimmer verließ.

Noch eine Weile dauerte es, ehe Mirmah die Stille brach.

«Was wird die Mutter tun, Nino?» fragte sie. «Was wird sie wählen?»

Nino gehörte zu Roxelanes frühen Gefährtinnen, und ein geringschätziger Blick traf die Tochter bei deren Frage.

«Ihre Hoheit wird natürlich die Verbannung wählen», sagte Nino und zauderte keinen Augenblick mit der Antwort.

44

Das ganze Reich nahm an den Schwierigkeiten der kaiserlichen Familie Anteil, und als nun einige der höchsten Würdenträger des Serails mit einem Hatti Scherif für Roxelane in Konstantinopel eintrafen, war die Hauptstadt natürlich sofort von dieser Neuigkeit erfüllt.

Fast schien es, als habe man die Nachricht vom großherrlichen Handschreiben absichtlich durchsickern lassen, so schnell hatte sie sich verbreitet.

Über den Inhalt freilich verlautete nichts Bestimmtes, was aber wiederum nur zu den kühnsten Mutmaßungen führte. Doch unter den hohen und höchsten Personen, die zur öffentlichen Verkündigung eine Einladung erhielten, bestand kein Zweifel darüber, daß die Urkunde die ehrenvolle Verbannung für Roxelane enthalte.

Sogleich begann man sich auch schon über ihre Nachfolge Gedanken zu machen, und die Frage tauchte ganz ernsthaft auf, ob Saffieje Sultanas Stern nicht noch einmal im Steigen sei. Als Mutter des Thronfolgers und künftige Walide konnte sie auf alle Fälle einen bevorzugten Platz beanspruchen.

Denn daß Roxelanes Söhne ihren Vater, den Kaiser, nicht überleben würden, stand für alle ernsthaften Menschen fest. Und für Roxelane war es das schlimmste, daß sie ebenfalls daran glauben mußte. Tage und Wochen hatte sie sich mit Selbstvorwürfen, die ihr kein geistlicher Berater abnehmen konnte, gequält.

Doch als sie sich dann endlich zum Erkennen der erbarmungslosen Wirklichkeit durchgerungen hatte, war es wie die Ruhe einer Abgeschiedenen über sie gekommen.

Denn nie hätte sie ihre Söhne dadurch retten können, daß sie sich durch Nachgeben erniedrigte. Und wenn sie jetzt geschlagen war, nachdem sie gekämpft hatte, so waren die Söhne darum nicht mehr gefährdet, als sie es nach dem Tode Mohammed Solimans ohnehin schon gewesen waren. Es war nichts verloren worden, was nicht schon verloren gewesen wäre. Außer ihrem eigenen Glück. Aber sie hätte nicht Roxelane sein müssen, hätte sie ihr eigenes Glück nicht gewagt. Immer wieder würde sie alles wagen für ihre Kinder.

An Soliman mochte sie nicht denken.

Zuweilen wußte sie nicht mehr, ob sie ihn überhaupt noch liebe.

Das war dann, wenn sie über seinen Wunschtraum von Orkhan und Alaeddin verächtlich lächelte. Was gewesen sei, komme nicht wieder, war ihre Überzeugung. Die Geschichte von Orkhan und Alaeddin werde sich mit Solimans Söhnen nicht erneuern. Dem stehe schon Saffieje im Wege.

Roxelane verwarf nichts so sehr wie die Unlust, unbequeme, aber handgreifliche Wirklichkeiten zu sehen, verachtete es, Worte zu geben, statt sich zur Pflicht und zur Tat aufzuraffen!

Manchmal spürte Roxelane auf diese Weise einen gesunden Haß gegen Soliman, und das waren noch ihre glücklichsten Stunden, weil sie sich sonst zu sehr nach ihm sehnte.

Vor dem Hof und den hohen Würden des Staats und des Gesetzes sollte der Hatti Scherif verkündet werden.

Zum Überbringer hatte Soliman den Bostandschi Baschi ernannt, was Roxelane ein bitteres Lächeln abnötigte, weil zu dessen Amtspflichten innerhalb des Serails auch die peinliche Gerichtsbarkeit und die Vollstreckung kaiserlicher Urteile gehörten. Zur Verlesung war allerdings der Chodscha, der Sultanslehrer, bestimmt worden. Außer dem Bostandschi Baschi waren aber noch drei hohe Eunuchen eingetroffen: der Kislar Aga, der Chasinedar Baschi, der zweite innere Aga und Schatzmeister, und vor allem der Chaßoda Baschi, der Vorstand der inneren Kammer, der Chaßoda nämlich, der Oberstgewandmeister und Siegelbewahrer des Sultans.

Diese drei erbaten sich vor der öffentlichen Verlesung des Handschreibens eine Privataudienz bei Roxelane.

Während die Garden und Palastwachen bereits aufgezogen waren und die unteren und mittleren Hofchargen sich auf ihre Posten begeben hatten, um die vorfahrenden Prinzessinnen und die hohe Geistlichkeit zu empfangen, ließ Roxelane die Großeunuchen in ihren Andachtsraum treten.

Die Wahl des Zimmers deutete auf die Gesinnung der Sultana, und ein Gespräch wollte unter den Wartenden sowieso schon nicht aufkommen. Jeder fühlte sich als Wächter und überwacht. Gerade nur des allerhöchsten Auftrags hatten sie sich zu entledigen und sich jeder eigenen Zutat, sei es durch ein Wort oder einen Blick, unter allen Umständen zu enthalten. Wer von ihnen seinen Kopf behalten wollte, tat gut daran, sich danach zu richten.

Und alle drei wollten ihre Köpfe behalten.

Wenn auch keiner von ihnen Roxelanes Gegner gewesen war, so gehörten sie auch wieder nicht zum engeren Kreis ihrer Getreuen. Jeder, der ihr besonders nahegestanden hatte, war offenbar bei dieser Mission übergangen worden.

Während des stummen Wartens dehnten sich die Minuten. Schließlich jedoch kam Roxelane mit ihrer Hofmeisterin und zwei Damen.

Ihre Begleitung war glanzvoll gekleidet. Nur sie selbst erschien schwarz wie immer in letzter Zeit. Ein Diadem in grüner Emaillearbeit mit Smaragden und ein ebenfalls mit Smaragden bestickter grüner Gürtel waren mit dem purpurnen Damastfutter ihrer offenen Ärmel die einzigen Unterbrechungen in ihren dunklen Gewändern. Sie ließ ihre Damen am Rande des Teppichs zurück und trat in dessen Mitte. Dort empfing sie den Kleidkuß des Gesandten, wonach der Kislar Aga die Knie beugte und auf Befehl des Padischahs der Sultana das Dekret überreichte, das sie zur Chasseki ernannte. Roxelane gab es ihrer Hofmeisterin Nino.

Das war alles, was sie auf die Auszeichnung erwiderte.

Irgendeine Hoffnung knüpfte sie nicht daran.

Das Handschreiben werde nun noch die Übertragung der Lehen und die Aufforderung zur Abreise nach Athen bringen, war Roxelane überzeugt, und es werde alles geschehen, wie es vorgesehen sei. Tatsächlich war Mirmahs Bericht ihr denn auch noch von anderer Seite bestätigt worden.

Daß der Kislar Aga eine Ansprache folgen ließ, war daher eine Überraschung für sie.

«Glänzendes Juwel des Lobpreises, von den Kanzeln des Himmels mit Engelszungen verkündet – Schmuck aller Zeiten, umstrahlt von des Morgensterns Glanz – prächtig, geadelt und mächtig wie Ferengis, Suleika und Balkis, ohne Tadel wie die Jesusmutter Maria – Ruhm der Frauen und Engel, glänzende Luftkoralle der Keuschheitskrone, verhüllt von der Herzensreinheit heiligen Schleiern – große Sultana... Sultana Chasseki!»

So begann der Kislar.

Er war ein noch jüngerer, eleganter Herr, dessen etwas vertiefte bräunliche Hauttönung als einziges an einen «Schwarzen» erinnerte. Roxelane hatte er sich seinerzeit, ohne ihr näherzutreten, durch seine diplomatische Geschicklichkeit empfohlen. Am Tanasee als Christ geboren, war er schon verschnitten gewesen, bevor er durch die Beschneidung ein Moslem wurde. Den Stolz auf seine reine amharische Herkunft hatte er deswegen jedoch nicht verloren.

Er fuhr fort.

Ihre Kaiserliche Hoheit möge allergnädigst geruhen, einmal jede theologische Spekulation beiseite zu lassen und allein mit der Höchstihr von Allah verliehenen hohen Weisheit an das Reich denken und an dessen Herrscher, den vielgeliebten, immer siegreichen Padischah. Dann würde Ihre Kaiserliche Hoheit in richtiger Würdigung ihrer eigenen ambraduftenden Persönlichkeit mit Sicherheit zu dem Schluß kommen, daß die Glückseligkeit des Beherrschers der Gläubigen, des Hortes und der Zuflucht des Weltalls, die Wiederherstellung des alten, von göttlicher Huld beglückten Zustandes unerbittlich erheische.

An dieser Stelle drückten der Chaßoda Baschi und der Chasinedar durch Blick und Miene Zustimmung zu den Worten ihres schwarzen Kollegen aus.

Doch Roxelane schwieg trotzdem.

Seine Majestät, den Allah schützen möge, meinte der Kislar weiter, sei bereit, den Chasseki-Titel, der höchsten Ehre, die Seiner Majestät gegeben sei, Ihrer Kaiserlichen Hoheit zu verleihen...

Roxelane verstand sehr gut, daß Soliman es damit ablehne, ihr eine höhere Ehre als die einer Innigstbegünstigten, einer Chasseki, einzuräumen...

...Außer dieser Ehre Ihrer Kaiserlichen Hoheit alles zu bewilligen, was sie an Schmuck und Einkünften nur irgend verlangen könne. Als erstes Zeichen seiner huldreichen Gesinnung aber lasse er Ihrer Kaiserlichen Hoheit ein Geschenk zu Füßen legen, von dem Seine Majestät hoffe, daß sie es günstig aufnehmen werde.

Worauf der Schatzmeister ein juwelengeschmücktes Kästchen aus Sandelholz überreichte.

Doch das Kästchen enthielt keinen Schmuck, sondern die Stiftungsurkunde zu einer Moschee. Auf dem Weibermarkt sollte sie errichtet und Roxelane gewidmet werden, diese Moschee der Chasseki.

Und nun war Roxelane doch einen Augenblick so gerührt, daß Nino ihr die Augen abtupfen mußte. Denn die Bestimmungen der Stiftung waren von der Liebe diktiert, von Solimans Liebe zu ihr.

Mit der Moschee sollte nämlich ein Heim für bedürftige Frauen verbunden werden – und darin erkannte sie Solimans zärtliches Verstehen, daß dieses Asyl allen Frauen ohne jeden Unterschied des Bekenntnisses offenstehen sollte.

Dadurch hatte Soliman sich im Gegensatz zu den engherzigen Auffassungen der Konfessionsgebundenen zu ihr bekannt. Denn nur auf diese Weise konnte die Stiftung in Wirklichkeit ein Vermächtnis aus ihrer, Roxelanes, Gesinnung werden.

Zum erstenmal während des Empfangs öffnete sie den Mund. «Berichten Sie Seiner Majestät, was Sie sahen», sagte sie und neigte wie zum Dank das Haupt.

Als der Kislar Aga sich jedoch, dadurch ermutigt, mit der Bemerkung hervorwagte, daß es vielleicht noch besser sei, wenn Ihre Kaiserliche Hoheit ihren Dank Seiner Majestät selbst aussprechen würde – da machte sie eine Bewegung des Verneinens.

«Wer sind wir, daß wir an Allahs Worten rütteln?» fragte sie und brachte damit den Kislar, den Kurator der heiligen Städte Mekka und Medina, zum Verstummen.

Die letzte Vorstellung machte der Chaßoda Baschi.

«Eure Kaiserliche Hoheit bitte ich, mir die Mitteilung zu gestatten, daß ich im Besitz eines Befehls Seiner Majestät bin, der mich ermächtigt, die öffentliche Verlesung des Handschreibens zu verhindern.»

«Nur die öffentliche Verlesung?» meinte Roxelane. «Das ist nicht viel, Exzellenz.»

«Jede Verlesung und jede Zustellung könnte durch mich verhindert werden», ergänzte der Aga. «Der Hatti Scherif wäre dann nie gewesen, weil er zu Seiner Majestät zurückkehren und von Allerhöchstihm vernichtet werden würde.»

Doch Roxelane hatte nichts mehr zu überlegen.

Jeder Schritt zurück bedeutete eine Schwächung ihrer Stellung – erst in den Augen der Welt, dann in denen Solimans. Das war keine Hilfe für ihre Söhne, und was sie selbst leiden würde, kam nicht in Betracht. Ihr Verhalten konnte ihre Kinder adeln oder sie herabsetzen – darauf allein kam es ihr an. Ihre Verbannung dagegen würde keine Herabsetzung und dabei noch ein Zeichen sein, das ihre Söhne nicht übersehen konnten. Mochten sie sich in Sicherheit bringen mit dem Segen der Mutter.

Das waren Roxelanes Gedanken. Zeit genug, sie zu denken, hatte sie gehabt.

«Lassen Sie den Hatti Scherif verlesen, Exzellenz», sagte sie, «und kümmern Sie sich nicht um mich.»

Als die Sultaninnen den Saal der Audienzen betreten wollten, gab es einen Zwischenfall. Saffieje Sultana verlangte, daß der

Kislar ihr als der Chasseki in Abwesenheit der Kiajai Harem vortrete.

Das Begehren mußte mit der Gegenvorstellung zurückgewiesen werden, daß sich der Hatti Scherif an Churrem Sultana richte, was allein ihr schon für die Zeremonie den Vorrang und das Recht sichere, erst als letzte unter großem Vortritt im Saal zu erscheinen. Roxelane selbst freilich verschwendete keine Regung ihres Herzens an diesen Streit. Sie wünschte sich nur, daß alles schon vorüber sein möge; denn sie empfand das, was als höchste Ehrung für sie gedacht war, doch nur als das glänzende Leichenbegräbnis ihrer Liebe.

Aber die Vorschriften des Zeremonials kümmerten sich um keine Gefühle, und so setzten sich denn erst zum Schluß Roxelanes Kämmerer mit den weißen Stäben in Bewegung, an denen die silbernen Ketten klirrten.

Auch hörte sie ihren Lala ihre neue Würde verkündigen. «Churrem Sultana Chasseki», worauf alle, als sie nun unter dem Vortritt des Kislar die Schwelle überschritt, in das «Alai!» und «Langes Leben!» ausbrachen, das ihr zustand.

Wie Spießrutenlaufen kam ihr das alles vor, und zum Überfluß hatte sie auch noch unmittelbar zu ihrer Rechten Saffieje und zu ihrer Linken Tamara und Esma sitzen; denn das Zeremonial ließ sich durch nichts beirren.

Sie spürte die Wellen des Hasses, des Hohnes, der Schadenfreude, aber auch des Bedauerns auf sich eindringen – wie in einem feurigen Ofen fühlte sie sich.

Und doch war jedermann enttäuscht, der etwa gehofft hatte, irgend etwas von Roxelanes Gesicht ablesen zu können. Es war undurchdringlich, und ihre Augen blickten in die Weite.

Ganz vorn am Schleier stand der Bostandschi Baschi. Im Hofdienst groß geworden und als General bewährt, machte er mit seinem eisgrauen gepflegten Bart einen würdigen Eindruck, und fast schien es unmöglich, ihn zu übersehen. Doch auch über ihn blickte Roxelane hinweg, so fern schweiften ihre Gedanken.

Jahre habe Osman um die Priestertochter Malchatun gedient, mußte sie denken, und daß der Ahn seiner Liebe wohl kein so feierliches Begräbnis bereitet hätte wie sein Nachkomme Soliman…

Ob Roxelane nun jedoch hörte und zusah oder nicht – die Handlung ging unentwegt weiter, und jetzt führte der Chodscha, ein Mann, der im Rang dem Mufti fast gleichstand, den Hatti Scherif an die Stirn.

So wenig wie ihr eigenes Schicksal dem der Malchatun gleiche, sann Roxelane immer noch, ebensowenig würden Solimans Söhne dem Beispiel von Orkhan und Alaeddin, Osmans Söhnen, folgen.

«… und so fragen Wir Unsere Chasseki, die hohe Frau und Churrem Sultana, ob sie gewillt wäre, mit Uns die Gebote Allahs zu erfüllen als Unser ehelich Gemahl, wie es Kadidscha war dem Propheten…»

Fast wie durch Zufall hörte Roxelane diese Worte oder auch nur durch die Bewegung aufmerksam gemacht, die alle ergriff. Und nun löste sich ihre Starre.

Ein Zittern durchlief sie.

Sie hörte, sie sah.

Kein Platz in dem Riesenraum war noch frei. Das ganze Reich war in seinen Vertretern aufgeboten worden, aber nicht ihr zum Abschied, sondern Soliman schenkte ihr das Reich.

Sie hätte allein sein mögen und mußte doch den Blicken der vielen standhalten, dem Erbleichen Saffiejes und der Schwägerinnen, dem erlösenden Aufatmen der Freunde, der Überraschung aller und ihrer eigenen.

Einen tiefen, stechenden Schmerz fühlte sie in ihrem Herzen, das stehenzubleiben schien, um dann doch seinen Weg mit hastigen Sprüngen fortzusetzen.

Nun das Ziel ihres Kampfes wider Erwarten erreicht war, fühlte sie nichts als einen körperlichen Schmerz.

Und ob Soliman ihr nicht Schmerz und Kampf habe ersparen können, überlegte sie wie unter einem Zwang. Habe sie nicht einst gelernt: ‹Führe mich nicht in Versuchung?› Und was seien die Ansprache des Kislars, das Angebot des Chaßoda Baschi im Andachtsraum anderes als Versuchungen gewesen? Im Falle des Erliegens wäre der Hatti Scherif nie verlesen worden, hätte sie niemals diese Minute erlebt, die nun auch jeden äußeren Unterschied zwischen ihr und Soliman auslösche.

Und ausgelöscht war der Unterschied, ob sie nun annahm oder nicht. Ja, mit der Ablehnung von Solimans Antrag konnte sie sich unstreitig über den Herrscher noch erheben.

Ganz hatte er sich ihr in die Hand gegeben, und Roxelane... schwankte.

Aber sie verkannte auch nicht den gewaltigen Entschluß, den es Soliman gekostet haben müsse, ihretwegen der Tradition und dem Kanun den Kampf anzusagen. Dadurch habe er zugleich auch die Notwendigkeit ihrer Ziele anerkannt. Unbeirrbares Festhalten am Notwendigen sei jedoch wahres Herrentum. Herrin sei sie nunmehr aus eigenem Recht, und das... verdankte sie Soliman. Denn jeder habe sich zu beweisen. Von Soliman aber sei ihr erst die Gelegenheit zur Bewährung gegeben worden. Voll Großmut habe er darauf verzichtet, ihr die dreifache Reiheragraffe der Herrscherin als eine Gnade zu schenken, um sie ihr nun als etwas reichen zu können, was ihr gehöre. Roxelane zürnte Soliman nicht mehr.

Ganz hatte er sich ihr in die Hand gegeben, und nun schämte sie sich ihres Schwankens von wenigen Sekunden. Endgültig verwarf sie jede dieser Einflüsterungen ihrer Eitelkeit.

Nicht mehr Mustafa war Schahzadey.

Nun gingen ihre Kinder, ihre Söhne, allen andern voran.

Mohammed Solimans Tod war ausgeglichen.

Plötzlich merkte Roxelane, daß sie aufrecht stand und sprach.

Sie ernannte den Kislar Aga zu ihrem Vertreter, um mit dem Bostandschi Baschi als dem Beauftragten Solimans vor dem Mufti den Ehevertrag abzuschließen.

Damit hatte sie ihr Jawort gegeben, und ein allgemeines Alai antwortete ihr. «Langes Leben! Langes Leben, dem Herrn und der Herrin!» intonierten die Tschausche.

Noch zitterte in diesem Zuruf Erregung. Unfaßbares war geschehen. Und nicht nur Saffieje und ihre Schwägerinnen hatten Mühe, sich zu überreden, daß alles, was sie sahen und hörten, unwiderrufliche Wirklichkeit sei.

Dann jedoch war da ein Rauschen, und auf das Rauschen folgte eine Stille.

Roxelane blickte um sich und erkannte, daß sie die einzige war, die noch stand.

Selbst Saffieje hatte das Ereignis zu Boden geworfen. Sie, die gekommen war, sich an Roxelanes Sturz zu weiden, kniete nun nach unabweisbarem Gebot wie alle anderen – Männer, Frauen, Verschnittene – vor ihr, Roxelane, der Kaiserin.

Kaiserin Roxelane.

Die Kinder einer Kaiserin waren ihre Kinder jetzt – einer Kaiserin wie die eines Kaisers.

45

Mit Roxelane hatte auch Ebusuud Effendi gesiegt. Vor ihm, dem neuen Mufti, wurde das Ereignis besiegelt, das der Türkei eine Kaiserin gab. Trotz der scheinbaren Ungeheuerlichkeit kam aber zweierlei den Herrschern zu Hilfe.

Zwar hatten sie stets sorgsam die Kräfte der Tradition bewahrt und sonst nur aus ihnen heraus das Neue entwickelt. Wenn sie sich dennoch in diesem einen Fall, der ihr persönliches Leben betraf, über sie hinwegsetzten – so konnten sie sich dabei auf byzantinische Gedankengänge stützen. Nach der Auffassung von Byzanz verdankte die Kaiserin ihr Diadem genau wie der Kaiser und mit gleichen Rechten allein der Gnade Gottes. Aber auch das türkische Staatsrecht sah bei Unmündigkeit des Padischahs die Walide als Regentin vor, so daß also weder dem Herrenvolk noch gar den Unterworfenen die Frau als Herrscherin etwas Fremdes war.

Ohnehin hatten sich das Reich und die Welt an das Dasein einer Roxelane Sultana längst gewöhnt.

Solimans Herz freilich verlangte mehr. Nun, da er den Schritt getan hatte, den der Kanun seines Hauses verwarf, wollte er sich auch rückhaltlos zu der Frau seiner Wahl bekennen. Als sein «ehelich Gemahl, wie es Kadidscha war dem Propheten», hatte er um sie geworben. Mit Kadidscha, die als erste das Wort des Propheten, ihres Gatten, vernommen und sich mit ihm vor Allah gezeigt hatte, war Roxelane von Soliman verglichen worden, und wie Kadidscha die erste Frau des Islams, so sollte auch Roxelane die Erste, die Unvergleichliche sein. Eine schwächliche Auskunft wie die einer Ehe zur linken Hand zog er überhaupt nicht erst in Erwägung, wie der Koran sie ebenfalls nicht kannte.

Kaiserin sollte Roxelane sein, wie es die Frauen seiner christlichen Vorfahren von Byzanz in Wirklichkeit gewesen waren.

«Unsere Uns durch Allahs Gnade verliehene Hohe Gemahlin...» nannte er sie in seinen Erlassen – ähnlich wie einst Justinian seine Theodora genannt hatte. In dieser Form gingen die Botschaften von seiner Heirat in alle Welt, an die befreundeten Höfe des Morgen- und Abendlandes und in alle Provinzen.

Im ganzen Reich wurden Freudenfeste anbefohlen. Keinem seiner Millionen Untertanen sollte nach dem Willen des Padischahs das Fest der ehelichen Vereinigung des Herrscherpaares fremd bleiben. Jedermann sollte wissen, daß nunmehr neben dem Kaiser auch eine Kaiserin der Hort und die Zuflucht der Welt sei.

Und so hatte denn Konstantinopel wohl viele Feste gesehen, aber keines wie das Hochzeitsfest Roxelanes und Solimans.

Inmitten vielfarbiger Zelte besiegter Fürsten stand bei Mehterane, dem Quartier der Heeresmusik am Nordende des Hippodroms, auf lasurenen Säulen Solimans Goldbaldachin.

Gegenüber funkelte der Schmuck der verschleierten Frauen, über denen Roxelanes Thron sich erhob.

Zur Rechten und Linken hinter der Erhöhten verharrten die Kiajai Harem mit ihren Damen und der Kislar mit seinen Kammerpräsidenten und Räten auf der Tribüne, während die Polster der Sultaninnen sich vom Thron aus im Halbkreis zur Brüstung hin senkten. Es gab viele Tribünen; aber diese war die Tribüne der Kaiserin.

Am ersten Tag erschien Roxelane in den juwelenübersäten Gewändern von starrem Brokat, wie sie die byzantinischen Herrscherinnen getragen hatten. Doch aus ihrem Diadem quollen zudem noch die drei Reiherbüschel der türkischen Großherren.

Die Pracht der Geschenke ausländischer Gesandter und der Würdenträger und Statthalter des Reiches übertraf alle je vorher gesehenen Herrlichkeiten anderer Feste. Syrischer Damast und ägyptische Tücher, Musseline und indische Schals, griechischer Battist und venezianischer Samt, mit Edelsteinen gefüllte Tassen und Teller, kristallene Kannen, kunstvolle Uhren, chinesisches Porzellan, arabische Stuten, turkmenische Hengste, äthiopische und ungarische Eunuchen, Mameluken und griechische und kaukasische Mädchen und Knaben.

Ebenso zahlreich waren die Spiele.

Zwei hölzerne Schlösser wurden jedes von hundert Schwerbewaffneten wechselseitig verteidigt und angegriffen, bis das eine erobert und verbrannt und viele schöne Knaben und Mädchen davongeschleppt wurden. Den Aufzug der Hochzeitspalmen, dieser verschwenderisch geschmückten Symbole der Fruchtbarkeit und zeugenden Kraft, führten der

Janitscharen Aga und die Generale der Reiterei in Person an. Zwischen der Schlangensäule des Hippodroms und Kaiser Julians Obelisk war ein Seil gespannt worden, auf dem ein ägyptischer Tänzer sich zeigte. Und damit auch dem einfachsten Gemüt nichts fehle, versuchten zwischendurch Matrosen und Soldaten, sich Preise auf Masten zu erklettern, die mit Seife und Öl beschmiert waren.

Schwerttänze, Ringkämpfe, Wettläufe, Reit- und Turnierkünste, Vorführungen mit wilden Großkatzen und Giraffen, mit Bären und Riesenschlangen, Gaukler, Schattenspieler und Possenreißer – das alles und noch viel, viel mehr wechselte mit Banketten, mit wissenschaftlichen Disputationen, mit Badegesellschaften und Konzerten, und jeder Tag endete mit nächtlicher Beleuchtung und Feuerwerk. Soliman hatte Roxelane wieder, und über drei Wochen dauerte das Fest, das der Beglückte ihr gab.

Dabei hatte Roxelane auch noch die Freude, alle ihre Söhne um sich zu sehen. Denn Selim hatte aus Konia nach Konstantinopel kommen dürfen. Er hatte seinen Harem und, um sie den Eltern zu zeigen, die beiden Töchter mitgebracht, die ihm in diesem Jahr geboren worden waren.

Das Urteil über der Kaiserin nunmehr ältesten Sohn war geteilt und war es um so mehr, weil man bei der Erwähnung des Schahzadeys nicht mehr von Mustafa, sondern zumeist von Selim und höchstens noch von Bajesid sprach.

Es gab viele Leute, die wie Mirmah Selims gesunden Wirklichkeitssinn schätzten und seinen Leistungen als Regent und General Gerechtigkeit widerfahren ließen.

Andere wiederum verübelten es ihm sogar, daß er es seinem Stiefbruder Mustafa im Versemachen gleichtun wollte, nur damit er, wie man meinte, im goldenen Dichterverzeichnis unmittelbar nach seinem Vater den Reigen eröffnen könne. Seine untersetzte, wenn auch keineswegs unbeholfene Gestalt, sein breites, ziemlich gewöhnliches Gesicht erweckten ihm wenig Freunde – seine Vorliebe für den Juden Nassy und den Wein dagegen Feinde genug.

Über seines Vaters Soliman Neigung zu einem befeuernden Trunk, eine Vorliebe, die allmählich einer eifernden Enthaltsamkeit gewichen war, hatte man immer hinweggesehen und dessen Freundschaft mit Ibrahim sogar verstanden. Denn der Grieche war nicht nur ein Mann von großen Verdiensten, sondern auch von geschliffenem Geist und ungewöhnlichem Geschmack gewesen.

In bezug auf Joseph Nassy aber war man anderer Meinung.

Viele betrachteten ihn schon darum mit größtem Mißtrauen, weil er im Hinblick auf seine Freundschaft mit Selim sogleich seine ganze Verwandtschaft hatte nachkommen lassen.

Er selbst war noch als ein Dom Zuan Miquez nach Konstantinopel gekommen. Ursprünglich hatte er nämlich zu den «Moranen» gehört, den Juden, die in Portugal zwangsweise getauft worden waren, und seinen alten Glauben hatte er erst wieder einem ebenso reichen wie schönen Judenmädchen zuliebe angenommen. Mit dem erheirateten Geld gedachte er nun sein Glück bei Hof zu machen.

Daß es aussichtslos sei, bis zum Kaiser vordringen zu wollen, hatte er sich bei seinem Scharfblick selbst gesagt. Es war zu bekannt, daß Soliman die Juden nicht liebte. Darum hatte Nassy auf Selim gesetzt, hatte ihm nicht nur einen unbeschränkten Kredit eröffnet, sondern sich ihm auch durch Geschenke an Juwelen und vor allem an erlesenen Weinen angenehm zu machen gewußt.

«Und jetzt sagt man, Selim lerne Hebräisch», lachte Dschihangir.

«Man kann nie genug lernen», meinte Roxelane.

«Und nie genug trinken», erwiderte Dschihangir.

Auch Bajesid lachte.

Er war ein so kecker und bildhübscher Junge geworden, daß Selim Grund gehabt hätte, eifersüchtig zu sein. In letzter Zeit zeigte selbst Mirmah eine große Vorliebe für ihren jüngsten Bruder, von dem es bereits hieß, daß er demnächst seinen eigenen Hofstaat bekommen werde.

Außer Dschihangir und Bajesid waren dann nur noch Mirmah Sultana, Dede Semid und Nino zu einer heiteren Kaffeegesellschaft um Roxelane versammelt.

«Ihr wißt doch», fuhr Dschihangir fort, «daß Selim davon träumt, den Venezianern einmal Zypern wegzunehmen? Natürlich der Weine wegen! Nassy hat ihn auf den Geschmack gebracht, und Selim hat seinem Liebling versprochen, ihn zum König von Zypern zu machen. Selbstverständlich im Rausch! Aber der Jude hat sich sein Königswappen schon malen lassen und es in seinem Haus aufgehängt. ‹Joseph der Erste König von Zypern› steht darunter. Und davor pflegt sich dann der Durchlauchtige selbst aufzupflanzen, wenn er seine Kundschaft empfängt.»

Auch die Damen lachten, als Dschihangir nun den reichen Bankier karikierte.

Zum Schluß allerdings äußerte Mirmah, was den Nassy eigentlich hindern solle, zu fürstlichen Ehren zu kommen? In Italien sei das Kaufleuten oft widerfahren, und die Medicis seien Apotheker gewesen, wie man sage. Dschihangir errötete.

Den Scherz hatte er geglaubt erzählen zu dürfen, und nun erkannte er, daß er schuldig geworden war.

Dschihangir liebte seinen Bruder Selim nicht.

Unter dem lächelnden Blick seiner Mutter wurde er sich dessen bewußt. Um seiner Liebe zu Mustafa willen liebte er Selim nicht sehr, diesen Menschen des platten Vergnügens und der plattesten Nützlichkeit.

Doch Selim war Roxelanes Sohn wie er, Dschihangir, selbst, und so fühlte er sich schuldig vor ihr, die ihn geboren hatte, seiner Herrin, seiner Kaiserin, seiner Mutter.

Als Dschihangir seine Augen wieder aufhob, war das Gespräch schon über seine unwillkommene Mitteilung hinweggegangen.

Aber das, worin er sonst belustigt eingestimmt hätte, stieß ihn heute ab. Wenn er sich auch im Bewußtsein seiner Höcker der Frauen enthielt, so hatte er doch immer eine zarte Achtung für sie, als erbitte er sich gleichsam ihre Verzeihung. Ganz neu war ihm daher das Unbehagen, mit dem er seine Schwester Mirmah den Bruder Bajesid mit den Freunden necken hörte, die dem Jüngling bei Einrichtung seines Hofstaats und damit auch seines Harems noch bevorständen.

Es wäre übrigens auch sehr unklug gewesen, viele Worte über ein so albernes Gerücht wie das über den Juden Nassy zu verlieren. Dadurch hätte man ihm nur Nahrung gegeben. Unbehelligt gelassen, mußte es dagegen an seiner eigenen Lächerlichkeit ersticken. Dschihangir schämte sich über den Mißklang, mit dem er die Harmonie für einen kurzen Augenblick gestört hatte. Doch die Rückkehr in seine gewohnte Lustigkeit blieb ihm versperrt. Und als mit Selim das unbekümmerte Leben in seiner ganzen Selbstzufriedenheit eintrat, küßte Dschihangir der Mutter die Hand und bat sie um Urlaub.

Nach Ablauf der Festwochen wurde Selim nach Magnesia versetzt, und sein junger Bruder Bajesid bekam Konia.

Wie es zu erwarten gewesen war, hatte Soliman ganz eindeutig gegen Mustafa entschieden, und selbst die Vorsichtigsten schwankten nur zwischen Selim und dem hübschen und aufgeweckten Bajesid, den Söhnen der Kaiserin.

Trotzdem blieb Saffieje noch immer in Konstantinopel.

46

Im Jahre 1548 kehrte Soliman die osmanischen Waffen wieder einmal gegen Persien, und dabei eroberte er von neuem die feindliche Hauptstadt. Sein Sohn Dschihangir, dessen Witz und Unterhaltung der Kaiser liebte, begleitete ihn auf diesem Kriegszug.

Aber auch mit seinen drei anderen Söhnen traf Soliman bei dieser Gelegenheit zusammen: mit Selim in Sidi Ghasi, mit

Bajesid in dessen Hauptstadt Konia und mit Sultan Mustafa, den er so viele Jahre nicht gesehen hatte, in Siwas.

Um diese Begegnung in Siwas erwarb Dschihangir sich große Verdienste. Er kannte seinen Vater gut genug, um zu wissen, daß vor allem dessen Eifersucht nicht geweckt werden dürfe. So bewirkte er denn auch nicht zuletzt dadurch, daß es ihm möglich war, alle Kundgebungen zu Mustafas Gunsten zu verhindern, eine wirkliche und herzliche Annäherung zwischen dem Vater und dem geliebten Stiefbruder.

Nach Adrianopel allerdings ging nicht Mustafa, sondern Selim als Solimans Stellvertreter ab.

Adrianopel war damals der Sitz der Kaiserin, bis Soliman im Dezember 1549 schließlich zurückkehrte.

Von dem darauffolgenden ungarischen Krieg aber konnte Roxelane ihren Gatten zurückhalten.

Wie sie ihrem Schwiegersohn Rustem bereits in Persien Gelegenheit gegeben hatte, sich auszuzeichnen, so erhielt jetzt ihr Günstling Mohammed Sokolli dieselbe Möglichkeit als Serasker in Ungarn und Siebenbürgen.

Schon in seiner Admiralszeit war Sokolli erfolgreich gewesen und inzwischen Beglerbey von Rumili und Pascha geworden.

Soliman blieb also zu Hause und widmete sich dafür einer großartigen Bautätigkeit. Im Jahre 1550 wurde der Grundstein zu der Suleimanije gelegt, die einmal seine und Roxelanes Gebeine umfangen sollte.

Fünf Jahre waren auf diese Weise mit Krieg und Bauen verstrichen, als persische Grenzüberfälle wiederum zum Vorgehen gegen den Schah zwangen.

Der Großwesir Rustem wurde dabei mit dem Oberbefehl beauftragt. Denn durch elf Feldzüge, die des Padischahs Gegenwart beseelt hatten, waren die osmanischen Heere so an Krieg und Sieg gewöhnt worden, daß der letzte in Ungarn auch ohne Solimans Gegenwart glänzend verlaufen war und man dasselbe auch von dem kommenden gegen Persien hoffen durfte.

Die Truppen waren auch schon in Bajesids Provinz Karaman, und zwar zu Askerai, versammelt, und alle Welt erwartete die ersten Siegesmeldungen mit dem anbrechenden Frühling, als der Großwesir plötzlich nach Konstantinopel zurückgerufen und der Angriff verschoben wurde.

Soliman hatte sich entgegen seiner ursprünglichen Absicht entschlossen, sein Heer persönlich ins Feld zu führen.

Kaum weniger Aufsehen als dieser Beschluß erregte ein Ferman, der die Janitscharen aus Askerai nach Konstantinopel befahl.

Dieser Marsch von zwanzigtausend Mann der besten Truppen aus dem Hauptquartier an den Bosporus, nur um dann mit dem Kaiser dieselbe Strecke umgekehrt noch einmal zurückzulegen, schien eine Willkür zu sein, die man Soliman nicht zugetraut hatte. Und da man in der Hauptstadt nicht gewohnt war, sich mit den Tatsachen zu begnügen, so waren die Basare Konstantinopels und bald auch des ganzen Reiches von Gerüchten erfüllt, die alle für das Erstaunliche noch erstaunlichere Erklärungen versuchten.

Um den Neuen Serail jedoch lagerte eine drohende Wolke des Schweigens, die sich auch nicht verzog, als Soliman im Hochsommer wirklich ins Feld rückte.

Rustem begleitete ihn, und Selim sollte sich ihm in Kleinasien anschließen. Der junge Bajesid aber erhielt den Befehl, Soliman in Europa zu vertreten, was für den jüngsten Sohn mehr eine Auszeichnung als eine Machtübertragung war, da Roxelane in Konstantinopel blieb und der Sohn bei allen Entscheidungen an die Mutter verwiesen wurde.

Doch auch Dschihangir konnte diesmal den Feldzug ebensowenig wie Bajesid mitmachen. Alle Vorbereitungen zu seiner Abreise waren bereits getroffen, als ihn, wie es hieß, unvermutet eine Krankheit zurückhielt.

Jedermann sprach auf diese Weise von den Söhnen der Kaiserin. Nur von Mustafa war bei alledem nicht die Rede. Außer in den Weinschenken der Janitscharen war sein Name in letzter Zeit überhaupt wenig genannt worden.

Stromaufwärts vom Goldenen Horn, wo das brackige Hafenwasser aufhörte, begannen die vielbesungenen Süßen Wasser von Konstantinopel.

Zuweilen jagte der Kaiser in den Wäldern, die sich am Flußoberlauf hinzogen. Ein kleines Jagdschloß diente ihm bei dieser Gelegenheit als Unterkunft, und einige wenige reiche Leute hatten an den anmutigen Ufern des durch Waldinseln unterbrochenen Flußlaufs ebenfalls Landhäuser errichtet.

Mondklar war die Nacht zum 5. September, als eine dunkle Barke am Landungssteg eines dieser Häuser festmachte. Es war zu sehen, daß keine Waren mit dem Fahrzeug aus Konstantinopel kamen. Die schnittige Form und der reichgeschnitzte Kajütenaufbau in der Mitte ließen das Boot sofort als das Lustfahrzeug eines begüterten Privatmannes erkennen.

Das Landhaus selbst war dagegen nicht zu erblicken.

Unmittelbar am Steg erhob sich eine haushohe Mauer, deren Weiß das Mondlicht grell zurückwarf. Da das Ufer eine Kurve beschrieb, schien die steinerne Abwehr nach beiden Seiten kein Ende zu nehmen, und nur die Wipfel einiger Zypressen deuteten an, daß die Wand einen Park umschloß und in dessen Verstecken das Haus.

Was für ein Wohnsitz das aber auch sein mochte – die Mauer war seine Vornehmheit und machte das Haus zum Palast.

Oder auch zum Gefängnis.

Denn unbezwinglich erschien sie. Nur eine kleine weißgetünchte Tür unterbrach sie am Steg. Man mußte die Tür kennen, um sie zu finden. Der Barke aber entstieg eine schwarze Gestalt. Unter der weiten Kapuze konnte sich sehr wohl ein Dülbend und selbst ein Turban verbergen, und man sah keine Füße. Wenige Personen folgten ihr, verhüllt wie sie, und aus der Pforte kamen andere ihr entgegen, deren Verneigung sie mit herrischer Gebärde abschnitt. Die wachhabenden Bostandschi im Innern des Parks konnten schon nicht mehr wissen, wer von den Verhüllten der Erwartete sei und was er sei: ein Ulem, ein Palasteunuch oder ein Wesir?

«Wo ist der Hakim?»

Der Arzt beeilte sich.

«Seine Kaiserliche Hoheit haben seit vier Tagen keine Nahrung zu sich genommen.»

«Auch nicht getrunken?»

«Nur Wasser.»

«Der Puls?»

«Schwach.»

Die Gestalt wandte sich zu den Rückstehenden.

«Ein Kohlenbecken, Geschirr, Tassen und Teller!»

Dann wieder zum Hakim: «Wo befindet sich Seine Hoheit?»

«In der Bibliothek.»

«Danke. Gehen Sie mir voran.»

In einer bunten Wolke schwebte der nächtliche Schatten davon.

Dschihangir war verzweifelt.

Es war keine Verzweiflung, die zur Ausgabe letzter Kraft aufpeitschte, sondern eine Verzweiflung, die ihn wie ein Ungeheuer umwand und erstickte.

Unmittelbar vor des Vaters Abreise ins Feld hatte er den Befehl erhalten, zurückzubleiben, und jetzt war er seit vier Tagen gefangen. Kaum, daß er sich nach dem Grund fragte; denn den kannte er ohnehin. Kaum, daß er sich überlegte, ob seine Botschaft an Mustafa aufgefangen sei; denn das nahm er fast als gewiß an.

Dschihangir ließ sich fallen, und mit jedem Tag, mit jeder Stunde fühlte er sich dem Ende näher, das er ersehnte. Ein Eunuch, den er nicht hatte kommen hören, verbeugte sich vor ihm.

«Kaiserliche Hoheit erhalten Besuch.»

Dschihangir erhob sich matt.

War es das Urteil? Waren es bereits die Vollstrecker? Dschihangir galt es gleich.

Der Eunuch verschwand, und der eingetretene Schatten warf Kapuze und Feredescha ab.

Roxelane lächelte ihrem Sohn entgegen.

«Mutter...?! Sie?!»

«Ja, Dschinga, ich», sagte Roxelane ohne die geringste Anspielung auf die Lage, in der sich der Sohn befand. «Ich hörte, daß dir nicht gut sei, und da bin ich.»

Inzwischen wurde auch schon auf einem großen Tablett ein Becken mit glühenden Holzkohlen und alles zur Kaffeebereitung hingestellt. Teller schichteten sich neben verdeckten Platten auf, und in einer Schale duftete Sorbet.

Dschihangir machte eine Gebärde des Ekels. Aber im Angesicht der Mutter fiel sie nicht so eisern aus, wie sie bis jetzt in den vier Tagen immer gewesen war.

Auch schien Roxelane die Abwehr überhaupt nicht zu bemerken. «Komm! Leg dich wieder hin», sagte sie, und dabei deckte sie ihn auch schon zu, wie sie es so oft getan hatte, als er noch ein Kind gewesen war. «Warte einen Augenblick.»

Aus halbgeschlossenen Lidern blinzelte er ihr nach. Er war mit der Mutter allein.

Nur eine Bronzeampel säte über den Boden leichte, zitternde Kringel. Hier und da brachten sie eine oder die andere der tiefen Farben in den Teppichen zum Glimmern. Sonst war der Raum nicht erhellt, und so wurde die Glut im Kohlenbecken zu einer Quelle des Lichts. Rot angehaucht bewegte sich die Mutter vor diesem Licht.

Bis seine Halsmuskeln zu schmerzen begannen, mußte Dschihangir, um alle ihre Bewegungen verfolgen zu können, den Kopf nach ihr wenden. Aber es wäre ihm noch schwerer gefallen, ihr nicht zuzusehen.

Aus einer gläsernen Dose gab sie Kaffeestaub in ein offenes Kupferkännchen, das statt des Henkels einen Stiel hatte, gab Honig dazu und heißes Wasser aus dem Kessel. Mit einem kleinen Blasebalg schürte sie die Glut, stellte das Kännchen hinein, ließ den Kaffee aufwallen, was sie zweimal unterbrach...

Beruhigung kam über Dschihangir, wie er die Mutter so sah. Er war wieder wie ein kleines Kind, er war krank, niemand durfte ihn schelten, nur die Mutter war bei ihm und sorgte sich um ihn.

Schöner noch wäre es gewesen, wenn sie bei ihm gesessen und seine Hand gehalten hätte.

Doch auch diese Sehnsucht sollte sich ihm erfüllen.

«Du fühlst dich matt, mein Junge? Das werden wir gleich haben», sagte Roxelane.

Mit einigen Tropfen kalten Wassers schreckte sie den brausenden Kaffee und goß ihn – dick, wie er war – in eine chinesische Tasse. Wie hätte er sich weigern können? Die Mutter hatte den Kaffee bereitet, und nun reichte sie ihn.

«Ich wäre schon früher gekommen, aber ich war auf der anderen Seite», sagte sie dabei.

‹Auf der anderen Seite› konnte Skutari, es konnte auch die Etappenstraße oder auch die Straße nach Brussa und... Amasia bedeuten. Und in Amasia residierte Mustafa. Doch wenn sich Dschihangir eigentlich auch hätte sagen müssen, daß der Mutter Abwesenheit von Konstantinopel mit ihm selbst zusammengehangen habe, so kümmerte ihn das jetzt nicht. Denn die Mutter saß bei ihm.

«Trink», ermunterte sie ihn und hielt ihm die Tasse an die Lippen. Er trank. Und das wiederholte sich so oft, und sie gab ihm dabei auch zu essen, bis sie merkte, daß sein Puls wieder stärker schlug. – Plötzlich richtete er sich auf.

«Was weißt du?» fragte er geradezu. Sie streichelte ihn.

«Deine Tante Esma», meinte sie, «hat dir allerlei in den Kopf gesetzt? Oder war es... Saffieje Sultana?»

«Sie sprachen die Wahrheit», sagte er.

«Welche Wahrheit?»

«Man hat dem Vater versichert, die Janitscharen haben sich für Mustafa erklärt.»

«Nur für Mustafa erklärt?» vergewisserte sich Roxelane. «Gegen wen denn erklärt? Gegen dich? Gegen Selim? Oder... gegen den Vater?»

«Nein!» schrie Dschihangir. «Das ist nicht wahr!»

«Das haben dir also die Damen im Alten Serail verschwiegen?» stellte Roxelane fest. «Und doch ist das der wahre Grund, warum die Janitscharen zurückgezogen wurden und erst mit dem Kaiser ins Feld durften. Schemsi deckte das Komplott auf.»

«Schemsi...?» stöhnte Dschihangir. «Er war von Mustafa gekauft.»

«Schemsi nimmt Geld von jedem und tut dann, was er will», sagte Roxelane ruhig. «Wenn wir schwach gewesen wären, hätte er uns an Mustafa verraten. Doch wir waren eben nicht schwach, und das haben deine Tanten übersehen. So kam denn Schemsi zu uns. Du aber, mein Sohn, weißt mehr, als du dürftest.»

Schemsi hatte sich schließlich doch entschlossen, in den Staatsdienst zu treten, und war schnell Aga der Sipahi und Pascha geworden. Noch als General der Soldreiterei hatte er jedoch seine Verbindung mit den Janitscharen aufrechterhalten. Roxelane erzählte weiter.

«Während ihn in Askerai jedermann krank in seinem Zelt liegen glaubte, kam Schemsi heimlich in einem Gewaltritt nach Stambul. Er wußte alles.»

«Was wußte er?»

«Daß die Janitscharen sich verbunden hatten, deinen Vater abzusetzen und Mustafa zum Padischah auszurufen. – Bleib liegen, Dschinga, es ist nötig, daß du hörst. – Sie wollten die Sipahi zum Anschluß bewegen. Schemsi hatte das Schriftstück. Der Kaiser sei nun alt geworden, hieß es darin, und stelle sich nicht mehr in Person dem Feind. Dem Thronfolger Mustafa aber widersetze sich nur dein Schwager Rustem, der Großwesir. Es sei ein leichtes, dem jetzt den Kopf zu kürzen und deinem Vater im Serail zu Demotika die Ruhe zu gönnen, die er anscheinend so nötig habe.»

«Hat Mustafa das unterschrieben?» ereiferte sich Dschihangir. «Nein? Sehen Sie, Mutter, er hat nicht! Soll sich Mustafa für aufsässige Janitscharen verantworten?»

«Er gab jedenfalls Schemsi den Auftrag, mit ihnen zu verhandeln.»

«Wie weit ging Mustafas Auftrag? Und wie weit ging Schemsi? Oh, Mutter, es ist alles nicht wahr! Was sagte der Kaiser?!»

«‹Allah verhüte›, sagte dein Vater, ‹daß bei meinem Leben Mustafa Khan solche Unverschämtheit wage!›»

«Dann hat er ihn noch nicht verdammt! Und er darf ihn auch nicht verdammen», rief Dschihangir. «Mustafa ist nicht schuldig. Er begehrt nichts als die Thronfolge.»

Seit ihrer Hochzeit hatte Roxelane diese Frage entschieden geglaubt. Kühn hatten sie und Soliman sich über den Kanun hinweggesetzt. Doch nun bedrohte er sie mit einer nachträglichen Rache. Wenn sie glückte, mußten ihre Söhne doch noch erliegen.

Über Ibrahim hatte sie gesiegt. Jetzt stand Mustafa gegen sie auf. Und ihr eigener Sohn Dschihangir war sein Freund!

«Nur die Thronfolge?» fragte sie erschüttert. «Das sagst du mir? Du, mein Sohn? Weißt du, was Mustafas Thronfolge für deine Brüder bedeuten würde? Was sie für dich bedeuten würde? – Die Schnur der Stummen!»

Dschihangir verbarg sein Gesicht in den Kissen.

«Ich kann es nicht glauben», widersprach er dann. «Ihr kennt ihn ja nicht, wie ich ihn kenne. Er ist gut, er ist sanft, liebe Mutter, und denkt nicht an die Stummen. Sehen Sie mich an, liebe Mutter, wie häßlich ich bin, was für ein Krüppel ich bin. Er aber ist schön und ist klug, er ist ein Dichter, er ist alles, was ich nicht bin, und ich liebe ihn.»

Roxelane schloß die Lider. Sie konnte die flehenden Augen ihres Kindes nicht ansehen. Denn sie mußte ihm weh tun.

«Er würde deine Brüder töten, wie er dich töten würde. Er hat es gesagt.»

«Wo? Wem?»

«Er hat es Schemsi gesagt.»

«Schemsi will Mustafa verderben!» lehnte Dschihangir sich auf. «Wie er uns alle verderben möchte!»

Vor Leidenschaft brach seine Stimme.

«Mag sein», räumte Roxelane ihm ein. «Aber du weißt, daß Schemsi immer nur die Wahrheit spricht. Es ist nicht seine Schuld, wenn man ihm nicht glaubt.»

«Mustafa liebt mich!» wiederholte Dschihangir unzugänglich. «Glauben Sie mir doch, liebe Mutter, Mustafa liebt mich!»

«Ja», nickte Roxelane und fuhr ihm sanft mit der Hand über das heiße Gesicht, «er liebt dich, wie Menschen weiße Lämmer lieben und mit ihnen spielen. Aber das hindert sie nicht, ihre Lämmer zu schlachten, wenn deren Zeit gekommen ist.»

Dschihangir setzte sich auf. Ganz klar und ruhig schien jetzt, was doch Roxelane nur für Fieber halten konnte.

«Man kann es auch anders sagen, Mutter», begann er. «Die Spanier haben in Indien ein neues Land entdeckt. Sie nennen es Peru, und die Leute dort sind Leute eines Inka. Bei diesem Volk wählen die Priester alljährlich einen makellosen Jüngling aus. Dem geben sie schöne Mädchen, auf daß er sich fortpflanze, und erweisen ihm in allem göttliche Ehren ein ganzes Jahr lang. – Dann aber feiern sie ein Fest in dem Tempel, der des Jünglings Wohnung war. Und der Tempel ist wie einst der Turm zu Babylon, der sich mit jeder Stufe verjüngte, und ein gemauerter Gang windet sich um ihn herum bis zur Spitze. Diesen Weg schreitet der Jüngling hinan, und jedesmal, wenn er eine Windung vollendet hat, läßt er einen Teil seiner festlichen Kleidung abgleiten von sich, bis er von der Sonne umstrahlt auf dem First in völliger Nacktheit verharrt. – Dann nehmen die Priester ihre heiligen Bogen und schießen ihm mit goldenen Pfeilen ins Herz. – Das Volk aber weint sein seligstes Weinen, weil es durch den Tod des Götterjünglings sich entsühnte.»

«Wir sind keine Heiden», wehrte sich Roxelane, und ihre Stimme zitterte dabei. «Außer Allah ist kein Gott.»

«Und doch ist es in unserem Haus nicht anders», begeisterte sich ohne Rücksicht auf den mütterlichen Jammer

Dschihangir. «‹Dieses haben die Ulema für erlaubt erklärt›, sagt der Kanun: ‹Wer immer von meinen erlauchten Söhnen und Enkeln zur höchsten Macht gelangt, darf seine Brüder sterben lassen für den Frieden der Welt.›»

«Dschangi!!»

«Für die Ruhe der Welt, liebe Mutter! Kaiserliche Ehren empfangen wir Prinzen. Was können wir Besseres dafür geben als unser Leben, wenn es das Gesetz und das Glück der Menschen verlangt? Ein heiliges Leben gilt vor Allah mehr als die Herrschaft über die ganze Erde.»

Roxelane war verzweifelt. So sehr liebte ihr Sohn den Sohn der Saffieje, daß er sie, die ihn geboren hatte, darüber vergaß?

«Ich liebe ihn, liebe ihn, Mutter! Ich kann nicht anders!»

Leise erhob sich Roxelane, um zu gehen.

Aber sogleich sprang Dschihangir auf. Unnatürlich glühten in dem zerquälten, blassen Gesicht des Krüppels die rot umränderten Augen.

«Und Hamid?!» rief er. «Habt ihr ihn abgefangen? Was hat er verraten?!»

«Keinem Unberufenen ein Wort», sagte Roxelane mit Betonung. «Weswegen, glaubst du, verließ ich Stambul!? Keinem Dritten sollte dein Bote seine Geheimnisse anvertrauen. Nur mir.»

Fast irr nickte der Prinz. Das Schlimmste schien eingetroffen zu sein. «Sie mußten zu ihm gehen, Mutter?» fragte er. «Sie konnten ihn sich nicht mehr kommen lassen? – Dann lebt Hamid nicht mehr?»

«Nein», bestätigte Roxelane, und in ihrer Stimme schwang tiefes Mitleid mit dem Sohn. «Er leistete Widerstand und starb an der Wunde. Aber er hatte einen Gefährten. Was wußte Hamids Freund von deiner Botschaft an Mustafa?»

Es dauerte einige Atemzüge, ehe Dschihangir verstand.

Dann schlug er vor Roxelane zu Boden.

Er umklammerte ihre Knie und jagte sein Flehen zu ihr empor.

«Helfen Sie, Mutter! Gewähren Sie Mustafa das Leben!

Schreiben Sie dem Kaiser. Einige wenige Worte von Ihnen, und Mustafa wird leben. Wenn Sie es wollen, wird Mustafa leben!»

‹Dein Handeln aber sei, nicht zu dulden, daß Mustafa ein Leid geschehe›, klangen in Roxelane die Worte der Walide.

Roxelane hatte geschworen. Ja, auf ihrer Seele Heil geschworen!

«Und deine Brüder? Du selbst?» fragte sie dennoch.

Wiederum wartete Dschihangir mit aufgerissenen Augen. Dann erst wußte er, daß Roxelanes Frage ein Todesurteil war. Und mit einem lauten Schrei stürzte er vor der Mutter zusammen.

Als Dschihangir die Augen wieder aufschlug, lag er in seinem Bett. Aus zerfließenden Nebeln tauchte das Antlitz der Mutter auf, die nie Wunden schlug und alle nur heilte und in deren Armen Sicherheit war und Trost. «Wird er leben?» fragte er.

«Mustafa wird leben», sagte Roxelane und versuchte zu lächeln.

47

In der Tagundnachtgleiche des Herbstes küsste Prinz Selim zu Bulawadin dem Vater die Hand, um sich ihm dann für den Feldzug anzuschließen.

Als aber das Heer in der Ebene von Eregli lagerte, erschien, von Soliman vorgefordert, Sultan Mustafa, Saffiejes Sohn.

Er erschien, obwohl Dschihangirs Warnung ihn erreicht hatte.

Im Grunde glaubte Mustafa nämlich nicht an eine Gefahr. Und wenn er seinen Sohn Osman und seine Frau Saba nach

Brussa gebracht hatte, um Mutter und Sohn in den heiligen Schutz der Vorfahrengräber zu stellen – so war das mehr des Mitgefühls wegen geschehen, das eine derartige Maßnahme in der Öffentlichkeit erregen mußte.

Mustafa war seinem Vater in Siwas wieder nähergetreten und glaubte nun, daß er es vor dessen kritischen Augen mit seinem Bruder Selim mehr als nur würde aufnehmen können.

Solimans Ältester kam also am Vormittag des 5. Oktober mit einem Gefolge von nur zweitausend Mann.

Zufällig ergab es sich, daß eine marschierende Janitscharen-Oda dem Prinzen begegnete.

Als sie nun Mustafas selber ansichtig wurden und der Offizier mit der goldenen Kuka die Ehrenbezeigung machte, fiel die Mannschaft trotz der eisernen Disziplin nur von sich aus und ohne Befehl in den rhythmischen Segenswunsch ein: «Langes Leben Sultan Mustafa Khan! Langes Leben! Alai!»

Mustafa, der herrlich geharnischt wie ein junger Gott daherritt, erfreute sich der günstigen Gesinnung und dankte, ohne die wenigen betretenen Gesichter in seinem Gefolge zu beachten. Dem Prinzen schien es nichts zu verschlagen, daß das Alai des langen Lebens von seiten der Janitscharen nur dem Vater und Padischah gebührte.

Doch für diese Gedanken blieb nicht viel Zeit, weil im Augenblick gerade der Kiaja des Großwesirs angeritten kam. Die letzte Strecke legte der Pascha freilich mit seinen Herren zu Fuß zurück, um dem Steigbügel des Kaisersohnes huldigen zu können, wonach er in seiner Eigenschaft als Generalquartiermeister dem Meterdschi Aga des Prinzen die Erhebung gegenüber dem Kaiserhügel anwies.

Unter den Klängen der Militärmusik wurden die seidenen Gemächer für Mustafa errichtet. Auch seine Zeltstadt deckte roter, goldverzierter Filz wie die des Vaters.

Während sich Selim eine Unterkunft beim Kaiser erbeten und auf eigene Prachtentfaltung verzichtet hatte, lagerten sich Soliman und Mustafa fast wie zwei gleichberechtigte Sultane gegenüber. Und kaum stand des Prinzen Residenz, als auch schon die Großwürdenträger in Prozession erschienen. Die Wesire küßten Mustafa die Hand, wobei sich Rustem noch tiefer vor dem Schwager verneigte als die anderen. Er brachte Ehrenkleider, darunter eine kostbare Kapanidscha vom Padischah, und auch die Wesire wurden daraufhin in dankbarer Erwiderung vom Prinzen beschenkt.

Als letzter erschien Sultan Selim zur Begrüßung.

Mustafa war dem Bruder vor das Zelt entgegengegangen. Das war Höflichkeit. Aber zugleich schmeichelte ihm auch die etwas eitle Erwägung, daß jedermann ihn und Selim während des Kusses und der Umarmung sehen könne, die gelöste Eleganz seiner kräftigen und geschmeidigen Gestalt und die Plumpheit des untersetzten Bruders.

Trotzdem gelang im Zeltinnern ein Gespräch voll heiteren Gedenkens an gemeinsam genossene Freuden. Selim schien sich seines Nachteils dem Bruder gegenüber gar nicht bewußt zu sein und gab sich so unbeschwert wie nur je auf einem Kinderspielplatz im Neuen Serail. Mustafa wieder war seines Triumphs so voll, daß er sich sogar mit dem Ausdruck einer tiefen und untertänigen Verehrung nach dem Allerhöchsten Befinden Ihrer Majestät der Kaiserin erkundigte, wobei er nicht zu bemerken unterließ, daß er stolz darauf sei, der Allerhöchsten Frau nicht nur die erste Unterweisung im Peitschenschnellen, sondern vor allem auch unvergeßliche Eindrücke zu verdanken, die ihn auf ewig zum Schuldner und Sklaven Ihrer Majestät machen. Kampfspiele der beiderseitigen Sipahi, an denen sich auch die Prinzen beteiligten, kürzten die Zeit.

Die schweren Reiter trugen mit Schuppen besetzte Koller, gepanzerte Handschuhe bis zum Ellbogen, runde oder viereckige Schilde und Helme, deren Schutz zumeist ein Turban verstärkte. Sie führten als Angriffswaffe die lange Lanze mit Fähnchen, im Gürtel steckte die Streitaxt, links hinter dem Krummsäbel hing der Karabiner mit der Mündung nach unten, rechts das Futteral mit den drei Wurfspeeren. Sie zu handhaben war nicht leicht, und die Übungen, die vorangehen mußten, waren daher recht mühselig.

Zuerst hatte der Anfänger einen schweren, eisernen Spieß von 32 Pfund viele Hunderte Male so tief wie nur möglich in einen Sandhaufen zu werfen, worauf mit einem hölzernen Speer von doppelter Länge mehrere tausendmal der Weitwurf geübt werden mußte. Dann erst kamen mit dem richtigen Dscherid, der dem Neuling nun federleicht erschien, die Übungen in der Treffsicherheit an die Reihe. Immer wieder brachen die Zuschauer nach einem besonders gelungenen Wurf oder einer hervorragenden Verteidigung des galoppierenden Reiters in lauten Beifall aus, und auch Mustafa, dessen Kunst im Dscheridwerfen berühmt war, konnte sich mehr als einmal bedanken.

Er war sehr mit sich zufrieden. Ja, als Selim sich dann verabschiedete, verstand er kaum noch, daß er und seine Mutter diesen Bruder jemals gefürchtet hatten.

Am nächsten Tag sollte Mustafa von Soliman empfangen werden, und so beschloß er, gestärkt in seiner Zuversicht, sein Lager frühzeitig aufzusuchen.

Als er aber den Schlafraum betreten wollte, stand ein Mann mit verhülltem Gesicht vor ihm und gab ihm ein Zeichen.

«Schicke deine Kämmerer fort», sagte der Mann.

Und Mustafa befahl den Herren, ihn mit dem Unbekannten allein zu lassen. Er mußte den Befehl sogar wiederholen; denn die Hofherren hatten den Verhüllten bereits gepackt und ließen nur ungern und voll Zweifel von ihm ab.

Erst als der Fremde mit Mustafa allein war, entschleierte er sich.

«Ich muß mich sehr wundern, dich hier zu sehen», sagte er.

Der Fremde war Schemsi.

Unbekümmert setzte er sich auf das nächste Polster, indem er die langen Beine unter sich zog, und überließ es dem Prinzen, sich ebenfalls einen Sitz zu suchen.

«Was hätte ich tun sollen?» fragte Mustafa.

«Ich sehe mit Vergnügen, daß die Familie Osman reif ist. Lange werdet ihr es nicht mehr treiben», meinte Schemsi.

«Rede ernsthaft», bat Mustafa.

«Ich rede immer ernsthaft», behauptete Schemsi. «Und darum muß ich mich auch berichtigen, da mich mein Wunsch zu allzu voreiligen Schlußfolgerungen hinriß. So etwas wie euer Geschlecht kann sich vielleicht doch noch recht lange hinschleppen. Angekränkelte Bäume werden oft sehr alt. Du fragst mich, was du hättest tun können? Ich sage dir, was du noch tun kannst.»

«Was? Wenn es dir beliebt», erkundigte sich Mustafa ironisch.

«Dich so schnell wie möglich aus dem Staub machen – das kannst du gerade noch», antwortete Schemsi.

Mustafa war erheitert.

Aber Schemsi ließ sich nicht beirren.

«Bewacht wirst du nicht», gab er zu bedenken. «Soliman weiß, daß er den Janitscharen nicht trauen kann, und die haben ein Auge auf dich.»

Plötzlich wurde Mustafa mißtrauisch.

«Und von wem weiß mein Vater, daß er den Janitscharen nicht trauen kann?» erkundigte er sich.

«Von mir», antwortete Schemsi in seiner unerschütterlichen Wahrheitsliebe. «Aber bleib sitzen», riet er dem Prinzen, der aufgesprungen war. «Es wäre möglich, daß du die Hände fändest, die mich in der Stille deines Zeltes umbrächten. Sicher fändest du sie, denn die Dummheit der Menschen ist grenzenlos. Aber nachher ginge es dann dir an den Hals. Der Padischah sieht es nicht gern, wenn man seine Generale umbringt.»

«Dann weiß er, daß du hier bist?»

«Gesagt habe ich es ihm nicht», versicherte Schemsi. «Doch ich müßte mich sehr in ihm täuschen, wenn er es nicht ahnte.»

«Und er hätte dich gehen lassen? Wofür hältst du mich, daß ich dir das glaube?»

«Ich halte dich für einen Prinzen», sagte Schemsi, «und ich habe daher auch nie angenommen, daß du mir glauben würdest. Dann wärst du nämlich gescheit. Doch ob du mir nun glaubst oder nicht, so ist doch des Menschen Herz voller Geheimnisse, und du bist deines Vaters Sohn. Vielleicht verstehst du das?»

Unruhig ging Mustafa auf und ab, wobei Schemsi ihm ein wenig spöttisch und ein wenig gelangweilt nachsah.

Mustafa blieb stehen.

«Warum hast du mich verraten, Schemsi?»

«Nun, irgend etwas mußte ich dir für dein Geld doch bieten», meinte Schemsi. «Was nützen dir die Janitscharen, wenn du nicht handeltest? Deinerseits geschah eben nichts, und es mußte etwas geschehen. So verriet ich dich denn. Zugleich aber ließ ich deinen Bruder Dschihangir aus dritter Hand wissen, daß du in Gefahr seist. Du hast doch sicher Dschihangirs Warnung bekommen?»

«Ich erhielt sie.»

«Dachte ich es doch! Dschihangir ist die Maus, und er liebt die Katze, die ihn fressen will. Es gibt offenbar seltsame Mäuse. Aber was tatest du auf die Warnung hin, mein Mustafa? Du bist nicht weniger seltsam als dein Bruder; denn du tatest wiederum nichts. Dabei hattest du an siebentausend Mann, auf die du dich verlassen konntest. Was nicht viel war, wie ich zugeben muß. Aber du konntest außerdem auf die Janitscharen hoffen und damit auch auf die Soldsipahi, vielleicht auch auf einen Teil der Lehensreiterei...»

«Und was erhofftest du dir selbst?» unterbrach ihn Mustafa.

«Einen netten, runden Bürgerkrieg», ergötzte sich Schemsi, «einen Bürgerkrieg, der euer schönes Reich ein bißchen ruiniert hätte. Doch du tatest, wie gesagt, gar nichts, und so hast du mich sehr enttäuscht, Mustafa Khan.»

Bekümmert schüttelte Schemsi sein Haupt.

«Ich kämpfe nicht gegen meinen Vater», sagte Mustafa stolz.

«Dann hättest du nicht gegen ihn konspirieren sollen», erklärte Schemsi. «Und wenn du schon hierherkamst, dann hättest du dir das Alai der Janitscharen nicht gefallen lassen dürfen. Aber statt die Kerle antreten zu lassen und sie zusammenzustauchen, daß es eine Art gehabt hätte, sonnt deine Eitelkeit sich in ihrer Huldigung. Unser alter Herr wird nicht gerade erfreut gewesen sein, davon zu hören.»

«Um so besser», trotzte Mustafa, «dann wird er wissen, wie weit er gehen kann.»

«So weit, wie er will! Wenn er glaubt, daß etwas getan werden muß, dann tut er es. Das ist der große Unterschied zwischen dir und ihm. Und –» Schemsi schnippte mit den Fingern – «so viel kümmert er sich dann um die Janitscharen!»

«Ich soll also fliehen?»

«Ja. Und gleich. Du hast fünf bis sechs Stunden Vorsprung. Und daß die Verfolgung nicht allzu hitzig wird – dafür könnte ich sorgen. Von Persien aus sieht sich die Welt auch ganz schön an.»

«Nein!» Mustafa schrie es. «Ich bin kein Überläufer!»

«Vorläufig noch nicht. Vorläufig bist du nur ein schöner Prinz, der den Soldaten des Padischahs über Gebühr gefällt. Aber, mein Freund Mustafa, wenn man dir erst die Kehle zugeschnürt hat, bist du als volkstümliche Erscheinung nicht mehr zu gebrauchen.»

«Als Flüchtling, als Bettler soll ich zum Schah?»

«Ja...» dehnte Schemsi die Silben, «du hast verloren, ohne gewürfelt zu haben. Das ist nun einmal so.»

«Du überzeugst mich nicht», lehnte Mustafa ihn ab und lächelte überlegen. «Die Janitscharen sind also für mich? Mein Leben ist in Gefahr? Alle Welt weiß es, und ich weiß es auch. Trotzdem komme ich – merke wohl, mein Schemsi! – von Amasia, wo ich in Sicherheit war, komme ich nach Eregli, wo mich die Schnur bedroht. Du sagst es. Ich komme demnach als gehorsamer Sohn zu meinem Vater, der mir zu kommen befahl, und ich komme trotz allem, was mir droht. – Ist ein solcher Sohn ein Verschwörer?»

«Gar nicht übel», erkannte Schemsi an.

«Kann mein Vater das glauben?» fuhr Mustafa bestärkt fort. «Er kann es nicht. Und tatsächlich bin ich ja auch gar nicht schuldig geworden. Und wenn ich jemals mit den Janitscharen gespielt habe, so will ich sie jetzt nicht mehr.»

«Leider wollen sie dich.»

«Du weißt nicht, wie gut ich mich mit dem Vater in Siwas verstand», schüttelte Mustafa den Einwand ab. «Alles Mißtrauen war ausgelöscht zwischen uns. Er sprach mir von seinen Plänen und lobte meine Gedichte...»

«Lobte sie...» echote Schemsi, und Mustafa begriff den Spott.

«Aber was du willst, weiß ich», wandte Mustafa sich jetzt gegen ihn. «Weil du überzeugt bist, daß Selim ein Nichts sein wird, wenn ich den Vater erst sehe...»

«Falls du ihn sehen solltest...» betonte Schemsi.

«Warum sollte ich ihn nicht sehen?»

Schemsi zuckte die Achseln und schwieg.

«Weil du Selims Unterlegenheit kennst», ärgerte sich Mustafa, «willst du mich verleiten, ihm das Feld freiwillig zu überlassen. Ich denke nicht daran! Das kannst du deinem Selim sagen.» Und jetzt wurde Mustafa fröhlich beim Gedanken an den Bruder. «Hast du einmal gesehen, wie Seine Hoheit zu Pferd steigt? Mit zwei Stallmeistern auf jeder Seite!»

«Aber er hat guten Schenkelschluß», begegnete Schemsi dieser Heiterkeit. «Ich hörte nie, daß Sultan Selim vom Gaul fiel. Er hat ein breites Gesäß, und wo er sitzt, da sitzt er.»

«Lassen wir ihn sitzen», begeisterte sich Mustafa. «Denn im Ernst glaub ich nicht, daß du von Selim kommst, mein Freund. Ich will nicht in dich dringen, weil es zwecklos wäre. Aber ich weiß, daß mein Vater dich schickte und daß dies eine Prüfung sein sollte. Du kannst dem Kaiser melden, daß ich sie bestand.»

«Ich hoffe, du wirst es ihm selbst sagen können», meinte Schemsi. «Doch ich merkte, daß du nicht ein Wort von der Kaiserin sagtest. Hast du Roxelane vergessen?»

«Ich vergaß nichts. Aber sie ist nicht hier. Und sie wird mich nicht hindern, dem Kaiser alles zu sagen, was ich ihm sagen will.»

«Du fliehst also nicht?» fragte Schemsi.

Mustafa lachte nur.

«Doch ich danke dir, daß du kamst», sagte er. «Denn nun ich alles durchdachte, fühle ich mich vollkommen sicher.»

«Vielleicht ist das die Rettung», sann Schemsi, «dem Vertrauenden hilft Allah.»

«Und nun laß mich schlafen, mein Freund», schloß Mustafa. «Und auf morgen!»

Er streckte die Hand aus, die ihm Schemsi ganz gegen seine Gewohnheit küßte.

«Allah sei über dir, mein Mustafa», sagte Schemsi.

Mustafa aber schlug den Gong und befahl, seinen Freund sicher hinauszugeleiten.

48

Mustafa hatte eine schlechte Nacht gehabt, und es gab sogar Leute in seiner Umgebung, die behaupteten: einen schlechten Traum.

Aber vor dem Morgen verblaßten alle Nächte und Träume, und Mustafas Zuversicht wurde wieder so fest, wie sie gewesen war.

Nichts als sein Hiersein beweise besser die Treue des Sohnes und Untertans, war seine Überzeugung. Mehr, als sich ganz in des Vaters Hände begeben, könne er nicht. Und irgendeines wirklichen Vergehens sei er nicht zu überführen.

Diesen Tatsachen seinen Verstand und sein Herz zu verschließen – dazu glaubte er Soliman nicht imstande.

«Und er wird es nicht wagen!» lächelte Mustafa vor sich hin, indem er an seine Beliebtheit beim Heer dachte. «Er kann es überhaupt gar nicht wagen!» jubelte er innerlich und kam sich seinem Vater gegenüber bereits als Sieger und gleichberechtigte Macht vor.

Trotzdem unterließ er es nicht, als weithin sichtbares Zeichen seiner Unschuld sich ganz in Weiß kleiden zu lassen, wie er auch dafür Sorge trug, daß man um die Abschiedsbriefe und das Testament wisse, die er auf seiner Brust verwahrt hatte.

So war es gute türkische Sitte, wenn sich jemand in Todesgefahr begab.

Und auch die Worte, die er bei dieser Gelegenheit sprach, sollten bemerkt werden und wurden bemerkt.

«Ich habe mir nichts vorzuwerfen», sagte er, «und wenn ich mein Leben verlieren soll, möge es mir wenigstens von dem genommen werden, der es mir gab.»

Mustafa gefiel sich sehr in der Rolle des Todgeweihten, mit der er seinen Vater ins Unrecht zu setzen gedachte und aus der er mit um so größerem Triumph hervorzugehen gewiß war.

So mit allem gewappnet, was die Rührung der Massen entfesseln mußte, empfing er die Wesire.

Es war ganz wie vor zwanzig Jahren, als er zum erstenmal zur feierlichen Audienz in den Diwan geleitet worden war. Nicht lange danach hatte er Saruchan mit Magnesia erhalten. Und er wollte diese Statthalterschaft des Schahzadey bald wiederbekommen! gelobte er sich.

Statt des eleganten, geschmeidigen Ibrahim, seines Onkels, bekleidete ihn jetzt allerdings der finstere Schwager Rustem mit dem weißseidenen Kaftan. Bis auf die Nasenwurzel trug Rustem seine golddurchwundene Kalewi, wodurch er an Freundlichkeit nicht gewann, und seine Bewegungen waren ohne die Anmut, wie sie Ibrahim besessen hatte. Mustafa wunderte sich, daß sich seine Schwester Mirmah gerade diesen Klotz ausgesucht habe.

Und dann trat der Prinz vor das Zelt.

Die Sonne umgab den jungen Herrscher mit ihrem Glanz. Weiß und golden stand er da. Und mit der Sonne empfingen ihn Jubel und der in immer neuen Wirbeln wild aufrauschende Tusch der Musik.

Rustem hatte Janitscharen zur Ehreneskorte gewählt, was sich allerdings schon dadurch rechtfertigte, daß es die Ehrfurcht verbot zu reiten, wo nur der Prinz reiten durfte.

Ein überaus reich gezäumter arabischer Hengst aus dem Marstall des Kaisers stand bereit. Seinen Kopf umkrönten Straußenfedern, die eine Diamantagraffe umschloß, auf silbernen Hufbeschlägen tänzelte er vor Ungeduld, und sein Maul umschäumte die Kinnkette und das mit Smaragden ausgelegte Gebiß aus Gold.

Rustem Pascha und der zweite Wesir Achmed Edris, der mit Sokolli in Ungarn gesiegt hatte, hoben den Prinzen in den Sattel und führten – der Großwesir rechts, Achmed Edris links – das Pferd dann am Zügel, während der dritte und vierte Wesir, Haider Pascha und Ali Semis, der Fette, rechts und links die Steigbügel hielten.

Als Mustafa hoch über allen auf seinem Apfelschimmel saß, mehr eine Gestalt aus Allahs Himmel als von dieser Erde, wurden Zuruf und kriegerischer Lärm zum Gesang des langen Lebens.

Keiner hätte die Janitscharen daran zu hindern vermocht als der Prinz selbst, und er sah in ihrer Zuneigung nur das Unterpfand seines Ruhms und seiner Sicherheit.

Und der Tschorbadschi Baschi, der Suppenherr und Oberst der Janitscharenbesatzung von Amasia, munterte eher zur Huldigung auf, als daß er sie unterdrückte.

So näherte sich Mustafa in Glanz und Jubel dem Zelt des Kaisers. Doch hier empfing ihn eine noch weit größere Pracht, die auch er nicht erwartet hatte.

Der ganze Hof, der sonst den Großherrn selbst bei feierlichen Audienzen umgab, war dem Sohn des Kaisers entgegengegangen und hatte sich vor dem Hauptzelt aufgestellt. Der Kapu Aga mit seinen Kapuoghli und den Baschi und Aga der drei Kammern stand zunächst dem Eingang. Der kaiserliche Schwertträger und die Herren des Steigbügels schlossen sich an. Die Tschausche unter ihrem Tschausch Baschi, die Taschnegire, die Truchsesse, die Kapidschi, die Kämmerer, das Korps der Hoffouriere der Muteferrika, deren Muteferrika Baschi der Kaiser selbst war – an achthundert Personen umgaben im Festprunk, flankiert von den Solaks, den Leibhartschieren, die Pforte des Kaisers.

Zur Linken und Rechten aber grenzte die aufgesetzte Reiterei einen Ehrenhof ab.

Stumm verharrten die Gepanzerten als eine blinkende eiserne Mauer, die Timarli der Lehensreiterei, die angeworbenen Silihdare und die Soldsipahi Schemsi Paschas. Mit weißroten, weiß-gelben, grünen und ganz weißen Fahnen hielten sie da in Regimentern.

Das war für Mustafa und seine Eskorte eine Überraschung.

Doch der Anblick der Berittenen machte auf das überhebliche Fußvolk keinen Eindruck. Wie eine Herausforderung schwoll ihr Gesang vom langen Leben zum Orkan. «Langes Leben für Sultan Mustafa! Sultan Mustafa Alai!»

Stumm blieben die Reiter. Die Abneigung gegen die Übermütigen verschloß ihnen den Mund.

«Alai!»

Die Schellenbäume stießen auf. Mit einem Riß verstummten Trommeln und Pfeifen und das rauschende Blech.

Mochte der Padischah es hören. Und er sollte es hören!

«Sultan Mustafa...» Tusch und: «Alai!»

Dann erst war Stille.

Der Prinz war vom Pferd gehoben worden.

Der Kapu Aga Oweis und der Schwertträger küßten ihm die Hand. Ohne Waffen war Mustafa, wie es die Vorschrift verlangte. Jetzt griff er noch an seinen Gürtel und gab dem Kapidschi Baschi den Dolch, den er darin getragen hatte.

Aber keine Kämmerer faßten nun seine Arme nach dem Brauch, nicht der Kapidschi Baschi und dessen Stellvertreter auch nicht. Offenbar wollte der Vater den Sohn allein sehen und ohne Zeugen.

«Langes Leben dem Padischah, unserem Herrn!» setzten die Tschausche im Sprechgesang ein.

Die Vorhänge zum Zelt wurden weit geöffnet, und der Kapu Aga, der höchste Würdenträger des Hofes, verneigte sich einladend und tief vor dem Sohn seines Herrn.

Da überschritt Mustafa die Schwelle. Allein.

Hinter ihm schlossen sich die seidenen Falten.

Wie eine Erscheinung war Mustafa den Blicken entschwunden.

Eingesogen hatte ihn das Zelt.

Er aber durchforschte die Dämmerung, die ihn umgab, und fand sie leer von Menschen.

Während er noch zauderte, öffnete sich die Wand vor ihm, und ob auch niemand zu sehen war, schritt er weiter. Jetzt empfand er es als ein Bedürfnis, den Vater zu sehen.

Aber die leeren Räume öffneten sich und schlossen sich, und schleppender wurden seine Schritte, weil sich Soliman vor ihm verbarg.

Wie gern hätte er rufen mögen, wenn es die Schicklichkeit nur erlaubt hätte!

Doch im sechsten Zeltraum erfaßte ihn ein gläubiger Gedanke. Im nächsten sei er am Ziel, beteuerte er sich. Im siebenten, innersten Zelt werde er den Vater sehen!

Und als sich die Seide des siebenten Vorhangs mit einem zischenden Laut vor ihm auftat – da spannten sich seine Sehnen, und da eilte er, von unwiderstehlicher Sehnsucht vorangerissen und ohne Rücksicht auf Würde und Maß.

Bis in seinen Hals hinauf fühlte er seines pochenden Herzens harten Schlag.

Der siebente Raum war nicht mehr leer.

Doch kein Vater erwartete ihn.

Es waren die Stummen, die seiner harrten.

Ohne Zungen waren sie, und die Stimmbänder hatte man ihnen durchlöchert.

Sieben an der Zahl erwarteten sie ihn im siebenten Raum.

Das war Solimans Antwort.

Mustafa schnellte herum.

Doch der Ausgang war schon versperrt.

Die sieben schlossen einen Kreis, der sich langsam verengte.

Ohne Waffen war Mustafa, Mit den nackten Händen stand er da gegen die sieben. Eben noch weit über die anderen Menschen erhaben, war er jetzt ein Wild, das die Hunde gestellt und umzingelt hatten.

Wann würden sie es niederreißen?

Wie Mustafa sich auch drehte – für seinen Rücken gab es keine Deckung.

Und jetzt sprang der erste ihn an.

Doch mit einem Ruck schleuderte der Prinz den Verstümmelten über seinen Kopf hinweg und aus dem tödlichen Kreis hinaus. Mustafa war jung, war stark und gewandt.

Der Kampf aber hatte begonnen.

Fast lautlos ging er vor sich. Nur das Trappen der Füße, der röchelnde Laut ausgestoßenen Atems und Mustafas eigenes Keuchen waren zu hören, der dumpfe Aufschlag seiner Fäuste und Füße. Denn mit Fäusten, Füßen und Zähnen schlug, biß, stieß er in lebendiges Fleisch und in glotzende Augen. Knochen brachen. Blut aus den Mäulern und Nasen der Sklaven besudelte ihn.

Er aber stand unversehrt! Nur mit der Schnur durften die Stummen ihn angehen. Seinen fürstlichen Leib blutig zu verletzen war ihnen verwehrt.

Noch stand Mustafa.

Doch er taumelte.

Einmal noch gelang es ihm, sich unter dem Gewicht dreier Körper zu erheben ...

Plötzlich stutzte er.

Auch die Stummen horchten.

Lärm der Waffen und Geschrei drang von außen herein.

Kam man dem jungen Sultan zu Hilfe?

Draußen rief man ihn zum Padischah aus. Wenn er sich nur wenige Augenblicke hielt, konnte er, statt ins Grab zu sinken, den Thron besteigen.

Auch die Stummen zauderten und waren bereit, sich bei dem geringsten Zeichen eines Erfolgs dem jungen Gebieter zu Füßen zu werfen.

Doch das Zeichen kam nicht, und allmählich verebbte der Lärm.

Jetzt wußte Mustafa, daß es seine besten Freunde getroffen hatte: den Tschorbadschi Baschi bestimmt und wahrscheinlich auch seinen Ersten Stallmeister, der ihm befreundet gewesen war. Die Janitscharen hatte man niedergeritten und zerstreut. Seine Freunde waren ihm vorangegangen.

Da schrie Mustafa!

«Vater!» schrie er. «Va...» röchelte er.

Er spürte die Schnur um seinen Hals.

Nach seinem Vater hatte der Sohn gerufen, aber der Vater hatte ihn nicht gehört.

In Mustafas Nacken wurde kunstvoll ein Knebel herumgewirbelt. Ein seidener Knoten preßte sich tief und tiefer in seine Gurgel. Die Augen kugelten aus ihren Höhlen...

Immer langsamer drehte der Knebel sich.

Als dem Gedrosselten aber erst die Zunge heraustrat, lächelten die Stummen sich zu.

Und dann wischten sie sich den Schweiß ab.

Hatte die Janitschareneskorte Mustafa auch nicht das Leben retten können, so empörten sich doch sämtliche Odas über seinen Tod.

Soliman aber ritt furchtlos in die Rotten der Disziplinlosen hinein.

«Was wollt ihr, meine Sklaven, die ihr mein Brot eßt?!» rief er ihnen zu.

Und alle sahen den ergrauten Kaiser, der sie in so vielen Kriegen geführt hatte. Ihr Geschrei wurde ein Murren.

Doch als er sie dann weithin schallend fragte, ob sie ihn

allein nach Persien reiten lassen wollen, um dort für den reinen Glauben und das Reich zu streiten – da heulten sie reuevoll auf, warfen zum Zeichen ihrer Trauer die weißen Ketschen zu Boden, und Alte und Junge weinten in ihre Bärte.

Mit Freuden zögen sie auf Befehl des Padischahs nicht nur ins Ind und Sind, bis nach Indien und China, beteuerten sie wild durcheinander, sondern selbst bis zum Berg Kas der Sage!

Ein Lächeln umspielte die Lippen des Kaisers, der seinen Sohn hatte töten lassen. Doch das Lächeln war von einer tiefen Trauer erfüllt und von einer Verachtung ohne Ende.

Dann erst begab sich der Oberstkämmerer zu den Wesiren ins Diwanzelt und forderte Rustem das goldene Siegel ab. Und auch zu Haider Pascha sagte er die Formel der Absetzung: «Geh in dein Zelt.»

Alle beide wurden für den Augenblick der Soldateska geopfert.

Großwesir wurde Achmed Edris, und Mohammed Sokolli wurde Wesir der Kuppel.

So mächtig aber wie je war Roxelane, und ihr Name ging als der einer Teufelin in die Welt.

Ein Württemberger namens Nicolaus von Moffan, dessen ganze Kenntnis vom osmanischen Hof darauf beruhte, daß er in Konstantinopel Galeerensklave gewesen war und gerade zu dieser Zeit ausgelöst wurde, brachte in Augsburg eiligst ein Flugblatt von der «Grausamen That des jetzigen Türkischen Kaysers Soltani Suleiman» heraus, und der habsburgische Botschafter, der erst ein Jahr später aus Wien eintraf, zeigte sich in seiner Erzählung nicht viel besser unterrichtet.

Die Dichter aber beweinten Mustafa und fluchten damit der Kaiserin. Darin hatten freilich alle recht: Roxelane war so mächtig wie je. Und doch lag sie jetzt in einem verzweifelten Kampf mit einem, der stärker als sie war.

Roxelane rang um Dschihangirs Leben.

Ein Nervenfieber hatte ihn ergriffen. Wochenlang lag er

ohne Bewußtsein in den Kissen, und die Mutter wich nicht von seinem Bett. «Mutter...» sagte er eines Tages.

Sein blasses Gesicht mit dem verwilderten Bart lag matt in den Kissen, und so sehr war Roxelane an den Anblick seiner rollenden Augen gewöhnt, daß sie fast über die Klarheit und Ruhe erschrak, die ihr nun aus ihnen entgegentraten.

Es waren Augen von einer großen Müdigkeit, in die sie sah.

Sie streichelte seine Hände und unterdrückte ein Schluchzen.

Denn sie wußte, was kommen würde. Zu oft hatte er im Fieber nach Mustafa geschrien, hatte mit ihm gesprochen, gelacht und ihn gegen Schwerter, Kugeln und Stricke verteidigt. Zu oft hatte er auch sie genannt, sie, seine Mutter.

«Schriebst du dem Vater nicht?» fragte er nun. «Nicht eine einzige Zeile? Du sagtest es doch.»

«Dschangi! Mein Dschangi...!»

«Warum ließest du Mustafa sterben, der noch so jung war?»

«Und bist du nicht jung? Und deine Brüder? Seid ihr nicht alle jünger als er?»

«Ich liebte ihn so sehr», war alles, was Dschihangir erwiderte.

«Und ich liebe dich!» sagte Roxelane. «Und ich liebe auch Selim und Bajesid. Ihr seid meine Kinder. Was könnte ich tun, daß ich euch nicht liebte?»

«Ich liebte auch. Und ich mag nicht mehr leben, da er tot ist.»

«Sprich nicht so!» rief Roxelane. «Es soll ihm nicht glükken, dich mir zu nehmen. Er hätte euch getötet, wenn er nicht gestorben wäre. Er soll dich mir nicht im Tod noch nehmen. Versprich mir zu leben, Dschihangir! Versprich es mir!»

«Was hilft ein Versprechen...» flüsterte er und versank.

Sie bat, sie stöhnte.

Leben sollte ihr Sohn, und er weigerte sich, es ihr zu versprechen. Denn sie hatte ihm etwas zugesagt, und sie hatte es nicht gehalten. Und jetzt fürchtete sie die Rache Mustafas.

Angesichts des Todkranken erfüllte sie die Vorstellung, daß einzig und allein ihre Reue den Zauber zu bannen vermöge, die Reue, die zu lernen sie aus der Steppe gekommen sei und die sie weder um den krummbeinigen Pjotr noch um den glänzenden Ibrahim gefühlt habe und nun auch nicht um Mustafa empfinde.

«Meine Schuld, meine große Schuld...» begann sie dennoch zu stammeln.

Doch die Worte versiegten. Roxelane spürte, wie schal ihr Gebet sei. Und sie wollte auch nicht! Die Mutter empörte sich.

Kinder hatte sie geboren! Und nicht als bekränzte Schlachtopfer sollten sie sterben, sondern den Kreis ihres Lebens vollenden wie sie selbst. Das wollte Roxelane. Und sie fand keine Schuld an diesem Wollen.

Aber ihre innerste Überzeugung, daß es in Dschihangirs Hand gelegt sei, den Tod oder das Leben zu wählen, ließ sie es noch einmal versuchen.

Und ohne zu bedenken, daß der Islam die Sündenvergebung keinem Sterblichen übertrug, flehte sie: «Verzeih mir, Dschihangir, verzeih!» Betete sie: «Vergib mir meine Sünden und erlöse mich von der Schuld!»

Sie brach in die Knie und durchforschte voll Angst sein Gesicht.

Seine Lider blieben geschlossen.

Nur seine Lippen bewegten sich.

«Möge Allah sich selbst vergeben...» lästerte er.

«Dschihangir!» schrie sie auf. «Sprich nicht so...»

Doch er vollendete, was er begann:

«Ich sah Allahs Welt... Mutter... und fand sie nicht gut...»

Roxelane konnte den Sohn nicht halten.

Mit einem trotzigen, hochmütigen Zug um den Mund folgte Sultan Dschihangir seinem Bruder.

49

Durch die Nogaische Steppe zog ein Trupp. Aber es handelte sich nicht um eine Wanderung nach anderen Weideplätzen. Ohne Weiber, Kinder und Herden zogen die Männer mit nur wenig belasteten Handpferden dahin.

Es waren Tataren, ein Stammesfürst, ein Bey der Steppe, mit seinem Gefolge.

Eine gelbe Kappe trug der Bey, dessen dunkler Bart fast bis auf den Sattel herniederwallte. Aber hinter einem breiten Wulst von Schwarzfuchs verschwand diese Kappe fast ganz, besonders vorn, wo der Rand hochgeschlagen war, weil er sonst wohl die ganze Sicht verdeckt hätte.

So vornehm der Mann aber auch war, so glitzerte doch nichts an seiner und seiner Begleiter Gewandung. Ihre Pelze trugen sie mit dem Leder nach außen, und daß die schweren Kaftane innen noch mit Metallplatten gegen Pfeilschüsse gefüttert waren, konnte niemand erkennen.

Außer einem Säbel hing dem Bey an der Linken noch ein meterlanges Haumesser. Seinen aus Horn zusammengesetzten Bogen, den Köcher mit Pfeilen und seine Lanze wurden ihm nachgetragen wie der mit Adlerfedern benagelte Schild. Seine Begleiter dagegen mußten sich mit ihrer ganzen Bewaffnung plagen und obendrein noch mit je drei Gäulen.

Unter diesen Tataren nahm sich der türkische Muteferrika mit seinen beiden Knechten großartig genug aus. Der hellbraunen Stute des Kuriers, die sich unter den struppigen Tatarenpferden wie eine gepflegte Dame unter ungewaschenen Stallmägden ausnahm, hing ein stolzer Roßschweif über die Brust. Sattel und Zaumzeug waren reich mit Seide und Metall eingelegt. Der rote Kaftan des Ritters legte sich beim Reiten unten weit auseinander und gab die blaue Hose über den juchtenen Stiefeln frei. Am vergoldeten Helm mit Schirm, Nasenstange und Nackenschutz stak vorn ein steiler, abgestufter Federstutzen in dreifacher Höhe des Helms.

Die Knechte dieses Mannes trugen sich nicht viel einfacher.

Aber daß ein Bey dessen Begleitung und Führung übernommen hatte, galt dennoch mehr der Botschaft als dem Kurier oder gar dem Empfänger, der bei dem Raubgesindel der Kosaken auf einer Insel im Dnjepr lebte und dort auch nur ein kleiner Pope war.

Man hatte sich in der Tatarei an Vorsicht gewöhnt.

Der letzte Khan aus Dschingis' Haus hatte durch einige lose Reden über Rustem Pascha die Herrschaft verloren und lag jetzt dafür zu Saladschik unter dem Grabdom der Krimkhane. Der regierende Khan war nicht ungelehrig, und er hätte den Muteferrika Kubad mit einem Heer von vierzigtausend Reitern in höchsteigener Person nach Chortiza gebracht, wenn er hätte fürchten müssen, daß der Kurier sonst nicht mit Sicherheit dahin gelangte.

Denn Kubad war kein gewöhnlicher Kurier mit irgendeinem Pfortenbefehl. Er war der Träger eines Edlen Befehls Ihrer Majestät der Kaiserin selbst.

Vater Serafim hatte es im Laufe der Jahre zu etwas gebracht, worauf er sehr stolz war.

Neben seiner Hütte erhob sich jetzt eine Kirche.

Sie war zwar nur aus Treibholz, und der Glockenturm war nicht viel mehr als eine kleine, wackelige Spitze, aus deren Schallöchern es zum Gottesdienst rief, wenn der Vater an einem Seil zog.

Gewissermaßen war Vater Serafim auf diese Weise ein Herrscher auf Chortiza: Wenn er am Seil zog, kamen die Menschen.

Das Geläut freilich klang nicht sehr rein. Von ihrer griechischen und genuesischen Zeit hatten die Seestädte der Krim nämlich noch die Gepflogenheit beibehalten, statt der türkischen Trommeln Glocken auf ihren Schiffen zu verwenden. Vater Serafims Geläut bestand nun aus solchen Glocken, und natürlich hatte man sie sich nicht aussuchen können, sondern sie nehmen müssen, wie einem die Schiffe gerade passend zu einem Überfall über den Weg gelaufen waren.

Aber die fehlende Harmonie ersetzte der gute Wille. Und wenn das Gebimmel über Chortiza wehte, sagten die Frauen zu ihren Kindern und, falls ihre Männer da waren, auch zu ihren Männern: «Es ist Zeit. Vater Serafim läutet. Aber natürlich: Wenn man nicht auf euch aufpaßt, würdet ihr herumlaufen wie die Heiden!»

Augenblicklich aß Vater Serafim freilich ein Stück Brot mit Zwiebeln und Ziegenkäse. Er hatte lange nicht so üppig gegessen, und dicker war er daher auch nicht geworden, eher dünner. Seine Haare waren jedenfalls dünner als einst, und sie waren auch nicht mehr dunkel, sondern grau.

Seine Augen jedoch hatten trotz Falten und Ergrauens noch immer den alten kindlichen Glanz. Auch hielt er es für ganz in Ordnung, daß die Katzenmutter ihre spielenden Kinder verließ und sich aus seiner Kutte hochhakelte. Es trieb sie in die Nähe des Käses, der als ein Milchiges ihre Begierde erweckt hatte. Serafim teilte denn auch mit ihr. Nur von der Zwiebel bekam sie nichts, weil sie Zwiebeln nicht mochte. Und das schien Serafim einer der wenigen Unterschiede zu sein, die zwischen ihm und der Katze bestanden.

Aus diesem Grund hatte man es auf Chortiza überhaupt nicht leicht mit den Katzen. Immer neue gab es, und da Serafim traurig wurde, wenn man vom Ertränken sprach, wußten die Frauen bald nicht mehr, wohin damit. Er aber sagte nur: «Annuschka – oder Marinka – oder Jelena, sieh doch, wie niedlich, das Kätzchen, und da ich dein gutes Herz kenne, gebe ich dir das Tierchen. Nimm es hin und habe es lieb.»

Wer konnte ihm widerstehen, wenn er so sprach? – Niemand konnte ihm dann widerstehen!

Serafim wollte sich erheben. Gerade nur die Krumen sammelte er noch aus seinem Kleid, um sie den Vögeln hinzustreuen. Dafür hatte er einen besonderen Platz, den die Katzen nicht erreichen konnten. Doch nun stürzte Pjotr Elgatin plötzlich herein, und allein war er auch nicht.

Der krummbeinige Pjotr war nämlich augenblicklich der Kurenoi von Chortiza, was allerdings nicht viel besagen wollte. Denn die Boulawa des Kotschewoi trug der lange Igor, und der war mit den Männern unterwegs. So folgten dem Pjotr denn zumeist Frauen und Kinder mit großem Geschrei, das aber in Serafims Anwesenheit verstummte.

Auch die Entfernung, die man einhielt, zeugte von einer neuen, mehr weltlichen Scheu, die sich wesentlich von der ehrerbietigen Liebe unterschied, die man ihm sonst entgegenbrachte. Es begab sich aber auch Ungeheuerliches!

Das Eintreffen einer fremden Gesandtschaft war natürlich schon an sich ein seltenes und großes Ereignis. Doch wer sonst auch kam, wandte sich stets an die Gesamtheit der Saporoger Kosaken. Noch nie hatte sich eine derartige Botschaft an einen einzelnen Mann gerichtet, wie sich das jetzt ereignete. Denn was Pjotr und die wenigen Männer auch gefragt hatten – die fremden Herren blieben dabei, zum Vater Serafim zu wollen, und nur zu ihm!

Und dann dieser Glanz!

War es schon unerhört, einen richtigen Tatarenbey auf Chortiza zu sehen – so war der Muteferrika in all seiner kaiserlichen Gardeherrlichkeit für die Frauen und Kinder einfach selbst ein Kaiser, oder wenigstens ein König, aber ein ganz großer! Mit offenen Mündern standen sie da, und die Kinder bohrten voll Andacht in der Nase, als Kubad sich vor Serafim tief verneigte. Kubad verdankte seinen Auftrag dem Umstand, daß er russisch sprach.

«Euer Exzellenz...» konnte er denn auch beginnen...

Serafims bescheidener Einwand, daß er nur ein geringer Gottesmann sei, fand den Muteferrika ebenfalls auf der Höhe.

«Euer Heiligkeit», sagte er nunmehr, und davon war er nicht abzubringen, da ein Geistlicher, wenn auch ein Ungläubiger, an den sich ein Edler Befehl Ihrer Majestät richte, eine Heiligkeit sein müsse, oder es wenigstens durch diese Auszeichnung werde.

Serafim blickte vergebens um sich. Er fand nirgends eine Hilfe. Auf den Gesichtern seiner Gemeinde lag im Gegenteil nichts als eine hoffärtige Zustimmung zu den Worten des fremden Mannes, der selbst wie ein Erzengel in Gold und Silber vor dem Vater stand.

Man war in Chortiza nicht weniger eitel als in Konstantinopel. Eine Heiligkeit in ihrer Mitte zu haben mußte den Chortizanern ein gewaltiges Übergewicht bei allen Leuten bis zum Ingulez und über alle auf den Awratynischen Höhen geben.

Indessen hatte Kubad seine Ansprache beendet. Und nun zog er das Schreiben hervor, über dessen wertvolle Umhüllung die von Chortiza sich nur schwer beruhigen konnten. Immerhin hatte der eine oder andere schon Kostbarkeiten gesehen oder gar in den Händen gehalten. Aber daß so etwas freiwillig geboten wurde, war ihnen neu.

Kubad führte das Schreiben an seine Stirn und an sein Herz, bevor er es überreichte.

Serafim aber zeigte keinerlei Erregung.

Er glaubte zu wissen, von wem der Brief kam, und dachte an nichts anderes als daran, ihn zu lesen.

«Ich kehre zurück», sagte er und ließ mit einem Neigen seines Hauptes die vornehmen Herren allein.

Er trat in sein Haus. In einer Gebetsecke vor Denko Grechnovs, des alten Ataman, Ikone, die Serafim bei sich aber immer ‹Rosskas Ikone› nannte, erbrach er den Brief.

«Aus Konstantinopel an Vater Serafim bei den Saporoger Kosaken auf Chortiza.

Der Segen Gottes zuvor über den Vater, den ich niemals vergaß!

Lieber Serafim, ich mußte Dich verlassen, weil ich nicht bereuen konnte, daß ich den Pjotr erschlug. Daß Gott dann ein Wunder geschehen ließ, ändert nichts daran, daß ich ihn wahrlich erschlug. Und ich bereue es nicht. Denn er hatte etwas töten wollen, was mir lieb war, und er hätte getötet, wenn der Stein nicht gewesen wäre und ich, die den Stein warf.

Und ich wollte zu Deinem heiligen Vater und erlebte vielerlei Schicksal. Eine Sklavin war ich zu Bagdscheserai und zu

Konstantinopel. Gott führte mich an das Ziel, um dessentwillen ich von Dir ging. Als ich es aber erreichte, erkannte ich, daß meine Gedanken nicht seine Gedanken gewesen waren und daß ich den Glauben daran verloren hatte. Dein Patriarch könne mir die Antwort geben, nach der ich suchte.

Ich suche noch heute nach ihr. Denn noch heute kann ich nicht bereuen, was ich aus Liebe tat.

Das sollst Du wissen.

Gott, den wir Allah nennen, der aber derselbe Gott ist wie der Deine, weil kein anderer ist außer Ihm, gab mir viel, und gewiß nennst Du mich schuldig, weil ich hadere um das wenige, das er mir nahm. Doch mir schien das wenige immer alles zu sein; denn meine Liebe teilte sich nicht. Sie blieb gleich stark zu allem, was ich empfing, und oft dachte ich, Gott in den Geschöpfen zu lieben, die er durch mich in die Welt rief.

Du aber sagst, man müsse Gott mehr lieben als seine Kinder. Ich jedoch stellte mich vor sie, wie ich mich vor die Katze stellte, und fragte nicht nach gut und böse.

Und wisse, daß es bei uns ein Gesetz gibt, nach dem meine Söhne einst sterben sollten vor ihrer Zeit. Und ich lehnte mich auf, weil es Menschensatzung sei, von der Allah nichts wisse. Gepriesen sein Name! Einer aber von meinen und den Söhnen des Kaisers, den ich liebe, sprach anders. Ein göttliches Opfer sei es, sagte der Sohn, als Fürst zu sterben für den Frieden der Welt.

Ich aber glaubte ihm nicht.

Das Leben eines Mannes, der meinen Söhnen eine Gefahr gewesen war, hatte ich bereits gefordert. Und er liegt begraben bei den Derwischen zu Galata, und ein Baum bezeichnet die Stätte.

Doch jetzt war da ein Mann, schön und jung und fürstlich und nicht ohne Tugend, der Sohn meines Geliebten von einer anderen Frau und der Freund meines Sohnes, von dem ich schreibe. Glaube nicht, o Serafim, daß ich Mustafa haßte! Doch ich liebte ihn weniger als meine eigenen Söhne. So brach ich einen Eid und ließ ihn sterben um ihretwillen und rettete ihn nicht.

Da schlug mich Gott.

Und er nahm mir den eigenen Sohn, der mir wegen seiner Ungestalt nur um so inniger wert war. Wegen seiner Liebe zu Mustafa starb er, und ich hatte Mustafa getötet! Und Dschihangir vergab mir nicht vor seinem Sterben. Seine Seele aber wird traurig sein immerdar, weil er Allah nicht sehen wollte, obwohl er ein guter Sohn war und eine Freude der Menschen.

Auch ich bin traurig, mein Serafim. Und ich sehe die Sünde nicht, um die Allah mich schlug. Darf eine Mutter ihre Kinder nicht schützen? Ich will, daß sie leben! Ich bin eine Frau. Kann ich meine Söhne auf den Opferstein legen, wie es Abraham tat mit seinem Sohn Isaak? Will Gott das? Kann eine Frau das? Ich kann es nicht.

Auch Maria nagelte ihren Sohn nicht ans Kreuz, sondern sie beweinte ihn.

Viele Sünden habe ich begangen wie andere Menschen. Und ich bereue sie, weil ich sie aus Haß beging oder aus Eitelkeit oder Stolz. Nur was ich aus Liebe tat, kann ich nicht bereuen.

Darum schicke ich Dir Dein Kreuz. Ich trug es, seit ich Dich verließ. Ich verlor es und gewann es zurück. Und nun mußt Du es wiedernehmen, weil Du nicht mehr mit einem fröhlichen Herzen an mich denken kannst. Ich aber gab Dir meine Katze und werde Dich immer lieben.

Dies schreibt Dir Deine Tochter», schloß der Brief.

Und darunter stand: «Roxelane Kaiserin.»

Es dauerte lange, bis Serafim seine Antwort fertig hatte. Denn er schrieb eine Antwort.

Dann aber ging er hinaus und winkte dem Muteferrika.

Drei Sätze sprach er, nicht mehr.

«Tritt ein», bedeutete er ihm.

Damit führte er den Behelmten vor die Gebetsecke.

«Berichte ihr, was du jetzt siehst», sagte er dann und hängte den Perlenverschluß um Rosskas Ikone.

Zuletzt griff er eins der Kätzchen, das seine Füße umspielte, und legte es zart mit der Antwort in den kriegerischen Arm seines Gastes. «Bring ihr das», schloß er und entließ Rosskas Boten aus seinem Haus.

Sein eigener Brief war nur kurz. «Deine Katze sende ich Dir», hieß es darin. «Jetzt hast Du sie, und ich habe sie auch. Ganz Chortiza ist voll von ihr. Das Kreuz aber gebe ich Dir zum zweitenmal mit meinem Segen. Wer bin ich, daß ich Dich lehrte? Gott ist die Liebe, und sie ist unteilbar wie Gott. Daß Du nicht wie Er zu lieben vermagst – dafür bist Du ein Mensch. Aber wer viel liebt, dem wird viel vergeben.»

50

Bei seiner Rückkehr aus Persien fand Soliman den neuerbauten Palast in Skutari vor, mit dem er gehofft hatte, Roxelane eine Freude zu machen, und überhaupt stand in den nächsten Jahren nach dem Friedensschluß mit Persien und dem Waffenstillstand mit Wien das Bauen im Vordergrund.

Roxelanes Moschee auf dem Weibermarkt hielt sich in einfachen, edlen Formen. Sie war nur mit einer Kuppel und einem Minarett versehen. Aber allmählich hatten sich die Pläne zu ihrer Anlage doch so erweitert, daß sich zuletzt nicht nur eine Schule, sondern auch eine Akademie, eine Armenküche, ein Narrenhaus und ein Hospital für bedürftige Frauen angliederten. Mirmahs Moschee am Adrianopeler Tor besaß nur eine Akademie, dafür aber ein Bad. Am kühnsten jedoch sollte sich ihre andere Moschee, die sie am Hafen von Skutari plante, auf einer vielstufigen Estrade hoch über die Stadt erheben.

Auch für Dschihangir, der mit der Moschee der Prinzen bereits Allahs Gnade empfohlen war, befand sich noch eine zweite Moschee in Galata in Vorbereitung; denn eine einzige genügte Roxelane nicht für diesen Sohn. Und selbst Rustem, der wieder Großwesir geworden war, dachte an einen Neubau, der seinen Namen tragen sollte.

Am 16. August 1556 jedoch wurde die Suleimanije, Solimans eigene Moschee, eingeweiht.

Siebenmal hunderttausend Dukaten hatte der herrliche Bau verschlungen. Doch wenn Justinian nach der Vollendung der Hagia Sophia vom heiligen Pult hatte verkünden können: «Ich habe dich besiegt, o Salomo!», so wäre Sultan Soliman berechtigt gewesen zu behaupten: ‹Ich habe dich besiegt, o Justinian!›

In drei aufeinanderfolgenden Vierecken war das Gotteshaus angelegt worden. Das erste war der Vorhof, der Harem, die heilige Hürde mit ihren vier Minaretts – das dritte der Garten, der Kirchhof, und in der Mitte stand das Heiligtum selbst, die Mesdschid, die Moschee.

Marmorne Bänke und herrliche Brunnen zur Reinigung schmückten den Vorhof, während auf der Begräbnisstätte ein Platz frei gelassen worden war, wo sich dereinst das Grabmal des Stifters erheben sollte.

Und des Stifters Name prangte auch an der Stirnseite der Moschee. Beim Eintritt durch das Stalaktitentor des Harems wurde er sichtbar. Solimans Name.

Einem triumphierenden Zusammenklang von zwölf kleineren Kuppeln entstieg der Dom. Auf vier gewaltigen Säulen schwebte er. Wie Lilienkränze legten sich die weißen, marmornen Kapitäle um die rotgranitenen Stelen. Die eine hatte die Statue des Justinian am Augusteon, die andere die jungfrauenprüfende Aphrodite getragen. Zwei waren aus Ägypten hinzugekommen.

Der große Künstler, dessen Name nicht vergehen wird, solange die Menschen Gott im Stein anbeten, hatte das Wunder erbaut.

Sinan der Baumeister schuf das Werk.

Mit der Suleimanije und seinen anderen Moscheen und Palästen gab er Konstantinopel für alle Zeiten das Antlitz.

Die Einweihung der Moschee des Großherrn war denn auch ein Tag, der dem Reich soviel und mehr galt als ein Sieg der Waffen oder eine Thronbesteigung.

Alle Höfe beeilten sich, ihre Glückwünsche darzubringen, und Persien sandte gar eine Grußbotschaft mit einem Handschreiben des Schahs an Soliman und einem seiner Ersten Gemahlin an die Kaiserin.

Es waren Briefe in Gold und Blau und Purpur, und die huldigenden Worte klingelten, wie sie schon in Byzanz bei solchen Gelegenheiten getan hatten. Es gab keinen Unterschied zwischen damals und heute.

Soliman war der mächtigste Herrscher der Welt, und Roxelane teilte die Macht mit ihm.

Zwei Söhne hatte ihr der Tod genommen: Mohammed Soliman und Dschihangir. Geblieben aber waren zwei stattliche junge Männer, denen sie das Leben gegeben hatte, Selim und der schöne, begabte Bajesid, ihre Tochter Mirmah und der Mann, den sie liebte.

Sie war immer noch reich.

Aber die Gestorbenen erfüllten ihre Nächte.

Dennoch erkannte sie, wie notwendig es sei, daß sie lebe. Vor der Mutter würden ihre Söhne sich beugen. Sie sollten sich bei des Vaters Tod nicht nach dem Leben trachten. Darum mußte sie Soliman überleben. Sie wußte es. Und sie wollte es.

Wochenlang war es ihr auch möglich, sich der Herztropfen zu enthalten. Viel Gelächter gab es dann oft, besonders wenn Soliman sie besuchte und er sie mit Mirmah inmitten ihrer engeren Umgebung bei Kaffee und süßem Tee antraf.

Manchmal freilich mußte Roxelane sich vorzeitig dieser Heiterkeit entziehen, weil sie ihr nicht mehr immer gewachsen war.

Und gut war es, wenn Soliman ihr dann folgte und schweigend ihre Hände hielt.

Niemand konnte das wie er.

Schön war dieses Schweigen. Selbst das Denken wurde ihr

dann leichter. Und Roxelane mußte immer denken: an die Söhne, an Soliman und an das Reich.

Stark war es und fest gefügt. Dabei sah Roxelane sehr wohl, daß es stets zwei Feinde haben werde: das schiitische Persien im Osten und das christliche Habsburg im Westen. Doch das machte ihr wenig Sorge. Denn stand das Reich auch zwischen zwei Feuern, so war es doch in Schlachten zu dem gehämmert worden, was es war.

Das Reich war der einzige Staat mit einem stehenden Heer. Und auch die Lehen wurden nur nach erwiesenem militärischem Verdienst und nur auf Lebenszeit vergeben. Nichts war dem Zufall überlassen. Das gesamte Heerwesen war bis aufs letzte so peinlich geordnet, daß zweihunderttausend Mann und mehr dem Großherrn jederzeit zur Verfügung standen, ohne daß deswegen auch nur ein Pflug oder ein Amboß zu feiern brauchten.

Die Rajah-Völker, die unterworfenen Christen, durften keine Waffen tragen und kämpften an ihren Arbeitsstätten dennoch die Schlachten des Padischah, wie sie immer wieder mit ihren Besten die Macht des Reiches mehrten, das ihnen wohl die Freiheit nahm, sie aber vor dem Schrecken schützte, dem österreichische und persische Provinzen so oft ausgeliefert waren. Und während der Habsburger Kaiser trotz aller Goldschätze Perus immer der Schuldner seiner Bankiers blieb, zeigten die Kassen des osmanischen Reichs nie eine Ebbe. Es war Erbe des vorbildlichen Steuer- und Katasterwesens von Byzanz und hatte dies System unter den Defterdaren des Reichs und der Provinzen bis in den entferntesten Winkeln seines Machtbereichs durchgeführt.

Die Zentralisation von Verwaltung, Lehrstand und Heer legte alle Kräfte in die Hand des immer siegreichen Kaisers.

Freilich übersah Roxelane keineswegs, daß Soliman wohl den Diwan geordnet, sich selbst aber immer mehr von ihm zurückgezogen hatte. Das hob zwar die kaiserliche Würde, doch zugleich steigerte es die Macht des Großwesirs, der in Wirklichkeit nur noch durch den Harem beschränkt wurde.

Auch der Übermut der Janitscharen machte ihr Sorge. Die Kraft dieser geborenen Christen, die dem wahren Glauben und dem Reich dienstbar gemacht worden war, konnte eines Tages, wenn auch nicht dem Glauben, so doch dem Reich von innen gefährlich werden. Und ebenso hatte der wachsende Luxus der Großen so sehr zur Bestechlichkeit geführt, daß ihr Schwiegersohn Rustem ein Jahreseinkommen von zweihunderttausend Dukaten oder zehn Millionen Aspern besaß, das Zehnfache von Ibrahims Jahresgehalt, das Fünfzigfache einer gesetzlichen Wesirspension.

Solange nun Persönlichkeiten wie sie selbst und Soliman herrschten, hatte das geringe Bedeutung. Zumal die vollgesogenen Großen erschienen ihr nur wie Schwämme. Bei der Absetzung, spätestens aber beim Tod drückte der Staat sie wieder aus, indem er die Vermögen einzog.

Mochten daher auch Schwäche oder Unfähigkeit folgen, das Reich war zu fest gefügt, um daran zu sterben. Und zu Nachbarn hatte es nur so lose Gebilde, wie es die anderen Staaten Asiens und Europas waren. In jedem Fall würde es die nächsten Jahrhunderte überdauern. Das war Roxelanes Überzeugung. Aber sie mochte nicht weiter darüber nachdenken. Es machte sie müde.

Nach ihr und Soliman würden die Kinder kommen. Und falls es keine Einigkeit zwischen den Söhnen geben sollte, würde es Krieg geben oder Mord oder beides. Und bei den Enkeln würde es ebenso sein und immer wieder Kriege und immer wieder Mord.

Sie hatte das Gefühl, als müsse sie ihre Arme ausbreiten, als müsse sie lenken, behüten, bewahren.

«Ich muß leben», seufzte sie und suchte Hilfe bei Soliman, der sich über sie beugte.

Alles, was nun sein würde, komme aus ihr und Soliman, dachte sie, und ob denn aus so viel Liebe Krieg entstehen könne? Mit körperlicher Pein verfolgten ihre Gedanken sie und ließen sie nicht. Zur Flucht drängte es sie. In die Steppe wünschte sie sich, irgendwohin. Und mit Schmerzen überkam es sie: es gebe kein Zurück, nicht zu den Kosaken und nicht in die mongolische Jurte der türkischen Vorfahren. Überall niste das Böse beim Guten und das Dumme beim Klugen. So verfälschen Böses und Dummes Güte und Klugheit. Wo bleibt da Gott? fragte sie sich. Mußten die Nähte Seines himmlischen Kleides immer wieder aufgerissen werden? Warum?

«Laß mich nicht sterben, Soliman», bat sie, «ich darf noch nicht sterben!»

Und Soliman schob seinen Arm unter sie, um sie zu stützen. Und von seinen Tränen wurde sie naß.

«Du bist mein Leben», sagte er. «Wenn du von mir gehst, werde ich nichts sein als eine leere Schale.»

Roxelanes Gedanken blieben. Aber die Angst wich. Sie wurde ruhig in seinen Armen.

«Weißt du auch, Soliman», flüsterte sie, «wo der Teufel am stärksten ist?»

Er wußte es nicht. Sie aber sagte es ihm.

«In Allahs nächster Nähe ist der Teufel am stärksten», sagte sie, und darum komme aus der Liebe auch das Böse, weil das Böse wie das Gute zum Leben gehöre, zum süßen, unvollkommenen Leben. «Die Vollendung ist der Tod», schloß sie erschöpft.

«Du darfst nicht sterben!» schrie Soliman.

Und jetzt war er ihr wie ein Kind.

Sanft streichelte sie seinen unbedeckten Kopf.

«Ich bin nicht vollendet und werde nicht sterben», hauchte sie und ließ ihre Hand sinken. Doch noch ein letztes Mal bewegten sich ihre Lippen: «Und ich werde dich ewig lieben», sagte sie, als sie starb.

Am dritten April starb Roxelane, die Kaiserin.

Unter einem Grabdom in der Suleimanije wurde sie bestattet. Acht Jahre mußte sie warten, bis man Soliman neben sie legte, wie es sein Wille gewesen war in all dieser Zeit.

Eine andere Frau hatte er nicht mehr erkannt.

* * *